LA CHAMBRE AUX PIPISTRELLES

DU MÊME AUTEUR

La Cathédrale de Clermont (Ed. CREER, 1994)
Les Dames de Clermont, tome 1 (Presses de la Cité, 1993)
Florine Les Dames de Clermont, tome 2 (Presses de la Cité, 1994)
Dieu le veult (Presses de la Cité, 1995)
Les Messieurs de Clermont (Presses de la Cité, 1997)
L'Arbre des dames (Presses de la Cité, 1999)
Le Secret du chat-huant (Presses de la Cité, 2001)
Auvergne, Bourbonnais, Velay gothiques (Picard, 2002)
Le Mosaïste de Constantinople (Presses de la Cité, 2004)
L'Orfèvre de Saint-Séverin (Presses de la Cité, 2006)

Anne Courtillé

LA CHAMBRE AUX PIPISTRELLES

Roman

Production Jeannine Balland
Romans Terres de France

PRESSES DE LA CITÉ

ISBN 978-2-258-07421-7

A mes cousins de Chas

1

Jeune Fou tenait ses promesses. Jamais il ne l'avait emportée à un tel train depuis qu'ils faisaient équipe. Ils avaient lié connaissance quelques semaines plus tôt, un vrai coup de foudre. Malgré les jurons d'Augustin, le palefrenier et cocher de Bellemaison, les cris de sa grand-mère et les conseils de son oncle qui ne cachait pas son inquiétude, elle avait résisté. C'était lui ou personne !

La fille avait du caractère et l'incident avait été une première occasion d'affronter sa grand-mère qui n'en manquait pas non plus, alors que son oncle Léon s'érigeait en arbitre, plutôt mal à l'aise dans ce rôle.

On ne résiste pas à un coup de foudre. Hortense l'avait lu dans les livres que son père l'avait laissée découvrir avec beaucoup de libéralité. Pourtant l'animal n'était pas docile, et des trésors de patience et d'ardeur avaient été nécessaires pour en venir à bout. Accrochée à sa crinière, elle avait défié les lois de l'équilibre, Jeune Fou l'entraînant impromptu le premier jour dans une folle chevauchée à travers le parc, n'épargnant aucun massif au grand dam du jardinier et s'arrêtant sèchement au bord du bassin de pierre, au plus grand effroi des canards. Cramponnée,

Hortense avait tenu bon bien que les témoins de ce spectacle improvisé aient tous cru qu'elle allait être précipitée à l'eau.

« Descendez ! » avait ordonné sa grand-mère en brandissant sa canne.

Elle avait accouru avec le palefrenier qui jetait déjà un licol autour du cou du cheval, soudain curieusement calme.

Vaguement étourdie par sa course folle, Hortense avait obéi mais, dans un élan spontané, avait embrassé le cheval au-dessus du museau en lui murmurant quelques mots que personne n'avait perçus.

« Je ne veux plus entendre parler de ce cheval, avait alors lancé, péremptoire, madame de Bellemaison. Personne n'a rien pu en faire, vendez-le ! »

Léon avait hoché la tête. Ce cheval était un cadeau que lui avait fait un de ses amis quelques mois plus tôt, mais il fallait bien reconnaître que ses essais pour le dresser n'avaient pas été couronnés de succès. Il s'en était vite désintéressé après quelques émotions trop fortes pour lui ; le palefrenier peu téméraire n'avait pas eu davantage de réussite.

« Vendez-le ! avait répété sa mère.

— Ah ! non, avait répliqué Hortense.

— De quoi vous mêlez-vous ? Vous vous donnez en spectacle et en plus, vous voulez commander !

— Non, ne le vendez pas, je vous en supplie ! Laissez-moi au moins quelques jours pour l'apprivoiser.

— Oui, laissez-lui quelques jours », avait plaidé Léon.

Il fut vivement interrompu par sa mère, lasse des tragédies qui avaient secoué la famille.

« Pour de nouvelles exhibitions ? Vous voulez rire, mon fils ?

— Non. Hortense est très bonne cavalière, comme son père. Laissez-lui tenter sa chance avec Jeune Fou. »

Léon s'était aussitôt mordu les lèvres, car l'allusion au père d'Hortense n'était sans doute pas la meilleure manière de convaincre sa mère. Mais madame de Bellemaison s'était contentée de hausser les épaules avec dédain et leur avait ostensiblement tourné le dos pour aller inspecter les dégâts occasionnés dans le parc par la chevauchée de sa petite-fille.

« La maudite, c'est bien la fille de son père ! » l'avaient-ils simplement entendue marmonner alors qu'Augustin s'appliquait à ramener Jeune Fou jusqu'à l'écurie, où les hennissements joyeux de ses congénères saluaient le retour de l'animal indiscipliné.

« Oncle Léon, me laisserez-vous tenter de nouveau ma chance ? avait interrogé Hortense.

— Oui, mais soyez plus discrète, évitez le parc et votre grand-mère n'en saura rien ! Et si elle l'apprend, je lui rappellerai que l'exercice physique est recommandé en haut lieu, puisqu'on parle d'en faire à l'école. Un homme, il a un drôle de nom que j'ai oublié [1], a mis au point toute une méthode, j'ai lu cela dans *L'Illustration.* »

Hortense avait souri. Elle connaissait depuis peu l'oncle Léon mais elle savait déjà combien il était influencé par la lecture des journaux sur lesquels il se jetait dès leur arrivée. Une manière de rompre la

1. Phocion Heinrich Clias.

monotonie d'une vie provinciale et campagnarde, et de s'imaginer être dans le vent de l'histoire !

Dès le lendemain, Hortense avait sellé avec application Jeune Fou qui paraissait soudain assagi. Augustin lui avait apporté une selle dont le cuir sentait bon en murmurant timidement :

« C'était celle de votre mère, c'est mon père qui me l'a dit, et je n'ai jamais cessé de l'entretenir. Voyez comme le cuir est beau. »

De couleur orangée, la selle avait en effet belle allure avec sa forme asymétrique pour la montée en amazone, selon les usages de l'équitation au féminin. Le père d'Hortense lui avait cependant appris à monter à califourchon, prétextant une sécurité plus grande qui aurait peut-être sauvé la vie de son épouse, et parce que les leçons s'adressaient aussi à son frère jumeau, Henri. Résignée, Hortense ne voulait pas encore une fois déclencher un incident et se débrouillait aussi bien en amazone.

« Ma mère montait très bien à cheval, n'est-ce pas, oncle Léon ?

— Oui, en effet, avait répondu sobrement Léon, peu disposé à se laisser entraîner sur le sujet.

— Et elle en est morte. »

Hortense aimait mettre les points sur les i.

« Oui, il paraît, mais n'en dites rien à votre grand-mère.

— Mon père l'a retrouvée dans la forêt, poursuivait pourtant Hortense. Combien de fois il m'a raconté son désespoir quand il l'a aperçue gisant à terre, les cheveux épars. Il répète qu'elle était si belle...

— Taisez-vous maintenant ! » avait dit Léon qui cachait mal son agacement.

Il avait su gré à Hortense de ne pas insister, même si elle en mourait d'envie. Evoquer sa mère relevait de l'exploit dans la famille. Mais de quoi était-elle donc coupable ?

Tout en parlant, elle avait ajusté avec soin les différentes courroies de la selle et n'avait pu s'empêcher de demander enfin :

« C'est votre sœur, après tout, pourquoi ne voulez-vous pas en parler ?

— C'est un sujet tabou ici, avait lancé Léon en enfourchant son cheval pour clore la conversation. Allons-y, montrez-moi plutôt ce que vous pouvez faire de ce cheval subitement devenu doux comme un agneau.

— Mais toujours fier, ardent, impétueux, comme le définit Buffon », avait répliqué Hortense en prenant appui sur l'étrier.

Léon avait éclaté de rire. Il savait qu'Hortense pratiquait avec passion les ouvrages du naturaliste dont elle avait découvert avec bonheur la collection dans la bibliothèque de Bellemaison.

Ils avaient entamé une première promenade qui s'était bien passée, puis ainsi de jour en jour jusqu'à ce que son oncle la laisse partir seule à l'aventure. A présent, elle allait quotidiennement galoper avec Jeune Fou et la forêt des alentours n'avait presque plus de secrets pour elle. Aussi, ce matin-là, quand Jeune Fou se cabra soudain en hennissant furieusement comme il l'avait fait le premier jour, elle fut surprise et faillit presque tomber avant de maîtriser enfin sa monture, qui rua une dernière fois de rage et s'immobilisa enfin.

— Belle démonstration. Pardonnez-moi d'avoir fait peur à votre cheval, je ne pensais pas ma jument

Toutenoire encore capable de produire autant d'effet sur l'un de ses congénères.

Le cavalier qui barrait l'allée très large menant à l'orée occidentale de la forêt portait beau dans ce décor presque théâtral – une immense trouée couverte de ramées de chênes centenaires, telle une voûte que perçaient avec ardeur des rais de soleil, offrant mille nuances de vert aux feuilles. Tout de noir vêtu, un noir assorti à la robe baie de sa jument, solidement installé sur une selle de cuir noir, l'homme regardait Hortense d'un air narquois.

Peu rassurée, la jeune fille aurait voulu faire volte-face et fuir, mais l'autre avait déjà sauté de sa monture et flattait le cheval à l'encolure. Sa robe rousse scintillait au soleil et l'animal se laissait faire avec docilité. Hortense remarqua que l'homme ne se servait que d'une main, la droite, son autre bras restant obstinément collé à son corps, la cravache coincée contre les côtes.

— Je ne connais ni la cavalière ni le cheval, constata l'homme en ôtant sa bombe noire et en esquissant un salut courtois toujours de la main droite.

Presque familier, un geai venait de piquer à ses pieds à la recherche de glands, sa nourriture favorite. Il picora le tapis de feuilles, parut trouver son bonheur et s'envola ; Hortense fixa un instant les petites plumes bleu et noir de ses ailes, dont elle avait parfois fait un marque-page, et laissa tomber avec une pointe de dédain mêlée de défi :

— Je n'ai guère l'habitude de parler avec des inconnus.

Elle était pourtant peu regardante en matière d'usages et peu farouche. Mais cet homme, qui lui avait ainsi barré la route et avait arrêté le galop de Jeune Fou, lui avait fait peur. Les regards se croisèrent, acérés comme deux lames d'épée. L'homme parut hésiter, puis lança :

— Magloire de Fleury, un vieux manant de cette forêt. J'ai un petit manoir à l'autre bout de cette allée, au milieu des champs de blé. Je ne vous ai jamais rencontrée et pourtant j'ai l'impression de vous connaître, ajouta-t-il soudain, l'air interrogatif.

— Hortense Préaumont – mais mon nom ne vous dira rien ; je suis la petite-fille Bellemaison.

L'homme ne répondit pas. Il avait pâli, son souffle était devenu court ; il parut gagner du temps en suivant des yeux le vol d'un oiseau et murmura :

— Un faucon hobereau. Gare aux alouettes et hirondelles qu'il chassera à la tombée de la nuit ! Il y avait beau temps que je n'en avais vu. Drôle de coïncidence.

— Coïncidence ? interrogea Hortense, décidément impressionnée et vaguement inquiète.

L'homme avait perdu de sa superbe. Il semblait hésiter à présent. Jetant un dernier regard vers la jeune fille qui perçut l'éclat métallique de ses yeux, il lança :

— Cheveux noirs, yeux obliques tirés vers les tempes, clairs mais farouches, tels ceux d'une louve, nez petit et fossette au menton, tout est là, parfait. Quelle réussite, je n'aurais pas fait mieux !

Puis, soudain décidé, il retourna à sa monture, l'enfourcha d'un mouvement vif qui fit ballotter son bras gauche toujours inerte, se saisit de la cravache de sa main valide, en asséna un coup sec à Toutenoire qui obéit aussitôt et s'enfonça dans les fourrés. Hortense suivit le couple étrange à travers les futaies jusqu'à ce qu'il disparaisse. Elle perçut longtemps encore le bruit des sabots, amorti pourtant par l'épais tapis de feuilles qui, d'année en année, s'accumulaient chaque automne avant de devenir poussière, comme toute matière vivante.

Le geai revint, ou peut-être un autre, picorant avec ardeur les glands dont sa race se délectait et se délecterait toujours. Tout semblait avoir repris son cours autour d'Hortense et pourtant elle ressentait un malaise indéfinissable.

— « Quelle réussite, je n'aurais pas fait mieux ! » ? répéta la jeune fille dubitative. Que veut dire cet arrogant ?

D'une secousse légère, presque sans y penser tant cette rencontre la perturbait, elle remit Jeune Fou dans la trajectoire de l'allée mais elle n'avait plus le cœur à galoper et le cheval, décidément paisible, se mit tout naturellement à l'unisson de sa maîtresse, à qui il obéissait maintenant avec une docilité remarquable.

Orageux, le ciel s'était presque dégagé et une légère brise s'emparait des branches les plus hautes qui se laissaient bercer en douceur. Toujours au pas, Jeune Fou arriva à l'orée de la forêt ; prise d'une inspiration subite, Hortense tira sur les rênes pour diriger le cheval vers la gauche, le long d'un champ de blé presque mûr. Jeune Fou ne broncha pas, il connaissait le chemin.

En effet, quelques minutes plus tard, il s'arrêta devant une petite maison adossée à la forêt et entourée d'un jardin de quelques ares. Aussitôt jaillit de l'intérieur une jeune fille qui devait avoir à peu près le même âge qu'Hortense.

— Quelle bonne surprise ! cria-t-elle en se

précipitant vers celle qui était devenue son amie au fil des dernières semaines.

Elles s'étaient rencontrées un matin au hasard d'un sentier où Procule herborisait. Elle entretenait les dons transmis par sa mère et sa grand-mère pour soigner tous les maux de la terre grâce à des plantes miraculeuses cueillies çà et là ou pieusement cultivées dans ce jardin qui enchantait Hortense. Elle y avait reconnu les simples, vus sur les planches colorées des ouvrages de Buffon auxquels son père l'avait initiée ; difficile de comparer les planches à la réalité, mais elle n'avait pas encore osé emporter avec elle un des précieux volumes qu'elle mourait pourtant d'envie de montrer à son amie.

Très vite, en tout cas, elles avaient scellé une amitié et il n'était pas rare que Procule accompagnât Hortense dans ses folles chevauchées ; toutes deux à califourchon sur Jeune Fou n'en finissaient pas de cavaler dans ces larges allées dont madame Adélaïde, la sœur du roi, la fameuse châtelaine de Randan tout proche, avait fait quadriller la forêt.

— Procule, j'ai rencontré un homme tout en noir, bizarre, tu peux me dire qui c'est ? interrogea aussitôt Hortense en attachant Jeune Fou à un chêne au milieu d'un petit carré d'herbe où il avait ses habitudes.

— Le cavalier noir ou le manchot noir ! répliqua aussitôt Procule.

— Magloire de Fleury.

— Alors, tu sais tout.

— Oui, mais son nom ne me dit pas qui il est.

— Maman, maman ! cria Procule. Hortense voudrait en savoir plus sur le cavalier noir.

Une femme sortit à son tour de la petite maison. Procule était tout son portrait.

— Je ne sais rien, je ne connais pas ce monsieur ! dit-elle en se rapprochant des deux jeunes filles.

— Mais on raconte bien qu'il a perdu son bras dans un duel ?

— Peut-être, répliqua la mère décidément peu bavarde.

— Ne vous occupez pas de ces histoires !

Une autre femme, plus âgée, avait surgi à son tour de la masure dont les murs disparaissaient sous un manteau de vigne vierge où butinaient bruyamment abeilles, guêpes et autres insectes. Les premières faisaient une ronde incessante entre la maison et les deux ruches au fond du jardin.

— Que du malheur ! ajouta la femme aux cheveux très blancs en rejoignant le groupe. Rien que d'en parler, voilà les nuages qui rappliquent et bientôt l'orage !

En effet, le ciel s'était assombri et à la douce brise qui avait séduit Hortense dans la forêt se substitua un coup de vent impressionnant.

— Rentrez vite ! dit la grand-mère. Pourvu qu'il ne grêle pas !

— Il ne manquerait plus que cela, maugréa la mère de Procule, que notre gagne-pain soit ruiné !

— Mets Jeune Fou à l'abri !

Procule s'était précipitée vers le cheval alors qu'un premier éclair zébrait la forêt, aussitôt suivi d'un coup de tonnerre tonitruant. Furieux, Jeune Fou hennit d'abord mais accompagna Procule jusqu'à l'appentis où la jeune fille l'attacha soigneusement.

L'intérieur de la masure était sombre. Sur le sol de terre battue étaient posés quelques meubles simples, une table de bois blanc, quatre chaises, le coffre de mariée de la grand-mère et des étagères où s'entassaient des objets hétéroclites. Le plus intéressant consistait en une extraordinaire collection de bocaux de verre où étaient conservés les ingrédients nécessaires à l'art de guérir pratiqué par la mère et la grand-mère. Procule les avait présentés un par un à son amie en lui révélant les propriétés de chacun des produits destinés à soulager douleurs ou autres maux.

« Il y en a même qui empoisonnent ! » avait-elle soufflé, un doigt sur la bouche.

Le feu toujours allumé dans la grande cheminée complétait la maigre lueur distillée par une étroite fenêtre et la porte. A proximité était posé le cuveau de bois où, chaque matin, les trois femmes prenaient un bain selon un principe édicté par la grand-mère qui prétendait, grâce à ces ablutions, traverser les années sans dommage. Elle ne manquait d'ailleurs pas d'en conseiller l'usage à ses patients. « Certains se font des salles de bains, mais craignent l'eau ! avait-elle l'habitude de dire en riant et en ajoutant : Une de mes clientes m'a montré un livre où il était écrit qu'il fallait se laver les pieds tous les huit jours. Enfin, c'est ce qu'elle raconte ; moi, je ne sais pas lire. »

— C'est l'heure du déjeuner, dit soudain Hortense, il faut que je rentre, sinon ma grand-mère sera furieuse.

— Tu ne peux pas partir par ce temps. Ta grand-mère attendra.

— Je la connais, elle va s'énerver.

— Eh bien ! je te confierai de quoi la calmer, répliqua la grand-mère avec un clin d'œil.

Madame Fariboles – comme on l'appelait alentour parce qu'elle doutait toujours de ce que les malades lui racontaient et ponctuait leurs dires de « Fariboles, fariboles ! » – la connaissait bien, la vieille madame de Bellemaison, vaguement hypocondriaque, surtout depuis les malheurs qui s'étaient abattus sur sa famille. Elle l'avait souvent fait venir pour compléter les soins de son médecin qu'elle jugeait parfois trop indifférent à ses maux. Elle était prête à ingurgiter toutes les potions possibles, à s'en rendre malade justement, bien qu'elle fût en réalité dotée d'une fort bonne santé. C'étaient des caprices de riches, disait la mère de Procule, qui n'avait pas autant de patience que sa propre mère. « Oui, mais de riches qui paient justement, rétorquait celle-ci en hochant la tête. Ta fille sera bien contente d'avoir un petit magot », ajoutait-elle en désignant le coin de la pièce unique où leurs économies étaient cachées.

— Elle ne me laissera plus monter à cheval ! dit encore Hortense.

— Si elle préfère retrouver sa petite-fille foudroyée dans la forêt...

Plusieurs coups de tonnerre allant crescendo répondirent en écho. Impressionnant. Les murs de la pauvre masure vibrèrent et la pluie redoubla. Les trois générations de guérisseuses eurent la même mimique pour signifier à Hortense qu'elle était mieux sous leur toit, même si la maison était modeste.

Vaincue, la jeune fille se soumit et, quand toutes quatre se furent attablées devant les écuelles où madame Fariboles servit un bouillon odorant accompagné de larges tranches de lard, elle oublia la colère probable de sa grand-mère. Elle avait faim soudain, et elle se sentait bien. Tout heureuse de convier ainsi son amie, Procule lui adressa un de ces sourires dont elle avait le secret et dont sa mère lui avait recommandé d'user le moins possible devant les hommes. Elle savait de quoi elle parlait ; elle avait le même, et cela ne lui avait pas apporté que du bonheur !

Procule n'oublierait jamais combien son amie avait ri quand elle lui avait dit son prénom.

« Procule ? Mais d'où sors-tu ce nom ? Il rime avec tant de choses dont il ne convient pas de parler !

— Cul, encule, casse-cul, mais aussi gratte-cul, le fruit de l'églantier dont ma grand-mère fait de la confiture. »

Hortense avait éclaté de rire, puis écouté la fille qui n'avait pas sa langue dans sa poche.

« Ma mère m'a affublée de ce nom parce que, quand elle a su qu'elle était enceinte et que le coupable avait disparu, elle est allée voir une faiseuse d'anges qui lui a pris quelques sous, lui a laissé croire qu'elle avait fait des miracles et, pour parfaire l'affaire, l'a envoyée prier sainte Procule à Gannat ! Alors quand je suis arrivée, elle a décidé de m'appeler Procule, un clin d'œil au destin ! Et toi ?

— Moi, c'est Hortense. »

Procule avait sifflé d'admiration, admettant bien volontiers que c'était beaucoup plus joli. Mais pour rien au monde elle n'aurait troqué son prénom. Elle y était habituée, et aussi aux sarcasmes qu'il provoquait !

Un petit fromage de chèvre et quelques fraises des bois sucrées à point avaient complété le repas. Le ciel en avait fini de ses caprices, épargnant heureusement le jardin de madame Fariboles, et quand le soleil revint, plantes et fleurs, pas rancunières, redressèrent leurs tiges, avant même la fin de la dernière averse, pour réclamer un séchage immédiat.

— Le diable bat sa femme et marie sa fille, dit en

riant Procule selon un vieil adage que lui avait enseigné madame Fariboles.

Sagement, Jeune Fou repassa entre les plates-bandes et franchit la clôture par l'étroite porte en bois adroitement rafistolée avec du fil de fer et de la ficelle. Hortense l'enfourcha ; elle abandonnait de plus en plus souvent la monte en amazone, avec la complicité du palefrenier qui lui installait sans rechigner une vraie selle. Elle fit un dernier signe à ses amies.

— Tu as oublié ta gaze ! cria Procule.

La gaze était cette légère étoffe dont Hortense était censée se protéger le visage pour éviter un hâle « inopportun et indécent », selon sa grand-mère, pour qui la mode de la pâleur n'était pas un vain mot. Pour elle, des joues creuses et pâles étaient synonymes de distinction. Le teint coloré d'Hortense, dont les yeux même malmenés par des lectures nocturnes n'accusaient aucun cerne, n'était pas un motif de satisfaction. Contrairement à celle affichée par la grand-mère de Procule devant la teinte orangée proche de celle d'un abricot qu'arborait le visage de sa petite-fille.

— Prends garde à ces hommes qui traînent, lança encore madame Fariboles.

Il faut dire que dans la maison des trois femmes les hommes n'étaient pas en odeur de sainteté. La grand-mère avait bien été mariée avec un colporteur toujours parti par monts et par vaux, et qui un jour n'était pas revenu. La mère de Procule avait alors une dizaine d'années. Il y avait eu ensuite la naissance de cette petite fille qui n'avait jamais connu « son diable de père », comme disait sa grand-mère. Cela expliquait une méfiance naturelle envers le sexe fort.

— Moi, je vais vite chez la Philomène, il paraît que son mari a des diarrhées. Heureusement que tu m'as rapporté un peu de consoude ; je prendrai de la bourrache pour la grosse Mélanie. Si tu me trouves du serpolet et de l'orpin, ce sera bien, mes bocaux sont presque vides.

Vive, madame Fariboles avait déjà refermé la porte du jardin. Procule lui emboîta le pas.

— Il faudrait travailler les haricots et l'oseille. Avec la pluie, les mauvaises herbes viendront facilement.

Joséphine, la mère de Procule, armée d'un piochon, se dirigea vers les carrés désignés par sa mère. Personne n'était oisif chez madame Fariboles !

2

Le canard glissait voluptueusement, tout au bonheur d'exister simplement entre eau et ciel, indifférent et somnolent. Il s'abandonnait à l'eau du bassin dont le jet vigoureux dessinait au centre des vaguelettes régulières, presque au compas. Cinglant vers lui, un de ces congénères vint pourtant rompre sa béatitude, mais s'arrêta à quelques centimètres. Imperturbable, il plongea seulement son bec dans l'eau, puis étira le cou vers le ciel et reprit sa méditation avec tant de dédain que le trublion fit promptement demi-tour vers d'autres eaux, tout près du bord arrondi du bassin. Un troisième canard y profitait paisiblement du soleil du matin. Surpris par l'arrivée brutale du décidément turbulent anatidé, il fourragea d'un coup de bec nerveux dans son aile droite qui s'écarta légèrement du corps, puis dans l'autre. Satisfait, suffisant même, il tendit à son tour le cou vers le ciel qu'il n'atteindrait jamais. Sa peau se plissa et fit scintiller au soleil les petites plumes vertes et soyeuses de l'orgueilleux.

Hortense aimait cette couleur indéfinissable qui n'avait aucun équivalent dans la nature pourtant si verte et grasse qui l'entourait ; ni les sapins, ni les feuilles des chênes centenaires, ni celles des roses ou des hortensias, la fleur dont elle portait le nom, ni l'herbe qui poussait dru depuis quelques semaines... Il était bien rare que la jeune fille ne portât pas de vert, robe, cape ou collier.

Elle soupira. « Cœur qui soupire n'a pas ce qu'il désire », répétait autrefois sa nourrice. Cette pensée amena un sourire sur ses lèvres fines et bien dessinées au-dessus du menton à fossette. Un merle vint se poser tout près, sembla vouloir becqueter l'eau mais, jugeant l'entreprise trop risquée, s'envola vers le chêne le plus proche pour se dissimuler dans ses ramures. Hortense avait à peine eu le temps de le voir. C'était sans importance, car elle préférait les anatidés, comme disait monsieur Buffon. Elle avait justement consulté quelques jours plus tôt les pages qu'il avait consacrées aux canards.

— Hortense !

La jeune fille sursauta. La voix haut perchée de sa grand-mère la ramenait soudain à la réalité.

— Hortense, venez, nous allons souper, n'avez-vous pas entendu la cloche ?

Haut perchée et autoritaire.

Elle jeta un dernier regard au bassin où deux hirondelles venaient maintenant boire au jet qu'une légère brise poussait à l'oblique, éparpillant à plaisir l'eau claire avant de s'envoler.

Heureuses et libres, pas comme moi, songea Hortense en les regardant s'éloigner avant de quitter, à regret, ce lieu où elle aimait venir rêver.

D'un commun accord, soudain réconciliés, les canards avaient justement cinglé vers elle ; arrivés près du bord de pierres jaunâtres, ils parurent se concerter puis esquissèrent un demi-tour impeccable qu'Hortense ne vit même pas. Comment auraient-ils imaginé qu'elle soit si triste ?

— Mais que faites-vous, Hortense ? s'impatientait sur le perron la vieille dame aux cheveux blancs, l'œil sévère.

Elle avait une manière de prononcer son prénom qui le lui faisait détester. Si elle s'était appelée Camille ou Marie, la manière eût été identique. Sa langue était si sèche !

— Votre père ne vous a donc pas enseigné l'obéissance ? interrogea-t-elle encore, les mains jointes sur son opulente poitrine.

Hortense la regarda.

— Baissez les yeux, mademoiselle !

Tais-toi, dit une petite voix à la jeune fille dont la tête bouillonnait. Elle aurait pu être insolente, mais il lui fallait endurer. Que faire d'autre ?

Adoucissant soudain sa voix comme si elle avait eu conscience de sa dureté, madame Touneuf de Bellemaison expliqua :

— Le père Ernest attend. N'oubliez pas de vous laver les mains !

Hortense haussa les épaules quand sa grand-mère lui tourna le dos pour franchir le seuil de la salle à manger. Ce mouvement de dépit lui était familier, trop sans doute, mais il lui échappait souvent et la soulageait. Elle gravit lentement les marches du perron et put saisir en passant devant la fenêtre : « Cette petite me fera damner ! », des mots adressés au curé du village qui devait approuver benoîtement. Il ne risquait pas de contredire l'une de ses principales bienfaitrices, et encore moins de compromettre un déjeuner dont les fumets venus de la cuisine laissaient augurer le meilleur !

Toujours sans se presser, la jeune fille se faufila jusqu'à l'antichambre où elle aspergea ses mains de l'eau tiède d'un broc au-dessus d'une cuvette. Comme elle s'essuyait les mains au linge de toile écrue, un peu rêche comme sa grand-mère, une glace lui renvoya une image qui la fit sourire. Les mèches folles qui s'étaient échappées du sage chignon exigé par la vieille dame étaient les témoins de son indépendance ! Volontairement, elle ne chercha pas à les arranger et pénétra enfin dans la salle à manger dont le parquet marqueté craqua sous son pas pourtant léger.

— Enfin ! Vos mains sont propres ?

— Je n'ai pas cinq ans, répliqua Hortense dont les yeux clairs croisèrent le regard gris comme le zinc des girouettes et des arrosoirs, un regard qui la glaçait.

Sa mère avait le même, disait son père. Elle ne s'en souvenait pas, mais espérait vraiment qu'il était plus doux que celui de cette grand-mère détestée !

— Certes, certes, convint madame Touneuf de Bellemaison que son gendre, le père d'Hortense, avait baptisée « Toutevieille de Laidemaison ».

Oh ! oui, laide maison. Hortense n'aimait pas cette grande bâtisse sévère que le grand-père de madame de Bellemaison avait pourtant fait construire avec amour, en exigeant notamment des portes-fenêtres sur une terrasse formant un vaste perron au-dessus de ce que l'actuelle maîtresse des lieux appelait à juste raison le parc. De beaux arbres y étaient, en effet, agréablement distribués autour de deux espaces où une pièce d'eau ovale trônait d'un côté tandis qu'un étang, de l'autre, s'évasait en forme d'éventail aux lignes douces et plus incertaines, où vivotaient quelques nénuphars et, naturellement, roseaux et joncs. Un parc où, sauf lorsqu'elle parcourait la forêt avec Jeune Fou, Hortense aimait passer ses journées, au grand dam de sa grand-mère qui n'avait pas l'âme romantique ! Quand elle la voyait disparaître, un livre sous le bras, elle levait les épaules et prenait à témoin ses éventuels visiteurs pour leur dire tout le mal qu'elle pensait de sa petite-fille et surtout de son gendre, qui avait bien indignement élevé sa fille. Quand elle n'ajoutait pas « après avoir tué sa mère », c'était un bon jour.

— Voilà notre rebelle, dit le curé qui, déjà, s'était assis à la droite de la maîtresse de maison, et avait déplié sur sa soutane d'un noir douteux l'ample serviette de damas blanche et amidonnée.

— C'est le mot juste, commenta son hôtesse en lui faisant l'œil presque doux, et vous ne l'avez guère vue depuis qu'elle est chez moi, car un dimanche sur deux elle a disparu à l'heure de la messe et j'ai beau m'époumoner au risque d'une crise d'apoplexie, le cocher met en branle la calèche sans elle !

Hortense ne put réprimer un sourire.

— Cela vous fait rire ? ricana méchamment la grand-mère. Une sauvageonne ! Depuis que ma pauvre fille est partie dans votre paradis, son père lui a laissé faire ce qu'elle voulait. Il avait d'autres chats à fouetter, ou plutôt d'autres gueuses. Et maintenant, il serait ruiné : le jeu et des affaires douteuses...

Les derniers mots avaient été prononcés en baissant le ton, un doigt sur la bouche, d'autant que Célestin venait de faire son entrée avec un plat rutilant posé sur une serviette immaculée. Le père Ernest ne put retenir un frémissement de ses narines épatées. Les girolles parsemées de persil tout frais les excitaient trop pour que les histoires de cette effrontée méritent encore son attention !

— De l'autre côté de la mer, il peut jouer les sauvages avec son fils, poursuivait pourtant madame de Bellemaison. Oui, il est en Algérie pour régler avec d'autres cette affaire de bey orgueilleux. Je n'y comprends rien ! Et il s'imagine qu'il va y faire fortune, comme ceux qui partent en Amérique chercher de l'or ! Grand bien lui fasse !

Hortense avait écouté le discours de sa grand-mère sur son père ; elle y était habituée et ne réagissait plus, même si elle mourait d'envie de quitter la table.

En se servant, le curé, qui réfrénait difficilement son plaisir d'engloutir tout le plat, voulut avoir l'air de tenir la conversation.

— Faire fortune chez les incroyants ! dit-il en hochant la tête.

Puis, se tournant vers Hortense :

— Mais, mon enfant, que faites-vous de vos journées ?

— Rien, mon père.

La grand-mère avait répondu à la place de sa petite-fille, ce qui parut contrarier le curé qui leva les yeux au ciel en disant avec calme mais autorité :

— Laissez-la s'exprimer !

— Rien, répéta Hortense avec un clin d'œil en direction de l'homme rondouillard.

— Rien, mais encore ?

— Elle traîne dans le parc à faire la conversation aux canards ou aux écureuils. Elle court la forêt avec un cheval que personne n'a pu maîtriser…

— Laissez-la parler ! interrompit le curé qui cachait de plus en plus difficilement son agacement. Un cheval ?

— Oui, Jeune Fou, convint Hortense dont l'œil clair de porcelaine anglaise pétillait.

— Jeune Fou ? Et où vous mène-t-il ?

— Je ne sais pas.

— Vous ne savez pas ? Et vous ne vous perdez pas ?

Pris au jeu, le curé avait presque oublié les girolles dont la belle couleur orangée était diablement mise en valeur par le blanc très pur du service de Limoges marqué aux armes des Bellemaison.

— Jeune Fou n'est pas si fou, car il me ramène toujours ici.

Elle se mordit les lèvres pour ne pas ajouter « hélas ».

— Oui, jusqu'au jour où il vous jettera à terre, et on ne saura où vous chercher, dit la vieille dame, hors d'elle, avant de porter à sa bouche une fourchette débordante de champignons.

Une girolle s'en échappa et retomba dans l'assiette, effleurant le jabot de dentelle d'Alençon ; trois miettes de persil s'y accrochèrent que la dame chassa d'un geste nerveux pendant qu'Hortense laissait tomber d'un ton las :

— Alors, vous ne me chercherez pas. Je ne vous manquerai pas.

— Insolente ! Hier, à l'heure du déjeuner et de l'orage, mademoiselle avait disparu. C'est la dame Fariboles qui l'aurait recueillie et abritée.

— Une diablesse, celle-ci, à qui je ne donnerais pas le bon Dieu sans confession.

— Mais qui peut apprécier notre sauvageonne. Je l'ai consignée, en tout cas, depuis cette aventure. Plus de cheval, Jeune Fou sera vendu !

Hortense ne broncha pas. Elle savait que Léon, encore une fois chargé de la transaction hypothétique, ne remplirait pas le contrat.

— Ne désespérez pas, madame, disait déjà le curé d'un ton vaguement mielleux, nous la ramènerons dans le droit chemin. Les voies du Seigneur sont impénétrables. Priez-vous parfois ?

— Monsieur le curé, laissez cette enfant tranquille avec vos patenôtres.

— Léon ! D'où sortez-vous ?

— Oh ! monsieur Léon, on vous suit à la trace.

Célestin arrivait aussi, avec un nouveau plat où étaient sagement alignées des tranches d'un rôti dont les chairs à peine rosées devaient être cuites à point.

— Comment osez-vous vous présenter devant monsieur le curé ainsi ? J'en ai assez de vos extravagances ! Quel exemple pour votre nièce !

— Laissez-la tranquille, vous aussi, ma mère ! Regardez plutôt ces beaux poissons.

— Des hotus ! Des gâteaux d'arêtes, s'exclama Célestin derrière le grand gaillard qui avait apporté soudain une bouffée de vie dans la pièce où les lambris cirés, les meubles et les bibelots, posés là depuis des décennies, entretenaient une atmosphère compassée.

Hortense avait repris des couleurs. Soudain libérée du regard scrutateur du curé, elle éclata de rire. La mine dégoûtée de Célestin était si drôle !

Excédée, sa grand-mère la foudroya du regard.

— Je vous en prie ! Et vous, allez vous changer, c'est un ordre.

— Mais j'ai faim, grand-faim, protestait déjà Léon en se saisissant avec les doigts d'une tranche de rôti qu'il engloutit dans une grande bouche aux lèvres charnues.

— Mon Dieu ! dit sa mère en portant ses mains devant son visage pour ne pas voir ce spectacle.

— Je vous en prie, laissez Dieu en dehors de cela. Oui, surtout votre Dieu, ajouta Léon la bouche pleine en tirant bruyamment une chaise sur laquelle il se laissa lourdement tomber.

Ses bottes imprimèrent aussitôt leur marque sur le parquet qu'il faudrait cirer à nouveau. L'air désolé, Célestin contempla le désastre en se penchant vers le curé qui se servit de rôti et reposa délicatement les couverts d'argent sur le bord du plat.

— Mon Dieu, répéta machinalement madame de Bellemaison en tamponnant son front où perlaient quelques gouttes de sueur.

— Il était temps que j'arrive, dit Léon qui avait enfin dégluti sa tranche de rôti. Sous votre influence, monsieur le curé, ma nièce pourrait être pervertie. Cela suffit avec ma mère !

Hortense observait le spectacle avec un bonheur soudain. Que ferait-elle sans l'oncle Léon ? Il était pour beaucoup dans sa capacité à résister à cette grand-mère qu'elle n'avait jamais vue avant son arrivée quelques semaines plus tôt. Elle était alors triste à mourir d'avoir laissé partir son père et son frère pour elle ne savait où, même si son père, très pédagogue, avait pris la peine d'ouvrir un atlas sur la grande table de la petite bibliothèque pour lui montrer où ils allaient, de l'autre côté de la Méditerranée. Elle avait encore en mémoire l'odeur de tabac qui planait toujours dans cette pièce exiguë de l'appartement de son autre grand-mère, dont une fenêtre étroite donnait heureusement sur la place des Vosges.

Léon engloutit en un instant le contenu de son assiette.

— Il paraît que le duc d'Aumale s'est emparé de la smala d'Abd el-Kader[1], dit-il.

— La smala ? Qu'est-ce ? interrogea Hortense en fixant Léon qui la dévisagea à son tour.

— Votre père vous expliquera cela mieux que moi quand il reviendra.

— S'il revient.

Léon fustigea sa mère d'un œil noir.

— Il paraît que c'est ainsi que l'on appelle ses troupes, reprit-il, mais aussi tout son peuple. On parle de trois mille personnes. Si vous voulez, vous n'avez qu'à lire les journaux que je reçois.

— Quelle idée !

— Mais, ma mère, si cela ne vous intéresse pas, n'en dégoûtez pas les autres !

— Vos maudits journaux n'apportent que de mauvaises nouvelles. Regardez, l'année dernière, la mort du prince héritier, le duc d'Orléans, à qui la vie paraissait tant sourire, et le déraillement de cette satanée machine qui a tué cinquante-cinq personnes[2]...

Le curé frissonna. Un jour, Léon avait décrit ce monstre qu'il appelait une locomotive et qui tirait à une vitesse effrayante des berlines sur des rails de fer. Le monde devenait fou, vraiment, l'homme ne perdait-il pas la raison ? Son hôtesse éprouvait les mêmes réticences face à ce que l'on nommait le progrès.

---

1. Le 16 mai 1843.
2. Ce fut le premier accident de train, à Meudon, le 8 mai 1842.

— Ce n'est tout de même pas de la faute du journal. Il n'invente pas les nouvelles, que je sache, et ne provoque pas les malheurs dont vous parlez. Et il n'y a pas que cela. Les histoires croustillantes de l'amant de Rachel ne vous ont-elles pas réjouie ? Et n'avez-vous pas bavé d'envie en apprenant par mon journal que des pâtissiers ouvraient boutique à Paris pour vendre leurs gâteaux ? Votre gourmandise n'en est-elle pas tout émoustillée ? Et l'affaire de cette empoisonneuse, madame Lafarge, ne vous a-t-elle pas passionnée ?

A chaque question, madame de Bellemaison portait la main à son giron en soupirant. Une main élégante où brillaient deux bagues et qui crispait des doigts un peu décharnés sur les dentelles du jabot. Que cet enfant soit maudit et ses entrailles, qui l'avaient conçu, aussi !

Le curé était ravi. Son hôtesse l'ennuyait prodigieusement et il fallait qu'elle laissât tomber à la quête quelques louis chaque dimanche, sans oublier ses autres générosités, pour qu'il écoute ses chapelets de jérémiades. L'homme qui en avait entendu bien d'autres, en confession et ailleurs, appréciait Léon dont il ne voyait guère pourtant les bottes arpenter le froid dallage de son église. Sa liberté de ton l'amusait, et il avait toujours quelque chose d'attrayant à raconter.

— Et que diriez-vous, mère, poursuivait déjà le diable de garçon qui avait résisté avec brio à toutes les tentatives de mariage fomentées par sa mère, d'un grand bal pour distraire ma nièce ? A défaut de cheval, offrons un bal, et cela rime.

— Un bal ? répondit la femme dont les traits

parurent soudain s'affaisser avec la grimace d'une bouche pourtant très accoutumée à une moue dédaigneuse.

— Oui, un bal. Depuis combien d'années n'avons-nous pas dansé ici ?

— Depuis cette soirée où votre pauvre sœur a rencontré son mari. Vous avez la cruauté de me le rappeler !

Le ton était sec et les lèvres artificiellement rosies découvrirent des dents encore bien blanches dont la propriétaire était très fière.

— Ma pauvre sœur, comme vous dites, a croisé l'amour ce soir-là, il n'y a pas de quoi faire la grimace. Ce n'est pas honteux, tout de même !

— Et nous, nous avons croisé le malheur, murmura madame de Bellemaison d'une voix faible.

Elle se reprit vite quand Hortense questionna avec ardeur :

— Racontez-moi !

Sa grand-mère la toisa d'un regard tellement impitoyable qu'elle n'osa insister.

L'amour, celui que décrivent les poètes ? songeat-elle en piquant du nez dans son assiette.

Mais Léon, qui n'avait pas davantage bronché, poursuivait déjà.

— Vous y convierez les amis de madame Adélaïde. J'ai rencontré le duc de Montpensier dans la forêt ce matin. Un bien beau garçon qui doit hériter de sa tante, entouré de jeunes gens, brillants cavaliers, qui pourraient trouver à leur goût ma jolie nièce.

— Suffit !

Madame de Bellemaison agita la sonnette d'argent qu'elle conservait toujours à portée de main sur la table, tout près du flacon de sels qui ne la quittait jamais. Si son fils continuait, elle allait en avoir besoin. Célestin parut à la porte et, à pas feutrés, enleva sans bruit les grandes assiettes de porcelaine blanche timbrées de l'écu à la tour coiffée d'un impressionnant toit pointu entre deux lions affrontés. Léon observait sa mère dont la mine renfrognée disait assez l'agacement qu'il avait provoqué.

— Vos coups sont bons, mais rares ! dit-il à l'adresse de Célestin qui prit un air contrit en se précipitant sur la belle carafe de cristal.

— Tout de suite, monsieur Léon !

— Nous avons soif, pas vrai, monsieur le curé ?

Pris à partie, l'homme acquiesça en cachant son enthousiasme à son hôtesse et se pencha vers Hortense.

— Votre oncle veut vous faire danser, soit, mais vous ?

— Parlez, Hortense, l'encouragea Léon pour faire taire sa mère toujours prompte à parler à la place de sa petite-fille de peur que sa réponse ne soit pas satisfaisante.

— Moi, je ne sais pas trop danser. Je voudrais étudier les sciences.

— Les sciences ?

La voix pointue de la grand-mère couvrit celle du curé.

— Quelle idée ! ajouta le brave homme qui regrettait déjà sa question.

Mais la jeune fille soudain animée poursuivait.

— Connaissez-vous l'*Histoire naturelle* de Buffon ? Il n'y a rien de plus beau !

Honteux, le curé dut avouer son ignorance. La bibliothèque du presbytère était pauvre.

— Mon père en avait la collection complète. Des livres avec de belles images, qui décrivent le monde.

— Le monde ? Mais quelle idée ! Que voulez-vous en faire ? soupira la grand-mère en plantant un couteau dans le saint-nectaire que Célestin lui proposait sur une belle assiette d'argent.

La pâte onctueuse jaillit de la morsure du métal, un léger fumet s'exhala qui fit palpiter les narines décidément sensibles du curé.

— Oui, le monde, répéta Hortense soudain mise en confiance, tout ce qui nous entoure, les fleurs, les arbres, les animaux... Savez-vous que vos canards appartiennent à l'espèce des anatidés, comme vos cygnes ?

— La belle affaire, grand bien leur fasse ! Avoir une petite-fille savante ne me réjouit guère ! répliqua la maîtresse des lieux en savourant son fromage dont la pâte se mêlait voluptueusement au pain.

Un délice, si cela n'avait été cette dent qui la faisait souffrir, ravivant le souvenir de sa propre grand-mère qui avait vécu jusqu'à un grand âge, édentée et réduite à manger des purées et des bouillies. Elle chassa vivement l'image en se saisissant du verre à pied posé devant son assiette ; une gorgée de vin donna encore plus de saveur au fromage dont un producteur de Besse venait livrer régulièrement quelques délicieux spécimens à la croûte dorée. Elle n'eut cependant guère le temps de s'abandonner à ce plaisir simple. Son fils ne la laisserait donc jamais en paix !

— Alors, ce bal, quand le faites-vous ? insistait déjà Léon qui avait de la suite dans les idées et enfournait, lui aussi, un énorme morceau de fromage dans sa large bouche soulignée d'une fine moustache.

— Mais je ne sais pas, vous me bousculez. Vous faites resurgir un passé qui me crucifie. Laissez-moi respirer et peser le pour et le contre.

D'une voix timide, le curé dit alors :

— Votre petite-fille, qui s'intéresse aux livres, pourrait peut-être fréquenter notre école publique mutuelle.

Il faisait allusion à l'établissement que la princesse Adélaïde d'Orléans avait favorisé à Randan, une création exceptionnelle où les enfants du canton avaient la chance de pouvoir apprendre à lire.

— Elle pourrait y aider l'institutrice, cela l'occuperait.

— Ma petite-fille, travailler ! se récria la vieille dame en portant la main à son cou avec un geste qu'elle répétait souvent quand elle était agacée.

Elle y ajustait un ruban de velours dont la couleur était assortie à sa tenue et qui était censé masquer des chairs flageolantes. Nerveusement, elle y passa un doigt comme si soudain le délicat trait de tissu l'irritait.

— Mais si, pourquoi pas ? intervint Hortense saisissant une nouvelle occasion de contredire sa grand-mère. J'irai à cheval tous les matins.

— Voilà une idée à creuser, renchérit Léon, trop content de cette nouvelle occasion d'affronter sa mère.

— A ce bal, vous inviterez le cavalier noir ?

Prise d'une inspiration subite, Hortense avait formulé la question presque innocemment. Un silence gêné fut la première réponse. Même le curé avait piqué du nez dans son baba au rhum, ce qui n'était guère une punition tant les vapeurs de l'alcool lui réjouissaient les narines. Madame de Bellemaison s'était saisie de son flacon de sels pendant que Célestin, occupé à resservir du vin, restait aussi figé que Léon, abasourdi.

C'est cependant ce dernier qui réagit le premier, presque comme en service commandé.

— Qui vous a parlé du cavalier noir ?

— Je l'ai rencontré.

Madame de Bellemaison étouffa un petit cri et pressa le flacon de sels sous ses narines d'un geste convulsif.

— Vous ne m'aviez pas dit qu'il était revenu, souffla-t-elle presque mourante avec un regard de reproche vers Léon.

— Mais je l'ignorais, répliqua Léon qui mentait effrontément.

Le curé, qui devait avoir l'habitude des mensonges en confession, le comprit aussitôt et le dévisagea d'un œil cependant compatissant. C'était assurément un mensonge pieux et l'absolution était déjà acquise au pécheur !

Celui-ci s'était maintenant retourné vers sa nièce et interrogeait :

— Et alors ?

— C'est tout, il s'est présenté, Magloire de Fleury, et il est reparti au galop.

Madame de Bellemaison ne put réprimer un soupir de soulagement. Le curé redressa la tête et osa avancer la main vers le verre de vin que Célestin venait à peine de remplir. La vie semblait être revenue autour de la table après que chacun eut retenu son souffle. Mais Hortense ajouta très vite :

— Il a seulement dit : « Quelle réussite, je n'aurais pas fait mieux ! » Que voulait-il signifier ?

Léon balaya la question pendant que sa mère s'étranglait avec son baba au rhum.

— Je n'en sais rien. Dites-nous plutôt si un bal vous ferait plaisir !

3

Procule s'était confortablement installée, les pieds sur un lit de mousse, les fesses bien calées sur une branche de charme et le buste appuyé sur une autre. Un observatoire fortifié, caché par les feuilles que l'arbre dispensait généreusement jusqu'au ciel, constituant, avec six autres compagnons de son espèce, une belle charmille. En veine de confidences, madame de Bellemaison avait raconté un jour à la mère de Procule, venue dispenser ses dons pour apaiser les douleurs d'un zona, que cette charmille était réputée avoir été plantée sur la tombe d'un vieux chevalier qui avait roulé sa bosse jusqu'en Amérique avant de revenir mourir sagement dans le lieu de son enfance. Des charmes y avaient poussé avec ardeur et quand le grand-père de l'actuelle propriétaire avait acquis les ruines d'un vieux château et le vaste terrain pour y construire la maison, il avait respecté le vœu des vendeurs, ruinés par la Révolution, de ne pas toucher à la charmille. C'était un lieu de promenade ; Hortense y venait souvent rêvasser depuis son arrivée, Procule l'y rejoignait parfois.

Redoutant une crampe, Procule bougea ses jambes ; il ne s'agissait pas de se laisser engourdir, ni de s'endormir. Hortense avait vanté le spectacle qui allait s'offrir à elle et pour rien au monde elle ne l'aurait manqué. Son amie lui avait promis de lui montrer la robe que sa grand-mère avait fait faire pour le bal. Après avoir tenté de lui faire endosser une de ses tenues démodées, la vieille dame s'était laissé convaincre de commander une robe nouvelle par son fils qui n'en finissait pas de fustiger sa pingrerie.

« Blanche, en organdi, avec un semis de nœuds verts », avait dit Hortense en reconnaissant qu'elle la trouvait très belle mais qu'elle ne s'y sentait pas très à l'aise. Elle préférait sa tenue de cavalière ! D'autant qu'elle avait fait coudre en cachette une ample jupe pour la transformer en un pantalon bouffant dans lequel elle galopait avec ardeur, abandonnant la sage position d'amazone pour le califourchon. Si sa grand-mère l'avait vue, elle aurait eu une attaque d'apoplexie, mais l'oncle Léon ne lui avait-il pas raconté qu'une femme de grand talent, qui écrivait des livres, empruntait sans vergogne les pantalons des hommes ? Il lui avait même prêté en douce un roman de cette George Sand qui l'avait fait rêver ! Dans *Indiana*, l'écrivain plaidait une certaine liberté amoureuse de la femme, ouvrant des horizons insoupçonnés à la jeune fille.

— En organdi, avec un semis de nœuds verts, souffla Procule en se lissant les cheveux d'un geste qui s'apparentait à un tic tant elle le répétait, des cheveux qu'elle avait justement retenus en chignon grâce à un nœud de soie verte que lui avait offert Hortense. Ah ! voilà une voiture, murmura la jeune femme pour elle-même et pour les oiseaux qui nichaient nombreux dans la charmille.

Le jour tombait à peine et des torches plantées tout le long de l'allée de chênes guidaient les cochers qui rapidement se succédèrent à bonne cadence, comme si les invités s'étaient donné le mot et convergeaient de conserve au château. De son observatoire judicieusement choisi, Procule voyait bien le manège des calèches et autres cabriolets menés par un ou deux chevaux, plus rarement davantage. Procule n'était pas née de la dernière pluie et savait que leur nombre était proportionnel à l'importance de la personnalité transportée par la voiture dont l'aspect était aussi révélateur. Tout cela l'amusait beaucoup, elle qui n'avait rien, sinon une vraie joie de vivre et de jouir des plaisirs les plus simples. Ecouter le rossignol qui nichait dans le chêne au-dessus de sa masure, déguster une poêlée de champignons aux saveurs incomparables, une framboise ou une fraise des bois.

Elle frissonna ; happé par un inconnu qu'elle aurait bien voulu connaître, le soleil était définitivement passé derrière la grosse maison. Un souffle de vent paresseux anima autour d'elle les arbres quelques secondes, puis tout redevint calme. Les torches allumées le long de l'allée et sur la large terrasse avaient gagné de l'éclat quand la demeure avait été plongée dans l'ombre.

C'est à cet instant qu'elle perçut une présence près d'elle. Elle se retourna brusquement et sursauta.

— Vous non plus, vous n'êtes pas invité ? Pourtant, vous êtes de leur monde.

— Je n'en fais plus partie depuis longtemps, répondit sobrement la silhouette sombre.

C'était le cavalier noir. Procule n'en avait pas peur. Elle savait qu'Hortense l'avait à nouveau croisé, à plusieurs reprises, mais qu'ils ne s'étaient plus reparlé.

Procule percevait maintenant la musique et imagina son amie dans sa belle robe et ces princes charmants qui allaient s'incliner devant elle. Aurait-elle pu imaginer l'angoisse d'Hortense ? Sur le perron entre sa grand-mère et son oncle, elle accueillait un par un les invités que Célestin en grande tenue conduisait ensuite avec solennité jusque dans le vaste salon où un petit orchestre jouait en douceur pour respecter les conversations qui commençaient à se nouer. Hortense avait la tête qui lui tournait. Le corset qu'Augustine avait serré avec ardeur lui comprimait les côtes. Quoique enrobée par un certain embonpoint venu avec l'âge, la grand-mère cultivait la religion de la taille fine ; elle avait commandé une de ces carcasses, comme Hortense n'en avait jamais vu, à une marchande de modes venue tout exprès de Vichy. Celle-ci avait bien vanté les mérites du dernier cri, à savoir le « laçage à la paresseuse » et l'« agrafage automatique » qui ne nécessitaient aucune assistance extérieure, mais madame de Bellemaison avait préféré la version traditionnelle et Augustine, redoutant de se faire tancer par la vieille dame, n'avait pas plaint sa peine pour comprimer la taille de la jeune fille au point qu'elle peinait à respirer.

Elle se sentait déguisée dans cette robe dont Léon lui avait fait de grands compliments. Il avait insisté lors de la visite de la marchande de modes pour qu'elle porte une nouveauté juste arrivée de Paris, faite de tissu et de crin, qui donnait de l'ampleur à la robe. Elle eut une pensée pour sa tenue favorite quittée quelques heures plus tôt. A regret.

Sa grand-mère lui avait fait une scène quand elle était rentrée, à l'heure du déjeuner, les cheveux emmêlés après une course dans la forêt avec Jeune Fou déchaîné. Et encore, Hortense s'était bien gardée de raconter qu'elle avait rencontré le cavalier noir qui avait chevauché avec elle, Toutenoire et Jeune Fou ayant rivalisé dans une course à laquelle chacun avait pris un plaisir indicible. Oserait-elle un jour reparler à Bellemaison de cet homme qui semblait semer tant d'émoi ?

Augustine avait été réquisitionnée pour transformer la « sauvageonne », comme l'avait appelée sa grand-mère, en « jeune fille de bonne famille ». Depuis lors, elle avait été étroitement enfermée dans sa chambre pour éviter toute incartade, et la modeste collation qui lui avait été servie était loin ! Augustine lui avait répété que son estomac serait plat, elle qui n'avait guère de graisse en trop, et qu'elle aurait faim pour le souper préparé par la vieille Apolline, entourée d'une armée d'aides recrutés pour l'occasion dans le village. En cachette, au risque de gâter ses dents, elle avait grignoté des noisettes qu'elle cachait dans le retrait lui servant de garde-robe, et avait passé le temps en lisant *Les Trois Mousquetaires*, prêtés par son oncle la veille. Elle avait épuisé une chandelle en dévorant, la nuit précédente, les premiers chapitres qui l'avaient enthousiasmée ; quand la lumière vacillante dans le petit chandelier de cuivre posé sur sa poitrine s'était éteinte, elle avait soupiré et s'était endormie dans les bras du bel Aramis.

Maintenant, elle avait faim et se sentait transformée en statue avec un sourire forcé qui devait tourner à la grimace. Elle songea un instant à faire semblant de s'évanouir pour nuire au bon déroulement imaginé par sa grand-mère dont les exclamations répétées faisaient chaque fois monter la vilaine voix aiguë d'un cran.

— Ma chère, quelle bonne surprise ! Ah ! quel plaisir de vous voir ! Vous êtes si belle, et vous, mon cher Adrien, quel bonheur que vous ayez pu venir ! Une crise de goutte, mais que me dites-vous ? Vous danserez quand même, mais si, mais si. Madame, c'est un honneur de vous accueillir ici.

Soudain, la voix mondaine et apprêtée, qui sonnait faux, de madame de Bellemaison avait baissé d'un ton. Médusée, Hortense vit la vieille dame exécuter une révérence avec une maîtrise qui la surprit tellement que lorsqu'elle dut à son tour réaliser la figure pour laquelle sa grand-mère l'avait fait répéter depuis un mois, elle faillit défaillir pour de bon. Mais la main tendue de la dame âgée, à la fois douce et solide, la retint et elle offrit enfin un vrai sourire à cette femme dont sa grand-mère lui avait rebattu les oreilles. Madame Adélaïde, une vraie princesse dont l'histoire lui avait été racontée par le menu, était la sœur du roi Louis-Philippe, tout de même.

Elle qui faisait la fanfaronne et riait des récits enrubannés de sa grand-mère fut soudain impressionnée. Elle comprenait enfin l'honneur que faisait cette grande dame en acceptant l'invitation des Bellemaison. Sa présence avait d'ailleurs sérieusement compté pour que la maîtresse de maison décide enfin d'offrir cette soirée à ses amis et à sa parentèle. Les assauts répétés de Léon et l'orgueil d'accueillir des membres de la famille royale l'avaient finalement emporté sur des motifs que sa petite-fille n'avait pas vraiment compris. Ses questions étaient restées sans réponse.

Déjà cette dame aux cheveux gris, qui en imposait involontairement – on ne savait si c'était son physique, elle était petite et forte mais avait un port de tête altier, ou sa bienveillance naturelle –, était entraînée par la maîtresse de maison vers le salon où les conversations cessèrent, chacun se levant pour manifester un accueil digne à la princesse escortée par son neveu, le beau duc de Montpensier.

Abandonnant Léon qui s'empressait auprès des derniers invités, Hortense avait suivi et observait la scène avec intérêt. Tous s'inclinaient maintenant devant la sœur du roi Louis-Philippe et chacun s'enorgueillissait volontiers de ce prestigieux voisinage avec un membre éminent de la famille royale.

Cela faisait une vingtaine d'années que madame Adélaïde, que l'on appelait simplement à l'époque « mademoiselle d'Orléans », avait acheté le domaine de Randan ; elle y avait débarqué, précédée par une solide réputation de femme laide au teint rouge-brun qu'elle tenait de son père, le maudit Philippe Egalité, une femme dont on dénonçait la vulgarité et les mauvaises manières. Elle avait, en effet, fait sensation avec ses robes à grosses raies jaunes, noires et rouges, et l'abondance de plumes sur ses chapeaux. Sa taille, sa tête carrée, son front bas et ses yeux ronds correspondaient peu aux critères de beauté d'une princesse, mais elle s'était imposée par sa gentillesse. Elle avait édifié à Randan une fière demeure avec des commodités qui avaient alimenté et alimentaient toujours les conversations ; servantes et serviteurs décrivaient, les yeux brillants, les cuisines comme autrefois on aurait vanté le confort des salons d'un château. Une fois qu'ils avaient travaillé pour madame Adélaïde, ils devenaient si difficiles qu'aucune embauche ne les satisfaisait.

Hortense avait un jour entraîné Procule jusqu'aux grilles du vaste parc qui entourait le château. Précédée par une chapelle et une terrasse, la demeure possédait deux tours rondes qui lui offraient une vague allure médiévale. De nombreuses fenêtres montraient cependant que la modernité l'avait emporté sur le Moyen Age, revenu certes à la mode mais auquel on ne pouvait plus sacrifier le minimum de confort que confirmaient les nombreuses hautes cheminées de brique ponctuant les toits pointus.

Le ballet des salutations était maintenant achevé. Tous avaient rendu hommage à la princesse avec force révérences et courbettes de courtisans en mal de reconnaissance ; à l'invitation de madame de Bellemaison, la princesse s'installa confortablement dans une large bergère tendue de velours pourpre. Sa tenue gris perle mettait en valeur son teint coloré poudré de rose, pour dissimuler des pommettes volontiers vermeilles que les mauvaises langues attribuaient à l'amour du vin, mais qui étaient d'abord héréditaires. Assez laide étant jeune, cette femme avait presque embelli avec les rondeurs de la maturité et n'en avait pas moins grande allure. Madame Adélaïde avait la réputation d'être très gourmande et sa table était renommée pour une chère ô combien délicate.

Son neveu, le duc de Montpensier, de belle prestance avec ses cheveux blond vénitien autour d'un visage aux traits réguliers, avait déjà rejoint un groupe de jeunes gens. Hortense suivit des yeux la silhouette élancée dont l'habit sombre accentuait la minceur ; sa démarche était souple, en harmonie avec la musique.

L'orchestre distillait ses notes en douceur pour ne pas faire concurrence aux conversations liées aux retrouvailles d'un monde habitué à poursuivre ainsi des propos anodins et étrangers aux problèmes extérieurs.

Hortense maudissait toujours le corset qui lui cisaillait les côtes et répétait dans sa tête les pas de danse inculqués par un vieux professeur dont les vêtements imprégnés de tabac lui donnaient envie de vomir. Ce souvenir lui provoqua un haut-le-cœur juste au moment où un jeune homme venait réclamer son carnet de bal pour y inscrire son nom. Rougissante, elle sortit l'objet du réticule de soie blanche retenu à sa ceinture par une fine chaîne dorée. D'autres se succédèrent ensuite avant que Célestin, splendide dans sa livrée sombre, ne vienne annoncer que Madame était servie. Hortense eut envie de fuir. Oui, sa grand-mère avait raison, elle était une sauvageonne ; tout cela l'ennuyait prodigieusement. L'oncle Léon, métamorphosé en maître de maison policé et docile, avait même perdu de son charme !

— Vous êtes la petite-fille, je suppose ? interrogea soudain une voix près d'elle.

Surprise, Hortense se retourna. Une femme lui offrit un sourire éclatant.

— C'est bien cela ? insista-t-elle en posant sa main gantée de blanc sur l'avant-bras de la jeune fille.

— Oui, répondit Hortense partagée entre timidité et interrogation.

Sa grand-mère lui avait fait tant de recommandations : ne pas répondre comme ceci, ne pas dire cela, baisser les yeux...

— Hortense, n'est-ce pas ? Léon m'a parlé de vous, j'étais une amie de votre mère. Vous lui ressemblez.

— Je sais, on me l'a déjà dit, mêmes cheveux noirs, nez petit, fossette au menton, ironisa Hortense.

— Oui, c'est cela, reprit l'autre sans s'émouvoir de l'insolence de la jeune fille, avant d'ajouter : Je suis Delphine Beaumont ; j'ai passé mon enfance à deux pas d'ici, puis j'ai végété à l'ombre de mon mari à Clermont. Un savant qui s'occupait de botanique, ennuyeux comme tout, que je fuyais parfois pour revenir chez mon frère qui a hérité du domaine de la famille. Ce savant n'a même pas été fichu de me faire des enfants ; il s'occupait de graines et lui-même n'a pas été capable de m'en planter une, si vous voyez ce que je veux dire !

Hortense baissa les yeux.

— Vous n'allez pas rougir, quand même, insista Delphine Beaumont en souriant.

Oh ! non, elle n'allait pas rougir, car Procule lui en avait bien raconté à ce sujet et la lecture de quelques livres lui en avait suffisamment appris sur la chose, mais de là à en parler à deux pas de sa prude grand-mère, il y avait un abîme.

— Votre mère était comme Léon et Joseph, simple, franche, lasse des bigoteries de la maison, et quand votre père est arrivé un jour de juin, beau parleur, charmeur, elle s'est jetée dans ses bras ; votre grand-mère a eu beau s'acharner, elle n'y aurait jamais renoncé, à son amoureux, qui avait enflammé ses sens en quelques heures. Elle a bien fait, elle aura connu l'amour, ce n'est pas comme moi avec mon barbon.

— Pourquoi l'avez-vous épousé ?

— De la repartie, ma chère ! Je vous expliquerai peut-être un jour. Venez.

— Et Joseph ? Pourquoi n'en parle-t-on jamais ?

— Le jumeau de votre mère, un être adorable lui aussi. Un peu trop tête brûlée pour la famille, sans doute. Mon Dieu, cela fait si longtemps que je ne suis venue à Bellemaison !

Si Hortense avait été moins préoccupée par son corset, elle aurait perçu dans la voix de Delphine Beaumont une intonation différente et, dans son regard, comme un vague à l'âme.

— Ah ! vous avez fait connaissance ? dit Léon dans son dos.

Là aussi, Hortense, si elle avait été plus attentive, aurait perçu chez son oncle comme une inquiétude.

— Donnez-moi votre bras ! dit alors Delphine.

— N'étions-nous pas convenus que vous ne céderiez pas à l'émotion ? murmura-t-il en la conduisant à sa table. Voilà, mettez-vous ici, vous y serez bien.

Les tables avaient été dressées dans l'orangerie ou plutôt dans un vaste bâtiment pompeusement nommé « orangerie » – depuis la mort du grand-père bâtisseur, les plantes destinées à ce jardin d'hiver, qu'il avait soigneusement accumulées, avaient peu à peu disparu dans l'indifférence et avaient été remplacées au fil des années par un bric-à-brac hétéroclite. Augustin, le palefrenier, aidé du pauvre Célestin qui avait pourtant allégué ses douleurs au dos, avait blanchi les murs à la chaux ; nappées de damas blanc, les tables rondes y faisaient bonne figure.

Madame Adélaïde avait pris place à la droite de la maîtresse de maison dont le sourire affiché était une nouveauté pour Hortense ; la jeune fille la scrutait de loin et n'en revenait pas de l'amabilité subite de sa grand-mère. Elle se souvenait de ces semaines fébriles qui avaient suivi le lancement des invitations. La vieille dame, tout à coup amusée par l'idée de renouer avec des pratiques mondaines qu'elle avait dédaignées depuis la mort de son mari, ou plutôt depuis les événements qui avaient frappé douloureusement sa famille, s'était prise au jeu ; elle avait décidé que quitte à faire les choses, il fallait les faire bien et en regardant autour d'elle, sans doute pouvait-elle être satisfaite. Les invités avaient accouru ; tous ceux qui comptaient alentour avaient répondu favorablement. La présence de madame Adélaïde et de son beau neveu, le duc de Montpensier, rehaussait évidemment la réception.

— Ce jeune prince doit faire des ravages, dit près d'elle Delphine Beaumont.

— Vous êtes déjà sous le charme ? interrogea Léon en posant sa main sur l'avant-bras nu de sa voisine.

— Comment ne pas l'être ? rétorqua Delphine avec un sourire enjôleur vers son autre voisin.

Paul Boispré, un vieil ami de Léon, exerçait en dilettante la médecine et visitait souvent madame de Bellemaison qui souffrait toujours de mille maux. Elle l'avait encore appelé deux jours plus tôt pour un rhume et venait de lui dire grand bien de la réglisse au gruau gommé et purifié, parfumée à la violette, à l'anis, à la menthe et au citron qu'il lui avait prescrite, une préparation qu'il faisait venir de la pharmacie Bargoin-Lecoq à Clermont.

Grand et mince, il se pencha vers Hortense, qu'il avait aussi examinée deux jours plus tôt, sa grand-mère s'étant souciée de son haleine « pour ne pas rebuter les danseurs qui s'aventureraient avec cette sauvageonne ». Le médecin lui avait laissé un peu d'élixir végétal au quinquina par acquit de conscience, mais la jeune fille lui avait paru des plus saines.

Déjà, Célestin et une ribambelle de serviteurs servaient le consommé de volaille et Léon donna l'exemple en plongeant avec ardeur un couvert d'argent brillant dans le délicat breuvage. Tous l'imitèrent, laissant la parole aux cuillères, l'orchestre continuant à distiller une douce musique de fond.

Filet de bœuf sauce anglaise, poulardes et dindonneaux au cresson se succédèrent ensuite avec des timbales de légumes. Ne supportant pas qu'un verre soit vide, Léon appelait sans cesse le sommelier engagé pour l'occasion en proclamant que ce vin de Saint-Pourçain, qu'il était allé chercher lui-même, se laissait boire volontiers.

— On dit que Louis XIV en buvait sans déplaisir, observa un convive dont les deux voisines avaient déjà les joues plus rouges qu'il n'était séant.

Hortense trempait simplement ses lèvres dans le breuvage à la jolie robe. Elle n'aimait pas spécialement le vin et s'en méfiait depuis que son père l'avait un jour grisée pour s'amuser. Elle avait été si malade qu'elle observait maintenant une sainte prudence. Prudence aussi devant ces mets qui défilaient ; quand les puddings d'abricots et les pièces montées arrivèrent, elle était écœurée, son corset la faisant encore davantage souffrir. Elle dédaigna les desserts sous le regard approbateur de madame Beaumont, dont l'assiette était aussi vide.

— Prenez garde à l'embonpoint qui guette les femmes soumises à ce délicieux péché, la gourmandise. Il ne faut pas croire que les hommes nous aiment grosses, n'est-ce pas, Léon ?

L'interpellé se retourna vers sa voisine.

— Moi, je préfère les minces, coupa aussitôt Léon

dont le regard s'attarda un instant sur le décolleté de madame Beaumont.

La peau y était veloutée et il eut une furieuse envie d'y glisser la main, mais Paul Boispré tranchait déjà :

— On le sait, avec des petits seins.

Il était au courant, comme beaucoup, de la tendre liaison entre Léon et Delphine, dont les séjours chez son frère n'étaient pas innocents. Une liaison qui aurait pu faire scandale si on se référait à des événements plus anciens. Mais chacun s'efforçait de s'arranger avec une mémoire plus ou moins sélective et fermait les yeux. Léon avait cependant dû batailler avec sa mère pour que Delphine ait droit à son bristol d'invitation. Madame de Bellemaison, elle, n'avait pas la mémoire courte !

— N'effarouchez pas cette enfant, dit alors une des femmes.

Mais déjà, le médecin poursuivait avec un œil gourmand :

— Allons, mesdames, avez-vous entendu parler du corset dit « de Vénus de Milo » ? On y trouve de faux seins palpitant au moyen d'un léger ressort placé derrière la taille ; si un bras caressant le frôle, la palpitation commence. Je regrette de n'avoir aucune patiente équipée dudit corset !

— Je crois que c'est ma danse, murmura alors un jeune homme près d'Hortense.

Il eut droit à un sourire radieux.

— En voilà un qui s'aventure avec notre petite sauvageonne, l'interpella Léon.

L'autre resta coi mais Hortense s'était levée et les convives les regardèrent cheminer non sans envie. La crinoline se balançait gentiment entre les tables et mettait en valeur la taille de guêpe de la jeune fille.

Malgré elle, sa grand-mère en avait fait une vraie Parisienne et quand le danseur s'inclina devant elle, il se crut l'homme le plus heureux de la soirée et le proclama en bombant le torse, d'où une pression dangereuse sur les boutons du gilet de soie crème.

Madame de Bellemaison avait interdit la valse, jugée trop indécente, mais la polka, à la mode depuis peu, lui convenait parce que l'agitation des corps empêchait les attitudes langoureuses, selon ses propres mots, ce qui avait beaucoup fait rire Léon le moqueur.

— Vous voulez agiter votre corps ? interrogea-t-il en se penchant vers Delphine.

Celle-ci éclata de rire et se leva aussitôt.

— Ou préférez-vous un autre jeu ? ajouta-t-il avec un sourire coquin en lui offrant son bras.

— Pas ici, voyons ! Soyez sage, mon cher, on nous regarde.

— On s'en fiche ! répondit Léon en riant.

Delphine exerça une pression plus vive sur son bras quand ils passèrent devant madame de Bellemaison. Il la regarda et murmura de nouveau :

— Non, pas d'émotion, vous êtes à moi, ce soir.

— Oui, mais les souvenirs, qu'en faites-vous ? répondit-elle.

Son regard croisa celui de madame de Bellemaison. Il était froid et dur. Elle aussi devait se laisser envahir par les souvenirs et revoir Delphine dans un autre bal, et au bras d'un autre. Elle la vit se pencher vers sa voisine.

— Qu'avez-vous, mon amie ? interrogea madame Adélaïde, armée d'une sollicitude à toute épreuve.

— Un fils coureur de femmes, une vraie sauvageonne pour petite-fille... et ce bal qui me rappelle tant de souvenirs ! répondit madame de Bellemaison. Je n'aurais jamais dû organiser cette soirée.

— La vie est dure, parfois, ma chère, dit en souriant la princesse dont l'embonpoint avait délicatement enrobé le visage.

Son œil était clair et malicieux.

— C'est une belle fête, regardez comme tout le monde s'amuse !

Madame Adélaïde, qui avait acheté le domaine de Randan en 1821, avait très vaguement entendu parler des drames qui avaient touché Bellemaison. C'était l'époque de ses grands travaux au château.

— Ne vous plaignez pas, madame. Certes, vous avez connu votre lot de malheurs, mais votre fils est là, en bonne santé, et votre petite-fille, même espiègle, devrait être un réconfort, dit le curé qui avait été, lui aussi, convié.

Madame Adélaïde l'approuva. Elle le tenait en grande estime et avait toujours fait preuve d'une pieuse générosité à l'égard de son église. Oh ! ce n'était certes pas une grande dévote, ne disait-on pas son agacement face aux effusions religieuses de sa belle-sœur, la reine Marie-Amélie ? Mais son don de trente-cinq mille francs était une bénédiction pour effacer enfin les souvenirs de la Révolution. Le presbytère avait été en partie reconstruit grâce à ses largesses. Un nid douillet que le saint homme n'aurait abandonné pour rien au monde. Sans oublier les beaux vêtements liturgiques ornés de fleurs de lis, offerts par le roi et la princesse, qu'il arborait fièrement les jours de fête.

Il en était là de sa méditation quand un « Oh ! ce n'est pas possible » attira son attention. Madame de

Bellemaison s'était jetée sur son flacon de sels et le humait déjà convulsivement.

— Jetez ces gens dehors ! lança-t-elle.

— Mais qui ? répondirent en chœur la princesse et le curé.

— Lui, et cette fille !

Madame de Bellemaison désignait un couple qui s'était joint aux autres danseurs. C'était le moment du cotillon et beaucoup s'étaient lancés dans l'aventure de cette chaîne d'hommes et de femmes se croisant et se recroisant selon un rythme régulier mais soutenu. Un exercice que les médecins recommandaient aux femmes car il permettait de mettre en mouvement tout le corps. De figure en figure, les danseurs les plus intrépides et les plus expérimentés entraînaient les autres et la figure du miroir, apothéose du cotillon, battait son plein.

— Mais faites cesser la musique !

— Ah ! non, surtout pas !

Léon était devant sa mère.

— Si vous voulez un scandale, vous n'avez qu'à continuer !

— Mais pourquoi un scandale ? interrogeait madame Adélaïde que tout cela amusait décidément beaucoup.

Léon prit le temps de répondre aimablement que tout allait bien, qu'il y avait seulement un petit problème qu'il allait régler immédiatement. Mais Hortense s'était rapprochée à son tour et découvrait l'objet du courroux de sa grand-mère. Vite revenue de sa surprise, elle devança son oncle.

— Procule ? Mais que fais-tu là ?

Magloire de Fleury s'inclina devant elle.

— C'est moi qui l'ai amenée, dit-il. Elle ne voulait

pas, mais pourquoi n'aurions-nous pas fait aussi la fête ? Moi, cela fait vingt ans que je m'habille en noir et que je vis comme un paria avec un bras paralysé ! Et cette petite, n'est-elle pas aussi belle que vous, mesdames ? N'est-ce pas, Delphine ?

Le cavalier noir avait fait trois pas en direction de madame Beaumont.

— Vous aussi, vous venez danser avec vos fantômes ? interrogea-t-il.

Delphine ne répondit pas. Léon s'était approché d'elle.

— Cela ne vous gêne pas de coucher avec son frère ? ajouta-t-il après un dernier regard qui s'arrêta un instant sur Hortense. Elle est belle, je n'aurais pas fait mieux ! lança-t-il encore avant de tourner les talons. Où est la petite ?

La petite avait fui. A son tour, Hortense la chercha des yeux, mais elle avait disparu. Elle se précipita sur le perron et vit, dans l'allée en direction de la charmille, une silhouette qui courait entre les torches vacillantes.

— Le manchot vous salue, mais ce n'est qu'un au revoir ! ricana derrière elle la voix du cavalier noir qui, dévalant les marches du perron, s'enfonça vite dans la pénombre.

Hortense frissonna.

— M'expliquerez-vous ce que tout cela signifie ?

— Les secrets de famille sont les plus difficiles à dire ! répondit sobrement Léon.

4

Le lendemain, madame de Bellemaison s'alita ; il fallut appeler d'urgence le docteur Boispré qui ordonna du repos et une petite cure d'eau de Vichy dont le brave Augustin irait quérir quelques bouteilles à Hauterive. Son ami Henri Lecoq avait convaincu le médecin des bienfaits du bicarbonate de soude auquel les curistes succombaient depuis que la duchesse d'Angoulême avait renoué avec cette mode qui faisait fureur avant la Révolution. Madame de Bellemaison gémit qu'elle n'aimait pas cette eau gazeuse, mais il fut inflexible. Il lui prescrivit aussi des pastilles anti-nerveuses que le pharmacien Lecoq, toujours lui, faisait venir de New York, où elles avaient été inventées par un docteur Paterson.

— Tu seras tranquille, dit Boispré avec un clin d'œil à Léon quand il sortit enfin de la chambre de madame de Bellemaison, les pastilles vont bientôt faire leur effet.

Cela ne l'empêcha pas de continuer ses jérémiades et de passer ses nerfs sur Augustine à qui elle ordonna de fermer ses volets : elle ne supportait plus la lumière et avait besoin de réfléchir. La femme de chambre sortit à son tour de la pièce transformée en sanctuaire en levant les yeux au ciel.

— Allez, je vous emmène, dit Léon qui piaffait aux côtés d'Hortense.

Il avait besoin de se dégourdir les jambes et lui proposait une petite tournée de ses métayers. Il fallait bien qu'elle fasse connaissance avec les terres de sa grand-mère dont elle hériterait peut-être un jour, à moins qu'il ne se décide à abandonner ce célibat qui lui convenait diablement bien.

Hortense fit sagement installer la selle d'amazone de sa mère sur Jeune Fou. Il n'était pas question de choquer les gens qui travaillaient pour sa grand-mère avec des allures de sauvageonne !

A peine avaient-ils franchi les limites du parc, après avoir longé au pas le petit étang cerné de joncs et de roseaux, au milieu desquels les nénuphars s'épanouissaient au soleil, que Léon mit au trot léger sa jument qui prenait de l'âge et qu'il ménageait. Dans la grande allée cavalière qui traversait la forêt, Hortense retenait Jeune Fou pour qu'il reste à la hauteur de sa congénère quand Léon, presque brutalement, arrêta sa course et se retourna vers sa nièce.

— Vous direz à votre amie Procule qu'elle ferait bien de ne pas fréquenter le cavalier noir.

— Je le lui dirai si vous me dites pourquoi. Qu'a fait cet homme pour jeter un tel effroi dans notre maison et mettre ma grand-mère dans un tel état ?

— Je vous ai déjà expliqué que les secrets de famille n'étaient pas bons à dire, répliqua Léon en sollicitant sa jument blanche qui partit au galop.

— Votre amie, madame Beaumont, a l'air de les partager, vos secrets, jeta Hortense dans son dos.

Léon n'entendit pas ou fit semblant de ne pas entendre. Immobile, Hortense le regarda un instant s'éloigner, soupira, puis lança à son tour Jeune Fou, trop content de dépasser Crinière blanche qui s'emballa, elle aussi, pour ne s'arrêter qu'à l'enclos de la métairie de la famille Raconnet. A peine les deux montures attachées à la clôture dont les piquets brinquebalaient, une femme jaillit de la masure près de la mare aux canards et se précipita vers eux, provoquant l'affolement parmi la volaille qui picorait dans la cour. Une volée d'enfants la suivit, sales et hirsutes, avec deux braillards en tête qui vinrent entourer les arrivants.

— Gustave, appelle ton père qui est au potager ! ordonna la mère au premier qui détala, aussitôt poursuivi par son frère brandissant un bâton.

Deux petites filles vinrent se planter de chaque côté d'Hortense dont elles saisirent la main. Celle de droite lui offrit un sourire édenté.

— J'en ai perdu trois depuis la Saint-Jean, fit-elle.

— Elles vont repousser, dit Hortense avant de se retourner vers l'autre petite dont la robe en lambeaux lui fit pitié.

Mais déjà le père arrivait en claudiquant. Il s'était plaint la dernière fois d'être tombé d'un poirier et depuis, il traînait la jambe ; ses sabots dissimulaient leur pointe sous une boue glaiseuse ; il s'essuya la main à son pantalon troué avant de la tendre à Léon.

— Alors, cette jambe ? interrogea Léon.

— C'est pas qu'elle aille plus mal, mais elle va pas mieux et derrière l'araire, cela ne me donne pas d'avance !

L'homme était grand et bien bâti ; il essuya des gouttes de sueur qui perlaient à la naissance de ses cheveux noirs et drus après avoir ôté son chapeau défraîchi.

— Tu iras voir le docteur Boispré, je paierai.

— Monsieur est bien aimable, mais c'est que je n'ai pas le temps...

— Oui, mais quand tu ne pourras plus marcher, alors, qu'est-ce qu'on deviendra ?

— Je le lui dis bien, intervint la femme. Ce n'est pas une vie qu'on mène, et pour si peu !

Madame Raconnet avait toujours la revendication sur les lèvres et cela ne plaisait guère à son mari qui lui jeta un regard noir.

— Va plutôt chercher des fromages pour madame de Bellemaison !

— Ce que j'en dis, c'est pour toi, marmonna la femme en s'éloignant.

— Laissez les fromages ! cria Hortense. Vous en avez besoin pour nourrir vos petits.

— Alors ça, je ne dis pas non. Mademoiselle est trop bonne.

Un sourire avait éclairé le pauvre visage marqué de taches de rousseur, qui aurait pu être agréable si dartres et autres rougeurs ne le dévoraient.

Léon regarda Hortense, ne sachant s'il devait la démentir, mais, la connaissant bien, il n'osa pas, car la jeune fille était capable d'un esclandre.

— Hortense est généreuse, mais sa grand-mère ne l'entendra pas de cette oreille, dit-il presque timidement, et moi, je vais me faire gronder !

— Ma grand-mère est bien nourrie et d'abord, elle est malade, rétorqua Hortense.

— Malade, Madame ? Ce n'est pas grave ? interrogea la femme benoîtement.

Léon savait que personne n'aimait beaucoup sa mère sur ses terres ; elle s'était toujours montrée exigeante et peu à l'écoute des problèmes de chacun.

— Non, pas du tout. Soit pour les fromages. Soigne-toi ; je reviendrai à la Saint-Martin pour régler les comptes de l'année.

— C'est que...

L'homme triturait son chapeau et quand pour la troisième fois, il répéta : « C'est que... », Léon agacé, dit :

— Mais parle !

— C'est que cela fait trop de charges et j'aurais bien besoin d'une réduction. Moi, je ne gagne plus rien ! Et le temps du printemps qui a tout pourri !

— Si tu ne gagnes rien, alors moi non plus, je ne gagne rien ! persifla aussitôt Léon.

Il détestait ces discussions, mais devait tenir son rang ; s'il cédait, après l'histoire des fromages, il ne pourrait plus rien tirer de la famille Raconnet.

— Je travaille pour une misère et j'ai sept bouches à nourrir.

— Certes, j'en conviens, mais moi, je te loge et t'offre de quoi travailler. Je te paie le docteur.

Léon montrait l'ensemble des bâtiments. Oh ! ils étaient vétustes et il faudrait bien faire des travaux un jour. Le toit de l'étable s'était encore un peu plus effondré depuis sa dernière visite et le chaume de la masure qui servait de logement ne devait guère être imperméable.

— J'en parlerai à ma mère, finit-il par dire avec une certaine hypocrisie, car il connaissait déjà la réponse. Prépare les comptes en tout cas !

Il savait bien que cette recommandation était superflue : faire les comptes avec ces hommes et ces femmes qui ne savaient justement pas compter relevait de l'exploit. Faire les comptes, c'était surtout se souvenir à quelle foire on avait vendu des bêtes et à quel prix, et ainsi de suite.

Léon était déjà à cheval. Hortense embrassa les deux petites filles qui n'avaient pas lâché sa main pendant toute la discussion. Jeune Fou manifestait son impatience en tapant le sol d'un sabot nerveux. Hortense prit cependant le temps de lancer :

— Je vous enverrai madame Fariboles pour votre jambe. Elle vous soulagera et ainsi vous ne perdrez pas de temps à aller chez le docteur.

— Merci, dit la famille en chœur.

Léon avait déjà doucement cravaché Crinière blanche qui se mit gentiment au trot, vite rejointe par Jeune Fou. Deux garçons Raconnet les suivirent en courant pendant quelques mètres, puis se découragèrent. Hortense se retourna pour un petit signe et vit que toute la famille réunie les regardait s'éloigner. Elle soupira ; elle ressentait mal ce respect qu'elle trouvait indu et quand, avant qu'ils arrivent à la métairie voisine, Léon s'arrêta, elle ne put s'empêcher de lui dire :

— J'aurais honte de laisser ces gens dans cette misère.

— Mais que dites-vous ?

— Oui, j'ai honte !

— Et de quoi, bon Dieu ? Vous avez honte d'être bien née ? De ne pas avoir de soucis d'argent ? Honte qu'il y ait des gens plus malheureux que vous ? Mais c'est grâce à vos ancêtres, ma chère Hortense. Ils ont acquis des droits que nous exploitons aujourd'hui.

— Des droits ? Quels droits ?

— Seriez-vous socialiste ?

Léon avait lâché le mot qui faisait peur aux familles bourgeoises ou aristocrates. Paul Boispré lui avait parfois prêté *La Revue indépendante* qu'il recevait depuis sa création, deux ans plus tôt, par simple curiosité, disait-il. Il y avait découvert des articles de ce Pierre Leroux qui parlait d'égalité, de progrès, d'union européenne et surtout d'humanité, en rêvant de travailleurs qui seraient tous des fonctionnaires. George Sand y défendait aussi la cause des femmes et des ouvriers, et proclamait la lutte contre la misère.

— C'est votre père qui vous a mis ces idées dans la tête ?

— Mon père ? Mais non, laissez-le en dehors de cela ! Socialiste ? Je ne sais même pas ce que cela veut dire ; j'aimerais que ma grand-mère et vous soyez plus généreux, c'est tout !

— Plus généreux, plus généreux, cela veut dire quoi ? Et avec ces gens que nous logeons, que nous soignons, nous ne sommes peut-être pas généreux ?

— Logés sous des toits percés, soignés quand vous y pensez...

— Allez, venez, arrêtons de nous chamailler et allons plutôt voir Théophile ; lui au moins ne se plaint pas !

Théophile était, en effet, un paysan heureux, peut-être parce que lui n'avait pas de famille à nourrir et qu'il se contentait de peu pour lui-même. Pour sacrifier au progrès auquel Léon n'était pas opposé et qu'il aurait justement aimé encourager sur les terres de sa mère, il avait accepté d'essayer de nouvelles méthodes dont les résultats étaient prometteurs, notamment en matière de rendement. Léon avait choisi Théophile pour répondre à Henri Lecoq, un savant botaniste clermontois, qui cherchait des champs pour expérimenter ses théories sur la fécondation et l'hybridation des espèces. C'était au cours d'un déjeuner mémorable organisé par le frère de Delphine Beaumont que le savant avait exposé ses idées sur la non-fixité des espèces, offrant à ses hôtes une discussion extraordinaire sur la permission qu'avait l'homme de modifier les œuvres de Dieu.

Devant les réticences de Fulcran de Bel-Air, le frère aîné de Delphine, Henri Lecoq était convenu que des horticulteurs anglais s'étaient élevés avec violence contre toute tentative destinée à transformer les œuvres du Créateur. Mais fallait-il pour autant condamner le progrès ? avait-il conclu.

A la fin de ce repas dans le fumoir, Léon avait proposé à Lecoq l'une de ses métairies pour mettre en pratique ses théories. Il avait tout de suite pensé à Théophile dont il connaissait l'ouverture d'esprit. Conclu aussitôt, le marché courait toujours pour la plus grande satisfaction des deux parties.

— Monsieur Léon, vous voici, et avec une belle demoiselle comme d'habitude !

— Ne te méprends pas, corrigea aussitôt Léon, c'est ma nièce, Hortense.

— La fille de feu votre sœur ?

Théophile était trop jeune pour avoir connu la mère d'Hortense, mais il en avait entendu parler par ses parents, tous deux disparus quelques années plus tôt d'une mauvaise grippe au cours d'un automne froid et humide comme on en voyait rarement dans la région. Ces décès l'avaient laissé presque seul au monde, car ses trois sœurs avaient quitté la maison, l'une pour entrer au couvent des bernardines à Clermont, l'autre pour servir justement chez le docteur

Boispré, et la dernière pour suivre un chiffonnier installé sur les bords de l'Allier à Moulins.

Tout naturellement, le jeune homme avait succédé à son père comme métayer ; Léon avait veillé sur lui avec une certaine indulgence jusqu'à ce contrat plus exigeant signé avec Lecoq qui avait donné une vraie raison de vivre au garçon toujours célibataire.

— Alors, cette machine ? interrogea Léon en montrant une charrue rangée sous un appentis.

— Elle va bien, elle va vite et laboure plus profond, répondit Théophile qui allait, grâce à elle, pouvoir augmenter les surfaces exploitées.

L'engin bénéficiait, en effet, des dernières améliorations apportées par un agronome, Mathieu de Dombasle, dont Léon avait lu l'annonce du décès dans le *Journal des débats*, quelques jours plus tôt.

— Eh bien ! Vous voyez, Hortense, Théophile est un homme heureux.

— Peut-être pourriez-vous acheter une telle charrue au père Raconnet, suggéra Hortense à son oncle qui répondit hâtivement :

— On verra !

— J'ai tout de même une question à vous poser, monsieur Léon.

— Oui, laquelle ?

— Il paraît que les autorités veulent créer un permis de chasse, est-ce vrai ?

Léon sourit. Que représentaient pour ce garçon « les autorités », comme il disait ? Des « autorités » qui pouvaient d'ailleurs bien faire ce qu'elles voulaient puisque les paysans ne risquaient pas de donner leur avis, écartés qu'ils étaient de tout vote : il fallait payer au moins trois cents francs de cens pour participer à la vie politique.

— On le dit, répondit prudemment Léon.

Il déplorait comme beaucoup la volonté de l'Etat de développer une réglementation galopante, mais c'était dans l'air du temps.

— S'il faut savoir lire pour avoir ce permis, moi, je ne suis pas près de l'avoir !

Théophile rappelait au passage une réalité des petites gens de la campagne comme des villes.

— Cela ne m'empêche pas de poser des collets qui marchent, reprit-il.

— Et le garde champêtre, qu'est-ce qu'il dit ?

— Avec un lapin ou un lièvre par semaine, il se tait, répondit avec un grand rire Théophile. J'en ai pour vous qui feront de bonnes terrines, ajouta-t-il en se dirigeant vers une petite grange dont la porte grinça en s'ouvrant, laissant voir du gibier pendu. Je fais comme monsieur Lecoq m'a dit avec le chlorure de soude dilué dans l'eau ; j'y trempe des linges et j'enveloppe la viande pour la conserver ; cela va pas mal aussi pour les légumes. J'y fais même mariner des graines de plantes un peu languissantes, cela les stimule, et ensuite je les arrose de temps en temps avec le mélange de chlorure de chaux liquide et d'eau.

En parlant, il avait décroché un lièvre et un lapin.

— Je me demande où il va chercher tout cela, ce monsieur Lecoq, dit-il encore en offrant les deux animaux à Léon.

— Mon oncle, si vous me le permettez, j'irai les donner à la famille Raconnet, intervint Hortense.

— Du beau pour des cochons ! protesta spontanément Théophile.

— Des cochons peut-être, mais qui ont faim comme vous et moi ! répliqua Hortense qui s'était saisie des deux bêtes et s'approchait déjà de Jeune Fou.

— Ce que j'en dis, moi, c'est pour vous, fit alors Théophile surpris par la repartie de la jeune fille. Je me permettrais pas de dire que vous êtes belle mais que vous avez pas l'air commode, comme votre grand-mère.

C'en était trop, être comparée à sa grand-mère ! Déjà à cheval, Hortense lança un regard sombre au garçon avant d'intimer l'ordre à Jeune Fou d'aller. En quelques coups d'éperons, la sauvageonne était déjà loin sous les regards aussi ébahis de Théophile que de monsieur Léon.

— Pour sûr que je n'aurais pas dit cela, si j'avais su la colère de la demoiselle, voulut s'excuser le garçon.

— Ne te préoccupe pas de cela, dit aussitôt Léon qui avait rejoint sa jument et en flattait de la main le col. Je reviens à la Saint-Martin pour les comptes de l'année.

— Vous serez surpris, monsieur Léon, cette année je sais compter !

Théophile avait lâché cet aveu presque en rougissant.

— Oui, c'est monsieur le curé. Je lui apporte quelques légumes et il m'apprend ! Ensuite, ce sera la lecture.

Léon éclata de rire.

— Mais c'est très bien, tous mes compliments ! lança-t-il encore.

Il donna un coup d'éperons sec à Crinière blanche qui parut surprise de cette brutalité, hennit furieusement avant de partir comme un trait sous les yeux ébahis de Théophile. Celui-ci rentra dans sa masure et siffla un godet de vin avant de murmurer en direction du chat venu se frotter contre ses jambes :

— Ces filles, il vaut mieux s'en méfier, je te le dis, une vraie garce, mais belle tout de même !

Le chat avait-il compris ? Il regarda Théophile, miaula de façon plaintive et sortit brusquement, ce qui affola les poules en train de picorer tranquillement les touffes d'herbes de la cour. Il fallut l'intervention du coq pour remettre un peu d'ordre. Théophile observa le manège, puis traversa à son tour la cour pour rejoindre le potager. Il y avait vu un melon qui devait être à point sous sa cloche ; avec quelques framboises, cela ferait son déjeuner !

Léon avait retrouvé Hortense près de l'enclos des Raconnet qui raccompagnaient la jeune fille en la remerciant pour sa générosité.

— Que ces bienfaits vous soient rendus ! lança la femme tenant dans ses bras un bambin emmailloté qui s'époumonait.

Ses braillements poursuivirent les cavaliers.

Quand ils arrivèrent à une nouvelle métairie, Léon dit en sautant lestement de sa jument :

— Alors, qu'allez-vous m'inventer ici ?

L'endroit était un peu plus plaisant que chez les Raconnet, et mieux tenu. Il faut dire que le métayer, Jean Rablin, avait trois grands gars qui apportaient leur contribution à l'exploitation ; leur père exigeait beaucoup d'eux et cela se voyait. L'aîné était en train de rafistoler le toit de la porcherie, le puîné plantait des piquets solides pour délimiter la basse-cour et le cadet plumait un chapon qu'il devait livrer au chapelain de madame Adélaïde. Trois beaux gaillards, vêtus simplement, mais proprement. Hortense reconnut le cadet, qui courait parfois la forêt avec Procule à la recherche d'herbes. Ils échangeaient volontiers leurs connaissances et les bons coins où trouver ces trésors. Le cheveu noir et dru, l'œil malicieux, le nez fin au-dessus de lèvres bien dessinées, Jeannot avait de quoi plaire aux filles et Hortense en avait parfois plaisanté avec Procule.

La mère parut sur le pas de la porte de la maison en torchis et s'avança pour accueillir Léon qui présenta Hortense.

— La fille de feu votre sœur...

Une phrase qui fit sourire Hortense ; la même que celle prononcée par Théophile. Décidément, tout le monde connaissait son histoire.

— Tout va bien ? Ton mari n'est pas là.

— Il a amené le taureau à une vache de chez Bourriau.

— Ah ! Tu lui diras que je viendrai à la Saint-Martin pour les comptes de l'année.

— Comme d'habitude, il le sait bien. L'année prochaine, on aura une bouche de moins à nourrir. Le Jeannot est embauché comme commis de cuisine au château de Randan, chez la princesse. Il commence ce dimanche.

La femme était fière. Commis au château, c'était une vraie promotion.

— Cela fera aussi deux bras en moins, observa Léon qui n'appréciait pas la concurrence venue du domaine de Randan où les places étaient bonnes, avec des salaires qui cassaient les prix aux alentours. C'est bien, Jeannot, ajouta-t-il cependant en s'adressant au garçon qui avait fini de plumer son chapon.

— Il n'y a que la cuisine qui l'intéresse, expliqua

encore sa mère qui ne savait s'il fallait en être fière ou non. Il connaît toutes les plantes qu'il va cueillir en musardant, les champignons, les légumes, les herbes... C'est comme cela qu'il a rencontré le chef cuisinier de la princesse. C'est qu'il se débrouille, le bougre, il nous fait à manger et c'est bon ; sa dernière marotte, faire cuire des orties et en faire des soupes ; cela ne coûte pas cher et c'est délicieux !

— Tu nous feras goûter, Jeannot, dit Léon finalement amusé mais qui craignait que la cuisinière de Bellemaison, très susceptible, n'apprécie guère la concurrence.

Hortense acquiesça. Elle aussi était tentée.

C'est alors que des plaintes curieuses parvinrent à leurs oreilles. La femme prit l'air gêné.

— Votre oncle ne vous a pas dit ? demanda-t-elle à Hortense.

La jeune fille eut un regard interrogatif vers Léon qui dit simplement :

— C'est la petite qui est venue après ces trois gaillards, une pauvre petite qui n'a pas toute sa tête.

— Oui, c'est pas possible que le bon Dieu nous fasse des misères pareilles. Ah ! monsieur Léon, elle me donne tant de soucis ! Il y en a qui en abusent, j'ai bien cru qu'elle était prise mais heureusement la nature a eu pitié et il n'y aura pas d'enfant. Il manquerait plus que ça ! Il y a des errants qui y trouvent leur compte et cela lui plaît, la gueuse ! Tiens-toi tranquille !

Une jeune fille était sortie soudain d'une petite masure en geignant et en sautillant. Elle s'approcha, le visage grimaçant.

— Un beau monsieur, une belle demoiselle... Ah ! ah !

Elle passa vivement la clôture et prit le chemin.

— Elle va encore courir ! maugréa la mère. Je ne peux pas tout le temps l'enfermer !

— Certes, dit Léon un peu gêné en regardant Hortense qui n'avait pas dit un mot. Nous allons partir.

— Oui, fit la jeune fille qui semblait ailleurs.

— Allez, au galop ! dit alors son oncle comme pour briser le maléfice qui s'était soudain installé après cette étrange apparition.

Quand ils arrivèrent à l'entrée du parc, cette fois du côté du bassin, et qu'ils eurent mis leurs montures au pas, Léon demanda :

— Cela vous dirait d'aller à Clermont, chez Delphine ?

Hortense n'avait pas vraiment repensé à la proposition de la maîtresse de Léon. Elle l'avait formulée tard dans la soirée, ce qui avait évidemment fortement déplu à madame de Bellemaison, déjà perturbée par les événements que l'on sait.

— Pourquoi pas ? répondit-elle prudemment, sûre que sa grand-mère refuserait son autorisation.

Elle avait la tête ailleurs et exprima tout haut sa pensée.

— Mais cette fille, monsieur Boispré ne peut pas la soigner ?

— Que voulez-vous qu'il y fasse ?

— Votre ami savant aurait peut-être une idée.

Léon éclata de rire. Oui, Henri Lecoq était inventif, mais là, la cause paraissait désespérée !

— Ecoutez : c'est un habitué de la table de Delphine ; si vous allez à Clermont, vous pourrez le lui demander !

5

— Voilà Clermont, dit Léon. C'est une petite ville[1] qui ne manque pas de charme.

Le cocher fouetta légèrement les deux chevaux blancs qui tiraient le cabriolet et fit habilement manœuvrer l'attelage quand la route de Paris déboucha sur le Marché-aux-Planches, à proximité du cimetière. Augustin les avait menés bon train. La voirie, toujours grâce à la bonne madame Adélaïde, s'était beaucoup améliorée depuis quelques années autour de Randan. Ils avaient ainsi parcouru à grande allure, par un chemin large et commode, les trois lieues menant à Aigueperse et à la route de Paris, où les ornières creusées par un trafic intense avaient un peu ralenti leur course. Augustin sortit sa montre de la poche de son gilet rayé – c'était un cadeau de feu monsieur de Bellemaison à qui il avait un jour sauvé la vie et qui l'avait récompensé. Il était satisfait. Son regard s'arrêta un instant sur la croupe des deux chevaux qu'il fouetta, mais en douceur ; ils avaient rempli leur contrat !

1. En 1820, la ville comptait 30 000 habitants et à la fin du XIXe siècle, 51 000.

De Randan à Clermont, la plaine était riante et cultivée, coupée de ruisseaux, de bouquets d'arbres, de villages et de châteaux. Ils étaient passés ainsi insensiblement de la campagne des champs de chanvre ou de betteraves et des prairies, où paissaient tranquillement vaches, moutons ou cochons, à la ville. Çà et là, des paysans s'affairaient ; Hortense avait eu une pensée pour le père Raconnet et Théophile. Puis Léon avait attiré son attention sur les dernières terres cultivées où l'angélique avait été ramassée quelques semaines plus tôt ; les feuilles larges et nervurées coupées lors de la cueillette, qui ne retenait que les bâtons destinés à la confiserie, commençaient à pourrir sur la terre sombre.

— Si vous revenez au printemps, cela pue, ici, car on déverse dans ces champs tous les engrais de la ville ! L'angélique est traitée en fruits confits. On dit qu'on en récolte trois cents tonnes qui sont pelées à la main et effilées ; beaucoup de femmes travaillent ici dans les confiseries. Si Delphine vous emmène vers le sud de Clermont, vous y verrez des vergers d'abricotiers qui approvisionnent aussi les confiseurs.

Ils avaient déjà laissé derrière eux Montferrand et son église délicieusement perchée au-dessus des remparts, et devinaient à droite des coteaux escaladés par des rangs réguliers de vignes et d'arbres fruitiers. Plus ils approchaient de la ville, plus le charroi s'intensifiait, et au croisement avec la route de Lyon, quelques charrettes quittaient le Marché-aux-Planches avec de lourds et débordants chargements. Leurs conducteurs devaient apprécier d'un œil expert le volume et éviter de heurter d'autres attelages ou même des piétons. Ils hurlaient parfois pour prévenir le passant surpris qui faisait vivement un écart et quand une autre charrette les gênait dans leur progression, ils émettaient des jurons à se faire damner pour des siècles.

— Ici, il y a toujours une grosse activité de transport avec des voitures, des charrettes, des courriers, mais le relais se situe au-delà de la butte, place de Jaude, dit Léon en se penchant vers Hortense qui observait le spectacle avec amusement.

Après ses premières années vécues à la campagne, elle avait presque toujours habité Paris et les embarras de la ville ne lui étaient pas inconnus. Elle se revit place des Vosges, où résidait sa grand-mère paternelle. Le bruit et l'agitation y avaient une autre dimension. Son père, quand le reverrait-elle ? Et son frère, ce jumeau parti si jeune avec leur père que madame de Bellemaison qualifiait volontiers d'aventurier, exaspérant sa petite-fille – et ce d'autant plus qu'elle reconnaissait dans son for intérieur qu'elle avait peut-être raison. N'avait-il pas gâché avec ardeur le petit héritage de sa grand-mère et n'avait-il pas été contraint de partir à l'aventure pour « se refaire », comme il disait ? En la confiant à cette belle-famille inconnue qu'elle avait découverte en descendant de diligence, un beau jour, sur la place de Randan !

Elle soupira. Léon la regarda.

— Notre amie habite sur la butte dominée par la cathédrale, dit-il ; vous verrez, l'édifice est noir, bâti dans cette pierre que l'on dit « de Volvic ». La maison de Delphine a aussi été construite avec cette lave noire dans une rue étroite comme il y en a partout dans cette ville ancienne.

Hortense hocha la tête sagement. Après l'excitation des derniers jours qui avaient précédé ce départ, elle avait l'estomac noué. Elle revivait en esprit l'enchaînement du départ depuis que Delphine Beaumont avait lancé, le soir du fameux bal, en prenant congé de madame de Bellemaison :

« Envoyez-moi votre petite-fille à Clermont, je lui ferai découvrir la ville ! »

« Quelle impertinence ! avait maugréé la grand-mère le lendemain. De quoi se mêle-t-elle, celle-là ?

— Et si vous oubliiez vos rancœurs ? avait rétorqué Léon. Après tout, Delphine a subi les événements comme nous ! »

Un haussement d'épaules et une moue dédaigneuse de la vieille dame avaient clos la discussion.

Mais quelques jours plus tard, Léon, en tirant avec ardeur sur un cigare gros comme le pouce, ce qui avait le don d'agacer sa mère, avait lâché innocemment :

« Ce serait une bonne idée d'envoyer Hortense quelque temps à Clermont, chez madame Beaumont. Elle y connaît beaucoup de monde et pourrait la chaperonner.

— Vous m'empestez ! Mais que lui apprendrait-elle ? A avoir des amants ? La belle affaire pour une jeune fille en principe de bonne famille, si ce n'est celle de son père que je ne qualifierai pas ainsi.

— Arrêtez votre persiflage, ma mère. Que vous a fait votre gendre ? Sinon avoir enlevé votre fille ? Mais les sentiments ne se commandent pas et Julie fut sans doute heureuse, n'est-ce pas ce qui compte ? »

Madame de Bellemaison avait répondu par une de ces moues dont elle avait le secret, lâchant avec dédain :

« De plus, je vous rappelle que je n'aime pas madame Beaumont qui ne s'est pas bien comportée, il y a vingt ans ! Evidemment, cela ne vous a pas dérangé de prendre les restes de votre frère. »

Furieux, pestant contre cette mère intransigeante, Léon avait abandonné la conversation et quitté la pièce en claquant la porte.

Têtu, il était cependant revenu à la charge deux jours plus tard.

« Alors, pour Hortense, que faisons-nous ? »

Il fixait sa mère avec ce regard où il savait mêler insolence et sévérité.

« Elle n'ira pas à Clermont ! avait répondu la vieille dame en mimant une de ces suffocations dont elle avait le secret mais qui n'émouvaient plus son fils.

— Nous verrons. »

La discussion avait repris inlassablement, chaque jour. Léon avait bataillé avec sa mère et finalement obtenu gain de cause quand sa mère était enfin convenue qu'elle ne savait comment s'y prendre avec sa petite-fille.

« Madame Beaumont saura y faire avec notre petite sauvageonne ! » avait répliqué Léon.

Il faut dire qu'Hortense était de plus en plus ingouvernable ; ses relations avec sa grand-mère avaient pris un tour aigu quand celle-ci lui avait ordonné un matin de lire et d'apprendre par cœur un manuel en deux tomes intitulé *Les Etudes convenables aux demoiselles*, qui datait de 1755.

« Que voulez-vous que j'en fasse ? avait lancé Hortense au déjeuner suivant. Moi, je préfère les vrais livres !

— Le lire et l'apprendre, avait répété la grand-mère. J'y ai trouvé autrefois tout ce qui me sert dans ma vie.

— Quand je vois le résultat, cela ne me donne guère envie !

— Sortez, insolente ! »

Madame de Bellemaison avait déjeuné seule ce jour-là alors que la sauvageonne, qui avait jeté le livre sur le parquet, avait fui avec Jeune Fou. Elle n'était pas rentrée le soir et la maison avait été sens dessus dessous, Léon grondant que sa mère, décidément, était d'une maladresse intolérable. Inquiet, il avait raillé sans pitié le manuel « démodé » destiné « aux jeunes pensionnaires des communautés et maisons religieuses ».

Le lendemain, quand Hortense avait réapparu, fraîche et belle, sur Jeune Fou réjoui de l'aventure, le soulagement l'avait emporté sur la punition que sa grand-mère avait ruminée pendant ces heures d'angoisse. Elle avait posé ostensiblement près d'elle le livre qui avait déclenché la crise, pour montrer sa détermination.

Mais seul Léon avait pu savoir qu'elle s'était réfugiée chez son amie Procule, autre belle sauvageonne que l'oncle d'Hortense connaissait bien pour l'avoir souvent croisée dans la forêt, et dont il n'ignorait pas les talents médicinaux comme ceux de sa mère et de sa grand-mère. Sans oublier sa fameuse apparition, le soir du bal.

Procule s'était d'ailleurs expliquée avec Hortense sur sa présence au bal. Le cavalier noir, venu la rejoindre pour observer de loin la soirée, lui avait soudain saisi la main et l'avait obligée à le suivre. Hortense aurait trouvé drôles l'incursion de son amie et la réaction de madame de Bellemaison s'il n'y avait eu ce secret.

« Demande à ta grand-mère, qui sait tout, avait conseillé Procule.

— Peut-être, mais quand elle ne veut pas dire quelque chose, il est difficile de la faire changer d'avis. C'est son caractère. »

L'incident de la nuit dehors avait précipité la décision de madame de Bellemaison. Elle était enfin convenue qu'elle n'en pouvait plus, et Hortense avait été autorisée à séjourner chez madame Beaumont qui en ferait bien ce qu'elle voudrait.

« Même avoir des amants ? » avait demandé Léon.

Il ne pouvait pas s'empêcher de tout mettre en œuvre pour agacer sa mère, même lorsqu'il avait gagné la partie.

« Grand bien lui fasse ! » avait répondu madame de Bellemaison, excédée et finalement soulagée. Même si elle enrageait et enragerait toujours contre cette Delphine. Une animosité dont Léon connaissait trop la cause et qui l'avait peut-être poussé dans les bras de cette maîtresse. Un clin d'œil au passé qui ne lui déplaisait pas.

Les chevaux étaient moins brillants dans la côte des Jacobins, qui tenait son nom de la proximité d'un couvent déserté depuis longtemps par ses locataires, remplacés une décennie plus tôt par des religieuses, les visitandines, dont ils longèrent les bâtiments sévères et le jardin clos de hauts murs. Augustin encourageait les chevaux de la voix et du fouet et quand ils débouchèrent sur la place Delille, ils soufflèrent bruyamment, comme soulagés. Mais, à peine contournée la belle fontaine[1] qui trônait au centre de la place, il leur fallut attaquer la côte de la rue du Port, où le trafic était à nouveau intense. Augustin dut encore manœuvrer avec adresse pour faire avancer son attelage dont Hortense regardait se mouvoir en cadence les croupes généreuses. Elle eut une pensée pour Jeune Fou. Le quitter avait été une épreuve. Elle revoyait ses yeux en amande qui la dévisageaient presque amoureusement, comme s'il avait compris qu'elle l'abandonnait. Elle lui avait murmuré : « Je reviendrai bientôt. » Léon avait promis de ne pas le vendre en son absence ; en revanche, il ne lui avait pas promis de le monter. Augustin avait juré, lui, qu'il ferait prendre l'air au cheval.

— C'est l'église Notre-Dame du Port, commenta Léon en montrant un bâtiment. Mon ami, l'architecte Mallay, en vante avec passion la beauté ; il dit que c'est de l'art romano-byzantin, je crois.

Hortense regarda son oncle. Il l'étonnait toujours : il savait tout sur tout ; il connaissait aussi beaucoup de gens. Nul doute qu'il n'était pas comme sa mère enfermé dans son petit monde aristocratique.

La rue était jalonnée de nombreuses boutiques, occasionnant un trafic de charrettes et de piétons impressionnant et quand, comme ce jour-là, un tombereau de ramassage d'ordures stationnait, la situation devenait critique et nauséabonde.

— Entre les déjections animales, les déchets domestiques et les fosses d'aisances, il y a de quoi faire, commenta Léon en se tamponnant discrètement

1. En 1843, c'était la fontaine d'Amboise, qui sera installée en 1854 au milieu du cours Sablon avant d'être transportée, plus récemment, place de la Poterne.

le nez avec le mouchoir de linon parfumé qu'Augustine mettait toujours soigneusement dans une des poches de ses gilets.

Hortense fit la grimace mais éclata de rire quand les deux chevaux de leur attelage, immobilisés par l'embouteillage, lâchèrent à l'unisson une pelletée de crottin que l'un des hommes au tombereau se précipita pour ramasser.

— Cela fait au moins un heureux, plaisanta Léon à l'instant où Augustin parvenait enfin à redémarrer l'attelage, à proximité du petit carrefour avec la rue Pascal.

Sur un mur, on voyait encore l'ancienne appellation de cette rue autrefois dite « des Nobles ». Elle avait été débaptisée en 1820, quand le conseil municipal avait décidé de donner le nom de grands hommes à certaines rues. La grand-mère de Delphine n'avait jamais pu l'admettre.

— Nous sommes bientôt arrivés.

Effectivement, Augustin s'arrêta peu après devant une porte cochère dont le lourd heurtoir s'accompagnait de ferrures minutieusement stylisées. Celui-ci à peine actionné par le cocher, un homme sortit pour ouvrir largement les deux battants et laisser passer le cabriolet entre les deux bornes de pierres sombres qui marquaient l'entrée. Elles avaient sans doute été souvent heurtées, car elles en portaient les stigmates, mais les roues habilement dirigées par Augustin les évitèrent et les chevaux s'arrêtèrent dignement au milieu du passage qui donnait dans une cour aérée, où trônait une fontaine à macarons et où s'ouvraient les remises.

Delphine surgit alors.

— Quel plaisir de vous voir !

Elle se serra contre Léon avec un élan peu conforme à la bienséance mais dans cet espace clos – car les lourdes portes avaient déjà été refermées – Delphine n'avait cure du qu'en-dira-t-on. S'en souciait-elle d'ailleurs parfois ?

Elle embrassa aussi avec ardeur Hortense.

— Bienvenue ici, ma chère, vous voilà chez vous.

Delphine habitait un petit hôtel particulier comme on en avait construit beaucoup au XVIIe siècle dans le centre de Clermont. Elle les précéda dans l'escalier dont la rampe aux volutes délicates trahissait un forgeron de talent. Les marches peu hautes conduisaient à ce qu'on appelait l'étage noble, où une large entrée donnait dans un salon tendu d'un papier clair ; des fauteuils de style Louis XVI, garnis de tapisseries ornées des fables de La Fontaine, et Empire formaient des cercles accueillants. Il était comique de voir cohabiter les deux styles dans les salons bourgeois, comme si, quelques décennies après les événements que l'on sait, le quotidien opérait finalement une impossible réconciliation.

— Et voici Thomas ! lança Delphine quand un petit garçon déboula l'escalier qui menait à l'étage et se précipita sur elle pour l'étreindre.

— Mais je croyais que vous n'aviez pas d'enfant ? demanda Hortense.

— Ce n'est pas mon fils par le sang, mais par le cœur, répliqua Delphine en poussant l'enfant vers la jeune fille. Voici Hortense qui va vivre quelque temps avec nous, embrassez-la.

Le garçonnet hésita un instant et sauta finalement au cou d'Hortense en lui plantant deux baisers mouillés, puis se retourna vers Delphine et dit :

— Mais vous m'aimerez toujours ?

— Mais oui, petit sot, le rassura Delphine. Dites aussi bonjour à Léon.

Thomas adressa un salut poli et distant à Léon pendant que Delphine ajoutait :

— Venez avec moi, nous allons montrer sa chambre à Hortense, à côté de la vôtre, pendant que son oncle se fera servir son vin de noix préféré.

— J'ai cela pour toi, dit alors Léon en tendant un petit paquet à l'enfant.

— Oh ! elles sont au citron, comme je les aime !

Thomas avait rosi de plaisir en découvrant le présent apporté par Léon, des pastilles de Vichy, ces petits octogones blancs que les frères Brosson avaient inventés dix ans plus tôt avec la recette du pharmacien chimiste Bartillat. Un délice qui faisait le bonheur des gourmands, et dont Léon approvisionnait régulièrement sa mère.

— Merci, vous le gâtez toujours, dit Delphine, avec un petit clin d'œil et une main passée tendrement sur le bras de Léon, trahissant une intimité qu'ils ne cherchaient pas à cacher à Hortense. Je vous ai installée dans la chambre que j'aurais bien aimé voir habitée par ma propre fille. Je n'ai pas eu ce bonheur. Je l'avais fait tendre de toile de Jouy, il y a quelques années. Je venais y voir ma grand-mère autrefois, car j'avais une grand-mère des champs et une grand-mère des villes ; c'est elle qui m'a transmis l'esprit d'indépendance qui m'est cher, et sa bibliothèque m'a livré quelques secrets de la vie. C'est presque avec tristesse que j'ai fait enlever les tentures de son époque, mais elles étaient noircies par les feux de cheminée que l'on entretenait sans cesse pour cette femme dont le sang était toujours glacé.

Hortense se sentit tout de suite chez elle ; la pièce avait des dimensions adaptées à une certaine intimité, avec une chaleur qui lui rappelait la petite chambre qu'elle occupait chez sa grand-mère à Paris et, plus encore, celle de son enfance dans cette maison que son père avait vendue quelques années plus tôt, avant leur installation parisienne. Des souvenirs douloureux peut-être, mais les seuls qui la rattachaient vaguement à sa mère. Quand sa grand-mère de Bellemaison refusait obstinément d'entrouvrir la porte à la mémoire, elle lui refusait l'essentiel. Quel crime avait-elle commis ? Et son père ? Même si elle pressentait bien les parts d'ombre de cet homme aventureux, beau parleur mais éminemment charmeur. Reviendrait-il ? Elle eut encore une pensée pour son frère jumeau, le turbulent Henri, qu'elle n'avait pas vu depuis si longtemps et qui lui manquait aussi.

— On l'appelle la « chambre aux pipistrelles », ajouta Delphine qui, devant l'air étonné d'Hortense, expliqua : Les pipistrelles sont des chauves-souris, mais rassurez-vous, il n'y en a plus depuis belle lurette. Elles ont disparu au moment de la mort de ma grand-mère. Curieuse coïncidence : comme si, elles aussi, elles avaient définitivement quitté cette terre.

— Les pipistrelles, répéta Hortense, rêveuse.

C'était la première fois qu'elle entendait ce mot[1].

— Thomas est installé à côté, c'était ma chambre autrefois. J'y ai fait de nombreux séjours, notamment un, très long, à un moment douloureux de ma vie. La

1. Mot d'origine italienne rapporté par les soldats de Napoléon Bonaparte.

vieille dame ne quittait plus son fauteuil, mais elle m'enchantait par sa bonne humeur.

— Après les événements, comme on dit à Bellemaison ? Vous me raconterez ?

Embarrassée, Delphine regarda Hortense. Heureusement, Thomas vint faire diversion.

— Tu viendras voir mon herbier ? Je le fais avec oncle Henri.

— Oui, mais laissez Hortense tranquille, elle va s'installer.

— Je vois bien que vous ne m'aimez déjà plus !

Delphine lui passa la main dans les cheveux qu'il avait châtains, ou plutôt d'un blond cendré envié par les coquettes. Ils s'harmonisaient avec ses yeux noisette, des yeux très grands qui lui dévoraient presque le visage aux traits fins. Rassuré, l'enfant fit un sourire charmeur. Delphine soupira.

— Vous faites de moi ce que vous voulez, mais ne transformez pas Hortense en esclave, j'y veillerai !

— Madame est servie !

On était mardi. Tous les quinze jours, Delphine Beaumont donnait un dîner fort couru par les Clermontois qui aimaient s'y retrouver. La chère était bonne et délicate, et la conversation toujours plaisante. Delphine avait l'art de réunir les bourgeois de la ville qui comptaient.

La maîtresse de maison avait passé un long moment à se préparer et avait vivement encouragé Hortense à se faire belle, mais avec naturel.

« Les femmes qui seront là ce soir, avait-elle ajouté, ne sont pas obsédées par leur beauté ou leur pâleur. Vous ne verrez pas chez moi de visages parés de couleurs jaunâtres ou bleuâtres, seulement des pommettes passées au rouge crépon.

— Et leurs yeux ne sont pas des soupiraux d'enfer ! avait renchéri Léon d'une humeur charmante avec un petit côté primesautier qu'Hortense ne lui connaissait pas, comme si, loin de madame de Bellemaison, il se laissait aller.

— Des soupiraux d'enfer ? Mais quelle idée ? avait interrogé Delphine.

— J'ai lu que c'était la mode à Paris, que les femmes y lisaient tard la nuit pour se faire de grands cernes. Moi, je leur proposerais bien d'autres activités, mais on ne peut en parler dans les gazettes bien-pensantes.

— Léon, vous allez nous faire rougir !

— En tout cas, sachez, mesdames, que moi, je vous aime naturelles, pas avec des yeux pareils à des puits d'ombre, avec des couleurs, et pas de cette pâleur spectrale de fantôme de cimetière, même si notre poète Musset trouve dans la pâleur la quintessence de l'ivresse. Il paraît que Théophile Gautier arbore une maîtresse jaune comme un citron. »

Delphine avait pouffé de rire.

« Mais d'où tenez-vous tout cela ?

— Des gazettes, vous savez que cela me passionne ! Et voulez-vous que je vous débite la recette pour favoriser la croissance des seins ?

— Les miens ne sont-ils pas suffisants ? » avait encore minaudé Delphine avant de disparaître dans son retrait d'eau, où elle avait installé les commodités les plus modernes de l'époque.

Et là, à l'instant où Paulin annonçait : « Madame est servie », Delphine était belle, tout simplement belle, sans artifice, juste un léger voile de poudre de riz et un peu de rouge pour augmenter le feu de ses prunelles.

Pour pénétrer dans la salle à manger voisine du grand salon, Delphine offrit son bras au comte de Morny, une des personnalités les plus en vue de la ville[1], qui abandonna vivement sa conversation avec Jean-Baptiste Nivet, un médecin accoucheur renommé dans la cité. Delphine s'était liée d'amitié avec lui quand elle avait espéré avoir un enfant mais le savant, qui enseignait à l'école de médecine, n'avait pu résoudre sa stérilité.

Suivait Henri Lecoq aux côtés de la blonde Fanny Le Hon, la maîtresse de Charles de Morny, tandis que Léon avait offert galamment son bras à Jeanne Bérard de Chazelles, une amie très chère de Delphine, dont le mari, un autre Léon, avait été le rival de Morny aux élections législatives ; enfin trois jeunes gens encadraient Hortense. Les trois A, ses trois mousquetaires, comme les appelait Delphine : Anatole Chaban, Amédée Rambaud et Armand Dupin, dont la compagnie joyeuse et bavarde plaisait à la maîtresse de maison.

D'ailleurs, à peine tout le monde avait-il pris place autour de la belle table nappée de damas blanc qu'Anatole Chaban lança justement un sujet inédit. Il revenait de Thiers, où il avait passé quelques jours à observer les forges et les fabriques de couteaux. Il en rentrait enthousiaste.

— Je n'ai jamais vu cela : partout des ateliers, des ouvriers, il paraît qu'il y en a dix mille, bien plus

1. Fils naturel de la reine Hortense et donc demi-frère du futur Napoléon III.

qu'ici, à Clermont, où on n'en compterait que quatre mille – et encore, en incluant les artisans.

Anatole était passionné de progrès. Il se disait un lointain petit-cousin du grand Blaise Pascal, gloire de la ville, et rapprochait volontiers son attrait pour les chiffres et les sciences de l'inventeur de la machine à calculer. Il rêvait de toutes les modernités, et notamment du chemin de fer à Clermont, depuis qu'il avait emprunté l'une des premières lignes mises en service vingt ans plus tôt entre Saint-Etienne et Andrézieux. Il bassinait les élus de la ville pour obtenir l'arrivée de ces machines qui en terrorisaient encore plus d'un même si, l'année précédente, les députés avaient voté un grand projet [1]. En attendant, il se passionnait pour une nouvelle fabrication, celle du caoutchouc, dans un atelier à Chantoing où un vieux moulin avait été remis en activité pour bénéficier de la force hydraulique.

— L'avenir de cette ville est l'industrie, commenta aussitôt le comte de Morny, qui, député et membre de la chambre de commerce, avait acheté en 1837 la sucrerie Bourdon.

Dans la salle à manger tendue de papier à rayures vertes et blanches qui mettaient en valeur les niches d'angle simplement peintes en blanc, où étaient fixées de jolies assiettes de Moustiers, les convives approuvèrent volontiers cette affirmation.

— Mais à condition que le progrès de l'industrie soit conjugué avec celui des hommes ! A Thiers, la vie dans ces ateliers est intenable ; chaleur, bruit, poussière écourtent l'existence de ces pauvres bagnards !

1. Un projet dont la réalisation ne se fera que progressivement, dans les années 1850. Le train arrivera à Clermont en 1855.

Anatole était sensible aux idées progressistes du christianisme social de Lamennais. C'était un motif de discussion acharnée avec ses deux amis. D'ailleurs, Amédée ajouta aussitôt :

— Quiconque ne s'occupe pas du sort des classes inférieures n'est ni un bon chrétien ni un bon citoyen, nous avertit Saint-Marc Girardin dans le *Journal des débats*. Il a sans doute raison, mais ce n'est pas simple !

— C'est ce que je dis à mon oncle à propos de ses paysans, fit alors Hortense.

Tous se tournèrent vers elle. Gênée, Hortense songea qu'elle avait peut-être dit une incongruité ; ou du moins le crut-elle jusqu'à ce qu'Anatole dise, en prenant toute la tablée à témoin :

— Cela fait plaisir de voir une jeune fille tenir de tels propos, bravo, mademoiselle ! N'est-ce pas, ma chère Delphine, vous qui ne renâclez pas à faire le bien autour de vous ?

— Certes ! répondit la maîtresse de maison en dévisageant Léon en face d'elle.

Elle le connaissait suffisamment pour savoir qu'il n'appréciait pas les propos de sa nièce. L'aristocrate qui sommeillait en lui n'était jamais tout à fait endormi ; le progrès qu'il prônait trouvait ainsi ses limites.

Sous l'influence de son mari, de tempérament libéral, la maîtresse de maison avait autrement évolué ! Et quand la discussion soudain relancée réinvestit la tablée, ses pensées allèrent à la maman du petit Thomas qui s'était usé la santé à peler l'angélique pour un confiseur contre trois sous. Tombée malade, elle avait continué à travailler avec acharnement jusqu'à la veille de sa mort. Amédée avait raison.

Indifférent, Paulin, qui était l'homme à tout faire de la maison, servait maintenant les poulets à la crème que son épouse réussissait à merveille. Hortense, rassurée, choisit une cuisse sous le regard amusé d'Amédée qui murmura, presque attendri :

— C'est aussi le morceau que je préfère.

Amédée était à sa droite. C'était le plus petit des trois, avec « un visage de madone », comme disait Delphine qui avait même proposé le jeune homme à son ami le peintre Degeorge à la recherche d'un modèle de jeune mélancolique. Mais ces traits efféminés cachaient une personnalité très attachante, passionnée par la nature et tous ses trésors. Il travaillait avec Henri Lecoq, autre convive, professeur de botanique et de géologie, un vrai savant qui était devenu en moins de vingt ans une authentique personnalité clermontoise.

A la gauche d'Hortense, Armand Dupin avait un physique autrement costaud et c'était heureux, car il mettait parfois la main à la pâte quand il visitait les chantiers de restauration des églises où il assistait le célèbre architecte Mallay, dont Léon avait cité le nom en passant devant Notre-Dame du Port. Il savait tailler la pierre, préparer un ciment et même monter un mur, tout en analysant les vestiges avec pertinence.

— Et vous, Armand, où travaillez-vous en ce moment ? demanda la comtesse Le Hon.

— Je rentre du Puy où nous commençons la restauration de la cathédrale Notre-Dame. Quand je dis restauration, je devrais presque dire reconstruction, tant le chantier est énorme, il y en a pour des années.

— Des années ? Mais vous allez vous fixer là-bas ?

— Non, je vais surtout travailler aux chantiers en

cours à Notre-Dame du Port, à Saint-Nectaire ou à Vic-le-Comte. Les clochers de Notre-Dame du Port doivent être surveillés de près.

— Vous emmènerez Hortense au Port, cela l'amusera, dit Delphine. Il va falloir trouver des distractions à ma pensionnaire.

— Oui, et au Port, ce sera plus calme que dans les usines d'Anatole ! ricana Amédée.

— Mais dans mes usines, comme vous dites, travaillent beaucoup de femmes : quatre-vingt-dix à Chantoing pour dix hommes, protesta Anatole. Alors, pourquoi ne pas en proposer la visite à Hortense ?

— Je m'inscris aussi, dit Delphine, très curieuse. J'ai toujours plaisir à rencontrer madame Daubrée qui, ne l'oublions pas, a joué un rôle décisif dans ces progrès qui vous passionnent, mon cher Anatole.

Celui-ci hocha la tête. Effectivement, l'épouse de l'un de ses patrons avait eu l'idée d'exploiter l'invention de son oncle, un chimiste écossais, Mackintosh, qui avait découvert la solubilité du caoutchouc dans le benzène. Depuis, on fabriquait dans l'atelier balles, bretelles, tuyaux, gommes, et on réfléchissait à toutes les applications possibles du procédé.

— Et moi ? protesta alors Amédée. Viendrez-vous voir notre jardin ? Mon maître me donnera sûrement la permission de vous servir de guide.

Henri Lecoq opina avec un sourire radieux, tout en se tournant vers Morny qu'il interpella :

— Et le chemin de fer, où en est-il ?

— Savez-vous que le *Journal des débats* prétend que le train viendrait buter sur le puy de Dôme ?

Tous s'esclaffèrent pendant que Morny, passant la main d'un geste familier dans ses cheveux frisés, rappelait ses arguments : faire de Clermont un foyer de production relié rapidement à Paris, centre de consommation.

— Invitez ces journalistes parisiens à venir voir les lieux, conseilla Lecoq en le rejoignant dans le fumoir.

Morny entrouvrit la fenêtre pour disperser la fumée des cigares. Un cavalier remontait la rue, rompant le silence du soir. Henri Lecoq sourit. Son ami Morny n'avait-il pas défrayé la chronique en enveloppant les sabots de son cheval avec des chaussons de toile pour amortir leur bruit sur les pavés, qui dérangeait une de ses belles amies ? Il était dommage que les femmes ne disposent pas du droit de vote, car le député était assuré de leur soutien !

6

— Tu viens voir mon herbier ?

Hortense avait passé sa première nuit rue Pascal, dans la chambre aux pipistrelles. Elle y avait eu un sommeil agité car elle avait un peu abusé du vin de Chanturgues ; il y avait aussi ce réverbère devant la fenêtre entretenant une faible lueur qui l'avait gênée. Thomas lui avait expliqué la veille que c'était le plus ancien de la ville et ils avaient observé ensemble les allumeurs protégés des taches d'huile par une serpillière, coiffés d'un large chapeau très plat et munis d'outils dans une grande boîte en zinc. Ils avaient descendu avec des cordes la lanterne pour essuyer le verre, couper la mèche et verser la quantité d'huile de noix nécessaire pour la nuit.

Tout cela expliquait-il qu'elle ait cavalé avec Jeune Fou toute la nuit et qu'elle ait entrevu sa grand-mère, coiffée d'un grand chapeau d'allumeur, lui jurant que le cheval serait vendu avant la Toussaint ? Chassant vite ce cauchemar, elle se sentait cependant bien, à présent, et aurait volontiers suivi Thomas, à qui elle ne voulait pas refuser plus longtemps cette faveur ; depuis la veille, il insistait si gentiment pour lui montrer cet herbier réalisé avec l'aide d'Amédée ! Mais Delphine répondit pour elle :

— Laissez-nous quelques instants.

Avant d'ajouter devant la mine déconfite de l'enfant :

— Juste quelques instants... Je vous le promets.

— Vous ne m'aimez plus, Madel !

Thomas avait inventé ce diminutif issu de la contraction de « maman » et « Delphine ».

« Vous ne serez jamais vraiment ma maman, avait-il dit, quelques jours après son installation rue Pascal, mais tout de même un peu quand même. »

C'était Thomas, cette logique, cette capacité de raisonnement et de réflexion qui épatait parfois son précepteur.

— Si, je vous aime, mais je dois parler avec Léon et Hortense, répliqua avec fermeté Delphine, prête à succomber devant les mines attendrissantes du garçon. Allez voir Pauline !

Harnaché de sa boîte en fer-blanc verni en forme de cylindre aplati, portée en bandoulière et dans laquelle brinquebalait le petit couteau pour extraire la racine de la plante, il repartit, la mine renfrognée. L'enfant était, il faut le dire, irrésistible, et personne dans la maison ne lui résistait depuis son arrivée, deux ans plus tôt. Delphine avait raconté à Hortense son histoire.

Comme beaucoup de femmes qui avaient la chance d'être nées dans des familles aisées, elle faisait à l'occasion quelques charités et avait ainsi rencontré une jeune femme qui élevait seule son fils depuis la mort accidentelle de son mari, travaillant avec acharnement dans une confiserie de la cour Sainte-Claire où elle était spécialisée dans le traitement de l'angélique.

Elle avait expliqué toutes les opérations que subissait la plante avant d'être confite : ce n'était pas une mince affaire. Il fallait d'abord manier les longues et grosses tiges produites autour de Clermont et particulièrement appréciées par les spécialistes, puisque certaines étaient exportées vers l'Angleterre. Ces tiges étaient débarrassées des fibres qui les recouvraient, puis blanchies à l'eau bouillante avant d'être colorées de façon artificielle et mises à confire dans un sirop pendant plusieurs mois. Les manutentions avaient rompu le dos de la pauvre femme qui ne se plaignait pas pourtant, tant elle tenait à élever Thomas le plus dignement possible et à lui donner de l'instruction.

Les deux femmes avaient sympathisé et Delphine lui faisait régulièrement porter des vêtements ou de la nourriture, car la paie n'était pas grasse. Un hiver, Marie attrapa une mauvaise grippe qu'elle soigna mal pour ne pas arrêter son travail ; fiévreuse, avec une toux de plus en plus rauque, qu'un médecin dépêché trop tard par Delphine tenta d'enrayer, elle dut finalement s'aliter et mourut deux jours plus tard.

Thomas se présenta aussitôt chez Delphine et lui tint ce discours : « Madame, ma mère m'a dit que s'il lui arrivait quelque chose, je devais venir vous voir et comme vous n'avez pas d'enfant, j'ai pensé que je pourrais vous servir de fils. »

Delphine n'avait pas résisté. Son barbon de mari était mort quelques mois plus tôt ; elle était seule et cet enfant lui plaisait, avec sa logique et sa candeur. Toute la maison avait suivi, faisant rapidement du garçon sa coqueluche. Certes, les débuts n'avaient pas été faciles ; il avait fallu décrasser le petit et Pauline, la femme de Paulin, avait bien maugréé qu'il allait passer des poux à toute la maison, mais il était tellement mignon ! Il avait aussi fallu lui inculquer les bonnes manières car sa pauvre mère, trop occupée, ne lui en avait guère donné, mais le terrain était propice et Thomas s'était adapté à une vitesse prodigieuse. C'était aujourd'hui un enfant poli et bien élevé et quand Delphine avait recruté un jeune précepteur, il avait découvert avec un enthousiasme touchant les joies de la lecture et de l'écriture. Ce précepteur était justement Amédée, qui était ainsi entré dans la maison et avait amené ses deux amis, pour qui Thomas était vite devenu le petit frère.

— Je ne l'aurais pas mieux réussi si je l'avais fait moi-même, conclut Delphine à la fin du récit. Le seul tribut à son passé, outre ses visites au cimetière sur la tombe de sa mère, que j'ai fait enterrer dignement près de son mari, ce sont les après-midi consacrés à ses anciens amis, quelques garnements que nous recevons à goûter et que j'habille parfois quand ils sont trop déguenillés. Voilà, c'est ma bonne œuvre ; je ne passe pas trop de temps dans les églises, mais je sais être généreuse avec ceux que je choisis. J'exerce ce qu'on appelle une tutelle officieuse – la loi veut que l'on ait cinquante ans, Dieu me préserve d'avoir déjà atteint ce grand âge ! Les autorités ont fermé les yeux.

— Dieu nous préserve ! répéta Léon, un sourire railleur aux lèvres.

— Quand Thomas aura quinze ans, je l'adopterai, à condition qu'il soit consentant. En tout cas, il est devenu une de mes raisons de vivre et d'espérer.

— J'ose croire que vous en avez d'autres, dit aussitôt Léon qui avait écouté le récit de son amie en feuilletant un exemplaire de *L'Ami de la Charte* apporté par Paulin.

Il louchait de temps en temps sur l'épaule appétissante que le déshabillé de Delphine dévoilait quand elle joignait à la parole quelques gestes des mains.

Ils étaient installés autour d'une table ronde joliment nappée d'une toile écrue brodée de fleurs bleues. Un service à déjeuner de faïence blanc et jaune orangé y était dressé. Delphine l'avait rapporté quelques jours plus tôt de la manufacture de Ravel et était tout heureuse de l'inaugurer ce matin-là. Elle avait eu le coup de foudre pour ces objets de qualité, notamment les couvercles du sucrier et de la cafetière à fretel. Les tasses avaient aussi des anses agréables à manier et leur décor assorti présentait un semis de fleurettes horizontales avec trois points du meilleur effet. Sur l'enfilade d'époque Directoire qui occupait le plus grand mur de la salle à manger étaient d'ailleurs présentés quelques objets provenant de la même manufacture, dont le mari d'Hortense avait bien connu le fondateur, Charles de Riberolles, et sa famille. Une cuvette ovale festonnée à décor peint polychrome avec un semis alterné de fleurettes bleues et de virgules rouges était encadrée de deux pots à eau à bec, l'un orné d'un paon bleu et rouge perché sur une barrière, l'autre d'un être étrange qui plaisait beaucoup à l'époux de Delphine avec une tête humaine cornue, un torse féminin, des ailes de papillon et des pattes de lion. Aucun visiteur n'échappait à la curiosité soulevée par cet objet.

— Voilà, ma chère Hortense, vous savez tout sur Thomas, mais méfiez-vous, il fera de vous ce qu'il voudra. Et n'acceptez surtout pas de jouer aux jonchets avec lui, il est redoutable !

L'enfant avait justement de nouveau passé la tête à la porte.

— Alors, on y va ? Mais si ma mère t'a raconté ma vie, je veux tout savoir de la tienne.

— Allons voir cet herbier !

— Et moi, je vais rentrer, le devoir m'appelle. Je passerai voir Lecoq afin qu'il me parle de ces engrais pour stimuler notre agriculture qui en a bien besoin, puis je m'arrêterai à l'atelier de Chantoing pour y quérir une machine agricole dont Anatole va me vanter les mérites avec son exaltation habituelle, dit Léon.

En effet, les industriels Barbier et Daubrée, outre le caoutchouc, avait un bel atelier de construction mécanique qui commençait à fournir toute la région et au-delà.

Léon s'était levé et pliait le journal dont il avait parcouru les titres.

— Rien de bien intéressant, ce journal est décidément trop à la botte du gouvernement ! Notre roi muselle la presse, comme s'il avait peur. Mais peur de quoi ?

— Il n'a peut-être pas oublié que c'est une révolution qui l'a mis sur le trône et qu'une autre pourrait le mettre à terre. Vous n'allez tout de même pas lire *Le Patriote*, cet abominable journal républicain !

— Non, certes, ma chère, j'aime votre logique, ricana Léon en lui baisant la main. Il faut vous abandonner et mon cœur est déjà triste.

— Ne faites pas le comédien, vous saurez bien où vous faire consoler.

Delphine ne s'illusionnait pas. Léon n'était pas fidèle et ne le serait jamais, mais elle l'aimait ainsi et les souvenirs de la nuit étaient doux. Elle le regarda jeter sur ses épaules son manteau de drap chamois. Il avait une élégance naturelle dont elle ne se lassait pas. Etait-ce parce qu'elle lui rappelait une autre élégance qu'elle n'oublierait peut-être jamais tout à fait ?

— Vous viendrez voir votre nièce, dit-elle en se levant pour passer son bras sous le sien, dernière tentative pour le retenir. Voilà un beau prétexte pour vous échapper sans que votre mère trouve à y redire.

Léon eut un sourire indéfinissable.

— Et le cavalier noir, l'avez-vous revu depuis le bal ? demanda Delphine.

Ses traits se figèrent.

— Non, ne parlez pas de malheur ! J'ai peur qu'il ne s'en prenne à Hortense pour se venger.

— Mais non, Magloire n'est pas fait de ce bois-là.

— Vous avez toujours pris sa défense, répondit Léon sur un ton de reproche. Et pourtant, n'a-t-il pas détruit votre vie aussi ? La colère et la vengeance sont mauvaises conseillères. Adieu, je dois vraiment partir. En tout cas, Hortense ne sait rien, alors ne lui dites rien !

Delphine écouta son pas dans l'escalier, puis sa voix qui ordonnait un peu sèchement à Augustin de faire vite. Elle n'aurait pas dû lui parler de Magloire de Fleury mais, comme tous dans un rayon de quelques lieues autour de Randan, elle ne pouvait oublier des événements gravés dans les mémoires pour longtemps.

Elle frissonna, se servit une tasse de café de gland doux, une invention de son ami Lecoq dont elle raffolait. Il en avait inventé bien d'autres, à partir de maïs ou de châtaignes, mais son préféré restait celui-ci. Lecoq lui en avait évidemment décrit la recette en lui vantant les mérites de ces glands de chêne vert qu'il importait d'Espagne et qu'il mélangeait, une fois concassés, à du seigle, de la chicorée et de l'extrait de vanille. Peu importait d'ailleurs la recette pour Delphine, incapable désormais de commencer une journée sans cette boisson, dont l'autre avantage non négligeable était son coût plus raisonnable que celui du café. Sans oublier ses vertus, puisqu'elle était « antinerveuse » et « digestive ». Thomas en prenait aussi, car elle était fortifiante. D'où un vrai succès, et la fortune pour le savant ! Le vieux mari de Delphine, qui adorait le gland doux, avait affiché par facétie dans son retrait de toilette une maxime qui le ravissait : « L'ivresse que procure le café le rend dangereux pour l'avenir du pays. » C'était ce que disaient certains quand cette drôle de drogue était arrivée en France. L'invention du gland doux, réputé plus inoffensif, ne valait-elle pas à Lecoq le titre de philanthrope bien volontiers décerné par feu Juste Beaumont ?

— Et si j'emmenais Hortense au jardin ?

— Attendez-moi, je vais venir avec vous, répondit Delphine qui avait eu, comme toujours quand Léon partait, un moment de lassitude mais retrouvait doucement ses esprits.

Elle percevait un rayon de soleil et les enfants – car pour elle Hortense était encore une enfant – allaient la sortir de sa torpeur.

Thomas piaffait.

— Hortense m'a dit que son papa était en Algérie, j'ai regardé dans l'atlas, cela doit être beau.

— Il y fait la guerre, répliqua Delphine, alors je ne sais pas si c'est beau.

— Moi aussi, je ferais bien la guerre… pour avoir un bel uniforme !

— Mais vous êtes doux comme un agneau ! Et vous avez plutôt la tête d'un intellectuel.

— Intellectuel ?

— Oui, vous pensez tout le temps, vous êtes curieux de tout, c'est cela, un intellectuel.

— Comme Amédée ?

Ils remontèrent la rue Pascal, dont les maisons dressaient de chaque côté des façades percées de fenêtres à barres d'appui ouvragées, mais sans balcons, signes jugés trop ostentatoires, contrairement aux orgueilleuses doubles portes dont les vantaux affichaient des menuiseries massives et richement ouvragées. Thomas était trop impatient pour s'y attarder et quand ils eurent passé la place du Terrail, ils s'engagèrent dans la rue Savaron ; un tombereau chargé d'ordures répandait une odeur si désagréable que le garçon pressé se pinça le nez de manière ostensible, comme les autres passants. Ils n'étaient pas si nombreux, seulement quelques domestiques partis faire des provisions ; ils croisèrent la cuisinière de monsieur Lecoq, des calicots ou des grisettes[1] des magasins ou ateliers alentour. Certains saluaient Delphine, une cliente occasionnelle ou assidue selon les cas. Thomas courait devant, il aurait voulu tout montrer à Hortense qui accordait plutôt son pas à celui de Delphine. Celle-ci lui avait fait moult recommandations pour épargner ses chaussures ; les rues étaient si mal pavées, poussiéreuses en été, boueuses en hiver… Elle en avait bien parlé au tout nouveau maire, Verdier-Latour, mais il y avait tant à faire !

1. Un calicot est un commis de magasin, une grisette une ouvrière.

— Je ne sais pas si beaucoup de villes ont des rues aussi bizarrement contournées, commentait Delphine qui prenait très au sérieux son rôle de guide. Des cornes, des saillies, des enfoncements, des étranglements... Un monsieur que je n'ai pas connu, Dieu merci – il est mort il y a plus d'un siècle –, un certain Fléchier, a dit que la plus grande des rues ici est juste à la mesure d'un carrosse. Regardez !

Deux voitures tentaient en effet de se croiser. Leurs roues s'étaient accrochées et les deux cochers descendus de leurs perchoirs péroraient pour savoir qui reculerait. Résignés, les chevaux s'énervaient plutôt des mouches qui leur chatouillaient les naseaux.

— Diantre, tudieu, morbleu ! Je n'aurai pas assez de jurons pour te faire reculer, trou de merde ! finit par dire l'un des hommes, aussi rouge que le gilet caché sous sa redingote, en remontant après avoir manifestement cédé.

— Il paraît que nos cochers jurent ici bien mieux qu'ailleurs ! dit Delphine en levant les yeux au ciel.

Elles étaient encore rue Savaron que Thomas était déjà arrivé au numéro 12 de la rue de l'Abbé-Girard, où il s'était planté devant un homme de haute taille occupé à contrôler le déchargement du bois d'une charrette.

— Monsieur Thibaud, j'ai une nouvelle amie ! annonça-t-il. Je pourrai lui montrer votre atelier ?

— Laissez donc Emile travailler ! dit Delphine en se rapprochant.

— Cet enfant est tellement curieux qu'il veut faire partager son savoir. Il saura bientôt faire des vitraux ! répondit Emile Thibaud en riant. Dis-moi, quel est ce bois ?

Thomas fit une moue dubitative.

— C'est du bois d'aulne, expliqua aussitôt le maître verrier avec un bon sourire. Il donne une flamme brillante et sans fumée, c'est bien pour nous autres verriers. Il sert aussi aux charpentes légères, pour les conduits d'eau, et son écorce fournit un noir apprécié par les teinturiers et les chapeliers. Regarde mon chapeau !

L'atelier de Thibaud avait été installé à proximité de la cathédrale pour réparer les verrières détériorées lors d'une tempête. Thomas venait parfois regarder travailler les compagnons, dont l'art le fascinait.

— Venez me voir à la cathédrale, je vous montrerai ce que nous avons déjà réparé.

— Merci, à bientôt ! répondit Delphine en passant le bras sous celui d'Hortense.

Thomas était déjà au bout de la rue qui descendait et faisait un petit coude avant de déboucher rue Ballainvilliers, l'une des avenues les plus larges de la ville, où donnait la halle au blé avec ses grandes arcades.

Des lavandières stationnaient devant avec des charrettes ; c'était là qu'elles récupéraient le linge sale de certaines familles clermontoises pour le laver avant de le rendre sentant bon et soigneusement repassé. Delphine en salua une qui travaillait pour elle, puis s'engagea dans l'avenue portant le nom de l'intendant qui s'était illustré au XVIIIe siècle dans l'urbanisme en créant des promenades extérieures. Celle-ci, qui était alors baptisée Papale, était devenue rue de la Liberté pendant la Révolution avant de porter le nom de son créateur. En passant à cet endroit, Delphine avait toujours un frisson et une pensée émue pour les guillotinés de la Révolution. En effet, c'était là que le fameux Couthon, dont certains parlaient encore en se voilant la face, avait installé l'échafaud, et elle imaginait toujours le sang coulant dans la terre aujourd'hui pavée. Au bout de la rue se dessinait l'imposant obélisque construit au début du siècle [1], en hommage au général Desaix, « le sultan juste », auvergnat illustre qui avait excité l'imagination et l'admiration de ses contemporains.

— On va s'arrêter à la pharmacie d'oncle Henri, dit Thomas qui courait toujours trois pas devant les deux femmes et les régentait gentiment.

L'oncle Henri était ce Lecoq présent au dîner la veille. C'était un des hommes les plus en vue de la ville depuis son arrivée, à la fin des années 1820. Pharmacien de première classe et professeur de minéralogie et de botanique, il réussissait merveilleusement dans cette charge grâce à un talent oratoire et à un vrai sens de la pédagogie qui attiraient un public toujours plus nombreux. Delphine s'était d'ailleurs risquée à aller écouter quelques leçons, comme beaucoup de femmes du monde clermontoises. Enfin, c'était aussi un inventeur qui connaissait une brillante réussite financière dans ses entreprises. Celle de sa pharmacie, sise au 29 de la rue Ballainvilliers, n'était pas la moindre, à un moment où remèdes et médecines faisaient de grands progrès, d'où un usage parfois abusif dénoncé par certains. Cela créait des polémiques jusque dans la famille royale quand il s'agissait de maladies d'enfants. Madame Adélaïde et la reine étaient réputées se disputer allégrement sur le sujet !

1. Improprement appelé, encore de nos jours, « pyramide ».

— Madame Beaumont, quel bon vent vous amène ?

C'était l'associé débonnaire de Lecoq qui les accueillait. Jean-Baptiste Bargoin, un grand barbu affable, dont la main gauche ne quittait presque jamais une belle pipe au fourneau timbré à ses initiales, avait toujours le sourire.

— Je vous présente ma nouvelle pensionnaire, Hortense.

— Enchanté, mademoiselle ! Je suppose que vous ne venez pas me voir pour notre pommade de colimaçons.

Un clin d'œil avait accompagné ces mots, car les deux femmes n'avaient évidemment aucun besoin de ce produit magique qui, selon la notice, adoucissait la peau, faisait disparaître les dartres farineuses ou calmait les démangeaisons.

— Voilà le café de gland doux, cria Thomas en désignant les paquets jaunes à bouts verts qui les distinguaient de la concurrence. Moi aussi, j'en prends, il paraît que cela fortifie ! Regarde l'affiche avec le coq !

Hortense, qui avait goûté et apprécié ce café le matin même, découvrit l'affiche qui en proclamait les bienfaits et annonçait avec optimisme « un siècle de succès ».

— Je n'ai plus de maux de tête depuis que j'en prends, dit Delphine.

— Moi aussi, fit près d'elle une dame élégante qui entrait à l'instant et ajouta à l'intention de l'employé barbu comme son patron : Je viens chercher votre semoule nutritive pour nourrices exténuées.

— Nous venons juste d'en recevoir, une chance, dit Bargoin avec un grand sourire.

— Merci, ma fille n'en peut plus, cet enfant est d'un goulu !

— Nous continuons notre promenade ?

Impatient de repartir, Thomas avait saisi la main d'Hortense, prêt à courir avec elle, comme si elle avait son âge.

— Allons-y ! Au revoir, Jean-Baptiste, je vous enverrai Paulin pour du chlorure de soude à mettre dans les garde-manger, c'est très efficace ! Notre ami Lecoq a une imagination !

Delphine désignait en parlant le grand panneau qui vantait les mérites des « chlorures désinfectants » pour assainir aussi bien les poulaillers que les prisons, pour calmer les douleurs de dents ou enlever l'odeur de la sueur des pieds, ou encore contre la gangrène, les dartres ou la teigne.

Le jardin botanique était à deux pas, proche de la « pyramide ». Thomas s'y précipita en courant. Un petit fossé et une murette le délimitaient, tel un espace fortifié où nul ne pouvait se risquer sans autorisation.

— Je vois Amédée, je vois Amédée ! cria-t-il en franchissant le portail, un ouvrage compliqué de bois et de fer.

En chemise, le garçon portait un grand tablier avec une large poche où ballottaient un sécateur et une binette. Il vint au-devant d'eux sans prendre le temps de poser le louchet dont la lame étroite et allongée permettait de creuser de petites tranchées. Il essuya sa main maculée de terre sur son tablier et la tendit à Delphine, puis à Hortense, tandis que Thomas s'écriait :

— Un limaçon, un limaçon ! Et un ver blanc, donnez-moi votre bêche, je vais le couper en deux !

— Quel méchant tu es ! dit Hortense en faisant la grimace.

— Si j'écrase le limaçon, cela fait le bruit d'une noix, continuait Thomas qui était moins cruel que joueur.

— Venez plutôt voir nos trésors, répliqua Amédée en posant ses outils et son tablier sous l'appentis voisin. Faites attention aux cloches et aux châssis ! Ici, il y a beaucoup de plantes fragiles.

— Moi, ce que je préfère, ce sont les odeurs, dit Delphine qui venait souvent se promener et rêver dans ce jardin.

Mélancolique, elle y laissait sa tristesse et se délassait en humant une fleur, en observant une feuille ; curieuse, elle y flânait en repérant une plante dont elle retenait le nom ; bucolique, elle s'extasiait sur les merveilles insoupçonnées de la nature.

Ils s'étaient engagés dans l'allée centrale, autour de laquelle était organisé le jardin en amphithéâtre avec deux bassins à jets d'eau. Le terrain était, en effet, en pente ; en haut, le sol sablonneux avait accueilli les arbres, en bas la bonne terre avait favorisé la culture des plantes potagères et médicinales.

— Nous avons ici trois mille cinq cents plantes, proclama Amédée avec fierté. Elles sont disposées par familles naturelles. Malheureusement, le jardin n'est pas très ancien, car on n'a cessé de le déménager depuis un siècle.

— Et d'où viennent toutes ces plantes ?

— Il y a bien sûr des plantes indigènes ; beaucoup viennent des monts Dore ou Dôme, mais il y a aussi des plantes exotiques que nous verrons dans la serre chaude.

— Il y en a d'Afrique ? interrogea Thomas.

D'Algérie, où se trouvent le papa et le frère d'Hortense ?

La Méditerranée et les pays l'entourant, repérés sur l'atlas, lui avaient ouvert des horizons. Leur géographie comme leur histoire suscitaient l'intérêt.

— Mais oui, je vais t'en montrer. Voici le maïs de Turquie, les pommes de terre d'Amérique, les topinambours du Brésil, le lin d'Egypte. Et cet abricotier originaire d'Arménie, ce prunier de Damas, ce cognassier des bords du Danube...

Thomas qui écoutait l'énumération, dubitatif, se vit infliger un devoir par son précepteur : localiser tous ces pays pour le lendemain. Le garçon soupira mais heureusement, ils arrivaient à la serre où l'odeur était forte et indéfinissable. S'y mêlaient les arômes des plantes réparties dans un désordre apparent mais qui devait relever d'une vraie logique, autour d'un bassin dont le jet d'eau résonnait sous la verrière.

— Voici une antiquité, dit Amédée en désignant un palmier. Un cycas qui vient d'Egypte et qui remonte au temps de l'abbé Delarbre, un prédécesseur de monsieur Lecoq, à la fin du siècle dernier[1]. C'est lui qui l'a acclimaté et malgré les déménagements, il a survécu !

Les odeurs étaient entêtantes et ils furent presque heureux de se retrouver dehors. Amédée leur fit découvrir le carré des expériences, auquel Lecoq tenait particulièrement, puis celui des plantes médicinales, que le public pouvait utiliser sur simple demande.

— *Hellé... Helléborus*, déchiffra Thomas en se penchant sur l'un des multiples piquets affichant le nom des plantes.

---

1. Cet arbre était encore visible en 1892.

— Ellébore noir, dit Amédée.

— A quoi cela sert-il ?

— Je crois que cela a des vertus purgatives et vermifuges, répondit Amédée.

— *Apia*, lut encore Thomas, *Renonculus*, *Œnothera*, *Verveina*, *Thymum*...

— Je voudrais tant que Procule voie cela ! dit Hortense en se penchant, elle aussi, sur les précieuses indications.

— Qui est Procule ? interrogea Thomas. Voilà un drôle de nom.

— C'est une amie.

Puis, se tournant vers Delphine, Hortense ajouta :

— Vous la connaissez, c'est la petite-fille de madame Fariboles, vous l'avez vue au bal avec Magloire de Fleury. Si vous pouvez m'en dire davantage sur ce monsieur, je vous en serai reconnaissante. A moins que, vous aussi, vous ne m'affirmiez que les secrets de famille ne sont pas bons à révéler.

Amédée et Thomas s'étaient éloignés. Etonnée de cette requête soudaine, Delphine regarda Hortense avec intensité, puis soupira.

— C'est votre oncle qui répond cela ? Il n'a pas forcément tort !

— Hortense, Hortense ! Il paraît qu'Anatole va organiser une course de draisiennes dans le boulevard du Tourreau, viens voir comme cela descend !

— Il est fou, ils vont se rompre le cou.

— Même Amédée veut y participer ! Et moi, je pourrai aussi ?

Delphine, qui était loin de partager l'enthousiasme de Thomas, se contenta, comme réponse, d'une moue dubitative, alors qu'Hortense questionnait Amédée.

— C’est quoi, une draisienne ?

— Certains disent que c’est un petit cheval à courir que l’on conduit par les oreilles et que l’on fait avancer à coups de pied sur le sol. C’est un engin destiné à concurrencer le cheval.

— Concurrencer le cheval ?

Le sang d’Hortense n’avait fait qu’un tour. Comment pouvait-on envisager de concurrencer le cheval ?

Très pédagogue, Amédée répondait déjà que la vitesse et la puissance de traction du cheval étaient limitées, qu’un cheval, cela coûtait cher, que sa santé était fragile, et qu’il était peut-être temps de lui trouver des solutions de remplacement.

Poliment, Hortense écouta ses explications, puis elle laissa tomber, incrédule :

— Vous n’allez pas me faire croire que vous êtes persuadé de tout cela ?

— Parlez-en à Anatole, il vous convaincra, lança Amédée qui ne se départit pas de son sourire, même quand Hortense lui tourna le dos en haussant les épaules. Drôle de fille, murmura-t-il en la regardant s’éloigner, élégante mais très naturelle, et finalement fort assortie au jardin.

Elle défendait le cheval, mais le comte de Morny, qui était bien décidé à tout faire pour que le chemin de fer arrive à Clermont, en était aussi un passionné. Il avait même monté en course au Jockey Club ! C’est dire qu’on pouvait être un fervent du cheval tout en croyant au progrès.

Amédée jeta un dernier coup d’œil vers ses visiteurs qui descendaient le boulevard du Tourreau. Ils longeaient déjà le terrain sur lequel monsieur Lecoq espérait bien agrandir le jardin botanique, un vaste espace qui donnerait une belle envergure à un ensemble enfin digne d'une grande ville. Il y avait de la place. Tout près, c'était la campagne en direction de Beaumont et de la colline de Saint-Jacques, ainsi nommée parce qu'au Moyen Age, des pèlerins s'y rassemblaient avant de se mettre en route pour Compostelle.

Amédée soupira. Le projet de monsieur Lecoq était loin d'être réalisé. Un jeune architecte, un certain Ledru, qui avait bâti l'hôtel de ville, avait déjà travaillé sur un plan, mais il faudrait sans doute beaucoup de temps pour que le projet aboutisse. Anatole pensait au chemin de fer, Armand à une façade pour la cathédrale, lui à un nouvel espace de jardin. Autant d'enjeux pour cette ville où il avait posé ses malles quelques années plus tôt et où il se plaisait car, à défaut d'un jardin plus vaste, la nature était à deux pas. Il songea à la promenade prévue, le lendemain, pour herboriser du côté de la vallée de Royat, un bonheur qu'il ne manquerait pour rien au monde.

Lui n'attendait pas que la locomotive vienne assourdir la campagne de ses sifflements aigus, remplaçant les mugissements des taureaux, les bêlements des moutons ou même les roulements des lourdes diligences. Le comte de Morny avait beau dire et répéter que partout où la locomotive pénétrait, un esprit nouveau surgissait, Amédée avait des doutes et ne croyait vraiment pas que l'Auvergne allait devenir une succursale de Paris, comme le soutenaient certains beaux esprits.

Il regarda avec inquiétude le ciel couvert au-dessus de la ville, mais le puy de Dôme était dégagé et c'était un bon présage.

7

— Viens !

Jeannot avait profité de l'occasion pour prendre la main de Procule. De l'autre, il tenait un panier rempli de cèpes. Tout à la joie de cette cueillette quasi miraculeuse, il avait décidé la jeune fille à le suivre au château.

— Non, quelqu'un va nous voir et me mettra dehors comme une malpropre, protestait Procule qui cédait à la timidité.

— Mais non, tu ne crains rien, assurait Jeannot, je te présenterai aux autres commis, marmitons et cuisiniers.

Procule hésita encore, puis ne résista plus à la tentation. Après tout, c'était une occasion inespérée et Jeannot était si gentil ! Depuis qu'il était commis au château, il avait changé ; il était même devenu bavard et au cours de leurs promenades-cueillettes, il avait maintenant toujours quelque chose à raconter. Il parlait sans cesse du chef cuisinier qui lui enseignait mille choses. Aujourd'hui, il avait expliqué à Procule les quatre saveurs fondamentales : le salé, le sucré, l'amer et l'acide.

« Et alors ? avait répondu Procule qui ne s'en laissait jamais conter.

— Alors, il faut le savoir quand on est cuisinier.

— Il y a aussi les milliers de parfums à recueillir dans la nature ou au jardin.

— Oui, oui. »

Jeannot avait bien du mal à avoir le dernier mot avec la jeune fille, mais pour rien au monde il n'aurait renoncé à ces promenades, à l'excitation des trouvailles et surtout au plaisir indéfinissable éprouvé auprès de Procule.

Ils franchirent ces grilles devant lesquelles elle s'était toujours arrêtée, intimidée, impressionnée comme beaucoup alentour pour qui la princesse, madame Adélaïde, régnait sur un domaine extraordinaire ; elle jeta à peine un regard aux lions qui surmontaient les colonnes dans lesquelles les grilles étaient encastrées. Un jour, Hortense lui avait fait remarquer qu'ils s'attaquaient à des serpents, et les deux jeunes filles avaient gloussé dans un de ces fous rires qui scellaient une véritable amitié.

Ils avancèrent dans l'allée délimitée par une double rangée d'ormes dont l'allure pleureuse contribuait à créer une haute tonnelle ; choisis pour leur croissance rapide, ils avaient répondu à l'attente de madame Adélaïde et de son architecte. Beaucoup de feuilles joliment dentelées jonchaient déjà le sol, et craquaient sous leurs pas. Ils devinaient les grosses tours rondes et leurs toits couverts d'ardoise de part et d'autre du corps de logis central.

— Tu sais, je ne vais pas te montrer les salons. Moi, je n'y suis jamais allé. Il paraît que c'est très beau. Je vais seulement te faire entrer dans les cuisines, mais certains disent qu'elles valent bien les salons, et regarde le jardin !

Orangers, gazon, fleurs, arbres, tout composait, en effet, un ensemble auquel on ne pouvait être insensible, et le garçon avait été ébloui lorsqu'il l'avait découvert pour la première fois en venant livrer au chef cuisinier des plantes et des légumes. Il s'était ensuite habitué à cette splendeur qui servait d'écrin au château.

— Moi, je préfère la forêt, murmura Procule qui n'osait élever la voix mais n'entendait pas s'en laisser conter.

— Ah ! bon, fit Jeannot, surpris et déçu à la fois.

— Ici, c'est une drôle de nature, une nature de jardinier, expliqua Procule avec un sourire, soucieuse de ne pas causer de peine au garçon. Et puis quand il n'y aura plus de chardons, il n'y aura plus de chardonnerets, tu sais, ces oiseaux qui ont du rouge autour du bec et de l'œil, une bande jaune vif sur les ailes, le croupion blanc et la queue noire.

— Oui, peut-être, répondit prudemment Jeannot qui n'y connaissait pas grand-chose dans le domaine des oiseaux et en apprenait tous les jours avec la jeune fille.

Ainsi se souvenait-il qu'une fois, ils avaient trouvé un petit nid qui avait dû tomber d'un arbre et qu'avant de le reposer délicatement sur une branche, Procule lui avait vanté la finesse du travail réalisé avec des herbes, des poils, des toiles d'araignée et des plumes. Un autre jour, elle lui avait conté les mille et une histoires de chouettes et de hiboux qui menaient grand train, la nuit, dans la forêt.

Mais quel bonheur pour lui quand, volubile et passionnée, la jeune fille louait comme aujourd'hui les mérites des herbes folles qui attiraient les papillons et craignait déjà qu'il n'y en ait plus un jour ! Où avait-elle appris tout cela ?

— Rappelle-toi ce papillon aux ailes brun-rouge décorées de bleu, ma grand-mère l'appelle le « paon de jour », eh bien ! ses chenilles dévorent les orties jusqu'à la tige. Alors, les gens qui disent que les orties ne servent à rien...

— Moi, je ne le dis pas, protesta le garçon, j'en fais des soupes !

— Tu es un drôle, toi, répliqua Procule en éclatant de rire.

— Et toi, tu n'es pas drôle peut-être ? Là, c'est tout de même beau !

Jeannot désignait la vue, car la propriété était un belvédère avec un vaste panorama vers des montagnes lointaines. Le chef cuisinier les avait appelées les monts Dôme et, au-delà, le Sancy. C'était le pays d'une de ses grands-mères, qui habitait Le Mont-Dore. Procule convint que le spectacle valait le détour et quand Jeannot ajouta : « On ne voit pas cela dans la forêt », elle l'admit de bonne grâce, avec un sourire irrésistible.

Ils s'étaient approchés du château et descendaient maintenant quelques marches pour accéder à une porte étroite que Jeannot ouvrit doucement avant de s'effacer pour laisser passer Procule.

Le garçon était foncièrement aimable et courtois, une gentillesse du cœur qui valait bien toutes les politesses apprises. Procule le connaissait depuis longtemps, car leurs chemins s'étaient souvent croisés et recroisés dans la forêt quand elle herborisait ou que lui partait pour la cueillette des champignons. Il lui avait montré quelques coins connus de lui seul et, lentement, ils s'étaient apprivoisés. Si, depuis qu'il était commis aux cuisines du château, il avait moins de temps, il n'en restait pas moins chargé de rapporter ces produits dont il avait si souvent régalé le château et qui lui avaient valu d'être remarqué.

Ils étaient maintenant dans un vaste couloir sur lequel ouvrait une succession de salles, le tout voûté d'arêtes comme des cryptes. Procule ouvrit de grands yeux, elle n'avait jamais vu cela.

— Tu vois, l'architecte qui a construit ces cuisines a si bien réfléchi, expliqua avec fierté Jeannot qui tenait son savoir tout neuf du chef cuisinier, que les odeurs ne peuvent en se croisant gâter la saveur des sauces.

— C'est qui, cette souillon ? Moi qui t'attendais pour faire une sauce à l'ivoire avec un peu d'ail de mon pays !

Une grosse voix avait retenti dans leur dos. Procule avait sursauté mais Jeannot faisait déjà face à Jules, le chef cuisinier, le grand maître qui régnait sur l'univers gastronomique du château. Grand par l'importance comme par la taille, encore accrue par le port de la toque. Depuis quelques années, celle-ci était devenue l'accessoire obligatoire pour le personnel des cuisines ; personne n'osait plus y déroger.

Aguerri par quelques semaines de travail avec l'homme parfois bourru mais toujours juste, Jeannot n'était plus impressionné.

— Faites excuse, monsieur Jules, dit-il en triturant tout de même le chapeau de paille qu'il mettait pour ses sorties en forêt, ce n'est pas une souillon, c'est mon amie Procule.

— Ah ! voilà un drôle de nom pour une bachelette ! pouffa l'homme en postillonnant.

— Faites excuse, c'est mon nom, protesta Procule en reprenant la formule de Jeannot, qui devait être de bon ton dans ce décor aussi imposant qu'extraordinaire.

— Bon, et qu'est-ce que tu viens faire ? répliqua l'autre, soudain plus conciliant. Mais qu'est-ce que vous avez dans votre panier ? Des cèpes, bon Dieu, quelle récolte ! Jeannot, tu es un chef !

— Comme vous ?

Le garçon ne manquait pas de repartie, mais de peur d'être taxé d'insolence, il ajouta vivement :

— C'est Procule qui connaît les bons coins, c'est ma compagne de cueillette et je voulais lui montrer où je travaille. C'est tellement beau !

— Ah ! bon, ta compagne de cueillette et seulement de cueillette, railla aussitôt l'autre qui avait mis ses mains sur les hanches, ce qui lui donnait une envergure impressionnante. Vous n'en profitez pas pour regarder la feuille à l'envers ? Les cèpes sont beaux, mais la fille aussi !

La remarque déclencha des éclats de rire qui retentirent sous la voûte d'arêtes du long couloir. D'autres commis et marmitons s'étaient rapprochés et dessinaient un cercle autour d'eux.

— Ouais, elle est belle, la souillon ! Le Jeannot, il ne s'ennuie pas. Moi aussi, j'irais bien cueillir des champignons.

— Toi, occupe-toi de tes gâteaux, lança Jules à un lourdaud arborant lui aussi une toque qui paraissait disproportionnée par rapport à son visage chafouin.

Jules savait le garçon sournois et rusé, mais son aptitude à manier les sucreries et à imaginer des desserts en faisait un commis précieux. Moyen de taille, mais assez fort, il impressionnait par son assise sur de lourdes jambes qu'amplifiait un pantalon de toile sans forme. Jules toisa Gaston qui baissa les yeux. Il n'allait pas s'en laisser conter ; doté d'une autorité indiscutable et indispensable, il souhaitait cependant montrer qu'il n'entendait pas être débordé par son équipe. La discipline aux cuisines, c'était, comme à l'armée, une nécessité.

— Trêve de plaisanterie, reprit-il avec sérieux en regardant fixement Jeannot qui, se dandinant d'un pied sur l'autre, mi-figue, mi-raisin, se reprochait d'avoir pris une telle initiative. Bon, allez, fais-lui visiter, à ta dulcinée, et vous autres, circulez ! Il n'y a rien à voir, que du travail ! Bienvenue à mademoiselle Procule qui connaît les bons coins à champignons, nous la reverrons toujours avec plaisir, ajouta-t-il en saisissant sa toque et en esquissant une révérence maladroite.

Il fut récompensé par un de ces sourires dont la jeune fille avait le secret, et que sa mère et sa grand-mère réprouvaient tant elles craignaient le danger de la séduction.

— Quand vous aurez fini, je t'apprendrai à les accommoder, tes cèpes, c'est une chance que la princesse soit là, nous allons la régaler. On raconte que le roi pourrait venir, une surprise pour sa sœur dont il ne peut jamais se passer longtemps !

— C'est vous qui lui faites à manger ? interrogea alors Procule qui avait oublié la gêne du début. Il mange quoi ? Il paraît qu'il est très gros ?

— Oui, c'est vrai, convint Jules en riant, et il aime ce qui est bon, mais pas besoin d'être roi pour aimer ce qui est bon ! Moi, c'est la gourmandise qui a fait de moi un cuisinier. Et toi, Jeannot, c'est bien parce que tu en avais assez du brouet que te faisait ta mère que tu as cherché des idées pour l'améliorer ?

Jeannot souriait. Il se souvenait de la tête de sa mère quand il avait commencé à mélanger des légumes et des herbes, à cuisiner les poules ou les chapons. Ses frères et son père l'avaient regardé bizarrement, s'étaient moqués de lui ouvertement avec des réflexions blessantes, et son aîné lui avait même méchamment proposé de mettre une robe ! Ils en avaient un peu rabattu quand ils avaient goûté ses plats préparés avec imagination et ingéniosité, et sans que cela coûte cher à la famille, puisqu'il s'approvisionnait dans la nature.

Il en était là de ses pensées quand le commis pâtissier, qui avait disparu après l'invective du chef dans l'une des cuisines, réapparut avec une assiette et une part de tarte qu'il offrit à Procule. Surprise, celle-ci n'osait pas accepter, mais Jules l'encouragea.

— Je partagerai avec Jeannot, dit-elle doucement.

— Je te l'interdis, souillon ! cria alors l'autre en jetant à terre l'assiette dont le contenu se répandit sur les dalles.

Excédé, Jules gifla le garçon et le renvoya durement dans sa cuisine. Penaud, il se tenait la joue : le coup avait été rude. Le chef était ainsi, sévère et direct !

— Et vous autres, tous au travail, il n'y a rien à voir, annonça-t-il à la ronde. Jeannot aussi, mais après avoir fait visiter à ta demoiselle. Moi, je vais m'occuper des cèpes, tu me rejoindras pour apprendre à traiter amoureusement ces trésors. J'ai bien dit : amoureusement.

Avec autorité, il s'était saisi du panier, l'avait humé non sans un certain sens de la démonstration, mais l'homme avait plus d'une corde à son arc, et la comédie faisait partie de son art, pour lequel il savait orchestrer des mises en scène qui lui valaient les fréquents compliments de la maîtresse de maison. Les autres avaient déserté le couloir non sans avoir murmuré, pour certains, à l'adresse de Jeannot et d'un ton menaçant : « Chouchou ! »

Mais Jeannot n'en avait cure, il avait l'habitude. Les autres étaient jaloux de ses relations avec le chef : les produits qu'il lui fournissait faisaient de lui un commis à part. Ils savaient qu'il en tirait quelques sommes rondelettes, ce qui n'était pas du goût de tout le monde. En plus, cet après-midi, il venait parader avec cette fille plutôt jolie. Cela faisait beaucoup. Le Jeannot paierait tout cela et la note serait salée car entre commis, on ne se faisait pas de cadeau !

Par les portes ouvertes des salles donnant sur le couloir – elle n'osait pas entrer et Jeannot préférait aussi se tenir prudemment à l'extérieur – Procule aperçut les grands fourneaux, les étagères où reposaient des dizaines de casseroles et autres ustensiles. C'était impressionnant. Jeannot s'apprêtait à l'entraîner vers une dernière merveille, le calorifère [1] qui, d'après ce qu'il avait compris, permettait de chauffer toutes les pièces du château, lorsqu'une fille fit irruption au bout du couloir et cria :

— Le roi vient d'arriver !

A toutes les portes sans exception apparurent des têtes, et partout ce fut la même réaction.

— Mais personne ne nous avait rien dit !

— Il est arrivé comme ça, comme d'habitude, personne ne l'attendait, même pas Madame, répliqua

1. Le mot « radiateur » ne date que de 1877.

la femme dont la tenue sombre était simplement égayée par un tablier blanc.

— Comme ça, comme ça, maugréa Jules venu aux nouvelles.

— C'est Pouzadoux, le tapissier d'Aigueperse, qui a été surpris, expliqua la femme entourée par les cuisiniers qui avaient rappliqué, même le pâtissier dont la mine renfrognée montrait qu'il n'avait pas digéré la gifle. Il était sur une échelle en train de fixer des rideaux dans l'embrasure d'une fenêtre quand il a senti une tape sur son mollet. Il a regardé en bas et vu le roi ; il en a laissé tomber son rideau, surtout quand le roi – c'est lui qui me l'a raconté – lui a reproché de ne pas l'avoir salué. Tu parles, il ne l'avait pas vu.

— Et alors ? interrogea Jules.

— Pouzadoux est descendu de son échelle, s'est prosterné devant le roi et tout a été arrangé. Tu connais le roi, ce n'est pas un mauvais bougre, il l'a même félicité d'être si attentif à son travail qu'il ne voyait pas ce qui se passait autour de lui !

— Comme je le connais, le tapissier, cela va lui monter à la tête d'avoir vu le roi d'aussi près. Lui qui était plutôt républicain, cela va nous en faire un royaliste.

C'était un gros homme, presque aussi large que haut, le boulanger du château, qui venait de s'exprimer. Lui aussi était d'Aigueperse, du même âge que Pouzadoux.

— Bon, on ne va pas parler politique, intervint Jules ; si le roi est là, il faut le régaler. Au travail ! Il nous faut trois ou quatre potages, car il a toujours la manie de mélanger. On va faire un rôti, un peu de ragoût, il doit avoir faim, nous mettrons les cèpes et peut-être un plat de macaronis. Monsieur le sommelier, pensez à aérer votre vin et toi, Jeannot, il est temps de laisser partir ta petite amie !

— Merci, monsieur Jules, dit Procule. C'était très beau.

— Pas de quoi, et si vous avez de belles trouvailles, je suis amateur. On sait combien de temps il reste, le roi ?

Jules était déjà complètement à l'arrivée du roi et à la manière de le traiter le mieux possible.

— Non, dit la femme au tablier blanc, il serait venu avec une diligence jusqu'à Aigueperse où le maître de poste a été tout surpris de le voir descendre ; il faut dire qu'avec son vieil habit, son chapeau défraîchi et son parapluie sous le bras, on ne dirait pas le roi. J'ai entendu madame sa sœur lui reprocher de ne pas l'avoir prévenue, mais tu sais comment il la surnomme, son « esprit gardien », il voulait discuter avec elle d'affaires de famille, ils appellent cela « faire bobinette ». Ils se sont tout de suite un peu querellés, car le roi lui a dit que dans son palais, à Paris, il voulait transformer sa chambre en cuisine. Madame n'était pas contente, elle en a jeté sa tapisserie par terre avant de partir sur la terrasse. Ses deux perroquets s'étaient mis de la partie, à invectiver le roi. Mais, sans rancune, celui-ci a suivi Madame, sa chère et bonne amie, comme il dit, qui a dû lui pardonner, tu sais comme elle lui est dévouée ! Et maintenant, ils marchent dans le parc.

Procule aurait bien aimé garder pour elle le fait qu'elle avait aperçu le roi quand elle était sortie des cuisines, qu'elle était allée au château avec le Jeannot, car elle savait que cela lui attirerait les foudres de sa grand-mère et de sa mère. Mais comme à son accoutumée, toujours prêt à parler avec ses Français, comme il disait, lui, le roi des Français, Louis-Philippe l'avait interpellée, tout en calmant les ardeurs du petit chien fou qui ne quittait guère sa sœur et qui avait la désagréable manie de mordiller les mollets des visiteurs.

« Qui êtes-vous, qui vous sauvez si vite ? Ma sœur, connaissez-vous cette jeune personne ? »

Madame Adélaïde avait pris l'air dubitatif et fait cette moue de ses lèvres minces que son frère lui connaissait bien quand elle n'était pas de bonne humeur. Cette histoire de chambre aux Tuileries, elle ne l'avait pas bien digérée ! Il lui avait pourtant apporté des Paxitas, ces petits cigares de paille de riz fabriqués au Mexique que son neveu, le prince de Joinville, lui avait fait découvrir. Une attention à laquelle elle avait été sensible, mais qui ne l'obligeait pas à tout accepter.

« C'est que... c'est que j'étais venue apporter des cèpes avec un ami qui travaille ici comme commis aux cuisines, avait expliqué Procule.

— Des cèpes ? Eh bien ! ma sœur, j'arrive quand il le faut, je les adore. Mais à part cueillir des cèpes, que faites-vous encore ?

— J'aide ma mère et ma grand-mère.

— Et que font-elles ?

— Elles guérissent avec des plantes ! Ma grand-mère fait le rebouteux, chasse les zonas et encore bien d'autres choses.

— Voilà qui m'intéresse grandement, moi qui ai si mal au dos. La diligence n'a rien arrangé, les pauvres voyageurs y sont empilés !

— Vous possédez des voitures plus confortables,

avait raillé la princesse. Votre manie de jouer à monsieur Tout-le-monde... »

Le roi avait haussé les épaules, secouant son imposante stature de façon comique – quand Procule y repensait, cela la faisait rire – et avait poursuivi :

« Dites plutôt roi-citoyen, puisque c'est ainsi qu'on m'appelle. Et cela ne me déplaît pas !

— Si vous voulez donner du grain à moudre aux faiseurs de caricature... Moi, je n'éprouve aucun plaisir à être la sœur d'une grosse poire !

— Grosse poire, mais pas si impopulaire. Vous voilà bien grincheuse, ma sœur. En tout cas, vous ne m'aviez jamais parlé de ces précieuses voisines.

— C'est que, mon frère, moi, je me porte comme un charme, alors je n'ai pas besoin de tels services. Mais nous allons les faire quérir demain matin, si cela vous convient. Nous comptons sur elles !

— Et sur vous aussi. Vous voir avec vos beaux yeux sera un plaisir ; si votre grand-mère me soigne, ce sera encore mieux ! »

Procule avait pris congé, sans trop savoir les usages à respecter avec un roi et une princesse. Hortense lui avait bien montré, en se moquant, les révérences que lui avait apprises sa grand-mère, mais elle ne se voyait pas plonger dans un tel ridicule ! Et maintenant qu'elle arrivait devant leur masure, après avoir ruminé l'affaire sur le sentier qui la ramenait en cheminant paresseusement à travers la forêt, elle était bien embarrassée, mais elle ne pouvait guère tergiverser. Elle avait bien envisagé de ne rien dire, mais le roi était capable de remuer ciel et terre pour les retrouver. Aussi se jeta-t-elle à l'eau dès qu'elle pénétra dans la salle où l'accueillit une bonne odeur de soupe. Elle eut le temps de penser qu'ici, les fumets pouvaient se croiser sans que cela gênât personne et surtout pas sa grand-mère qui lui tournait le dos, occupée à touiller avec application le potage où elle jeta une poignée de sel avant de se retourner et de demander :

— D'où viens-tu ?

— Du château !

— Du château ? Quel château ?

— De la princesse.

— Qu'est-ce que c'est que ces fariboles ? Que vas-tu faire au château de madame Adélaïde ?

— Madame Adélaïde ?

Joséphine, la mère de Procule, poussait la porte à l'instant. Elle déposa sur la terre battue le panier dont le contenu, pots de tisanes et autres herbes, attestait qu'elle venait de soulager des malades, et se planta devant Procule.

— Pourquoi parlez-vous de madame Adélaïde ? Il paraît que le roi est arrivé à l'improviste, c'est le charpentier qui disait l'avoir vu, même que sa femme l'accusait de raconter n'importe quoi et d'avoir des visions depuis qu'il est tombé d'un toit !

— Il a raison ! répondit Procule, je lui ai parlé.

— Tu as parlé au roi ? Toi aussi, il faut te donner une tisane pour te calmer les esprits.

— C'est la vérité. Il veut que vous le soigniez, il a mal au dos, il faut dire qu'il est si gros !

— Des fariboles, elle nous raconte des fariboles.

La grand-mère avait lâché la grande cuiller de bois et posé le couvercle d'un geste sec sur la marmite où le potage continuerait à mijoter sans elle. Elle avait mieux à faire avec cette péronnelle qui en prenait décidément à son aise. Les mains sur les hanches, elle toisait maintenant Procule d'un air menaçant et malgré sa petite taille, elle en imposait.

— Qu'est-ce que tu nous inventes ? Et d'abord, que faisais-tu au château ?

Les deux femmes connaissaient bien Jeannot ; elles savaient que c'était un gentil garçon, mais qu'il ait entraîné la petite jusqu'au château les fit hoqueter de fureur. Armée de patience, habituée à de telles crises, Procule laissa passer l'orage. Madame Fariboles finirait par se calmer et sa mère aussi, ce n'était pas la première fois qu'elles la gronderaient, et sans doute pas la dernière ! Quand Joséphine dit : « Et si on mangeait ton potage qui sent diablement bon ? Moi, j'ai faim, j'ai fait au moins deux lieues aujourd'hui, mais je suis contente, je crois que la femme du charpentier est guérie », Procule sut que la situation allait s'apaiser.

Elle avait posé vivement trois écuelles, trois verres et des couverts sur la table de bois blanc, et sortait déjà pour puiser une cruche d'eau dans le puits ; quand elle rentra, les deux femmes étaient attablées devant le potage servi par la grand-mère, et même résignées.

— Soigner le roi, disait Joséphine en hochant la tête, mais qu'est-ce qu'on peut faire ?

— Eh bien ! le soigner comme n'importe qui, répliquait la grand-mère avec son bon sens ineffable. Je vais préparer des onguents et lui faire un massage dont il se souviendra. Nous pourrions même lui faire cela à quatre mains, ce serait plus efficace. Quant à toi, tu resteras ici, consignée jusqu'à nouvel ordre, il y a du travail dans le jardin. On en a par-dessus la tête !

— C'est que...

— C'est que quoi ? interrogea Joséphine qui ne parvenait pas à dominer tout à fait son agacement.

— Le roi m'a dit de venir aussi.

Ebahies, les deux femmes se regardèrent et madame Fariboles, qui lampait une dernière cuillerée de soupe, éclata de rire.

— Y a pas à dire, mais c'est le roi qui fait la loi, et même dans nos masures !

— Vos cèpes étaient délicieux !

Le roi attendait les trois femmes qu'une servante venait d'introduire dans sa chambre de la tour ancienne sur laquelle il avait jeté son dévolu, dès l'achat du domaine par sa sœur, pour y installer ses appartements. Il avait veillé personnellement à leur aménagement. Si Procule avait su lire, elle aurait été au courant de la passion du roi pour les travaux que beaucoup de journaux brocardaient allégrement, dénonçant les chantiers inutiles ou les traces de plâtre sur ses vêtements. Et c'était sans doute lui qui avait choisi, outre les meubles de bois clair, le satin bleu des murs et les rideaux de velours écru. Une harmonie délicate et de bon aloi.

Mais le roi ne laissait pas à ses visiteuses le loisir de regarder le décor, un décor comme elles n'en avaient jamais vu, et poursuivait déjà.

— J'en mangerais bien encore avant mon départ. Mesdames, soyez les bienvenues, il paraît que vous faites des miracles !

— Des miracles, des miracles, maugréa madame Fariboles d'un air grognon, il ne faudrait pas que vous soyez déçu, mais nous allons essayer de vous soulager.

— Comment allez-vous vous y prendre ?

— Avec un massage et des onguents de notre fabrication à base de plantes, Votre Majesté.

Madame Fariboles avait dit avec hésitation les deux derniers mots. Elles avaient discuté pour savoir comment appeler leur royal patient, mais le « Votre Majesté » paraissait tellement incongru dans sa bouche qu'elle avait du mal à le prononcer.

— Un massage ? Dois-je me mettre en chemise ?

— Oui, ce serait bien. Et même, si vous nous montriez votre dos nu, ce serait encore mieux !

Le roi avait fait signe à un valet qui se tenait dans un coin de la chambre près d'un curieux équipement dont Procule supposa que c'était le chauffage apporté par le calorifère que Jeannot lui avait montré la veille. Il régnait d'ailleurs dans la pièce une douce température.

L'homme s'approcha et aida le roi à enlever sa longue redingote grise, puis son gilet de velours grenat ; il défit la cravate de soie assortie avant de déboutonner la chemise.

— Attention au toupet ! dit le roi d'un ton agacé au valet dont la mine était renfrognée.

Les visiteuses ne pouvaient savoir que le pauvre garçon avait eu bien du mal avec le célèbre toupet qui faisait la joie des caricaturistes. Aux Tuileries, c'était Richard, coiffeur attitré du roi, qui, chaque matin, réussissait l'exploit de réaliser le toupet qui ne devait être ni trop plat ni trop frisé. Ce matin-là, la mèche royale ne ressemblait à rien, d'où l'agacement du souverain dont la maniaquerie sur le sujet était légendaire.

Quand il fut prêt, madame Fariboles expliqua qu'elles allaient le masser à quatre mains avec sa fille Joséphine.

— Et la petite regardera ? demanda le roi.

— Oui, elle n'est pas encore très expérimentée, dit Joséphine intimidée.

Qu'aurait dit le roi s'il avait su qu'elle devait son prénom à ses grands-parents, qui vouaient une admiration sans borne à l'impératrice Joséphine dont le grand-père, grognard de Napoléon, avait parfois assuré la garde à Malmaison ? Il faut dire que ce siècle avait mélangé les genres depuis le Consulat de ses débuts jusqu'à ce régime qu'on appelait « monarchie de Juillet », en passant par l'Empire et la Restauration. Et il n'était pas rare que dans une même assemblée, on trouvât des royalistes légitimistes favorables aux Bourbons, des républicains, des bonapartistes, et bien sûr des orléanistes, ces derniers soutenant sans faille le roi Louis-Philippe. Les visiteuses du roi auraient été bien en peine d'affirmer des convictions, même si madame Fariboles conservait précieusement une image de l'impératrice ; c'était par piété filiale et, comme elle le disait avec bon sens : « Pour nous, qu'est-ce que ça change, un roi, un empereur… Cela n'empêche pas la misère et cela ne contrarie pas notre métier ! »

— Allez-y, mesdames, faites votre travail ! lança enfin le roi que le valet avait aidé à s'allonger sur le ventre. Et ne me dites pas, comme mon médecin des Tuileries, que j'ai trop d'embonpoint, je ne vous croirai pas !

— La graisse n'est sûrement pas bonne pour la santé, dit aussitôt madame Fariboles qui se frottait les mains avec l'onguent qu'elle avait soigneusement malaxé la veille.

Procule admirait sa grand-mère, parfaitement à l'aise alors que Joséphine, qui, elle aussi, se frottait avec application les mains, était plus réservée.

— Et dites-moi un peu ce que vous mangez, Votre Majesté, poursuivait déjà madame Fariboles, qui ne butait plus sur l'expression et était de plus en plus à son aise.

— De bonnes choses. J'aime ce qui est bon !

— Peut-être, mais il y a de très bonnes choses qui ne font pas de mal, comme les légumes ou les fruits... des fraises des bois, des framboises, des carottes et des navets...

Le massage à quatre mains avait commencé. Les deux femmes s'étaient entraînées la veille sur le dos de Procule. Certes, la surface était moindre, mais elles accordaient leurs mouvements et très vite, elles sentirent que leur royal patient se détendait sous l'œil vaguement goguenard du valet.

Procule s'était rapprochée de la fenêtre et observait la vue qui faisait l'admiration de Jeannot. C'est vrai que c'était beau. Le soleil était rayonnant, le ciel d'une luminosité extraordinaire. Dans le parc, des jardiniers s'affairaient à discipliner la nature. Plus loin, c'était la campagne, comme Procule l'aimait et l'aimerait toujours. Elle eut soudain une pensée pour Hortense. Que faisait-elle dans une ville qu'elle ne connaissait pas et ne connaîtrait sans doute jamais ? Comment pourrait-elle envisager d'abandonner un jour sa forêt ? Voilà une idée qu'elle chassa en suivant un vol d'hirondelles.

8

— Dépêchez-vous, nous allons être en retard !

Thomas piaffait.

Une tasse de gland doux à la main, Hortense le regarda en riant.

— Ce n'est pas drôle, protesta Thomas qui détestait que l'on se moquât de lui.

— Nous arrivons ! dit Delphine en portant une tasse de fine porcelaine à sa bouche rehaussée d'un rouge légèrement orangé.

Elles se trouvaient dans le bureau de monsieur Beaumont, exceptionnellement ouvert. Hortense y avait découvert le portrait de son hôtesse peint par Thomas Degeorge, dont elle avait fait la connaissance la veille dans son atelier où il portraiturait le petit Thomas.

« Cela vous amuserait-il d'avoir le vôtre ? avait interrogé Delphine. Votre joli minois avec sa fossette au menton ferait merveille. »

Machinalement, Hortense avait tâté son menton. Pourquoi lui parlait-on toujours de cette fossette ?

Delphine, qui avait surpris ce geste, avait murmuré presque malgré elle :

« Votre mère et votre oncle avaient la même !

— Et pas l'oncle Léon ? Me parlerez-vous d'eux ?

— Vous pouvez emprunter les livres qui vous intéressent. »

Une fois encore, Delphine avait esquivé et Hortense avait fait semblant de s'intéresser au contenu de la bibliothèque.

L'atmosphère était assez mystérieuse, car la pièce était sombre. Hortense dut s'habituer à cette pénombre qui, même lorsque les volets intérieurs eurent été ouverts par Delphine, ne fut pas combattue de façon décisive. Il y régnait en outre une atmosphère assez indéfinissable où se mêlaient peut-être encore le souvenir du tabac que le savant fumait dans des pipes extraordinaires, mais surtout le parfum indicible des vieilles reliures, des livres dont certains avaient au moins un siècle et un papier qui exhalait d'étranges odeurs, et encore davantage des herbiers empilés çà et là dans un désordre voulu et organisé par le propriétaire des lieux que Delphine, par fidélité, n'avait pas souhaité remettre en question. Posées un peu partout sur les étagères de la bibliothèque en bois peint d'un jaune passé, des pierres, des boîtes de papillons et autres insectes ou coléoptères.

— Mon mari était un collectionneur qui avait hérité de plusieurs générations de collectionneurs, voilà le résultat ! dit Delphine en désignant ce qui devait apparaître à n'importe quel visiteur comme un bric-à-brac innommable et qui répondait à une logique sans doute implacable pour le dernier utilisateur. Il retrouvait toujours ce qu'il cherchait ! Amédée est le seul à s'y reconnaître et c'est heureux, au moins tout cela sert encore à quelqu'un et, qui sait ? Thomas sera peut-être un jour le grand maître de ce fatras.

Tandis que Delphine parlait, Hortense détaillait le portrait mis en valeur par la lumière délicate des bougies d'un beau flambeau d'argent allumé par Paulin.

— Vous êtes très belle sur cette toile.

— Mieux que dans la réalité ? interrogea aussitôt Delphine avec ce brin de coquetterie qui sommeillait toujours en elle. Vous trouvez que le peintre m'a flattée ?

— Ah ! non, je n'ai pas voulu dire cela, protesta Hortense soudain confuse et consciente d'avoir peut-être commis une bévue.

Delphine était différente. Ce portrait la sublimait, en quelque sorte. La robe blanche à généreux décolleté, qui dénudait presque les épaules avant de s'épanouir en manches ballon, était serrée à la taille par une large ceinture à boucle métallique. La main gauche, seule visible car l'autre était presque cachée par un châle, tenait quelques fleurs champêtres.

— Mon mari avait tout choisi, les fleurs, la robe, la coiffure... Cela fait un peu démodé, ces boucles apprêtées ! Une coiffeuse, toujours la même, venait, avant chaque séance de pose, édifier le précieux échafaudage ; quelle affaire !

Cette étrange coiffure, un peu disproportionnée, conférait une certaine raideur au modèle condamné à l'immobilité pour ne pas compromettre l'équilibre. Cela aurait pu déboucher sur une réelle froideur, s'il n'y avait eu le regard où Hortense reconnaissait la flamme qui animait son amie, l'ironie aussi, et peut-être ce brin de mystère qu'elle espérait percer.

— Vous êtes très belle, se contenta-t-elle de répéter, aujourd'hui comme hier, quand elle crut avoir terminé l'examen de cette toile où le peintre avait dévoilé toutes les facettes de son talent.

— Accepteriez-vous de poser pour monsieur Degeorge ?

— Je ne sais pas. Je n'aurais pas la patience, et j'aurais peut-être peur.

— Peur de quoi ?

— De livrer mon âme autant que mon image !

Delphine regarda la jeune fille dont la maturité la surprenait parfois. Etait-ce tout simplement l'aveu de souffrances indicibles qui l'avaient mûrie ?

— Pensez-vous que j'ai livré la mienne ?

— Je ne sais pas, répondit en rougissant Hortense. Mais, je vous en supplie, expliquez-moi ces mystères que l'on me cache avec tant d'application !

— Ce sont les secrets de votre famille, ce n'est quand même pas à moi de vous les révéler.

— J'ai cru comprendre que vous y étiez mêlée.

— Perspicace !

— Qui sont ces fantômes dont a parlé le cavalier noir ?

— Sortons d'ici, cette odeur m'entête.

— Nous allons être en retard.

Thomas revenait à la charge, la mine boudeuse.

— Me permettrez-vous d'emprunter un Buffon ? Mon père avait les mêmes, je les connais depuis l'enfance, et j'adore regarder ces planches de couleur.

— Ne vous a-t-on pas dit que l'on n'adore que son Dieu ?

— Nous allons être en retard !

— Un peu de patience, dit Delphine qui ajouta en direction d'Hortense : Avec les inventions de messieurs Daguerre ou Niépce, qui ne demandent qu'un instant pour faire ce qu'ils appellent des

« photographies » ou des « daguerréotypes », il faudra bien se laisser voler son image. Cette invention durera-t-elle ?

Sceptique, Delphine Beaumont hochait la tête, bien qu'elle se délectât des nombreuses images parues dans *L'Illustration*, un tout nouveau journal qu'elle recevait régulièrement.

— Qui peut prévoir l'avenir ? ajouta-t-elle. Notre monde change. Regardez le chemin de fer, qui va modifier la vie des transports.

— On y va ?

— Il y aura quinze participants, annonça Anatole. Voici les draisiennes aux roues cerclées de caoutchouc, monsieur Barbier a accepté de faire cet essai. Son cousin, monsieur Daubrée, va venir avec lui pour assister à la course. Si nos draisiennes gagnaient, ce serait le signe d'un progrès considérable.

— Oui, mais qui coûte, dit près de lui une jeune fille, beaucoup trop pour que toutes les draisiennes en soient équipées ! La gomme est encore très chère.

— Tu as raison, Alice, admit Anatole avec un grand sourire. C'est qu'Alice sait de quoi elle parle, puisqu'elle travaille dans l'atelier de Chantoing. Delphine, permettez-moi de vous la présenter.

Madame Beaumont tendit aimablement sa main gantée.

— Une ouvrière ? interrogea-t-elle.

— Oui, une de nos meilleures, assura Anatole qui percevait tout à coup l'incongruité de la rencontre.

Hortense s'était approchée à son tour.

— Alice, Hortense.

Bien que le soleil brillât fort et soit très chaud, Hortense frissonna. Elle si affable, si bavarde d'habitude avec les trois A de Delphine, ne savait plus quoi dire.

Tout à l'excitation de cette course qu'il avait organisée, les yeux brillants, le jeune homme oublia vite ces civilités improvisées pour se précipiter vers une charrette et son contenu insolite. Des draisiennes aux précieuses roues caoutchoutées y avaient été entassées. Etranges « machines à courir », comme on les avait appelées lorsqu'un Allemand, le baron Drais, en avait inventé le principe. Le peintre Degeorge avait raconté à Anatole qu'il avait assisté, au jardin du Luxembourg, à la première démonstration du curieux engin dont un célèbre patineur, un certain Jean Garcin, avait fait la promotion. D'ordinaire, la draisienne se pratiquait en manège, mais il n'était pas rare d'en voir dans les rues. Là, le pari d'Anatole était différent, avec une vraie course qui partirait en bas du boulevard du Tourreau ; il avait renoncé à un départ près de la « pyramide », jugeant la pente trop dangereuse. Le parcours conduirait donc les participants sur le cours Sablon, puis sur le boulevard du Grand-Séminaire [1] jusqu'à la place Delille où les concurrents feraient le tour de la belle fontaine d'Amboise avant de revenir au point de départ. Les enfants feraient demi-tour place Michel-de-l'Hospital, où se tenait habituellement le marché aux bois de construction.

Lui aussi très excité, Thomas ne quittait pas Anatole, le pressant de questions.

1. Boulevard Trudaine.

— Qui les conduira ? Combien de temps cela va-t-il durer ? Est-ce qu'on gagnera un prix ?

Anatole n'avait pas le temps de répondre ; le cocher l'aidait à débarquer les précieux engins dont les roues attiraient l'attention de tous. Un concurrent, propriétaire d'une draisienne aux roues de bois, s'approcha.

— Nous ne serons pas à égalité, dit-il à Anatole d'un ton de reproche.

Mais le jeune homme avait réponse à tout.

— Nous avons prévu des prix différents, vous ne serez pas lésé.

— Qui dit que les roues en caoutchouc iront plus vite que les autres ?

— Mais, monsieur, douteriez-vous du progrès ?

Le ton était acerbe. Anatole regarda Alice qui faisait face au sceptique. Cette fille le surprendrait toujours. Elle était l'une des quatre-vingt-dix ouvrières de l'atelier, qui comptait surtout des femmes ; une des plus appliquées, toujours prête à faire des essais et à donner de son temps ; elle était presque née là-dedans puisque son père avait travaillé occasionnellement dans la première fabrique de caoutchouc des cousins Barbier et Daubrée, rue Godefroy-de-Bouillon. Et si elle respectait deux patrons très attentifs à leur personnel, elle était la première à revendiquer et réclamer des hausses de salaires. Deux francs pour seize à dix-huit heures de travail, ce n'était pas beaucoup, et comme elle savait compter, contrairement à beaucoup, elle n'ignorait pas que les marges bénéficiaires pouvaient permettre des augmentations.

Anatole sourit à sa « petite socialiste », comme il appelait Alice, avec qui il entretenait une relation amoureuse depuis quelques semaines, puis se retourna.

— Viens voir, Thomas !

Le garçon se précipita vers la charrette.

— Voilà pour toi, dit Anatole en se saisissant d'une draisienne nettement moins haute que les autres. Et il y en a une autre pour le petit frère d'Alice. Le voici, il s'appelle Hippolyte, il doit avoir ton âge.

Delphine, qui faisait tourner machinalement, de ses mains joliment gantées de peau claire, son ombrelle écrue finement ourlée de dentelle, exercice périlleux au-dessus d'une capeline volumineuse, avança de quelques pas.

— Je ne sais pas si Thomas va participer. C'est peut-être dangereux ?

— Mais non ! protesta Anatole en riant. Bien moins dangereux que de monter à cheval. Simplement, il faut faire marcher les mollets, plus que pour actionner les éperons.

Tout près, Hortense jouait davantage avec son ombrelle qu'elle ne s'en abritait, au grand dam de Delphine qui lui avait fait la recommandation de ne pas gâcher son teint, d'où un certain agacement car cela lui avait rappelé sa grand-mère. Elle n'avait pas quitté des yeux Anatole depuis leur arrivée. Ses derniers mots suscitèrent pourtant un haussement d'épaules. Qu'en savait-il, ce jeune agité ? Une course à cheval demandait beaucoup d'énergie ! Et puis, cette Alice qui ne le quittait pas du regard...

— S'il vous plaît !

Qui aurait résisté aux yeux implorants de Thomas ? Sûrement pas Delphine, qui ne pouvait cependant s'empêcher d'être inquiète.

— Vous ferez attention aux arbres.

Le cours Sablon[1] offrait, en effet, une belle collection d'arbres dont les troncs de taille impressionnante attestaient déjà un bel âge, plus de trente ans, puisque c'était le maire, dont le nom avait été donné à l'avenue, qui les avait fait planter avant sa mort en 1811. On ne pouvait qu'espérer que l'un de ses successeurs poursuivrait son œuvre puisque la voie la plus large de la ville s'achevait en cul-de-sac à l'ouest, où se succédaient de belles propriétés privées.

— Ah ! vous voilà. Les draisiennes sont là.

Amédée et Armand arrivaient à l'instant. C'est à eux qu'Anatole devait confier les engins caoutchoutés, lui-même conduisant le troisième. Ils avaient discrètement fait des essais en manège qui avaient montré une certaine usure de la gomme, qu'il avait fallu remplacer. Anatole et ses patrons avaient, cependant, bon espoir qu'elle résisterait à la terre du cours Sablon comme aux pavés du boulevard du Grand-Séminaire.

Tous les concurrents étaient prêts. Tous avaient opté pour une tenue relativement décontractée avec abandon de la redingote et surtout culotte d'équitation, fort bien adaptée à cet exercice avec l'aisance qu'elle offrait aux cuisses et aux genoux. Tous avaient des chaussures à semelle épaisse car, plus que l'engin, c'était surtout la qualité de ces dernières qui assurait la vitesse et évidemment le freinage dans les descentes. Alice n'omettrait pas de faire remarquer que les concurrents étaient tous des bourgeois et qu'aucun ouvrier ne participait, faute de moyens !

1. Le cours Sablon ne sera jamais pavé, mais recevra en 1845 le premier revêtement de macadam de la ville.

Une inégalité qu'elle ne manquerait pas de dénoncer à la première occasion. Anatole pouvait y compter.

Le maire de la ville était arrivé pendant les préparatifs et avait salué l'assistance. C'était lui qui donnerait le départ ; deux de ses conseillers postés sur la ligne d'arrivée désigneraient le vainqueur et l'ordre d'arrivée des participants. Il était accompagné de deux sergents de ville reconnaissables à leur long manteau à col haut et double boutonnage, et surtout au bicorne qui leur donnait fière allure. Deux de leurs confrères avaient été postés place Delille pour surveiller le bon déroulement de la course et les spectateurs, qui ne devaient pas entraver la progression des concurrents.

— Eh ! monsieur le maire, si je gagne avec mon bourricot, j'aurai ben un prix ?

Venait de surgir le père Antoine, bien connu des Clermontois car il livrait à la demande, avec son « bourricot » Patachon, toutes sortes de marchandises.

— Pourquoi pas ? Qu'en pensent les organisateurs ?

— Moi, je donnerai un prix de participation au père Antoine ! cria alors une voix derrière le premier rang de spectateurs, tout près de la table à tréteaux où étaient justement posées les récompenses : des fruits confits, des paquets de gland doux, des pastilles de Vichy, des livres et d'étranges figurines sorties de la fameuse fontaine pétrifiante des grottes du Pérou.

— Si monsieur Lecoq le dit, alors allons-y, fit Anatole qui avait enfourché sa draisienne et était prêt à bondir.

— Il aurait fallu le préciser. Moi aussi, j'aurais pu venir avec mon canasson, protesta de l'autre côté de la rue un petit homme qui brandit sa canne dont le pommeau en argent brilla au soleil.

— Nous y pensons ! répliqua le maire qui songeait au projet du comte de Morny d'organiser des courses de chevaux à Clermont.

Jamais à court d'idées, le député avait lancé une réflexion sur ce sujet que le maire trouvait un peu ambitieux pour sa ville.

— On y va ? cria un des concurrents dont les mains étaient crispées sur les oreilles de son engin, rivées sur une barre assurant l'orientation de la roue avant.

— Vous ferez attention aux arbres ! cria le premier magistrat de la ville.

Il redoutait, lui aussi, un accident dont on ne manquerait pas de le rendre responsable.

— C'est une chance qu'il fasse beau et que le terrain soit sec, dit l'un de ses conseillers.

— C'est peut-être dommage, dit près de lui Aristide Barbier pour qui le mauvais temps aurait apporté une difficulté supplémentaire permettant de tester le caoutchouc des roues.

— Alors, on y va ? s'impatientaient les deux enfants qui partaient derrière les autres pour ne pas les gêner.

Hippolyte avait les cheveux blonds et drus, comme les sourcils qui ornaient des arcades très saillantes. Hortense constata d'ailleurs qu'Alice avait les mêmes et considéra méchamment que ce n'était pas forcément un détail valorisant pour une femme.

— Bonne chance, Hippolyte, dit sa sœur.

— Bonne chance, Thomas, répliqua en écho Hortense.

Surprise par cette compétition visiblement installée entre les deux jeunes filles, Delphine les regarda, côte à côte. L'une était vêtue avec soin d'une robe de taffetas vert, serrée à la taille par une ceinture haute qui mettait en valeur le buste agrémenté d'un col de dentelle et de manches ballonnées de plis tuyautés, le tout complété par une capeline blanche ornée de quelques fleurs. Delphine était satisfaite. Dieu sait qu'elle s'occupait de la jeune fille depuis son arrivée à Clermont, et qu'elle lui enseignait l'importance du moindre détail ! Elle lui avait imposé de longues séances chez une marchande de modes de la rue Saint-Genès, où le budget alloué par l'oncle Léon avait été largement dépensé. Mais Delphine était heureuse du résultat. L'autre avait une tenue d'ouvrière de grosse toile serrée à la taille par une fine ceinture de chanvre et un petit bonnet de simple linon. Beaucoup plus modeste, certes, mais une silhouette agréable, dotée d'un certain charme. L'une brune, à la peau mate et aux yeux clairs, l'autre d'une étrange blondeur avec ses deux grosses mèches nattées, comme elle devait les porter à l'atelier, sa peau claire et son regard bleu de porcelaine où les hommes pouvaient envisager de se noyer. Anatole y avait sans doute succombé. Une ouvrière, songea Delphine qui avait naturellement les préjugés de la société à laquelle elle appartenait. Observer ces deux jeunes filles était cependant passionnant, se dit-elle. Des contrastes, ou plutôt des nuances...

Delphine percevait un certain agacement chez sa protégée ; certes, elle avait bien compris que ses réflexions à propos de l'ombrelle lui avaient déplu ; d'ailleurs, le bel objet tendu de dentelle bleu ciel et pointu comme une épée, un symbole, était maintenant résolument plié sous le bras d'Hortense. Mais ce n'était pas la seule raison ; Alice semblait la cause de son irritation. Anatole ? L'histoire allait-elle recommencer ? Pourquoi fallait-il que, dans ce monde si peuplé, des êtres si différents puissent être menés par des passions convergentes et donc concurrentes ? Mon Dieu, épargnez-nous cela !

Delphine ne poussa pas plus loin ses réflexions, car le maire venait de lancer la course. Les draisiennes s'ébranlaient aux premières pulsions de jambes plus ou moins nerveuses, et justement Anatole prenait la tête dans un nuage de poussière qui la fit tousser.

— Ma chère, puis-je me permettre de vous offrir un peu de réglisse parfumée à la violette pour lutter contre l'irritation de votre gorge ?

Décidément l'oncle Henri, comme Thomas appelait le savant Lecoq, était un homme précieux. Il en offrit à tous ceux qui l'entouraient, même à Alice qui parut méfiante mais accepta finalement de bonne grâce. Junius Verdier-Latour, le maire, en mangea goulûment deux morceaux, tout en s'interrogeant à haute voix sur la durée de la course. Il avait d'autres obligations ; son temps était compté.

— Ils doivent être sur le boulevard du Grand-Séminaire, dit Alice que les cousins Barbier et Daubrée, ses patrons, encadraient.

Leur ouvrière était un bon élément de l'atelier et ils appréciaient son enthousiasme, notamment lorsqu'ils évoquaient leur projet de roues de fiacre enrobées de gomme. Elle était une de celles qui avaient le meilleur savoir-faire.

Un cavalier remontait maintenant la rue sur un cheval gris dont les sabots résonnaient entre les pignons des belles maisons construites depuis trois décennies le long du cours Sablon. Avec beaucoup d'autorité, l'homme arrêta sa monture près du groupe de spectateurs.

— Alors ? Avez-vous des nouvelles ? questionna le maire impatient.

— Deux draisiennes aux roues caoutchoutées sont en tête, ils auront bientôt contourné la fontaine, les enfants sont loin derrière, il y en a un qui est tombé...

— Ah ! lequel ?

Delphine et Alice avaient frémi au même instant, d'un même élan.

— Je ne sais pas, mais il s'est relevé avec l'aide d'un gendarme et est remonté sur son engin.

Le gendarme auquel l'homme faisait allusion appartenait sans doute au corps dont les quartiers avaient été installés après la Révolution dans un ancien couvent de visitandines.

Soulagées, les deux femmes se regardèrent avec un élan de sympathie.

— Quel âge a votre petit frère ?

— Dix ans.

— Comme Thomas, n'est-ce pas, Hortense ?

Celle-ci répondit d'un petit signe de tête juste poli. Elle s'était approchée d'Henri Lecoq.

— M'autoriserez-vous à suivre votre cours de botanique ? demanda-t-elle. De façon régulière ?

— Cela vous intéresserait ? interrogea le professeur qui ne cherchait pas à cacher son étonnement.

Beaucoup de femmes venaient certes l'écouter parfois, comme un passe-temps ou peut-être une manière de se montrer ailleurs que dans des goûters ou des dîners mondains, mais elles disparaissaient aussi vite qu'elles étaient venues, happées par d'autres activités.

— Evidemment, si vous venez régulièrement, vous y trouverez un plus grand intérêt. Avez-vous déjà des notions ?

— J'ai souvent regardé les planches de monsieur Buffon, et lu les textes qui les accompagnent.

— C'est un début, observa Henri Lecoq. Je vous attends donc quand vous voudrez.

— Merci !

Hortense avait retrouvé le sourire et le maître la regarda s'éloigner en tirant sur sa pipe. La jeune fille ressemblait un peu à son épouse, plus dans l'allure que dans les traits. Il soupira. Il y avait bien longtemps qu'il n'avait songé à un éventuel remariage après la mort si précoce de cette épouse, dix ans plus tôt. Si certaines femmes lui faisaient habilement comprendre qu'elles succomberaient volontiers à son charme, il était trop occupé pour mener une conquête amoureuse. Il tira une nouvelle bouffée de sa pipe d'ébène, se passa la main dans les cheveux qu'il avait un peu dégarnis et qu'il ramenait en mèches souples sur son front.

— Les voilà ! cria Alice. C'est Anatole le premier !

Les deux conseillers municipaux regagnèrent leur poste à l'arrivée et saluèrent effectivement, quelques instants plus tard, la victoire du jeune ingénieur qu'Alice rejoignit aussitôt.

Armand suivait de près, puis les autres concurrents dont les chemises montraient des traces mêlées de poussière et de sueur. L'avant-dernier fut Amédée, une petite déception pour les cousins Barbier et Daubrée, compensée par les résultats d'Anatole et d'Armand.

— Et les enfants ? demanda Delphine, inquiète.

— Ils sont encore loin. Ne vous alarmez pas, Thomas est tombé et s'est blessé au front.

— Mon Dieu !

— Rassurez-vous, ma chère, cela ne doit pas être

grave. J'avais apporté quelques produits car je flairais un accident possible.

— La providence, vous êtes la providence même.

— Les voilà ! dit Hortense en se précipitant vers Thomas dont le front était en sang. Je crains que les séances de pose avec monsieur Degeorge ne soient compromises.

— C'était bien, dit près d'eux Hippolyte, on arrive ensemble !

— Cela aurait été mieux si tu étais arrivé le premier, bougonna Alice.

Anatole n'en avait cure. Il était heureux et quand il salua le maire pressé de retourner à ses affaires municipales, il n'oublia pas de lui rappeler l'intérêt du chemin de fer dans sa ville. Junius Verdier-Latour leva les bras au ciel.

— Oui, il paraît que c'est le progrès.

— Plaidez pour le progrès, c'est l'avenir de votre ville ! répliqua Anatole en faisant allusion au métier du maire, qui était avocat.

Derrière lui, Amédée et Armand éclatèrent de rire alors qu'Henri Lecoq approuvait en simulant des applaudissements.

La foule s'était amassée, offrant un échantillonnage de la population clermontoise, des badauds, des hommes et des femmes, des enfants, des élèves du Collège royal[1], d'autres du petit séminaire de la rue Bansac, des militaires venus de la caserne installée dans l'ancien grand séminaire[2], des élèves de l'Ecole normale de la rue Sidoine-Apollinaire, reconnaissables à leur uniforme avec pantalon noir, redingote à

1. Ancien lycée Blaise-Pascal.
2. Ecole supérieure de commerce.

boutons dorés et chapeau haut de forme. Leur directeur, monsieur Chopinet, avait entrepris monsieur Daubrée au sujet d'une machine pneumatique pour le cabinet de physique de son école. Il se voulait persuasif ; ne lui avait-on pas laissé entendre, au conseil général, qu'il voulait porter trop haut les connaissances scientifiques de ses élèves et que cela pouvait être dangereux ? Une accusation qui, loin de le rebuter, l'avait excité au contraire !

Lecoq, à qui il avait rapporté la chose, en avait beaucoup ri. Lui savait à quoi s'en tenir sur les réticences de ses contemporains face au progrès ! Tout en tirant des bouffées suaves de sa pipe, il observait le petit homme déterminé. Son interlocuteur attentif l'incitait à continuer. L'écoutait-il vraiment ?

9

Delphine soupira. Depuis qu'elle avait reçu la lettre de Magloire de Fleury, elle ne pensait qu'à cet entretien. Elle avait lu et relu cette écriture légèrement penchée et tourmentée sur papier gris de bonne qualité. Que voulait-il ?

Après avoir balancé deux jours entre refus et acceptation, entre peur de se compromettre et désir d'en savoir davantage, elle avait finalement pris sa décision et avait rédigé une réponse sur son papier à lettres rose thé, personnalisé à son nom. Oui, elle était prête à le recevoir. Chez elle : c'était encore là qu'elle était le plus en sécurité et qu'elle éviterait les indiscrétions. Ailleurs, c'était plus aléatoire et après tout, ce n'était pas un rendez-vous galant !

Soulagée d'avoir accepté l'entrevue, elle n'avait pas fermé l'œil de la nuit. Lui dirait-elle la vérité ? Ou se contenterait-elle de l'écouter ? Elle verrait, jugerait au moment opportun.

Delphine frissonna. Le temps s'était refroidi et la fraîcheur était entrée dans la maison, qu'il faudrait réchauffer doucement avec des feux allumés dans les cheminées. Paulin avait veillé pendant l'été aux réserves de bois entassées dans un appentis au fond de la cour, à côté de l'écurie. Thomas avait dans ses attributions d'approvisionner les grands paniers destinés aux bûches dans toutes les pièces.

Justement, le garçon entra en trombe comme il savait le faire avec une spontanéité que Delphine cherchait à discipliner.

— Ne vous ai-je pas dit de frapper avant d'entrer ?

— Pardon, Madel, mais je voudrais tellement aller chez monsieur Aigueperse pour avoir un autre livre de ce monsieur Scott ; celui qu'il m'a donné comme prix m'a tellement plu, *Ivanhoé*, c'est une histoire extraordinaire.

— Quel enthousiasme ! dit Delphine.

— Si vous m'y autorisiez, je pourrais la lire à Hippolyte.

— Peut-être. Vous ne tenez pas en place, montrez-moi votre cicatrice. Elle ne se voit presque plus, vous ne serez pas défiguré ; heureusement, vous ne ressemblez plus à Quasimodo. Vous pourrez retourner chez monsieur Degeorge.

— Oh ! non, j'ai tant à faire ! J'aimerais bien lire l'histoire de ce Quasimodo dont vous m'avez tant parlé avec Hortense.

— C'est un gros livre qui s'appelle *Notre-Dame de Paris*, d'un très grand écrivain : Victor Hugo. Il se trouve dans la bibliothèque de mon mari. Qu'avez-vous donc à faire ?

— Emmener Hortense au marché dans la rue des Gras ; elle n'y est jamais allée. Hippolyte y vend des légumes. Nous pourrions nous arrêter à la cathédrale pour voir le travail de monsieur Thibaud et de monsieur Thévenot. J'ai aussi mon herbier et du calcul à faire pour Amédée.

Depuis la course de draisiennes, Thomas avait revu Hippolyte à plusieurs reprises et avait ainsi chassé l'incident qui avait marqué la remise des prix. En effet, les deux enfants s'étaient vu offrir, outre une petite figurine de la fontaine pétrifiante, un livre. Or Hippolyte avait fondu en larmes. Interpellé par Thomas surpris, le garçon avait répondu qu'il ne savait pas lire et qu'il n'avait rien à faire de cet ouvrage qu'il avait jeté aux pieds du maire très embarrassé. Sa sœur, Alice, s'était précipitée et avait interpellé l'assistance.

« Vous voyez bien qu'il ne faut pas mélanger le monde ! Vous ne savez pas ce que c'est que d'être de notre condition. Anatole, tu n'aurais pas dû. »

Déconfit, malgré son bonheur d'avoir gagné la course et d'avoir offert à ses patrons un beau témoignage de l'efficacité de leurs recherches, Anatole serait resté les bras ballants si Thomas n'avait tenté de sauver la situation.

« Tu sais, Hippolyte, moi non plus, je ne savais pas lire, il y a peu, mais cela va vite pour apprendre et si Madel m'autorise, je t'apprendrai. On demandera aussi à Amédée.

— On n'a pas besoin de votre charité ! avait aussitôt lancé Alice. Vous, les bourgeois, vous êtes des navets bouillis, vous ne connaissez rien, ne savez rien de ce qui se passe dans votre ville. Vous laissez tous ces enfants dans l'ignorance pour mieux les exploiter !

— Alice ! » avait crié Anatole stupéfait, désemparé alors que son amie, empoignant la main d'Hippolyte qui ne comprenait pas vraiment ce que disait sa sœur, l'entraînait en direction de la barrière d'Issoire.

Tout aussi sidéré et impuissant, au milieu d'une assistance médusée, Thomas les avait regardés s'éloigner tristement. Il avait ramassé le livre en murmurant : « Je le lui donnerai plus tard. »

Et il n'avait pas dit son dernier mot puisque par hasard, en allant faire les courses avec Pauline, il avait retrouvé Hippolyte qui vendait des légumes pour un maraîcher de Montferrand. Comme le garçon avait manifesté sa joie de le revoir, depuis, il lui apprenait l'alphabet, en cachette d'Alice.

— Je peux aller chez monsieur Aigueperse ? Vous m'autorisez à acheter ce livre ?

Sous le charme, Delphine était incapable de résister.

— Oui, mon chérubin. Emmenez Hortense, je ne veux pas être dérangée.

— Merci, Madel.

Thomas sautait au cou de sa mère adoptive quand Hortense passa la tête à la porte.

— Je vais au marché avec Thomas.

— Très bien, fit Delphine soulagée.

Elle ne souhaitait vraiment pas qu'Hortense croisât le cavalier noir. Il lui faudrait s'expliquer et le sujet était décidément trop douloureux.

Pourtant, quand Thomas et Hortense passèrent la lourde porte cochère qui grinçait malgré les soins permanents de Paulin pour y remédier, la jeune fille aperçut de loin dans la rue Pascal, parmi la foule du matin, une silhouette vaguement familière, mais le garçon ne lui laissa pas le temps de s'appesantir et l'entraîna vers la rue Savaron. Comme il avait encore plu, elle fit davantage attention à ne pas crotter ses bas blancs qu'à observer les passants. Elle s'était faite lentement à ces pavés de lave et à la boue qui caractérisaient les rues clermontoises où éviter immondices ou fumier devenait un jeu. Il ne fallait pas avoir l’odorat susceptible, comme disait monsieur Lecoq, mais elle se souvenait qu’à Paris, ce n’était pas mieux. Dès qu’il y avait agglomération d’hommes et d’activités, les odeurs pouvaient vite devenir insupportables.

— Delphine, comment vous remercier de me recevoir ? Ici, chez vous…

Il lui avait saisi la main qu’il baisa avec élégance. Il avait toujours belle allure malgré ce bras inerte qui semblait l’embarrasser. Sa culotte de cheval était portée sous une simple redingote de drap associée à un fin gilet de satin et à une cravate légèrement empesée, le tout noir, justifiant son surnom. Les traits de son visage s’étaient creusés mais son regard ardent était le même, un regard perçant qui n’avait pas son pareil pour dénicher un champignon, une fleur de muguet ou un lièvre. Delphine s’en souvenait comme si c’était la veille. Combien son amie Julie avait été sous le charme depuis leur tendre enfance !

« Il est grand, beau, disait-elle avec exaltation, il a de longs bras solides qui m’enlèveront un jour.

— Pour aller où ? interrogeait Delphine amusée.

— Mais je ne sais pas, là où les gens sont heureux », répondait son amie, et elles gloussaient, gloussaient… ce qui agaçait les garçons, vaguement jaloux de leur connivence.

Mon Dieu, que de souvenirs ! songea Delphine dont le cœur battait plus qu’elle n’aurait pu l’imaginer quelques instants plus tôt. Il fallait qu’elle s’assoie d’urgence tant elle sentait ses jambes flageoler.

— Mettons-nous là ! dit-elle en désignant deux fauteuils Directoire autour d’une table bouillotte.

Voulez-vous une boisson ? Ici, nous buvons beaucoup de gland doux.

— Cette invention de ce monsieur Lecoq qui paraît faire fureur ? dit-il avec un léger sourire.

— Oui.

— Je vais goûter ce breuvage à la mode. J'ai bu tant de boissons, des bonnes, des mauvaises, des infectes qui vous torturent les boyaux : mon gosier est habitué à tout et même au pire. Mon estomac, déjà fragile autrefois, rechigne, mais il doit s'y faire, nous sommes ensemble pour le meilleur et le pire jusqu'à la fin.

Delphine agita une petite cloche d'argent posée sur la table dont le marbre blanc était légèrement fendu. Paulin apparut aussitôt à la porte.

— Dites à Pauline de faire chauffer du gland doux et apportez-nous quelques biscuits et pâtes de fruits, commanda-t-elle.

— Bien, madame !

Paulin se retira aussitôt discrètement. Madame avait souhaité ne pas être dérangée mais ce visiteur tout de noir vêtu, maigre, avec ce bras qui ballottait, ne lui plaisait pas. Il en avait cependant vu d'autres du temps de monsieur Beaumont, qui ramenait parfois d'étranges visiteurs avec lesquels il s'enfermait dans son bureau. L'un des plus curieux avait été ce colporteur, un certain Cape, que Paulin croisait encore en ville, dont le maître achetait parfois toute la marchandise au motif qu'il s'agissait de livres obscènes qui ne devaient « en aucun cas être mis dans des mains innocentes ». Paulin était chargé de les détruire en les brûlant et il passait des moments qu'il n'était pas près d'oublier en regardant certaines pages dont il n'aurait jamais imaginé que « cela pouvait exister » !

— Je suis ému de revenir ici. Vous souvenez-vous de ma dernière visite ?

— Oh ! que oui, fit Delphine en levant les yeux vers le lustre de cristal.

Comme si elle avait pu l'oublier, cette visite, par un matin blafard d'automne, quelque temps après le drame. Telle une fugitive, elle réfugiée chez sa grand-mère, partagée entre désespoir et fureur ; lui rasant les murs et venant lui demander pardon d'avoir tué l'homme qu'elle aimait et dont elle ne porterait jamais le nom. Des rêves anéantis – mais elle n'avait pas osé lui dire qu'il n'était pas le seul fossoyeur de ses espoirs. Oserait-elle aujourd'hui ?

Pitoyable, il lui avait demandé pardon, puis avait quitté la maison dont l'hôtesse, sa grand-mère, mettait tout en œuvre pour la consoler. Cette grand-mère à qui elle avait fini par avouer la vérité dans la chambre aux pipistrelles et qui, quelque temps après, avait emporté avec elle ce secret dont elle n'avait jamais rien dit à quiconque.

Paulin apporta le gland doux dans une jolie cafetière de porcelaine de Paris à filet d'or. Il en servit deux tasses, posa encore sur la table une assiette de biscuits dorés à point et une autre de fruits confits avant de s'esquiver discrètement, après que Delphine eut répété avec autorité :

— Qu'on ne nous dérange pas !

Paulin la rassura d'un cillement de paupières.

— Qu'avez-vous fait toutes ces années ? interrogea alors Delphine, une façon pour elle de différer peut-être l'objet réel de la visite et de retarder sa propre confession, si elle consentait toutefois à la faire.

— C'est une longue histoire. Si je vous la raconte,

nous en aurons pour des jours. Cela fait vingt ans que je traîne ma grande carcasse avec ce bras ballant !

— Peut-être, mais dites-moi l'essentiel.

— Comment refuser, pour une fois que quelqu'un s'intéresse à moi ? J'ai attendu la mort de mon père, ma mère ne reconnaissait plus personne depuis longtemps, je l'ai abandonnée un jour, las de vivre comme un paria rejeté de tous – enfin, de notre monde –, moi qui n'avais fait que venger mon honneur...

— Certes, convint Delphine sans réelle conviction.

Une attitude que releva immédiatement l'écorché vif qui avait croisé ses longues jambes et agitait convulsivement un pied, trahissant ainsi sa nervosité.

— Vous voyez, vous aussi, vous me rejetez.

— Alors, où êtes-vous allé ? interrogea son interlocutrice impatiente.

— J'ai embarqué avec monsieur de Lafayette en partance pour une tournée triomphale en Amérique ; nous avons visité les vingt-quatre Etats de l'Union ; partout nous avons eu des défilés, des bals, des discours. C'était extraordinaire, cela dura toute une année. J'aurais pu rentrer avec le général sur le *Brandywine*, mais j'avais rencontré une femme en Louisiane, à Fayetteville, et j'ai tenté de refaire ma vie. Oh ! ce n'était pas très glorieux, nous avions une maison de passe, mais dans le tourbillon de gens et d'affaires, j'oubliais. Nous avons eu un enfant, puis deux, presque le bonheur, un bonheur comme je n'en avais plus connu depuis Julie. Après quelques années, tout fut anéanti par une stupide inondation due à un cyclone.

— Et alors ? demanda Delphine, qui avait l'impression d'écouter un roman et se prenait au jeu.

— De nouveau seul, je voyageai à Philadelphie, à

New York, où je rencontrai le fameux – enfin, devenu fameux depuis, il n'était alors qu'un jeune homme – Alexis de Tocqueville, qui étudiait les prisons là-bas avec le travail en commun et la discipline rigoureuse qui réduisent la récidive[1]. J'ai lu récemment dans le *Journal des débats* qu'il veut justement faire voter un texte sur l'incarcération. Puis je repartis vers le Pacifique, le grand désert de l'Amérique, une barrière infranchissable, les terrifiantes montagnes Rocheuses avec leurs glaciers, leurs gouffres, leurs pics inaccessibles, l'inconnu hérissé de dangers... un vrai nettoyage de cerveau pour qui souffre !

Magloire de Fleury resta songeur un instant, il semblait avoir besoin de ponctuer son récit de silences, de vraies respirations. Il était essoufflé, parut humer l'air où flottait un vague parfum de roses, et reprit :

— Puis adieu l'Amérique pour l'Afrique, Alger où flottait le drapeau français[2], l'Afrique et ses négriers, j'ai fait ce commerce. Je m'y suis enrichi, j'y ai retrouvé le goût des étoiles que m'avait apprises mon père passionné par le ciel. N'oubliez pas que mon deuxième nom est Mars, en hommage à la planète, et ceux de mes sœurs Vénus, Junon et Déméter ! J'ai enseigné le peu de ma science aux enfants qui venaient volontiers voir le sorcier au bras immobile.

— Et puis ? interrogea encore doucement Delphine pour rompre le silence qui s'était subitement installé.

— Et puis, un jour, j'ai eu envie de rentrer, de retrouver ma maison, les odeurs de la forêt, de la mousse, des champignons, la neige, la pluie... J'ai

1. Voyage attesté en 1831.
2. La conquête d'Alger a eu lieu le 5 juillet 1830.

débarqué à Bordeaux et en quelques jours, avec cette belle jument noire ramenée du Maroc qui ne me quitte plus – elle est là en bas –, je suis arrivé à Fleury. La désolation. Ma mère morte depuis longtemps, les serviteurs dispersés, seul un ménage, ma nourrice et son mari, le vieux palefrenier de mon père, semblait m'attendre. Voilà ma banale histoire.

— Et aujourd'hui ? demanda timidement Delphine en se saisissant de sa troisième pâte de fruits depuis le début du récit.

Une folie, mais elle avait une envie irrésistible de sucre pour combattre un certain malaise.

— Aujourd'hui ? J'ai remis de l'ordre dans ma maison, j'ai de nouveaux serviteurs qui me respectent, ils sont bien payés, j'ai revu mes sœurs, mais ailleurs, les portes sont fermées. Il m'arrive d'être utile, j'ai arraché récemment une jeune fille des pattes d'un violeur, mais le « cavalier noir » ou le « manchot noir » fait peur ! La rumeur, les souvenirs ancrés dans des mémoires têtues... Je serai toujours l'assassin de Joseph de Bellemaison. Je me suis parfois demandé...

Magloire s'était arrêté.

— Oui, quoi ?

— Si c'était Joseph qui m'avait tué, aurait-il subi l'opprobre comme moi ? C'était lui l'offensé, peut-être aurait-on trouvé juste sa démarche, alors que moi, l'offenseur, je concentrais tous les torts !

Delphine ne s'était jamais posé la question. Mais Magloire avait peut-être raison. Elle, elle s'était plutôt interrogée sur la suite qu'aurait eue son histoire si Joseph avait survécu !

Mais Magloire poursuivait déjà.

— Alors, repartir ? Je n'en ai plus très envie, mais

rester ici, c'est dur ! Notre monde à l'esprit étroit saura-t-il un jour me pardonner ? J'en doute.

— Et pourquoi souhaitiez-vous me rencontrer ?

Le temps passait ; Delphine revenait à ses inquiétudes.

— Vous voir simplement, vous dont j'ai brisé la vie. Etre sûr que vous, vous m'avez pardonné. Ce bal m'avait mis en appétit !

— Vous n'avez pas craint le scandale !

— Certes, mais voir madame de Bellemaison dans cet état fut une douce satisfaction. Je le sais, c'est puéril, mais mettez-vous à ma place !

Elle approuva malgré elle, en se servant une nouvelle tasse de gland doux, avant d'en proposer à son invité qui accepta en reconnaissant que l'invention était belle et bonne et qu'il était normal que monsieur Lecoq fît fortune avec son associé.

— Je répondrai oui à votre question, je vous ai pardonné, dit-elle. Le temps a passé.

Mue par une inspiration subite, elle ajouta précipitamment, pendant que Magloire dégustait le breuvage brunâtre qui laissait une empreinte marquée sur la porcelaine blanche et sur les lèvres :

— Mais il faut que je vous dise...

Delphine, à son tour, but deux gorgées, qu'elle crut ne pas pouvoir avaler, tant sa gorge était serrée. Sa main tremblait.

— Me dire... ? Mais l'essentiel est dit, et je vais partir en paix.

Visiblement satisfait, il s'était déjà levé.

— Non, ne partez pas ! s'exclama Delphine en accrochant son regard. Moi aussi, j'ai une révélation à vous faire.

Magloire, qui avait déjà saisi la paire de gants de peau noire posée près de lui sur le fauteuil, se rassit vivement, intrigué, et la dévisagea. Il la retrouvait soudain comme autrefois, avec ces traits harmonieux sur lesquels les années avaient eu peu de prise, si ce n'étaient ces pattes-d'oie légères et ces quelques lignes au-dessus des lèvres. Il songea que ce damné Léon avait bien de la chance et qu'il était bien léger et insouciant quand il courait ailleurs chercher d'autres plaisirs. Se déciderait-il un jour à épouser cette jolie maîtresse ? Ce serait peut-être une revanche offerte à son frère Joseph.

— Une révélation ?

L'embarras de Delphine était manifeste mais soudain, elle redressa son buste et, tendue en avant comme le plongeur qui se prépare à se jeter dans le vide, elle murmura :

— Joseph était déjà perdu pour moi avant que votre maudit pistolet ne l'abatte.

Interloqué, Magloire la regarda de cet œil sombre dont autrefois Julie vantait la noirceur et la profondeur. Il avait noté avec satisfaction que c'était son pistolet qui avait abattu Joseph, une manière de ne pas accabler celui qui visait et tirait.

— Que voulez-vous dire ?

— Il m'avait abandonnée et ne m'aurait jamais épousée. Vous m'avez en quelque sorte sauvée du déshonneur.

— Mais que voulez-vous dire ? répétait Magloire de Fleury, médusé par cette confidence. Joseph, votre amoureux de toujours, qui ne respirait que par vous depuis l'enfance, qui ne parlait que de vous, « sa fleur parmi les fleurs », Joseph qui avait planté ces delphiniums dans le parc de Bellemaison afin de proclamer son amour ?

Delphine sourit car Léon lui avait parlé, il y a peu, de ces fleurs qui avaient peu à peu disparu au fil des années et dont il ne restait que de rares résurgences de-ci, de-là, rescapées d'un autre temps, que sa mère avait soigneusement négligées. Elle se souvenait du premier printemps où le jardinier avait satisfait le caprice de son futur fiancé, quand partout avaient surgi ces grandes fleurs bleues ou violettes. Il avait convié ses amis à visiter le « jardin de ses amours », comme il disait, et avait déclaré sa flamme publiquement au grand dam de leurs parents laissés hors de la confidence. Furieuse, madame de Bellemaison, qui n'aimait que les fleurs roses et blanches, avait piqué une colère qui avait fait trembler la maison, mais son mari, amusé par les frasques de son fils amoureux, l'avait ramenée à la raison. Les parents des jeunes gens s'étaient accordés et les avaient fiancés. Et les delphiniums étaient revenus l'année suivante, fières hampes de clochettes délicates. Fières comme Joseph lorsqu'il avait Delphine à son bras ? Mais aussi fragiles… Fragiles comme cet amour qu'il clamait alentour ?

Magloire avait respecté le silence de Delphine, perdue dans ses souvenirs après cette confidence étonnante, avant qu'elle ne reprenne :

— Joseph, le traître…

— Le traître ?

Magloire s'étonnait. Après tout, Joseph n'était-il pas son meilleur ami ?

— Oui, poursuivait déjà Delphine, l'après-midi qui précéda le fameux bal, il m'avait appris qu'il ne m'épouserait pas.

— Qu'il ne vous épouserait pas ? Mais pourquoi ?

— Il avait couché avec une autre qui attendait un enfant.

Il eut un petit rire.

— Vous le saviez ?

— Oui, nous avons tous couché avec des putains ou des filles de nos fermiers, lui comme les autres. La nature a ses exigences et nos prudes fiancées ne pouvaient les satisfaire, selon les lois de la bienséance. Il vous a dit le nom de celle qu'il a engrossée ?

Magloire avait utilisé à dessein ce mot banni des salons de la bourgeoisie, sauf quand un fils de famille s'était « fait piéger », comme on disait aussi.

— Non, bien sûr, mais peut-être la connaissez-vous ?

Il leva les yeux au ciel et répondit, la mine dubitative :

— Le bougre en a eu, des filles. Alors, laquelle ?

— Voilà, vous savez tout, dit encore Delphine. Vous comprendrez que la mort de Joseph fut une seconde mort pour moi.

— Mais il comptait l'épouser, cette fille ? Ou alors était-ce une fille de notre monde ? Et vous n'avez jamais rien dit à personne ?

Il multipliait les questions. Ces révélations étaient presque une aubaine pour lui et Delphine semblait soudain bien fragile.

— Non, sauf à ma grand-mère.

— Si vous l'aviez dit, moi, je n'aurais peut-être pas été mis au ban de la société. Je n'aurais plus tué le garçon parfait que toutes les bonnes familles enviaient ou rêvaient d'avoir pour gendre. Je comprends à présent que votre belle-famille, enfin celle qui aurait dû l'être, ne vous ait pas trouvée suffisamment éplorée.

— J'étais soulagée de ne pas avoir à affronter les mines d'une société qui se serait moquée de moi, la trompée, la cocue, comme on dit. Je connais des jalouses qui se seraient réjouies.

— Je vois que vous n'avez pas une meilleure opinion du monde que moi ! Et Léon ?

— Léon ?

— Vous ne lui avez rien dit ?

— Pourquoi ?

— Je suis au courant de votre relation avec le frère de votre ancien fiancé, vous savez. Je suis rentré depuis peu, mais la rumeur court vite.

— J'ai préféré le laisser en dehors de tout cela. Il adulait son frère ; une telle révélation ne me semblait pas appropriée.

— Et la jeune Hortense, que sait-elle ?

— Rien ! Les secrets de famille ne sont pas bons à dire, prétend son oncle avec autant de lâcheté que d'hypocrisie.

— Le voilà arrangé, votre amant !

— J'ai perdu depuis longtemps mes illusions.

L'heure avait tourné. Le beau cartel posé sur la cheminée égrena douze coups. Delphine y jeta un coup d'œil furtif.

— Je dois partir, dit Magloire. Merci pour votre franchise. Je suis presque rasséréné.

— Peut-être parviendrez-vous à tourner cette page douloureuse de notre passé, comme moi aujourd'hui, ou presque.

— Madel, j'ai ramené Hippolyte pour déjeuner, ne serez-vous pas fâchée ? J'ai le livre, regardez !

Comme à son habitude, Thomas avait surgi sans crier gare. Le mal était fait. Dans son sillage, le petit blond était intimidé et Hortense sidérée.

— Le cavalier noir, murmura-t-elle. Delphine, vous recevez le cavalier noir ?

— Mais oui, nous avions mille choses à nous raconter depuis près de vingt ans que nous ne nous étions vus, répondit Delphine avec un détachement simulé qui ne trompait pas Hortense.

— Il faudra que vous m'expliquiez, dit celle-ci comme Magloire s'inclinait devant elle.

— Mademoiselle, je prenais congé. Reviendrez-vous bientôt chevaucher dans nos forêts ? Vous me manquez !

Hortense se sentit rougir. Furieuse, elle gagna sa chambre.

— Du caractère, comme sa mère ! conclut Magloire en portant la main de Delphine à ses lèvres.

Elles étaient chaudes et délicates.

Delphine se souvint que Julie se vantait des baisers que son fiancé lui faisait partout et qui l'enivraient. Julie, Joseph... des fantômes qu'elle aurait voulu chasser à jamais de sa vie et qui étaient pourtant encore si présents !

10

— Alice, je t'en supplie, ouvre-moi !

Anatole frappait doucement à la porte de bois brut. Il n'osait pas crier car la mère d'Alice était au rez-de-chaussée. Il se retourna ; derrière lui, le pauvre escalier et ses murs lépreux disaient la misère qui régnait ici. Par une lucarne, il apercevait la cour intérieure tout aussi triste avec, dans un coin, le carré destiné aux ordures.

Depuis la course de draisiennes, Alice était fâchée. Même dans l'atelier de Chantoing, elle prenait l'air renfrogné dès qu'Anatole s'approchait d'elle. Et le soir, elle fuyait le jeune homme et rentrait vite chez elle.

Ils n'en étaient pas à leur première crise. Les discussions entre Alice et Anatole étaient souvent orageuses. Tout était prétexte à ce que la jeune femme exprime ses rancœurs, et elle ne s'en privait pas. La vie pour elle n'avait jamais été simple. Son père avait fait partie de ces nombreux Auvergnats exilés à Paris où ils exerçaient des métiers difficiles, forts des Halles, porteurs d'eau, commissionnaires ou charbonniers. Rude et laborieux, Eugène était rentré un jour phtisique, une catastrophe. Il avait contaminé sa dernière fille qui l'avait rapidement suivi dans la tombe. Depuis, la vie de la famille n'était pas simple.

La mère tenait une modeste épicerie rue du Cheval-Blanc, où elle s'épuisait à charrier les marchandises pour un rendement misérable. Toute la famille logeait au-dessus de la boutique, dans deux pièces peu salubres, et quand Anatole y était apparu pour la première fois avec sa redingote de bourgeois, la mère l'avait dévisagé avec ce rictus désabusé qui ne l'avait plus quittée depuis que le pauvre Eugène l'avait laissée sur cette « terre de malheur ». Elle l'avait ensuite jeté dehors au motif qu'Alice avait d'autres chats à fouetter que de fréquenter des freluquets dans son genre.

Puis Anatole avait peu à peu gagné la confiance de cette femme qui n'était pas mauvaise, seulement malmenée par une vie dont elle n'attendait plus rien, sinon tenter de survivre avec ses enfants. Hippolyte était le dernier, corvéable à merci, parfois souffre-douleur, échappant seulement à l'univers de la boutique pour aller vendre quelques légumes d'un maraîcher de Montferrand et rapporter trois sous, immédiatement absorbés dans la boutique plus ou moins endettée.

— Alice, ouvre ! répéta une dernière fois Anatole excédé.

— Elle n'ouvrira pas, elle est têtue, cria sa mère d'en bas. N'insistez pas, je vous l'avais bien dit, le premier jour, que vous n'aviez rien à faire ici ! Hippolyte, va chercher de l'eau.

Redescendu, Anatole regarda le garçon détaler avec un broc dans la main, traverser la petite rue et tendre l'objet au bec de la fontaine voisine, une des vingt-huit que comptait la ville. Le broc fut vite rempli car dès l'automne le débit, faible l'été, redevenait satisfaisant. La question de l'eau dans la ville n'était pas vraiment réglée ; la municipalité renâclait depuis des années à faire les grands travaux nécessaires à un bon approvisionnement soit en construisant une nouvelle conduite depuis Royat, soit en refaisant l'ensemble du réseau. Les sommes à y consacrer étaient considérables !

Anatole observait le garçon qui peinait à rapporter le broc trop lourd pour lui. A chaque pas, une giclée d'eau en jaillissait, mouillant son pantalon. Mais Hippolyte n'en avait cure. Il était devenu un nouveau motif de discorde entre Alice et Anatole depuis la course de draisiennes. La jeune fille avait cruellement mesuré la différence entre Thomas, le petit bourgeois, et Hippolyte, et quand elle avait su que les deux enfants s'étaient revus et que son frère apprenait à lire avec Thomas, cela avait mis le feu aux poudres. Au lieu de se réjouir, comme l'y incitait Anatole, Alice en avait pris ombrage en répétant qu'ils ne demandaient pas la charité et que pour croupir dans une épicerie, son frère n'avait pas besoin d'entrevoir d'autres horizons. Ce jour-là, elle ne décolérait pas du fait qu'Hippolyte avait déjeuné la veille chez madame Beaumont qui l'avait décrassé et lui avait offert une nouvelle blouse pour remplacer celle qu'il avait héritée de son père, usée jusqu'à la trame. Sans compter que maintenant, il connaissait son alphabet.

« De quoi se mêle-t-elle, celle-là ? avait-elle dit le matin à Anatole à l'entrée de l'atelier. Elle s'imagine qu'Hippolyte va se laver tous les matins comme elle le lui a recommandé et qu'il va lire des livres assis sur les sacs de pommes pendant que ma pauvre mère continuera à se crever ? Et pourquoi pas l'envoyer à l'école ? »

Anatole avait eu beau la raisonner, lui rappelant qu'elle, elle avait bien eu la chance d'apprendre à lire et à compter grâce à une voisine complaisante, et que c'était bien, que cela l'avantageait par rapport à d'autres, que cela lui permettrait peut-être d'avoir une vie meilleure que celle de sa mère, la journée s'était passée sans un mot échangé avec Alice. Elle avait fui dès l'arrêt de la production, après avoir réclamé avec une âpreté jamais égalée une augmentation de salaire à monsieur Barbier « pour pouvoir éduquer son frère à qui certains donnaient des goûts de luxe ». Surpris, Aristide Barbier n'avait pas très bien compris ses propos et s'était retourné vers Anatole, qui n'avait pu qu'afficher une mine désolée.

« Je ne pourrai la garder, avait-il murmuré, si cela continue ! Pourtant c'est une bonne ouvrière. »

Le jeune homme était inquiet et il avait voulu prévenir Alice. Mais elle refusait de lui parler.

— Tenez, prenez une de ces belles pommes ! dit la mère qui aurait souhaité compenser.

— Combien je vous dois ?

— Il ne manquerait plus que cela ! Tiens, la voilà. La faim ferait-elle sortir la louve du bois ?

— Non, répliqua Alice décidément renfrognée, je dois voir Pasquine.

— Oh ! celle-là ! Qu'allez-vous comploter encore ?

— Je peux t'accompagner ? demanda aussitôt Anatole, trop content de saisir l'occasion.

Pasquine, la meilleure amie d'Alice, travaillait chez un couturier linger de la rue du Faubourg-des-Gras [1].

---

1. Rue Saint-Dominique.

Elle était socialiste, elle aussi. Alice et Pasquine menaient, avec une complicité redoutable, la vie dure à Anatole.

— Si tu veux, dit Alice, la mine toujours aussi grognon.

— Prends au moins une pomme, dit la mère en lui tendant un fruit aux belles couleurs.

— Je n'ai pas faim. Monsieur aime les femmes à la taille fine, celles qui peuvent se payer des corsets !

Anatole haussa les épaules. Depuis qu'Alice avait aperçu Hortense à la course, elle était jalouse. Quand il avait protesté que la jeune fille ne l'intéressait pas du tout, elle avait répondu avec hargne :

« Tu as vu comment elle te regarde, cette bourgeoise, avec ses anglaises ?

— Mais elle doit regarder aussi Amédée et Armand, avait rétorqué Anatole surpris et heureux de cette jalousie naissante.

— Oh ! ceux-là... »

Alice ne les aimait pas non plus. Peut-être avait-elle perçu leur mépris ? Elle n'avait pas tort, car ses deux amis encourageaient vivement Anatole à prendre son plaisir avec cette fille qui n'était pas de leur milieu. Ils ne comprenaient pas que le jeune homme éprouvait pour Alice une attirance autant intellectuelle que physique. Le travail avec elle à l'atelier, l'acharnement de la jeune fille à réussir ce qu'il concevait avec ses patrons lui plaisaient.

— Et moi, je peux venir ?

Hippolyte s'était planté devant les deux jeunes gens.

— Toi, tu aides maman. N'oublie pas que tu es l'homme de la maison !

Anatole sourit. Son regard embrassa cet univers misérable avec la cheminée noire, quelques poteries, deux tabourets et des planches pour les marchandises. Et cette odeur où se mêlaient des relents de fruits pourris, des arômes éventés de produits qui ne trouvaient toujours pas preneur, des effluves de fromages trop faits et des remugles d'une atmosphère qui sentait le renfermé.

Habitué à se sacrifier, peu exigeant, Hippolyte ne broncha pas. Résigné, il les regarda, cependant à regret, avancer jusqu'au bout de la rue, puis rentra dans la boutique. Heureusement, il avait caché derrière le bidon de lait le livre que lui avait prêté Thomas. Il le déchiffrerait en cachette quand sa mère lui dirait enfin de monter. Son nouvel ami lui avait aussi donné deux bougies, en ne se doutant pas combien il offrait à Hippolyte une vraie lueur d'espoir. Il imagina Alice et Anatole déjà arrivés au bas de la rue des Gras. Ils se dirigeaient maintenant vers la place Saint-Pierre où les commerces devaient fermer. C'était là que, chaque matin, paysans et maraîchers se rassemblaient par tous les temps pour un marché autour d'une fontaine.

En effet, le boulanger, le marchand de vaisselle et le grainetier avaient descendu leurs lourds volets de bois, alors que les deux auberges restaient accueillantes. Anatole aurait voulu s'y attabler avec Alice, mais celle-ci refusa. Pasquine et d'autres attendaient place du Poids-de-Ville[1]. Un point de convergence dans la ville, car de nombreux commissaires de roulage y avaient leur bureau pour les transports de marchandises. Des voitures y stationnaient en

1. Place Gaillard.

permanence et, jusque tard le soir, des employés s'affairaient à trier ballots et paquets.

Le poids public provoquait aussi l'affluence, devant le bâtiment massif en pierre de Volvic où tous les marchands venaient peser des charges plus ou moins lourdes.

— Cela sent mauvais, dit Alice en se bouchant le nez.

Elle avait horreur du fromage et à deux pas se trouvait l'entrepôt des fromagers qui y tenaient leur commerce de gros. Deux hommes en redingote de qualité en sortirent ; ils devaient descendre du premier étage, occupé par le Cercle de commerce.

Anatole les salua – il les connaissait – puis se hâta de rejoindre Alice. Elle avait couru jusqu'au petit attroupement formé autour de Pasquine, qui pérorait sous l'un des deux cent treize réverbères de la ville. La nuit était tombée et le quartier de lune croissante combattait mal l'obscurité. Le réverbère ajoutait une maigre lueur, encore que le système en vigueur dans la ville depuis 1836, dit « parabolique », fût assez efficace et surtout résistant au vent. Anatole songea que dans certaines villes, le gaz hydrogène carboné apportait un réel progrès dans l'éclairage ; il savait que les édiles clermontois avaient multiplié les demandes de renseignements à Paris, Bordeaux, Lyon ou Nevers et qu'ils y songeaient sérieusement. Mais le conseil municipal était méfiant.

— Alice, qu'en penses-tu ? Ces machines à coudre sont une vraie menace pour notre travail.

Pasquine demandait l'avis d'Alice qu'elle jugeait toujours de bon conseil, avec son esprit de revendication très utile.

— Oui, acquiesça un homme assez grand au crâne dégarni. Elles vont nous prendre notre gagne-pain.

— Mais qu'est-ce qu'elles font ? interrogea Anatole qui cherchait toujours à comprendre.

— Le point de chaînette à un fil de façon tout aussi solide et belle que ma main, et en dix fois moins de temps, répondit Pasquine.

Elle avait un visage agréable, avec de grands yeux noirs autour d'un nez légèrement aquilin.

— Je ne sais pas ce qu'est le point de chaînette, répliqua Anatole, mais les machines, c'est le progrès, ne l'oubliez pas.

— Hou, hou ! Il en fabrique, alors il plaide pour elles !

— Alice, renvoie ton ami, dit aussitôt Pasquine de ce ton péremptoire qui la caractérisait.

— Attends, il a peut-être raison, rétorqua Alice prudemment.

— Hou, hou ! firent encore les autres. Lui, c'est un patron, il fait marcher les ouvrières, je le connais, chez Barbier et Daubrée.

— Et elles sont où, ces machines ? interrogea Anatole sans se laisser démonter.

— Monsieur Barbat en a commandé, nous ne les avons pas encore.

— Nous les détruirons ! Ils l'ont bien fait à Paris, pourquoi pas nous ?

L'ouvrier faisait allusion à la destruction à Paris, en 1830, de machines dans l'atelier de Barthélemy Thimonnier, leur inventeur.

— Le progrès, c'est bien, mais à condition qu'il ne sacrifie pas la main-d'œuvre humaine, dit Alice en passant le bras sous celui d'Anatole qui la regarda, surpris qu'elle affichât ses sentiments pour lui. Et moi, je voudrais aussi vous parler des salaires, surtout pour les ouvrières mal payées qui sont obligées de se marier pour vivre. Sinon, elles doivent rester dans leur famille, car elles ne peuvent pas acquitter un loyer... même pas celui d'une cave ou d'un grenier.

— Oui, oui, tu as raison, mais que faire ?

— La grève, comme les porcelainiers de Limoges ou les tailleurs à Paris !

Alice avait jeté le mot avec cette ardeur qu'Anatole aimait tant. Sa « petite socialiste » l'étonnerait toujours. Il ne pouvait s'empêcher d'être admiratif !

— Tu es folle ! dit l'un des ouvriers. De quoi vivrons-nous si nous n'avons plus nos salaires ?

— Il faut créer un fonds d'entraide, c'est ce que les porcelainiers ont fait.

Elle avait décidément réponse à tout.

— Justement, ceux-là, ils n'ont rien obtenu, et ils étaient nombreux ! Non, tu rêves, ma pauvre Alice, nous ne nous laisserons pas entraîner dans une aventure qui nous ruinera.

— Ruiner, ruiner, on ne ruine que les riches ! s'esclaffa la jeune fille, provoquant l'hilarité générale, avant d'ajouter, convaincue du bien-fondé de son combat : Il faut réunir tous les ouvriers de la ville. Et à Clermont, on a de tout, ceux des tuileries, des tanneries, des fabriques de toiles ou de chandelles et ceux des pâtes...

— Moi, je travaille dans une fabrique de pâtes de Gênes, dit un garçon qu'on n'avait pas encore entendu, et c'est dur, le travail avec le froment rouge ! On est une centaine d'ouvriers chez Magnin, rue Neuve-Sainte-Claire, et on en débite des vermicelles, des macaronis, des étoiles, des semoules et des lasagnes.

— Vingt mille quintaux de nouilles par an ! laissa tomber un homme qui avait l'air de savoir de quoi il parlait.

— Et les sucreries, celle du député Morny, qui ne fait pas de cadeau aux ouvriers non plus...

— Je sais où il habite, celui-là, rue de l'Eclache, dit Pasquine, la mine grincheuse.

— Il a déménagé ! dit un homme qui n'avait pas encore parlé.

— Ah ! si monsieur Blanqui pouvait venir nous aider ! Dire qu'il croupit au fond d'un cachot dans une forteresse ! reprit Alice en levant les yeux au ciel.

Anatole observait « sa petite socialiste » ; ses convictions et sa fougue le touchaient et l'étonnaient. Comment savait-elle tout cela ? Quand elle ajouta avec enthousiasme que Flora Tristan faisait un tour de France et qu'elle viendrait peut-être à Clermont, là, il fut sidéré. Il ne savait même pas qui était cette femme dont le nom suscitait un intérêt évident chez les interlocuteurs d'Alice.

— Nous l'accueillerons dignement, proclama Pasquine enthousiaste.

— Nous reparlerons de tout cela. Moi, en attendant, je vous propose un peu d'absinthe pour fêter nos projets.

Encore un qui n'avait rien dit jusque-là, seulement écouté. Le jeune homme, un ancien soldat, était rentré d'Algérie depuis peu. Il en avait rapporté cette boisson qui commençait à faire fureur dans les cabarets. Il avait des verres dans un panier et une bouteille.

— C'est fort, dit Pasquine après en avoir bu une petite gorgée.

— Mais bon, répliqua-t-il. Ne faites pas de bruit,

les bourgeois vont nous jeter leur vase de nuit, remontons plutôt du côté de la Poterne.

Deux sergents de ville patrouillaient non loin ; ils jetèrent un coup d'œil au petit rassemblement, parurent s'attarder, puis s'engagèrent dans la rue de l'Ecu. Deux ans plus tôt, de graves incidents s'étaient produits dans la ville après une banale opération de recensement qui avait accrédité l'idée d'une hausse des impôts. Il avait fallu faire appel à l'armée pour calmer les émeutiers ; des barricades avaient été élevées, la maison du maire, monsieur Conchon [1], avait été incendiée, et neuf manifestants avaient été tués lors d'une fusillade. Depuis, tout rassemblement était vite dispersé pour éviter qu'il ne dégénère.

Il fallut bien que les « bourgeois » se manifestent pourtant pour que tout ce petit monde, de plus en plus bruyant, finisse par se séparer ; il était tard, très tard. Conspirer, c'était bien, mais cela n'empêchait pas de se lever tôt le lendemain. Pasquine prit le bras de deux de ses compagnons et partit à grandes enjambées en direction de la place du Changil. Plus personne ne pensait aux machines à coudre. L'ancien soldat fit brinquebaler les verres dans son panier, tout en mettant le bras autour des épaules de l'une des grisettes qui avait trop bu et avait le hoquet.

— Je te raccompagne, dit Anatole en regardant tendrement Alice.

Elle avait à peine trempé ses lèvres dans l'absinthe, mais cela lui était monté à la tête. Titubante, elle s'accrocha à son bras ; ils s'engagèrent ainsi dans la

1. La destruction de cette maison allait avoir pour conséquence la percée de la rue Blatin en direction de Chamalières.

rue des Orfèvres[1] et passèrent devant les arcades de l'hôtel de ville, construction massive et académique ; au bout de la rue, ils devinaient la cathédrale dont la grosse masse sombre barrait la place Devant-Clermont. Ils croisèrent des passants endimanchés qui devaient sortir du théâtre installé de l'autre côté de l'énorme édifice gothique, sur la place Derrière-Clermont, depuis le début du siècle, quand certains avaient voulu parier sur les arts pour braver les superstitions. Ce qui n'en avait pas empêché d'autres de maudire cette provocation à l'égard du clergé et de ses paroissiens.

Pressant le pas, ces hommes et ces femmes commentaient sans doute le spectacle. Anatole avait vu quelques jours plus tôt, avec Amédée et Armand, une pièce d'Alfred de Musset qui l'avait un peu ennuyé, contrairement à ses amis, sous le charme d'une jeune actrice pleine de fougue. Ils lui avaient trouvé une ressemblance avec Hortense, ce qui avait donné lieu à quelques réflexions gaillardes.

Anatole habitait tout près, petite rue des Grands-Jours[2]. Et comme Alice donnait des signes de fatigue, il proposa :

— Nous pouvons nous reposer quelques instants chez moi, si tu veux.

— Peut-être, murmura Alice qui pesait de plus en plus à son bras, je suis si fatiguée.

Anatole logeait au deuxième étage d'un immeuble où une vieille dame lui avait loué deux pièces. Il prit Alice dans ses bras et grimpa vivement les marches en pierre de Volvic, ouvrit doucement la porte et déposa

---

1. Rue Philippe-Marcombes (anciennement rue des Notaires).
2. Rue Fléchier.

sur son lit son précieux fardeau. La pièce de dimensions modestes était éclairée par le réverbère planté à l'angle de la place Devant-Clermont.

— Viens près de moi, gémit Alice, j'ai peur toute seule.

Anatole s'approcha ; la jeune fille s'accrocha à son cou pour l'attirer à elle.

— Serre-moi plus fort, dit-elle en se lovant contre lui.

— Alice, tu as trop bu, tu ne sais plus ce que tu fais, murmura-t-il encore en posant ses lèvres dans son cou, puis en prenant la bouche qu'elle lui offrait. Tu veux vraiment ? demanda-t-il en défaisant les premiers boutons de sa blouse.

— Arrête de poser des questions.

— Ma petite socialiste, murmura Anatole.

— Quoi, que se passe-t-il ?

Anatole s'était réveillé en sursaut. Debout, Alice s'habillait ; il devinait ses formes en ombres chinoises. Il faisait encore nuit, car le réverbère était toujours allumé.

— Je vais me faire massacrer par ma mère. Ah ! tu es content, tu en as bien profité ! Que feras-tu si j'attends un enfant ?

Eberlué, Anatole se redressa. Comment pouvait-elle l'accuser ainsi alors que c'était elle qui l'avait attiré et qu'elle était consentante ? Le réveil était douloureux.

— Oui, que comptes-tu faire ? Tu ne vas pas épouser une pauvre ouvrière comme moi ?

— Tais-toi ! Tu vas réveiller ma propriétaire !

— Voilà, c'est tout ce qui t'importe, ne pas réveiller ta propriétaire.

— Mais non !

— Je m'en vais, je te déteste !

Elle claqua la porte derrière elle ; il l'entendit descendre l'escalier, puis marcher dans la rue avant que le silence ne se réinstalle. Il soupira. Dans quelle galère était-il allé se fourrer ? Avec Alice, rien n'était simple.

Il ne put se rendormir et guetta les bruits de la ville qui s'éveillait lentement. Il entendit le préposé qui éteignait le réverbère voisin, un des quatorze qui restaient allumés dans la ville jusqu'au lever du jour. Deux charrettes bruyantes chahutèrent leur chargement sur les pavés. Maraîchers qui allaient s'emparer des meilleurs emplacements en haut de la rue des Gras ou chiffonniers à l'affût des rebuts parfois déposés devant les maisons ? Il entendit le parquet craquer quand sa propriétaire se leva. Avait-elle entendu Alice ? Ce n'était que la deuxième fois qu'il ramenait une femme ici ; la première avait suscité quelques commentaires acerbes de la vieille dame qui connaissait bien sa grand-mère de Saint-Flour. Une cloche tinta ; c'était celle de la tour de la Bayette, tout près, au nord de la cathédrale. La première messe des chanoines allait sonner et sa propriétaire descendrait bientôt l'escalier pour y assister comme chaque matin. Un pas lourd fit vibrer les marches en pierre de Volvic, celui de la cuisinière du troisième, qui travaillait dans une auberge de la place Saint-Pierre. Arrivée en bas, elle chassa bruyamment un homme qui devait être en train de se soulager contre le mur de la maison.

— Va pisser ailleurs !

— Je vais où je peux, sale bourgeoise, répliqua l'auteur du délit.

— Moi, une sale bourgeoise ? Qu'est-ce qu'il ne faut pas entendre, maugréa la Perrotte qu'Anatole imagina les poings sur ses grosses hanches.

Cela le fit sourire, il avait presque oublié Alice et, toujours à l'affût du progrès, imagina le bienfait pour l'hygiène que devait être l'invention de chalets de nécessité comme on en construisait à Paris. La seule difficulté était, paraît-il, que certains redoutaient d'y entrer de peur de ne plus pouvoir en sortir !

Tout à fait réveillé, le cerveau dérouillé, en dépit d'un léger mal de tête sans doute dû à cette absinthe – qu'Anatole n'avait finalement guère appréciée, mais il ne fallait pas vexer le soldat assez vindicatif –, il sauta du lit et ouvrit les volets de bois. Il faisait presque jour.

Il se rasa de près, s'habilla en endossant pour une fois un simple spencer, cette veste courte mise à la mode quelques années plus tôt par un Anglais qui avait fait brûler les pans de sa redingote en s'asseyant devant une cheminée et les avait coupés, créant ainsi une veste courte dont l'usage assez pratique s'était rapidement répandu.

Quelques instants plus tard, il se mêlait à la foule matinale de domestiques, calicots, grisettes, porteurs d'eau, ouvriers ou marchands qui rejoignaient leur travail avec plus ou moins d'ardeur. La gentille boulangère du carrefour Naudigier[1] lui vendit, comme chaque matin, un petit pain croustillant qu'il grignota en piquant vers la rue Montlosier, puis la rue

1. Liaison rue du Port, rue Barnier et rue Pascal.

du Colombier[1]. Quand il arriva à l'atelier de Chantoing, Alice, déjà à son poste, ne lui jeta pas un regard.

Un couteau en main, elle découpait avec application une plaque de gomme naturelle dans un gros pain. Il la regarda la débiter avec dextérité en fins rubans, puis se saisir des ciseaux pour en faire des lanières carrées. Alice était rapide et quand elle commença à enrouler ces lanières les unes sur les autres pour en faire des pelotes plus ou moins grosses, il se dit qu'aucune des autres ouvrières n'allait aussi vite. Elle mettait même parfois en difficulté celles qui finissaient la balle en recouvrant la pelote soit de laine, soit de peau. Et tout cela pour moins de cinq centimes de l'heure, se dit Anatole que madame Daubrée, qui servait souvent de contremaître, venait de rejoindre.

L'atelier était en constante mutation depuis l'arrivée de la vulcanisation et Anatole savait qu'Alice était promise à des tâches plus compliquées et nettement plus intéressantes. Il y avait aussi la fabrication des machines, vouée à un bel avenir ; elles étaient toutes plus ingénieuses les unes que les autres et créaient un univers où Anatole se plaisait. Il alla inspecter une presse, mais sa préférée du moment était une machine à fabriquer des vermicelles. Tous les ouvriers étaient à leur poste, consciencieux, attentifs à donner le meilleur, et sans doute Alice avait-elle raison de réclamer des salaires plus élevés. Trois francs pour un homme, un franc pour une femme étaient des sommes modestes. Mais l'équilibre était délicat à trouver entre des entrepreneurs

1. Rue Jean-Richepin.

audacieux qui risquaient leurs capitaux sans compter, et ces hommes et ces femmes qui voulaient participer eux aussi au progrès mais sans abdiquer leur dignité.

Anatole soupira. Il aurait dû être heureux après sa nuit passée avec Alice, mais il savait qu'il s'était aventuré sur un terrain difficile. Peut-être aurait-il dû être plus prudent. Il se retourna et vit Alice penchée sur son travail. Sa natte blonde, son cou gracile, ses épaules fragiles... Non, il ne regrettait rien !

11

Ils contournèrent la cathédrale par la place Derrière-Clermont ; il fallait faire un vrai détour pour rejoindre la rue des Gras, car une maison bloquait le passage. Les derniers maires, percevant l'embarras que provoquait cette situation, avaient tous essayé de l'acheter, mais en vain. Hortense aimait beaucoup accompagner Pauline au marché qui se tenait chaque jour sur les degrés de la rue des Gras, au pied d'immeubles hauts de trois ou quatre étages.

Friand de faire découvrir la ville sous tous ses aspects, Armand Dupin, qui l'accompagnait un jour, avait attiré son attention sur l'antique maison à pans de bois de l'illustre Blaise Pascal. Il lui avait aussi fait découvrir le linteau sculpté placé, sans doute après la démolition de la proche église Saint-Pierre, sur le mur d'une maison qui faisait saillie à l'endroit où la rue des Gras devenait plus étroite. Jamais Hortense, quand elle passait par là, n'oubliait de regarder ces personnages trapus à grosse tête immobilisés depuis des siècles pour offrir l'image du Lavement des pieds, comme l'avait expliqué Armand qui n'avait pas son pareil comme guide. Il lui avait fait visiter Notre-Dame du Port et lui avait montré les chapiteaux du chœur, où on retrouvait des personnages semblables. Il avait été déçu, car elle n'avait pas partagé son enthousiasme pour ces figures pataudes qui la déroutaient. Comme beaucoup de ses contemporains, Hortense avait, malgré elle, le goût formé à des canons très différents. Armand s'en désolait car ce n'était pas une mince affaire de convaincre l'opinion que toutes ces « vieilleries », comme disaient certains, devaient être préservées. Il avait même donné à la jeune fille l'ouvrage de Prosper Mérimée, inspecteur des Monuments historiques, qui relatait ses visites en Auvergne, mais il avait eu le sentiment qu'elle n'y avait guère prêté attention. Elle semblait davantage apprécier les discours d'Anatole sur le progrès ! Elle n'avait même pas partagé son indignation quand il avait raconté que les révolutionnaires avaient failli éventrer la pauvre église du Port pour y faire passer une rue. Enfin, il n'était pas encore parvenu à la convaincre de visiter Montferrand et ses trésors.

— Toujours là, le chasse-coquins ! maugréa Pauline quand ils passèrent devant le portail de la cathédrale où le suisse de l'église semblait attendre le client.

Hortense ne savait pas pourquoi, mais Pauline en avait toujours après ce pauvre homme débonnaire qui l'accueillait gentiment quand elle venait rejoindre Armand pour étudier la flore des chapiteaux de l'édifice.

Pauline avançait d'un pas décidé avec son grand panier d'osier et quand ils arrivèrent enfin rue des Gras, elle désigna un magasin sur la gauche.

— Regardez ces beaux meubles, mademoiselle Hortense !

L'enseigne de la boutique annonçait « MEUBLES GLACES » ; elle regorgeait de mobilier qui lui faisait toujours envie. Le marchand avait même mis dans la rue une table, une commode, une bonnetière à laquelle s'adossait, malgré les protestations du propriétaire, une grosse femme qui avait déballé choux, carottes et autres légumes.

— Vous empêchez le chaland de venir dans mon magasin !

— La rue est à tout le monde, répondait la placide matrone qui vantait sa marchandise dès qu'un client faisait mine de s'approcher.

— Non, tu ne vas pas acheter du chou, protesta Thomas quand il vit Pauline lorgner les grosses boules de feuilles vertes.

— Espèce de sot, ce sont les meubles qui m'intéressent, et Madame ne veut pas qu'on fasse du chou car elle trouve que la cuisson sent trop mauvais.

— Une bourgeoise qui ne sait pas ce qui est bon, marmonna la grosse soudain renfrognée. Tu ne lui fais pas des potées, à ta patronne ? Tu as bien tort, et toi, mon gars, si tu veux grandir, tu ferais bien de manger de tout !

Hortense éclata de rire devant les mines déconfites et de Pauline qui n'aimait pas se faire dicter sa conduite, et de Thomas qui haussa les épaules. Il n'était pas de bonne humeur ce matin-là, car Delphine lui avait annoncé qu'il allait fréquenter l'établissement des frères des Ecoles chrétiennes. Cela l'avait contrarié, il avait protesté et déclaré comme à son habitude : « Vous ne m'aimez plus, Madel ! », ce qui avait provoqué l'hilarité de sa mère adoptive, promettant qu'elle ne céderait pas. Depuis, il boudait, et Hortense avait dû multiplier les ambassades pour obtenir qu'il les accompagnât au marché pendant que Delphine visitait quelques malades à l'Hôpital général où on dénombrait, cette année-là, quatre cents indigents, enfants trouvés et aliénés.

Hortense aimait cette atmosphère bon enfant, ces bousculades de ménagères pressées, de livreurs embarrassés de chargements qui parfois s'effondraient et répandaient l'effroi ; elle aimait écouter ces discussions souvent oiseuses entre clients et marchands, qui pouvaient s'envenimer au point que les sergents de ville devaient parfois s'en mêler. Des cris, des clameurs, des rires, toute une vie s'emparait de la rue et témoignait de la vitalité de la ville. Il n'était pas rare d'y croiser le maire qui éprouvait en quelque sorte le moral de ses concitoyens, toujours prompts à râler et à accabler de tous les maux le premier magistrat de la cité.

Thomas ne retrouva le sourire que lorsqu'il découvrit Hippolyte posté, lui aussi, au milieu de victuailles, essentiellement des fromages qu'un fabricant de Saint-Nectaire lui avait confiés.

— On lui en achète un ? s'écria Thomas.

Pauline s'exécuta aussitôt de bonne grâce. Madame n'avait-elle pas donné des ordres pour privilégier les achats au garçon, qui ne perdait pas le nord en attirant l'attention de la cuisinière sur ses trésors ? Le panier de Pauline fut vite rempli par Thomas devenu soudain bavard.

— Je vais aller chez les frères des Ecoles chrétiennes, près de la place Delille, lança-t-il à la fin des achats, précisant devant la mine étonnée d'Hippolyte : Enfin, à l'école… Je vais demander à Madel si tu ne pourrais pas y aller aussi.

Pauline grimaça en rajustant son serre-malice, un anneau de laiton qu'elle posait sur son fichu car il y avait souvent du vent au sommet de la rue des Gras et sur la place Derrière-Clermont. Cet anneau, elle l'avait hérité de sa grand-mère et l'avait apporté de La Tour-d'Auvergne, son village natal. Elle y tenait car, avec une malheureuse chaîne où pendait une petite médaille de la Vierge, c'était son seul bijou !

Un autre client accapara alors Hippolyte, bien en peine de répondre à l'aimable proposition de son ami, et ils s'éloignèrent après un dernier signe ; Hortense, qui n'avait pas plus apprécié le discours de Thomas que Pauline, lui reprocha vivement de dire tout et n'importe quoi à ce pauvre garçon qui ne savait même pas de quoi il parlait. Il bouda jusqu'à leur arrivée sur la place Saint-Pierre, où le marché se poursuivait dans un joyeux désordre de déballages, brouettes, charrettes ou hottes. Ses amis d'avant étaient là. Avant de les rejoindre, les yeux brillants de colère, il lança, furieux :

— Tu n'es pas ma mère, tu n'as rien à me dire !

Un grand benêt, qui avait grandi trop vite, vint lui souffler :

— Veux-tu voir les vignes de mon grand-père ?

Intrigué, Thomas répondit par l'affirmative ; l'autre se précipita sur ses deux oreilles et voulut le soulever, provoquant la colère du pauvre garçon qui courut se réfugier auprès de Pauline goguenarde. Elle jubilait encore quand ils arrivèrent au marché du Mazet réservé aux bouchers, que Thomas n'aimait pas beaucoup. Ils sacrifiaient souvent leurs bêtes dans la rue, les écorchaient et les écartelaient avec une cruauté qui lui faisait horreur, dégoûté par les entrailles et le sang répandus sur le sol. Un jour, le maire avait parlé d'un projet d'abattoir route de Montferrand[1] qui résoudrait sans doute ces problèmes somme toute assez dégoûtants. Mais cela pouvait encore durer, car si une ordonnance royale avait approuvé le projet en 1841, il avait fallu attendre un an pour poser la première pierre.

Une femme, qui passait en chaise à porteur, détourna ostensiblement la tête. Son regard affligé croisa celui de Thomas au bord de la nausée ; il éclata de rire.

Sa mauvaise humeur l'avait totalement abandonné quand ils rentrèrent un peu plus tard et qu'il découvrit le cabriolet de Léon derrière la porte cochère de la maison. Une belle surprise ! Tout heureux, il prit la main d'Hortense et se précipita à l'étage, laissant Pauline furieuse avec son panier au bas de l'escalier, clamant sa colère jusqu'à ce que Paulin, ameuté par ses vociférations, vienne récupérer le précieux chargement.

— Oncle Léon, quel plaisir de vous voir ! disait déjà Hortense.

— Ma nièce, vous avez bonne mine, votre séjour clermontois vous réussit, ma foi, aux bons soins de Delphine.

— Et de moi aussi, dit Thomas qui découvrait l'œil pétillant les pralines apportées par Léon, et dont il raffolait. Oh ! merci ! Je peux ouvrir la boîte ?

— C'est à moi qu'elles ont été offertes, protesta Delphine, et nous ne les goûterons qu'après le déjeuner.

1. C'est l'avenue de la République, qui ne sera baptisée ainsi qu'en 1882.

Les pralines avaient été inventées par le chef cuisinier du duc de Praslin, qui avait été propriétaire du domaine de Randan avant madame Adélaïde, et Delphine, qui en avait beaucoup mangé quand elle était enfant, appréciait toujours cette friandise, rappel des temps heureux. Joseph en raffolait.

— Donnez-moi des nouvelles de Jeune Fou.

— Il va très bien, j'ai trouvé un jeune homme qui vient le monter chaque jour avec un certain bonheur.

Vaguement contrariée, Hortense fit une moue qui n'échappa pas à son oncle.

— Cela ne vous fait pas plaisir ?

— Si, si, répondit-elle précipitamment.

Une pointe de jalousie avait saisi la jeune fille. Jeune Fou la reconnaîtrait-il ? Quels liens existaient entre le cheval et ce jeune homme dont l'oncle Léon vantait les mérites ?

— Vous ne me demandez pas des nouvelles de votre grand-mère, alors je ne vous en donne pas, dit Léon en éclatant de rire. Ou plutôt si : elle n'est plus malade, ou feint de ne plus l'être depuis qu'elle a découvert l'homéopathie enseignée à Paris par un Allemand. Ne me demandez pas en quoi cela consiste.

— Je voudrais surtout vous demander de me raconter nos secrets de famille, enfin ! laissa alors tomber Hortense en regardant fixement Delphine.

Celle-ci ne cilla pas. La discussion orageuse qui avait suivi la visite du cavalier noir avait abouti à la conclusion que c'était à Léon de raconter ces secrets à sa nièce. Après tout, n'était-ce pas l'histoire de sa famille ? Delphine n'avait pas bien vécu le réquisitoire de la jeune fille à la suite de la visite de Magloire de Fleury. Elle l'accusait de trahison, mais Delphine s'était refusée à raconter l'histoire. La sienne lui suffisait et la dire à la jeune fille n'avait de sens que si elle connaissait l'ensemble des événements.

Delphine avait seulement promis qu'elle l'appuierait dans cette démarche auprès de son oncle lorsqu'il viendrait à Clermont, tout en se demandant comment elle gérerait sa propre vérité. Finirait-elle par l'avouer à Léon ? Elle n'en savait toujours rien !

Perplexe, Léon observait sa nièce du coin de l'œil. Elle semblait déterminée et il la connaissait assez pour savoir qu'elle ne le lâcherait pas. Il se demandait simplement pourquoi maintenant. Quel événement était-il intervenu ? Il chercha la réponse du côté de Delphine qui se déroba en prétextant qu'elle devait voir Paulin à propos du déjeuner. Thomas la suivit.

— Pourquoi faut-il se tourner vers le passé ? commença Léon. A votre âge, c'est plutôt l'avenir qui devrait vous intéresser.

— Inutile de fuir, répliqua Hortense, je veux savoir, c'est tout, savoir ce qu'a fait mon père pour être rejeté par la famille de ma mère, ce qu'a fait ma mère, pourquoi ce Magloire de Fleury vous fait peur... Savez-vous qu'il est venu ici voir madame Beaumont ?

— Magloire, ici ? Que me dites-vous là ?

— La vérité, rien que la vérité.

A cet instant, Delphine revint et annonça qu'ils allaient passer à table.

— Je ne sais pas si je vais rester, dit Léon, visiblement contrarié.

Delphine savait que lorsqu'il avait les joues en feu, il était furieux. Cela ne l'empêcha pas de persifler avec une ironie dans le regard :

— Vous fuyez déjà ? Thomas, à table !

— Non, j'ai besoin qu'on m'explique certaines choses, murmura Léon.

— Nous vous les expliquerons, dit Delphine avec une froideur qui le surprit.

Il soupira, puis fit bonne figure à table où la chère était délicate. Pauline aimait beaucoup monsieur Léon, et les girolles qu'il avait apportées accompagnaient délicieusement le rôti de veau ; quand le saint-nectaire fut entamé, gras, coulant et gouleyant, la bonne humeur était presque revenue. Thomas prit alors son air suppliant pour demander à Delphine s'il était possible qu'Hippolyte aille à l'école avec lui, cela lui ferait tellement plaisir !

— Et, ajouta-t-il, je serais alors heureux et moins malheureux de vous quitter !

— Que tout cela est bien dit ! commenta Léon qui avait presque oublié son différend avec Delphine.

— Thomas n'a pas compris qu'Hippolyte travaille pour sa mère et que s'il allait en classe, cela mettrait en péril les finances de la famille, dit posément Delphine. J'ajouterai, outre cette question, que sa sœur, un vrai dragon, ne verrait certainement pas cette affaire d'un bon œil.

— Le dragon, comme vous dites, ne peut pas empêcher tout de même qu'on aide son frère, protesta Hortense, non sans véhémence.

Le sujet lui tenait à cœur plus qu'elle n'aurait su l'expliquer.

— Un dragon ? s'exclama Léon qui avait perçu l'agacement de sa nièce. Présentez-moi cette mégère !

— D'autres s'occupent déjà d'elle, répondit Hortense qui, consciente de la rudesse de son ton, chercha à l'atténuer avec un sourire.

— S'il ne s'agit que d'argent, je peux aider cet

enfant ! répliqua Léon qui visiblement tentait d'amadouer tout le monde.

— Nous verrons, répondit prudemment Delphine. Et vous, Thomas, Amédée vient pour une dictée et du calcul, soyez prêt pour me faire honneur ! Paulin, servez le gland doux dans mon boudoir, nous avons à parler avec monsieur Léon et mademoiselle Hortense.

— Et moi ?

— Vous, vous allez travailler !

Thomas, qui en avait gros sur le cœur, soupira en les regardant fermer la porte derrière eux.

— Commencez, dit lâchement Léon, je vais au fumoir, je serai mieux après avoir fumé un cigare.

— Quel courage ! Votre cigare attendra.

— Alors ? dit Hortense avec impatience quand ils furent installés dans les petites bergères tapissées d'un bleu très doux assorti à la toile qui tendait les murs.

Deux vues de Venise les ornaient, ainsi qu'un joli bouquet de fleurs champêtres qui avait été peint par la grand-mère de Delphine.

— Vous m'interromprez si je me trompe, avertit Delphine en regardant Léon dont les mains nerveuses pianotaient sur les accoudoirs de son fauteuil.

— Certainement.

— Alors ? répéta Hortense dont l'impatience grandissait.

— Il faut situer tous les personnages. Nous sommes dans les années vingt, quand le roi Charles a remplacé son frère Louis. On ne parle que des amours de Chateaubriand, on lit les poèmes d'un jeune homme qui s'appelle Lamartine...

— Aux faits, aux faits, murmura Léon en tirant sur la chaîne de sa montre.

— Oui, j'y viens. Votre mère est fiancée à Magloire de Fleury...

— Le cavalier noir ?

Hortense était ébahie.

— Ils s'aiment depuis l'enfance. Nous nous amusons beaucoup, insouciants, heureux, la vie devant nous, promenades, chasse, pêche, et puis un jour, un bal, une distraction parmi tant d'autres... Votre grand-mère ne rechignait pas à l'époque à organiser de belles fêtes, n'est-ce pas, Léon ?

— Oui, répondit prudemment l'oncle d'Hortense qui avait étendu ses jambes devant lui avec une nonchalance feinte.

Ses bottines vernies portaient des traces claires ; Hortense reconnut la terre du parc de Bellemaison.

— Votre mère était très belle, peut-être particulièrement ce soir-là. L'amour, sans doute. Son fiancé était plus empressé que jamais, beau comme un astre, lui aussi, avec ses cheveux noirs, sa peau mate, son regard brillant, sa fine moustache, son bel habit, magnifique et amoureux... Il ne regardait aucune autre femme que votre mère. Elle avait une robe ciel ou plutôt perle qui mettait en valeur sa peau blanche, à la mode des années vingt qui nous laissait une certaine liberté, avec la taille haute, avant les corsets...

— Nous y sommes jusqu'au dîner, murmura Léon en lissant sa moustache, un geste qui témoignait toujours chez lui d'une certaine nervosité.

— Alors, racontez vous-même, se fâcha Delphine. La vérité ne se dit pas de façon abrupte.

— Soit, je me tais.

— Votre mère ne regardait que lui, le bal battait son plein quand arriva Maxime Préaumont, on ne savait d'où, invité on ne savait par qui. On a dit, ensuite, qu'il venait de Paris, qu'il fréquentait les amis de madame Adélaïde, ou plutôt l'architecte qui surveillait les travaux au château. Bref, tous les regards furent aimantés par lui aussitôt, même ceux des jeunes filles, en dépit de leur bonne éducation qui leur enseignait de garder les yeux baissés ! Il fumait, buvait, dansait, parlait fort avec ses amis quand soudain, il traversa la salle que vous connaissez, passa devant le petit orchestre et vint se planter devant Magloire. J'étais tout près, je m'en souviendrai toute ma vie : « Puis-je vous emprunter votre fiancée ? » Surpris, car bien peu se risquaient à lui demander cette faveur, Magloire le toisa et répondit : « Mais qui êtes-vous ? – Maxime Préaumont. – Mais encore ? – Je vous ai dit mon nom, je n'ai pas à vous raconter ma vie pour danser avec votre fiancée. » Magloire hésita et jugea sans doute ridicule d'insister, voire de résister. Votre mère n'avait rien dit, les filles étaient beaucoup plus réservées qu'aujourd'hui...

— George Sand ne leur avait pas encore mis dans la tête des idées sur leur pauvre condition, plaisanta Léon.

— Elle jeta cependant un dernier regard à Magloire, poursuivait déjà Delphine qui n'entendait pas se laisser interrompre, quand elle posa sa main sur celle de Maxime, elle parut hésiter un instant, mais la main la tenait déjà fermement et ils avancèrent côte à côte. Il y eut comme un malaise, les gens interrompirent leur conversation, le couple insolite, enfin, inédit, était devenu le centre d'intérêt de la soirée.

— Et alors, ma mère a préféré mon père, où est le scandale ?

— Scandale ? Mais plus qu'un scandale, un coup de tonnerre, répondit aussitôt Léon qui s'était redressé dans son fauteuil. Un coup de tonnerre sur notre société bien ordonnée, où les enfants devaient épouser ceux des amis que l'on connaissait depuis toujours, et quand ces mariages, plus ou moins arrangés de longue date, coïncidaient avec l'amour fou, ce qui était le cas pour Magloire, une rupture tournait au drame !

— Quel drame ? Magloire a été abandonné, mon père a été préféré au cavalier noir sinistre…

— Mais il ne l'était pas, sinistre, dit Delphine, il l'est devenu.

— S'il aimait ma mère, ce fut une déception, mais un drame ?

— Attendez la suite. Votre mère avoua à ses parents qu'elle ne voulait plus épouser Magloire, mais Maxime, ce Maxime dont personne ne savait rien. Vous imaginez l'état de votre grand-mère, elle hurla que de son vivant… je vous passe la suite, alors que votre grand-père fut plus compréhensif.

— Trois jours après, Julie avait disparu, le scandale était consommé.

— Oui, mais alors après ? L'oncle Joseph ?

— Le jumeau de votre mère…

La voix de Delphine avait faibli. Léon la regarda. Il savait qu'elle n'oublierait jamais son frère, que jamais elle ne se consolerait tout à fait, mais il la sentait différente tout à coup.

— Excusez-moi, se remémorer ces souvenirs n'est pas chose facile, j'en ai les larmes aux yeux.

— Delphine a été mêlée à cette affaire, en effet ; je

vais prendre le relais, fit doucement Léon, soudain apaisé, presque heureux de dire enfin cette vérité qu'il ne pouvait plus cacher à sa nièce. Un matin, tandis que Magloire parcourait comme un fou la forêt de long en large, crevant ses chevaux des heures durant pour évacuer sa hargne et son désespoir – depuis le départ de ma sœur, il avait déjà adopté sa tenue noire comme s'il portait le deuil –, il aperçoit Joseph au détour d'une allée cavalière. Il fait galoper son cheval à coups d'éperon brutaux, comme il savait le faire et le fait encore, rattrape Joseph et l'oblige à s'arrêter en mettant sa monture en travers. « Votre sœur est une putain ! » lance-t-il d'une voix si forte que les deux montures s'affolent, hennissent, ruent et manquent de jeter par terre les cavaliers. « Votre sœur est une putain ! » répète Magloire hors de lui.

— Oui, on aurait cru que ses yeux jetaient des flammes. Il avait maigri, il était effrayant, un peu comme un spectre avec un regard qui suait la haine !

— Vous étiez là ?

— Oui, répondit Delphine d'une voix rauque. Joseph était mon fiancé et j'en étais, moi aussi, follement amoureuse. Joseph, devenu si pâle, a balbutié : « Je ne vous permets pas », et il a ajouté : « Je vous enverrai mes témoins, monsieur. »

— Votre fiancé ? Un duel ?

— Joseph avait le sang chaud, ce duel était une folie, une folie d'un autre âge bien que le duel ait encore cours et fasse même parfois fureur ! Mais le nom et l'honneur de sa famille étaient outragés. J'ai parlementé avec Joseph ; cependant, pour lui, il était hors de question de ne pas laver l'affront. Et Magloire avait accepté le défi, comment reculer ?

— Tous deux, fins chasseurs, se sont accordés

pour choisir le pistolet. Les règles ont été parfaitement respectées.

Léon fit une pause. Il revoyait la scène. Il y était. Comment pourrait-il l'oublier ? Il poursuivit ; son émotion était perceptible.

— Selon la règle, aucun des deux ne connaissait l'arme qui lui était présentée ; ils s'étaient habillés tous deux en noir, avaient pris soin de cacher leur chaîne de montre pour ne pas offrir de point de mire... On aurait cru qu'ils avaient fait cela toute leur vie ! C'était un matin après une nuit de pleine lune, un matin humide et blême à l'heure où tout se confond encore dans une tendre nébulosité.

Léon soupira.

— Jamais je n'oublierai les odeurs de ce matin-là. Les champignons, la mousse, l'herbe, les glands qui craquaient sous nos pieds...

Hortense fixa intensément son oncle. Il s'était tassé dans la petite bergère bleue. Elle crut qu'il allait interrompre le récit qui lui pesait tant subitement. Il regarda à son tour sa nièce, se redressa, presque honteux de cet instant de faiblesse, et poursuivit d'une voix imperceptiblement changée :

— Ils ont marché trente pas, se sont arrêtés, retournés, la poitrine effacée, le pistolet en joue, un témoin a tapé trois fois dans ses mains et ils ont tiré. Mon frère s'est effondré, il avait reçu une balle près du cœur, il vomissait des flots de sang. Il avait seulement blessé Magloire au bras. Magloire n'avait pas manqué sa proie, Joseph avait peut-être été plus émotif, plus vulnérable.

— Je suis sûre que Magloire ne voulait pas le tuer, dit aussitôt Delphine. Mon frère, qui était le témoin de Joseph, me l'a toujours assuré.

— Vous l'aurez toujours excusé ! Pourtant, il a ruiné votre vie, répondit Léon. Affolé, visiblement dépassé par la tournure que prenaient les événements, Magloire m'a aidé à porter Joseph jusqu'au cabriolet que j'avais amené dans la petite clairière.

— Me montrerez-vous l'endroit ? interrogea Hortense dont l'impatience s'était muée en incrédulité.

Elle avait besoin de voir les lieux pour croire à cette histoire incroyable.

— Oui, peut-être. Tout cela est si loin, mais si douloureux ! J'ai fouetté le cheval et j'ai emmené Joseph chez Paul Boispré, le médecin de votre grand-mère, tout juste installé à Randan. Il n'a pu que constater sa mort. Puis ce fut le retour à Bellemaison. Le jour s'était levé, splendide, le parc bruissait de mille sons, la nature n'allait pas s'arrêter au passage des roues bruyantes d'un cabriolet qui ramenait, mort, l'enfant de la maison. Vous savez tout.

— Non, vous ne savez pas tout !

Etonné, Léon, qui croyait en avoir fini et avait déjà porté un cigare à ses lèvres, regarda Delphine, puis Hortense. Qu'avait-il oublié ? Il se sentait vidé comme après une longue chevauchée. Il avait des fourmis dans les jambes et besoin d'air.

— La réputation de votre oncle et frère, dont la légende a presque fait un chevalier sans peur ni reproche, n'est peut-être pas méritée. Certains ont même cru rappeler la légende de Bayard à Randan ! Après tout, je ne connais pas la vie intime du preux chevalier du Moyen Age qui venait, paraît-il, y visiter la dame de ses pensées. Il faudrait demander des détails à notre historien, Armand Dupin...

— Il suffit, maintenant, Delphine, l'interrompit

Léon qui bouillait dans son fauteuil. Vos insinuations sont odieuses. Comment pouvez-vous salir la mémoire de mon frère, qui était aussi votre fiancé ?

Delphine prit son temps pour s'armer de courage et déballa calmement la vérité comme elle l'avait fait quelques semaines plus tôt devant Magloire de Fleury. Mais si ce dernier avait été surpris, Léon tomba d'encore plus haut et protesta d'abord qu'il ne voulait y croire, que si Delphine devait mettre de telles idées dans la tête d'Hortense, il allait la ramener sur-le-champ à Bellemaison.

Sereine, heureuse elle aussi d'avoir dit sa vérité, Delphine laissa passer l'orage, puis reprit doucement :

— J'ajouterai que votre mère n'aura jamais revu ses parents. Elle est venue un jour pour présenter ses jumeaux – votre frère et vous – et votre grand-mère a refusé de la recevoir. Elle est morte quelque temps après.

— Je crois que votre grand-mère ne s'en consolera jamais, bien qu'elle le cache sous une carapace de froideur et de raideur. Mais je vous rappelle qu'en peu de temps, elle avait perdu et son fils, et sa fille !

— C'est pour cela qu'elle ne me pardonne rien ? demanda timidement Hortense, réellement soulagée d'être enfin informée. Mais c'est une histoire de roman, je n'ai rien lu d'aussi romantique, coup de foudre, duel, amour et mort...

— Vous avez raison, à ceci près que des personnes réelles ont vraiment souffert.

Léon se leva, secoua ses jambes pour remettre en place son pantalon de toile de laine beige tendu sous le pied par un élastique. Il avait besoin de digérer cette histoire.

— Il faut que je prenne l'air, dit-il, mais, cela

détendra un peu l'atmosphère, je voudrais vous donner les cadeaux que je vous ai rapportés de Paris.

Il alla chercher deux cartons que Paulin avait posés dans le vestibule et sur lesquels était inscrit « Révillon ».

— Voilà, dit-il.

Il n'avait pas imaginé que ces cadeaux seraient offerts dans de telles circonstances, mais il ressentait le besoin d'exorciser la situation créée par les révélations de Delphine.

— Qu'est-ce que c'est ?

— Regardez !

— Oh ! firent en même temps les deux femmes en déballant un manchon où elles glissèrent aussitôt leurs mains.

— J'ai découvert la maison Révillon qui fait des fourrures accessibles à toutes les bourses en important des peaux d'Amérique. Pour vous, Hortense, c'est du sconse, je ne sais pas si votre ami Buffon en parle ; et pour vous, Delphine, c'est de l'opossum.

Léon avait sorti un petit papier sur lequel il avait inscrit les noms de ces fourrures dont il ignorait l'existence en entrant dans cette boutique fondée par un certain Victor Révillon, quelques années plus tôt, dans l'illustre maison Givelet.

— Quelle douceur ! Nous n'aurons pas froid aux mains cet hiver, jubila Hortense, soudain ramenée à des préoccupations légères.

— Oui, acquiesça Delphine en soupirant.

Elle aurait aimé demander à Léon quelle femme lui avait fait découvrir la boutique parisienne, et s'il n'avait pas acheté un troisième manchon.

Elle n'osa pas et embrassa tendrement Léon avant qu'il ne saisisse sa canne à pommeau d'argent pour sortir. Il se sentait oppressé ; Delphine le regarda descendre à vive allure l'escalier et entendit son pas sous le porche.

Ce secret lui pesait et le partager l'avait soulagée. Léon devrait admettre que son frère tellement idéalisé pouvait avoir failli. Hortense avait emporté son manchon dans sa chambre et Delphine imagina qu'elle confiait ses impressions au journal intime qu'elle tenait maintenant chaque jour. Elle fut cependant surprise de la voir réapparaître très vite et de l'entendre dire avec exaltation :

— Un coup de foudre, cela doit être extraordinaire ! Croyez-vous que cela m'arrivera ?

12

Anatole était inquiet. Alice n'était pas venue à l'atelier depuis une semaine. Monsieur Barbier disait qu'elle lui avait parlé d'une absence sans donner de raison précise. Il n'avait pu s'y opposer et s'il avait tout de même annoncé qu'il n'était pas sûr de pouvoir la reprendre, elle avait allégué ses droits d'un ton si péremptoire qu'il n'avait pas insisté.

« Votre petite socialiste ne s'en laisse pas conter, mais comme je ne suis pas un mauvais bougre et que c'est une bonne ouvrière... Elle ne vous a rien dit ? »

Dépité, Anatole avait confirmé qu'il n'était au courant de rien et monsieur Barbier avait souri : il savait que les relations entre son ingénieur et la petite n'étaient pas un long fleuve tranquille. Voilà ce que c'était d'aimer une femme de caractère, lui aussi connaissait !

D'abord armé de patience, Anatole avait rongé son frein, seul, en prétextant qu'Alice était fatiguée quand ses amis Amédée et Armand s'étaient inquiétés de ne plus la voir, puis il était allé rue des Petits-Gras où sa mère n'en savait pas davantage, suggérant seulement qu'elle avait dû se faire enlever par un gars et partir elle ignorait où, ce qui n'avait pas vraiment rassuré le jeune homme.

« Et toi, Hippolyte, elle ne t'a rien dit ? »

Le garçon avait secoué la tête négativement. Il avait seulement vu un matin qu'elle avait serré quelques affaires – cela ne devait pas être grand-chose car il ne lui connaissait que deux robes et sa blouse – dans un sac de pommes de terre ; depuis, elle n'était pas revenue.

Anatole était alors allé attendre Pasquine à la sortie de son atelier, mais la jeune femme avait aussi disparu, depuis quelques jours selon ses compagnons ; le patron était furieux, comme avait dit l'un d'eux, et elle avait perdu sa place !

« Le travail ne manque pas, elle en retrouvera bien, avait ricané un autre. Un de perdu, dix de retrouvés, pas vrai, monsieur Anatole ? C'est la même chose pour les filles. Vous voilà bien tranquille, parce qu'Alice, elle est pas commode ! »

L'homme était là le soir de l'absinthe et il avait souvent vu Anatole avec Alice. Voir « monsieur l'ingénieur qui couchait avec une ouvrière » abandonné n'était pas pour lui déplaire. La jalousie serait toujours un des ressorts des relations humaines !

Après un hiver où la neige avait multiplié ses assauts sur la ville et passablement entravé l'activité, le printemps s'installait doucement. Amédée avait entraîné Anatole pour lui faire découvrir ses effets sur les arbres de la ville et dans le jardin botanique. Mais si Armand était toujours friand d'informations – car il avait entrepris d'identifier la flore des chapiteaux de la cathédrale pour en faire un mémoire qu'il présenterait à l'Académie, il avait même entraîné Hortense dans cette tâche qui amusait la jeune fille –, Anatole était peu sensible à la nature.

Les trois amis se retrouvaient souvent le soir au café de Paris, un établissement récent qui donnait sur la place de Jaude et dont certains disaient que c'était un peu l'âme de la ville, puisqu'on y voyait aussi bien les édiles que des personnalités du monde économique ; il n'était pas rare que le comte de Morny, député du Puy-de-Dôme, y passât quelques instants avant de rentrer chez lui, rue Bansac. Billards et filles aguichantes attiraient autant le chaland que les conversations de comptoir des clients toujours prêts à commenter les travaux qui, en face, allaient offrir une belle percée vers Chamalières, la propreté ou la saleté de la ville, les ornières des rues ou le marché aux chevaux et aux bêtes. Ce marché occupait depuis le siècle précédent ce grand espace où les Clermontois ne craignaient pas de déambuler bien qu'il fût souvent à l'état de cloaque peu engageant. Il y avait aussi, à deux pas, les entrepreneurs de spectacles qui s'installaient Aux Petits Arbres, devant la préfecture, et qui venaient occasionnellement régaler les clients.

Mais ses amis avaient beau faire, rien ne détournait Anatole de son problème, ni les ragots sur les marchés douteux de la halle aux toiles qui se trouvait en face du café, ni les chiffres faramineux de mètres de toile – certains avançaient quarante mille – vendus pendant les foires, ni le récit du vieux qui racontait le détournement de la place du ruisseau des tanneurs, ni une fille, une certaine Claude, en quête insistante d'aventure.

Obsédé, Anatole quittait l'établissement pour retourner inlassablement à l'épicerie rue des Petits-Gras où la mère d'Alice levait le poing en maudissant le ciel de lui avoir donné une fille qui n'en faisait qu'à sa tête avec cette Pasquine, qu'elle-même n'aimait guère. Et Hippolyte, l'air buté, ne disait rien sauf, comme un refrain : « Tu as lu ce livre ? »

Hippolyte n'avait cure des histoires de sa sœur. Pendant l'hiver, Thomas, avec l'aide d'Amédée, lui avait appris à lire et le garçon s'était révélé doué. A présent, il se promenait constamment un livre sous le bras et, dès qu'il avait un instant, s'y plongeait avec délectation. Anatole le regarda. Il devait apprendre des choses dont il n'aurait rien à faire, mais il comprenait aisément son bonheur ; si on pouvait le sortir de là, ce serait un miracle.

— Regardez, monsieur Anatole, ce qu'on lui a mis dans la tête ! Pendant ce temps, les pommes de terre ne sont pas triées ! Est-ce que je lis, moi ? En plus, il se crève les yeux – je n'ai pas les moyens de lui offrir des chandelles. Pas vrai, monsieur Anatole, que les yeux, c'est important ? Quand il aura mon âge et qu'il ne pourra plus voir les chiffres sur les poids de la balance, il se fera voler par les clients qui ne sont pas toujours honnêtes, vous savez !

Comme si le seul avenir du garçon était entre ces murs crasseux, à vendre pour trois sous des poires ou des poireaux ! Sa mère, qui n'en était jamais sortie, ne pouvait imaginer autre chose. Pas vraiment soucieux du lendemain, plutôt indifférent aux récriminations de sa mère, Hippolyte haussait les épaules et se levait avec nonchalance du sac de pommes qui lui servait de siège.

— J'y vais, j'y vais.

— Moi aussi. Si elle revient, tu viens me le dire… vite ! Tu sais où j'habite ?

— Oui, ne t'inquiète pas !

— Ah ! voilà notre ami à la mine déconfite ! dit Armand quand Anatole entra dans le salon.

— Déconfite, déconfite, ronchonna-t-il en baisant avec nonchalance la main de Delphine.

— Il a perdu son Alice, dit dans son dos Amédée avec un grand sourire.

— Il a perdu son Alice, répéta Hortense, rêveuse.

On était mardi, jour de dîner rue Pascal, où les invités avaient deux sujets de conversation. Le premier serait vite épuisé : il s'agissait du remplacement des écriteaux indicateurs des noms des rues en tôle peinte ou en fer par des plaques émaillées à fond bleu et lettres blanches. Celle de la rue Pascal avait été mise en place le jour même, cela n'avait pas échappé à Thomas quand il était rentré de l'école ; il avait fait sortir tous les habitants du 10 pour constater la nouveauté. Le sujet ne laissait personne indifférent. Les avis n'étaient pas unanimes, les uns trouvant ce bleu incongru, d'autres les lettres trop petites, d'où une remarque de la part de Thomas Degeorge qui avait déclenché l'hilarité de tous avant l'arrivée d'Anatole : « Vous savez, à partir d'un certain âge, les lettres des journaux, des livres ou des écriteaux dans la rue vous semblent de plus en plus petites, et les marches des escaliers de plus en plus hautes ! »

Plus que pour ses réflexions sur les méfaits inévitables de la vieillesse, le peintre Degeorge avait été convié pour fêter l'achèvement du portrait du petit Thomas. Trônant sur un chevalet, il faisait l'admiration de tous et le modèle se rengorgeait, heureux de voir fini le supplice des séances de pose, mais surtout fou de joie à l'idée que le tableau serait en bonne place dans la chambre de Madel, qui était pour lui le plus mystérieux et le plus merveilleux des endroits.

— C'est bien lui !

— Comme il a l'air sérieux !

— L'œil est vif, il ne lui manque que la parole.

— Montre-nous comme tu es élégant.

Amédée avait bien remarqué que Thomas arborait le costume porté dans le portrait.

— Maintenant j'ai le droit de le porter et ce soir, je dîne avec vous.

Il serrait, comme des trésors, les deux balles que madame Daubrée avait apportées pour lui. Il avait hâte de descendre dans la cour pour jongler avec. Ce serait pour le lendemain. Ce soir, c'était le bonheur. Delphine avait prié le garçon de se joindre à la table des invités. Depuis le temps qu'il en rêvait ! Il allait de l'un à l'autre, saisissant des bribes de conversations, mettant son grain de sel là, puis ailleurs, avec naturel, s'adaptant aisément à chacun de ses interlocuteurs, grappillant avec appétit un mot, un autre.

— Hippolyte ne t'a pas dit où est Alice ? l'interrogea Anatole, incapable de faire abstraction de son inquiétude.

— Non.

— Tu es sûr ?

Il savait que les deux garçons passaient beaucoup de temps ensemble et qu'ils étaient en train de devenir des amis « à la vie, à la mort », comme disait Thomas qui avait introduit Hippolyte dans le groupe de ses anciens amis, que Madel recevait une fois par mois, avec les nouveaux de l'école des Frères.

— Oui, oui, confirma Thomas.

— Je suis certain que tu sais quelque chose, insistait

Anatole qui ressentait un léger trouble chez l'enfant qu'il connaissait bien.

— Voilà : je sais qu'elle est à Paris, elle l'a dit à Hippolyte, mais c'est tout.

— Qu'est-ce qu'elle fait à Paris ?

Guère plus avancé, Anatole remercia cependant Thomas. C'était toujours cela, et il se promit de dire deux mots à Hippolyte qui lui avait caché cette première information. Paris, Paris, mais qu'est-ce qu'elle faisait à Paris ?

— Venez, Anatole, nous passons à table.

Hortense avait glissé la main sous son bras ; il sentit son épaule frôler la sienne et même une de ses anglaises à proximité de sa joue.

— Et moi ?

C'était Armand qui se précipitait pour prendre l'autre bras d'Hortense, mais Amédée le retint.

— Laisse Hortense consoler Anatole, elle en rêve !

— Ah ! tu crois ? fit Armand dépité.

— Oui, j'en suis sûr, depuis le temps qu'elle le dévore des yeux.

Armand regarda le couple spontanément formé passer la porte de la salle à manger. Ils avaient la même taille car Hortense était grande pour une femme, même si à lui, beaucoup plus grand, elle semblait presque petite.

— Tu ne vas pas me dire que tu es amoureux, murmura près de lui Amédée.

— Non, bien sûr, fit l'autre avec un petit agacement.

Il avait découvert Hortense pendant l'hiver au cours des séances où ils avaient tenté d'observer les chapiteaux de la cathédrale. Il adorait la voir arriver emmitouflée, les mains dans son manchon, car il faisait un froid épouvantable dans l'édifice. Quand il l'avait entraînée dans le triforium, où elle avait le vertige, il l'avait sentie si fragile qu'il en avait été ému. Ils avaient passé beaucoup de temps à repérer les motifs, lui dessinant chaque fleur, chaque plante, pendant qu'elle tentait de les identifier avec les planches des ouvrages de Buffon empruntés à la bibliothèque de monsieur Beaumont. Les sculpteurs du XIIIe siècle et surtout ceux qui avaient orné les corbeilles de la nef au XIVe siècle avaient manifestement cherché leur inspiration dans la nature, et Armand aurait voulu identifier chaque plante, en espérant peut-être préciser l'origine des artistes en fonction de l'implantation géographique de la végétation. Il comptait beaucoup sur Amédée pour l'aider dans cette tâche et se réjouissait de présenter ces travaux un jour prochain à l'Académie des sciences, belles-lettres et arts de la ville, qui, après un long sommeil au début du siècle, connaissait une certaine renaissance.

— A table ! A qui rêvez-vous, Armand ? Amédée, prenez Thomas près de vous, monsieur Degeorge, près de madame Daubrée, disait Delphine, appelant aussi à ses côtés Lecoq et Verdier-Latour, le maire, qui acceptait parfois ses invitations. Je suis assise ; Pauline va encore dire que nous faisons attendre ses plats.

Hortense et Anatole lui faisaient face. Armand vint s'asseoir de l'autre côté de la jeune fille. Il aurait voulu accaparer son attention en lui rappelant qu'il l'attendait le lendemain dans la sacristie des chanoines, où il avait des choses intéressantes à lui montrer. Hortense acquiesça mais se tourna vers son autre voisin. Il l'entendit lui demander s'il savait où pouvait bien être Alice ; Anatole répondit qu'elle serait à Paris, mais qu'il ne savait pas ce qu'elle y faisait.

Paulin apportait déjà le potage, un consommé de volaille qu'il servit avec précaution ; quand chacun eut commencé à déguster le précieux liquide, il remplit avec autant d'application les verres d'un vin de Juliénas que monsieur Beaumont avait commandé quelques années plus tôt. Paulin avait annoncé à la maîtresse de maison que c'étaient les dernières bouteilles.

Il n'y avait pas plus habile que Delphine pour faire parler ses invités et faire en sorte qu'une conversation générale se développe avec des sujets intéressant chacun. Elle redoutait particulièrement les apartés entre les voisins de table qui semblaient faire abstraction de l'entourage. Quand elle vit Hortense se pencher vers Anatole, elle perçut un danger imminent. Elle avait évidemment entendu qu'Alice avait disparu... et Delphine redoutait les emballements de la jeune fille.

Les secrets de sa famille avaient embrasé son imagination et elle ne rêvait plus que de coup de foudre. Il avait fallu toute l'autorité de Delphine pour qu'elle mène une vie normale ou presque. Ses relations avec les hommes avaient pris un tour passionné que Delphine tentait de réfréner. Madame Beaumont était et serait toute sa vie une femme du monde respectueuse des usages en dépit de sa liberté de ton et d'un regard sans illusion sur le genre humain. Non, elle ne laisserait pas Hortense se jeter à la tête de tous les garçons de son âge comme elle aurait été tentée de le faire. Le coup de foudre, ce n'était pas cela, et puis ce n'était pas héréditaire. Delphine avait aussi parlé de cet amour qui naît tout doucement, sans qu'on y prenne garde.

Elle soupira. N'était-ce pas justement ce qui attirait Hortense vers Anatole ? La jeune fille avait transformé la chambre aux pipistrelles en bibliothèque ; elle lisait le soir jusqu'à point d'heure et son hôtesse avait peur qu'elle ne mît le feu à la maison depuis qu'elle l'avait surprise en train de lire à une heure du matin, le chandelier posé sur sa poitrine. Elle dévorait tous les romans qui racontaient les histoires d'amour les plus extravagantes. Et Dieu sait que les auteurs contemporains ne manquaient pas d'imagination !

Elle avait en tête leur dernière conversation de l'après-midi.

« A mon âge, ma mère aimait déjà, avait dit Hortense, toute à son inquiétude de ne pas avoir encore rencontré le grand amour.

— Oui, mais ce n'était pas le bon, puisqu'elle n'a jamais épousé son Magloire, comme elle disait. Ne vous emballez pas ! Le grand amour que je croyais vivre, moi, j'en suis revenue.

— Mais quand on est jaloux, cela veut bien dire qu'on aime ? »

Delphine avait soupiré. Elle voyait où la jeune fille voulait en venir.

« Vous voulez parler d'Alice ? » avait-elle interrogé, préférant aller droit au but.

Hortense avait baissé la tête.

« Pourquoi seriez-vous jalouse d'elle ?

— Parce qu'Anatole me plaît bien.

— Et alors ? Vous a-t-il montré davantage d'intérêt que celui qu'on réserve à une amie ? Et Alice, cette ouvrière, que lui enviez-vous ? De se lever chaque matin à l'aube pour aller travailler ? Ses pauvres robes cachées sous la blouse rapiécée de l'ouvrière ? Devrais-je vous dire que vous êtes une enfant gâtée ?

— Qui a perdu sa mère à l'âge de deux ans ? Qui n'a pas vu son frère jumeau depuis des années ? Qui ne reverra peut-être jamais son père ? Que sa grand-mère déteste ? »

Avec Hortense, les discussions dérapaient rapidement, et Delphine s'y usait. Thomas n'aimait pas que le ton monte entre les deux femmes et Pauline ne manquait pas de lever les yeux au ciel dans sa cuisine en proclamant que des claques se perdaient. Après tout, Delphine n'était pas la mère de la jeune fille et, au fond, cela l'amusait. Elle l'avait bien menacée de la renvoyer à Randan, mais Hortense avait tant à faire à Clermont qu'elle aurait eu du mal à renoncer à ses activités.

— Alors, monsieur Daubrée, quelles sont vos dernières trouvailles ? lança précipitamment la maîtresse de maison après un dernier coup d'œil à Hortense dont les joues empourprées disaient assez l'excitation.

Paulin servait les poulardes de Bresse dont le fumet se répandait dans la salle à manger.

Avec sa barbe à peine grisonnante, son front légèrement dégarni où il ramenait quelques mèches, ses traits réguliers autour d'un nez qui accusait une petite bosse, Edouard Daubrée avait de l'autorité. Affable, il ne faisait pas mystère de ses affaires florissantes, surtout depuis qu'un certain Goodyear, en mélangeant du soufre à la gomme de caoutchouc, l'avait rendue à la fois plus souple et plus résistante [1]. Et comme, avec son associé Aristide Barbier, ils étaient des bricoleurs de génie, ils avaient encore amélioré le procédé.

— Avec le caoutchouc, nous pouvons presque tout faire, n'est-ce pas, Anatole ? A Paris, je connais un atelier où on fabrique des canules, des pessaires et

1. Le terme de « vulcanisation » apparaîtra en 1853.

même, je ne voudrais pas choquer les jeunes oreilles, comment dire, des ceintures de chasteté...

— Edouard, je vous en prie !

Elisabeth Daubrée, d'origine anglaise, avait conservé un léger accent qui lui donnait un charme fou. Sa blondeur exaltée par une coiffure dont le chignon imposant était atténué par de fines bouclettes, ses traits délicats et surtout ses yeux clairs et francs attiraient le regard. Mais qui ne l'avait pas vue au travail dans l'atelier de gomme élastique à Chantoing ne pouvait mesurer les qualités de cette femme qui était tout, sauf une mondaine. Anatole l'admirait avec son petit bonnet destiné à retenir les mèches folles et sa jupe de laine quand elle tranchait le caoutchouc avec autant d'efficacité que d'autorité pour préparer le travail des jeunes ouvrières. Et il savait combien Alice la respectait.

— Nous, nous nous contentons de balles mais aussi de rondelles, de clapets, de ressorts ; le chemin de fer offre des possibilités que nous entendons bien exploiter. Monsieur le maire, quand aurons-nous le train à Clermont-Ferrand ?

Interpellé, Junius Verdier-Latour prit le temps d'avaler une bouchée de l'excellente poularde pour laquelle son épouse avait demandé l'adresse du volailler qui l'avait fournie.

— Nous nous en occupons, finit-il par dire.

— Mais encore ? demanda Edouard Daubrée que les réponses fuyantes des politiques ne pouvaient satisfaire. Le progrès est indispensable à l'homme. Nous ne pouvons continuer à mettre cinquante heures pour rallier Paris en diligence !

— Seulement trente-six en malle-poste.

— Mais ô combien pénibles. Monsieur le maire, avez-vous au moins essayé le train ?

— Non, je l'avoue !

— Quand vous l'aurez essayé, vous n'envisagerez plus que votre ville ne l'ait pas !

— Je dois tout de même veiller à la santé de mes concitoyens. Monsieur Arago ne prétend-il pas que ces fameux tunnels nécessaires au chemin de fer pour passer les montagnes et les collines donneraient des catarrhes et des fluxions de poitrine ?

— S'il fallait croire ce genre de sornettes, on ne ferait jamais rien ! répliqua Edouard Daubrée avec autorité.

Confus, le maire reprit aussitôt :

— Notre député, le comte de Morny, s'active à Paris. On parle de la ligne du Grand Central qui pourrait venir ici, mais je ne peux croire qu'on ne mettrait que neuf heures et trente-six minutes, comme il le prétend !

— Mais si, monsieur le maire [1] !

Anatole était ravi. Cette conversation le réjouissait et si la jambe d'Hortense ne s'était collée à la sienne, ce qui le troublait davantage qu'il n'aurait pu le croire, il aurait été tout à fait à son aise. Mais il avait beau éloigner sa cuisse, la jeune fille le poursuivait et il commençait à prendre un certain plaisir à l'affaire, tout en réprouvant le culot de sa voisine. La veille, celle-ci avait lu dans un de ces romans dévorés avec appétit que l'héroïne, amoureuse éperdue d'un homme qui ne la regardait pas, avait eu recours à cet expédient. Après quelques essais infructueux, elle sentait la chaleur de la

1. Une ligne de chemin de fer avec une seule voie sera mise en service le 7 mai 1855 entre Clermont et Saint-Germain-des-Fossés.

cuisse d'Anatole et les ondes de désir qu'elle éprouvait correspondaient bien à ce qu'elle avait lu. Peut-être avait-elle un peu trop bu aussi, au point que Delphine avait fait signe à Paulin de ne pas la resservir.

— Mais ne croyez-vous pas qu'il y ait d'autres moyens de transport que le train pour raccourcir la durée des trajets ? Les expériences anglaises...

— Oh ! elles sont toutes concurrencées par le train et tournent court.

— Mais ces diligences à vapeur ?

— Oui.

— J'ai vu fonctionner celle de Hancock entre Paddington et la Cité de Londres. L'état des routes est si pitoyable et les suspensions sont si rudimentaires que ce n'est pas confortable !

— Mais peut-être qu'avec le caoutchouc... dit alors Anatole.

— Ce qui est merveilleux avec Anatole, c'est qu'il voit du caoutchouc partout.

Edouard Daubrée aimait beaucoup son employé qui lui était très attaché. Il faut dire que dans l'atelier de Chantoing régnait un vrai respect pour tous et même si certains, comme la maudite Alice, dénonçaient les salaires trop bas, l'ambiance y était bonne.

— J'ai participé à Paris, je crois que c'était en 1834, à la démonstration faite par un certain Dietz d'une machine à vapeur qui traînait des diligences. Nous sommes partis à quarante personnes, dit le peintre Degeorge qui avait longtemps vécu dans la capitale.

— Comme j'aurais aimé y être !

Anatole bouillait. Hortense se tourna vers lui. Elle aussi n'en pouvait plus.

— Nous sommes partis des Champs-Elysées vers dix heures et quart, je crois, et je peux vous dire que la montée vers l'Arc de triomphe fut dure. Il fallut s'arrêter à Neuilly pour faire le plein d'eau, comme l'avoine pour les chevaux !

— Et puis ? demanda Elisabeth Daubrée que tout intéressait aussi.

— Quand on est arrivés à la côte de Saint-Germain, les gens criaient : « Montera, montera pas… », il y en avait qui prenaient des paris.

— Et alors ? demanda Thomas qui n'en perdait pas une miette.

— Nous l'avons montée, nous étions à douze heures quarante-cinq devant la grille du parc, nous avons déjeuné, puis sommes repartis et là, j'ai eu la peur de ma vie car nous avons mis seulement quatre minutes pour descendre la fameuse côte. On en avait la respiration coupée, il paraît qu'on aurait fait au moins du trente kilomètres à l'heure, plus de sept lieues à l'heure, et nous étions au bas des Champs-Elysées vers seize heures trente.

— Je voudrais bien le faire ! s'écria Thomas que Delphine fustigea du regard.

Ne lui avait-elle pas dit que les enfants ne parlaient pas à table ?

— Ah ! le progrès est toute une aventure, dit Henri Lecoq en lissant ses favoris poivre et sel.

— Oui, mais ces machines sont-elles le progrès ? répliqua Hortense avec une pointe d'agressivité.

Surpris, Anatole la regarda avant de se lancer dans un plaidoyer intense pour les nouveautés au moment où Paulin apportait le dessert.

— Rien ne remplacera le cheval, répliqua cependant Hortense qui ne relâchait pas pour autant sa douce pression sur la cuisse d'Anatole. Et les loueurs de chevaux, les cochers, les palefreniers, les producteurs d'avoine, qu'en ferez-vous ?

— Ils seront remplacés par d'autres métiers, répondit Henri Lecoq. Vous qui êtes si avide d'apprendre, vous me décevriez en refusant ces avancées indéniables pour l'homme.

— Le cheval n'ira jamais plus vite qu'aujourd'hui, il faut bien réfléchir à d'autres moyens ! dit Elisabeth Daubrée qui ajouta : Ce dessert est délicieux. Madame Beaumont, je voudrais vous féliciter pour cette conversation, d'habitude je m'ennuie tant quand les Français à table ne parlent que de nourriture !

— Eh bien ! si vous avez passé un bon moment, j'en suis heureuse, répondit Delphine en se levant. Qui prendra une tasse de gland doux ? Il est tard, Thomas, il faut aller vous coucher. Dites bonsoir à tout le monde !

— Madel, je vous en supplie, encore un moment.

Thomas n'était pas un dormeur et le soir, il fallait toujours batailler pour qu'il consente à aller se coucher. Dormir était pour lui du temps perdu et il n'était pas rare qu'il se relevât et apparût dans sa longue chemise de nuit blanche pour poser une question incongrue.

« Croyez-vous vraiment que la terre est ronde ? »

« Dans *Quentin Durward*, j'ai lu... »

« M'emmènerez-vous un jour à Paris ?

— Allez vous coucher, mettez votre cerveau au repos, il en a grand besoin, vous le surmenez, répondait invariablement Delphine qui ne voulait pas entrer dans son jeu et priait Hortense de ne pas montrer davantage de bonne volonté. Vous devez dormir ; l'oncle Henri a dit que sinon, vous n'aurez plus de mémoire. »

Un argument auquel l'enfant n'était pas insensible.

— Allez vous coucher, répéta Delphine en surveillant Hortense qui ne quittait pas Anatole.

Mais c'était Armand qui lui parlait maintenant. La maîtresse de maison soupira. Peut-être avait-elle joué avec le feu avec ces trois jeunes gens. Heureusement qu'Amédée n'aimait pas les filles, mais l'histoire qui se dessinait l'inquiétait. Hortense était amoureuse d'Anatole qui aimait Alice et Armand montrait de plus en plus d'empressement auprès de la jeune fille qui n'en avait cure. Voilà qui promettait ! Mon Dieu, pourvu que tout cela ne conduise pas à un duel !

Cette idée fit frissonner Delphine. Elle qui était presque parvenue à oublier ces épisodes de sa jeunesse, la visite de Magloire puis le récit à Hortense lui avaient laissé comme un mal-être, preuve que rien n'était enfoui bien loin. La nuit précédente, elle avait même rêvé de Joseph lui offrant un bouquet de delphiniums. Il était si beau, si séduisant ! Quand elle s'était réveillée, elle avait mis du temps à reprendre ses esprits et en avait soudain voulu à la terre entière, même si la vérité était qu'elle avait perdu cet homme. Elle s'était rendormie et avait erré dans un cimetière... un cauchemar qui l'avait poursuivie toute la journée.

— Tout va bien ? demanda près d'elle Henri Lecoq, décidément toujours prévenant.

Elle s'aperçut qu'elle s'était, quelques instants, échappée du salon et murmura :

— Mais oui, mais oui.

Tout près, Armand donnait rendez-vous à Hortense à la cathédrale le lendemain en promettant de lui montrer les planches de dessins achevées et les identifications faites par Amédée.

— Vous ne m'écoutez guère. Etes-vous soucieuse ?

— Non, je pensais seulement que demain, j'irai à une conférence de monsieur Lecoq sur la botanique.

— Alors, je vous attendrai après-demain.

Stoïque, Armand cachait sa déception. Il ne comprit le regard critique d'Amédée qu'une fois qu'Anatole se fut détourné pour parler à Edouard Daubrée. Lui préféra interroger le maire à propos d'un sujet qui lui tenait à cœur. Y avait-il un espoir que la cathédrale, après cinq siècles de léthargie, soit enfin achevée ? La façade miteuse et inadaptée de l'édifice antérieur, conservée faute de moyens il y avait tant de siècles, faisait honte aux Clermontois. Le maire protesta que si quelqu'un était sensibilisé à la question, c'était bien lui, puisque son père, lui-même, avait sauvé l'édifice de la rage destructrice du révolutionnaire Couthon. Mais que faire ? Il avait entendu parler d'un jeune architecte, un certain Viollet-le-Duc, qui reconstruisait la basilique bourguignonne de Vézelay. En tout cas, une aide nationale serait nécessaire, car les finances de la ville ne pourraient pourvoir à un chantier d'une telle importance.

— L'un me parle du chemin de fer pour être moderne, l'autre de notre antique cathédrale... Vous voyez combien il est difficile d'être maire ! ironisa Verdier-Latour, un sourire aux lèvres.

Armand soupira. Hortense qui ne prêtait guère attention à lui, la cathédrale qui resterait inachevée sans doute encore longtemps. La vie n'était pas simple et il l'apprenait chaque jour à ses dépens.

13

Hortense avait passé une nuit agitée. Anatole lui avait serré la main avec davantage d'insistance que d'habitude, lui avait-il semblé, mais comment en être sûre ? Etait-ce un signe ? N'avait-il pas finalement répondu activement au jeu de genoux qu'elle lui proposait ? Ah ! si Delphine avait su ce qui se passait à sa table ! Il fallait absolument qu'elle le revoie et profite de l'absence de cette Alice qu'elle maudissait. Et Armand qui ne la lâchait pas ! Mais au moins, lui, ce qu'il lui proposait l'intéressait, alors que les tirades d'Anatole sur le progrès l'ennuyaient prodigieusement. Imaginait-il un instant qu'on pourrait se passer de chevaux ? Avec son caoutchouc, quelle affaire !

Elle entendait les bruits du matin dans la maison. Thomas devait avaler en vitesse sa tasse de gland doux avant de partir pour l'école, à moins qu'il ne soit déjà en route, cela commençait si tôt ! Pauline avait dû lui préparer de belles tartines de confiture comme elle en avait le secret. Paulin faisait probablement le tour des cheminées pour en ramasser les cendres qu'il entassait soigneusement dans une caisse au fond de la cour. Un maraîcher de Montferrand venait tous les mercredis les récupérer pour son jardin, où elles faisaient merveille comme amendement. Elle percevait aussi le charroi de la rue par laquelle passaient souvent les marchandises destinées notamment au marché au chanvre, place de l'Echaudé, ou encore Aux Petits Arbres, où on trouvait tout et n'importe quoi.

Hortense aimait y passer pour écouter les boniments des marchands et quand des entrepreneurs de spectacles s'y installaient, elle s'attardait volontiers pour regarder les facéties d'un singe, les tours d'un soi-disant prestidigitateur ou même la diseuse de bonne aventure qu'elle n'avait cependant jamais osé interroger. Peur de croire à ses prédictions ? Ou que celles-ci ne correspondent pas à ses espérances ?

La lumière passait maintenant à travers les volets intérieurs. Hortense distinguait les meubles de cette chambre où elle se sentait comme chez elle. Elle y habitait depuis plusieurs mois, à part deux semaines passées chez sa grand-mère au moment de Noël où elle avait piaffé car la neige l'avait empêchée de monter Jeune Fou qui avait à peine fêté son retour. Rester enfermée dans la maison avait été un supplice, malgré quelques promenades dans le parc qu'elle ne reconnaissait plus sous son épais manteau blanc. Elle aurait aimé partir à la recherche du jardin d'amour de son oncle Joseph. Ce serait pour le printemps ! Sa seule jouissance avait été d'agacer sa grand-mère à qui elle avait réclamé un sapin comme la famille royale en dressait aux Tuileries depuis que la belle-fille du roi, Hélène de Mecklembourg, en avait introduit l'usage [1].

1. L'usage ne s'était pas vraiment répandu, car beaucoup se méfiaient d'une pratique implantée par une protestante. Il faudra attendre la fin du XIXe siècle pour que le sapin de Noël se popularise.

« Ridicule ! » avait aussitôt protesté madame de Bellemaison. Quand Augustin en avait rapporté un, sur les instructions de Léon qui voulait faire plaisir à sa nièce, elle avait multiplié les adjectifs péjoratifs : « Grotesque, absurde, inepte... » Mais Hortense avait résisté ; l'arbre avait trôné dans le grand vestibule et, comme elle l'avait lu dans *L'Illustration*, elle l'avait décoré de pommes et de noix. Le sapin avait répandu une bonne odeur dans la maison dont s'était même félicitée la cuisinière qui avait fourni les décorations et avait pesté contre la mauvaise foi de madame de Bellemaison dont le caractère ne s'arrangeait pas avec les années, une réflexion qui avait amusé toute la maison. Et quand chacun avait reçu une orange, une pomme et un sachet de fruits secs, les domestiques avaient tous proclamé que, décidément, on entrait dans une ère nouvelle et ils s'en étaient réjouis. Même si le curé invité à déjeuner le jour de Noël avait tordu le nez quand Hortense avait expliqué que ces cadeaux venaient du « petit Jésus ».

« Vous préférez que ce soit un bon vieillard à barbe blanche ? » avait aussitôt rétorqué la jeune fille.

Sa grand-mère l'avait fustigée du regard, une nouvelle fois outrée par l'insolence de sa petite-fille dont son oncle se faisait le complice, puisque Léon avait volé au secours de sa nièce avec un joyeux : « Alors buvons à la santé de ce vieillard, vous buvez bien à celle de Jésus ! »

Le curé avait failli s'étouffer avec du blanc de dinde et madame de Bellemaison avait réclamé sur-le-champ ses sels.

En dehors de ces épisodes, qui entretenaient les mauvaises relations avec sa grand-mère, Hortense avait passé le plus clair de son temps à lire et avait découvert avec passion *Les Mystères de Paris* ; au fil des épisodes à rebondissements palpitants, elle était devenue une fanatique de Fleur-de-Marie, l'héroïne d'Eugène Sue, malheureuse enfant contrainte de se prostituer pour survivre. Un destin qui la faisait rêver ! Depuis, Léon, quand il venait à Clermont, ne manquait pas de lui apporter les exemplaires du *Journal des débats* où elle poursuivait assidûment la lecture du feuilleton.

Hortense eut une pensée pour son oncle qui s'était fait plus rare ces derniers mois, comme si les révélations de Delphine avaient mis des distances entre eux. Pourtant, chacun de ses séjours, toujours très courts, était un moment heureux, et Delphine avait beau émettre des théories pessimistes sur l'amour, elle avait ces jours-là une mine qui en disait long sur ses bienfaits. Hortense n'oubliait pas que Léon était sa seule famille, puisqu'elle n'avait aucune nouvelle ni de son père ni de son frère.

Un rai de lumière vint se poser sur la pile de livres entassés sur le petit bureau, un trictrac dont parfois on enlevait le dessus pour jouer à ce jeu qui passionnait Thomas, d'ailleurs fort mauvais joueur ; il n'était pas rare qu'il jetât à terre, par dépit, les dés qu'il fallait chercher à quatre pattes sur les tapis. Ce souvenir fit sourire Hortense qui, décidément, était attachée à celui qu'elle nommait volontiers son « petit frère ». Leurs relations pouvaient cependant être orageuses, comme dans n'importe quelle famille, surtout quand la curiosité de Thomas le conduisait à s'intéresser de près à ce qui ne le regardait pas. Par exemple, ces petits cahiers remplis pendant l'hiver, lors des conférences de monsieur Lecoq sur la minéralogie et la géologie, et qu'elle interdisait au garçon de feuilleter de crainte qu'il n'y mît du désordre. Et surtout parce qu'au milieu, elle y glissait celui où elle tenait un journal de façon irrégulière. Elle l'avait commencé au lendemain des révélations sur sa famille et la veille, avant de s'endormir, elle y avait jeté des mots exaltés à propos d'Anatole. « Ah ! si cette maudite Alice pouvait ne jamais revenir ! » C'était la dernière phrase, écrite d'une main rageuse ; la plume n'y avait pas résisté !

Se penchant, elle récupéra un livre au pied du lit : celui où elle avait lu cette scène qui l'avait inspirée pendant le dîner. Mais du texte à la vraie vie, il y avait un pas à franchir et, à froid, Hortense doutait de la méthode. Elle soupira en s'étirant.

Quelques coups discrets frappés à sa porte attirèrent son attention.

— Entrez ! cria-t-elle.

C'était Delphine dont le déshabillé de dentelle mettait en valeur cette beauté mûre qui charmait encore les hommes.

— Bonjour, avez-vous bien dormi ? Nous irons écouter monsieur Lecoq cet après-midi, reprit-elle.

Elle ouvrit les volets qu'elle replia contre les boiseries de couleur ciel dont les moulures avaient été joliment rehaussées d'un bleu plus soutenu.

— Ce sera bientôt l'époque des pipistrelles, dit-elle en regardant par la fenêtre. Rassurez-vous, je n'en ai jamais vu !

— Cela ne me fait pas peur, répondit Hortense, confortablement adossée à un gros oreiller dont la taie assortie au drap était délicatement brodée.

— Avez-vous passé une bonne soirée ? interrogea soudain Delphine en posant une fesse au bout du lit.

— Mais oui, répondit Hortense dont le ton peu enthousiaste fit froncer les sourcils à sa visiteuse.

Un exercice qu'elle réprimait, car elle redoutait de voir s'imprimer sur son front ces maudites rides qui commençaient à la préoccuper. Elle doutait de l'efficacité des pommades miraculeuses volontiers achetées à des bonimenteurs qui en vantaient les effets bienfaisants avec tellement de conviction.

— Vous sembliez pourtant préoccupée. Est-ce que je me trompe ? interrogea-t-elle en rajustant son déshabillé de soie qui laissait deviner un sein.

— Oui. Non. Enfin… balbutia Hortense.

Gênée, elle avait visiblement du mal à cacher son embarras.

— Juste un conseil : les hommes n'aiment pas qu'on les harcèle, surtout quand ils ont la tête ailleurs. Vous n'allez pas à la cathédrale ce matin ?

— Non, Armand a d'autres activités.

Hortense sentit le rouge lui monter aux joues. Elle n'aimait pas mentir. Machinalement, elle remit en place le fin linon de sa chemise de nuit qui dénudait son épaule.

— Vous aussi, vous avez ce grain de beauté, remarqua alors Delphine qui paraissait soudain ailleurs.

— Pourquoi dites-vous cela ?

— Ne le cachez pas, il est charmant.

Visiblement troublée, Delphine ajouta :

— Votre mère avait le même, et Joseph également.

— Mon frère Henri a aussi un grain de beauté au creux de la même épaule. Alors, c'est une marque de famille…

— Oui, en quelque sorte, mais Léon ne l'a pas. Si vous avez un jour une conversation avec votre grand-mère, demandez-lui donc si cela vient d'elle, répondit Delphine qui se leva et se dirigea vers la porte.

Elle s'arrêta un instant pour dire :

— Il paraît que madame Rameau, la marchande de modes de la rue de l'Ecu, a reçu de nouveaux produits. Je vous propose d'y faire un saut.

— Vous voulez vraiment faire de moi une coquette, railla Hortense.

— C'est le b.a.-ba de l'éducation d'une fille de notre monde.

— Il n'y a pas que cela, quand on voit les hommes s'amouracher de souillons.

— Je sais à qui vous pensez. Ce n'est pas une souillon, et elle séduit aussi par le discours et le comportement. N'oubliez pas cet autre b.a.-ba. Relisez George Sand ! Et je vous donnerai *La Chartreuse de Parme*, que j'ai achevée hier, je ne doute pas que vous tombiez amoureuse du bel aristocrate milanais, Fabrice del Dongo. Vous y verrez ce qu'est la passion.

— Mesdames, messieurs, c'est une témérité nouvelle d'amener la botanique sur le terrain de la toilette et de la coquetterie...

La salle du rez-de-chaussée du bâtiment des Charitains était pleine à craquer. Les cours publics d'Henri Lecoq attiraient une assistance diverse d'amateurs désireux de parfaire leurs connaissances ou tout simplement de se cultiver. Dans l'assemblée, nombreuses étaient les femmes sensibles au charme indéniable du professeur qui, lors de ses conférences, savait intéresser, captiver, voire passionner son auditoire.

D'abord, l'homme était agréable à regarder. Son visage aux traits fins avait une forme triangulaire que soulignaient des favoris bien taillés et un front bombé où étaient ramenées avec coquetterie quelques mèches de cheveux châtains très souples. Un nez droit, une bouche assez pulpeuse et un regard vif complétaient le portrait de cet homme de belle taille et bien proportionné que mettait en valeur une redingote élégamment coupée.

Toujours debout face à son public, que ce soit pour des cours ou pour des conférences, il avait une voix agréable et claire dont il savait hausser le ton face aux étudiants de médecine souvent turbulents. Mais là, pour ce public, il n'avait pas à forcer sa voix tant la ferveur de l'assemblée s'accompagnait d'un silence impressionnant, sauf quand il provoquait volontairement des réactions inévitables.

— Je dis « témérité » car, mesdames, je vous sais bien plus compétentes que moi en matière de toilette et de coquetterie.

Sous les capelines et les anglaises, des têtes s'agitèrent.

— Et dire que c'est un cœur à prendre ! murmura la voisine de Delphine.

— Qu'en savez-vous ? répondit celle-ci avec un sourire énigmatique qui fit taire la femme dépitée dont les rondeurs s'étalaient généreusement sur le siège.

Henri Lecoq poursuivait déjà.

— Je veux simplement vous dire que la coquetterie et la toilette existent dans la nature et que les plantes, comme l'oiseau aux brillantes parures, comme l'insecte aux ailes éclatantes, comme le poisson aux écailles d'or, sont soumises à leur empire.

— Comme vous, mesdames, murmura à son tour le vieux monsieur à côté d'Hortense qui, armée d'un crayon, prenait des notes dans un petit cahier.

— Observons ainsi la palette des couleurs des plantes...

Les doigts d'Hortense crispés sur le crayon de bois n'en finissaient pas d'écrire des noms savants ou vernaculaires dont elle se promettait d'aller vérifier l'orthographe dans les ouvrages de Buffon.

— Ainsi la primevère sans tige a-t-elle cherché un mariage de circonstance...

— Ah ! si les plantes se mêlent aussi de ces affaires, où allons-nous ?

Derrière Hortense trônait une dame importante que Delphine connaissait bien. Elle avait une réputation de marieuse ; elle l'avait invitée après son veuvage avec des hommes qui auraient pu faire l'affaire, comme elle disait. Piégée deux fois, Delphine, qui ne songeait pas du tout à convoler de nouveau, refusait avec obstination ses invitations et la femme vexée lui battait froid. Là, il s'agissait de marier la primevère sans tige avec la primevère à grandes feuilles, ce qui était plus amusant ; Henri Lecoq, qui avait le sens de la formule, décrivait la race nouvelle ainsi créée et ses toilettes déployées en couronne de toutes les couleurs.

— Le jaune et l'orangé de leurs premiers parents, mais aussi le rouge, le violet, le rose et le grenat... Quant au bleu que Dieu semble avoir réservé au ciel, la nature offre à la primevère le rare privilège de l'obtenir en échange d'une promesse de célibat.

Toilette, coquetterie, désir de plaire sont donc l'apanage des femmes et des fleurs !

— Bien dit, lança un homme dans l'assistance vers qui tout le monde se retourna avec réprobation.

Interrompre le maître était sacrilège ! Mais, très affable, Lecoq interpella à son tour l'homme en le priant d'écouter sa conclusion, où il fit valoir que les femmes avaient comme seules rivales les fleurs, mais que la rançon en était la protection qu'elles se devaient de leur accorder.

Des applaudissements saluèrent ces derniers mots et le professeur eut juste le temps d'ajouter qu'il recommandait, à tous et à toutes, la visite du jardin botanique, en priant les dames de s'abstenir d'y aller avec des crinolines qui endommageraient les bordures fragiles. Evidemment, il pourrait organiser une promenade pour herboriser dans la nature s'il y avait des amateurs. A peine prononcées ces dernières précisions, tous ces gens, en principe bien élevés, se levèrent en désordre dans un brouhaha qui semblait tonitruant après le silence de la leçon et, surtout les femmes, se précipitèrent vers le maître pour le féliciter et encore davantage se faire remarquer.

— Dire qu'il ne songe pas à se remarier, fit une femme dans le dos de Delphine qui entraînait déjà Hortense.

— Venez, nous n'allons pas faire comme toutes ces dindes qui se croient intelligentes parce qu'elles parlent à un professeur de l'université. Je convierai Henri à un prochain dîner. Et vous, êtes-vous heureuse de cette nouvelle leçon ?

— J'ai hâte de rentrer pour revoir les planches de monsieur Buffon. Comme j'aimerais que Procule voie tout cela ! Nous reviendrons, n'est-ce pas ? Et cette promenade pour herboriser...

— Vous êtes insatiable, dit Delphine qui passait la porte de la salle et se dirigeait d'un pas alerte vers la sortie donnant sur l'obélisque au bout de la rue Ballainvilliers. Mon Dieu, il pleut ! Mais nous sommes damnées, on n'en finira donc jamais avec cette pluie ! Ondées, orages, averses... Le ciel n'a donc plus que cela à nous offrir ! Attendons quelques instants. S'il y avait un fiacre, il serait le bienvenu. Hélas, dans cette ville, nous n'avons pas beaucoup d'agréments !

Quelques heureux propriétaires rejoignirent leurs voitures, les dames couraient pour épargner leur capeline et leurs anglaises.

— Mesdames, vous êtes à pied. Vous devriez avoir des imperméables en mackintosh. Anatole nous en a fait acheter, c'est très pratique. Voulez-vous que je vous prête le mien ?

Amédée, qui avait assisté à la conférence, sortait à son tour après avoir renseigné quelques personnes à la recherche d'ouvrages. Il avait endossé un de ces étranges manteaux noirs et brillants que l'on croisait, en effet, les jours de pluie et sur lesquels l'eau ruisselait en toute impunité pour l'heureux promeneur. Très long, le vêtement était complété d'une ample cape qui descendait jusqu'aux reins.

Encore ce caoutchouc, pensa Hortense qui, prise d'une idée subite, dit :

— Si nous allions en acheter ?

— Où en trouve-t-on ? demanda Delphine.

— Rue Saint-Hérem, chez monsieur Torrilhon, répondit Amédée. Mais c'est loin et, sans parapluie, vous serez trempées. Je vous apporterai le catalogue, vous pourrez y choisir votre modèle.

— Allons-y en fiacre ! répliqua Hortense avec mauvaise humeur.

Comment dire qu'elle était déçue que les précieux objets ne sortent pas de l'atelier de Chantoing où elle avait espéré un instant aller surprendre Anatole ?

— Quelle idée ! dit Delphine. D'ailleurs, la pluie s'arrête. Nous crotterons nos bas, mais nous allons vite rentrer.

— A bientôt ! leur cria Amédée en rejoignant le jardin botanique où les fleurs, gavées d'eau, devaient déjà redresser la tête.

— Nous sommes bientôt arrivés ! dit Alice.

Le conducteur annonçait le départ avec sa trompette. Il avait dit que c'était la dernière étape.

Pasquine et elle encadraient une femme brune qui soupira.

— Ces voyages sont épuisants, mais pour défendre une cause, il n'y a que de la bonne fatigue.

— Oui, répondit Pasquine qui avait le dos brisé par la maudite diligence.

Elle en voulait un peu à Alice de l'avoir entraînée dans cette aventure, il y avait maintenant plus d'un mois. Au moment d'arriver, elle était inquiète : retrouverait-elle son travail ? Certes, leur nouvelle amie Flora Tristan, qui avait entamé un tour de France et qu'elles ramenaient avec elles, les avait rassurées en proclamant qu'elles devaient exiger leur place, mais Pasquine n'était pas très sûre des droits que Flora ne cessait de revendiquer avec force et passion.

Les trois filles avaient intrigué les autres voyageurs et le conducteur les avait prises en amitié. Il leur avait même offert à manger lors de la dernière halte, car il avait bien vu que leurs moyens étaient limités. Mais quelle épopée ! Cela faisait cinquante heures qu'elles étaient en voiture, elles avaient dû changer à mi-chemin car il n'y avait pas de malle-poste directe entre Paris et Clermont, au grand dam des voyageurs dont beaucoup, comme Anatole, espéraient la venue du chemin de fer ! Elles seraient bien heureuses d'arriver à bon port, car certains de leurs compagnons de voyage avaient raconté des histoires horribles de diligences qui culbutaient ou de roues qui prenaient feu. La lourde voiture, dont les portes étaient marquées du nom des Messageries royales, aurait bientôt parcouru la centaine de lieues séparant la rue Notre-Dame-des-Victoires, à Paris, de Clermont. Enfin, si tout se passait bien, car un incident pouvait surgir à tout instant.

Leur plus proche voisin, un vieux monsieur, avait vanté les qualités du conducteur et du cocher. Le premier avait le rôle principal puisqu'il actionnait avec une vis d'acier, depuis l'impériale, ce que le voyageur avait appelé la « mécanique », destinée notamment à freiner dans les descentes dangereuses – en réalité, une plaque de fer qui emboîtait momentanément les roues pour en diminuer la vitesse. C'était lui qui veillait, dans la traversée des villages, au respect des règlements de police relatifs à la circulation dans les rues. Il surveillait aussi la conduite afin de toujours céder la moitié de la chaussée à une autre voiture, sous peine de contravention. C'était encore lui qui, à chaque arrêt, vérifiait le chargement, veillait à ce que le centre de gravité soit convenablement placé, contrôlait les roues et le harnachement. Et quand il y avait eu une rupture d'essieu, c'était lui qui avait organisé le dépannage avec du matériel stocké dans un des multiples dépôts de la compagnie. Une belle occasion de constater que la diligence emportait aussi, outre les bagages et paquets des voyageurs, les outils nécessaires, cric, tenailles et diverses clés, pour parer à tout incident.

Et tout cela brinquebalait, ajoutant encore du bruit au fracas du fer et des vitres, des grelots, des coups de fouet, des jurons et autres exclamations ponctuant le temps qui n'en finissait pas de s'écouler, autre inconvénient majeur de ces voyages augmentant la fatigue.

« Nous en avons encore pour longtemps ? » était la question rituelle.

Nos trois voyageuses étaient installées à l'arrière, dans la rotonde où l'on pouvait se tenir à quatre, alors qu'à l'intérieur, il y avait six voyageurs, auxquels s'ajoutaient les trois du coupé, la place la plus agréable car on y jouissait d'une vue plus étendue et on y subissait moins le supplice de la poussière ; c'était moins confortable mais plus amusant pour les trois occupants de la banquette sur l'impériale, près du conducteur. Au total, seize voyageurs, une petite troupe qui devait obéir, surtout aux arrêts, au conducteur qui en fixait la durée, non sans une certaine connivence avec les hôteliers, heureux d'avoir du temps pour traiter leurs clients. La prolongation était un bon facteur d'augmentation des additions !

Ensuite, lorsqu'on remontait en voiture, chacun devait respecter sa place de départ réservée à l'avance ; quand on avait la chance d'avoir un angle propice au sommeil pendant les parcours de nuit, il n'était pas question de se laisser ravir cette place de choix ! Le conducteur réglait aussi les conflits inévitables entre passagers fatigués et facilement enclins à prendre la mouche.

— Ouille, ouille, mon dos, maugréa Pasquine.

Pourtant, le conducteur avait bien modéré la vitesse au moment de traverser un de ces petits fossés d'écoulement des eaux qui barraient le chemin à intervalles réguliers. Combien en avaient-ils franchi depuis leur départ de Paris ? Dire qu'on racontait que le roi empruntait parfois la diligence incognito… Ah ! si elles avaient pu le rencontrer, que ne lui auraient-elles pas dit !

Pasquine ferma les yeux un instant, imagina près d'elle « le gros » Louis-Philippe dont elle avait vu à Paris des caricatures qui le montraient en poire. Ridicule, avec sa coque de cheveux apprêtés !

— Patience, nous ne sommes plus loin, dit le vieux monsieur en consultant la belle montre en or qu'il extrayait, régulièrement, de la poche de son gilet de flanelle noire. Mais la pluie va peut-être nous retarder.

— Il ne manquait plus que cela, dit Alice qui somnolait enfin.

— Eh ! les filles, vous n'allez pas déjà vous décourager. Dites-moi plutôt ce que nous allons faire à Clermont.

— Il faut qu'on réunisse tous les ouvriers, surtout les ouvrières, et que tu leur parles.

— Oui, je suis là pour cela, dit Flora Tristan.

Depuis le mois de juin précédent [1], dans le journal qu'elle avait fondé, *L'Union ouvrière*, elle prônait le ralliement de tous les travailleurs sur le plan national

1. De l'année 1843.

et international, car seule l'union permettrait de « se constituer en classe et de revendiquer le pouvoir ».

Mais Alice préférait encore sa revendication de droits pour les femmes, qui ne devaient pas dépendre des hommes. Elle eut soudain une pensée pour Anatole. Qu'avait-il dû penser après son départ ? Elle avait terriblement envie qu'il la prenne dans ses bras. Elle repensa à la nuit passée chez lui, il y avait déjà si longtemps ! Elle soupira. Elle s'était ensuite toujours refusée lorsqu'il avait montré la moindre velléité de recommencer, en prétextant, entre autres, qu'un patron ne couchait pas une ouvrière. Que c'était bon pour l'époque des esclaves, ou pour ces bourgeois qui engrossaient leurs servantes et les renvoyaient ensuite de peur du scandale. Dieu merci, leur relation n'avait pas eu de conséquence, sinon qu'aurait-il fait ? A part prendre la fuite ? Non, elle ne se laisserait pas distraire du combat qu'elle voulait mener ; son séjour à Paris et ses discussions avec Flora et ses amis la rendaient plus déterminée et combative que jamais !

— Voilà Clermont ! cria le conducteur depuis l'impériale. Nous y serons avant la nuit.

Un cahot jeta Pasquine contre Flora, dont l'épaule heurta celle d'Alice. Cramponné au siège, le vieux monsieur restait très digne.

Le temps leur parut encore long. La pluie battait la diligence dont les craquements étaient sinistres mais quand elles aperçurent enfin la place Delille, puis la rue Sous-la-Place-d'Espagne, comme l'appelaient encore beaucoup de Clermontois bien qu'elle ait été nommée, en 1839, rue Montlosier, elles surent que l'arrivée était proche. Jaude n'était pas loin, ni le bureau des Messageries royales, au débouché de la rue de l'Ecu, où la trompette du conducteur annonçant l'arrivée sonna enfin la délivrance.

— Je crois qu'il va y avoir une éclaircie, la pluie a presque cessé, dit l'homme en ouvrant la porte avec un grand sourire.

Lui aussi était heureux d'être arrivé à bon port.

La première personne que vit Alice, en mettant le pied à terre au milieu du brouhaha qui accompagnait toujours les arrivées de diligence, fut Anatole. Elle n'en croyait pas ses yeux. Il portait un mackintosh, ce vêtement inventé par l'oncle de madame Daubrée. Leurs regards se croisèrent. Alice hésita un instant mais, redoutant soudain de se jeter dans ses bras comme elle en mourait d'envie, une vraie faiblesse de femme qu'elle récusait de toutes ses forces, elle prit le bras de Flora, traversa fièrement le petit attroupement, suivie de Pasquine, et se sauva le cœur battant.

Par quel hasard Anatole se trouvait-il là ? Hortense, nourrie de littérature pleine de jolies coïncidences, aurait conclu à un signe du destin. Moins romantique, Alice, elle, n'entendait pas se laisser détourner de ses préoccupations. Flora Tristan et ses idées avaient autrement plus d'importance qu'un amour qui la ferait nécessairement souffrir. Et puis, après tout, que pouvait-elle attendre d'Anatole ? Elle n'était pas de son milieu, comme on disait communément. Elle avait sa fierté !

Sans un regard, elle abandonna la place de Jaude et l'agitation qui entourait les arrivées des Messageries royales, événements quotidiens mais aussi exceptionnels pour qui attendait une personne ou un paquet. Impuissant, Anatole piaffait d'impatience. Il ne pouvait abandonner le client de l'atelier, venu de

Montpellier pour traiter quelques affaires et qu'Aristide Barbier lui avait confié afin de l'accompagner à la diligence. Le départ aurait lieu dans quelques minutes. Une fois les voyageurs arrivés à destination, le relayeur, qui gérait le point d'arrivée, devait prendre en charge les ballots et paquets transportés, puis donner à un nouveau conducteur, le précédent devant se reposer, les noms des voyageurs qui embarqueraient aux places réservées pendant qu'un autre cocher s'occupait de changer les chevaux. Il y avait tout un cérémonial qu'Anatole trouvait interminable. Le conducteur mettait un temps fou pour inscrire quelques noms sur sa feuille de route.

Mais, à sa décharge, il fallait dire que tout était extrêmement réglementé et que la tenue des relais était particulièrement surveillée par la police et les maires. Le jeune cocher, qui devait avoir au moins seize ans et être en possession d'un livret attestant et de ses bonnes mœurs et de son aptitude à pratiquer ce métier, s'affairait, certes, mais installer deux rangs de chevaux n'était pas simple et il avait fort à faire avec le palefrenier bougon du relais.

Pour passer le temps, vaguement désabusé, Anatole ne s'en lança pas moins dans un de ses plaidoyers favoris pour le chemin de fer. Son client l'écoutait avec attention, en hochant la tête cependant, puis en proclamant que les chevaux avaient encore un bel avenir, parce qu'avant que ces maudites machines sillonnent tout le pays, il se passerait des lustres. Anatole eut une pensée pour Hortense qui tenait des propos semblables la veille. Il devait bien admettre qu'elle l'avait troublé, et que son image s'était substituée à celle d'Alice. Pourtant, revoir Alice était un choc. Hortense déjà oubliée, il ne rêvait plus que de la serrer dans ses bras. Une entreprise qu'il savait périlleuse… mais il aimait cela !

Aussi, quand tout fut enfin prêt et que la trompette du conducteur annonça le départ, en proie à une excitation qui lui aurait donné des ailes, Anatole se précipita à sa recherche. Il croisa Armand qui descendait la place Sugny, et lui lança sans s'arrêter :

— Alice est revenue !

— Tu ne viens pas au café de Paris ?

— J'ai mieux à faire !

La précipitation d'Anatole fit sourire Armand qui aimait flâner dans la ville, cherchant toujours à découvrir un détail qui lui aurait échappé, une arcade sur le mur d'une maison, un chapiteau, une statue au sommet d'une fontaine moussue ou d'un abreuvoir. Le vent chassait maintenant les nuages vers la plaine, mais la pluie avait eu raison de la poussière des rues mal pavées et exalté les odeurs, effluves d'écuries, de tanneries, de ruisseaux fangeux ou d'ordures, remugles de la vie quotidienne mal maîtrisés. Ce n'était pas simple dans cette cité à la configuration particulière où la campagne entrait de tous côtés, avec ses avantages et ses inconvénients. De grands jardins maraîchers, des champs d'angélique mais aussi des troupeaux déambulant dans la ville pour accéder au marché des animaux vivants, place de Jaude où, justement, Anatole rêvait de faire arriver le chemin de fer. Une vraie révolution !

Avant de pénétrer dans le café, Armand embrassa du regard cet espace et imagina une locomotive y jetant toutes ses vapeurs, comme aimait à le dire son ami. Il fallait de la persuasion face à cet espace que la pluie avait transformé en bourbier. Aux odeurs de crottin, de corne brûlée et de bouse de vache se mêlaient celles apportées des tanneries par le vent d'ouest. Il resta quelques instants immobile à observer un cabriolet qui s'arrêtait devant l'hôtel de la Poste. Un voyageur arrogant en descendit, donna un ordre bref à un valet et entra dans l'établissement.

— Tu as besoin qu'on s'occupe de toi, dit une voix féminine derrière lui.

Surpris, il se retourna. La femme avait un visage exagérément maquillé de blanc, troué d'yeux charbonneux et d'une bouche agrandie au carmin ; ses cheveux relevés à la hâte dégageaient son cou gracile et sa robe ajustée montrait un corps à la croupe rebondie.

— Tu viens ?

— Non, merci, répondit poliment Armand.

La radeuse n'insista pas. Il la vit se précipiter vers un autre client qui ne fut pas davantage tenté ; poussant enfin la porte du café dont l'atmosphère enfumée le saisit, il ne put s'empêcher de plaindre les femmes obligées de gagner leur vie ainsi. Un de ses amis friands de telles rencontres avait raconté quelques jours plus tôt, lors d'un dîner d'hommes, qu'il avait eu affaire à une de ces dames qui avait fardé de carmin ses organes les plus intimes. Le savant Lecoq, qui était présent, avait froncé les sourcils et mis en garde les jeunes gens présents ; ces maquillages cachaient des maladies qu'il convenait de ne pas fréquenter !

14

— Vous, les ouvriers, regroupez-vous, faites cette union ouvrière dont je rêve et qui seule nous permettra de survivre et de lutter contre les oppressions !

La femme ne manquait pas de charme. Très brune, elle avait les cheveux tirés en arrière avec deux raies divergentes mais aussi, pour l'adoucir, quelques boucles souples qui ressemblaient à des anglaises un peu négligées. Le front ainsi dégagé dominait des yeux sombres, légèrement écartés avec des sourcils finement arqués ; le nez un peu long et retroussé et une bouche bien dessinée contribuaient à un ensemble plaisant auquel les hommes n'étaient pas indifférents.

— J'ai entrepris un tour de France pour défendre mes idées, qui doivent être aussi les vôtres. Je m'adresse aux ouvriers et aux femmes qu'il faut défendre contre les hommes.

— C'est Flora Tristan, dit un homme, elle a de sacrées idées !

Hortense s'était glissée entre Armand et Anatole. Elle ne quittait pas des yeux cette femme dont la voix forte, avec un voile un peu rauque, charmait ses auditoires. Ses amis l'avaient hissée sur une caisse de bois et près de l'oratrice, Hortense reconnut Alice. Armand lui avait dit le matin même, quand elle l'avait enfin rejoint à la cathédrale, qu'Alice était revenue, une façon pour lui de jouer sa partition et d'affaiblir son concurrent dans l'esprit de la jeune fille. Il n'était pas dupe : Hortense, l'autre soir, au dîner de madame Beaumont, n'avait d'yeux que pour Anatole. Apparemment indifférente, elle n'avait pas bronché et avait examiné avec attention les dessins des feuillages ornant les chapiteaux de la cathédrale en les commentant avec une pertinence qui ne laissait aucune part à l'émotion.

— Elle a raison, chuchota Hortense en se penchant vers Anatole.

Celui-ci balançait entre la joie de revoir Alice, joie tempérée par son refus de le recevoir la veille, quand il était monté chez Pasquine, rue des Trois-Raisins, et le plaisir d'être aux côtés d'Hortense. Celle-ci lui prit soudain le bras, en espérant vaguement qu'Alice verrait ce geste, ce qui était pourtant impossible dans la foule ; puis, comme pour atténuer sa portée, elle prit aussi celui d'Armand qui la regarda tendrement.

Tout près, Amédée, qui avait amené un jeune homme rencontré au café de Paris quelques jours plus tôt, observait son manège, le sourire aux lèvres. Lui, contrairement à ses amis dans les affres d'amours incertaines, était heureux. Adrien avait passé sa première nuit chez lui, au 10 de la rue Massillon, une belle maison du XVIIIe siècle avec cour et fontaine. C'était un artisan qui travaillait à deux pas, dans l'atelier du maître verrier Emile Thibaud. Armand et Hortense le connaissaient bien pour l'avoir rencontré à la cathédrale, où il s'activait à la restauration de la grande verrière dédiée à saint Georges dans une chapelle nord du déambulatoire.

— Les bourgeois, ces fadasses, ces navets bouillis, ne connaissent rien de ce qui se passe dans leur ville, ils ne comprennent rien !

Quelques protestations s'élevèrent dans le public qui s'était agglutiné par hasard. Il faut dire qu'on était jeudi et que place de la Poterne, une belle promenade joliment plantée d'arbres, où l'air qu'on respirait était réputé être le meilleur de la ville, les Clermontois avaient l'habitude de déambuler avec l'agrément d'écouter la musique du régiment de la garnison, qui s'y produisait les jeudis et les dimanches. Il était de bon ton d'y flâner pour profiter de la vue vers les routes de Lyon et de Paris et, au-delà du faubourg de Saint-Alyre avec le couvent des dames ursulines et leur calvaire, vers les collines de Chanturgues et des Côtes, puis, plus à l'ouest, Durtol, son bois et son château, Sarcenat, le puy de Pariou et surtout le gigantesque puy de Dôme.

Hortense avait appris l'importance de ce dernier dans les prévisions du temps. Avait-il son chapeau de nuages blancs ? Avait-il disparu dans une mer de cumulus gris ? Pointait-il vers le ciel bleu ? Chaque Clermontois en déduisait le temps de la journée, voire davantage. Hortense se livrait volontiers à ce jeu de prévisions qui était loin d'être infaillible.

Les premiers mots de Flora firent fuir une partie de l'assistance, venue là d'abord pour se montrer et écouter la musique, mais qui n'avait pas résisté à la curiosité de découvrir l'objet du petit attroupement une fois que les musiciens avaient remballé leurs instruments et quitté la place. Pour bon nombre de leurs auditeurs, il était bienséant de musarder encore un peu. L'air était doux et la lumière agréable à l'instant précis où le soleil passait de l'autre côté des montagnes, plongeant dans l'ombre la ville lovée dans une cuvette.

— Les bourgeois sont partis, nous sommes entre nous, dit un ouvrier dont la blouse maculée laissait supposer qu'il était garçon boucher dans la rue de la Boucherie, à deux pas de là.

— Vous allez encore écouter longtemps ces insultes ? questionna Amédée en direction de ses amis.

— Des insultes, des insultes... C'est un peu la vérité, répondit Adrien. Moi, je trouve qu'elle a raison de dire aux ouvriers de s'unir.

— Et de défendre les femmes ? interrogea Armand qu'Amédée fustigea du regard.

Il souffrait des provocations, même discrètes, de ses amis qui ne comprenaient pas toujours ses penchants et en plaisantaient parfois, sans mesurer son extrême sensibilité.

— Vous tous, je sais qu'ici, il y a beaucoup d'ouvriers dont les conditions de vie ne sont pas faciles.

Flora Tristan s'était tournée vers ses deux voisines, elles aussi hissées sur des caisses de bois, Pasquine et Alice, qui lui avaient dressé un tableau précis de la ville.

— Oui, vous qui travaillez dans la confiserie, j'ai goûté vos produits, ils sont fameux, mais vous travaillez dur ; vous qui travaillez dans des fabriques de pâtes, mille kilos de pâtes en un jour, voilà une production qui vaut la peine, oui, et vous qui travaillez cette matière extraordinaire, le caoutchouc, promis à un avenir que l'on ne peut encore évaluer mais sûrement prometteur...

Malgré lui, Anatole se rengorgea en songeant qu'Alice avait dû faire la leçon à son amie. Il était heureux que la jeune fille ait fait état de son atelier, même s'il supposait qu'elle avait dû en dénoncer les conditions de travail avec acrimonie.

— Et tous ceux qui travaillent dans le bâtiment, c'est dur, les intempéries les privent parfois de leur gagne-pain, et tous les employés, calicots, grisettes et j'en passe...

— N'oublie pas le sucre, ma belle. Tu ne sais peut-être pas, et ces demoiselles non plus qui ne sortent pas de la ville, qu'il y a une douzaine de sucreries qui traitent les betteraves de Limagne. La mienne appartient au comte de Morny qui est aussi député, élu par quatre cent quatre-vingt-dix-sept électeurs, tout un programme, voilà aussi un beau sujet de réflexion ! Vous ne voulez pas voter tous ?

— Si, si ! crièrent des voix accompagnées d'applaudissements.

— Ne mélangeons pas tous les sujets ! dit précipitamment Flora Tristan en forçant la voix pour couvrir le brouhaha provoqué par les propos de l'homme sur le suffrage censitaire si peu représentatif de l'opinion.

— Oui, et nous aussi, nous existons, dit une jeune femme qu'Hortense connaissait bien.

Elle travaillait chez la marchande de modes de la rue Saint-Genès qui multipliait les sourires aux clientes, mais avait la réputation d'être dure avec ses vendeuses.

— Vous tous qui travaillez en blouse...

Flora Tristan rappelait une réalité très tangible, la blouse, l'uniforme qui distinguait l'ouvrier, le compagnon, le paysan du bourgeois.

— Unissez-vous, vous serez plus forts !

— Bah ! Moi, j'ai rien à faire avec les faiseurs de pâtes, ni les fabricants d'élastiques ! cria un homme dans la foule. Regroupons-nous pour nous entraider dans un même métier et ce sera déjà bien.

— Oui, c'est déjà bien, mais pas suffisant, répondit aussitôt l'oratrice qui connaissait évidemment le mutuellisme lentement édifié, avec des cotisations pour secourir les ouvriers malades ou accidentés.

— Non, mais pour qui se prend-elle, celle-là, à nous donner des leçons ?

— Surtout une femme ! Qu'est-ce qu'elle y connaît ?

— Chut, dit une grosse matrone au premier rang, si les femmes ne se mêlent pas de leurs affaires, c'est pas les hommes qui s'en occuperont.

— Et tu voudrais peut-être qu'elles votent aussi ?

— Ne nous écartons pas du sujet ! supplia Flora Tristan.

Habituée à ces digressions fréquentes lors de ses réunions, elle savait les réticences affichées par des hommes peu disposés à partager le pouvoir. Certains avaient des préjugés qui coûtaient cher aux femmes !

Mais elle, sa théorie, c'était que personne n'avait de pouvoir dans le peuple, alors pourquoi se chamailler, au lieu de se réunir ? Il y avait tant de femmes obligées de travailler pour survivre qu'il n'y avait aucune raison de les écarter du débat.

— Je vous en conjure, formons des associations de travailleurs, mettons en accord l'homme et la femme, le producteur et le travail, le capital, le talent et le travail...

— Bravo, applaudissez-la ! cria un ouvrier enthousiaste au dernier rang.

Anatole reconnut celui qui leur avait fait boire de l'absinthe quelques semaines plus tôt. L'exaltation était contagieuse. D'autres autour de lui battirent des mains au moment où Flora Tristan, se tournant vers Alice, disait :

— Je vais maintenant laisser la parole à mon amie Alice qui a des choses très intéressantes à raconter, vous allez voir, pour vous les femmes !

Hortense tenait toujours ses deux voisins par le bras. Dressée sur la pointe des pieds, elle n'avait pas perdu une miette du discours de Flora Tristan ; elle regarda Anatole dont les yeux étaient rivés sur la nouvelle oratrice. Intimidée tout d'abord, la voix moins forte obligea l'assistance à être encore plus attentive, quelques cris, « Plus fort ! », l'exhortèrent à monter d'un ton ; Alice se présenta, puis aborda le sujet de son intervention.

— J'ai vu à Paris, mes amies, mes sœurs, une invention extraordinaire.

— Y en a que pour les dames, dit un homme en quittant l'attroupement. Faites attention, voilà des sergents de ville !

Trois hommes en uniforme débouchaient de la rue des Notaires.

— Nous ne faisons rien de mal, protesta aussitôt une dame à côté d'Amédée.

— Non, rien, acquiesça en riant Amédée, mais les mots ont parfois davantage de pouvoir que les actes ! Ecoutons plutôt !

Bien reconnaissables à leurs longues redingotes et à

leurs bicornes, les trois sergents s'approchèrent et inspectèrent l'assistance. Depuis les émeutes, trois années plus tôt, les édiles étaient méfiants. Comme tout le monde, ils avaient lu les affiches écrites à la main invitant à la réunion du soir. L'entreprise ne leur paraissait guère sérieuse mais elle pouvait dégénérer, et ils devaient être prêts. Il y avait toujours des excités qui répandaient des bruits absurdes. En 1841, il avait fallu faire donner la troupe et l'affaire s'était soldée par des barricades, une dizaine de morts et l'incendie de la maison du maire.

— Une invention qui peut changer votre vie, le Petit Palais des enfants inventé par monsieur Firmin Marbeau, à Chaillot, où il accueille les enfants pendant que leurs mères travaillent !

— Combien ça coûte ?

— Pas cher, parce qu'il y a une association de bienfaiteurs qui paient.

— Faut les trouver, les bienfaiteurs ! Il y a que les bourgeois et ceux qui nous font travailler, les patrons.

— Oui, mais si vous saviez, mes amies, comme vos enfants seraient heureux avec le bercement, les jeux de cloches et de sonnettes pour les amuser, les promenades en chariot au grand air... C'est mieux que de les laisser dans vos taudis, à des amies ou à des nourrices trop épuisées pour les emmener en promenade.

Anatole regardait Alice dont les joues arboraient les rougeurs d'une excitation qu'il lui avait rarement vue. Elle avait un peu singé Flora Tristan, puis s'était affirmée pour afficher sa propre personnalité, et sa voix, mal assurée d'abord, était devenue forte, avec des intonations et des accents qui captaient l'attention. Anatole ne pouvait s'empêcher d'être fier de sa « petite socialiste ».

D'ailleurs, cédant soudain à l'intérêt du propos, les sergents de ville s'étaient joints à la foule pour écouter jusqu'à ce que le plus vieux dise aux autres que ces femmes, avec leurs gentilles histoires de gosses, n'allaient tout de même pas faire la révolution. Ils pouvaient continuer leur ronde tranquillement.

— Voilà ce que j'avais à vous dire : à nous de nous réunir pour obtenir un tel lieu à Clermont, nous le méritons !

— Bravo ! C'est une idée extraordinaire.

Anatole et Armand regardaient tous les deux Hortense, dans un geste totalement symétrique. C'était elle qui avait crié « bravo » et applaudissait avec un enthousiasme qui étonnait ses deux compagnons.

— Bravo ! répéta en écho Amédée.

— Je vais voir Alice, dit la jeune fille, nous devons l'aider dans son entreprise.

Médusés, ils regardèrent Hortense fendre la foule avec une autorité surprenante. Les porteurs de blouses ne se faisaient pas prier pour laisser passer celle qu'ils auraient dû rejeter comme bourgeoise. Elle en affichait tous les signes avec sa jolie robe de taffetas rose, son corsage ajusté bordé de berthes, que l'on appelait « canezou », et ses sages anglaises. Quand elle arriva à proximité des caisses sur lesquelles avaient été juchées les trois femmes, elle dut attendre son tour car Flora, Alice et Pasquine étaient déjà très entourées.

— Que voulez-vous faire ? interrogea Armand qui l'avait suivie.

Delphine ne leur avait-elle pas confié la jeune fille pour aller écouter le concert de musique militaire ?

Trois pas derrière, Anatole attendait sagement, en retrait, craignant une réaction vive d'Alice qui compromettrait toute tentative de réconciliation.

— Que voulez-vous faire ? insistait Armand, inquiet.

— Aider ces femmes.

Hortense s'interrompit car Alice venait de se retourner et lui faisait face.

— Mademoiselle la bourgeoise vient voir la misère de près ! Et toi, Anatole, tu veux coucher avec moi de nouveau ? Voilà tes amis, qui me méprisent.

— Arrêtez, Alice, vous ne nous faites que de mauvais procès.

Vive, le regard brillant, Hortense l'interrompait ou tentait de le faire, car l'autre fulminait déjà.

— Des navets pourris, voilà ce que vous êtes, vous ne pouvez pas comprendre !

— Alice, pourquoi tu t'agaces ? Présente-moi plutôt tes amis. Ce n'est pas si souvent que nous avons du si beau monde à nos réunions.

Intrigué par l'annonce de son huissier de la visite de mademoiselle Hortense Préaumont, accompagnée d'une certaine Alice Sorel et de cette Pasquine Rodin qu'il avait déjà rencontrée pour une histoire de machines à coudre, Junius Verdier-Latour avait aussitôt abandonné la lecture du *Journal des débats* qui l'absorbait depuis un moment. Les Auvergnats étaient très attachés à ce quotidien créé par leur compatriote Gauthier de Biauzat, député en 1789, qui avait eu l'idée de faire imprimer nouvelles et documents de l'Assemblée et de les envoyer chaque jour à Clermont.

La lecture du journal le détendait. Il avait piétiné une partie de la matinée place Saint-Hérem [1], ou plutôt pataugé car une fois de plus la pluie diluvienne, tombée

1. Square Blaise-Pascal.

la nuit précédente, en avait transformé le sol en cloaque rouge, et les marchands de vaisselle qui y tenaient commerce l'avaient violemment interpellé. Il avait rétorqué en vain qu'il n'était pas responsable de la grêle qui, quelques années plus tôt, avait cassé les tuiles des toits voisins par milliers. Le désagrément ne s'était jamais totalement résorbé malgré les tombereaux qui en avaient enlevé une partie ; en cas de pluie prolongée, les résidus rouges remontaient à la surface. Le maire avouait son impuissance ! Ce matin, il avait été question de paver l'endroit, c'était peut-être la solution.

Ensuite, il avait reçu monsieur Aubergier, qui cultivait des laitues géantes pour sa fabrique de lactucarium. Un personnage ingénieux, plein d'idées, et qui aurait bientôt cent ouvrières dans ses ateliers. Que d'inventivité ! Le comte de Morny, infatigable, ne voulait-il pas se lancer dans le traitement de la garance ? Il avait invité le maire la veille dans sa belle maison de la rue Bansac pour l'entretenir de son projet, et l'avait emmené à Sarlièves où un ingénieur de Moulins, monsieur Laur, cultivait cette plante à fleurs jaunâtres qui pouvait atteindre un mètre et fournissait un colorant rouge. Il en avait rêvé, la ville était devenue une forêt, un vrai cauchemar ! Un cauchemar qui valait bien les péripéties, réelles cette fois, concernant l'abattoir dont il avait été question lors d'un troisième rendez-vous. Un feuilleton à la Eugène Sue pour trouver un emplacement idoine et qui se poursuivait avec les aléas divers et variés du chantier, depuis que la première pierre avait été posée au début de l'année 1842.

Allant à la rencontre de ses visiteuses, il rajusta sa large cravate de soie bleu nuit pour les accueillir avec l'amabilité naturelle qui plaisait aux Clermontois. Son bureau était vaste, installé dans l'aile nord de la mairie, une sévère construction en lave de Volvic dont les travaux d'agrandissement lancés par un prédécesseur de Verdier-Latour, quinze ans plus tôt, n'étaient pas tout à fait achevés. Il y avait encore une odeur de peinture fraîche dont il avait du mal à se débarrasser. Ce chantier avait été un tel souci ! Faute de moyens, il avait traîné et c'était grâce aux avances de trésorerie de l'entrepreneur Jarrier qu'il avait, enfin, presque abouti pour un nouveau décor sans patine certes mais assez plaisant à vivre.

— Que puis-je pour vous ? dit-il en les invitant à s'asseoir dans les fauteuils de style Charles X, assortis à son grand bureau plat dont le cuir patiné disparaissait sous de nombreuses liasses de papiers.

Sur l'une d'elles, Hortense lut « chemin de fer » et sourit en pensant à Anatole. Tout la ramenait décidément au jeune homme qui fulminait, la veille, parce que certains prétendaient que le chemin de fer ne passerait jamais à Clermont, considéré comme un cul-de-sac. Heureusement, l'idée de greffer sur la ligne de Vierzon un prolongement vers Clermont et Roanne cheminait !

Le maire avait naturellement reconnu Hortense, dont le nom seul ne lui disait rien, et cette Alice qui avait fait toutes ces histoires à l'issue de la course de draisiennes. Un souvenir qui fit froncer ses épais sourcils poivre et sel. L'homme au tempérament débonnaire était réputé savoir écouter ses administrés, mais sa patience avait des limites. Il détailla un instant ses visiteuses, l'une à la dernière mode de quelque marchande de la ville, les autres avec leurs blouses d'ouvrières. Toutes trois, la brune, la blonde et la rousse, étaient aimables à regarder, mais pas forcément commodes.

Impatiente et agitée sur son fauteuil, Alice prit la parole sans y avoir été vraiment invitée. Mais presque en douceur, elle avait mis en sourdine violence et âpreté, qu'Hortense redoutait tant, exposant son projet en faisant référence à ce qu'elle avait vu à Paris chez monsieur Marbeau.

Près d'elle, Pasquine hochait la tête d'un air entendu, mais l'œil farouche ; apparemment plus indifférente, Hortense écoutait sagement. L'aventure lui plaisait pourtant. Encore que rien n'ait été simple pour convaincre Delphine de la laisser s'associer aux « deux filles socialistes », comme disait madame Beaumont avec une pointe de mépris mêlé d'ironie. Son amie l'avait traitée de folle, avait dénoncé cet intérêt malsain pour ce projet afin de se rapprocher de « cette maudite fille » qu'elle devait détester puisque Anatole en était amoureux. Que diraient ses amis de sa connivence avec « cette excitée » ? Delphine avait été violente dans ses propos et en avait profité pour dénoncer le manège peu discret d'Hortense avec Anatole.

Comment expliquer à Delphine qu'après avoir été si heureuse de se montrer à Alice avec Anatole, elle suivait elle ne savait quelle inspiration et ferait fi de ses sentiments ? Delphine ne l'aurait jamais crue ! D'ailleurs, entre les deux filles, c'était la paix armée, chacune espérant y trouver son compte.

Delphine, qui n'était pas dupe, avait martelé qu'Anatole ne l'aimait pas, c'était douloureux à entendre, et que si elle s'imaginait le séduire ainsi, elle se trompait lourdement. Hortense n'avait pas bronché. N'avait-elle pas lu dans un roman que la hardiesse des femmes avait un réel pouvoir de séduction sur les hommes ? A moins qu'ils ne prennent peur ! Il avait tout de même fallu l'intervention de Léon, amusé par les engouements de sa nièce, pour que Delphine laissât la jeune fille mener le projet.

« Vous l'aurez voulu », avait dit, dépitée, sa maîtresse à Léon, qui avait ri et l'avait prise dans ses bras avec une telle fougue qu'elle n'avait pas résisté. Hortense jalousait vaguement cet amour et constatait combien Delphine semblait apaisée et simplement heureuse quand son oncle était là.

« Rencontrerai-je jamais un homme qui plantera pour moi un champ d'hortensias ? » avait lancé la jeune fille à Delphine. Celle-ci lui avait raconté l'hommage merveilleux de Joseph, qui ne l'avait pourtant pas empêché de la trahir.

A défaut, qu'elle lui laisse mener sa vie ! La réplique de Delphine avait été que sa vie commençait seulement et qu'elle avait tout le temps de rencontrer cet homme qui sèmerait pour elle un jardin d'amour.

Hortense voyait Alice de profil avec ses nattes blondes et son teint pâle que l'excitation de son exposé avait presque coloré. Que lui trouvait Anatole ? songea la jeune fille moins résignée qu'elle ne le proclamait.

Alice avait maintenant achevé son propos simple et méthodique. Verdier-Latour l'avait écoutée attentivement, en prenant quelques notes dans un cahier posé sur un sous-main de cuir. Sa plume grattait bruyamment le papier et Hortense remarqua qu'elle laissait quelques éclats en pâtés.

— Bien, finit par dire le maire en se calant dans son fauteuil recouvert de velours vert. Qu'attendez-vous de moi ?

— Une aide.

— Clermont n'est pas Paris. Il y a tant à faire dans cette ville…

— Peut-être, mais c'est très important, insista Hortense dont les yeux clairs se fixèrent un instant dans les pupilles très sombres du maire.

La jeune fille était sans doute bien naïve. Quel intérêt avait le maire à aider un projet destiné à une couche de la population qui ne votait pas ? La maison de son prédécesseur incendiée par des émeutiers était cependant un argument pour écouter attentivement toutes les revendications. De là à leur donner satisfaction, il y avait un pas que l'édile ne franchirait pas, du moins ce jour-là.

— Je peux réfléchir à un terrain, à un local peut-être, avança-t-il prudemment, ajoutant que les notes prises dans son cahier allaient lui permettre de soumettre l'idée à ses conseillers.

Son regard avait croisé celui de Pasquine et il avait eu peur qu'elle ne reprenne ses revendications. Il lui avait expliqué lors d'un premier entretien que les machines à coudre, c'était le progrès, mais quand elle lui avait opposé sa condition d'ouvrière et les difficultés d'existence de ces gens qui constituaient désormais une grande partie de la population de la ville, il n'avait pas insisté. Dans son for intérieur, il était convenu qu'elle avait sans doute raison. Mais le maire n'était pas magicien !

Quand il les eut raccompagnées, Alice résuma, la première, l'entretien à sa manière vive et directe.

— Si on n'a que cela comme aide, autant abandonner tout de suite.

— Ouais, une anguille qui vous file entre les doigts, commenta sans barguigner Pasquine dont la pâleur mettait en relief les taches de rousseur.

Contestant leur déception à peine voilée, Hortense les fixa de son œil clair.

— Il n'en est pas question ! dit-elle.

Etonnée, Alice la regarda. Que cette bourgeoise était donc déconcertante ! Quelle mouche la piquait de s'emparer de ce projet qui semblait lui tenir plus à cœur encore qu'à elle-même ?

Mais elle, Alice, comment aurait-elle pu expliquer à Hortense que depuis le départ de Flora Tristan qui avait repris son tour de France, elle avait moins la foi ? Etait-ce parce que ses patrons Daubrée et Barbier avaient écouté le plaidoyer d'Anatole et réintégré la jeune fille dans l'atelier de Chantoing ? Ils avaient ainsi désamorcé une part des revendications de l'ouvrière, mais ne lui laissaient pas beaucoup de temps pour développer son projet. N'était-ce pas surtout parce que la « petite socialiste » avait succombé au charme d'Anatole et s'était même installée chez lui quelques jours après la fameuse soirée avec Flora, qui l'avait encouragée à séduire ce bourgeois qui n'était « pas trop navet bouilli » ? « Nous devons utiliser toutes les malices, avait-elle ajouté avec un clin d'œil. Quand je reviendrai, tu seras peut-être une bourgeoise, bien rangée, que la famille de ton mari refusera de voir, cela se passe ainsi chez ces gens-là. »

Elle n'avait jamais pensé à tout cela et tout en se reprochant cette lâcheté, ou plutôt cette facilité, qui l'avait jetée dans les bras d'Anatole, elle éprouvait une certaine jouissance à raconter ses amours à une Hortense dépitée et malheureuse, en concluant perfidement : « Vous, vous avez votre Armand ! »

Rageuse, la jeune fille s'était vengée comme dans ces maudits romans dont elle ne se rassasiait pas ! Elle était tombée à son tour dans les bras d'Armand. Cela s'était passé à la cathédrale, dans le triforium où, prétextant une nouvelle fois le vertige causé par la hauteur et surtout le manque d'appui du côté de la nef, elle s'était blottie contre Armand et lui avait offert ses lèvres avec passion. Le bedeau qui traînait toujours par là les avait regardés d'un drôle d'air quand ils étaient redescendus. Les deux coupables ne s'étaient pas aperçus qu'à l'heure de leurs effusions, le soleil avait dessiné en toute indiscrétion des ombres révélatrices. Armand n'en avait cure ; il était depuis sur un nuage.

« Embrasser l'un, penser à l'autre », avait écrit, le soir même, Hortense dans son journal, avant d'ajouter d'une écriture nerveuse : « Je n'ai pas dit mon dernier mot. »

— Nous allons maintenant chez monsieur Lecoq, déclara Hortense.

Car, après le maire, elle avait bien l'intention de rencontrer ceux qui venaient dîner chez Delphine, et le premier sur sa liste était Henri Lecoq, suivi du comte de Morny.

— Je dois aller travailler, dit Alice. Allez-y, vous !

Hortense soupira.

Qu'est-ce qui l'ennuyait le plus ? Aller seule chez monsieur Lecoq ou savoir Alice avec Anatole dans l'atelier de Chantoing ? Elle s'offrit une halte à la cathédrale où Armand assistait à la pose du dernier morceau restauré du grand vitrail de saint Georges, au nord du déambulatoire, dans la chapelle dédiée au saint patron des croisés. Adrien, l'ami d'Amédée, perché sur un échafaudage, l'ajustait sous l'œil vigilant de son patron, Etienne-Hormidas Thévenot. Nettoyé, réparé, le vitrail, qui racontait, en une succession de scènes animées, l'histoire du saint, était magnifique. Thévenot jubilait. Le résultat était inespéré si l'on songeait à l'état de la verrière quand les morceaux étaient arrivés dans son atelier. Un désastre insoupçonnable aujourd'hui !

— Monsieur, lui dit-elle, il faudra que je vous entretienne d'un projet qui me tient à cœur.

— Ce n'est pas le moment, murmura Armand en lui pressant la main.

Hortense le regarda. Non, ce n'était pas lui qui sèmerait ce jardin d'hortensias dont elle rêvait. Elle en avait la quasi-certitude. Ses rêves de coup de foudre ne pouvaient s'évanouir ainsi !

Cela ne l'empêcha pas d'accepter de la part du jeune homme une invitation au théâtre pour le soir même. Amédée y serait aussi pour assister à une représentation donnée par monsieur et madame Monnier, qui campaient une famille improvisée dans des situations diverses et cocasses. Henri Monnier jouait successivement un jeune homme timide, un vieux coquet, un marchand de bestiaux et un rentier bavard.

Elle avait rarement fréquenté les théâtres et quand Amédée lui apprit qu'on pouvait simuler l'orage avec de la tôle ou la grêle avec des haricots secs projetés dans un tuyau de poêle, cela la fit beaucoup rire. Un rire qui compensait momentanément une réelle mélancolie.

Armand avait réservé une loge grillée où Amédée eut la délicatesse de les laisser seuls. Fascinée par la rampe qui s'abaissait ou se relevait selon les jeux de lumière – le grand lustre central illuminé à l'huile était éteint –, Hortense abandonna sa main à celle d'Armand mais, quand elle sentit ses lèvres se poser dans son cou, puis venir butiner ses joues, l'autre main se promenant sur sa gorge, elle se leva, furieuse, sans même voir sur la scène la toile verte agitée par les bâtons d'enfants dissimulés derrière pour faire la mer.

Dans le corridor, cela sentait le moisi ; elle passa devant la buvette et se retrouva sur le trottoir, suivie d'Armand qui tentait de la rattraper par le bras.

— Raccompagnez-moi, je vous prie, dit-elle.

Contournant la façade réputée pour sa laideur, ils étaient déjà parvenus devant le château d'eau mitoyen du théâtre ; parfois, un bruit de suintement troublait les moments de silence dans la salle de spectacle.

— Vous vous méprenez, plaidait Armand, confus mais bien décidé à ne pas abandonner la partie.

— Laissez-moi ! Je ne vous aime pas, je n'ai pas eu de coup de foudre pour vous.

Elle marchait à grands pas malgré ses bottines fines et les irrégularités de la rue.

— Coup de foudre ? Que voulez-vous dire ? interrogea Armand, surpris, en revenant à sa hauteur.

— Vous ne savez pas ce qu'est un coup de foudre ?

— Si, enfin non…

De plus en plus décontenancé, Armand lui prit le bras pour la retenir.

— Mais je vous aime ! N'est-ce pas l'essentiel ?

— Mais moi, non ! hurla Hortense.

Ils étaient arrivés place du Terrail, à deux pas de chez madame Beaumont. Ils marchèrent en silence jusqu'à la grande porte cochère que Paulin avait décapée avant de la repeindre. Hortense s'y engouffra, abandonnant Armand, qui se reprochait déjà sa hardiesse et cette soirée gâchée.

15

— Raconte-moi !

— Et toi, la ville, c'était bien ?

Une question posée par Procule, qui voulait avoir l'air de s'intéresser à son amie mais dont la réponse lui importait peu. La ville, elle ne savait même pas ce que c'était, et ne voulait pas le savoir. Elle avait pourtant un vrai plaisir à retrouver Hortense, revenue quelques jours plus tôt et dont la première joie avait été de monter Jeune Fou.

Le cheval l'avait d'abord boudée, comme s'il avait voulu lui faire payer son absence en la mettant en concurrence avec le jeune homme qui l'avait monté pendant tous ces mois. Vexée, Hortense avait dû faire bonne figure face à son rival, dont la voix semblait seule désormais capable d'apaiser Jeune Fou. Elle avait même été contrainte de l'accompagner dans la forêt avec un autre cheval, suprême vexation. Il n'était autre que son premier danseur lors du fameux bal donné par sa grand-mère. Il lui avait rappelé ce détail, car elle ne l'aurait pas reconnu. Plus attentive à Jeune Fou qu'à ce rival sans intérêt, elle avait bien été obligée de le suivre. D'une humeur rageuse, elle avait à peine prêté attention au cavalier qui avait tenté de lui parler de ses études de vétérinaire. Elle n'en avait cure.

L'essentiel était de reprendre le contrôle de son cheval. Il lui avait mené la vie dure pendant plusieurs jours avant de s'apaiser et de céder enfin à son charme, à sa voix, à ses baisers près des naseaux. Et dès qu'elle avait pu s'éloigner de Bellemaison, le but de sa première promenade solitaire, avec un Jeune Fou apprivoisé, avait été une visite à Procule.

— Dis-moi plutôt ce que tu as fait, toi, depuis tout ce temps ?

Les deux jeunes filles s'étaient installées sur un joli coussin de mousse ; le soleil au zénith, qui jouait avec les ramures des chênes, poussait parfois son avantage jusqu'au sol, offrant mille nuances au tapis de feuilles du sentier. Jeune Fou broutait paisiblement près d'elle, en tapant de temps à autre le sol du sabot pour manifester les limites de sa patience.

Procule avait posé près d'elle un bouquet de serpolet destiné aux lapins de sa grand-mère qui exigeait qu'on les régalât avant de les manger, avec une insistance qui agaçait sa petite-fille. Sacrifier un animal avec lequel on avait cohabité était une douleur ! Mais l'intransigeante madame Fariboles prônait une nourriture diversifiée pour préserver la santé. Elle vantait volontiers son propre cas et sa forme extraordinaire en dépit des années qui s'accumulaient lentement.

— Raconte ! dit Hortense en exposant ses chevilles au soleil.

C'était tellement bon de ne pas avoir d'ombrelle ! Elle avait retrouvé avec un tel bonheur sa tenue préférée pour monter à cheval ! Elle ne regrettait pas un instant les robes des marchandes de modes de

Clermont. Elle se languissait davantage de Delphine, en séjour chez son frère, et aussi de Thomas, qui avait obtenu d'emmener Hippolyte avec lui. Ils devaient apprendre à monter à cheval ! Elle avait même proposé de leur servir de professeur de temps à autre.

— Non, toi, tu as dû rencontrer tant de gens à la ville, tu dois avoir plein d'amoureux ! dit Procule en repoussant une mèche de cheveux rebelle qui s'échappait du ruban noué autour d'une grosse couette châtain à laquelle le soleil donnait volontiers des reflets roux.

Une ombre passa dans le regard clair d'Hortense. Elle avait laissé le champ libre à Alice et si la cour de plus en plus empressée que lui faisait Armand ne lui déplaisait pas, malgré l'épisode du théâtre, elle pensait toujours à Anatole dont le visage s'imposait à elle sans cesse, bien persuadée que la vie, c'était comme dans les romans, et qu'aimer celui qui ne vous aimait pas, qui en aimait une autre, était le destin. Fallait-il aller contre ou s'y soumettre ? Delphine avait bien lutté pour la ramener à la vraie vie, mais Hortense ne l'écoutait guère. Elle lui avait pourtant mis les points sur les i.

« Vous devriez être plus discrète. Cela se voit comme un nœud au milieu de la figure que vous êtes toujours amoureuse de votre Anatole », avait-elle lancé la veille du départ pour la campagne.

Combattant difficilement la rougeur qu'elle sentait envahir son visage, Hortense avait nié énergiquement, mais Delphine avait dénoncé son manège lors du fameux dîner et la médiocre idée, pour elle, de s'exposer dans l'affaire de la garderie d'enfants.

La jeune fille préféra chasser ce souvenir ; près d'elle, son amie avait joliment étalé sur la mousse son jupon rayé blanc et rouge, qui lui tenait lieu de jupe ; Hortense détailla le caraco noué sur une chemise de toile fine ; la couturière y avait marié avec bonheur rayures et fleurs et même, pour la doublure et le pet-en-l'air, à la base du dos, une toile à carreaux[1]. Des morceaux de tissu certainement réutilisés selon le principe répandu, et pas seulement chez les pauvres, de faire du neuf avec du vieux.

— Alors ? interrogea soudain Procule, étonnée du silence qui s'était installé entre elles.

— Il faut que je te fasse rencontrer Amédée, lâcha enfin Hortense.

— C'est ton amoureux ?

— Non, dit Hortense en éclatant de rire. Il n'aime pas les filles, mais il adore la nature et s'occupe d'un jardin où il y a toutes sortes de plantes.

— Et, comme toi, il les étudie dans les livres ? interrogea Procule.

Elle avait souvent raillé Hortense qui connaissait peut-être les plantes dans les livres mais, une fois livrée à la nature, ne savait pas les reconnaître, ni les identifier. Un jeu si facile pour Procule !

— Il est très fort, répondit Hortense.

— Et à part Amédée, qui n'aime pas les filles ?

— Il y a Anatole que j'aime, je rêve de lui souvent, mais lui en aime une autre, et il y a Armand, le plus charmant peut-être, qui m'aime – mais quand je lui rends ses baisers si tendres, si bons, je pense à Anatole ! Et toi, qu'as-tu fait pendant tous ces mois ?

Un sourire aux lèvres, Procule hésita un instant, puis se lança.

---

1. Le pet-en-l'air ou caraca est un petit pan à l'arrière du caraco qui revient sur la jupe.

— Tu connais Jeannot de la ferme de ta grand-mère, au Grand Chêne. Il est maintenant commis de cuisine au château de madame Adélaïde.

Hortense hocha la tête ; elle se souvenait, en effet, l'avoir vu lors d'une visite avec son oncle. C'était lui qui avait une sœur anormale.

— Il m'a emmenée un jour au château, enfin aux cuisines ; elles sont immenses, tu n'as pas idée. Quoique en ville, tu en as peut-être vu. J'ai fait la connaissance du chef Jules et du pâtissier. Mais voilà, depuis ce jour-là, Gaston, le pâtissier, je le rencontrais partout. Il se trouvait toujours sur mon chemin, gras, pataud, il me faisait de grandes déclarations : j'étais si jolie, il ne connaissait pas d'autre fille comme moi... Il m'apportait une part de gâteau, celui qui avait tant plu au roi qu'il avait fallu le refaire, une autre fois celui qu'il réussissait le mieux ou celui que préférait la princesse...

— C'est bien d'avoir un amoureux comme cela.

— Mais moi, tu sais, je préfère une fraise ou une cerise à tous ces gâteaux qui vous pèsent sur l'estomac. Pourtant, je les acceptais. Et tu vois, je ne le rencontrais jamais quand j'étais avec Jeannot, tu sais, nous cherchons des champignons ou des herbes ensemble. Tiens, regarde.

Procule avait ramassé une coque de noisette qu'elle présenta dans la paume de sa main.

— Regarde, c'est un mulot qui a mangé cette noisette.

— Comment le sais-tu ? interrogea Hortense, incrédule.

— Le mulot fait un trou parce que sa mâchoire n'est pas assez forte pour casser la noisette alors que l'écureuil, plus habile, la coince entre ses dents et fait une ouverture qui la casse net. Alors, quand il y a un trou, comme là, c'est un mulot qui l'a rongée.

— Tu en sais des choses, fit Hortense, le sourire aux lèvres. Mais dis-moi plutôt, Jeannot, c'est ton amoureux ?

Procule éclata de rire.

— Laisse-moi plutôt finir avec mes noisettes. Quand tu verras des petits débris, c'est un pic qui les a cassées à coups de bec.

— Tu es vraiment têtue ! Tu ne réponds pas ?

— Pour Jeannot ? Je l'aime bien. J'adore surtout me promener avec lui !

« Cet amour tout doucement qui naît sans qu'on y prenne garde… » Avec ces mots, Delphine avait tenté d'expliquer à Hortense qu'il n'y avait pas que le coup de foudre dans la vie et qu'il n'était, en tout cas, pas héréditaire.

— Il ne t'a jamais embrassée ?

— Mais non, jamais.

— Jamais pris la main ?

Procule rougit.

— Ça, oui, pour éviter des ronces, pour passer un ruisseau. Mais revenons à mon histoire. Il y a quinze jours, un matin, il faisait beau comme jamais on n'avait eu du soleil depuis le début du printemps, et il le fallait parce que c'était la Saint-Médard. J'allais au village pour apporter un onguent à l'épicière quand tout à coup, j'ai vu une silhouette à contre-jour me barrant le passage. Je l'ai tout de suite reconnu, le Gaston. Il n'avait pas de part de gâteau mais un air que je ne lui connaissais pas, comment te dire, un peu hagard, presque fou avec ses yeux verdâtres, un peu comme l'eau d'un étang. Il me paraissait immense avec son ample chemise de chanvre. Et moi qui aurais cru qu'il ne pouvait pas courir avec ses grosses jambes ! Il s'est jeté sur moi comme un sauvage en jurant qu'il m'aimait, s'est mis à m'embrasser. Je me débattais, mais il est plus costaud que moi, il me serrait avec ses gros bras. Je tambourinais avec mes poings sur sa poitrine qui m'oppressait, je lui ai griffé le visage, mais il tenait bon. Nous avons roulé dans l'herbe sous un chêne, il m'a mis les bras en croix, s'est allongé sur moi, je sentais les plis de sa chemise, il était tellement lourd que je ne pouvais plus bouger. Je criais, mais il m'a plaqué la main sur la bouche, pendant que l'autre relevait ma jupe et défaisait son pantalon. J'étouffais avec cette grosse patte qui écrasait mes lèvres…

— Et alors ? Tu ne vas pas me dire qu'il t'a prise comme un fou ?

— Non, rassure-toi ! Tout à coup la charge qui pesait sur moi s'est allégée, j'ai entendu une voix comme dans un brouillard, je devais être à moitié évanouie. « Satané vaurien, que fais-tu, n'as-tu pas honte ? »

— C'était qui ? Jeannot ?

— Non, le cavalier noir.

— Le cavalier noir ? !

Procule ajouta qu'elle avait observé sa dextérité malgré son infirmité pour obliger l'autre à remettre son panté[1] dans le pantalon de coutil bleu, à monter sur son cheval et lui lier les mains en le menaçant de sa fameuse cravache ; il l'avait attaché à sa selle. Le « gros pataud », comme elle disait, elle lui avait juste vu une grande balafre sanguinolente sur la joue, sans

1. Pan long de chemise qui, ramené à l'avant, évitait le port du caleçon.

doute sa griffure, puis elle avait remercié son sauveur qui avait protesté en alléguant que, pour une fois, il pouvait échapper à sa fâcheuse réputation et il en était bien heureux.

— Et qu'est-ce qu'il en a fait ?

— Il l'a mené aux gendarmes, qui l'ont gardé, et j'ai su par Jeannot qu'il a perdu sa place quand madame Adélaïde a appris les faits ! A la ville, il y a des violeurs ?

— Je n'en ai jamais rencontré, répondit Hortense.

Elle se lança à son tour dans le récit à peu près complet de ses activités clermontoises et le termina en racontant l'affaire qui lui tenait à cœur et qu'elle espérait en bonne voie.

Henri Lecoq l'avait accueillie avec enthousiasme et comme il était membre de la chambre de commerce, il avait promis de recruter des bienfaiteurs ainsi qu'à l'Académie des sciences, belles-lettres et arts. Elle était confiante ; il avait aussi une idée pour un bâtiment qui pourrait faire l'affaire. Hortense avait quitté Clermont rassurée, si ce n'était la perspective d'abandonner Anatole à Alice alors qu'Armand, avec qui elle avait fait la paix un matin devant le portail nord de la cathédrale, avait juré qu'il lui rendrait visite au cours de l'été. Une compensation qui ne la comblait pas vraiment.

— Vite, je me sauve, j'ai promis de retrouver oncle Léon pour visiter les fermes cet après-midi, dit soudain Hortense en détachant Jeune Fou qui, tout heureux d'être libéré, se mit à gambader en hennissant.

En un instant, sans réagir aussitôt, les deux jeunes filles le virent se diriger vers un sentier qui partait en diagonale, puis s'éloigner. Avec un temps de retard,

Hortense se mit à courir, Procule sur ses talons, toutes deux hurlant :

— Jeune Fou, reviens ! Ici, Jeune Fou !

Mais le cheval d'abord au trot se mit à galoper et, à bout de souffle, elles durent se rendre à l'évidence : elles ne le rattraperaient pas. Furieuse, Hortense fouetta de sa cravache les fougères qui n'y pouvaient rien mais plièrent sous l'agression avant de se redresser fièrement.

— Il ne manquait plus que cela ! Il ne m'obéit plus depuis que ce maudit garçon s'en est occupé.

— Je l'ai parfois rencontré avec lui, il est beau, tu ne trouves pas ?

— Je ne sais pas, je ne l'ai pas regardé, répondit Hortense avec une mauvaise foi totale qui fit sourire Procule. En attendant, il faut que je rentre à pied !

— Je t'accompagne. Oh ! j'allais oublier mon serpolet.

— L'oncle Léon doit m'attendre, il sera furieux !

Quand elles arrivèrent en nage à l'entrée de l'allée qui menait à Bellemaison, elles avisèrent de loin un homme qu'elles découvrirent, en s'en rapprochant, hirsute et barbu. Seule, Hortense aurait eu peur, mais Procule, plus habituée à des rencontres insolites dans les bois, se planta devant lui.

— Qui êtes-vous ? demanda-t-elle avec l'aplomb qui la caractérisait.

L'homme, qui avait une blouse d'ouvrier élimée et délavée, dont un morceau avait même dû rester dans les ronces, la regarda à peine et interrogea par-dessus son épaule Hortense, demeurée quelques pas derrière.

— Hortense, tu ne me reconnais pas ?

— Henri ! Mais que fais-tu là ? Et notre père ?

Stupéfaite, Hortense assaillait son frère de questions tout en se précipitant pour l'embrasser.

— Non, je pue, je dois avoir des poux et la teigne. Notre père, comment veux-tu que je sache ? Je ne l'ai pas vu depuis tant d'années ! Excuse-moi, je m'assois, j'ai la tête qui tourne, je n'ai pas mangé !

Le jeune homme s'était laissé tomber sur le sol, abandonnant le bâton qu'il tenait à la main et qui vint rouler aux pieds d'Hortense.

— Il faut le nourrir, dit Procule. Tu as vu comme il est pâle ? Ramène-le à Bellemaison !

— Tu imagines la tête de ma grand-mère si elle voit son petit-fils dans cet état ? Je vais l'emmener chez Augustin. Tu auras la force de marcher encore un peu ? Je ne comprends pas, tu n'es pas parti avec notre père en Algérie ?

— En Algérie ? Mais qu'est-ce que tu racontes ?

— La vérité...

— Oui, celle que t'a dite notre père.

— Mais toi, tu étais où ?

— Moi, en prison ! Tu ne le savais pas ?

— En prison ? Quel crime as-tu commis ?

Hortense était de plus en plus abasourdie. Henri s'était remis debout péniblement, avait repris son bâton dont il avait absolument besoin depuis qu'il s'était tordu la cheville deux jours plus tôt. Côte à côte, ils avancèrent dans l'allée. A cette heure, le soleil était dans l'axe de la monumentale percée que le grand-père d'Hortense et d'Henri avait créée au milieu de chênes centenaires. A quelques pas, ses rayons s'accrochaient aux roseaux de l'étang où oiseaux, poissons et grenouilles s'organisaient pour un bel après-midi d'été.

Comme Henri n'avait pas répondu, Hortense répéta :

— Quel crime as-tu commis ?

— Des bêtises de garçon. Si notre père l'avait voulu, il aurait pu me sortir de là, mais tu sais comme il est, papillonnant ici et là, ami de l'un, brouillé avec un autre, obsédé par le jeu dès qu'il a trois louis, ou par les femmes... Et bien peu d'attention pour moi !

Hortense n'avait pas cillé à la description des turpitudes de son père qu'elle connaissait, mais qu'elle avait enfouies loin dans sa mémoire : depuis qu'elle était arrivée à Bellemaison, elle s'était imposé de le défendre contre toutes les attaques. Et sa grand-mère n'en était pas avare !

— Et moi qui croyais que vous alliez revenir couverts de gloire et que cela ferait mentir notre grand-mère, qui dit pis que pendre de notre père ! J'espérais tant que la vérité triompherait et que le choix de notre mère ne prêterait plus à la critique.

— Le choix de notre mère... Ma pauvre Hortense, tu es bien naïve ! Le jour où elle a rencontré notre père, elle aurait mieux fait de se jeter dans cet étang !

Hortense observait son frère dont elle ne retrouvait pas les traits, enfouis qu'ils étaient sous un système pileux envahissant. Voilà des années qu'elle ne l'avait pas vu, puisque son père l'avait prétendument mis dans une pension dont il était censé l'extraire pour l'emmener en Algérie. Il était devenu un homme.

— Revenir couvert de gloire de la Petite Roquette serait un exploit ! répondit Henri qui avait le souffle de plus en plus court.

— Appuyez-vous sur moi, je ne crains pas les poux ! proposa Procule.

— Et c'est quoi, la Petite Roquette ?

— Donne-moi plutôt à manger. C'est un endroit mal fréquenté. Je te raconterai quand j'aurai mangé.

Obsédé par la faim qui le tenaillait, souffrant de sa cheville, Henri ne parla plus. Ils arrivèrent enfin dans la cour où donnaient le long bâtiment des écuries et la maison coquette d'Augustin, dont les rosiers grimpants offraient leurs premières fleurs de la saison. Le palefrenier-cocher parut sur le seuil entouré de pierres jaunâtres, cligna des yeux, mit sa main en visière pour observer qui arrivait, puis s'avança à leur rencontre.

— Mademoiselle Hortense, votre oncle est parti. Il était furieux ou peut-être surtout inquiet. Mais où est Jeune Fou ? Il n'est rien arrivé, au moins ?

— Si, mon cheval nous a échappé, je ne sais où il court dans les bois.

— Diable, il ne manquait plus que cela ! Il va falloir le chercher.

— S'il ne revient pas, cela fera plaisir à ma grand-mère ! jeta Hortense avec ce ton de défi que le domestique lui connaissait.

Augustin éclata de rire en protestant, mais il savait que la jeune fille avait raison. Il ne pouvait pas emmener madame de Bellemaison en course sans qu'elle fît une allusion à « ce maudit cheval », bien que monsieur Léon soutînt sa nièce dans cette affaire. Comme lui, Augustin ne cachait pas une certaine admiration pour la témérité de la cavalière. Il ne craignait pas non plus ses propos parfois acides.

— Il y a plus grave, Augustin, dit Hortense en se retournant vers Henri, voilà mon frère !

Surpris, l'homme écarquilla les yeux. Etait-il possible que ce vagabond chevelu et barbu soit le frère de mademoiselle Hortense ?

— Je ne vous raconte pas son histoire mais, avant de

le présenter à ma grand-mère, il va falloir lui faire une petite métamorphose.

— Il paraît que la princesse fait venir un homme extraordinaire qui transforme les gens pendant son spectacle, c'est ce qu'on raconte au village.

— Oui, oui, répondit Hortense qui se dirigeait maintenant vers le petit château en laissant derrière elle les communs. Il n'a pas l'air bien, faites-le asseoir sur le banc. En attendant, je cours voir Apolline pour qu'elle me donne de quoi lui éviter de défaillir !

— Et pour Jeune Fou, qu'est-ce qu'on fait ? interrogea dans son dos Augustin visiblement inquiet.

Décidément, avec mademoiselle Hortense, il se passait toujours quelque chose !

La jeune fille s'aperçut qu'elle avait presque oublié la disparition du cheval. Elle en fut consternée mais répondit qu'on attendrait le retour de son oncle pour aviser. Ils avaient maintenant autre chose à faire, et plus urgent !

Léon entra dans une grande fureur quand il apprit l'incident de la bouche d'Hortense, venue frapper timidement à la porte de son bureau après son retour. Il avait déjà ruminé lors de sa tournée champêtre l'absence de sa nièce et n'était pas de bonne humeur. Convoqué sur-le-champ, habitué à ces colères qui étaient aussi vives que brèves, Augustin tenta de le calmer. Le cheval allait être retrouvé, il avait dû se réfugier dans une ferme ou une propriété, peut-être fallait-il seulement prévenir les gendarmes.

— Et leur dire que ce cheval est ingouvernable ! Nous aurons l'air malins.

Léon avait à peine regardé sa nièce. Elle se tenait penaude dans un coin du bureau qui était une des pièces les plus agréables du château, car située dans un angle avec une fenêtre dans deux pans de mur, offrant un vaste panorama vers l'étang et la forêt. Il y régnait une forte odeur de tabac dont les vêtements de Léon auraient pu être imprégnés s'il ne les aérait au cours de ses longues courses en forêt ou pour visiter les fermiers du domaine.

Hortense regardait Augustin debout, les jambes écartées posées sur ces gros brodequins qu'Augustine inspectait avec méfiance avant qu'il ne pénètre dans la maison, pour éviter qu'ils ne souillent les parquets.

— Oui, je vais aller chez les gendarmes, dit le palefrenier en hochant la tête d'un air entendu avant de se diriger vers la porte, heureux d'avoir pris la décision que Léon acceptait maintenant sans rechigner.

— Nous voilà beaux ! Asseyez-vous, dit alors Léon à Hortense, en tirant sur un gros cigare dont la fumée en volutes s'échappait heureusement par une des fenêtres entrouvertes. Espérons que ce cheval ne fera pas de dégâts et ne tuera personne. Quelle étourdie vous êtes ! Je comprends pourquoi vous n'étiez pas à notre rendez-vous. C'est dommage, j'ai fait livrer à votre ami Raconnet une nouvelle charrue.

Tout heureuse soudain, Hortense sourit. Les Raconnet étaient cette famille qui lui faisait pitié, dont le père avait des soucis de santé.

— Vous auriez vu leur joie ! Madame Raconnet ne râlait plus pour un rien.

— Vous savez bien qu'elle ne râle pas pour le plaisir, protesta Hortense qui se reprochait de n'être pas encore allée lui rendre visite.

— Bon, admettons, mais j'ai une autre nouvelle qui plairait à votre ami fou de progrès !

Hortense ne broncha pas. Son oncle venait inopportunément de lui rappeler Anatole. Elle doutait parfois de la discrétion promise par Delphine sur ses affaires de cœur. Que savait Léon ?

— Regardez !

Assis du bout des fesses sur son fauteuil, son cigare posé sur un large cendrier de cristal, Léon lui présentait une double feuille sur laquelle était dessinée une machine dont, au premier coup d'œil, elle ne percevait pas l'usage.

— Qu'est-ce que c'est ? interrogea-t-elle, dubitative.

— Une faucheuse-moissonneuse inventée il y a une vingtaine d'années par un Ecossais, un certain McCormick ! Regardez ces couteaux mobiles qui coupent la plante et la projettent sur une table : cela va trois fois plus vite que n'importe quel autre instrument.

— Et cela fonctionne comment ?

— Tiré par un attelage à deux chevaux.

— Vous voyez bien que malgré le progrès, on aura toujours besoin de chevaux, dit en souriant Hortense qui avait presque oublié Jeune Fou et son frère.

Cela lui rappelait tant d'autres discussions !

— Et cela marche ? ajouta-t-elle en regardant son oncle droit dans les yeux.

Lui aussi avait ce regard clair qui était décidément une marque de la famille.

Léon éclata de rire.

— Evidemment que cela marche ! J'en ai vu fonctionner en Beauce où j'ai visité un de mes amis.

Hortense se souvint du voyage en Beauce, quelques semaines plus tôt, qui avait agacé Delphine accusant Léon de la délaisser. Il était vrai qu'il n'avait pas été très présent au printemps. Avait-il mieux à faire dans le voisinage ou ailleurs ? La machine était, certes, un argument de poids pour justifier le voyage.

— Je vais en commander une que nous utiliserons à tour de rôle dans chaque ferme. Je la confierai à Théophile qui saura s'en servir, astucieux comme il est. Voilà le progrès qui entre à Bellemaison, n'est-ce pas une bonne nouvelle ?

Hortense songea qu'elle avait une autre confidence à lui faire dont elle ne savait pas si elle serait aussi appréciée : l'arrivée de son frère. Mais comme Célestin annonçait le dîner, elle prit le parti de différer cette explosive nouvelle. Elle préférait aussi que le jeune homme retrouve un aspect civilisé avant d'avertir son oncle.

Elle suivit sagement Léon dans le couloir sombre ; les murs présentaient de belles gravures de chasse et quelques trophées, têtes de sanglier et de cerf, dont l'exposition impressionnante se poursuivait dans la vaste cage d'escalier. Elle n'était pas fanatique de cet étalage orgueilleux qui la répugnait vaguement.

Les boiseries de la salle à manger en noyer blond prenaient une teinte légèrement rosée au soleil couchant. Célestin avait fermé deux volets pour barrer la route aux rayons intrépides du bel astre rougeoyant. En serviteur zélé, il anticipait ainsi les désirs de la maîtresse de maison dont il redoutait toujours les crises d'autorité qui dégénéraient souvent en vociférations désobligeantes.

— Vous êtes-vous lavé les mains ? interrogea madame de Bellemaison, déjà installée dans son fauteuil de douairière, comme disait son taquin de fils.

Hortense soupira. Depuis qu'elle était revenue à Bellemaison, elle qui avait bénéficié d'un statut d'adulte à Clermont était redevenue une petite fille. Elle aurait voulu se rebiffer, mais à quoi bon ? Entre sa grand-mère et elle, c'était la paix armée, surtout depuis qu'Hortense lui avait réclamé la vérité et lui avait reproché de ne jamais avoir reconnu qu'elle ressemblait tant à sa mère. Etait-il normal que ce soient des étrangers qui le lui disent ? En même temps, elle éprouvait presque de la compassion pour cette femme dont le chagrin de perdre son fils avait dû être immense, aggravé par les incartades et le départ de sa fille qu'elle n'avait jamais revue. Hortense n'était-elle pas le symbole vivant de tout ce malheur ?

— Pourquoi avez-vous fait venir Augustin ? demanda la vieille dame d'un air inquisiteur.

— Rien d'important, répondit Léon évasif en s'asseyant à sa droite. Je voudrais plutôt vous entretenir d'un projet qui me tient à cœur.

Madame de Bellemaison le regarda avec intérêt. Pour la première fois, Hortense remarqua qu'elle aussi avait cette fameuse fossette au menton. Et pour la première fois, encore, elle mesura qu'elle devait lui ressembler, comme lui ressemblait certainement sa mère. Elle en fut épouvantée, car elle avait sous les yeux l'image de ce qu'elle serait un jour, sauf si, comme sa mère, sa vie s'arrêtait prématurément.

L'idée que sa grand-mère ait pu être jeune, belle, amoureuse lui paraissait saugrenue. Et pourtant, elle ne pouvait contester une telle réalité. Hortense l'observa à la dérobée pendant que Célestin servait un potage à base de chou-fleur dont l'odeur la fit grimacer. Toujours très soignée, la vieille dame portait une camisole à manches longues sur une robe de toile finement rayée, trahissant un sens délicat pour assortir les couleurs et mettre en valeur ses cheveux blancs.

Tout en absorbant le potage à petites lampées, Léon expliquait son projet qui laissa sa mère dubitative.

— Vous êtes le maître maintenant ici, je ne veux plus me mêler de ce genre d'affaires, finit-elle par dire, mais permettez-moi de douter de la nécessité de cet achat. Nos gens se sont toujours débrouillés, nous avons moissonné, battu le blé sans avoir recours à des machines extraordinaires. Alors, pourquoi changer ? Quand tout se fera avec des machines, que feront les hommes ?

— Le progrès, ma mère, le progrès.

Léon avait accompagné ces mots d'un sourire enjôleur. Hortense admira le travail de l'artiste et la réponse de madame de Bellemaison fut distillée les yeux levés vers le plafond à poutres claires, avec une moue de dédain.

— Le progrès, nous en reparlerons, de votre progrès. Mais faites comme vous l'entendez, puisque c'est vous qui menez maintenant cette maison.

Léon remercia sa mère d'un petit signe de tête. En effet, depuis l'hiver, madame de Bellemaison lui laissait toute latitude pour gérer le domaine ; elle avait déclaré être trop lasse et trop vieille désormais. Un renoncement qui l'avait surpris, mais il avait noté avec satisfaction ses recommandations de ne pas faire tout péricliter car, si lui n'avait pas de progéniture, enfin à sa connaissance, il fallait compter avec ses deux neveux. Une façon de montrer qu'elle n'était pas tout à fait indifférente à l'avenir de ces enfants qui constituaient sa seule descendance. Même si elle ne le montrait pas, n'offrant à sa petite-fille que mépris et froideur. Mais Hortense n'y prêtait désormais plus attention.

16

Hortense aurait aimé dialoguer avec la chouette dont le hululement bref rompait le silence de la nuit. Sans doute celle dont sa grand-mère s'était plainte la veille en mobilisant le nouveau jardinier, un certain Isidore qui avait levé les bras au ciel mais n'avait pas osé refuser, et Augustin, excédé mais davantage résigné car habitué aux caprices de Madame. Expédiés vers le cèdre où, selon elle, devait se tenir la perturbatrice, ils avaient pour mission de la débusquer. Après avoir grimpé dans l'arbre, épié les bruits, les deux chasseurs improvisés avaient abandonné rapidement la partie ; revenus bredouilles, ils avaient cependant affirmé avec aplomb qu'il leur semblait bien avoir chassé l'oiseau coupable. Dupe ou pas, la vieille dame avait applaudi.

La tête sur un oreiller moelleux, recouvert d'une belle taie de toile brodée au chiffre de madame de Bellemaison, Hortense ne put s'empêcher de sourire en imaginant la déconvenue de sa grand-mère dans la chambre voisine. La jeune fille, pour l'occasion, avait consulté le tome consacré par Buffon aux espèces nocturnes qui menaient une vie d'enfer dès que l'obscurité leur assurait l'impunité ou, en tout cas, l'absence de risque dû aux humains réputés dormir la nuit. A part, la petite chevêche qu'on peut observer le jour, disait le célèbre naturaliste qui en montrait une image avec une souris dans le bec, les autres étaient très difficiles à voir en pleine journée.

Hortense souffla la bougie après avoir posé son livre sur la table de nuit dont la forme ronde était couronnée par un joli marbre blanc. Elle avait repris *Indiana*, le roman de George Sand déjà lu quelques mois plus tôt, mais dont elle appréciait davantage le sel maintenant qu'elle était amoureuse ou du moins s'imaginait l'être.

Le lit craqua dans un bruit presque pathétique quand elle se tourna ostensiblement vers le mur, comme si elle cherchait sa protection, le dos à la fenêtre derrière laquelle chauves-souris, rapaces, insectes ou papillons devaient mener leur vie. Les cris de la chouette redoublaient d'intensité et Hortense eut l'impression qu'il y avait deux oiseaux dont elle aurait voulu comprendre le dialogue. Scène de ménage, soucis avec les enfants, tendre amourette ? Il en allait certainement chez les oiseaux comme chez les humains.

Un tel remue-ménage pouvait aussi s'expliquer par le retour de l'un d'eux ; cette idée ramena Hortense, que fuyait le sommeil, à son frère. Ses explications la turlupinaient car, au fond, elles mettaient dans une lumière crue les mensonges de son père. Son frère n'était pas allé en pension, pas plus qu'il n'était parti en Algérie. Et lui, son père, où était-il ? Avait-il vraiment rejoint le maréchal Bugeaud et le duc d'Aumale ? Elle en doutait.

Elle avait toujours refoulé les opinions défavorables proférées contre son père. Sa grand-mère Bellemaison n'était pas la seule à en dire du mal : son autre grand-mère ne se berçait pas d'illusions sur son propre fils. Après ce mariage qui avait coupé sa femme de sa famille, il avait mené ses affaires à vau-l'eau. Joueur, noceur, amateur de femmes... sa charmante épouse n'avait pas eu le temps de faire le tour de ses vices ; il avait joué avec la vie mais avait perdu sur tous les fronts. Et quand il avait été contraint de vendre la maison et le domaine hérités de son grand-père – grevés de tant de dettes que les gendarmes étaient venus les chasser un matin, Hortense s'en souvenait – il avait dû fuir et trouver refuge avec ses jumeaux à Paris, chez sa mère. Il n'avait sauvé que la collection des Buffon ensuite vendus après la mort de sa grand-mère, ruinée à son tour, ce qui avait précipité le départ de son père et sa propre arrivée à Bellemaison.

Henri en prison ! C'était le symbole de cette descente de son père elle ne savait jusqu'où. La chouette hululait de plus belle, mais les hi-han de deux ânes du voisinage couvrirent soudain ses cris dans un vacarme qui fit éclater de rire Hortense à l'idée que sa grand-mère ne dormait peut-être pas et devait s'énerver dans son lit. « Bête de somme du genre cheval, à longues oreilles, sensible, patient et tranquille », disait encore Buffon. Mais madame de Bellemaison n'en avait cure !

Hortense se réveilla brusquement. Il faisait jour. Augustine tirait les rideaux à gros carreaux rouges et blancs et repliait sans bruit les volets de bois dont la couleur, un jaune paille, était assortie à celle des boiseries de la chambre aux murs tapissés de papier à fines rayures dans le même ton. Une sobriété contrastant avec la cotonnade du baldaquin, de la cantonnière, du dossier et du dessus-de-lit, qui offrait des scènes historiées de personnages occupés à des activités champêtres. Hortense les avait détaillés les premiers temps de son séjour à Bellemaison, puis s'était lassée des arbres et autres végétations où se mouvaient des enfants sur des balançoires, des jeunes gens batifolant dans la nature et des animaux en quête de proie. Elle avait préféré chercher d'autres indices qui la mettraient sur les traces de sa mère.

En effet, c'était sa chambre, comme le lui avait dit Léon le jour de son arrivée, et elle n'avait sans doute guère changé depuis le départ de Julie qui avait choisi cette toile de Jouy, selon son frère. Hortense avait traqué les détails qui pourraient en dire un peu plus sur cette mère dont elle n'avait pas de souvenir. Ici, un tableau, un médaillon de fleurs séchées, une porcelaine, un chandelier, un livre, peut-être le dernier lu par sa mère à Bellemaison. Mais contrairement à la chambre de Joseph restée close, cette pièce avait servi à accueillir quelques hôtes et donc les apparences ne reflétaient plus forcément la mémoire de sa mère. Depuis son retour de Clermont, cependant, et maintenant qu'elle connaissait l'histoire de Julie, Hortense l'imaginait mieux et quand elle se postait à la fenêtre donnant du côté de l'étang, elle songeait que sa mère avait dû rêver au même endroit à Magloire ou à Maxime, comme elle pensait à Anatole ou à Armand.

— Il fait beau, dit Augustine. Avez-vous bien dormi ? Madame est furieuse car la chouette a encore perturbé son sommeil.

— Je l'ai entendue, dit Hortense en riant. Est-ce qu'elle a parlé des ânes ?

Augustine répondit par la négative. Madame de Bellemaison n'a peut-être pas le sommeil aussi léger qu'elle veut bien le dire, pensa Hortense en peinant pour ouvrir les yeux. Ils avaient du mal à s'habituer à la lumière et elle avait la tête lourde. Avait-elle vraiment dormi ? Oui, sans doute. Les images d'un cauchemar lui revinrent subitement. Derrière des barreaux, son père hurlait : « Au secours, je ne suis pas coupable ! Je vais mourir, mais je voudrais être sûr de revoir Julie... » Et encore : « Hortense, Henri, ne m'abandonnez pas ! »

Comme si, lui, il ne nous avait pas abandonnés ! songea la jeune fille.

— Habillez-vous vite, dit Augustine qui avait monté un broc d'eau chaude qu'elle déposa, dans le petit cabinet attenant, près d'une cuvette de faïence sur un meuble de toilette en noyer.

— Oui, merci, Augustine, répondit Hortense en repoussant drap et couverture et en sautant sur la carpette ornée de fleurettes.

Le parquet grinça horriblement.

Après avoir jeté un coup d'œil dehors, où le ciel était effectivement d'un bleu presque parfait, elle versa un peu d'eau dans la cuvette et y jeta un linge dont elle se bassina le visage avec bonheur. Les yeux enfin bien ouverts, elle se regarda dans le miroir ovale qui surmontait la table de toilette. Elle avait lu dans les romans que l'abandon du négligé pouvait être ravissant. Elle observa de légers cernes sous ses yeux, une rougeur sur ses joues qui trahissait le défaut d'usage d'ombrelle ou de gaze pour en préserver la blancheur, et des cheveux en bataille qu'elle entreprit de démêler, tout en s'interrogeant sur le moment opportun pour révéler la présence d'Henri à son oncle.

En enfilant la robe qu'elle avait choisie dans la penderie, elle repensa à son père. Le reverrait-elle ? N'était-elle pas injuste, cette nuit, quand elle se remémorait certaines de ses turpitudes ? N'avait-elle pas toujours été subjuguée par son charme et son élégance ? Tout à coup lui sauta aux yeux le rapprochement à faire avec Procule, qui n'avait jamais connu son père, et Alice, qui avait perdu le sien. D'Alice, ses pensées s'envolèrent vers Anatole. Elle eut soudain très envie de le revoir, une envie irrésistible. Est-ce cela, l'amour ? s'interrogea-t-elle en dévalant bruyamment l'escalier.

— Chut, fit Augustine qui époussetait les meubles du vestibule, votre grand-mère s'est rendormie.

— Et mon oncle ?

— Parti. Ou plutôt, je crois qu'il n'a pas dormi ici, ajouta Augustine, un doigt sur ses lèvres.

Hortense éclata de rire, entraînant avec elle Célestin occupé à passer une serpillière légèrement humide sur les grands carreaux noirs et blancs du sol dont la propreté faisait damner les serviteurs de la maison. Léon était-il allé rejoindre Delphine ou une autre ?

Songeuse, la jeune fille entra dans la cuisine, salua Apolline qui épluchait des légumes, lui recommanda de ne plus faire du potage au chou-fleur car elle n'en raffolait pas ; la cuisinière éclata de rire, car madame de Bellemaison avait insisté pour avoir ce potage dont elle savait très bien que ni son fils ni sa petite-fille n'étaient friands. « Mais, avait-elle ajouté, je n'en ai pas encore fini avec leur éducation et tant qu'il me restera un souffle, je m'y emploierai ! »

— Il y a du lait dans le pichet bleu, et du pain tout frais. Et votre visiteur ? Il ne faut pas l'oublier.

Cette fois, ce fut Hortense qui mit son doigt sur ses lèvres, mais elle savait qu'elle pouvait compter sur Apolline. Elle se saisit d'un panier, y mit le pichet de lait, le pain et du beurre, et sortit par la porte qui donnait directement dehors, justement du côté des communs. En passant devant les écuries, elle repensa soudain à Jeune Fou.

— Je suis allé chez les gendarmes, dit dans son dos Augustin qui avait saisi son regard vers les stalles. Nous allons attendre, mais cela fait peine de penser à ce cheval perdu on ne sait où.

Penaude, Hortense acquiesça.

— Quant à monsieur Henri, il va bien, poursuivit le palefrenier. Il a longuement mijoté dans un grand bain que j'avais rempli, Apolline a apporté du savon, des serviettes et des vêtements de Monsieur, et votre amie de quoi traiter la teigne. Je ne sais pas si j'aurais dû la laisser voir monsieur Henri dans son bain, mais elle a absolument tenu à le soigner elle-même. J'ai fait brûler ses guenilles et tous ces poils, cette barbe, ces cheveux qui lui tombaient dans le dos !

Sacrée Procule, songea Hortense pendant qu'Augustin ajoutait qu'ils ne pourraient garder trop longtemps le secret, et que cela allait bien que Monsieur n'avait pas passé la nuit ici, puisqu'il n'avait pas trouvé la voiture tôt le matin !

La vie de l'oncle Léon était donc un secret de Polichinelle, pensa Hortense en rejoignant la maison d'Augustin. Sur le seuil l'attendait Henri, métamorphosé. Ils se jetèrent dans les bras l'un de l'autre. Un vrai bonheur pour ces jumeaux qui ne s'étaient pas vus depuis si longtemps. Il l'avait soulevée dans ses bras et la faisait tourner quand ils entendirent à deux pas :

— Eh oui, les effusions avec son amoureux, c'est bien, mais garder son cheval, c'est mieux !

Surpris, Henri reposa vivement à terre Hortense qui courut vers Jeune Fou et l'enserra de ses bras.

— Où l'avez-vous trouvé ? dit-elle au cavalier qui la toisait du haut de la selle d'un air ironique.

Charles Hetty, qui s'était occupé de Jeune Fou pendant son séjour à Clermont, ricana sans répondre. La jeune fille répéta la question avec un regard plein de défi.

— Cela vous importe-t-il vraiment ? Que voulez-vous que je dise à une inconsciente, une folle, une fille légère, avec une cervelle d'oiseau...

— Monsieur, je ne vous permets pas !

— Laisse, Henri.

— Oui, laissez, mais je vous plains d'aimer une telle fille !

— Monsieur, je ne vous permets pas, répéta Henri.

— Je suis seulement venu vous informer que j'avais retrouvé Jeune Fou, dit l'autre, que l'on ne s'inquiète plus pour lui, mais je vois que vous aviez d'autres soucis.

D'un geste du menton, il avait désigné Henri.

— Je l'emmène. J'en prendrai soin, soyez-en sûre, c'est mon métier. Je verrai cela avec votre oncle, il ne doit pas être là, j'ai aperçu sa voiture à l'auberge du Cygne. Et vous, votre amoureux vous suffira !

— Mais je ne suis pas...

Hortense interrompit Henri. Ce n'était pas le moment de révéler qui il était, surtout à cet étranger dont elle supportait mal le comportement. Elle lui enverrait l'oncle Léon. Rassurée de savoir Jeune Fou retrouvé, elle aviserait ensuite. Quant à ses allusions à la voiture de son oncle, elles étaient tout aussi déplacées mais, après tout, ce n'était pas sa faute : sa voiture, commandée spécialement en Angleterre – un vrai caprice –, était aisément identifiable ! Il n'y en avait aucune comparable dans les alentours, il n'avait qu'à être plus discret.

— Je vous laisse avec votre freluquet. A bon entendeur, salut ! Allez, on y va, ajouta-t-il doucement en flattant l'encolure du cheval.

L'animal parut hésiter un instant avant d'avancer une patte, puis l'autre ; il tourna la tête vers elle et, sans regret apparent, se mit à trotter, puis à galoper.

Silencieuse et soucieuse de retrouver son calme, Hortense le regarda disparaître au bout de l'allée.

— Un malotru pareil, il faut se battre avec lui, ce n'est pas possible ! fit Henri. Dis-moi qui il est et je lui enverrai mes témoins.

— Ah ! non, pas de duel ! trancha Hortense vivement. Mon pauvre Henri, te vois-tu te battre ?

— Pourquoi supporter des insultes ?

— Je t'expliquerai pourquoi un duel ne me paraît pas opportun, mais pas avant que toi, tu ne m'expliques tout, tout ce que tu as fait depuis toutes ces années. Je veux tout savoir.

— Tu m'emmèneras aussi voir ton amie. J'ai rêvé de la douceur de ses mains qui m'ont soigné.

— Oui, on verra. Pour l'instant je t'emmène à la charmille, nous y serons tranquilles !

Tout en grignotant le contenu du panier d'Apolline, Henri raconta comment, cinq ans plus tôt, alors qu'il était censé être pensionnaire au lycée Louis-le-Grand, il s'était trouvé mêlé au soulèvement d'ouvriers organisé aux Halles par la Société des saisons de monsieur

Blanqui. Entraîné par son ami Constant, un jeune ouvrier qui travaillait justement aux Halles, il avait trouvé amusant de le suivre pour piller les armureries, lui qui était fasciné depuis toujours par les armes ; il avait même fait partie de ceux qui avaient occupé l'Hôtel de Ville. Pour lui, c'était un amusement ; monter des barricades édifiées avec des voitures renversées et des tonneaux volés chez les marchands de vin, c'était l'aventure ! Elle avait viré au cauchemar quand les gardes nationaux et municipaux avaient chargé, baïonnette au poing, pour faire évacuer les ouvriers des Halles.

— Regarde !

Henri ouvrit la chemise empruntée à Léon dans laquelle il flottait, car sa maigreur était impressionnante, et il dénuda son épaule droite. Une grande cicatrice en partait vers le dos.

Blessé, il avait été conduit par Constant, toujours vaillant, à l'Hôtel-Dieu où il avait été soigné, puis transféré avec d'autres jeunes à la Petite Roquette. Autant dire en enfer… un pénitencier tout neuf que le roi avait inauguré trois ans plus tôt, destiné aux petits Parisiens de moins de vingt ans qu'il ne convenait pas de mélanger aux détenus plus âgés dans les prisons.

— Près de six cents cellules ! Il paraît que c'est un Américain qui a imaginé cette horreur [1]. Au début, les prisonniers avaient des activités collectives mais, à cause d'une épidémie de grippe, nous avons dû rester dans notre cellule sans parler à personne. Aux rares moments où on sortait, on était accompagnés d'un surveillant, une vingtaine de minutes chaque jour où on pouvait se laver avec l'eau de grands bassins souvent nauséabonds.

---

1. Benjamin Franklin, en 1790.

On mangeait et travaillait dans la cellule, il y avait de quoi se taper la tête contre les murs !

Hortense regardait Henri s'animer. Ses yeux brillaient d'un éclat qu'elle ne lui avait jamais vu. Comme il avait dû souffrir ! Il poursuivait déjà, presque à bout de souffle, comme si ce récit l'épuisait et le soulageait à la fois. Levés à cinq ou six heures selon la saison, ils avaient des cours, comme à l'école, suivis depuis leur cellule avec un maître installé dans le couloir et énonçant donc à l'aveugle ses dictées. L'apprentissage était délicat pour ceux qui ne connaissaient même pas leurs lettres... Ils apprenaient aussi un métier. Lui, après avoir hésité, avait choisi celui d'imagier.

— Tu sais dessiner ?

— Oui, j'aime bien, c'est la seule chose qui m'ait fait oublier. Si tu avais vu ma cellule, les murs étaient pleins d'images que j'avais parfois tracées avec mes ongles.

— Et la nourriture ?

— Le roi avait dit nettement, paraît-il, que nous devions être bien nourris, une grosse miche de pain bis, un peu de pain blanc avec la soupe grasse de légumes du matin, une lichette de viande... Ce n'était pas bon, mais on n'avait pas faim : le pire, c'était l'isolement. Et aucune nouvelle de l'extérieur !

— Mais notre père a-t-il été prévenu ?

Hortense se souvint soudain que deux gardes municipaux étaient venus un matin chez sa grand-mère et avaient réclamé son père qui avait dû se rendre ensuite à une convocation. Interrogé par sa mère sur ses causes, Maxime Préaumont avait éludé ; elle avait pensé qu'il s'agissait d'une de ses sempiternelles histoires de jeu. Il avait seulement expliqué, quelque temps après, qu'il avait envoyé Henri dans un collège militaire car il pensait que c'était mieux pour son avenir.

— Quand es-tu sorti ?

— Il y a quelques semaines. Je suis allé aussitôt place des Vosges où j'ai découvert que j'étais seul au monde. Les nouveaux propriétaires de notre appartement m'ont seulement dit que la vieille dame était morte et que son fils leur avait vendu les lieux avant de partir avec sa fille. Alors, après avoir erré dans Paris ou fait le porte-faix aux Halles, j'ai essayé de travailler chez des imprimeurs comme imagier, mais quand je disais où j'avais appris le métier, ils me renvoyaient aussitôt sans pitié. Un jour, j'ai pensé à la famille de notre mère ; je me disais que j'aurais peut-être des nouvelles de vous. Voilà pourquoi je suis là, après un bien long voyage... Mon petit pécule accumulé aux Halles a vite fondu, et moi qui me plaignais d'avoir été enfermé pendant des années, j'ai découvert ce qu'était coucher à la belle étoile, être chassé comme un malfaiteur et avoir faim. Et toi ?

— Oh ! moi...

Hortense haussa les épaules, hésita un instant puis se lança dans un récit aussi précis que possible des mois passés en Auvergne, auquel elle mêla aussi l'histoire de leurs parents.

— Ah ! Je comprends ton manque d'enthousiasme pour un duel, dit en conclusion Henri qui avait écouté avec attention sa sœur, tour à tour touchante ou amusante.

Doucement, les deux récits avaient ravivé l'intimité des deux jeunes gens, ranimé leur complicité de jumeaux. La description détaillée des deux seuls membres de la famille qui leur restassent – en dehors de leur père évidemment –, leur grand-mère et leur oncle, les rapprocha tout à fait. Henri avait hâte de vérifier par lui-même les dires ironiques ou désabusés de sa sœur.

Le ciel du matin tenait ses promesses, pas un nuage ne venait en troubler le bleu immaculé et, dans la charmille, les oiseaux chantaient leur joie. Hortense aurait aimé les identifier mais lorsqu'elle levait la tête, le soleil brouillait puissamment les feuillages d'un vert tendre et entretenait l'anonymat des chanteurs. Seul le pic-vert était trahi par ses coups répétés sur le tronc le plus proche, qu'il devait creuser afin d'y ménager son nid. Hortense plissa les yeux pour en deviner plus précisément l'emplacement, mais en vain. Elle espéra un instant apercevoir un torcol. Procule lui en avait signalé deux l'année précédente, ici même, en lui expliquant que sa particularité était d'effectuer un tour complet avec sa tête, d'où son nom, précision ensuite vérifiée chez Buffon. Une explication achevée par le défi d'en faire autant, qui avait donné lieu à un beau fou rire.

Dans l'allée, ils entendirent soudain des roues : c'était Léon qui ramenait son cabriolet.

— C'est l'heure du déjeuner. Je parlerai ensuite à l'oncle Léon : je crois qu'à lui, il faut révéler la vérité. Pour notre grand-mère, nous verrons, mais j'imagine ses cris si elle apprend que son petit-fils sort de prison, dit Hortense en quittant leur refuge. Reste là, je t'apporterai à manger. Sois sage !

— Bon Dieu, on dirait Joseph !

Léon avait suivi Hortense après le déjeuner. Mystérieuse, elle lui avait seulement dit vouloir lui montrer quelque chose du côté de la charmille. Il était de bonne humeur, le repas s'était bien passé malgré les nouvelles jérémiades de madame de Bellemaison à propos de la chouette qui troublait son sommeil. Méchamment, Hortense en avait rajouté avec les ânes, mais son oncle lui avait fait signe de ne pas insister. Avoir retrouvé Jeune Fou était un soulagement et la jeune fille s'était montrée discrète quant au comportement de Charles Hetty, préférant ne pas indisposer son oncle. Ce n'était pas le moment, bien qu'elle fût persuadée d'un dénouement heureux.

Il faisait chaud. Léon avait laissé sa redingote dans le vestibule, défait sa cravate et gardé seulement sur sa chemise un gilet à minces revers dont la poche droite recelait la montre retenue par une chaîne d'or à la deuxième boutonnière. Tout en tirant sur son cigare, il suivait Hortense dans l'allée conduisant à la charmille quand ils croisèrent le jardinier poussant devant lui une brouette remplie d'outils.

« Il y a un homme à la charmille. Il dit qu'il connaît mademoiselle.

— Oui », avait dit précipitamment Hortense.

Isidore attirait déjà l'attention de Léon sur un bosquet de noisetiers très envahissants qu'il faudrait tailler avant qu'ils n'obstruent le petit sentier de la source.

« Faites comme vous l'entendez. Moi, je n'y connais rien : faites le nécessaire.

— J'ai découvert, avait repris le jardinier, qui passait sa première saison à Bellemaison, tout un massif ou plutôt comme un résidu de plantations anciennes de delphiniums. Je le dégage ? »

Une ombre imperceptible était passée dans le regard de Léon.

« Oui, dit-il. Enfin, non, je ne sais pas. Prenez-en soin quand même. Allons-y. Vous amenez maintenant des hommes à Bellemaison ? » avait-il ajouté à l'adresse d'Hortense tout en chassant une mouche, venue avec incongruité respirer son cigare.

Le ton bourru de son oncle indiquait un danger. Qu'allait-il penser ?

Hortense s'était arrêtée un instant. Un caillou s'était glissé dans sa bottine. Elle avait défait le nœud de satin, restant en équilibre sur un pied, et secoué le soulier à bout carré avant d'y glisser à nouveau les orteils. Amusé, Léon la regardait en tirant sur le cigare qu'il tenait entre l'index et le majeur de la main gauche, vaguement jaunis par le tabac, de cet œil ironique qui amusait d'habitude sa nièce. Une fois sur ses deux pieds, la jeune fille s'était jetée à l'eau.

« Ce n'est pas un homme. Enfin, si.

— Mais encore ? Si c'est votre amoureux, il n'y a pas de honte à cela, une jolie fille comme vous. Je vous trouve très en beauté dans cette robe vert tendre. Cette ceinture d'un ton plus soutenu révèle la finesse de votre taille. Où mettez-vous le saint-nectaire que vous semblez tant apprécier ? Alors, qui est-ce ? Ne me faites plus languir !

— Ce n'est pas mon amoureux, c'est mon frère !

— Pourquoi toutes ces cachotteries ? avait dit aussitôt Léon en éclatant de rire et en pressant le pas. Il est rentré d'Algérie ? Votre père est là aussi ?

— Il n'a jamais été en Algérie.

— Ah ! Comment cela ?

— Le voilà !

— Bon Dieu, on dirait Joseph, avait fait Léon, abasourdi. Vous, vous ressemblez à votre mère, mais lui, c'est hallucinant. Votre grand-mère ne va pas y résister. Et Delphine ! »

17

Hortense comprit tout de suite que sa grand-mère aurait une attitude différente avec Henri. La vieille dame avait certes accusé le coup quand Léon lui avait annoncé l'arrivée de son petit-fils. Cela se passait dans le petit salon attenant à la salle à manger où elle passait le plus clair de ses journées, refusant obstinément de profiter du beau temps en s'installant dehors, à l'ombre du tilleul qui avait toujours abrité les après-midi estivaux des femmes de la famille. Ou il faisait trop chaud, ou la brise était trop fraîche, apportant des vents coulis mauvais pour sa gorge, ou l'humidité aurait raison de ses articulations douloureuses. Plus personne, pas même Apolline qui proposait parfois à la vieille dame de l'accompagner pour un tour du parc, n'y prêtait attention et, été comme hiver, elle passait le temps devant une tapisserie qu'elle parvenait à faire avancer malgré « une vue de plus en plus déficiente » qui ne l'empêchait pas de voir ce qui se passait au fond du parc !

Léon avait pris des précautions et livré à propos d'Henri la version qu'ils avaient élaborée ensemble pendant la soirée qui avait suivi leur rencontre. Il était hors de question de parler de prison et s'il fallait confirmer l'histoire de l'Algérie, encore était-il nécessaire d'inventer une fable pour expliquer le retour d'Henri tout seul et éluder à propos de Maxime Préaumont. Heureusement, Léon lisait avec attention les journaux et en savait beaucoup sur les événements qui mêlaient le duc d'Aumale et le maréchal Bugeaud à une conquête valeureuse mais délicate. Outre le *Journal des débats*, il dévorait depuis quelques mois *La Presse*, le journal d'Emile de Girardin, dont les articles et les rubriques mêlés aux fameuses publicités l'enchantaient. Ainsi pouvait-il tenir une conversation sur la Légion étrangère, les bataillons disciplinaires d'Afrique ou les spahis, ces régiments indigènes pleins de courage. Il pouvait aussi raconter avec force détails la prise de la smala d'Abd el-Kader. Il en fit le récit à Henri et ils répétèrent ensemble sous l'œil vigilant d'Hortense, non sans que Léon se soit fait rassurant, en affirmant le manque de curiosité de sa mère qui ne poserait pas trop de questions. Ils avaient évité d'épiloguer trop précisément sur Maxime. Fallait-il en faire un soldat émérite ou un des trente mille colons européens, espagnols, italiens, maltais, allemands, suisses et évidemment français ? Ou encore un de ces fonctionnaires – mais était-ce son genre ? – occupés à organiser le pays, dont on disait qu'il serait divisé en trois provinces ?

La rencontre avait eu lieu dans le fameux petit salon où madame de Bellemaison tissait patiemment sa tapisserie. Léon s'était enfermé avec elle pour lui annoncer la nouvelle qu'elle avait accueillie en écarquillant les yeux, mais avec moins d'agitation que son fils ne le craignait. Elle n'avait même pas envisagé que son gendre honni puisse être là. Ce n'est que lorsque Henri avait paru dans l'embrasure de la porte aux huisseries peintes en vert pâle que la vieille dame, son aiguille enfilée de laine rouge pointée vers le plafond, était restée bouche bée.

Hésitant, Henri avait fait quelques pas dans sa direction et s'était posté devant elle.

— Vous allez me faire perdre la tête, avait dit la grand-mère en portant la main à sa gorge. Mais c'est Joseph ! Non, mon petit, ne soyez pas inquiet, votre grand-mère n'est pas folle, mais vous ressemblez tellement à mon fils tant aimé !

Léon avait dodeliné de la tête. Les absents n'avaient donc pas toujours tort !

Penché vers elle, spontanément, Henri avait saisi sa main, l'avait serrée contre son cœur et avait planté deux baisers sur les joues aux chairs molles.

— Vous avez eu le bon goût de ne pas lui ressembler ! dit madame de Bellemaison, avant de préciser à l'adresse de son petit-fils au regard interrogatif : Vous ne ressemblez pas à votre père !

La voix forte – la vieille dame parlait de plus en plus fort, car elle devenait sourde – avait détaché les mots qui parurent résonner sous le plafond marqué au centre d'une belle rosace de stuc dont la blancheur initiale avait cédé la place à une teinte grisâtre due aux fumées de la cheminée.

— Quant à Joseph, regardez-le !

Sa main aux doigts légèrement déformés par les rhumatismes désignait à gauche de la fenêtre le portrait d'un jeune homme. Il est vrai qu'un observateur non averti aurait pu croire à une image d'Henri. La ressemblance était frappante. Hortense la découvrait, médusée. Elle savait que de l'autre côté de la fenêtre, il y avait autrefois le portrait symétrique de sa mère. Léon lui avait raconté que madame de

Bellemaison l'avait fait décrocher quelques jours après le départ de sa fille, et jeter, il ne savait où. Résignée, Hortense n'en avait pas demandé davantage. Etaient-ce la présence d'Henri et cette ressemblance effarante avec l'oncle Joseph ? Elle eut soudain une envie irrépressible de retrouver le tableau et se promit de mener son enquête.

— D'où nous arrivez-vous, mon petit ?

Le « mon petit » résonna aussitôt étrangement aux oreilles d'Hortense. Elle n'avait jamais eu droit à être nommée ainsi ; pourquoi cette différence ?

Le ton donné dès le début ne se départit pas : il n'y en avait plus que pour Henri qu'il fallait gâter car en Algérie, il avait dû bien mal manger, et, vous pensez, « un beau soldat comme cela »... et « vous l'installerez dans la chambre de monsieur Joseph ».

Cela avait permis à Hortense de découvrir cet endroit où elle n'avait jamais pu pénétrer, car il était fermé depuis la mort de Joseph ; il était justement situé au-dessus du petit salon de sa grand-mère qui guetta désormais chaque jour les pas de ce petit-fils tombé du ciel, à qui elle ne reprochait pas d'être l'enfant de ses parents. Une différence de traitement si criante qu'elle blessait Hortense dont la ressemblance avec sa mère était considérée par sa grand-mère plutôt comme une tare, puisque Julie avait désobéi et déshonoré la famille. Au contraire, Joseph s'était battu, lui, pour son honneur. Alors cet Henri, qui lui ressemblait tant, bénéficiait d'un préjugé favorable.

— Henri, allez me chercher ma canne, nous allons faire le tour du parc. Ensuite, vous viendrez m'aider à dévider de la laine verte, j'attaque les arbres de ma tapisserie. J'ai fini le corbeau et la rousseur du renard m'a irrité les yeux.

— Oui, grand-mère, murmurait le jeune homme qui jouait le jeu non sans complaisance. Le fromage n'est-il pas un peu blanc ?

— Je ne crois pas, répondait la vieille dame sans se cabrer comme elle le faisait habituellement à la moindre once de critique.

Elle avait montré à son petit-fils toutes ses tapisseries illustrant les fables de La Fontaine. Il s'était extasié en hochant la tête sagement. Peste exaspérée qu'elle était, Hortense avait susurré : « Tout flatteur vit aux dépens de celui qui l'écoute. »

Henri était serein. Il n'avait pas eu à donner le change quant à son prétendu voyage en Algérie car la vieille dame n'en voulait rien savoir, redoutant peut-être de se trouver dans le récit face à ce Maxime Préaumont dont elle ne souhaitait vraiment pas entendre parler. Elle n'avait pas davantage apprécié que sa fille ait, comme elle, nommé ses jumeaux avec des prénoms commençant par la même lettre. N'y avait-il pas un parallèle à faire entre Joseph et Julie et Hortense et Henri ? Un simple clin d'œil ou un signe adressé à sa famille perdue ? Non, décidément, cela ne l'intéressait pas !

Curieusement, le doute s'immisçait dans l'esprit d'Hortense. Quand elle voyait son oncle partir avec Henri inspecter les fermes du domaine de Bellemaison, elle avait le sentiment d'être renvoyée au rôle dévolu à la femme depuis des siècles. Elle regrettait la liberté qu'elle avait eue à Clermont pendant plusieurs mois, même si, quelques jours après l'arrivée d'Henri, elle avait eu le bonheur de récupérer Jeune Fou. Léon avait parlementé avec Charles Hetty et était convenu que dès qu'il aurait guéri sa petite blessure à la patte avant droite, il le ramènerait.

Ce matin-là, le vétérinaire tenait parole.

— Voilà votre cheval ! dit-il en sautant lestement à terre. J'espère ne pas le revoir parmi mes patients. Tenez-le bien !

— Je m'en occupe, avait lancé dans son dos Augustin, venu en renfort.

— Et ne me remerciez pas, ce cheval m'aura donné beaucoup de bonheur !

— Je vais partir avec lui ! cria Hortense à Augustin comme si Charles Hetty n'existait pas.

Elle murmura, tout de même, un merci du bout des lèvres et observa le jeune homme. En un tournemain, il avait défait les courroies de la selle qu'il posa sur son propre cheval, retenu à l'aller par une simple longe. Avec dextérité, il l'ajusta, mit les étriers en place et enfourcha la belle jument aux couleurs de feu. Hortense s'approcha pour en flatter l'encolure. Elle entendit alors au-dessus de sa tête :

— Et avec mes excuses pour la dernière fois. J'ai appris que ce n'était pas votre amoureux, mais votre frère. Parfois, se taire serait préférable ! Pour me faire pardonner, pourrais-je vous proposer une promenade avec moi ? Châtaigne rêve de galoper avec Jeune Fou. J'y vais, il paraît qu'il y a une vache qui vêle au Bourriau.

Hortense s'entendit répondre « pourquoi pas » et en regardant disparaître la croupe rousse légèrement pommelée de gris, elle s'en voulut. Elle détestait ce

Charles et sa suffisance, elle ne supportait pas son arrogance.

— Jeune Fou est prêt, dit près d'elle Augustin. Il est nerveux, faites attention. Qui est-ce ?

Surgi du bout de l'allée à vive allure, un cabriolet s'arrêta près d'eux dans un nuage de poussière. Deux jeunes gens en jaillirent.

— Hortense !

— Amédée, Armand ! Que faites-vous là ?

— Nous avons visité l'église d'Ennezat ; nous irons demain jusqu'à Neuilly-en-Donjon pour en voir une autre, répondit Armand. Ce soir, nous dormirons chez Delphine, ou plutôt chez son frère.

— Mais vous, Amédée, vous abandonnez votre jardin et monsieur Lecoq ?

— Non, pas du tout. Mais cela m'amuse d'identifier les espèces sur les chapiteaux ; nous avons vu à Ennezat des feuilles de chênes, de lilas, des trèfles, des fruits, des raisins...

— Donnez-moi des nouvelles de Clermont, d'Anatole.

Hortense eut l'impression que son visage s'empourprait, mais les deux jeunes gens n'y prêtèrent apparemment pas attention.

— Plutôt de la maudite Alice, commença Amédée qui ne remarqua pas non plus la grimace d'une Hortense agacée que l'évocation d'Anatole provoque immédiatement une référence à Alice.

— Oui, la grande nouvelle, c'est que monsieur Lecoq lui a trouvé un lieu pour accueillir les enfants des femmes qui travaillent. Enfin, c'est monsieur Daubrée qui prête l'atelier où il a débuté. Monsieur Lecoq lui a dit, en lui montrant l'endroit : « Vous ne pourrez plus insulter les bourgeois, vous voyez bien qu'ils ne sont pas des navets pourris. » La tête d'Alice ! Elle avait, paraît-il, tout de même l'air un peu gênée ! Elle cessera peut-être de nous insulter.

Hortense était partagée entre le plaisir d'apprendre que les démarches entreprises allaient aboutir et le déplaisir d'entendre à nouveau parler de la jeune fille. Elle l'avait presque chassée de ses pensées.

— Enfin, il y a encore à faire pour transformer le lieu, mais le maire a déjà envoyé des maçons.

— Mademoiselle Hortense, que dois-je faire de Jeune Fou ? Il est vraiment nerveux, on ne peut pas le laisser là.

Augustin s'impatientait comme le cheval, qui tapait le sol avec obstination.

— Nous ne restons pas, nous allons déjeuner avec Delphine et Thomas.

— Et si je vous accompagnais à cheval ? demanda Hortense joyeusement. Augustin, vous direz que je ne serai pas là pour déjeuner. Je ne manquerai pas à ma grand-mère !

— Et vous nous servirez de guide !

Les retrouvailles, une heure plus tard, avec Thomas et Hippolyte furent tout aussi joyeuses. Le petit château où Delphine avait passé son enfance ressemblait beaucoup à Bellemaison. Un peu plus carré, avec des toits plus compliqués à croupes et versants, lucarnes et œils-de-bœuf, il était situé dans un vaste parc que les garçons avaient investi pour y bâtir des cabanes et y jouer aux Indiens, comme le leur avait appris un des neveux de Delphine, féru des Etats-Unis d'Amérique.

— Venez voir ! Madel a une visite, il ne faut pas la déranger, criaient déjà les garçons, suivis par Armand et Amédée presque aussi heureux qu'eux de courir dans le parc.

— Hortense, venez avec nous !

La cavalière avait pris le temps d'attacher soigneusement Jeune Fou à un anneau planté à cet usage dans le mur des communs dont la vigne vierge bruissait d'insectes. Occupé à rentrer de la paille, le palefrenier de la maison rassura la jeune fille ; il veillerait sur son cheval. Le cœur léger, elle s'apprêtait à aller rejoindre les autres quand elle vit Delphine sur le perron de la maison, suivie par une silhouette sombre qu'elle reconnut entre toutes.

— Le cavalier noir !

Elle ne l'avait pas revu depuis son retour à Bellemaison et surtout depuis qu'elle connaissait son histoire. Elle éprouvait à son égard des sentiments mitigés. Pitié et colère se mêlaient dans son esprit. Mais, impulsive et spontanée comme elle savait l'être, elle se précipita vers Delphine.

— Hortense, quel bonheur de vous voir ! Magloire, vous connaissez Hortense.

Magloire de Fleury s'inclina légèrement.

— Vous rencontrer est toujours un plaisir, mais aussi une intense émotion, dit-il.

— Je sais ce que vous avez fait pour mon amie, répondit alors Hortense, qui privilégiait soudain le sauveur de Procule, et je vous en remercie.

— De quoi s'agit-il ? interrogea Delphine avec curiosité.

— Rien de bien important, mais cela participe de ce que je viens de vous expliquer. Faire oublier ma triste réputation, même si l'aide apportée à cette jeune fille n'avait rien de calculé.

— J'ai informé Magloire que votre frère était

revenu à Bellemaison, reprit Delphine, satisfaite de la réponse, et je l'ai prévenu que si vous, vous ressembliez à votre mère, ce n'était rien à côté de lui, qui était le portrait de Joseph. J'en suis encore bouleversée.

— Vous l'avez donc vu ?

— Oui, Léon me l'a amené, répondit Delphine au grand dam d'Hortense qui n'en avait rien su. Magloire, je vous dis à bientôt. Persistez dans votre idée, elle est belle et généreuse. Tenez-moi au courant !

Hortense reconnut la jument noire attendant tranquillement à proximité des deux pruniers rouges qui formaient des taches de couleur bienvenues dans le parc, dont les pelouses avaient légèrement jauni par manque de pluie. Delphine lui avait pris le bras et l'entraînait déjà vers l'allée de petits cailloux clairs, soigneusement entretenue par deux jardiniers qui n'en finissaient pas de gratter les mauvaises herbes.

— C'est quoi, son idée ? interrogea Hortense intriguée, en regardant son amie dont le teint légèrement coloré trahissait le grand air.

Cela lui allait bien. Elle mourait d'envie de lui demander si elle avait passé la nuit à l'auberge du Cygne.

— Vous êtes bien curieuse, répondit Delphine, un sourire énigmatique aux lèvres qu'elle avait à peine rougies, comme si elle avait renoncé aux artifices de la ville.

Un moment plus tard, le cavalier noir pénétrait dans l'hôtel de ville de Randan dont le maire, un vieux monsieur aux cheveux blancs légèrement ondulés, lança depuis son bureau au fond du couloir, d'une voix tonitruante :

— Venez jusqu'ici, je suis seul, mon préposé est malade. Monsieur, que puis-je pour vous ?

Magloire de Fleury avança jusqu'au bureau et se présenta.

— Un de mes administrés que je ne connais pas, dit le maire dont la mine était joviale. Très heureux de vous accueillir ici. Que puis-je pour vous ?

— Je voudrais consulter le registre des naissances des années 1825 et 1826.

— Voilà qui est précis, répondit le maire en dévisageant son visiteur avec curiosité.

Tout de noir vêtu, comme toujours, celui-ci avait remplacé son habituelle cravate noire par un petit foulard vert, couleur de l'espoir, depuis qu'il avait décidé de reprendre en main son destin, comme il l'avait expliqué à Delphine. Le maire remarqua la façon dont il tenait sa cravache, bloquée sous son bras gauche qui semblait inerte.

— Voilà qui est précis, répéta l'édile en quittant son fauteuil recouvert d'un cuir aussi usé que celui qui garnissait le bureau, dont le style attestait une version rustique du temps du roi Louis XVI. Pourquoi 1825 ?

— C'est une affaire que je préfère taire, si vous n'y voyez pas d'objection.

— Non, non, aucune, monsieur, c'est simplement ma vilaine curiosité qui m'a poussé à vous poser la question. Je devrai encore m'en confesser à notre pauvre curé.

Un rire tonitruant secoua la tête blanche qui aurait été bien faite pour porter une perruque, songea Magloire de Fleury en soupirant. Il ne voulait pas brusquer le maire mais commençait à s'impatienter.

L'homme avait à peine ouvert le grand placard dont les portes grinçaient affreusement et dont les rayonnages présentaient des registres reliés de cuir vert bien rangés, qu'il s'en détourna pour aller à la fenêtre. Magloire entendit un roulement de tambour. Sans doute le garde champêtre qui battait la caisse, comme on disait, et avait une annonce à faire. Comme à regret, le maire laissa retomber le rideau de dentelle et revint au placard où il prit un registre qu'il ouvrit sur une table à proximité.

— Qu'est-ce qu'on annonce ? interrogea Magloire.

— Un spectacle. Vous n'avez pas de chance, en 1825, nous avions un tabellion qui écrivait comme un chat. Notre secrétaire actuel fait davantage honneur à sa profession. Vous pouvez vous installer ici, voici une bouteille d'encre et une plume si vous souhaitez faire de la copie. Vous n'avez besoin de rien ?

— Non, répondit Magloire en posant à son tour sur la table en noyer un petit cahier noir. Une question quand même : tous les enfants qui naissent sont bien déclarés ?

— Bonne question. Oui, en principe.

— Ce n'est pas obligatoire ?

— Si, mais il y en a bien qui nous échappent. Il y a des enfants non désirés, abandonnés. Comment voulez-vous que nous sachions tout, nous ?

— Et il y a combien d'habitants à Randan ?

— En 1841, il y en avait 2 149. Cela n'a pas dû beaucoup bouger depuis, mais la commune de Jussat est rattachée à nous depuis 1841, alors vous en trouverez aussi les registres. Je vous laisse travailler.

Magloire écouta les pas du maire s'éloigner. La table placée devant la fenêtre lui permettait de voir la rue où quelques passants pressés marchaient d'un bon pas vers un but bien défini, pendant que d'autres baguenaudaient en quête, peut-être, d'une rencontre dans la longue rue principale sur laquelle donnaient quelques commerces, deux auberges et trois cafés. Il avait posé son bras gauche sur la table, position qui reposait son épaule et lui permettait aussi de stabiliser un objet.

Il entreprenait une démarche qu'il mûrissait depuis quelque temps. L'idée lui était venue peu à peu après les révélations de Delphine. Une idée sans doute un peu folle, mais après avoir beaucoup hésité, il s'était enfin décidé et maintenant qu'il avait l'aval affectueux de Delphine à qui il venait de confier son projet, il convenait de la mettre à exécution.

Il ouvrit le registre, une sorte de carton dont le dos indiquait : « Années 1825-1826 », et qui contenait une liasse de papiers de mauvaise qualité. La pile de feuilles, soudain libérées, faillit lui échapper mais avec adresse, il les retint de sa main valide. L'infirmité de son bras gauche avait beaucoup développé l'agilité de l'autre. Il surprenait parfois ses interlocuteurs.

Il y avait manifestement du grain à moudre dans ces années pour lesquelles on avait parlé à l'époque d'un véritable essor démographique. Le retour à la paix et le développement économique en étaient la cause. La génération du début du siècle, qui avait déjà connu un empereur et en était à son deuxième roi, bientôt un troisième, avait eu beaucoup d'enfants.

Il lut la première page avec attention, hocha la tête et douta un instant de son entreprise. Comment allait-il s'y prendre ? Comment sélectionner des noms ? Il avait pourtant réfléchi à son projet mais, une fois à la mairie, ce n'était pas aussi simple. Il lui fallait certes confronter les dates des naissances avec celles des mariages, mais il savait qu'une fille engrossée pouvait aussi bien avoir disparu pour cacher ses turpitudes qu'avoir accouché clandestinement ou même avoir tué son enfant. Il chercha un instant l'inspiration en regardant par la fenêtre. Il se sentait oppressé et mesurait soudain la vanité de l'affaire. Quelle drôle d'idée ! Et pourtant, l'enjeu était de taille : se réconcilier avec lui-même et avec ses concitoyens.

— Courage, murmura-t-il en jetant un coup d'œil au plan cadastral affiché au mur.

Il se leva pour repérer Fleury, en limite du bourg, identifia le domaine de Bellemaison et dessina avec son doigt les frontières des immenses terres de madame Adélaïde.

Revenu à la table, il pointa un premier nom. Un Gaspard né en janvier, puis un Jean, une Marie... Il élimina déjà Gaspard, qui était le quatrième enfant de la famille : Joseph n'avait pas pu proposer à une mère de famille de tout quitter pour l'épouser, c'était fort improbable. Puis il reprit sa lecture. Pour chaque nom noté, la plume faisait du bruit, grattant le papier du petit cahier qui ne comptait pas plus de trente pages.

— Ah ! Celui-là est né au Grand Chêne, dans le domaine de Bellemaison. Et celui-là, ce Théophile : encore une ferme de Bellemaison.

Non, se dit Magloire de Fleury mi-figue, mi-raisin, amusé, Joseph n'a tout de même pas couché avec toutes les fermières du domaine ! Sacré Joseph ! Non, je m'égare. Et celle-ci, Procule, fille de Joséphine, c'est la petite que j'ai secourue l'autre jour ! Mais quel prénom ! Ah ! elle n'a pas de père, mais ce Théophile si, cette Léone non. Cela en fait des candidats potentiels à mon affaire. Je peux supposer que si Joseph a dit à Delphine qu'il ne pouvait pas l'épouser, c'est peut-être parce qu'il avait l'intention de réparer sa faute en épousant une fille qu'il avait mise enceinte. Il semble moins probable qu'il ait eu un tel comportement avec une femme mariée qui avait, de toute manière, un mari à qui faire endosser le marmot. Joseph n'aurait tout de même pas fichu sa vie en l'air dans ces circonstances. Quoique, il était parfois tellement idéaliste !

Delphine avait répété à Magloire les mots de son fiancé qui paraissaient gravés dans sa mémoire pour l'éternité : « Je vais partir avec elle, mes parents ne me pardonneront jamais cette trahison, je pense à l'Amérique… » En fait d'Amérique, il était installé pour l'éternité au petit cimetière de Randan où ses parents avaient élevé un mausolée impressionnant. Une façon de proclamer à la face du monde leur reconnaissance pour avoir lavé l'honneur de la famille !

Tel était en effet le dessein de Magloire, retrouver l'enfant qui faisait obstacle au mariage de Joseph ; il ne savait pas encore ce qu'il ferait s'il parvenait à l'identifier. Mais l'entreprise le pacifiait déjà ; ensuite, il verrait bien.

Magloire écrivait aussi mal que le secrétaire de mairie, bien qu'il s'appliquât, mais il n'avait pas l'occasion d'écrire souvent. Quand la nuit commença à tomber, il avait épuisé la liste des naissances de 1825. Il se sentit un peu las, se leva en faisant grincer sa chaise sur le plancher, regarda dehors où il s'était mis à pleuvoir. Quelques gouttes, rien de bien méchant. Il avait besoin de prendre l'air. Il serra le cahier noir dans son spencer, assura au maire qu'il avait trouvé des choses intéressantes et reviendrait pour 1826 dont il devait seulement consulter le début.

— Moi aussi, je m'en vais, dit l'édile dont la redingote sombre avait pris des faux plis sur le fauteuil de cuir.

Ils sortirent ensemble dans la grande rue. La pluie avait cessé et un arc-en-ciel marquait l'ouest en beauté. Devant l'auberge, un attroupement s'était formé autour d'une voiture.

— C'est Robert-Houdin, le fameux illusionniste, dit le maire. Madame Adélaïde l'a fait venir pour deux soirées, une au château pour ses invités, l'autre ici dans le village. Il vient d'arriver. Il paraît que le spectacle en vaut la peine. En avez-vous entendu parler ?

Magloire de Fleury ignorait qui pouvait bien être cet homme dont la venue était manifestement un événement.

— C'est un horloger tellement adroit dans ses mécanismes qu'il en est devenu illusionniste, dit encore le maire enthousiaste, sans s'apercevoir que son interlocuteur semblait ailleurs. Je vous invite, si vous voulez.

— Oui, merci. Je dois rentrer à Fleury, il est tard.

Le maire ne pouvait évidemment savoir qu'au moment où Magloire tentait de tourner honorablement, enfin, une page triste de sa vie, le faiseur d'illusions, dont il vantait les mérites, l'y ramenait inexorablement. N'avait-il pas croisé ce genre de personnage quand il était à Fayetteville, où un prédicateur-escamoteur illustrait les passages des Ecritures avec des expériences magiques ? La femme qu'il avait aimée là-bas avait été tellement sous le charme qu'il avait dû l'arracher à l'emprise de cet homme dont il voyait encore le visage très précisément, avec ses yeux de fou ; or c'était au cours de ce voyage que, surpris par un cyclone et une inondation extraordinaires, il l'avait perdue avec ses enfants. Pour lui, tous ces hommes étaient des charlatans malfaisants ou malhonnêtes. Il se souvenait aussi d'un Italien rencontré en

Algérie qui exhibait un chien auquel il posait un problème d'addition ; l'animal avait saisi dans sa gueule la carte chiffrée au bon résultat. Il avait appris ensuite que ladite carte était la seule enduite de sirop, dont le chien était friand !

Derrière lui se tenait le garde champêtre avec son tambour ; il avait sans doute fini sa tournée, pendant laquelle il avait dû annoncer la nouvelle en quelques points stratégiques du bourg. A présent, l'angélus carillonnait, donnant l'heure aux paysans éloignés. Comme tous à Randan, Magloire connaissait depuis son enfance la femme qui rythmait avec ponctualité les journées du village. Une petite dame, nommée Prudence, qui chaque matin venait contrôler le mécanisme des cloches avant de déclencher la sonnerie de sept heures, répétée sans faillir à midi, puis le soir. Il se souvenait avoir joué enfant avec les cordes qui entraînaient des roues dentées et transmettaient le mouvement aux aiguilles du cadran du clocher. Un scandale que son père lui avait fait payer de huit jours de travaux forcés dans le jardin et au pain sec ! Il ne pensait pas souvent à ses parents ; une bouffée de nostalgie le saisit. Pris d'une inspiration subite, il alla pousser la porte du cimetière, passa devant le monument dédié à Joseph de Bellemaison devant lequel il n'osa pas s'arrêter et alla se recueillir quelques instants sur la tombe d'Octave et de Marie de Fleury.

18

Les voitures passaient et repassaient le grand portail au-delà duquel Hortense n'avait jamais osé s'aventurer. Disposées à intervalles réguliers, des torchères éclairaient joliment les ormes de l'allée majestueuse où pouvaient se croiser aisément deux voitures avant l'arrivée devant la cour en terre-plein fermée par une nouvelle grille.

Léon tendit galamment la main à sa mère qui devenait de plus en plus maladroite pour monter et descendre de voiture et se plaignait sans cesse de douleurs intolérables que ni les médicaments de Paul Boispré ni les soins des Fariboles ne parvenaient à soulager. Hortense sauta avec légèreté, suivie d'Henri qui arborait une tenue toute neuve offerte par son oncle chez un marchand de modes réputé de Vichy. Hortense l'avait trouvé beau comme un astre et l'avait surtout complimenté pour le choix du gilet blanc à peine écru, semé de gros pois rouges et verts, auquel il avait assorti un nœud de cravate écossais. Le pantalon, également clair, avec un jeu de pinces sur le ventre destiné à masquer l'embonpoint des hommes mûrs, mais qui mettait surtout en valeur l'extrême minceur du jeune homme, était bien tendu, retenu par une bande de tissu sous le pied. Une redingote et un gibus noirs complétaient enfin l'ensemble. Rasé de près, le jeune homme portait des favoris qu'il avait très exactement copiés sur ceux arborés par Joseph dans le fameux portrait. Un clin d'œil en quelque sorte à sa grand-mère qui n'en finissait pas de dire et redire combien la ressemblance était frappante, avec une délectation qui exaspérait sa petite-fille.

Hortense, qui était partie en chasse pour tenter de remettre la main sur le portrait de sa mère, mais sans résultat, ne disposait pas d'un tel modèle. Avait-elle un chignon haut et agrémenté de boucles sur le côté, comme s'en souvenait Delphine, rappelant la mode des années 1820 ? Hortense préférait en tout cas les anglaises, plus douces pour encadrer le visage. Augustine les réussissait parfaitement et le reflet aperçu dans la glace du vestibule, quelques instants avant qu'elle monte dans la voiture, l'avait rassurée autant que les compliments de Léon, un connaisseur. La robe de taffetas vert vif froufroutait dans la voiture et elle avait eu du mal à y caser ses lourdes manches ballon. Léon avait plaisanté sur la nécessité d'acheter une autre voiture mieux adaptée aux exigences de la mode. Sa mère s'était récriée qu'il ne pouvait tout avoir, une faucheuse-moissonneuse et une voiture pour exhiber sa nièce ou d'autres femmes. Sa bouche méprisante, quand elle avait formulé l'alternative, avait fait sourire Hortense.

— Donnez le bras à votre sœur, commanda Léon à Henri.

Ils avancèrent en direction du vestibule en fer, vaste véranda carrelée d'un dallage à losanges blancs et noirs, coupée de colonnes de fonte supportant le plafond vitré. Elle conduisait par deux galeries, dont les murs portaient des esquisses de Murillo et de Zurbarán, à trois grands salons ouverts sur la terrasse garnie de fleurs. La vue sur le parc y était plaisante, avec des allées aérées, des arbres de haute futaie, des massifs d'arbustes, des pièces d'eau et de charmantes chaumières dans le goût anglais, qui rappelait le séjour en Angleterre de la famille d'Orléans.

Hortense retenait son souffle. Tout était magnifique. Les murs étaient recouverts de stucs figurant des fleurs, des oiseaux et des emblèmes, les soieries et les glaces complétant un décor de qualité mais sans ostentation. Le flot des visiteurs était guidé vers le premier salon où la princesse Adélaïde recevait les civilités de chacun, puis tout ce beau monde s'égaillait dans les trois salles en enfilade. Redingotes de drap ou de velours plus ou moins précieux, robes de taffetas ou de soie, couleurs vives ou pastel, chacun arborait sa meilleure tenue pour faire honneur à la sœur du roi, hôtesse de ce lieu enchanteur.

Hortense découvrit, à deux pas du piano dans le deuxième salon, Delphine qui lui raconta aussitôt sa soirée avec Amédée et Armand, qui s'était terminée par une joyeuse partie de cartes. La jeune fille l'envia un instant. Le moment passé à Bel-Air, la veille, avait été délicieux. La gaieté des garçons, le savoir d'Amédée reconnaissant la moindre plante ou fleurette, et enfin l'empressement d'Armand, tout avait concouru à sa réussite. Et pourtant, Hortense n'avait pu s'empêcher de céder à la mélancolie en répétant le vers qui l'enchantait depuis son arrivée à Bellemaison : « Un seul être vous manque et tout est dépeuplé. » Delphine lui avait offert avant son départ de Clermont les *Méditations poétiques* de Lamartine et elle s'était enflammée à la lecture du « Lac », s'identifiant immédiatement au personnage d'Elvire. Quelques jours après son arrivée, elle en avait découvert un exemplaire au fond d'un placard de la chambre de sa mère. Lecture interdite ou favorite ? Elle ne le saurait jamais, mais imaginait volontiers que les deux adjectifs étaient appropriés.

Armand était parvenu à s'isoler quelques instants avec elle au détour d'une allée et l'avait étreinte avec passion. Mais, encore une fois, le visage d'Anatole s'était superposé aux traits réguliers du jeune homme dont les déclarations enflammées la laissaient indifférente. Que pouvait-elle y faire ?

— Je vous trouve soucieuse. Regardez plutôt comme c'est beau, disait près d'elle Delphine en l'entraînant dans le petit salon en rotonde après avoir détaillé l'élégance de la jeune fille qui lui faisait honneur.

Ne lui avait-elle pas à peu près tout appris en ce domaine ?

Tout aussi élégante dans une robe couleur sable qui mettait en valeur une silhouette aux formes délicates, elle désignait les portraits de la famille royale qui couvraient généreusement les murs : le roi Louis-Philippe avec son toupet, dont Procule lui avait parlé en riant, elle qui l'avait vu en vrai, la reine Marie-Amélie, plantureuse et épanouie, et leurs enfants. S'y ajoutait une série de bustes charmants que madame Adélaïde avait commandés de ses neveux, de vrais angelots avec leurs cheveux bouclés.

— Venez avec nous, Henri !

Delphine avait affectueusement pris le bras du jeune homme. Elle avait triomphé de l'émotion qui l'avait terrassée lorsqu'elle avait rencontré Henri pour la première fois. Comme madame de Bellemaison, elle avait été médusée par sa ressemblance avec son fiancé d'autrefois. Ce saut de vingt ans en arrière l'avait submergée de souvenirs enfouis depuis longtemps, mais prompts à resurgir. Léon, inquiet, avait dû la faire asseoir et il lui avait fallu de longues minutes avant qu'elle ne retrouve ses esprits.

Là, elle se revoyait avec Joseph, lors d'une des premières réceptions de madame Adélaïde à Randan, alors que le château n'avait pas encore été transformé. Mais, après le choc de la première rencontre, elle maîtrisait maintenant son émoi. Elle serra le bras d'Henri qui la regarda presque tendrement. Elle ne voulait plus voir en lui que le fils qu'elle aurait peut-être eu avec Joseph, si Dieu l'avait voulu. Elle remarqua qu'il avait du mal à raser le contour de sa fossette au menton, cette fossette presque enfantine, ainsi atténuée par une petite touffe de poils habilement taillés. Comme Joseph, songea-t-elle avec une pointe de mélancolie, cette mélancolie sournoise qui la poursuivait depuis que Magloire avait repris contact avec elle, et qui se voyait encore avivée par l'arrivée d'Henri.

Magnifique dans sa livrée de couleurs vives, un valet annonça dignement, d'une voix forte pour couvrir les conversations des invités :

— Madame est servie.

Aussitôt un mouvement se dessina derrière la maîtresse de maison pour franchir les portes d'érable incrustées d'amarante, passage obligé vers la salle à manger aux meubles d'érable et aux murs de stuc où papillons, amours et fleurs se disputaient la vedette dans un décor où les artistes avaient voulu magnifier toutes les grâces de la nature.

Parmi les valets en livrée postés dans la grande salle, prêts à entamer le ballet du service, Hortense chercha Jeannot, car Procule lui avait dit qu'il avait été recruté en urgence pour monter à la salle à manger en remplacement d'un malade. Son amie avait recommandé à Hortense de lui raconter par le menu la façon dont le pauvre Jeannot assurerait son service. Il avait subi un apprentissage accéléré, mais se sentait plus à l'aise dans la forêt à chercher des champignons que dans cette livrée dont le col lui cisaillait le cou !

Elle le découvrit en effet, très droit, avec un regard qui allait d'un côté à l'autre de la salle pour ne rien manquer et répondre à la première sollicitation de son chef, un certain Firmin à l'exigence presque maniaque. Il reconnut Hortense et esquissa un petit sourire qu'elle lui rendit volontiers. Elle avait participé quelques jours plus tôt à une expédition aux champignons de Jeannot et de Procule et avait apprécié la gentillesse du jeune homme. Procule ne mesurait pas encore combien il lui était attaché ; elle ouvrirait sans doute bientôt les yeux. Quand Jeannot avait expliqué son rêve d'ouvrir une auberge, elle avait retrouvé chez lui la flamme qui animait Anatole lorsqu'il parlait de progrès. Elle en avait été touchée.

Canalisés d'abord vers la salle à manger qui ne pouvait pas accueillir plus de soixante convives, certains invités furent ensuite conduits dans un salon attenant ; ce fut le cas pour les plus jeunes, dont Hortense et Henri.

— Avez-vous bien attaché Jeune Fou ?

Hortense se retourna et se trouva face à Charles Hetty. Lui aussi était d'une extrême élégance et pour la première fois, Hortense remarqua ses yeux gris finement ourlés de cils sombres assortis aux sourcils bien dessinés et aux cheveux qu'il portait assez courts, avec une grosse mèche plaquée pour délimiter un front légèrement bombé. Un nez mince et un peu long, une étroite moustache débordant sur les joues et une bouche aux lèvres fines, un menton volontaire complétaient le tableau qui aurait pu retenir son attention s'il n'y avait eu dans le regard cette ironie insupportable.

— Monsicur, jc ne vous permets pas ! répondit Hortense. Me reparlerez-vous de cette histoire quand je serai, comme ma grand-mère, percluse de rhumatismes ?

— Certaines femmes n'aiment pas qu'on leur rappelle leurs faiblesses.

— Quelles faiblesses ? Tout au plus une erreur, une distraction. Lisez George Sand, vous verrez ce que vous disent les femmes que vous méprisez, et occupez-vous de vos vaches !

— Si je m'occupe de mes vaches, dois-je vous renvoyer à ce que le poète Lamartine appelle « la sphère de la vie domestique » ? Mais la colère vous donne des couleurs, voilà qui est plaisant, répondit le jeune homme à qui, furieuse, Hortense tourna aussitôt le dos ostensiblement.

Le menu était riche. Jules, le chef de cuisine, s'était surpassé. Après le potage Parmentier, le consommé de volaille et le melon cantaloup, étaient servis du filet de bœuf sauce anglaise, du jambon d'York au porto, des timbales de cailles au fumet de gibier et des poulardes de Bresse. Admirablement présenté sur un plat de belle argenterie, chaque mets révélait un savoir-faire remarquable. Chez madame Adélaïde, la chère était délicieuse et cela expliquait autant le succès de ses invitations que la simplicité de son accueil.

La mauvaise humeur d'Hortense contre Charles Hetty était oubliée. Elle qui n'était pas un gastronome averti et qui faisait attention à ne pas prendre trop d'embonpoint ne mangeait guère, et quand le sorbet au champagne arriva, elle le trouva bienvenu, mais elle ne toucha plus ensuite ni aux perdreaux à la broche, ni aux dindonneaux au cresson et encore moins au saumon entier sur un lit d'écrevisses, à la présentation pourtant spectaculaire.

Fuyant Charles Hetty qui n'avait pas insisté mais s'était tout de même installé avec autorité en face d'elle, Hortense s'était assise auprès d'un garçon dont la conversation ne la passionnait guère, pas plus que celle de son autre voisin. Au deuxième plat, ils avaient entamé une discussion sur *Le Tableau de la France* de l'historien Michelet qu'ils n'abandonnaient que le temps de manger des plats dont ils appréciaient à peine la saveur tant ils étaient obsédés par leur sujet. Excédée, morte d'ennui, agacée par le regard insistant de Charles Hetty, Hortense finit par les interrompre avec insolence au moment du saumon pour les inciter à s'intéresser davantage à l'avenir qu'au passé. Ils se récrièrent que l'on ne construisait rien sur une table rase ; d'autres convives se mêlèrent alors à la conversation, tirant le sujet de l'histoire pure vers la politique. Devant les puddings d'abricots et les pièces montées, légitimistes et orléanistes étaient prêts à en découdre. Les premiers, tenants des Bourbons, revenaient sur les vieilles affaires de la destruction de la pairie, le mépris de l'aristocratie, les tendances démocratiques des gouvernements ; les seconds prônaient l'intérêt du roi Louis-Philippe pour les classes moyennes qui l'amenait à transformer en notables des industriels, par exemple. Chacun campait solidement sur ses positions, tout en développant avec courtoisie ses arguments. N'était-on pas entre gens du monde ?

La fin du repas mit un terme à des discussions qui auraient pu dégénérer, ce qui n'eût guère été séant sous le toit de madame Adélaïde dont le plus gros défaut, pour certains, était d'être la sœur du roi. Mais, à sa table, ne recevait-elle pas un condensé de la société française ? Des nobles vivant à la campagne dans leur château et évitant la ville où la vie était plus chère, respectant strictement étiquette, hiérarchie, traditions et coutumes jugées poussiéreuses par certains, craignant comme la peste toute mésalliance, tout en étant réceptifs aux innovations techniques, surtout dans l'agriculture ; des bourgeois épris de progrès et d'ascension sociale, entrepreneurs, professions libérales, hauts fonctionnaires, industriels, banquiers, souvent flattés par ce roi dit bourgeois, lui aussi.

Après le souper cependant, quand ils furent invités à quitter leur table, certains abandonnèrent leur conversation à regret ; d'autres, au contraire, ennuyés peut-être par leurs voisins, furent heureux de se délasser les jambes ; tous, en tout cas, étaient impatients de découvrir l'attraction de la soirée, le fameux illusionniste Robert-Houdin.

Par groupes, seuls ou à plusieurs, les plus ingambes retraversèrent la véranda puis la cour et se dirigèrent à pied vers l'orangerie où le spectacle devait avoir lieu. Les autres, dont madame Adélaïde, furent conduits en voiture jusqu'à la grande bâtisse, long rectangle entièrement vitré, où des sièges avaient été alignés face à une scène placée sur l'un des deux petits côtés, tournant le dos au château. Des rideaux de velours rouge la dissimulaient et les invités du premier rang y percevaient quelque agitation. Après le brouhaha de l'installation, le silence s'imposa lentement quand chacun fut assis à sa place, madame Adélaïde trônant dans un fauteuil situé au troisième rang. L'impatience prenait le pas sur le bruit des chaises et des voix, les yeux de tous étant rivés aux rideaux.

Ils s'ouvrirent enfin pour découvrir la scène toute simple, faite de bois blanc, qui avait été improvisée par les deux menuisiers du château. Les rideaux avaient été confectionnés et posés par l'artisan d'Aigueperse hélé par le roi lors de son dernier passage au château de Randan et qui, depuis, était devenu un orléaniste convaincu, prêt à donner son temps à la princesse.

Hortense se trouvait entre son oncle et Henri. Delphine était assise à côté de Léon, qui la dévisagea tendrement quand elle lui murmura l'avoir peu vu depuis qu'elle était en séjour à Bel-Air.

— Est-ce un reproche ? Je vous emmènerai à Vichy, nous y séjournerons, si vous voulez. Mais regardez plutôt !

Un homme était apparu sur la scène et saluait avec élégance les spectateurs ; il dédia un signe particulier à madame Adélaïde qui y répondit par une légère inflexion du cou. Elle connaissait bien l'illusionniste qui avait donné des représentations à la famille royale, notamment au château de Saint-Cloud. Elle avait même dîné avec lui à la table du roi qu'il avait charmé en lui racontant comment, fils d'horloger, il avait appris à manier les mécanismes, avant de découvrir la magie auprès d'un Italien. Une version sans doute romancée d'une vie peu banale. Ayant apprécié ses talents, la princesse avait eu envie d'en faire profiter ses amis auvergnats.

L'homme était séduisant, très mince, dans son habit de soirée noir porté sur un gilet blanc et une chemise dont le col haut et amidonné mettait en valeur un gros nœud de soie. Il avait opté pour cette tenue aussi sobre qu'élégante qui contrastait avec les costumes plus voyants qu'arboraient certains de ses confrères ; elle démontrait que, pour lui, le spectacle ne consistait pas à se déguiser et que l'attention devait se porter sur des tours d'une magie inouïe[1].

Les salutations achevées, celui qui se faisait appeler Robert-Houdin entra dans le vif du sujet en s'adressant d'une voix forte au public déjà passionné.

— Je voudrais avoir six mouchoirs. Qui me confie son mouchoir ? Madame ? Monsieur ? Inscrivez sur une carte l'endroit où vous souhaitez retrouver votre petit carré de linon ou de batiste.

De jolis mouchoirs en linon surgirent des poches et furent tendus en direction d'un jeune homme préposé au ramassage qui recueillit aussi les cartes aussitôt apportées à madame Adélaïde, selon les instructions du maître.

— Madame, à vous l'honneur de choisir le lieu où vous voulez retrouver les mouchoirs.

— En l'absence du roi, mon frère, c'est donc à moi que revient cette rude tâche, dit la princesse en prenant une première carte qu'elle lut à haute voix : « Sous un des candélabres de la cheminée. » Non, je crois que c'est trop facile pour monsieur Houdin.

— Alors, prenez une autre carte, dit Robert-Houdin

---

1. Après Robert-Houdin, ce sera la tenue habituelle du prestidigitateur.

posté au bord de la scène, près d'une table où avaient été rassemblés les mouchoirs.

— Ah ! dit madame Adélaïde, voilà qui me semble plus sérieux : dans la première caisse d'orangers de la terrasse.

— Ordonnez, madame, et j'obéirai.

— Soit, allons pour la caisse d'orangers.

Des applaudissements plébiscitaient déjà la proposition. Léon se pencha vers Hortense ; retrouverait-il son mouchoir ?

— J'en suis sûre, dit Delphine dont le visage trahissait ce bonheur intérieur qu'Hortense lui connaissait lorsque Léon se trouvait à Clermont.

Le magicien plaçait maintenant ostensiblement les mouchoirs sous une cloche opaque, tout en prononçant une formule mystérieuse. Il agita ensuite sa baguette magique, puis souleva la cloche : les mouchoirs avaient disparu, remplacés par une tourterelle qui prit aussitôt son envol vers la salle. Suivant ses évolutions près du toit, les spectateurs applaudirent chaleureusement.

— Oui, c'est bien, mais les mouchoirs ? cria un homme qui avait posé son gibus sur ses genoux.

— Patience, patience ! Madame, s'il vous plaît, pourriez-vous envoyer l'un de vos jardiniers vérifier la caisse d'orangers ?

Madame Adélaïde fit un signe à un homme en livrée. On l'entendit courir le long de l'orangerie, puis ses pas décrurent. Curieuse, l'assistance attendait presque en silence quand l'homme réapparut. Il tenait une cassette dans ses mains ; elle était maculée de terre.

— Apportez-la-moi, dit madame Adélaïde qui avait l'air de s'amuser beaucoup.

— Vous allez vous salir, dit le valet.

— Peu importe ! Ouvrons plutôt. Les mouchoirs y sont !

— C'est incompréhensible, dit une dame qui portait un haut chignon marqué de jolies mèches grisonnantes.

— Je ne serais pas magicien si je ne parvenais pas à exécuter des faits incompréhensibles, répliqua Robert-Houdin très sûr de lui.

— Il y a une explication, s'écria alors la princesse. Voulez-vous la lire vous-même ? Je n'ai pas mes lunettes.

Le papier circula jusqu'à la scène.

— « Cette boîte de fer, contenant six mouchoirs, a été placée au milieu des racines d'orangers par moi, Balsamo, comte de Cagliostro, pour servir à un acte de magie qui sera exécuté devant la famille d'Orléans. »

— Oh ! ce n'est pas possible...

— C'est inouï !

Pantelante, l'assistance n'en pouvait plus d'étonnement.

— N'en déplaise à madame Adélaïde, mais elle est votre complice ! lança l'un des voisins de table d'Hortense.

— Vous ne respectez rien ! répondit un autre spectateur outré. Voilà de la magie, tenez-vous-en là et applaudissez plutôt monsieur.

Confusion, stupéfaction, incrédulité, admiration... Le registre des sentiments éprouvés dans la salle était sans limite. Robert-Houdin savait qu'il ne fallait pas laisser les esprits s'échauffer. Déjà, il revenait sur le devant de la scène et annonçait un nouveau numéro.

— La seconde vue !

Le silence était revenu, tous les visages étaient tendus vers la scène dont les rideaux rouges avaient fait un rapide aller-retour entre les deux attractions.

— Voici Emile. Assieds-toi ici. Monsieur, voulez-vous venir lui bander les yeux pour éviter toute supercherie ? Et vous, madame, pouvez-vous me confier un objet qu'Emile va décrire ?

Les doigts d'Emile coururent sur la pièce de monnaie prêtée par la dame qui fut vite identifiée. Le tour reprit ensuite avec une chevalière dont le blason fut décrit minutieusement par l'enfant et enfin avec un livre, dont il lut quelques lignes sous des tonnerres d'applaudissements.

— Quel dommage que Thomas et Hippolyte ne voient pas cela, dit Delphine. Il y a une représentation au village, je les emmènerai demain.

Les vacances des garçons étaient heureuses à Bel-Air. Hippolyte découvrait la campagne dont il n'avait jusqu'à présent fait que vendre les produits. Il s'émerveillait devant un champ de blé, un potager aux mille et une senteurs et saveurs, ou encore un arbre porteur de fruits. Il lisait maintenant couramment et il n'était pas rare qu'il préférât à un jeu la lecture d'un livre emprunté aux neveux de Delphine.

— Après Emile, voici Auguste-Adolphe dans la suspension éthérienne. Encouragez-le !

Des applaudissements saluèrent l'arrivée de l'enfant. Hortense plissait les yeux pour mieux distinguer les traits du petit blond que son père, le magicien, fit monter sur un tabouret. Il lui fit mettre les bras en croix et les soutint avec deux cannes, puis les pieds de l'enfant quittèrent leur point d'appui et son corps passa à l'horizontale.

— Le petit est endormi à l'éther, souffla le voisin

de Delphine. Regardez, maintenant son père le soutient seulement avec la pointe d'une canne.

— Vous êtes un barbare, monsieur ! cria un homme assis au dernier rang. C'est une honte de faire ingurgiter de l'éther à cet enfant pour satisfaire vos mauvais instincts de magicien.

— Vous aimez mieux les machines ! Qu'à cela ne tienne, répliqua Robert-Houdin en renvoyant le petit garçon et en se saisissant d'un automate. Voici le jardinier qui manie le râteau ! Peut-être préférerez-vous l'ermite qui lit la Bible ou ces diablotins qui grimacent ?

En un instant, il avait mis en marche sur la scène une petite armée qui gesticulait, avançait ou reculait au son de mandolines dont jouaient avec ardeur les deux enfants.

— Envoyez-moi un chapeau et faites-moi la grâce de me confirmer qu'il n'y a rien dedans, poursuivait ce diable d'homme dont la mince silhouette se détachait en ombres chinoises sur le mur du fond. Trop tard, voici un boulet de canon ! Et dans cette corne, il n'y a rien, qui dira le contraire ?

Il exhibait une grande corne métallique, la pointe en haut.

— Rien ne vient, et pourtant... un foulard, des lunettes, celles de monsieur ?

Le spectateur interpellé fouillait déjà ses poches et assurait ses voisins qu'il avait bien perdu ses lunettes pendant que, passé à autre chose, le magicien déversait des poignées de dragées d'une coupe en argent pourtant montrée totalement vide, comme le vase d'où jaillissait à gros bouillons du café brûlant.

Le public était épuisé, le maître allait et venait comme un tourbillon, virevoltait, saluait, enchaînait un nouveau numéro toujours plus stupéfiant. Chacun, sur sa chaise, cherchait une explication rationnelle et tentait d'échafauder des solutions, mais peine perdue, l'homme était trop fort ; et quand il annonça qu'il était tard et naturel que chacun rentrât chez soi, ce fut un tonnerre d'applaudissements. Crédules et moins crédules, incrédules et sceptiques, tous étaient sous le charme d'un homme comme ils n'en voyaient pas souvent. Madame Adélaïde jubilait. Ses amis auvergnats avaient été charmés encore une fois par une soirée dont ils parleraient longtemps.

19

Après le spectacle que termina une légère collation, chacun retourna chez soi en se promettant de se revoir bientôt : une nouvelle réjouissance se profilait dans l'emploi du temps de ces oisifs, dont l'été consistait en une succession de fêtes et de bals. La suivante était une soirée déguisée et masquée à Bel-Air, chez le frère de Delphine, réputé pour l'originalité de ses réceptions.

Les yeux encore éblouis par les mille et un tours de Robert-Houdin que Delphine fit découvrir le lendemain à Thomas, Hippolyte et ses neveux, Hortense se mit en quête d'un déguisement pour la soirée de Bel-Air. Si Henri n'avait eu qu'à ouvrir le grand placard de sa chambre où étaient encore entassés les vêtements de Joseph, dont sa grand-mère révéla qu'il adorait se travestir, Hortense n'avait pas cette ressource, puisque les affaires de sa mère avaient été enlevées du placard dissimulé dans la tenture de sa chambre. Alors qu'Henri avait déjà jeté son dévolu sur un costume d'Arlequin qui lui allait parfaitement – outre les traits, il avait manifestement le même gabarit que son oncle –, Hortense devait encore trouver une idée.

C'est Augustine qui la mit sur la voie du grenier où on accédait grâce à un escalier de bois depuis le deuxième étage. Jamais elle n'y avait mis les pieds, n'y ayant fait, peu de temps après son arrivée, qu'une tentative d'incursion soldée par un échec ; affolée, la femme de chambre avait manifesté sa réprobation et obtenu d'Hortense qu'elle renonçât. D'ailleurs la porte était en permanence fermée à double tour. Et à l'exception d'Augustine qui y entassait le linge sale en vue de la lessive dont seulement deux épisodes se déroulaient chaque année, personne n'y montait, pas même madame de Bellemaison qui aurait eu bien du mal à se hisser jusque-là.

Comme par enchantement, enhardie peut-être par la bienveillance affichée par Madame envers son petit-fils, qui la détournait de ses critiques incessantes à l'égard de sa petite-fille, Augustine lui avait confié la clé dans le plus grand secret. Avec ce brin de connivence qu'elle montrait parfois pour ces jeunes gens dont elle n'avait pas connu les parents, mais dont elle appréciait la gentillesse.

Suivie d'Henri, tout aussi curieux, Hortense se rua dans l'immense mansarde qui occupait, presque sans cloison, l'ensemble de la surface de la maison. La charpente en châtaignier était impressionnante, avec des fermes rythmant l'espace ouvert sur l'extérieur par des fenêtres à la Mansart en forme de médaillons. Une fois les carreaux dégagés des toiles d'araignées géantes qui y prospéraient en toute quiétude, la vue était remarquable, bien au-delà du parc.

— J'aperçois le château de madame Adélaïde, dit Henri en tendant le doigt vers un hypothétique bâtiment distingué très loin entre les arbres des hautes futaies de la forêt. Et là, serait-ce Bel-Air ?

« Je viens revoir l'asile où ma jeunesse
« De la misère a subi les leçons,
« J'avais vingt ans, une folle maîtresse… »

— Qu'est-ce qui te prend ? interrogea Hortense, surprise d'entendre son frère déclamer des vers.

Elle ne lui connaissait pas ce talent et le voir ainsi la main sur le cœur l'étonnait.

— « Leste et joyeux, je montais six étages
« Dans un grenier, qu'on est bien à vingt ans… »
poursuivit pourtant Henri avant de conclure : C'est un poème de Béranger.

— Peut-être, mais aide-moi plutôt à ouvrir ces malles !

Hortense avait d'autres chats à fouetter que les poèmes d'un inconnu. Mais Henri avait déjà avisé une inscription sur le mur près de la fenêtre.

— Regarde plutôt ces mots charbonnés sur le mur ! « Julie-Magloire, Joseph-Delphine, à la vie, à la mort… » On a essayé de les effacer, mais c'est encore bien lisible.

Intriguée, vaguement émue, Hortense s'était approchée. Ils restèrent songeurs quelques instants.

— On devrait plutôt se déguiser en fantômes, murmura Henri d'une voix sourde, lui aussi étreint par l'émotion. Tu crois que des fantômes viennent hanter notre grand-mère ? A la vie, à la mort…

Sa sœur soupira ; elle aurait voulu rompre délibérément avec ce sortilège qui tout à coup les prenait à la gorge. Pourquoi ces souvenirs étaient-ils si émouvants ? Monter au grenier, n'était-ce pas tenter le diable ?

— Regarde ! Notre mère a dû s'asseoir là-dedans.

Moins touché peut-être, rompant plus vite avec un instant magique, Henri poursuivait sa quête et désignait maintenant un petit fauteuil capitonné de cuir. Il souffla sur la tablette destinée à retenir l'enfant et une nuée de poussière s'envola, qui le fit tousser.

— Et là, ce cheval à bascule, et celui-ci sur ses roulettes, il a perdu sa queue ! Et là, dans cette malle, ces poupées. Regarde, celle-ci n'a plus d'yeux. Notre mère était-elle cruelle ?

— Pourquoi dis-tu cela ? Viens plutôt !

Contournant les vastes corbeilles où s'entassait, impressionnant, le linge sale promis à une prochaine lessive, celle de la fin de l'été, elle avança d'un pas décidé vers les malles accumulées en désordre le long du mur. Elle essuya une goutte de sueur qui lui perlait au front. Il faisait chaud sous les toits.

Henri s'épongea avec la manche de sa chemise ; il portait son gilet ouvert. Il avait une furieuse envie de fuir ces lieux inquiétants, mais Hortense était si autoritaire qu'il n'osa l'abandonner. Il était tellement heureux depuis qu'il était à Bellemaison ; il avait presque oublié ses années douloureuses à la Petite Roquette. Il s'installait parfois dans le parc et croquait au crayon quelques vues avec le jet d'eau, l'étang et ses roseaux, les arbres, la charmille. Il avait aussi dessiné sa grand-mère travaillant à sa tapisserie, un croquis d'une étonnante vérité, qui saisissait l'attitude de la vieille dame, mais surtout la moue des lèvres, le large sillon creusé autour du nez, les chairs un peu flasques et le regard sévère auquel il avait su conférer une certaine douceur. Il ne lui manquait que la parole, et c'était tant mieux, avait dit sans indulgence Hortense. Madame de Bellemaison en avait retiré, en tout cas, une vraie fierté, car elle l'exhibait devant tous ses visiteurs, en vantant les talents de son petit-fils qui avait même reçu quelques commandes dans le voisinage. Il avait depuis à son actif une petite galerie de croquis qui, sans flatter les modèles, offraient une réelle qualité artistique. Léon s'était souvenu que l'un de ses arrière-grands-oncles s'était taillé une belle réputation de portraitiste au temps de Marie-Antoinette, qui l'avait mis en concurrence avec madame Vigée-Lebrun. D'ailleurs un tableau du grand salon était réputé être le portrait de la reine, réalisé en juin 1789 si l'on en croyait la date apposée à côté de la signature, Jean de Bellemaison.

Henri ouvrit la première malle et laissa retomber le couvercle dans un nouveau nuage de poussière qui fit tousser Hortense.

— Pouah ! dit-elle en frottant ses yeux qui larmoyaient. Cela commence mal, de vieux papiers, aucun intérêt ! La suivante.

— Des livres ! fit Henri en soulevant avec précaution cette fois le couvercle de la grosse malle.

Il prit un volume qu'il feuilleta.

— Du latin, quelle horreur ! Les œuvres de Pline, traduites, ah ! heureusement, par monsieur de Sacy, dit-il en jetant le livre qui vint choir sur d'autres empilés en désordre. Et voici *De l'Esprit des lois* par monsieur de Montesquieu…

— La suivante ! ordonna Hortense qui s'agaçait de l'humeur primesautière de son frère.

— Ah ! des chapeaux, s'écria Henri en plongeant dedans et en ressortant avec un grand chapeau de paille défraîchi orné de plumes ébouriffées.

— Montre !

— Mets plutôt celui-là, répondit Henri. Dommage que les fleurs soient fanées ! Ou plutôt ce bonnet avec tous ces rubans.

— Oui, mais on devrait chercher une tenue, avant le chapeau. Voyons une autre malle !

C'est alors que les yeux d'Hortense tombèrent sur un tableau posé à l'envers contre le mur. Au même instant, Henri le découvrait aussi. Sans doute eurent-ils la même idée et quand il le retourna, ni l'un ni l'autre ne fut surpris : c'était le portrait de leur mère, il n'y avait aucun doute. Ils restèrent quelques instants pétrifiés à le regarder, leurs yeux inquisiteurs s'accrochant au moindre détail. Hortense se trouvait soudain devant son double, comme elle aurait vu son image dans une glace, n'eût été la coiffure avec ce chignon porté en arrière fait de nattes brunes et ces boucles habilement réparties autour du front qu'elles cachaient. Le cou gracile donnait un port altier au visage dont le pinceau du peintre avait rendu le tendre velouté de la peau. Du bout des doigts, Hortense effleura son visage comme pour en dessiner les contours. C'était impressionnant : les mêmes lèvres, la même fossette au menton, les mêmes sourcils... A bout de bras, Henri porta le tableau à hauteur du visage de sa sœur et murmura :

— Moi qui ai tant cherché à imaginer ma mère, surtout quand j'étais enfermé dans cette maudite prison... Je n'avais qu'à penser à toi ! Ah ! si je l'avais su ! Mais pourquoi notre père ne nous a-t-il jamais dit cette ressemblance ?

Sa voix tremblait. Hortense retenait ses larmes. Elle comprenait maintenant le trouble de Magloire de Fleury lors de leur première rencontre, et peut-être comprenait-elle aussi l'attitude défavorable de sa grand-mère, qui retrouvait en elle la réplique de sa fille maudite. Forte de cette pensée, elle se saisit du portrait et se précipita dans l'escalier.

— Où vas-tu ? cria Henri sur ses talons.

Elle avait déjà rejoint l'escalier principal dont elle aurait aimé dévaler à son habitude les marches, mais le tableau était lourd.

— Où vas-tu ? répéta Henri quand ils arrivèrent dans le vestibule où Célestin installait un vase rempli de roses.

Eberlué, le domestique regarda la jeune fille ouvrir brusquement la porte qui donnait dans le petit salon où se tenait sa grand-mère. Surprise, la vieille dame penchée sur sa tapisserie sursauta et se redressa pour la regarder ; puis elle porta sa main à sa gorge selon un geste qui lui était familier.

— Mon Dieu, vous me ferez mourir ! N'avez-vous jamais appris à frapper à une porte avant d'entrer dans un lieu ?

— Il s'agit bien de ce que j'ai appris ou pas. Regardez plutôt cela !

— Où l'avez-vous trouvé ?

— Au grenier, j'ai découvert la clé dans un tiroir, ajouta Hortense.

Elle ne voulait pas dénoncer la pauvre Augustine qui risquait sa place.

— Rassurez-vous, je vais le mettre dans ma chambre, cette image ne vous dérangera pas, mais je tenais à ce que vous le sachiez. A moins que vous ne souhaitiez le remettre ici, en face de votre fils adoré ! Il y a encore le clou !

— Maudite, vous me ferez mourir !

— Mais, moi, qu'est-ce que je vous ai fait ? A part être la fille de mon père et ressembler à ma mère ?

Hortense avait mis le portrait à hauteur de son visage et faisait face à la glace. Tout à coup, la vieille dame eut sous les yeux quatre images ; c'en était trop, sa vue se brouilla, ses doigts s'ouvrirent et laissèrent choir la longue aiguille à tapisserie qui vint se ficher dans le tapis. Sa tête dodelina, puis son menton se figea contre sa poitrine. Henri se précipita.

— Grand-mère, grand-mère ! Vite, à l'aide !

Célestin et Augustine jaillirent de la cuisine.

— Tu l'as tuée ! dit Henri en regardant Hortense qui avait posé le maudit portrait et ne savait plus quoi faire.

— Mais non, elle n'est pas morte, les rassura Augustine, qui avait glissé sous les narines de la vieille dame un des multiples flacons de sels qui traînaient dans la maison. Sa poitrine se soulève, c'est signe qu'elle respire, et je sens son cœur qui bat. Il va seulement falloir la monter dans sa chambre pour la mettre sur son lit, si monsieur Henri veut bien aller chercher le docteur Boispré – ou mademoiselle Hortense, car monsieur Henri sera plus costaud pour aider à soulever madame !

Trop contente de se tirer d'une situation qui lui avait échappé, Hortense se précipita dehors, sella Jeune Fou en un tournemain et partit au grand galop.

— Comment vous remercier de vous être déplacée jusqu'à Fleury ? dit Magloire lorsqu'il accueillit Delphine venue en voisine.

L'homme de confiance de la maison fit avancer doucement le cheval attelé à un élégant cabriolet jusqu'aux communs. Ils étaient bâtis perpendiculairement à la maison principale, à laquelle les deux tours rondes, rescapées d'une construction plus ancienne, conféraient l'allure d'un château.

— Mon Dieu, que de souvenirs ici ! dit Delphine en embrassant le parc du regard.

Celui-ci s'étendait essentiellement devant la maison avec deux bassins en terrasse recouverts de nénuphars, rescapés d'un lointain agencement à la française que l'abandon des carrés et bordures au fil du temps avait dénaturé au profit d'une liberté à l'anglaise et de la promenade avec ses allées tournantes, ses bosquets et ses lisières.

— Voulez-vous faire le tour du parc ? proposa Magloire dont la redingote neuve montrait qu'il souhaitait faire honneur à son invitée.

— A quoi bon réveiller les souvenirs ? Mais je ne résiste pas à la tentation. L'être humain est ainsi fait qu'il ne sait pas éviter les émotions.

Leurs pas crissaient sur le gravier de l'allée qui partait à droite d'un cèdre que Delphine se souvenait avoir vu étêté après un coup de foudre malheureux. Résistant, il était toujours là, et une autre tête pointait vers le ciel, prouvant combien la nature était rebelle et persévérante. L'arbre avait fait le vide autour de lui, où la végétation ne rivalisait plus avec ses ramures d'envergure depuis longtemps, et il s'était épanoui majestueusement.

Un peu plus loin – Delphine s'en souvenait comme si c'était la veille – il y avait une clairière avec deux bancs de pierre claire qui permettaient à deux couples de s'installer en vis-à-vis. Elle se mordit les lèvres. N'avait-elle pas présumé de ses forces ? Elle sentit poindre des larmes mais les retint, bien que, une fois qu'ils furent arrivés à proximité, Magloire interrogeât d'une voix douce :

— Vous vous rappelez ?

— Comment pourrais-je oublier ?

Combien de fois, avec Joseph et Julie, étaient-ils venus s'asseoir là pour deviser, rire et tirer des plans sur leur avenir ! Un avenir tout tracé que rien ne semblait devoir entraver. Un avenir tout écrit qu'un grain de sable avait perturbé à jamais.

— Quand je suis revenu, les bancs avaient disparu sous le lierre et les ronces, expliquait Magloire en désignant le lieu de son bras valide. J'ai défriché la clairière avec ardeur, comme si c'était une rédemption. J'avais les mains en sang – enfin, surtout la droite ; l'autre m'encombrait plutôt mais, parfois, elle se laissait griffer par une maudite branche. Quand l'endroit a repris l'allure que je lui avais toujours connue, ce fut une grande joie. Vous voyez qu'il m'en faut peu. Même la statue de l'Amour décochant une flèche était à terre. Un symbole... Je l'ai remise en place.

Delphine détailla l'enfant de pierre qui les avait aussi fait rêver. N'avaient-ils pas tous reçu une flèche à leur façon ? Puis elle regarda Magloire. Il était touchant. N'avait-il pas trop cher payé une faute dont il n'était pas tout à fait responsable ?

— Regardez !

A une vitesse inouïe, un écureuil bondissait de branche en branche. Sa rousseur était magnifiée par le soleil.

— Un véritable acrobate ! J'ai rebaptisé la clairière, ce n'est plus celle des amoureux mais celle des écureuils. Quoique...

— Quoique ? reprit Delphine interrogative.

— Au printemps, j'ai assisté à leur parade nuptiale qui donne lieu à des poursuites endiablées dans les frondaisons. Il y a un nid là-haut, j'y veille presque amoureusement, une consolation comme une autre ! Observez-le, je vous en prie !

En plissant les yeux, Delphine aperçut dans une fourche créée, très haut, par deux grosses branches de chêne, un nid dont l'envergure était importante.

— Je viens souvent réfléchir ici, et j'ai lié amitié avec ces écureuils. Si vous saviez tout ce qu'ils trimballent ! Noisettes, noix, châtaignes, faines, bourgeons... Des brassiers de la plus belle espèce. Venez !

Elle lui prit le bras et ils cheminèrent en silence jusqu'au fond du parc. Elle reconnaissait les buis où ils bâtissaient des maisons quand ils étaient enfants ; déjà, Julie se mettait en ménage avec Magloire et elle, avec Joseph. Les poupées des filles leur servaient d'enfants, les garçons se déguisaient en chevaliers, chevauchant avec ardeur des bâtons devenus d'impétueux destriers ou se combattant à l'aide d'épées de noisetier. C'était pour rire à l'époque, plus tard cela avait été pour de vrai, et pour pleurer.

Au fond du parc, une trouée donnait sur le rendez-vous de chasse de Maulmont, que madame Adélaïde avait fait construire sur l'emplacement d'un ancien établissement des chevaliers de Saint-Jean de Jérusalem.

— Broussailles et taillis avaient envahi les allées. La nature est aussi impitoyable que l'homme, dit Magloire, rompant le silence qui leur avait permis de méditer sur leurs souvenirs quand ils découvrirent le point de vue vers le vaste corps de logis du relais de chasse.

Ils remontèrent lentement vers la maison. La belle ordonnance du jardin était particulièrement lisible de ce point de vue. Les arbres avaient été soigneusement choisis par l'arrière-grand-père de Magloire, très au fait de la botanique et de l'art des jardins. Un mélèze impressionnant avec ses aiguilles si fines qu'elles pénétraient dans les chaussures, un séquoia qui dépassait maintenant tous ses voisins, un araucaria que, Delphine s'en souvenait encore, le père de Magloire appelait aussi le « désespoir du singe », ce qui enchantait les enfants immédiatement projetés dans un exotisme enchanteur. Deux saules pleureurs signalaient ensuite une petite zone humide qui descendait doucement vers un étang dont on ne devinait guère les contours, car il était encaissé et caché par une végétation abondante. A droite, il y avait eu un champ de mûriers blancs plantés avant la Révolution, quand des pépinières avaient été installées en Auvergne pour satisfaire le grand espoir de la soie qui pouvait apporter travail et richesse.

— Je vais maintenant m'occuper de l'étang, laissé lui aussi à l'abandon, dit Magloire en embrassant cette portion de paysage à l'état sauvage. Mon père doit se retourner dans sa tombe, lui qui voulait son parc toujours impeccable !

Quelques pas plus loin, il s'exclama, soudain joyeux :

— Miraculeusement, les framboisiers ont traversé le temps et, une fois dégagés, ils sont toujours aussi productifs.

Les branches stimulées par l'alternance de pluie et de coups de chaleur avaient poussé en hauteur et peinaient à supporter leur abondante production. Un homme en blouse avec un grand tablier de toile s'affairait justement pour ajuster des tuteurs et éviter que les grands rameaux ne retombent à terre et ne gâchent leurs fruits.

— Je vous présente Paul, qui entretient le jardin.

— Bonjour, madame, fit l'homme en soulevant le chapeau de paille qui le protégeait.

Des gouttes de sueur perlaient sur son front largement dégarni.

— Bonjour, Paul, répondit Delphine qui avait incliné son ombrelle doublée de dentelle pour suivre la courbe du soleil déjà sur le déclin.

— J'ai dû tout de même remettre de nouveaux plants, commenta Magloire, en lui proposant au creux de sa main quelques fruits que Delphine dégusta avec bonheur.

A cette main se superposa une autre, la sienne, que Joseph baisait avec ardeur pour y dévorer des fruits offerts avec amour.

Elle frissonna, remonta machinalement sur son cou la berthe de dentelle qui formait un large col clair sur sa robe de tissu écossais vert et rouge. Elle laissait cette tenue dans sa chambre de jeune fille à Bel-Air et la mettait deux ou trois fois par an lors de ses séjours estivaux, ne serait-ce que pour s'assurer qu'elle n'avait pas pris d'embonpoint pendant l'année. Vaguement démodée, la robe était à l'unisson de cette commémoration émouvante ; le souci de Magloire, depuis son retour, de remettre en état le parc comme au temps de leur enfance et de leurs amours y contribuait. Delphine eut les larmes aux yeux. Etait-ce ce lieu qui l'émouvait, elle qui, depuis des années, s'était confectionné une carapace qu'elle imaginait épaisse, et croyait avoir oublié ? Elle s'en voulait, mais ces larmes qu'elle laissa soudain couler sur ses joues l'apaisaient et Magloire eut la discrétion de ne pas les voir.

Ils étaient revenus à leur point de départ devant le petit château à la forme allongée, dont l'unique étage était surmonté d'un niveau mansardé.

— On dit que madame de Bellemaison a fait un malaise sérieux, fit Magloire.

— Je l'ai appris en effet. Hortense Préaumont m'en a informée. Dire qu'elle aurait pu être notre belle-mère commune ! ajouta Delphine avec un petit sourire qui en disait long.

Les commentaires acerbes de sa petite-fille prouvaient à quel point le caractère de madame de Bellemaison, déjà autoritaire, s'était peu arrangé avec les événements et sans doute avec le temps.

Magloire répondit par un sourire tout aussi énigmatique.

— L'alerte fut chaude mais cette dame, qui se dit volontiers malade pour un oui ou pour non, en a réchappé, reprit encore Delphine qui frissonna.

Il faisait presque frais ; depuis que des orages avaient détraqué le temps, avant le 15 août, la température avait baissé et elle fut soulagée de rentrer dans la maison. Magloire la précéda pour pénétrer dans le large vestibule qui n'avait pas changé avec son papier à grands ramages colorés et sa rangée de portemanteaux où étaient suspendus chapeaux et cannes, comme autrefois. Il distribuait toutes les pièces du rez-de-chaussée en enfilade de chaque côté.

— Je vous emmène dans le bureau de mon père. J'y ai fait mon nid, comme l'écureuil, en y installant non pas des noisettes et des noix, mais quelques souvenirs de mes voyages. C'est un peu hétéroclite, cela me plaît ainsi. Ne prêtez pas attention au désordre, j'ai eu la faiblesse de m'abonner à *La Presse* de Girardin et au *Siècle* de Dutacq, et j'entasse les journaux. Il faudra en faire un feu de joie, un de ces jours ; voilà ma seule distraction, j'apprécie la plume de Balzac, de Gautier et d'Hugo, et je ne néglige pas le feuilleton en rez-de-chaussée de page, ni les nouvelles hippiques du monde sportique[1].

Le bureau plat offrait, en effet, un joyeux désordre avec un méli-mélo de papiers divers et d'objets, buvards, plumes, encrier. Près d'une bergère postée devant la cheminée, des journaux épars trahissaient un lecteur fantaisiste.

Delphine observait Magloire, devenu presque volubile. Elle revoyait le jeune homme joyeux qui entraînait ses amis dans des discussions passionnées ou dans des chevauchées dont beaucoup revenaient épuisés. Elle mesurait le gâchis de cette vie brisée par un homme dont on ne savait finalement toujours rien, ou à peu près. Delphine réalisait qu'Hortense était restée discrète à propos de son père. Etait-il ce héros qu'elle semblait accréditer dans des propos évasifs ? Un des journaux était ouvert à l'article relatant la victoire du maréchal Bugeaud contre les Marocains à l'Isly, le 14 août[2]. Maxime Préaumont y avait-il participé ?

— Regardez cet objet ! dit tout à coup Magloire en saisissant de sa main valide une corne posée sur la cheminée entre les deux fenêtres qui donnaient sur le parc. C'est une défense d'éléphant, tué devant moi par un Pygmée, Nakounou, avec une seule lance dans l'abdomen, c'est impressionnant !

— Et cet objet ? interrogea Delphine qui s'était approchée de la fenêtre.

1. Terme utilisé à l'époque.
2. De l'année 1844.

— Un arc fait d'une branche et d'une liane. Je revois l'enfant qui me l'a offert, Mboti. Il parlait aux oiseaux en sifflant dans une feuille de fromager, un très grand arbre tropical ; il abattait ensuite avec cette flèche, sans pitié, l'oiseau ainsi attiré.

Magloire avait maintenant pris une écuelle taillée dans du bois de baobab. Il expliqua que cet arbre avait une telle longévité qu'il était un symbole sacré.

— Son écorce sert à fabriquer des cordes et on mange ses feuilles, ou on en tire des tisanes médicinales. Regardez comme c'est doux au toucher, on dirait du velours !

Delphine avança la main et constata en effet la douceur de l'objet qu'il reposa délicatement. Elle respecta le silence qui suivit. Il laissait errer son regard au loin, sans doute bien au-delà des limites du parc, et finit par dire :

— Peut-être aurais-je dû rester là-bas, j'y fus heureux !

Elle lui mit alors affectueusement la main sur l'épaule. Encouragé, il ajouta :

— Mes racines sont ici, c'est dur d'être loin de sa terre, de sa maison, de ses ancêtres. Mais je vous ennuie avec mes souvenirs, parlons plutôt de l'avenir !

Il se ressaisissait soudain. Repassant derrière son bureau, il se laissa choir sur le fauteuil aux accoudoirs d'acajou posés sur de jolies sphinges ailées, pendant que Delphine s'asseyait dans un des deux fauteuils gondoles à tête de cygne destinés aux visiteurs. Un mobilier Empire qui rappelait la fidélité du père de Magloire à Napoléon, qu'il avait servi comme colonel. Contrairement à beaucoup de ses contemporains aristocrates, il n'avait jamais renié cet engagement ni vraiment adhéré au retour des Bourbons.

Une originalité qu'il avait assumée et su tempérer lorsque madame Adélaïde, dont le frère n'était pas encore le roi Louis-Philippe, avait lancé ses premières invitations aux voisins du domaine de Randan. Il n'était pas devenu orléaniste mais le temps avait passé et la sœur du roi était d'un commerce agréable.

Magloire tripota le nœud de sa cravate verte, seule couleur qu'il tolérât en dehors du noir pour sa redingote, son pantalon et même son gilet joliment brodé, ton sur ton, de petits trèfles à quatre feuilles. Puis il ouvrit le cahier où il avait consigné un certain nombre de noms lors de son passage à la mairie de Randan, complété par des incursions dans des villages comme Saint-Priest-Bramefant, Beaumont-les-Randan ou Mons.

— Ma chère Delphine, vous avez eu la bonté de m'encourager dans mon dessein, mais il était bien prétentieux et je vois difficilement comment je pourrais tirer parti de tous ces noms que j'ai relevés dans les registres des mairies, sans manquer d'ailleurs d'éveiller curiosité et méfiance chez les maires ou leurs secrétaires. Ma quête peut-elle déboucher sur un résultat ? J'en doute aujourd'hui. Plutôt chercher une aiguille dans une botte de foin !

Tout à coup, Magloire paraissait las. Delphine le regarda et douta aussi. Et pourtant, combien séduisante était cette idée de retrouver l'enfant de Joseph ! Magloire y voyait une rédemption, une réparation du mal infligé involontairement.

— Avant de vous décourager, apprenez-moi plutôt ce que vous avez déjà fait, dit Delphine tandis que Philomène, qui faisait office de gouvernante, apportait un plateau avec deux tasses de porcelaine de Paris, blanc et or, une cafetière et un sucrier assortis.

— Vous appréciez toujours le café de gland doux ? dit Magloire. Je m'y suis fait, moi aussi, j'en ressens les bienfaits pour la digestion.

Philomène servit le précieux liquide et tendit à Delphine une tasse sur laquelle était tracé en lettres d'or : « Offre fragile d'une amitié durable ». Sur celle destinée à Magloire, elle put lire : « Nulle rose sans épines ».

— Ma mère adorait ce service et moi, je m'en moquais, expliqua Magloire. Pourtant, je n'aurais pas dû. Trouvez le rébus sur la cafetière.

Philomène tourna vers elle le bel objet et le texte inscrit dans un cartouche rectangulaire. Delphine décrypta lentement :

— L'amour est un tourment...

— Vous voyez que j'aurais dû y voir un présage, si j'avais été sage.

— Nous étions si insouciants ! commenta Delphine. Mais dites-moi plutôt où vous en êtes.

Calmement, très maître de lui, Magloire but deux gorgées de gland doux, puis commença à expliquer qu'il avait déjà parcouru beaucoup de lieues, que la difficulté était d'entrer en contact avec les éventuels candidats.

— Comment voulez-vous confesser vingt ans après des femmes qui ont, sans doute, tout fait pour oublier le salaud qui les a abandonnées...

Il avait mis le curé de Randan dans la confidence, mais celui-ci s'était évidemment retranché derrière le secret de la confession et ne souhaitait pas l'aider dans cette entreprise. Alors, il avait pris son bâton de pèlerin tout seul, approché des femmes qu'il fallait mettre en confiance et qui parlaient à regret. Quoi de plus déprimant que d'entrer dans ces maisons où la grand-mère filait ou tricotait dans un coin, où le grand-père somnolait, à moins qu'il ne soit déjà retombé en enfance, où les poules caquetaient sur la terre battue, pendant que la mère s'affairait à la soupe avec, comme seul horizon, la caisse de l'horloge dont le balancier rythmait bruyamment sa vie ? Une vie écoulée inexorablement sans autre avenir que ces murs crasseux et suintant d'humidité.

— Comment pourrais-je vous aider ? dit Delphine qui décidément avait envie d'être bienveillante.

— Je ne sais pas, répondit Magloire en hochant la tête.

Il feuilleta le cahier d'un air dubitatif.

— J'ai commencé par les garçons, peut-être tout simplement parce que j'espérais découvrir un grand gaillard qui aurait ressemblé à Joseph comme le jeune Henri. Les jumeaux de la nouvelle génération démontrent, en effet, combien des enfants peuvent être le portrait de l'un de leurs parents.

La rencontre avec Hortense et Henri, lors d'une chevauchée matinale, l'avait laissé pantois. Il avait cru avoir, devant lui, Joseph et Julie, et il n'avait pu prononcer la moindre parole.

Delphine sourit. Elle savait où ses pensées vagabondaient. Elle se leva. L'heure avait tourné au cartel posé sur une console d'acajou. Le bronze doré d'un petit Apollon à la lyre brillait au soleil qui déclinait entre les arbres du parc. Magloire se leva à son tour, grimaça en frottant l'épaule de son bras paralysé.

— Les douleurs s'y mettent maintenant, dit-il, cela me réveille de plus en plus souvent la nuit.

— Vous devriez aller voir la fameuse madame Faribοles, souffla Delphine, on dit qu'elle a soigné le roi au printemps et qu'il reviendrait rien que pour une nouvelle séance de massage ! Mais je vous en prie, n'abandonnez pas, soyez patient, le jeu en vaut la chandelle ! Viendrez-vous à notre bal ?

Magloire regarda cette amie de toujours qu'il redécouvrait chaque fois davantage et soupira.

— Voulez-vous que je me déguise en Africain ? Votre invitation m'a touché, c'est la première que je reçois depuis mon retour. Déguisé et masqué, pourquoi pas ? Cela m'amuserait, je vous le concède.

— Alors, venez !

20

— Mademoiselle Hortense...

Des enfants s'étaient précipités autour de la jeune fille et l'entouraient affectueusement de leurs bras. Une femme parut à la porte de la maison dont les colombages garnis de terre et de galets rappelaient que l'Allier n'était pas très loin. Les maçons avaient l'habitude d'utiliser des matériaux de proximité et faciles à exploiter.

— Laissez mademoiselle Hortense ! cria madame Raconnet en s'approchant.

Son mari s'encadrait dans la porte de l'étable.

— Je n'y arriverai jamais, elle va crever, lança-t-il en essuyant la sueur qui lui coulait du front et lui piquait les yeux. J'en pleurerais !

— Mais non ! s'écria Charles Hetty, ne soyez pas défaitiste, nous allons la tirer de là. Attachez les chevaux, j'y vais.

Charles avait jeté sa redingote derrière lui, recueillie par un des enfants, et Henri avait saisi les brides des trois montures qu'il conduisit avec l'aide du plus grand des garçons jusqu'à l'écurie. Ils les attachèrent solidement aux anneaux fichés dans le mur bâti en briques crues dont les jointoiements montraient des faiblesses. Certains trous, ainsi créés, étaient occupés par d'énormes toiles d'araignées, d'autres accueillaient même des nids. Furieux de cet arrêt imprévu, Jeune Fou rua ; heureusement, le garçon agile esquiva le jet de pattes agressif. Negro, le cheval d'Henri, à la robe toute noire à l'exception de taches blanches à la base des pieds et sur le front, et Châtaigne, la jument de Charles, à la robe dorée, étaient résignés.

Hortense avait enfin accepté l'invitation de Charles Hetty à chevaucher de conserve en ce début d'après-midi, et Henri s'était joint à eux. Mais il avait une urgence et ils avaient dû faire un crochet par la ferme des Raconnet où une vache avait du mal à vêler. Une catastrophe pour la famille, qui vivait dans les affres depuis le petit matin. L'aîné des garçons avait été dépêché à la recherche du jeune vétérinaire. Ils l'avaient croisé dans la forêt au rond-point de Joinville, une chance !

— Henri, j'aurai besoin de toi, cria Charles du seuil de l'étable. Enlève ta redingote.

— Moi ? Mais que veux-tu que je fasse ? Je n'y connais rien, répliqua Henri dont la réticence dégoûtée fit sourire Charles.

— Mais si, tu peux m'être utile.

Inconscients du drame à venir peut-être, mais joyeux de revoir Hortense qui venait rarement les mains vides, les enfants faisaient une ronde autour d'elle. Elle se saisit du plus petit qui, bousculé par les autres, braillait. Accourue au secours de son dernier, madame Raconnet parut soulagée. Elle était visiblement enceinte et Hortense se prit à penser que la femme était vraiment esclave de la maternité. La ribambelle d'enfants prouvait, en effet, que depuis son mariage, cette mère, totalement épuisée, n'avait sans doute guère cessé d'être enceinte.

— Entrez, vous devez avoir soif ! Gustave, va chercher de l'eau fraîche au puits.

Toute fatiguée qu'elle était, madame Raconnet avait le souci de l'hospitalité. Elle appréciait Hortense, qui savait être généreuse ; monsieur Léon avait été plus ouvert à ses doléances depuis son passage avec la jeune fille. La nouvelle charrue était la bienvenue.

Escortée par les enfants, pendant qu'Henri rejoignait à contrecœur l'étable, Hortense pénétra dans la salle commune. Derrière elle, la fille aînée s'était emparée du petit haut-de-forme muni d'une gaze arboré par Hortense qui avait voulu jouer les jeunes filles modèles. Une fois n'était pas coutume : pour chevaucher avec Charles Hetty, dont elle craignait le verbe ironique, elle avait souhaité être irréprochable ! La petite Marie le posa sur ses cheveux, une belle toison brune, et courut vers une glace maculée de chiures de mouches pour y découvrir son image insolite.

Les enfants chassèrent vivement les poules occupées à picorer quelques miettes sur la terre battue. L'odeur était forte, un mélange de cuisine, de fientes, de paillasses mal aérées, de fruits et de légumes entassés dans des corbeilles éparses, et d'étable. Une fois habituée à la pénombre, qui contrastait avec le soleil si vaillant à l'extérieur, Hortense embrassa du regard la salle commune faiblement éclairée par une seule fenêtre. A droite, au-delà d'une porte de bois brut, on percevait les voix de Gilbert Raconnet et de Charles Hetty, car l'étable jouxtait la salle commune. Leurs mots étaient couverts par les râles de la vache qui souffrait.

Hortense mesurait la promiscuité entre animaux et humains. Les uns et les autres y trouvaient-ils leur compte ?

— Ne joue pas avec ça ! dit Paule Raconnet à l'un des enfants qui tentait de soulever la trappe permettant d'accéder à la cave.

— Une souris ! cria une des petites filles en montrant du doigt le coffre derrière lequel l'intruse s'était sans doute réfugiée.

Une péripétie qui laissait de marbre sa mère car, comme les poules, les souris et les mulots faisaient partie de l'univers quotidien de la famille.

Hortense avait retenu un geste de répulsion ; elle n'aimait pas ces petites bêtes dont la vitesse de déplacement était inouïe et dont elle craignait surtout qu'elles ne viennent se cacher sous sa robe. Paule Raconnet avait pris le braillard des bras de la jeune fille et le posait maintenant dans un lit étroit à bascule où, calmé, il entreprit de se balancer doucement. A proximité, les lits clos qui occupaient tout le fond de la salle étaient fermés de rideaux crasseux assortis à ceux de la cheminée, destinés à éviter que la fumée ne pénètre trop dans la maison. Au mur, un petit bénitier, une branche de buis, un chapelet et une image pieuse de Notre-Dame de Pitié qui protégeait de la foudre – une catastrophe aussi fâcheuse que les difficultés de la vache à vêler !

— Regarde le pied de cochon, dit la femme à une des filles qui souleva précautionneusement le couvercle d'une marmite posée sur un trépied. Mets un peu d'eau dans les petits pois et les pommes de terre.

— Ah ! oui, ne les laisse pas brûler ! dit soudain une voix.

Une femme venait d'entrer, un panier à la main. C'était la grand-mère, suivie de son mari qui boitait. Elle s'affala dans le seul fauteuil de la maison et s'empara du tricot dont les aiguilles crissèrent aussitôt avec ardeur. Elle était faite ainsi, elle ne pouvait pas rester un instant inactive. Le grand-père s'assit en face à sa place réservée, le coffre à sel, à l'instant où l'horloge sonnait cinq heures. Hortense perçut alors les tic-tac qui résonnaient sous les poutres basses. Elle leva les yeux vers la caisse encastrée dans les lits clos qui portait un beau motif gravé au couteau, deux coqs et des fleurs.

— Cela fait combien d'heures que cela dure ? marmonna le grand-père dans sa grosse moustache blanche un peu jaunie.

— Elle nous fera damner, celle-là, répondit son épouse.

Arrivée au bout du rang de son tricot, elle cria en direction d'un petit garçon assis par terre, en train de jouer avec trois bouts de bois :

— Il me faudra de la laine.

Il se leva et courut jusqu'à l'unique coffre dont il eut vite extrait un écheveau grisâtre qu'il tendit fièrement à la vieille dame aux cheveux gris. Elle avait posé par habitude ses pieds sur la chaufferette ; ce n'était pas encore la saison d'y déposer des cendres chaudes, mais cela délassait des jambes habituées à trotter dans le jardin dont il fallait bien tenter d'exploiter la terre le plus possible. Il y avait tant de bouches à nourrir dans la maison ! Madame Raconnet mère jeta un coup d'œil à sa belle-fille dont le ventre montrait que la grossesse progressait. Un de plus, songea-t-elle, comme s'ils ne pouvaient pas se retenir ! Encore, si c'était un garçon... Le bien vient avec un garçon, le bien s'en va quand naît la fille. Madame Raconnet avait le don d'exaspérer sa belle-fille en répétant ce proverbe ; elle lui rétorquait volontiers : « On prend ce que Dieu nous donne et vous en avez fait autant ! » Une cruauté, car le Gilbert Raconnet avait eu trois frères morts en bas âge alors que ses sœurs avaient survécu et vivaient dans les fermes ou les commerces de leurs maris.

Tout en actionnant ses aiguilles avec dextérité, elle dévisagea aussi Hortense, un autre monde qui ne pouvait même pas faire rêver la vieille paysanne ; elle n'avait pas idée de la vie au château ! Comment avoir de l'imagination dans un univers borné par ces murs ? Elle était arrivée là au moment de son mariage, elle avait fait feu commun et mangé au même pot que ses beaux-parents ; à présent, c'était avec son fils et sa belle-fille.

Paule Raconnet tendit un verre d'eau à Hortense. Elle était fraîche ; la jeune fille la dégusta avec plaisir. Au-dessus de sa tête était suspendu un jambon entamé entre deux barres garnies de clous destinées à décourager les gourmands qui voudraient s'attaquer à ce bien inestimable pour la famille. Il voisinait avec des bottes d'oignons et d'aulx, et des paniers d'où dépassaient quelques guenilles. Elle songea à Alice et à son discours sur l'inégalité. Là, dans cette salle, elle pouvait en mesurer la portée. A l'exception des lits, le seul mobilier consistait en une table de bois blanc maculée de taches, quelques chaises au paillage fatigué, un coffre et des étagères où étaient entassés des ustensiles hétéroclites.

Ses yeux s'attardèrent encore vers la souillarde sous l'escalier qui menait au grenier, et la pierre à évier qui avait, ce qui était rare, un écoulement extérieur, une économie de temps et de fatigue. Cela évitait d'avoir à l'intérieur, lui avait expliqué madame Raconnet, le seau à eaux grasses installé dehors pour recueillir le précieux liquide destiné aux cochons. A l'instant où ses yeux découvraient la bassine à vaisselle, la maison retentit d'un meuglement pathétique. Les murs parurent trembler, chacun retint son souffle. Madame Raconnet mère avait ses aiguilles en suspens, son mari tenait en l'air le canif avec lequel il confectionnait un sifflet pour l'un de ses petits-fils ; les enfants s'étaient tus. Tous étaient à l'affût et quand des cris plus faibles, sortes de plaintes indicibles, furent entendus, il y eut un soulagement.

— Pourvu que la mère en réchappe, marmonna le grand-père. Va voir, Gustave !

Le garçon se précipita à l'instant où son père ouvrait la porte qui communiquait avec l'étable.

— Tout va bien, dit-il, monsieur Charles a sauvé la situation !

Une odeur âcre se répandait maintenant dans la salle commune. Hortense avait posé la main sur l'épaule de Paule Raconnet dont le visage était soudain illuminé. A la tension succédait une étonnante détente et elle était heureuse d'avoir participé à ces instants qui comptaient, dans la vie de cette famille, presque autant que la naissance d'un enfant.

— On peut aller voir le petit veau ? crièrent en chœur les enfants dont les yeux brillaient.

— Pas tout de suite, dit le père en refermant derrière lui la porte brinquebalante dont les planches tenaient par des ficelles et des fils de fer.

Chacun reprit ses activités et ce ne fut qu'un long moment après que Gilbert Raconnet, Charles et Henri passèrent dans la salle commune. Les deux jeunes gens avaient le pantalon maculé de sang et de boue mais ils étaient heureux, eux aussi.

— La Marquise nous a fait un beau veau ! dit Gilbert Raconnet, le sourire figé en un rictus qui lui déformait la bouche, comme si les muscles de son visage étaient étrangers à la joie.

— Présentons-le, si vous voulez bien ! lança Charles dont les cheveux mouillés de sueur disaient assez la peine qu'il avait eue à faire naître le petit animal.

— Oui, oui, allons-y, crièrent les enfants.

Marie qui arborait toujours le chapeau d'Hortense lui avait pris la main.

Dans l'étable dont la porte à deux battants ouverte ménageait un peu de lumière sous les poutres du plafond bas, la vache, une bête blanche avec des taches noires, était seule avec son petit, encore tout mouillé, qui avait du mal à se tenir sur ses pattes. Peu initiée, vaguement dégoûtée, Hortense était mal à l'aise. Elle découvrait tout un monde qu'elle ignorait et le regard ironique de Charles, quand elle avait relevé sa robe pour ne pas la salir, l'avait agacée. Il s'approcha cependant d'elle et dit en prenant à témoin l'assistance en cercle autour des héros de la fête :

— Je vous propose d'appeler ce jeune veau Hortensia en hommage à Hortense. Sa peau rosée rappelle, d'ailleurs, la fleur.

Toujours méfiante à l'égard de Charles dont elle connaissait maintenant l'esprit caustique, la jeune fille ne mesurait pas s'il s'agissait d'un hommage ou d'une raillerie, mais quand éclatèrent les cris d'un enthousiasme général, elle pouffa de rire et accepta d'être la marraine de l'animal collé à sa mère vers qui il semblait chercher protection face à ces intrus.

Indifférente, Marquise, qui ne savait sans doute pas qu'elle avait bien failli connaître l'équarrissage, léchait paisiblement son petit.

— Je vous ferai porter un produit pour soigner le pis, dit Charles en regardant l'organe difforme ; je ne crois pas que ce soit grave.

— Dieu vous entende, répliqua Gilbert. Et pour vous payer ?

Le front barré de rides profondes de Gilbert Raconnet trahissait son souci. Toujours le même, le manque d'argent. Hortense s'entendit intervenir de façon péremptoire qui surprit Charles : décidément, cette fille le déconcertait.

— C'est mon oncle qui vous réglera !

— Merci, murmura Gilbert.

Son sourire s'épanouit enfin quand son père annonça :

— Allons boire une petite gnôle, Gustave, attrape le tonnelet de ma réserve personnelle.

— A vous, dit Charles en levant le petit verre en direction d'Hortense.

Il avait les yeux qui brillaient, une sorte de fièvre intérieure qui dépassait cette suffisance ironique affichée lors de leurs rencontres.

Leurs regards se croisèrent et la jeune fille qui, quelques instants plus tôt, suspectait Charles des pires intentions se sentit apaisée.

— J'ai passé avec Charles un moment formidable, murmura près d'elle Henri. Je me demande si je n'ai pas trouvé ma vocation !

— Notre promenade a tourné court, dit Charles, mais mon métier est ainsi fait.

Hortense le dévisagea un instant. La petite Marie lui tendait son chapeau, elle eut besoin de prendre l'air tout à coup, passa le seuil dont la pierre était creusée par les passages répétés des habitants de la masure. Dehors, le ciel avait viré au gris et des roulements de tonnerre grondaient au loin. Un coup de vent secoua le gros tilleul au-dessus de la mare aux canards, provoquant une pluie de fleurs odorantes qui se répandirent dans la cour. Les enfants couraient partout autour d'elle, un éclair zébra le ciel, puis presque aussitôt un premier coup de tonnerre retentit, sec, vif, impressionnant.

— Vite, rentrons les chevaux, dit Henri en passant à côté d'elle.

Elle le vit défaire les rênes des anneaux et pousser avec Gustave les chevaux dans l'écurie où attendait Grognon, le vieux cheval de trait peu habitué à avoir une telle compagnie. Comme toujours, Jeune Fou rechignait, mais Henri le tenait solidement, en lui parlant avec douceur. Les premières gouttes de pluie tombaient déjà ; éclairs et coups de tonnerre se succédaient à une cadence folle mais, fascinée, elle préféra se réfugier sous l'appentis plutôt que de rentrer dans la pauvre maison.

— Nous ne pouvons pas partir maintenant, dit une voix près d'elle.

C'était Charles.

— Vous n'avez pas peur ?

— Non, j'adore, répliqua Hortense avec un air de défi.

Charles n'était pas surpris. Leurs relations seraient-elles toujours placées sous le signe de la bravade ? Il s'interrogeait. Ils observèrent en silence les grosses gouttes de pluie qui martelèrent bruyamment le sol avant de se transformer en déluge. Ils apercevaient Henri resté sur le seuil de l'écurie avec Gustave.

Le vétérinaire était toujours en chemise. Négligemment appuyé au tombereau qui occupait une partie de l'appentis, il observait la jeune fille. Du petit haut-de-forme s'échappaient quelques boucles brunes et le léger décolleté de la robe de toile à fines rayures vertes et blanches dégageait le cou gracile. Il hésita à engager de nouveau la conversation qui, avec elle, pouvait à tout moment dégénérer, surtout dans cette atmosphère orageuse, et préféra imiter l'indifférence qu'elle affichait ostensiblement en reportant son attention autour de lui. Il régnait un joyeux bric-à-brac partout dans ces fermes où les paysans n'avaient guère le temps de s'occuper de l'accessoire. Des bêches, une faux qu'il remit en équilibre contre le mur, la charrue, un joug à deux têtes dont la ferrure était rouillée, une pelle, une pioche...

— Cela se calme.

Charles sortit de sa rêverie et leva les yeux vers le ciel où apparaissait une trouée bleue.

— Regardez l'arc-en-ciel !

— Quand on est deux à regarder un arc-en-ciel, cela porte bonheur, dit le jeune homme.

Incrédule, Hortense se tourna vers lui. Ses yeux étaient clairs comme il ne les avait jamais vus.

— Je plaisante, bien sûr, fit-il précipitamment en éclatant de rire.

— Vous me prenez pour une gourde ! dit Hortense en s'avançant dehors.

Malheureusement, le sol de la cour avait été transformé en cloaque et, trois pas plus loin, engluée dans la boue, elle serait tombée si Charles ne s'était à son tour jeté dehors pour lui porter secours. Il passa le bras autour de sa taille et l'aida à progresser jusqu'à l'écurie. Il avait la poigne solide, celle qui fait naître les veaux, et elle éprouva une onde de plaisir qui lui rappelait celle provoquée quand elle faisait du genou à Anatole. Quand ils parvinrent à l'écurie où Henri s'affairait déjà autour des chevaux et qu'il relâcha son étreinte, elle regretta ces instants qu'elle aurait qualifiés de délicieux si elle avait été honnête.

Mais déjà le jeune homme ne faisait plus attention à elle, il se saisissait de la redingote que lui apportait Gustave. Il passa hâtivement la main dans ses cheveux collés par la sueur et la pluie, ce qui le rajeunissait, regarda Hortense monter à cheval et sauta sur le sien avec une agilité qui surprit la jeune fille. Un dernier signe de la main à la famille réunie, les enfants qui couraient et le trot qui se transformait en galop jusqu'à la clairière... Plus fougueux que jamais, Jeune Fou rivalisait à un rythme endiablé avec Châtaigne, offrant à Hortense l'occasion de ne pas céder un pouce à Charles. Quand elle en perdit son chapeau, Henri le ramassa en laissant filer les cavaliers beaucoup plus émérites que lui, avant de rejoindre enfin sa sœur dans la clairière. Charles lui avait déjà fait ses adieux ; Henri la trouva rêveuse, suivant du regard la croupe de la jument devenue bientôt un point et cet homme qui l'avait encore une fois toisée de son regard ironique, mais n'avait pas promis de nouvelle promenade.

Il était tard. L'orage très localisé n'avait pas sévi dans la clairière où chantaient encore des oiseaux heureux. Le soleil se couchait là-bas vers ces montagnes que dominait le puy de Dôme. Hortense avait raconté à Henri l'importance de cette ligne de dômes qui surplombaient la ville de Clermont-Ferrand. Au loin, la vieille Prudence carillonnait l'angélus.

Magloire de Fleury n'avait pas croisé l'orage et quand il était arrivé devant la masure de madame Fariboles, il l'avait trouvée dans son jardin, en train de biner la croûte dure de la terre qui, justement, manquait d'eau. La propriétaire du lieu avait entendu l'orage gronder au loin et espéré un temps qu'un nuage viendrait déverser son eau précieuse, lui évitant un arrosage fatigant. Hélas, l'orage avait tourné, quelques éclairs étaient apparus dans un ciel chaotique, puis un coup de vent avait chassé les intrus et tout était redevenu calme.

L'arrivée du visiteur la surprit donc, courbée sur des rangs de carottes et de choux, la binette nerveuse ne retournant que de la terre sèche, même en profondeur. Alertée par le bruit des sabots de la jument, elle se redressa, mit les mains sur ses reins pour détendre son dos et fit face à Magloire de Fleury.

— Monsieur, que venez-vous faire ici ?

La question posée sur un ton peu amène aurait désemparé Magloire s'il n'avait pas affronté bien d'autres situations plus délicates. Cependant, cette petite bonne femme qui le toisait avec ses poings sur les hanches le décontenançait.

— Je viens vous demander de me soigner, affirma-t-il pourtant en la regardant droit dans les yeux.

— Fariboles ! Passez votre chemin, je ne soigne pas n'importe qui !

Cette réponse abrupte, accompagnée d'une volte-face indiquant la fin de l'entretien, ne pouvait satisfaire Magloire qui demanda :

— Pourquoi ce refus et cette animosité ? Ne me reconnaissez-vous pas ? Je suis Magloire de Fleury.

— Et que croyez-vous ? Que je ne sais pas qui vous êtes ? C'est cela qui me cause du tourment.

— Du tourment ?

— De vieilles histoires sans doute, répliqua la femme en agitant sa main au-dessus de sa tête dans un geste familier dont il ne comprenait pas vraiment la signification.

— De vieilles histoires ? Mais que vous ai-je fait ?

Madame Fariboles soupira et dit d'une voix adoucie :

— Le passé est le passé. Alors, que puis-je pour vous ?

— Vous voyez comment je suis, répondit Magloire en désignant son bras inerte. Il ne me sert plus à rien mais l'épaule est si douloureuse que cela me lance jusque dans le dos, et même ici.

Magloire désignait le haut de la cuisse.

— Ouais, vous feriez mieux d'aller à pied plutôt que de cavaler sur votre canasson qui vous secoue les tripes et les os. Il y en a qui se cassent le dos en travaillant comme de pauvres bougres et puis il y en a, comme vous, qui se le démolissent en s'amusant !

— Il paraît que vous avez fait des miracles pour le roi ? interrogea Magloire qui ne souhaitait pas entrer dans cette polémique oiseuse, résumé abrupt de la société où l'on opposait toujours riches et pauvres.

— Des miracles, des miracles, répondait déjà son interlocutrice en haussant les épaules. Enfin, vous au moins, vous n'êtes pas englué dans la graisse. Faites voir, posez-moi votre redingote là, sur la barrière. C'est que vous êtes grand...

Elle s'était dressée sur la pointe des pieds et avait posé les mains sur l'épaule endolorie. Elle hocha la tête et fit signe au patient de s'asseoir sur un petit tabouret de châtaignier qui lui servait parfois lors du désherbage de certaines plates-bandes.

— Enlevez aussi ce gilet !

Magloire s'exécuta et, mû par une inspiration subite, dit :

— Vous savez que j'ai sauvé votre petite-fille d'un bien mauvais pas ?

— Ma petite-fille ? interrogea madame Fariboles en fronçant les sourcils et en accentuant la pression de ses mains agiles sur les deux épaules.

— C'est celle-là qui me fait mal, murmura Magloire.

— Oui, oui, je sais ce que je fais, répliqua la femme. Vous êtes tout noué. Détendez-vous. Evidemment, quand on a un mort sur la conscience... Holà, ne vous raidissez pas !

— Vous avez entendu ce que vous insinuez ?

— Et alors ? Ce n'est pas vrai, que vous avez tué le fils Bellemaison ?

— Certes, mais dans les conditions particulières d'un duel, protesta Magloire qui regrettait amèrement d'être venu.

— Vous avez tué aussi un père.

— Je n'ai tué personne d'autre.

Magloire s'était levé brutalement et le tabouret avait chu.

— Alors, ma petite-fille ? Elle ne nous a rien dit, la cachottière. Asseyez-vous !

La femme avait changé de sujet et l'ordre donné d'une voix autoritaire ne souffrirait pas qu'on s'en affranchisse. Magloire se mordit les lèvres et, comme les mains de cette petite femme lui avaient déjà procuré du bien-être, il se rassit. Il entendit alors derrière lui le roulement d'une voiture.

— Alors, les filles ? Vous voilà rentrées ! Avez-vous bien soulagé votre monde ?

— Le brûlé va mieux, répondit Joséphine, nous avons vu aussi le Toinon dont la jambe avait passé sous un tombereau, mais il n'avait pas dû se laver les pieds depuis l'avènement du roi...

Elle ne finit pas sa phrase, car elle venait de découvrir le cavalier noir.

— Viens, Procule, ordonna-t-elle en entraînant la jeune fille vers la maison.

— Laisse ta fille, dit madame Fariboles, qui nous cache des choses.

Procule s'était arrêtée. Joséphine avait déjà pénétré dans la maison dont elle claqua la porte.

— Ta mère a ses raisons, mais si ce monsieur t'a porté secours, je voudrais bien savoir comment, cachottière !

— Pas plus que vous ! répliqua Procule avec insolence. Le cavalier noir, pardon, monsieur de Fleury m'a évité d'être violée, tout simplement.

— Tout simplement, répéta madame Fariboles en éclatant de rire.

En silence, elle continua de malaxer le dos de son patient de ses mains expertes et énergiques. Magloire se sentait de mieux en mieux et quand elle annonça que c'était fini, il le regretta. Il n'était cependant pas au bout de ses surprises, car elle lui dit aussitôt d'un ton péremptoire :

— Et pas question de remonter à cheval maintenant ! Il faut marcher, ce sera la meilleure manière de tout remettre en place !

— Et ma jument ? interrogea Magloire, décidément surpris par le ton autoritaire, mais aussi amusé.

— Elle vous suivra à la longe ou vous la laisserez ici

jusqu'à demain, nous en prendrons soin. Je préférerais cette solution : ainsi, je serais sûre que vous ne monterez pas !

— La confiance règne !

Magloire éclata de rire, entraînant la grand-mère et la petite-fille dans une hilarité générale interrompue par Joséphine qui avait soudain jailli de la maison.

— Cela ne vous dérange pas de rire avec un assassin ? lança-t-elle en marchant droit vers le carré de haricots, un panier à la main.

— Cela me collera donc toujours à la peau, fit Magloire, désolé.

— De vieilles histoires, je vous dis, murmura madame Fariboles.

21

— Hortense, quel bon vent t'amène ?

Procule s'était précipitée à la rencontre de son amie matinale. Il y avait longtemps qu'elles ne s'étaient pas vues. Joséphine avait visité madame de Bellemaison qui se remettait lentement de son malaise et exerçait une tyrannie encore accrue sur toute la maison. Léon avait disparu deux jours – Hortense avait cru comprendre qu'il avait emmené Delphine à Vichy –, Henri suivait Charles dans ses tournées qui les avaient conduits, entre autres, chez Théophile dont le cheval avait une patte infectée. Le garçon, qui était déjà le chouchou de Léon, avait beaucoup plu à Henri ; il avait expliqué, avec force gestes démonstratifs, les bienfaits de cette moissonneuse qui lui changerait bientôt la vie.

— Comment va votre grand-mère ? interrogea Joséphine qui liait de petits bouquets d'herbes.

— Bien, elle sera bientôt guérie !

— Elle est solide !

— Mais c'est Toutenoire qui est là ?

Hortense venait de découvrir la jument de Magloire.

— Elle a passé la nuit ici, car ma grand-mère a

remis le dos de son maître en place et lui a interdit de repartir à cheval. Tu aurais vu sa tête ! Mais la jument a mal dormi, le voisinage avec Pompon ne lui a pas plu.

Procule faisait allusion au petit cheval gris qu'un patient avait laissé en héritage à madame Fariboles pour la remercier de l'avoir soulagé et pour qu'elle soigne plus facilement les autres malades. Attelé à une petite voiture, l'animal docile emmenait maintenant « les Fariboles », comme on les appelait dans la campagne alentour, et leur facilitait effectivement la tâche.

— Tu as le temps de venir avec moi, ce matin ? interrogea Hortense en retenant fermement par la bride Jeune Fou qui manifestait son impatience en tapant du sabot sur la terre craquelée par la sécheresse.

— Va te promener, dit aussitôt Joséphine compréhensive.

La mère de Procule était beaucoup moins expansive que madame Fariboles. La voix douce, le regard triste, elle semblait à jamais marquée par un début de vie difficile. La naissance de Procule n'était évidemment plus un drame, mais elle n'oublierait jamais l'homme qu'elle avait aimé follement et, si certains patients avaient été sensibles au charme de son joli minois, aucun n'aurait pu trouver grâce à ses yeux.

— On y va, cria Procule qui ne craignait pas les promenades à cheval avec Hortense.

D'ailleurs, Jeune Fou se montrait particulièrement sage quand il portait les deux cavalières rieuses, prêtes à sauter de la monture pour observer un oiseau, cueillir une fraise ou une mûre.

Au bout du chemin, elles croisèrent Magloire qui s'arrêta un instant pour les saluer. Lorsqu'il fut reparti, Procule murmura :

— Ma mère ne va pas être contente de le voir arriver !

— Pourquoi ?

— De vieilles histoires dont je ne sais pas grand-chose, répondit Procule.

— Tu me raconteras ?

— J'allais oublier : tu sais qui on a trouvé au bord de l'étang, près du Grand Chêne ?

Hortense fit une moue dubitative.

— Le Gaston ! Tu sais, celui qui a voulu me violer ? Il paraît qu'il était gonflé d'eau. Déjà qu'il était gros ! Les gendarmes sont venus le chercher, ils ont dit que ce n'était pas beau à voir, mais le pire c'est qu'un peu plus loin, ils ont trouvé la sœur de Jeannot, Lucette la simplette, recroquevillée au pied d'un chêne, à moitié nue... Ils se demandent si elle était avec Gaston. Elle est devenue muette. Pour ce qu'elle disait, cela ne change guère. Ils l'ont emmenée chez des bonnes sœurs à Vichy.

Hortense se souvint de la première fois où elle avait rendu visite aux Rablin avec l'oncle Léon, et où elle s'était imaginé que monsieur Lecoq pourrait soigner cette fille avec ses produits miraculeux.

— Je te montrerai l'endroit où ils les ont retrouvés.

Hortense n'y tenait pas plus que cela. Elle se retourna ; la voiture du cavalier noir était arrêtée près de la palissade séparant le jardin des Fariboles du chemin où les pluies de la semaine précédente avaient creusé de profondes ornières.

Magloire de Fleury avait passé une nuit agitée. D'abord, il était rentré tard chez lui ; le chemin à pied lui avait paru interminable, mais il n'avait plus mal au dos et son épaule ne le faisait plus souffrir. Il se sentait tout dérouillé et madame Fariboles lui avait conseillé de humer l'air en gonflant sa poitrine, puis de souffler pour vider ses poumons, ce qui lui avait aussi procuré un évident bien-être. Il lui avait mis une belle pièce d'or dans la main et avait laissé Toutenoire aux soins attentifs de Procule.

Dans son lit, alors qu'il ne se sentait plus condamné à dormir sur le seul côté droit, puisque son épaule gauche ne le faisait plus souffrir, il avait eu du mal à trouver le sommeil. Tandis qu'il cheminait dans la forêt, une vérité avait soudain éclaté. N'avait-il pas enfin découvert l'enfant de Joseph ? Non seulement Procule figurait sur la liste du cahier noir, mais l'hostilité de sa mère à son égard était peut-être un aveu. Si Joseph lui avait promis de réparer, lui, Magloire, n'avait-il pas ruiné ces espoirs en le tuant ?

Tournant et retournant l'hypothèse, il avait trouvé le sommeil tard dans la nuit, et le soleil était déjà haut quand il s'était réveillé. Le plus dur restait à faire, si ses suppositions se révélaient justes. Comment s'y prendre avec Joséphine dont le caractère ne semblait guère plus facile que celui de sa mère ?

Il avait fait atteler le petit cabriolet que Firmin, le mari de Philomène, s'était empressé de débarrasser de la poussière de la remise ; il n'était pas question de repartir à pied, n'en déplaise à madame Fariboles, et il ramènerait Toutenoire derrière la voiture. Une occasion, en tout cas, de revoir les trois femmes qui commençaient à l'intéresser sérieusement. Il avait même fait le détour par Bel-Air afin de s'entretenir avec Delphine et d'obtenir quelques conseils. Si son amie avait été séduite par son hypothèse, elle ne lui en avait pas moins recommandé la prudence. A présent, il arrivait à proximité de la maison sans avoir vraiment décidé son comportement.

Il sauta lestement de la voiture et se présenta devant la petite porte de bois. Comme il était grand, il pouvait voir le jardin et découvrit Joséphine qui rentrait précipitamment dans la maison.

— Je viens récupérer Toutenoire, j'espère qu'elle a été sage.

— Eh bien ! récupérez-la, cria Joséphine avant de fermer la porte.

— Mais pourquoi ne voulez-vous pas me parler ? interrogea Magloire en s'avançant dans la petite allée bordée de rosiers exubérants. Qu'est-ce que je vous ai fait ?

Il frappa doucement à la porte. Elle s'ouvrit et Joséphine lui fit face.

— Laissez-moi. Prenez votre jument et laissez-moi !

— Dites au moins à votre mère que j'ai enfin bien dormi. Ses soins ont été très efficaces.

Joséphine ne put réprimer un petit sourire qui illumina un visage qu'il découvrait enfin.

— Votre fille vous ressemble étrangement, dit Magloire.

— Je l'ai faite toute seule, répliqua Joséphine, alors il est naturel qu'elle me ressemble.

— Parlons-en, justement !

Spontanément, Magloire attrapait la perche offerte sans doute malgré elle par Joséphine qui s'appuyait maintenant contre le mur de la maison, les mains dans le dos, et l'observait, l'œil interrogateur.

— J'ai peut-être deviné votre secret, commença Magloire, mal à l'aise.

— Mon secret ?

— Le père de Procule, je le connais peut-être.

— De quoi vous mêlez-vous ? Partez !

Magloire la retint par le bras à l'instant où elle soulevait le loquet de la porte, qui retomba avec un bruit sec.

— Ne serait-ce pas Joseph de Bellemaison ?

Il n'avait plus besoin de retenir Joséphinc, car cllc s'était figée sur place.

— Vous ne voulez pas me parler parce que j'ai tué Joseph, mon ami Joseph, poursuivit-il. Si vous saviez comme je porte cette faute ! Ma vie aussi a été gâchée.

— Pas autant que la sienne, murmura Joséphine.

— Ni la vôtre, oui, je sais.

— Que savez-vous avec votre air de fantôme noir, reclus dans son château et qui promène sa prétendue tristesse ?

— J'ai payé chèrement cette faute en m'exilant, en étant rejeté par tous. Moi aussi, j'ai perdu la femme que j'aimais. Oh ! elle n'était pas morte, mais partie avec un autre, c'était la même chose.

— Moi, j'avais au moins la satisfaction de penser que plus jamais il n'en aimerait une autre. Quoique…

— Quoique ?

— Il était tellement beau qu'il a dû en séduire plus d'une au paradis.

Joséphine avait accompagné ces mots d'un sourire malicieux qui anima son visage si juvénile qu'on aurait pu la croire la sœur aînée de Procule. Ces yeux sombres sous des sourcils bien dessinés, ce nez court et fin, cette bouche pulpeuse… quel dommage qu'aucun homme n'y ait plus posé ses lèvres ! songea

Magloire qui se reprocha cependant aussitôt d'imaginer la vie de cette femme dont il ne connaissait rien.

— Comment avez-vous deviné ? interrogea Joséphine qui huma machinalement une rose, puis s'assit sur le petit banc de pierre où elle avait aligné des bouquets d'herbes.

Elle se sentait terrassée. Partager ce secret enfoui loin au fond d'elle-même était si nouveau ! Seule sa mère avait été mise dans la confidence et quand Hortense était apparue dans le paysage de Procule, elles avaient hésité à lui dire enfin la vérité et à lui révéler qu'elles étaient cousines. Elles y avaient renoncé, jugeant inutile de compliquer l'existence de la jeune fille. A quoi bon !

— J'ai décidé, il y a quelque temps, de réparer le préjudice dont je suis responsable et j'ai donc recherché qui pouvait bien être la femme dont Joseph allait avoir un enfant.

— Il fallait déjà le savoir. S'il vous avait mis dans la confidence, il vous aura fallu vingt ans pour vous en souvenir.

Magloire expliqua à Joséphine, qui avait le reproche prompt, qu'il n'avait appris la paternité de Joseph que récemment. Et quand Joséphine demanda qui pouvait bien être au courant, il répondit simplement :

— Sa fiancée ! Il lui avait annoncé quelques jours avant le drame qu'il ne pourrait l'épouser car il allait avoir un enfant d'une autre.

— Il avait dit cela à sa fiancée, la belle Delphine ?

Au reproche succédait une émotion indicible. Incrédule, Joséphine découvrait que Joseph l'aimait au point de remettre en question toute sa vie. Elle avait parfois espéré qu'il l'eût fait, s'il avait vécu, mais elle se reprochait aussitôt d'idéaliser l'homme qu'elle ne cesserait jamais d'aimer. Elle n'était pas de son monde, et sa Delphine était autrement belle qu'elle.

— Selon sa fiancée, il avait prévu de vous emmener loin d'ici, peut-être en Amérique...

— En Amérique ?

Ebahie, Joséphine répétait ce mot qui faisait rêver, même ceux qui ignoraient, comme elle, où se trouvait ce pays mystérieux.

— Rien ne remplacera jamais l'absent, dit Magloire, mais je voudrais que vous sachiez que je vous aiderai, que j'aiderai Procule. Vous pourrez compter sur moi. Moi qui ne suis guère croyant, j'aimerais penser que Dieu a mis Procule sur mon chemin, le jour où ce satané garçon s'attaquait à elle.

— Et moi qui ne vous ai même pas remercié, dit Joséphine qui semblait tout à coup si légère, si apaisée.

Elle s'était levée et lui faisait face.

— C'était naturel.

— Simplement, je ne sais pas s'il faut parler de tout cela à Procule.

— C'est à vous qu'il revient de lui dire votre secret. En ce qui me concerne, je le respecterai. Voilà votre mère !

— Ho, ho ! Pompon, tu ne reconnais pas la maison ?

Leste comme une jeune fille, madame Fariboles sauta de la carriole que le précédent propriétaire avait peinte en jaune.

— J'ai cru qu'il ne voulait plus s'arrêter, dit-elle, les animaux sont comme les hommes, souvent imprévisibles et capricieux. Depuis que je l'ai fouetté pour dépasser un char à foin, il a pris le mors aux dents.

Alors, monsieur de Fleury, comment vous sentez-vous ?

— Bien, très bien même. J'ai dormi comme un nouveau-né et je reviendrai vous voir.

— Oui, mais attention au cheval ! N'en abusez pas ! Et toi, je te trouve pâlotte, mais je vois que tu as fait la paix avec monsieur.

— Oui, murmura Joséphine, je te raconterai.

— Je vous laisse. J'attache Toutenoire à la voiture et j'y vais.

— Peut-être allez-vous au bal masqué de Bel-Air ? Tout le monde en parle, répondit madame Fariboles.

— Oh ! vous savez, moi, les bals !

— Il faut croire que les gens ne sont pas très fiers d'eux puisqu'ils éprouvent le besoin de se cacher le visage.

— Les usages mondains sont faits de beaucoup d'hypocrisie, reprit Magloire qui avait pris place dans le cabriolet et donnait déjà un petit coup de fouet au cheval.

La voiture s'ébranla et il fit un dernier signe aux deux femmes.

La pluie arriva soudaine et brutale. Pas un coup de tonnerre annonciateur, pas un éclair, seuls des nuages dont la couleur approchait de plus en plus de l'encre. Thomas avait dit : « J'ai senti une goutte. » Personne n'y avait prêté attention parce que tous étaient occupés à jouer au croquet dans une partie disputée avec âpreté. Les arceaux avaient été disposés sur la petite esplanade devant Bellemaison.

Quelques jours plus tôt, Léon était rentré très excité avec une caisse de bois d'où il avait extrait les maillets et les boules. Il avait convoqué le jardinier pour qu'il ratisse avec soin les graviers et avait installé les arceaux en respectant les indications et le plan collés à l'intérieur de la caisse. Léon, qui l'avait découvert chez des amis quelque temps plus tôt, s'était passionné pour le jeu arrivé d'Angleterre comme beaucoup de distractions. Depuis l'installation aux Tuileries de la famille d'Orléans, l'Angleterre à la mode exportait souvent des usages dont on découvrait d'ailleurs parfois que les mêmes existaient en France mais qu'ils étaient tombés en désuétude depuis beau temps. Ainsi Léon avait-il lu dans un de ses journaux préférés que les Anglais n'avaient rien inventé, puisque le peintre flamand Bruegel l'Ancien avait déjà représenté le jeu semblable du clos-porte. La reproduction d'une gravure en faisait foi.

Henri s'était aussitôt révélé un adversaire de poids et Hortense, moins adroite cependant, avait aussi été tentée par l'aventure. Si les séjours répétés de sa balle sous la cloche l'avaient agacée, tout en la ramenant au temps où elle se chamaillait volontiers avec son frère, elle y avait pris goût. La seule ombre au tableau était la mauvaise humeur de madame de Bellemaison qui se disait incommodée par le bruit sous ses fenêtres. Elle se remettait en effet doucement du malaise occasionné par la découverte du portrait de sa fille et il avait fallu qu'Hortense lui présente ses excuses, ce que la jeune fille avait fait de mauvaise grâce en dépit de l'entremise fort diplomatique d'Henri, le chouchou.

Hortense leva les yeux vers sa fenêtre et imagina les rancœurs de sa grand-mère en entendant les invités courir et s'interpeller sous ses fenêtres. C'était elle, Hortense, qui avait eu l'idée de convier Delphine, avec Thomas et Hippolyte, à découvrir les joies du croquet. Arrivés au début de l'après-midi, ils étaient accompagnés des neveux de Delphine qui avaient débarqué de deux voitures et s'étaient égaillés dans le parc. Une nuée de moineaux gais comme des pinsons qui apportaient enfin un peu de joie dans cette maison devenue si étrangère au bonheur. Léon exultait.

Hortense avait serré dans ses bras Thomas, son « petit frère », et Hippolyte lui sautait maintenant au cou, ce qui ne serait sûrement pas du goût de sa sœur. En le voyant, Hortense s'était aperçue qu'elle avait oublié les affaires clermontoises. Même Anatole s'était un peu estompé dans son esprit.

— Procule, viens vite, on rentre !

La jeune fille avait exigé la présence de son amie. Léon avait accepté avec beaucoup de gentillesse et Delphine avait découvert avec curiosité la fille de Joseph. Magloire de Fleury lui avait en effet, sous le sceau du secret, révélé l'heureuse et incroyable issue de ses recherches. D'abord mal à l'aise, Procule, qui s'était fait prier pour accepter l'invitation d'Hortense, curieusement encouragée par sa mère d'habitude si sauvage et méfiante, se révélait une compagne de jeu agréable. Thomas et Hippolyte l'avaient aussitôt adoptée sous l'œil vaguement inquisiteur de Delphine.

Côte à côte, les deux cousines, qui ignoraient leur lien de parenté, constituaient un duo harmonieux. Sensiblement de la même taille, elles avaient des allures comparables, avec leur silhouette souple et fine, l'une très à l'aise, l'autre plus réservée et étrangère aux codes de ce qu'on appelait volontiers la bonne société, ce que palliait la politesse du cœur enseignée par les Fariboles, mère et fille.

— C'est très dommage ! dit Thomas quand tout le monde fut rentré à la hâte dans le grand vestibule dont le beau carrelage noir et blanc ferait grise mine après le passage de ces « sauvages ».

C'était le mot utilisé par Célestin, réfugié dans la cuisine mais qui ne tarderait pas à en sortir pour constater les dégâts.

— Pourquoi c'est très dommage ? demanda Victor, un neveu de Delphine, le dernier fils de son frère, le plus proche en âge de Thomas et d'Hippolyte.

— Parce que j'allais gagner ! répliqua Thomas, en se passant la main sous le menton dans un geste qu'il avait appris bien avant d'arriver chez Delphine.

— Non, c'était moi, fit dans son dos Hippolyte.

— Non, moi ! insista Thomas.

Ils en seraient venus aux mains si Augustine n'avait annoncé fort opportunément que le goûter était servi justement dans la grande cuisine, pour épargner les parquets de la salle à manger. Célestin avait retrouvé le sourire quand tout le monde pénétra dans la salle qui n'avait rien à envier aux autres pièces de la maison, car Apolline et Augustine l'entretenaient avec amour. Les grands carreaux noirs et rouges y toléreraient mieux boue et humidité ; l'énorme fourneau brillait, installé sous une vaste hotte qui dégageait le reste de la salle, rythmé par des arcs posés sur deux piliers axiaux et des piliers engagés dans les murs. Ces derniers étaient occupés par de grands placards, des vaisseliers et des étagères où rutilaient cuivres, casseroles, poêlons, marmites, faitouts, bassines, couvercles et autres pots. Le grand-père, qui avait fait construire la cuisine, avait manifestement pensé aux cuisinières et à leur bien-être, même si le lieu était modeste comparé aux extraordinaires cuisines du château de madame Adélaïde.

Au milieu, sur la grande table, solidement assise sur de gros pieds carrés réunis entre eux par des traverses, avaient été disposés gâteaux, friandises et boissons qui auraient dû être dressés dehors, sous le grand tilleul, dans la tradition des fêtes offertes avant les drames. Les yeux des garçons brillaient et quand Léon donna le signal, ils attaquèrent avec appétit qui une part de gâteau au chocolat, qui une tarte aux mirabelles, qui un morceau de baba au rhum. Tous avaient la bouche pleine quand la porte s'ouvrit soudain, livrant le passage à Charles Hetty.

— Quel bon vent amène notre vétérinaire préféré ? interrogea Léon en lui tendant chaleureusement la main.

— Les vaches de votre voisin ont la fièvre, répondit Charles, je me suis permis de venir vous faire une petite visite. Ne devais-je pas une promenade à votre nièce, celle de l'autre fois ayant été perturbée par la naissance d'Hortensia ? Mais je dérange…

— Hortensia, mais qui est Hortensia ?

— Un jeune veau chez les Raconnet, dont mademoiselle Hortense est la marraine.

— Vous nous aviez caché cela ! Mais où est Hortense ? interrogea Léon.

Charles regardait maintenant autour de lui pour la découvrir au milieu des invités.

A l'autre bout de la cuisine, elle faisait semblant de s'occuper de Thomas, maudissant les battements de cœur accélérés dans sa poitrine. Elle aurait voulu courir jusqu'à la glace du petit retrait voisin car elle se sentait rouge comme une pivoine. Heureusement, dans le brouhaha du goûter, personne n'y prêtait attention, sauf Delphine qui observait la scène avec sa perspicacité habituelle. Nul doute que sa protégée cachait mal un trouble dont elle connaissait le nom.

— Hortense ! Venez répondre vous-même à l'invitation de notre ami Charles.

— Voilà, voilà.

La jeune fille se fraya un passage et quand elle passa devant Delphine, elle croisa un regard à la fois attendri et ironique.

— Bonjour, Charles.

— Voulez-vous demain ? Henri sera bien là pour faire vêler les génisses qui voudraient perturber notre promenade ! Châtaigne rêve toujours d'une course avec Jeune Fou.

Pourquoi fallait-il qu'il mette de la dérision dans tous ses propos, pourquoi fallait-il qu'il avance les envies de sa jument plutôt que ses propres désirs ? songea Hortense qui renâclait à accepter ainsi une invitation en public et s'entendit dire :

— Demain, c'est impossible, mon déguisement pour le bal de Bel-Air n'est pas prêt.

— Après-demain, alors ?

— Pas davantage.

— Nous verrons après le bal.

— C'est cela.

— Vous prendrez bien une part de gâteau avec nous ? Rassurez-vous, je ne vous offrirai pas de la limonade qui vous piquerait la gorge et qui est bonne pour ces garçons, mais un petit vin blanc sucré délicieux dont vous me direz votre sentiment. Un verre, Célestin !

— Il ne pleut plus, nous allons pouvoir finir notre partie, proclama alors Thomas.

— Ouais, on va voir si c'est toi qui gagnes ! dit Victor en tirant les cheveux de son frère Félix.

— Vous venez jouer au croquet ? proposa Léon à Charles.

— Je ne sais pas jouer.

— Je vais t'apprendre, dit aussitôt Thomas, les yeux pétillants à l'idée d'avoir un nouvel ami.

Egal à lui-même, il charmait déjà le jeune homme qui accepta d'emblée.

— Je laisse ma place, dit Hortense.

— Je ne voudrais pas vous faire fuir, répliqua Charles.

Mais elle lui tournait déjà le dos et Delphine proposait fort à propos une diversion :

— Montrez-moi votre tenue pour le bal.

La jeune fille accepta presque à contrecœur, car elle craignait que son amie ne lui parle de Charles. Elle connaissait sa perspicacité : son trouble n'avait pu lui échapper.

Dans sa chambre, deux malles étaient béantes ; les robes entassées sur le lit et les fauteuils montraient assez l'indécision d'Hortense. Delphine l'avait suivie, mais elle aussi était troublée. Elle n'était évidemment jamais revenue dans la chambre de Julie où il lui était arrivé de dormir ou de passer un moment à bavarder autrefois. Décidément, après Fleury, elle multipliait, cet été-là, les pèlerinages…

Elle soupira en redécouvrant la pièce où rien n'avait changé, les bibelots et autres fantaisies reflétant encore la personnalité de son occupante d'autrefois, douce et gaie. Elle reconnaissait le papier où les oiseaux n'en finissaient pas de chanter et vers qui elle cherchait l'inspiration quand la pièce était transformée en salle d'étude, comme cela arrivait quelquefois. Elle revit un instant la gouvernante sévère avec son petit chignon serré sur le dessus de la tête, qui tentait de leur inculquer les bases d'un savoir réduit à l'essentiel. C'était ainsi et les filles devaient avoir la foi chevillée au corps pour obtenir un peu plus que ce qu'il était séant d'apprendre. Delphine et Julie avaient été des élèves indisciplinées et surtout libres. Madame de Bellemaison fustigeait cette éducation libérale voulue par son mari, qu'elle avait ensuite accusée d'être responsable du désastre ! Delphine comprenait qu'elle ne soit guère satisfaite de cette petite-fille qui lui tenait tête et avait, elle aussi, bénéficié d'une certaine liberté, même chez les dames augustines de Notre-Dame où elle avait appris à lire et à écrire.

Songeuse, le vague à l'âme, Delphine réprima d'autant plus difficilement son émotion lorsqu'au beau milieu du panneau face au lit, elle vit le fameux portrait.

— Je me souviens quand il a été fait, s'écria-t-elle, touchée au cœur. C'est un peintre en séjour à Vichy, où il prenait les eaux, qui nous a tous portraiturés la même année. Mes parents avaient choisi un portrait de groupe, les Bellemaison avaient préféré des individuels et je me souviens que Joseph, pas plus que Léon, n'avait apprécié le résultat. Ils voulaient mettre les peintures au grenier pour ne plus jamais les voir. Julie se trouvait un peu alanguie, mais cela l'amusait plutôt.

— C'est la sienne qui s'est retrouvée au grenier, répondit Hortense. Ma grand-mère l'y avait exilée et je l'y ai découverte, il y a peu de temps. C'est quand je la lui ai montrée, je dois reconnaître sans beaucoup de délicatesse, mais plutôt en la défiant, qu'elle a eu un malaise.

— Vous pouvez mesurer combien vous ressemblez à votre mère, dit Delphine en regardant Hortense.

Elle la sentait tendue. Elle mourait d'envie de l'interroger à propos de Charles Hetty mais y renonça, préférant s'intéresser aux robes. Elle en connaissait un certain nombre qui lui rappelaient celles qu'elle portait à l'époque. Très coquette, Julie bataillait souvent avec ses parents pour faire de nouveaux achats chez la marchande de modes de Vichy d'où venaient la plupart des vêtements exposés ici.

— Alors, pour laquelle avez-vous un penchant ? Mon Dieu !

— Qu'avez-vous ?

Delphine avait saisi une robe dont le taffetas froufrouta sous ses doigts.

— Voilà la tenue que portait Julie au fameux bal, dit-elle.

— Alors c'est celle-là que je mettrai, répliqua aussitôt Hortense dont la décision avait immédiatement été prise.

Elle avait déjà défait le lien qui retenait sur le devant sa jupe de toile à raies bleues et vertes, qui tomba à ses pieds. En jupon à peine empesé, comme elle en portait tous les jours, pour avoir davantage d'aisance, elle défit vivement le haut assorti à la jupe et ajusté grâce à des boutons de nacre, et découvrit le petit corset tout aussi léger que le jupon. Après un premier mouvement qui aurait été d'empêcher la jeune fille d'enfiler cette robe, un geste sacrilège pour elle, résignée, Delphine lui tendit le vêtement qui crissait sous les doigts. La soie était belle, couleur perle, comme elle l'avait décrite. Hortense leva les bras, passa la tête, puis se tortilla pour faire glisser le tissu. Mise en place, la robe allait parfaitement... ou presque.

— Je suis plus grande que ma mère ? interrogea Hortense en se regardant dans la psyché à tête de cygne.

— Non, la mode était un peu plus courte et, vous le voyez, la taille était encore haute, finement soulignée par une étroite ceinture dans le même tissu que la robe. Les manches étaient petites, à peine gonflées, et le décolleté léger était mis en valeur par cette berthe amidonnée.

— Avec un masque, cela conviendra tout à fait, commenta Hortense en se tournant pour voir le dos.

— Et si l'on vous demande en quoi vous êtes déguisée, que direz-vous ? En Julie de Bellemaison ? Franchement, je ne crois pas qu'il soit raisonnable d'arborer cette toilette.

— Admettons que ce soit la tenue coup de foudre !

— Ne jouez pas avec les souvenirs, ils sont trop douloureux.

— Je ne vous comprends pas, répliqua Hortense dont l'air buté montrait que sa décision était prise et qu'elle ne céderait pas.

— Regardez plutôt cette robe, elle pourrait faire une jolie tenue de Colombine. Et celle-ci ? Cette rouge, si nous l'effrangions, vous pourriez vous déguiser en Esméralda avec vos cheveux noirs, n'est-ce pas une bonne idée ?

— Et qui ferait Quasimodo ? Charles Hetty ? Si vous saviez comme ce garçon m'indispose !

Delphine ne répondit pas, esquissant seulement un sourire énigmatique. A quoi bon engager une polémique oiseuse avec Hortense ? Elle ne lui avait pas dit qu'elle avait invité les trois A. Amédée et Armand avaient accepté, enthousiastes, mais aucune réponse d'Anatole ne lui était parvenue. Tout l'intérêt du bal paré et masqué n'était-il pas justement un certain anonymat ? Sachant l'exaltation qui pouvait agiter la jeune fille, Delphine jugea inutile de donner des précisions. Et encore moins des conseils : elle la connaissait trop pour savoir qu'elle n'était pas en état de les écouter.

Elle ne révéla pas davantage la possible présence de Magloire de Fleury. Quand il lui avait raconté l'épilogue de sa recherche en lui apprenant que la femme pour qui Joseph l'aurait quittée était Joséphine, il n'avait pas voulu s'engager. Depuis cet instant, d'ailleurs, Delphine avait été presque soulagée ; sa concurrente connue, peut-être pourrait-elle enfin refermer ce livre ouvert de nouveau quelques mois plus tôt, et tourner la page ? Sans doute était-elle passée à un autre chapitre en s'interrogeant sur les suites à donner à l'affaire. Faudrait-il révéler à Léon l'existence de cette nièce, à Henri et Hortense celle de leur cousine ? Elle n'avait pas de réponse, surtout convaincue qu'il convenait de ne pas brûler les étapes. Toute révélation nuirait à sa propre réputation car elle ferait d'elle une victime trompée par son fiancé, ce qu'elle s'était toujours refusée à avouer. Quant à Joseph, était-il nécessaire d'éclabousser son image ? Quelle en serait l'utilité ?

22

Anatole avait regardé partir ses amis avec mélancolie. Il leur avait confié une lettre pour Delphine avec ses regrets de ne pouvoir répondre favorablement à son invitation. L'été qui, déjà, allait sur sa fin avait apporté son lot d'imprévus, et si les trois amis – les trois A, comme disait Delphine – avaient mené leur vie chacun dans son domaine, ils s'étaient enfin retrouvés dans le futur local destiné à l'accueil des enfants. Alice et Pasquine auraient remué des montagnes pour faire aboutir le projet dont elles avaient déjà largement répandu la teneur en ville. Beaucoup de femmes attendaient avec impatience l'ouverture de ce lieu de félicité pour leurs enfants.

A force de battre la ville, la nouvelle était tombée quelques jours plus tôt. Monsieur Barbier et monsieur Daubrée acceptaient de prêter leur ancien atelier pour y installer, au moins provisoirement, ce gîte pour enfants. Alice s'y était précipitée, accompagnée de madame Daubrée qui regardait ce projet avec bienveillance et avait pesé sur la décision. Situé rue des Jacobins, à deux pas des frères des Ecoles chrétiennes où Thomas rêvait d'emmener Hippolyte à la rentrée, et des visitandines, le lieu se prêtait assez bien à cet usage. Alice pouvait disposer de la moitié de l'espace, l'autre étant encore occupée par du matériel, mais la surface était déjà importante et elle donnait sur une cour où elle rêvait déjà de voir jouer les bambins.

Mais encore fallait-il qu'il soit aménagé, et elle comptait sur la bonne volonté de ses connaissances pour faire quelques travaux. Anatole avait évidemment été sollicité et il connaissait la valeur de l'enjeu. Alice ne lui pardonnerait aucune réticence. Elle lui avait déjà fait valoir que plutôt que de « traîner » au café de Paris, de jouer au billard ou d'aller au théâtre, il pouvait consacrer du temps au local et que s'il arrivait à convaincre ses amis, ils seraient les bienvenus.

« Mes amis, comme tu dis, sont des bourgeois, des navets pourris », avait raillé Anatole, peu enclin à faire pression sur Amédée et Armand.

Mais Alice n'était pas d'humeur à plaisanter et Anatole avait soumis l'idée qui avait fait tordre le nez à ses camarades. Il avait poussé l'abnégation jusqu'à les inviter à dîner avec Alice au restaurant Mignon, à l'enseigne prometteuse du Veau Qui Tète, et devant la soupe grasse aux légumes et le bouilli gourmandé de persil, elle avait déroulé le programme des travaux. Pasquine, conviée aussi, avait cependant émis, assez maladroitement, l'idée qu'elle comptait davantage sur ses amis ouvriers que sur des bourgeois pour les aider. Armand et Amédée auraient quitté la table si Anatole ne les avait retenus, en maudissant les deux filles aux manières incorrigibles. Ils avaient accepté de visiter le local même si, décidément, ils n'envisageaient pas trop l'aide effective à apporter.

« Monsieur Lecoq m'a promis de m'aider à installer des commodités.

— Tu ne vas quand même pas leur donner plus de

confort qu'ils n'en ont chez eux, à ces gamins, avait protesté Anatole en découvrant les lieux dont les murs seraient blanchis à la chaux.

— Tu m'as bien dit que tu connaissais un peintre ? avait interrogé Alice, insatiable.

— Oui, monsieur Degeorge, avait répondu Anatole perplexe. Que veux-tu qu'il fasse ici ?

— Peindre des images sur les murs pour distraire nos petits et pour faire joli, avait affirmé Pasquine qui, elle aussi, trouvait que rien ne serait assez beau pour ces bambins.

— Je ne vois pas monsieur Degeorge travailler ici, avait avancé prudemment Amédée. Mais je pourrais demander à Adrien, il sait tenir un pinceau et cela l'amusera peut-être.

— Bon, tu lui demandes, avait confirmé Alice, considérant l'affaire déjà classée. Quant au mobilier, je compte sur monsieur Camus. Il nous faut des lits, des chaises et des tables… »

Hippolyte Camus-Collin avait créé, quelques années plus tôt, une fabrique de meubles et sièges place de la Poterne. Anatole y avait acheté une jolie chambre anglaise pour meubler le petit appartement qu'il louait, depuis le début de l'été, place de la Pucelle. Il avait abandonné la propriétaire tatillonne qui espionnait ses allées et venues au profit de ce modeste logement indépendant de trois pièces où Alice pouvait s'installer en toute liberté. A deux pas de l'épicerie de sa mère, il lui suffisait de débouler le bas de la rue des Gras et de traverser la rue de l'Ecu pour arriver dans ce nid douillet où Anatole avait réuni quelques objets qui lui venaient de son grand-père récemment décédé. S'il avait eu un peu de mal à s'habituer, la nuit, au bruit de la fontaine qui trônait au milieu de la place et au chahut que pouvaient faire, en sortant tard, les clients de l'hôtellerie voisine de l'Ecu, il se sentait bien au deuxième étage de cet immeuble simple mais bien tenu.

Et justement, si Anatole avait regardé disparaître avec un peu de vague à l'âme la voiture conduite par Armand, c'était parce que sa vie avait basculé la veille.

Attablés devant la fenêtre ouverte sur la fontaine où venaient boire goulûment des hirondelles avant d'aller se poser sur la tête de la statue de la pauvre Jeanne d'Arc, qui veillait sur la place, ils mangeaient tranquillement le lapin chasseur aux champignons acheté à l'hôtellerie de l'Ecu. Alice était rentrée fatiguée de l'atelier de Chantoing. Elle était passée par l'épicerie de sa mère pour l'aider à rentrer quelques livraisons – elle le faisait souvent en l'absence d'Hippolyte, en pestant contre son frère qui s'offrait un été de bourgeois – et Anatole percevait depuis son arrivée une tension à laquelle il était cependant habitué. Avec Alice, la vie n'était pas simple ; elle soufflait volontiers le chaud et le froid, et ses amis lui demandaient sans cesse ce qu'il faisait avec cette fille au caractère impossible, discussion qui dégénérait quand Armand raillait qu'il l'avait dans la peau ! Anatole lui avait lancé une fois qu'il ferait mieux de s'occuper d'Hortense. Une brouille de trois jours avait suivi.

« Et si, parmi les premiers enfants admis aux Marmots heureux… »

Alice s'était arrêtée après avoir prononcé le nom sur lequel elles s'étaient décidées la veille avec Pasquine après moult propositions. Anatole l'avait regardée, la fourchette en suspens avec un morceau de lapin au bout.

« Si, parmi les premiers enfants admis aux Marmots heureux, avait répété Alice en le regardant soudain droit dans les yeux, il y avait le nôtre ? »

Eberlué, Anatole était resté coi.

« Tu t'imaginais peut-être que ton plaisir n'aurait jamais de conséquence ? avait interrogé Alice, soudain agressive comme elle savait l'être.

— Je ne m'imaginais rien, avait répondu maladroitement un Anatole tout de même abasourdi par la nouvelle.

— D'habitude, quand un bourgeois couche avec une fille comme moi, il abandonne la mère qui abandonne à son tour son enfant à l'hospice. Avec un peu de chance, j'accoucherai à l'hôpital où j'attraperai quelque fièvre et tu seras débarrassé de moi.

— Mais que dis-tu là ? avait demandé Anatole qui tombait toujours des nues et n'arrivait pas à suivre un discours débité comme s'il avait été appris par cœur.

— Et tu croiseras ton fils ou ta fille dans la rue avec le collier portant la mention “enfant abandonné”. »

Face à Anatole qui avait enfin posé sa fourchette dans l'assiette où le lapin était maintenant froid, Alice avait continué à délirer. Il connaissait vaguement cette histoire de collier avec un numéro d'enregistrement pour éviter de perdre dans la nature les enfants abandonnés confiés par les hospices à des nourrices.

« Mais j'espère bien croiser mon fils ou ma fille ici, chez moi, tous les jours, avait-il fini par dire d'un ton qu'il pensait autoritaire.

— Ne te force pas, quand tu auras réfléchi, tu viendras me voir. Et puis, cet enfant, peut-être qu'il passera ; la matrone m'a dit qu'il n'était pas si bien accroché ! »

Anatole avait écarquillé les yeux. Evidemment, il n'avait aucune pratique de la chose et elle pouvait lui raconter ce qu'elle voulait.

« En tout cas, si tu as un enfant, tu ne travailleras plus, avait-il dit.

— Moi, rester ici ! Jamais, je m'ennuierais trop ! »

Elle s'était levée et regardait par la fenêtre la place où le crépuscule s'installait doucement. Une marchande de plaisirs [1] l'avait hélée.

« V'là le plaisir, ma petite dame, v'là le plaisir ! »

Son grand fichu écru à raies bleues et rouges était barré par la bandoulière d'un cylindre où étaient roulées les précieuses gaufres ; elle traînait dans son sillage des gamins qui avaient lancé avec insolence en direction d'Alice :

« N'en mangez pas, madame, elles vous feraient mourir.

— Ne les écoutez pas, avait supplié la vendeuse bien marrie de cette canaille qui lui cassait son commerce. V'là le plaisir, v'là le plaisir... »

Elle s'était dirigée vers la rue Saint-Dominique avec sa meute de gamins. L'un d'eux avait défait avec adresse le lien qui retenait le large tablier écru couvrant sa robe de toile bleue. Elle avait failli s'entraver dedans et, rouge de colère, leur avait montré le poing. Ils avaient déguerpi comme une volée de moineaux sous l'œil indifférent de deux sergents de ville que la femme avait pris à témoin.

Anatole sourit en repensant à l'anecdote. Et pourtant, il n'avait guère matière à rire. Il avait voulu

1. Gaufres roulées.

serrer Alice dans ses bras, lui dire qu'il était prêt à l'épouser, elle l'avait repoussé. Non, elle ne voulait pas se marier sous prétexte qu'elle était enceinte, même si sa mère allait hurler. Elle voulait sa liberté, avait-elle crié en ouvrant la porte avant de dévaler l'escalier de sapin où claquaient ses souliers à semelle de bois. Il s'était jeté dans son sillage, mais quand il était arrivé devant l'épicerie de madame Sorel, le volet s'était déjà rabattu devant lui et il avait eu beau tambouriner, personne n'avait bronché si ce n'est les voisins agacés de ce chahut.

Il avait erré une partie de la soirée et retrouvé heureusement ses amis avec qui il avait disputé une partie de billard qui lui avait changé les idées. Il avait même gagné, ce qui lui avait valu des plaisanteries grasses d'Amédée et d'Armand. Leur départ lui serrait le cœur. Alice ne lui avait pas adressé la parole ce matin et avait couru rejoindre Pasquine venue l'attendre à la sortie de l'atelier. Il aurait voulu savoir ce qu'elles complotaient et même s'il avait eu un dérivatif en proposant à ses patrons de traiter en caoutchouc les bourrelets bordant les tables de billard, une idée qui lui était venue pendant sa nuit d'insomnie, il cherchait comment amadouer Alice. Et d'échafauder des projets comme d'aller demander sa main à la mère Sorel, d'acheter une petite boutique afin de libérer Alice de l'atelier et de ses horaires, et de lui offrir davantage de liberté ; il avait parfois vu des commerçantes garder leur enfant tout en traitant leurs affaires. Mais n'était-ce pas un contresens pour celle qui se voulait la fondatrice des Marmots heureux ?

Pris d'une inspiration subite, il sortit sa montre de la poche de son gilet, regarda l'heure, la remit pensif dans le petit gousset de toile brodée. Près de lui, un enfant braillait dans les bras d'une jeune femme qui tentait de le calmer en le câlinant ; il regarda ses gestes, se demanda si c'était la mère ou une de ces nourrices recrutées par les familles qui en avaient les moyens, avec un certificat où était inscrite la mention « goûté et approuvé ». Au Café de Paris, un médecin avec qui il avait joué au billard lui avait expliqué qu'il goûtait le lait des candidates nourrices. Il frissonna car il se souvenait aussi que l'homme avait ajouté que les enfants mis en nourrice mouraient davantage. Trop, c'était trop ! Soudain las de son indécision, il allongea le pas et se précipita chez le loueur de chevaux de la place du Poids-de-Ville. Un tombereau rempli de gravats tiré par deux bœufs efflanqués le frôla. Il n'y tenait plus ; il allait rejoindre Armand et Amédée. Le visage d'Hortense s'imposa soudain. Il n'y avait plus pensé depuis des semaines. Alice avait occupé tout son être. Il prit cependant conscience, en poussant le cheval avec ardeur, qu'il n'était plus libre.

Delphine ne fut guère étonnée de découvrir Hortense vêtue de la fameuse robe gris perle quand elle la vit arriver avec son oncle et son frère. Le premier arborait la tenue d'un grand-père, contemporain de Louis XVI. La culotte et les bas blancs l'avaient mis un peu mal à l'aise quand il était monté en voiture, mais il s'y habituait déjà, et le long gilet brodé jaune donnait grande allure à la veste ouverte de couleur grenat, comme la culotte. Il avait noué une belle cravate de dentelle et mis une perruque blanche dont Augustine avait chassé la poussière avec application. Elle mettait en valeur son masque également grenat. Le costume d'Arlequin d'Henri était plus simple mais haut en couleur ; il étoffait avec bonheur sa mince silhouette et le jeune homme avait opté pour un masque noir au front bosselé et au nez crochu afin d'insister sur l'aspect bouffon de son personnage. Hortense avait choisi un petit masque qui épousait étroitement ses pommettes et ne la dissimulait guère.

Léon complimenta Delphine qui avait jalousement gardé le secret sur sa tenue de Vénitienne. Portée sur une tunique rouge à étroites manches à poignets verts d'où s'échappait une fine dentelle, la robe noire offrait une large jupe à volants successifs associée à un fichu de même couleur croisé sur la poitrine et formant un nœud volumineux dans le dos, au niveau de la taille. Enfin, une coiffure haute toute noire s'achevait par une petite grille à hauteur du front et des yeux, la dispensant de masque. D'adorables escarpins rouges avec un nœud vert rappelaient les couleurs de la tunique.

— Je ne vous aurai guère à moi, lui murmura Léon en lui baisant la main plus qu'il n'était séant. Vous êtes très belle.

Fulcran, son frère, avait opté pour une tenue de Vénitien assortie, avec un costume vert, une grande cape rouge et un tricorne noir comme le masque qui trahissait la forme de son nez assez proéminent. Dans la même veine, son épouse Pulchérie avait choisi un bel habit de villageoise italienne avec jupe rouge, tablier blanc, corset rouge lacé de jaune et calicot bleu à col écossais jaune et noir, le tout complété par un ample chapeau de paille orné d'une jolie branche de trois roses rouges.

— Regarde, Hortense !

C'était Thomas, suivi de près par Hippolyte, tous deux déguisés en Indiens sur les conseils d'un neveu de Delphine. Ils avaient passé des heures à coller les plumes ornant une coiffure étrange qui leur pendait dans le dos et était censée donner aux garçons l'aspect de ces sauvages sur lesquels les journaux faisaient parfois des récits terribles. Alban leur en avait lu quelques-uns et ils avaient été enthousiasmés.

— Vous me faites peur ! dit Hortense.

— Et toi, tu es déguisée en quoi ? interrogea Hippolyte qui ne s'intéressa pas à la réponse.

— On va attaquer les voitures qui arrivent ! criait déjà Thomas. Nos flèches sont empoisonnées.

Hortense les regarda courir, heureux et insouciants, au-devant des invités dont les attelages se succédaient à cadence soutenue. Ils avaient beaucoup grandi pendant l'été. Elle rêva un instant qu'elle appartenait à une famille normale et que les deux garçons étaient ses petits frères.

— Je ne sais pas en quoi vous êtes déguisée, mais vous êtes très belle, dit une voix derrière elle.

— Et vous ? répliqua Hortense qui découvrait les trois A. Mais Delphine ne m'avait pas dit que vous seriez là ce soir. Quelle surprise !

Son regard croisa celui d'Armand. Elle avait presque oublié l'épisode du théâtre. Les beaux yeux de velours sombre ombrés de cils blonds la suppliaient et quand ils eurent en retour un sourire délicieux, ils s'apaisèrent, soulagés de ces retrouvailles heureuses.

Armand, comme Amédée, avait opté pour un déguisement de sans-culotte avec un pantalon qui ne couvrait pas les chevilles et était retenu par une ceinture de tissu nouée sur le côté, une chemise ouverte et une carmagnole, veste courte à petits revers et double rangée de boutons. Ils portaient enfin crânement le bonnet phrygien à cocarde bleu, blanc, rouge, une insolence qui les amusait dans ce milieu traditionnel où plus d'un ancêtre des invités avait eu quelque ennui ou souci pendant la Révolution, voire avait été guillotiné.

— J'ai renoncé aux sabots et à la pique, dit Amédée qui ne se sentait pas très à l'aise dans ce costume improvisé par la gouvernante de monsieur Lecoq.

— Et vous, Anatole ? interrogea soudain Hortense.

— Lui, il est en amoureux transi ! répondirent en chœur les deux compères en s'esclaffant.

Equipé seulement d'un petit masque, Anatole protesta qu'il avait oublié son déguisement à Clermont, mal à l'aise devant Hortense dont le regard, dissimulé par le masque, l'observait sans pitié. Il fit la comparaison avec Alice la blonde. La brune Hortense était, comme l'avait affirmé Armand, très belle. Et dire qu'au printemps, il avait eu toutes ses chances avec elle ! Il songea soudain qu'il avait été imprudent avec Alice. Mais Alice était Alice...

Les invités affluaient par vagues successives et chaque arrivée déclenchait des exclamations et des commentaires, car tous avaient joué le jeu et les costumes, parfois extraits de malles dans des greniers toujours riches de trésors, parfois créés de toutes pièces avec une réelle imagination, offraient mille surprises aux hôtes ravis d'offrir une belle occasion de se distraire à leurs amis. Une bande de dominos bleus, roses et blancs déferla soudain, suivie d'une laitière un peu ridicule – elle ne savait pas marcher avec des sabots. Un lancier, qui se disait polonais et bredouillait quelques mots appris à la hâte, lui donnait le bras et paraissait excédé, requérant l'aide d'un montagnard écossais accouru pour soutenir la pauvre jeune fille désemparée.

— Mais en quoi êtes-vous déguisée ?

Distraits soudain de la laitière et de son embarras, se retournant comme un seul homme, les trois A découvrirent un invité saluant Hortense d'une courbette appuyée par un large chapeau de feutre qui alla presque raser les graviers de l'allée où ne pointait aucune herbe folle.

— Si on vous le demande, vous répondrez : « en coup de foudre », répliqua Hortense d'un ton sec. Et vous ?

— En coup de foudre, dites-vous ? Quelle drôle d'idée ! fit l'autre dont le masque blanc offrait des traits volontairement caricaturaux. Moi, vous le voyez, je suis en magicien, et voilà ma baguette ! Coup de foudre, coup de baguette, nous voilà bien assortis.

Charles Hetty, car c'était bien de lui qu'il s'agissait, avait fait surgir de sa cape rouge, doublée de vert, une baguette qu'il brandit, tout en rajustant son chapeau couleur sapin.

— Un magicien sans pouvoir, dit Hortense en prenant à témoin les trois A qui observaient la scène avec attention.

La jeune fille mesura alors combien le port du masque était pervers, puisqu'il dissimulait les expressions du visage. Elle imagina celui d'Anatole dont elle appréciait tant les traits réguliers avec ses yeux sombres au regard franc et ses sourcils broussailleux. Les mines souvent ironiques d'Amédée lui échappaient, et comment distinguer le sourire énigmatique d'Armand ?

— Sans pouvoir, sans pouvoir, répétait près d'elle

Charles Hetty avec cette voix grave et autoritaire dont elle savait qu'elle pouvait gronder. Nous en reparlerons.

Profitant du temps d'une extrême douceur qui avait succédé aux orages autour du 15 août, serviteurs et servantes, dont certains avaient été loués pour la circonstance, avaient dressé dehors, sur des tréteaux, des tables réparties le long de la maison ; de larges guéridons attendaient les invités qui s'y installeraient librement. Sur chacun, un couvert avait été mis et des girandoles seraient allumées dès que l'obscurité en créerait la nécessité. Nappées de blanc et garnies de fleurs et de fruits, les longues tables offraient des plats à la présentation spectaculaire. Là, les poissons dont beaucoup venaient du proche Allier, comme les saumons en darnes glacées à la parisienne ou les filets de truite dressés parmi des buissons d'écrevisses ; ailleurs, des pâtés de perdreau, des galantines, des pains de caneton, des rôtis divers, sans oublier les tourtes de radis, les haricots verts ou les petits pois. S'y agglutinèrent vite pierrots et colombines, soldats de l'Empire et marquises qui s'apercevaient soudain de l'encombrement des robes à paniers, et après des instants d'hésitation, tant il fallait de témérité pour défaire tous ces beaux assemblages, chacun se rua sur le mets qui le tentait le plus dans un joyeux désordre.

— Mais quelle chance vous avez ! Ce temps ! Pas un souffle d'air !

— Comment avez-vous fait ? Qui avez-vous prié ?

— On dit qu'apporter des œufs à je ne sais quelles bonnes sœurs protège contre la pluie.

Sous son masque, Fulcran de Bel-Air s'amusait de ces réflexions ; il était heureux de cette soirée et quand il vit Delphine accueillir celui qu'il aurait reconnu entre mille, il se surprit à être presque satisfait. Il n'avait pas apprécié que sa sœur ait envoyé une invitation à Magloire de Fleury. Elle avait protesté que le temps avait passé et elle savait aussi que Magloire avait écrit à ses amis d'autrefois ; il espérait vraiment renouer avec eux. Le temps consolait et, s'il n'avait pas effacé ses blessures, il les avait atténuées. Son projet de tutelle officieuse pour Procule avait touché Delphine qui l'avait vivement encouragé ; encore fallait-il que sa mère et sa grand-mère acceptent ! Ce serait peut-être le plus difficile. Encore que la flamme dans le regard de Magloire révélât un enthousiasme auquel elles auraient peut-être du mal à résister. Cependant, les Fariboles n'étaient pas des femmes faciles à manœuvrer.

— Magloire, je ne pensais pas que vous viendriez, murmura Delphine quand il lui baisa la main avec une ferveur qui aurait pu faire se méprendre certains observateurs.

— Et vous le regrettez déjà ? répondit-il.

Leurs regards se croisèrent. Delphine cherchait Léon à qui elle avait raconté les derniers épisodes de la vie du cavalier noir. Il savait que Magloire pouvait être présent et était convenu que celui que sa mère appelait toujours « l'assassin de Joseph » pouvait avoir une vie normale. Heureusement, toujours affaiblie depuis le malaise dû à la découverte du fameux portrait, madame de Bellemaison n'était pas présente. Le danger d'esclandre était donc écarté.

— Non, affirma Delphine, je suis heureuse que vous soyez là. Croyez à ma sincérité.

Il ne s'était pas travesti, comme si sa tenue noire habituelle relevait déjà du genre imposé par la soirée ; il portait seulement un masque dont le nez très long et crochu faisait illusion en dissimulant les traits réguliers qui avaient autrefois charmé Julie.

— Retenez-moi, dit-il soudain en posant la main sur le bras de Delphine.

Il venait de découvrir Hortense ou plutôt la robe gris perle qu'il aurait reconnue entre mille, car elle était fixée dans son souvenir pour l'éternité. La jeune fille avançait triomphante ; elle avait saisi les bras d'Anatole et d'Armand comme si elle cherchait à les confronter. Derrière suivaient Amédée et Charles qui brandissait sa baguette magique en répétant : « Sans pouvoir… »

Impuissante, Delphine regarda Magloire aller à leur rencontre. Allait-il en un instant ruiner tous ses efforts pour reprendre une vie normale parmi les amis qui avaient été les siens autrefois ? Heureusement, les invités étaient davantage occupés à parler de leurs déguisements, du temps ou du buffet, et nul ne prêtait vraiment attention à la scène. Elle vit Magloire s'incliner devant Hortense arrêtée en pleine gloire et découvrant soudain le cavalier noir.

— Vous êtes très belle ce soir. Mais, franchement, je vous préfère en amazone ; cette robe vous déguise un peu, prenez garde qu'elle ne vous brûle ! Ces jeunes gens qui vous entourent se battront-ils pour vous ? Peut-être. Ne les faites pas souffrir, je vous en supplie.

— Qui est ce barbon ? murmura Armand.

Magloire était déjà parti rejoindre Delphine.

— Ce n'est pas un barbon, répondit Hortense d'un ton qui surprit Armand. Anatole, faites-moi danser, un amoureux transi, j'aime.

Elle avait saisi la main du jeune homme qui ne résista pas, abandonnant ses rivaux médusés.

— Que vous imaginiez-vous, avec votre baguette magique ? dit Armand dépité en regardant Charles qui rajustait sa cape sur ses épaules.

— Rien ! fit laconiquement ce dernier en partant rejoindre Henri près de la table aux saumons.

Dans le grand salon du château, quelques danseurs s'efforçaient de suivre les notes cristallines et guillerettes du petit orchestre. Fulcran de Bel-Air était parmi eux. Il aimait valser et avait fait le pari qu'il ferait danser, sans exception, chacune de ses invitées.

— Serrez-moi davantage, murmurait près de lui une jeune fille à son cavalier.

— Arrêtez ce jeu.

— Pourquoi ? demanda Hortense en fixant avec intensité son danseur.

— Je vais me marier, répondit Anatole qui, mesurant soudain l'énormité de l'aveu, l'étreignit comme si ce geste fort pouvait lui donner du courage.

Il aurait voulu crier « Alice » et il avait dans ses bras Hortense. Elle sentait si bon ; sa taille était souple, son corps tendre et chaud.

— Et si je vous dis que je vous aime, en épouserez-vous toujours une autre ?

— Taisez-vous, vous ne savez pas de quoi vous parlez !

La musique continuait, lancinante. Anatole aurait voulu hurler mais ses gestes démentaient les mots qu'il aurait peut-être dits. D'autres couples tournaient autour d'eux ; il reconnut soudain Léon et Delphine qui les regardaient. Il aurait aimé planter là sa danseuse, au milieu du salon où le beau parquet marqueté dessinait une large rosace. Il s'en voulait soudain d'avoir abandonné Alice et quand enfin la musique cessa, il salua sa cavalière, selon le code mondain, et s'enfuit.

Hortense le vit passer la double porte qui donnait sur le vestibule, dire deux mots à ses amis et descendre rapidement le petit escalier du perron.

— Alors, cette danse ? dit une voix derrière elle.

— C'était magique, mentit Hortense qui sentit ses joues rougir.

Mais peu importait, Charles ne pouvait les voir sous son masque. Pourquoi fallait-il qu'elle le provoquât sans cesse ?

— Magique, très bien, concéda le vétérinaire. Mais, apparemment, vous avez fait fuir votre cavalier, je le vois qui s'éloigne à grands pas.

— Ne viendriez-vous pas manger un de ces délicieux plats que nos hôtes nous proposent ?

— Mademoiselle danse d'abord avec moi, dit Charles en lui prenant la main, qu'il posa ostensiblement sur son bras. Vous, tenez cette baguette qui m'encombre.

Médusés, Armand et Amédée qui avaient déjà vu à regret s'esquiver leur ami, dont les esprits étaient décidément tourmentés, regardèrent le jeune homme au verbe haut. Ils se sentaient ridicules dans leurs habits de sans-culotte. Stupéfaits, ils découvrirent qu'Hortense, pourtant rarement prompte à obéir, ne résistait pas à ce malotru.

En un instant, ils furent au milieu de la piste ; le petit orchestre avait entamé une valse où se lançaient les plus téméraires, car l'enchaînement délicat des pas en rebutait plus d'un. Mais rien ne semblait contrarier l'insolent et sa cavalière suivait les figures précises qu'il imprimait d'un pied très sûr, lequel, selon la règle, ne devait jamais toucher celui du partenaire.

L'entreprise était périlleuse mais Charles, tout en mesurant d'un bref coup d'œil l'espace qui leur était imparti, afin de ne pas se jeter sur les autres danseurs, tenait Hortense avec fermeté de sa main droite posée sur sa taille ; de l'autre, il lui serrait les doigts d'une poigne autoritaire et lui imprimait une force irrésistible. Il avait capté son regard et l'entraînait à pas entrelacés dans le tourbillon de la danse et, pourquoi pas, celui de la vie. Dans son dos, la cape de magicien s'envolait, offrant des effets artistiques qui attiraient l'attention de tous. Depuis une embrasure de fenêtre, Delphine contemplait le spectacle ; bien d'autres avaient interrompu leur conversation pour observer le couple de la soirée.

— J'ai toujours dit que cette danse nous mènerait tous en enfer, murmura une vieille dame qui tenait haut son binocle.

— C'est d'une indécence !

— Qui est-ce ?

— La fille de Julie de Bellemaison !

— Elle a de qui tenir !

— Souvenez-vous de votre jeunesse, souffla un vieux monsieur.

Ces dames acariâtres avaient-elles oublié combien la valse, qui avait passé le Rhin à la fin du siècle précédent, avait révolutionné les bals ?

Hortense n'entendait rien, sauf cette musique l'entraînant à l'unisson dans les bras de ce jeune homme qui la tenait à distance comme s'il craignait de se brûler. Elle avait oublié Anatole et ne rêvait plus que de se blottir contre cet habit sombre et peut-être de se cacher dans cette cape qui volait et volait encore, délimitant un espace autour d'eux où aucun autre danseur ne s'aventurait plus. Elle aperçut un instant Armand quand le cercle de la danse la rapprocha de lui, puis Amédée, puis Delphine qui parlait avec Léon, Thomas, Hippolyte... Rien n'existait plus, sauf ce maudit cavalier et cette musique qui allait s'arrêter trop tôt, qui s'arrêtait déjà.

Tout étourdie, Hortense vit Charles s'incliner légèrement, murmurer un merci du bout des lèvres et aller droit vers Armand pour récupérer sa baguette magique qu'il brandit en passant la large porte du vestibule. L'orchestre entamait une polka et déjà des danseurs s'aventuraient sur le parquet du grand salon. Près d'elle, un domino dit à une jolie marquise qu'il avait réclamé une mazurka et une scottish. L'orchestre les jouerait ensuite. Le choix de danses était devenu impressionnant ; cela faisait le bonheur des professeurs car les modes passaient vite et il convenait de savoir pratiquer la dernière en usage. Même si l'art était difficile !

— Venez, vous vous êtes suffisamment donnée en spectacle, dit Delphine qui s'était rapprochée d'Hortense restée les bras ballants dans une embrasure de fenêtre. Nous allons souper.

La jeune fille ne répondit pas. Elle cherchait Charles des yeux. Il avait disparu. Elle crut un instant qu'elle avait rêvé.

— Venez ! ordonnait maintenant Delphine d'une voix ferme. On ne réécrit pas l'histoire !

— Que voulez-vous dire ? interrogea Hortense dont le regard n'en finissait pas de fouiller dehors autour des tables.

— Cessez de rêver.

Elles passèrent devant Magloire de Fleury qui parut les ignorer. Son regard ardent suivit pourtant la robe perle, puis s'en détacha soudain. Etait-il enfin guéri ?

Il en avait décidément assez de ces coiffures à coque exagérée, de ces rubans de gaze à fleur d'or et d'argent disposés en ailes de moulin, de ces gazes de soie peintes qui imitaient les étoffes indiennes, de ces culottes courtes en casimir couleur de pensée violette, de ces bas de soie noire. Il en avait assez de ces marquises de pacotille, qui n'appartenaient pas à leur siècle, de ce nabab qui n'avait jamais connu l'Orient ou de ces dominos aux joues blanches.

Un vol de chauves-souris passa en trombe autour de la maison et repassa. Une marquise s'inquiéta pour sa perruque ; Pulchérie, la maîtresse de maison, qui croyait aux présages, cria :

— Mon Dieu !

Elle savait comme beaucoup que ce petit monstre ailé pouvait être maléfique. Et quand une chauve-souris cogna une vitre du rez-de-chaussée, elle pensa à son père qui agonisait depuis tant de mois dans une chambre à l'étage. Etait-ce l'annonce de sa mort, comme d'aucuns le croyaient ? Delphine, qui avait saisi le bras d'Hortense, songeait davantage à la trahison. Plus innocente, Hortense eut une pensée nostalgique pour la chambre aux pipistrelles.

— Voyons, les chauves-souris sont venues nous annoncer que le temps de demain serait beau et serein, dit près d'elle Magloire de Fleury, comme s'il avait lu dans leurs esprits. Permettez-moi de prendre congé !

Décidément, il n'était plus fait pour ces mondanités qu'il fuyait depuis si longtemps. Il se demanda pourquoi il était venu et, le cœur presque léger, rejoignit la cour où stationnaient les voitures dont les chevaux attendaient, résignés, le retour à l'écurie. Il jeta sur la banquette de son cabriolet son chapeau de velours avec sa redingote ; son gilet de satin noir semé de fleurs était insolite pour un simple cocher. Le petit cheval gris qu'il avait choisi ce soir-là hennit de bonheur quand le fouet le caressa ; l'attelage grinça ; ils louvoyèrent entre les voitures et rejoignirent l'allée de chênes centenaires. Les torches qui la jalonnaient créaient des lueurs étranges dans les ramures ; un croissant de lune y jouait à cache-cache. Magloire sourit en observant son manège. Il n'oublierait jamais que son grand-père, dont il avait hérité l'étrange prénom, lui avait expliqué que l'astre de la nuit était un gros menteur : quand il dessinait un C, cela voulait dire qu'il décroissait et, un D, qu'il croissait. Rêveur, il manqua à la croix son chemin et accusa son cheval de se tromper, mais quand il passa devant la maison des Fariboles, il eut envie de s'y arrêter. Il n'osa pas ; il lui semblait pourtant distinguer une faible lueur.

Il imagina les trois femmes devant la cheminée à se raconter des histoires ou à malaxer des herbes pour le bien-être de leurs patients. Il aurait donné cher pour que la porte s'ouvre. La voiture avait ralenti, comme si le cheval l'espérait aussi, puis, sans même un coup de fouet, Chevalier se mit au trot, emportant son maître soudain détendu. Peut-être parlerait-il à Joséphine le lendemain ou le surlendemain, rien ne pressait : il avait la certitude d'avoir enfin trouvé son havre et la paix.

Une étoile filante scintilla, fulgurante et magique. Il fit un vœu, se retourna, aperçut plus loin sur la route une lanterne qui se balançait au bout d'un bras. Il eut envie de rebrousser chemin, de vérifier si son vœu serait exaucé, mais fouetta le petit cheval qui se mit à galoper. Il avait encore toute une vie pour aimer Joséphine.

23

— Vous êtes-vous bien amusée ?

Augustine tirait les rideaux de ce geste énergique qu'elle pratiquait depuis tant d'années. Elle se plaignait parfois de ses épaules qui la faisaient souffrir et avait même obtenu de madame Fariboles un onguent avec lequel elle se massait quand la douleur, certains soirs, était trop forte. Le matin, lorsqu'elle avait dormi en chien de fusil, comme elle aimait le faire, elle se réveillait avec le haut des bras ankylosé. Mais elle n'était pas femme à s'écouter – elle n'en avait pas le loisir : quand madame de Bellemaison actionnait la sonnette reliée à la cuisine ou à la buanderie, elle n'avait aucune patience !

Le soleil pénétra d'un coup dans la chambre où régnait un joyeux désordre. Hortense avait jeté ses vêtements sens dessus dessous et la belle robe de sa mère gisait sur un des petits fauteuils Directoire garnis de tissu à carreaux rouges et brodés. Augustine ramassa sur le tapis le corset, le jupon et la culotte. Celle-ci, agrémentée de dentelle et taillée dans un coton léger, faisait partie du trousseau rapporté par mademoiselle Hortense de Clermont où elle avait dû dévaliser les marchandes de modes, si l'on en croyait le nombre de malles accumulées. On en avait beaucoup parlé à l'office où ces dépenses avaient alimenté les conversations et les comparaisons avec le modeste trousseau qu'elle avait à son arrivée : une petite malle d'osier et des vêtements usagés sans goût ni grâce.

Augustine allait et venait maintenant pour tenter de redonner à la pièce un semblant d'ordre, en regroupant les deux souliers de satin qui allaient avec la fameuse robe, le masque et le collier d'améthystes que Léon avait apporté au moment du départ pour rehausser la toilette.

— C'est jour de lessive, annonça-t-elle, je vous laisse votre broc d'eau chaude et je cours vite aux cuviers. Nous n'aurons pas une minute aujourd'hui. La journée promet d'être belle et Apolline jure qu'il fera beau plusieurs jours, car ses cors aux pieds ne la tracassent pas.

C'était, en effet, important car laver était une chose, mais ensuite, encore fallait-il faire sécher ces kilos et ces kilos de chemises, de draps, de tabliers, de bonnets, de jupons ou de culottes. Une opération à ne pas rater, car il faudrait ensuite attendre le printemps pour la prochaine « buée », comme on disait, le verbe « buer » signifiant « passer le linge dans le cuvier ». Tout le monde avait encore en tête le souvenir du séchage de l'été précédent : alors que le ciel semblait si serein, il avait déversé soudain, pendant plusieurs jours, des trombes d'eau. L'Allier avait failli déborder et le linge n'en avait pas fini de sécher sur des cordes dans une remise. Que de fatigue et d'énervement pour les femmes !

Et que de rites ! La lessive ne pouvait se dérouler un vendredi, jour de jeûne et de deuil, plein d'interdictions qui perduraient davantage par superstition que par croyance profondément enracinée – pas de lessive, pas de bain, pas de cuisson de pain. Il fallait compter au moins trois jours pour venir à bout du linge sale entassé depuis des mois ; on appelait ces journées « purgatoire, enfer et paradis » à Bellemaison depuis la venue d'une grand-mère bretonne. L'avant-veille, pour le purgatoire, le linge avait été jeté dans des cuviers posés sur des trépieds, dont le fond avait été parfumé aux racines d'iris. Isidore, le nouveau jardinier, avait bien renâclé à arracher ses fleurs, mais les femmes lui avaient enjoint de respecter la coutume et il s'était exécuté, rassuré par la nature exubérante de ces plantes qui ne manqueraient pas de se multiplier au printemps suivant. Ne connaissant guère le rituel de ce moment privilégié, il les avait regardées avec curiosité disposer sur ses racines ce qu'elles appelaient pompeusement « un linceul » mais qui était un drap ordinaire, débordant largement des cuviers ; puis Célestin y avait déposé avec un art tout aussi consommé une couche de cendres tamisées, conservées depuis longtemps comme un trésor en vue de l'événement. Augustine avait coutume d'y ajouter des coquilles d'œufs pilées, qu'Apolline avait aussi soigneusement recueillies au gré de ses recettes. La femme de chambre y tenait malgré les ricanements de Pélagie, une femme du hameau voisin, qui dirigeait une équipe de laveuses louées à la journée dans les bonnes maisons. Pélagie préférait les orties aux coquilles d'œufs, mais Augustine n'avait jamais cédé au chantage de la grosse matrone qui prétendait tenir son savoir de sa sainte patronne, précisément celle qu'on priait pour mener à bien la lessive. Une sainte au destin qui fascinait ces femmes, dont la piété avait besoin de supports simples plus que de sermons prétentieux [1].

Hortense avait assisté à la énième discussion orageuse entre Augustine et Pélagie, débat devenu au fil des années un jeu, dont la femme de chambre sortait victorieuse et rayonnante. Elle avait même pris le temps d'expliquer à la jeune fille les vertus saponifiantes des cendres pendant que les femmes déversaient des chaudrons d'eau bouillante dont le linge s'imprégnerait lentement. Et en prime, elle se vantait d'avoir récupéré cendres et coquilles d'œufs, dont personne ne ferait rien, ce qui valait mieux que d'arracher des orties dans la nature ! Quant aux commentaires sur la manière dont on faisait la lessive en ville, où on manquait de cendres et où on utilisait des alcalis caustiques, les campagnardes n'en finissaient pas de se gausser.

Après le trempage, le lendemain, Hortense et Henri avaient même joyeusement participé au transfert en brouette du linge « en enfer », c'est-à-dire au lavoir où les femmes, aussi bavardes qu'énergiques, avaient battu toute la journée les draps, chemises, culottes ou serviettes traités dans les cuviers dont le liquide était vidé par un robinet, récupéré, réchauffé et reversé. Tout un art que les femmes pratiquaient en échangeant les nouvelles.

Mieux valait ne pas faire les frais de leur conversation, car elles avaient la dent dure et, au passage, Hortense avait saisi des allusions à la petite Fariboles qui traînait toujours avec le Jeannot et c'était

1. A Antioche, au IVe siècle, sainte Pélagie, à la vue de soldats, avait prétexté pour fuir le ramassage de son linge et, inspirée par Dieu sans doute, comme aime à le répéter le clergé, s'était jetée bravement dans le vide pour échapper à son arrestation.

peut-être pas que pour cueillir des herbes, ou au cavalier noir qui passait justement beaucoup de temps chez les Fariboles. Et la Marie de chez le Pierrot, si elle ne met pas Pâques avant les Rameaux, c'est qu'elle est vraiment pas douée, et la niaise de l'André qui est tombée dans la mare aux canards... Des bavardes, mais qui savaient aussi garder des secrets. Magloire de Fleury aurait-il pu faire l'économie du temps passé dans les mairies pour retrouver la trace de Procule en allant interroger les laveuses de l'époque ? « Le Joseph » et « la Joséphine » avaient-ils autrefois été mis sur la sellette et le secret avait-il été enfoui après le drame ?

Hortense s'étira ; elle se sentait dolente ; elle avait rêvé d'une cape rouge et vert qu'elle tentait de toucher et qui s'esquivait toujours au fil d'un chemin sans fin. La veille, elle avait cherché sans succès Charles Hetty ; où s'était-il volatilisé avec sa baguette magique ? Elle s'était bêtement jetée dans les bras d'Armand en espérant provoquer le retour du fugitif, mais en vain. Dépitée, elle avait même suivi le jeune homme dans le labyrinthe de buis où il l'avait embrassée avec fougue. Mais, décidément, il faudrait toujours qu'elle lui substitue le visage d'un autre, Anatole ou le pourtant détestable Charles. Détestable ?

Elle entendit le roulement des brouettes qui commençait et se leva d'un bond ; l'eau chaude apportée par Augustine avait refroidi mais elle s'en bassina le visage avec bonheur, en découvrant de légers cernes sous ses yeux qu'elle tamponna doucement.

— Tu viens aux brouettes ?

Henri tambourinait à sa porte. Elle courut lui ouvrir en rajustant sa chemise de fin linon.

— J'arrive !

Quelques instants plus tard, elle traversait d'un trait la cuisine sous l'œil exaspéré d'Apolline qui tenta, en vain, de l'arrêter pour lui faire manger au moins un peu de pain. Elle en avait cuit du frais ce matin-là, qui embaumait la grande salle, et attaquait maintenant des confitures de mirabelles. Le jardinier lui en avait rapporté de pleins paniers ; elle en avait réservé pour faire des tartes et avait dénoyauté le reste avec l'aide de Célestin. La grande bassine en cuivre était pleine. Au passage, Hortense se saisit d'un fruit, puis suça ses doigts poisseux en lançant un merci d'une voix peu intelligible avant d'ajouter :

— Tu as du gland doux ?

Apolline soupira. Depuis son séjour à Clermont, mademoiselle Hortense préférait ce gland doux au café ; elle en avait rapporté des paquets jaune et vert. Cela lui compliquait le service, car madame de Bellemaison refusait de céder à la mode clermontoise. Cela avait provoqué, d'ailleurs, un nouvel incident entre la grand-mère et la petite-fille qui avait même fait référence à madame de Sévigné affirmant, évidemment à tort, deux siècles plus tôt, que le café passerait de mode !

— Mais oui, ma belle, j'ai du gland doux, monsieur Léon en boit aussi.

La cuisinière en avait vu d'autres ou plutôt sa mère, qui tenait déjà le même emploi et le lui avait raconté : la mère de monsieur de Bellemaison ne voulait pas entendre parler du thé qui rendait, prétendument, les femmes pâles, maladives, parleuses et ennuyeuses, mais elle avait bien dû céder quand sa belle-fille, l'actuelle madame de Bellemaison, avait déclaré ne supporter que cette boisson !

— Pourquoi as-tu les doigts noirs ? interrogea Hortense. Il n'y a pas d'eau ?

La jeune fille désignait la vaste pierre qui servait d'évier où quelques années plus tôt avait été amenée l'eau avec des tuyaux de plomb depuis la fontaine voisine. Un confort considérable qui avait changé la vie de la cuisinière.

— Ce sont ces maudites mirabelles, répliqua Apolline en saisissant le grand pot de sucre dont elle allait compter les cuillerées avec application. Mais madame Fariboles m'a conseillé d'utiliser du citron, je vais essayer.

— Madame Fariboles est venue ?

— Oui, tôt ce matin, pour votre grand-mère. Procule vous a demandée, mais vous dormiez encore !

— Il fallait me réveiller.

— Moi, ce que j'en dis...

La cuisinière ne voulait pas se mêler de ce qui ne la regardait pas ; elle s'était déjà emparée de la grande cuillère qu'elle plongea dans le pot et dit « une » en jetant le sucre sur les mirabelles. Contrariée, Hortense but son gland doux ; elle aurait aimé voir son amie.

Dehors, les va-et-vient des brouettes avaient commencé. Il s'agissait d'apporter le linge au « paradis », troisième et dernier jour de la lessive, c'est-à-dire de l'étendre sur les prés et bosquets afin qu'il séchât dans les meilleures conditions. Bienveillant et coopérant, le soleil était déjà chaud et quand Hortense rejoignit les laveuses, elles avaient étalé une grande partie des draps, torchons, chemises ou culottes. Elles étalaient ainsi un peu de l'intimité des propriétaires de ces pièces, offrant un immense assemblage blanc avec quelques touches de couleur dans les torchons de coton damassé ou de chanvre brun rayés de rouge, les chiffres brodés sur les draps ou les toiles à carreaux bleus, blancs et rouges des taies d'oreillers ou d'édredons. Pélagie et ses laveuses tiraient chaque pièce avec soin, ébauchant un pré-repassage avant les fers en fonte qu'il faudrait manier les jours suivants.

— Et encore une culotte ! annonça une jeune femme en l'extrayant de la brouette voisine.

— Nous, nous n'en faisons pas tant d'histoires avec des culottes, c'est pour le beau monde, dit Pélagie. Ça leur a pris quand j'étais jeune de mettre des culottes, c'était quand elles avaient jeté tous leurs jupons et que leurs robes risquaient de se soulever et de découvrir ce que les hommes ne doivent pas voir. Fais excuse, elles, elles parlent de « pantalons de lingerie », c'est mieux que « culottes » !

— Oui, enfin, n'exagérons rien, ces gueuses montrent bien parfois leur cul ! ricana une vieille femme dont les longs cheveux gris étaient noués dans le dos.

— Tends plutôt le drap, répliqua Pélagie en secouant la toile qui échappa des doigts déformés et rougis de la vieille. Je te l'ai dit, tu ne pourras plus.

La laveuse en chef était cruelle. L'autre se précipita pour récupérer les deux pans du drap et démentir Pélagie. Elle avait mal au dos, ses mains tremblaient chaque jour un peu plus, mais de quoi vivrait-elle si on lui enlevait son gagne-pain ?

Hortense avait vu la scène. Elle vint se poster près d'elle et l'aida à tendre le drap qui fut ensuite délicatement déposé sur l'herbe.

— Je vous remplace, reposez-vous un instant, dit-elle à la vieille qui la remercia d'un sourire reconnaissant et alla aussitôt s'asseoir sur une souche, fustigée du regard par Pélagie.

Puis, avisant son frère qui regardait la scène de loin, la jeune fille ajouta :

— Et toi, Henri, viens un peu !

— La lessive est une affaire de femmes, rétorqua Pélagie, furieuse contre cette petite pécore venue perturber son travail.

— Qui empêche qu'un homme vous aide ? interrogea Henri vexé. Quelle idée ! Voilà Procule.

— Celle-là, qu'elle aille s'occuper de ses herbes ! réagit Pélagie qui ne digérait pas les commentaires de ce blanc-bec et ne renâclait jamais à se montrer odieuse.

Au-delà de l'océan de linge se profilait en effet Procule qui avançait, légère et gracieuse, avec son caraco de tissus colorés joliment assemblés.

— Hortense, j'ai plein de choses à te dire ! cria-t-elle de loin en contournant le linge sous l'œil renfrogné de Pélagie qui veillait au grain.

Son linge, dont elle vantait à l'instant la blancheur, devait être respecté et gare à celui qui n'y ferait pas attention ! Mais Procule connaissait la Pélagie et s'en méfiait.

— Allons à la charmille, répondit Hortense qui avait chassé sa mauvaise humeur et abandonnait volontiers le pauvre Henri à la méchante laveuse.

Il soupira en regardant les deux amies s'éloigner, bras dessus, bras dessous. Il était vaguement jaloux de leur amitié. Procule lui volait un peu de l'affection de sa sœur, Hortense accaparant volontiers la jeune fille pour qui il nourrissait plus que de la tendresse.

— Faites donc attention ! cria Pélagie, le ramenant sur terre.

Légère, Hortense sautillait comme une enfant, heureuse de retrouver son amie, et intriguée. Elles arrivèrent légèrement essoufflées à la charmille. Le petit banc de pierre, recouvert toujours davantage et malgré les efforts du jardinier par un lierre envahissant, les attendait. Mais avant de s'y asseoir, Procule se précipita vers Hortense et la serra dans ses bras.

— Ma cousine ! murmura-t-elle à l'oreille de son amie qui la regarda étonnée.

— Que dis-tu ? interrogea-t-elle.

— Ma cousine, tu es ma cousine !

— Répète, fit Hortense en se laissant tomber sur le banc.

Une pie qui picorait à deux pas dans le fourré s'envola, suivie d'une autre, et toutes deux allèrent se percher à l'abri d'une jolie branche au feuillage épais, d'où, en sécurité, elles se mirent à jacasser.

Procule leva la tête et les observa un instant avant de dire :

— Elles aussi sont peut-être cousines.

— Mais que racontes-tu ? interrogea encore Hortense qui ne comprenait pas.

— Je suis la fille de ton oncle Joseph.

Abasourdie, Hortense resta bouche bée.

— Qui te l'a dit ?

— Ma mère et ma grand-mère.

— Et pourquoi te le dire maintenant ?

— C’est à cause du cavalier noir…

— Que vient-il faire là-dedans ?

— Il a deviné le secret de ma mère, alors maman et grand-mère Fariboles ont décidé de me dire la vérité. Mais cela n’a pas l’air de te faire plaisir.

— Mais si, mais si, assura Hortense qui imaginait déjà la tête de sa grand-mère quand on lui annoncerait la nouvelle.

Elle éclata de rire.

— Oui, mais tu garderas le secret, elles m’avaient fait jurer de n’en parler à personne ; tu sais, je n’ai pas pu résister !

— Tu as bien fait, dit Hortense qui, déjà, n’était pas vraiment sûre de ne pas dévoiler à son tour l’histoire, tout en mesurant l’énormité de la révélation.

— Monsieur de Fleury souhaiterait avoir pour moi une tutelle officieuse.

— Mais ta mère ? Le cavalier noir qui a tué son amoureux, alors ?

— Ils ont fait la paix. Ton oncle Joseph aurait révélé quelque temps avant sa mort qu’il n’épouserait pas sa fiancée, mais ma mère. Pour elle, c’est une extraordinaire nouvelle.

— Alors cette maison, c’est aussi la tienne, autant qu’à Henri et moi. Quelle histoire !

Hortense s’était levée et désignait au loin la maison lovée dans son parc.

— Quand ma grand-mère va savoir cela, il va falloir lui mettre sous le nez tous les flacons de sels de la terre !

— Ah ! non, jure-moi que tu ne raconteras rien ! s’écria Procule. Sinon, je ne te dirai pas que j’ai rencontré ton vétérinaire.

— Juré, craché ! Où l'as-tu vu ?

— Chez un client. Son cheval, qui doit bien avoir cent ans, avait la fièvre, et moi, j'apportais des fleurs de lis macérées dans l'alcool pour soigner sa femme toute décrépite qui n'en finit pas avec une mauvaise plaie à la jambe.

— Et il était comment ? interrogea Hortense impatiente.

Ces détails ne l'intéressaient guère.

— En chemise, grand, beau, avec son air de se ficher du monde...

Hortense haussa les épaules. Procule avait mis le doigt sur ce qui faisait mal. Les deux pies étaient revenues ; elles jacassaient comme les deux jeunes filles. Parlaient-elles aussi de leurs amours ?

— Tu viendras à la fête de bienfaisance de madame Adélaïde, dimanche ?

— Peut-être avec Jeannot. Enfin, si ma mère veut bien ! Le cavalier noir l'a emmenée à Vichy pour goûter cette eau qui guérit. C'est là que Jeannot voudrait aller pour ouvrir une bonne auberge.

— Et toi, cela te plairait d'aller à Vichy ?

— Pourquoi tu me demandes ça ?

— Jeannot est bien ton amoureux ?

— Voire ! répliqua Procule en observant les deux pies. Toi, tu ne penses qu'à cela, moi, je n'ai pas le temps. Et puis la ville, cela ne me plaît guère.

— Mais tu n'y es jamais allée, remarqua Hortense en regardant son amie se lever et dérouler un grand sac de chanvre.

— Il faut que je lui cueille des orties fraîches, il paraît que madame Adélaïde adore ses soupes, dit-elle, un couteau à la main. Tu m'accompagnes ?

— Merci ! Pour me piquer les doigts... Je vais

plutôt sortir Jeune Fou que j'ai un peu négligé ces temps-ci.

— Et tu vas aller traîner vers le village pour courir après ton Charles.

— Mais non, j'irai voir madame Beaumont et je passerai chez les Raconnet. Il paraît que Paule Raconnet ne va pas bien.

— Ma grand-mère y est passée hier, elle est couchée et va sans doute perdre son enfant. Cette fois, je m'en vais.

— Au revoir, cousine.

— Chut, garde le secret.

— Vous voyez comme la ville est belle, regardez ce fleuve paisible.

Magloire de Fleury menait doucement la jument grise qu'il avait choisie pour cette promenade à Vichy à laquelle il avait convié Joséphine. La vue était plaisante, en effet, depuis le pont que Magloire avait découvert à son retour d'Afrique et qui s'était heureusement substitué au bac, unique moyen de passer de Bellerive à Vichy. Le magnifique ouvrage d'art à trois travées de bois, suspendues à des chaînes de fer, avait maintenant dix ans. Il avait subi la grande crue de 1835 avec quelques dommages ; la maison du péager avait été reconstruite sur le terre-plein, mais depuis tenait le coup ; il attirait la curiosité des voyageurs se rendant aux eaux, qui ne manquaient pas de vanter partout les mérites de ce pont « en fil de fer ».

— Voilà une sapinière, dit Magloire en désignant un bateau plat chargé de charbon qu'un marinier dirigeait habilement vers le pont sous l'œil vigilant de deux équipiers attentifs à la manœuvre.

— Regardez plutôt ce qui arrive ! dit le péager à qui Magloire venait d'acquitter le prix du passage sur le pont. Le *Berry* qui vient de Moulins.

Un bateau dégageant de grands jets de vapeur venait en effet de surgir ; il remontait la rivière à grands remous d'eau verdâtre.

— Et savez-vous combien de temps il a mis ?

Dubitatif, Magloire avoua son ignorance.

— Onze heures, et il fera le retour en moitié moins de temps.

Joséphine s'était penchée pour voir le bateau qui se dirigeait vers le port où étaient entreposées les marchandises transportées sur le fleuve. Planches, charbon, caisses d'eau minérale voisinaient, entassés de façon plus ou moins ordonnée.

— Voilà la ville, dit Magloire en montrant du doigt la vue.

Joséphine hocha la tête sagement. Depuis le départ, elle s'interrogeait pour savoir ce qui avait bien pu la pousser à accepter l'invitation de cet homme qui l'intimidait. Etait-ce parce qu'elle l'avait détesté pendant tant d'années, lui, l'assassin de Joseph ? Etait-ce parce qu'il avait bouleversé sa vie en lui révélant que Joseph l'aurait emmenée loin avec lui s'il avait vécu ? Une confidence qu'elle portait désormais en elle comme un trésor.

Lors d'une des séances de massage qu'il sollicitait souvent, car c'était pour lui d'extraordinaires cures de bien-être, il avait entendu madame Fariboles déclarer qu'elle devrait goûter un jour à Vichy ces fameuses eaux dont beaucoup s'entichaient. Ne disait-on pas qu'on y venait de loin pour en recueillir les bienfaits ? La grand-mère de Procule y voyait un danger pour son propre commerce. Magloire avait aussitôt proposé d'emmener Joséphine, qui avait accepté très spontanément. Sans même songer que Joseph lui avait aussi proposé un jour de la conduire à Vichy et qu'elle avait refusé, craignant qu'on ne les voie ensemble et que cela ne compromette le jeune homme toujours prêt à commettre une folie.

Presque sans y penser, elle avait mis sa plus belle robe et Magloire lui en avait fait des compliments. Une robe dont les couleurs gaies contrastaient avec la tenue sombre de cet homme qui n'en finirait jamais vraiment avec le « cavalier noir ». Elle l'observait à la dérobée, conduisant avec habileté la voiture de son seul bras valide, l'autre main posée à côté d'elle sur la banquette capitonnée de cuir vert. Sa maigreur donnait à ses traits un caractère aigu, avec ses pommettes où semblaient pointer les os, mais le regard, auquel rien ne paraissait échapper, n'était pas dénué d'une certaine douceur.

— A cette heure, beaucoup ont déjà bu leur eau, dit Magloire lorsqu'ils eurent laissé le pont derrière eux. Il y a des courageux qui vont boire leur premier verre à cinq heures. Ensuite, ils font une promenade dans les parcs, puis c'est l'heure du bain à l'établissement thermal ou à la succursale près de l'hôpital. Ecoutez...

Des cloches carillonnaient alentour.

— Ce sont les hôtels qui appellent leurs clients pour le déjeuner.

Un mouvement de calèches se dessina autour d'eux. Ils étaient rue Lucas et devinaient le mur où venait buter l'avenue.

— Je vous propose d'aller goûter l'eau de la source des Célestins. Nous allons traverser le vieux Vichy pour y arriver.

Près de la voiture trottinaient trois ânes au poil bien peigné et brillant, avec une selle reluisante et une bride précieuse. Ces animaux à la réputation d'être particulièrement bien élevés et patients étaient un des principaux moyens de locomotion des curistes à Vichy.

— Voudriez-vous en emprunter un ? interrogea Magloire en regardant Joséphine.

— Dieu me préserve ! répondit-elle en portant les mains à son visage dans un geste qu'elle faisait souvent.

Ses doigts étaient effilés, ses ongles bien coupés et Magloire remarqua que son poignet était d'une finesse extrême.

— Dieu me préserve, répéta Joséphine paraissant enfin vaincre la timidité qui la paralysait depuis leur départ. Monter sur un âne ! Ils sont bien trop têtus et j'aurais trop peur d'être jetée à terre.

— Vous, peur ? interrogea Magloire en la regardant de nouveau avec tant d'insistance que Joséphine se sentit rougir.

— Moi, je ne suis pas comme ma mère et ma fille, je suis une craintive, expliqua-t-elle.

Magloire regretta qu'ils soient arrivés à leur destination au moment où elle acceptait d'être un peu plus bavarde. Il sauta de la voiture et n'eut pas le temps d'en faire le tour pour aider Joséphine. Peu habituée aux galanteries, elle était déjà à terre, serrant sur ses épaules son châle car une légère brise s'était levée depuis l'Allier et apportait de la fraîcheur.

— Venez !

Il lui prit le bras avec autorité et elle se laissa faire jusqu'à la source où la donneuse d'eau leur offrit un verre qu'ils burent en silence. Au bout de trois gorgées, Joséphine s'arrêta.

— On ne peut pas dire que ce soit très bon, mais si cela fait du bien...

Un groupe de militaires passait près d'eux.

— Evidemment que cela fait du bien ! dit l'un d'eux, aussi grand que maigre mais qui ne manquait pas d'allure dans son uniforme haut en couleur. Regardez-moi, est-ce que je n'ai pas belle mine ?

Vaguement interloquée, Joséphine baissa les yeux.

— C'est que, ma petite dame, nous, nous en ramassons des saletés dans ces guerres qu'on nous fait mener au loin.

— Monsieur, madame n'est pas votre petite dame, intervint Magloire, mais vous avez raison, on en ramasse dans ces pays lointains.

— Faites excuse, monsieur, j'ai pas voulu être malpoli !

— Ce n'est rien, fit précipitamment Joséphine, désolée d'être au centre de la conversation.

— Buvons à la santé de ce garçon ! dit Magloire en portant à ses lèvres le verre avec un grand sourire.

Il se sentait bien, détendu comme il ne l'avait pas été depuis longtemps.

— Buvons, dit Joséphine, mais que c'est mauvais ! Je préfère l'eau de notre puits.

Elle avait éclaté de rire et Magloire découvrait soudain cette femme gaie et nature, qui n'avait rien à voir avec les mondaines de son milieu. Et elle était belle avec cette robe toute simple qu'elle portait avec élégance. Sa silhouette bien proportionnée était très agréable.

— Retournons à la voiture, je vous emmène

déjeuner, dit Magloire bien décidé à prolonger ces instants de plaisir.

— C'est que je n'ai pas beaucoup de temps. Je suis juste venue voir la ville et goûter cette eau, alors j'ai vu.

— Mais vous n'avez encore rien vu ! protesta Magloire en l'aidant cette fois à monter en voiture. Il n'y a pas que la rue Lucas, ici... ce n'est pas comme à Randan la Grand-Rue.

La jument grise avait déjà compris et la voiture s'ébranla sans même que Magloire eût à en donner l'ordre. Ils arrivèrent vite à proximité du couvent des capucins où quelques années plus tôt avaient été plantés trois mille pieds de peupliers, ormeaux, marronniers et tilleuls.

— Notre ami le militaire doit fréquenter le coin du tir au pistolet, mais les heures sont limitées pour ne pas troubler la quiétude des curistes. Voici la rue du Pontillard et le marché aux légumes, la pharmacie, le bureau des diligences et un restaurant où je vous propose de vous arrêter.

— Mais je n'ai pas faim.

— Qu'allons-nous faire ? Car moi, j'ai grand-faim, cela doit être cette eau !

Joséphine éclata de rire, dévoilant ses dents très blanches dans une bouche aux lèvres rouges. Magloire se demanda si elle les avait passées au jus de betterave comme le faisaient autrefois certaines paysannes.

24

Décidément, la fin de l'été était clémente. Le linge avait séché merveilleusement et les repasseuses étaient entrées en action avec leur fer en fonte chauffé sur le grand fourneau de la cuisine. Elles avaient déjà passé des heures à faire aller et venir avec ardeur ces fers sur lesquels se crispaient les paumes et les doigts. L'opération se faisait sur la grande table de la buanderie attenante à la cuisine ; au fur et à mesure, Augustine rangeait les piles de draps dans les placards qui en tapissaient les murs. A elle aussi de redistribuer les effets de chacun dûment pliés dans les chambres respectives. A elle encore d'écouter les doléances de ces femmes louées à la journée dont les mains n'étaient plus que douleurs au crépuscule, sans compter le dos mis à mal par la longue station debout, penchées sur la maudite table et son molleton. Et encore, quand elles ne se brûlaient pas en récupérant les fers sur le fourneau. Apolline avait heureusement toujours dans sa cuisine une potion préparée par madame Fariboles qui était déjà intervenue pour chasser le feu en cas d'accident grave.

Assistant pour la première fois à ces opérations, Hortense avait pu mesurer que c'était tout un art, car la repasseuse devait utiliser un fer suffisamment chaud pour être efficace, mais pas trop afin de ne pas risquer une marque sur l'étoffe, comble de la honte et du déshonneur.

En se réveillant, la jeune fille avait vivement sauté de son lit pour aller vérifier les prévisions d'Apolline que ses pieds sensibles ne faisaient décidément plus souffrir depuis plusieurs jours. Oui, en dépit d'une légère brume, il ferait beau ; le ciel était clair et la fenêtre entrouverte laissait filtrer un air d'une extrême douceur. Madame Adélaïde avait de la chance et surtout tous ceux qui allaient se dépenser sans compter pour réussir la fête, dont les bénéfices iraient aux œuvres de la princesse.

Deux heures plus tard, les cloches tintaient à toute volée. La sonneuse, Prudence, faisait taire les enfants de chœur boutonneux qui oubliaient déjà le recueillement de la messe. Profitant du désordre, Thomas et Hippolyte avaient spontanément couru embrasser Hortense dès la fin de l'office. Chaque paroissien quittait sa place, dûment payée à l'année ou à la cérémonie, une source intéressante de revenus pour l'église, certes partagés avec la chaisière, une petite bonne femme boulotte embusquée près des fonts baptismaux et qui bondissait à l'entrée de chacun pour obtenir son dû. Madame de Bellemaison, qui avait décrété la veille qu'elle assisterait à la messe précédant les festivités, avait adressé des reproches au curé quelques jours plus tôt. Il faisait, en effet, de l'argent de tout, des cierges, des porteurs d'eau bénite ou même du pain bénit que le boulanger voulait bien fabriquer, mais moyennant un supplément. Elle avait surtout fustigé le coût de la dispense de faire maigre, préconisée par le médecin lors de sa maladie. S'en était suivie une discussion sur la différence entre les bigots et les cagots que Léon avait dû arbitrer en consultant un dictionnaire pendant que sa mère continuait à ergoter avec le curé excédé. Le caractère de madame de Bellemaison ne s'arrangeait pas !

Quand elle était arrivée à sa place et qu'elle avait découvert que le dos de la chaise payée à l'année défaillait et qu'il faudrait en renouveler la paille, elle avait esquissé la moue d'habitude réservée aux propos d'Hortense. Puis, ostensiblement, elle avait dédaigné le panier de la quêteuse borgne où Léon avait lancé un billet pour compenser. Lui qui était un chrétien peu convaincu avait la faiblesse d'espérer ainsi se ménager les bienfaits du ciel ! Il jeta un coup d'œil vers une statue de saint Blaise posée devant un pilier, sur un socle où avait été inscrit maladroitement : « Devant saint Blaise, tout mal s'apaise. » Etait-ce celle qu'un forgeron avait menacée récemment de son fer encore rougi pour obtenir la guérison de son fils ? Le curé avait raconté cette anecdote, quelques jours plus tôt, en maugréant contre le comportement de ses paroissiens. Il avait dû reconnaître que l'enfant avait retrouvé la santé et que le père s'était montré généreux !

Léon observa à la dérobée sa mère, mieux depuis quelques jours et qui participait de nouveau aux repas dans la salle à manger aux boiseries blondes. Le vent de liberté qu'il avait volontiers entretenu, peu sourcilleux des usages compassés voulus par madame de Bellemaison, avait été balayé ; au grand dam d'Hortense, le cérémonial et les conversations avaient repris leur tournure guindée. Si Henri à la droite de sa grand-mère avait désormais l'art de détendre l'atmosphère, Hortense n'avait fait guère d'efforts. Léon ne pouvait évidemment imaginer qu'elle avait depuis trois jours sur les lèvres la fameuse révélation et qu'elle rêvait de la dire à sa grand-mère.

Hortense soupira. La messe l'ennuyait au moins autant que la compagnie de sa grand-mère qui n'en finissait pas de faire des embarras. Elle n'aimait ni sa pruderie ni son goût pour les effusions religieuses. Heureusement, Augustin la ramènerait quand elle le voudrait. Elle avait emporté une réserve de châles impressionnante pour combattre la fraîcheur de l'église, puis du parc de madame Adélaïde. Henri, assis à côté d'elle, multipliait les attentions, ce qui avait le don d'agacer Hortense à la recherche du moment le plus propice pour faire exploser la vérité. Elle y était bien déterminée, tant pis si cela tuait sa grand-mère !

L'attroupement devant l'église fut vite dispersé, car toute l'assistance avait hâte de rejoindre les attractions installées dans le parc du château. Un enfant en guenilles vint tendre la main, un autre plus malin tentait de vendre de menus objets, cure-dents, boîtes, ciseaux, crayons et autres bagatelles. Thomas attira l'attention de Delphine qui se laissa attendrir et acheta un crayon pour chacun des garçons en assurant qu'il y aurait bien d'autres occasions dans le parc où la foule entrait à flots derrière madame Adélaïde.

Renonçant à sa voiture, la princesse avançait d'un pas précautionneux au milieu de la grande allée où des jeux avaient été installés sous les ombrages des ormes. Comme elle en était coutumière – et son mauvais goût était souvent dénoncé –, elle arborait une tenue aux couleurs de la Révolution, une robe bleu ciel, un canezou blanc et un grand chapeau amarante où elle avait piqué comme toujours, outre une belle aiguille de nacre, force plumes. Un échafaudage très haut pour une silhouette courte et forte, connue de tout le monde alentour. Une extravagance pardonnée, car la princesse savait ouvrir sa porte à tous. Quand elle sortait de son réticule un paquet de tabac à priser pour l'offrir spontanément à un vieux du village, elle gagnait tous les cœurs. Ouvrir sa bourse était un geste naturel. Avec sa belle-sœur, la reine Marie-Amélie, ne traitait-elle pas des demandes de subsides adressées à la famille royale, parfois jusqu'à huit cents dans une journée ?

Derrière elle, beaucoup s'étaient endimanchés pour la fête. Des hommes avec leur grande blouse de toile bleue et leur large chapeau de feutre noir, des femmes en robe de cachemire aux poignets resserrés d'un velours, complétée d'un châle de mousseline et d'un tablier de soie. Ces femmes, qui portaient la tenue villageoise de la région de Randan, arboraient aussi fièrement un petit bonnet blanc au bord tuyauté et marqué d'un ruban bleu avec un gros nœud de soie bleu plus foncé.

Plus rapides, des garçons, agités et peu respectueux des usages, dépassèrent le cortège et se répandirent bruyamment dans le parc ; ils étaient vêtus de pantalons jaunes et d'habits bleus, avec des cocardes et des chapeaux agrémentés de rubans ; certains brandissaient une amulette souvent faite d'os et de grains de sel.

— Qu'est-ce qu'ils font ? interrogea Thomas toujours curieux.

Léon expliqua que c'étaient les conscrits bientôt tirés au sort pour partir pour l'armée.

— Et toi, tu y es allé, à l'armée ? interrogea Hippolyte.

— Non, répondit Léon.

— Pourquoi ?

Questionneur impénitent, Thomas ne le lâcherait pas.

— Je n'ai pas été tiré au sort, répondit sobrement Léon.

Il n'allait pas expliquer que ses parents avaient payé un remplaçant, que l'on appelait par dérision « cochon vendu », et lui avaient évité de partir, un privilège dont il n'était pas forcément fier mais qu'il était prêt à négocier pour Henri.

Pendant ce temps, les pantalons jaunes avaient rejoint un grand espace et faisaient face à une autre équipe plus sobrement habillée.

— Allons voir jouer la soule, cria Hippolyte qui serrait dans ses doigts les pièces données par Delphine à chacun des garçons.

— C'est une bonne idée, dit une voix dans le dos d'Hortense.

Elle l'aurait reconnue entre mille, légèrement nasillarde et claire, avec un accent chantant inimitable. Elle fit face à Charles Hetty, son éternel sourire moqueur aux lèvres. Sans lui laisser la moindre possibilité de refuser, il l'entraîna vivement en lui prenant le bras, avec Henri dans leur sillage. Delphine cria en vain :

— Hortense, votre ombrelle !

Ils étaient déjà loin et l'ombrelle resterait comme d'habitude volontairement fermée et coincée sous le bras de la jeune fille têtue. Léon qui, lui, arborait un élégant chapeau tressé de paille fine les regarda courir vers un espace délimité par des cordes où s'affrontaient déjà les joueurs de soule, que certains appelaient aussi « choule ». La boule de cuir bourrée de foin allait et venait, provoquant des déplacements rapides des rivaux qui cherchaient à s'en emparer devant des spectateurs hurlant et gesticulant, prêts à s'enflammer pour un joueur ou l'autre.

— Qu'est-ce qu'ils font ? demanda Hortense en se penchant vers Charles Hetty qui sentait bon le vétiver.

Elle désignait une masse confuse de joueurs donnant l'impression de vouloir s'écraser mutuellement, tandis que d'autres, restés hors du cercle, tentaient de prendre la boule.

— Les voilà maintenant vers la droite, répondit seulement Charles, et puis à gauche, ils courent bien, en voilà un qui tombe, il se relève, il saigne...

— C'est trop violent, murmura Hortense en regardant Charles qui continuait à suivre les évolutions du jeu, indifférent, son sourire ironique si agaçant aux lèvres. C'est trop violent, répéta-t-elle. Les garçons, on va voir autre chose ?

— J'aimerais bien jouer, dit Hippolyte.

Elle avait déjà fait trois pas quand Charles la rejoignit.

— Merci de m'attendre ! Vous pourriez vous intéresser à ce qui plaît aux autres. Moi, j'ai joué à la soule toute mon enfance, et regardez...

Il avait déjà soulevé le bas de son pantalon et désignait une large cicatrice.

— J'en porte les stigmates, un sale coup de brodequin.

— Encore fallait-il que vous répondiez quand on vous parle, dit Hortense, détournant les yeux du mollet blanc et poilu.

Le ton était acide. Le jeune homme ne releva pas mais reprit son bras avec autorité.

— Venez plutôt voir le tir à l'oiseau.

— Oui, le tir à l'oiseau, répéta Thomas qui partait en sautillant en direction de grandes cibles sur des bottes de paille fleuries où étaient positionnés des oiseaux de bois peints de couleurs vives que l'on appelait des « papegais [1] ».

— On lance d'abord sa pièce dans le chapeau, puis voici l'arc et trois flèches. Qui veut essayer, qui veut devenir le roi du jeu ?

Jovial, l'homme qui les accueillait portait une redingote rouge et un chapeau assorti. Heureux de ce flux de clientèle, il rappelait en préalable que rien n'était gratuit et que si madame Adélaïde offrait son parc, les attractions devaient récolter des sous sonnants et trébuchants pour ses bonnes œuvres.

— Moi, moi ! crièrent ensemble Thomas et Hippolyte.

— Il y en aura pour tout le monde, répliqua l'homme en tirant d'un carquois des flèches destinées aux enfants.

— A Hippolyte, dit Hortense qui avait oublié son agacement et n'aurait pas abandonné le bras de Charles pour tout l'or du monde.

Tirée sans hésitation, la première flèche échoua à quelques mètres de la cible ; la deuxième la toucha à peine, la troisième se ficha dans la botte de paille.

— A moi ! fit Thomas en se positionnant fièrement, déjà sûr de faire mieux que son ami.

— On va voir si tu réussis, dit Charles en caressant ses favoris où apparaissait une légère rousseur.

1. Ancien nom du perroquet, forgé sur le mot arabe *babbaga*.

Dépité et vexé, le garçon tapa du pied quand la dernière flèche lancée tomba seulement à quelques pas de lui.

— Mais c'est difficile ! dit-il. Et les filles, elles peuvent jouer ?

— Tout le monde, si on paie, répondit l'homme en riant. Mademoiselle, cela vous dit ?

— Hortense, je te cherche...

— Procule, tu veux des flèches ? Et toi, Jeannot ?

— Et moi ? interrogea Charles qui s'était déjà saisi d'un arc, l'avait placé contre son épaule et en bandait la corde, l'œil fermé pour viser.

Autour, chacun retenait son souffle. Pas seulement les deux garçons et les jeunes filles, mais aussi quelques badauds venus spontanément s'agglutiner autour d'eux. La première flèche se ficha au bas de la cible centrale. Concentré, Charles se repositionna, secoua ses bras pour éviter les crampes, puis visa à nouveau. La flèche vint buter dans la botte de paille, au milieu des fleurs.

— Comme moi, murmura Hippolyte à qui Hortense fit signe de se taire.

— Ne vous découragez pas, dit l'homme à la redingote rouge, heureux de voir du public s'intéresser à son attraction.

— Jamais, murmura Charles, les traits tendus vers l'objectif.

— Déjà un roi ! s'écria l'autre quand la flèche toucha l'oiseau qui vacilla et tomba sous les acclamations de la petite assistance vers qui accouraient d'autres curieux. Monsieur, voilà votre bouquet !

Charles tendit les mains pour prendre la gerbe de fleurs sauvages et la brandit sous les applaudissements. Le sourire aux lèvres qui dégageait ses incisives blanches de fauve aux aguets, il avança vers Hortense avec son bouquet, puis s'en détourna brusquement et l'offrit à Procule.

— Hortense se contentera de deux baisers, si elle permet, ajouta-t-il précipitamment, tout heureux de son effet.

— Ah ! non, sûrement pas !

La réponse était cinglante.

— Tu l'as bien cherché, mon garçon, dit un spectateur attentif.

— Qui veut essayer ? criait déjà l'homme en rouge, inquiet du tour que prenaient les événements.

Hortense, suivie des deux garçons, avait fui vers une autre attraction, laissant Procule plantée avec son bouquet sous le regard ébahi de Jeannot.

— Qui tente sa chance à la loterie ? Je fais bientôt un tirage. Regardez tous les lots à gagner ! La princesse a été très généreuse. Trois sous le billet, qui en veut ? Allez, messieurs les clampins, essayez, vous ne le regretterez pas.

L'homme savait que le mot « loterie » agissait sur le public comme un aimant. En effet, la loterie, supprimée pendant la Révolution, puis de nouveau autorisée, avait été interdite quelques années plus tôt [1], provoquant pour beaucoup une frustration que l'on tentait de combattre avec des substituts privés, lors de fêtes comme celle-ci. Oh ! évidemment, il ne s'agissait pas de gagner, comme en Allemagne ou en Autriche, des bois ou des terres ; il n'y avait aucun enjeu financier, seulement des lots de pacotille, mais le plaisir du jeu était là. Et quand la roue tourna enfin, chaque possesseur d'un billet la regarda avec

1. En 1836.

anxiété pour découvrir au plus vite s'il était un heureux élu.

— C'est le 2 qui gagne, annonça l'homme qui portait une ample chemise de chanvre écru ; elle lui faisait des épaules de déménageur et bouffait dans son pantalon retenu par de larges bretelles. Qui a un 2 ? répéta-t-il en cherchant dans le public un éventuel gagnant.

Trois mains se levèrent, dont celle d'Hippolyte.

— Et moi ! cria Jeannot.

— Pour toi, petit, cette belle veste de flanelle offerte par la maison de modes de la rue de Paris à Vichy. Et vous, mon gros, une douzaine de mouchoirs, à moins que vous ne préfériez des jarretières pour votre belle. Vous, monsieur, cette petite boîte de poudre pour tuer les mites, elle vaut six sous dans le commerce, alors pour votre billet à trois sous, vous faites une affaire !

— Je préférerais les six sous, dit l'homme, j'ai pas de mites chez moi.

— Un autre tour de roue et des prix, des prix !

L'homme avait balayé la demande et passait déjà à la suite.

— Regardez : un paletot, des bougies, un pot de chambre, une bouteille de vin de Saint-Pourçain…

— Je peux échanger ma boîte contre les mites ? insista l'autre.

— Non, cher monsieur, prenez plutôt un autre billet !

— Venez !

Thomas avait saisi la main d'Hortense qui cherchait des yeux Charles, encore une fois hors de vue, avec ce don exaspérant de se fondre dans la foule. Avait-il disparu comme lors du bal masqué ? Elle le découvrit soudain. Il observait avec attention les ruses d'un joueur de gobelets. Elle s'approcha et le vit désigner un des godets, celui qui devait cacher le dé à l'instant dissimulé et autour duquel le bateleur entretenait l'incertitude en passant et repassant les mains.

— Eh non, monsieur le bourgeois, vous n'avez pas fait le bon choix ! dit triomphalement l'homme en enlevant le gobelet désigné par Charles. Le dé n'est pas là.

— C'est diabolique, murmura Charles en lui tournant le dos. Trois sous gâchés avec ce tricheur...

Hortense et Procule, qui l'avaient rejoint, éclatèrent de rire devant sa mine déconfite.

— Nous, nous allons jouer à colin-maillard ! cria Thomas dont les joues rouges trahissaient l'excitation.

— Oui, colin-maillard, dit Jeannot qui alla offrir le fameux bouquet dont Procule s'était débarrassée à une vieille dame assise un peu plus loin, devant l'étal d'un marchand de vin.

Ravie, elle lui dédia en retour un sourire édenté mais radieux.

Furieux de sa déconvenue avec le joueur de gobelets, Charles suivait de mauvaise grâce quand sa trajectoire croisa celle du cavalier noir accompagné de cette rebouteuse dont beaucoup vantaient les mérites. Il aperçut un peu plus loin madame Beaumont qui abandonnait son habituel chevalier servant, l'oncle d'Hortense, pour venir à leur rencontre. Très femme du monde, toujours à l'aise, Delphine salua avec grâce la compagne de Magloire de Fleury, en cachant sa surprise de découvrir ce couple inédit. Elle se retourna. Léon n'avait pas suivi. Il lui serait toujours difficile d'avoir des relations normales avec Magloire. Elle le vit rejoindre Henri qui avait, lui aussi, ouvert un petit commerce avec quelques feuilles de dessin et des pastels pour des portraits croqués très simplement, en quelques traits.

Il avait affiché pour appâter le client un croquis d'Hortense dont il avait saisi le fin minois, et un autre du vieux père Raconnet en train de chiquer, à la veine caricaturale terriblement authentique. Une petite pancarte indiquait le prix du dessin, cinq sous, qui iraient évidemment aux œuvres de madame Adélaïde, une initiative que madame de Bellemaison avait saluée avec d'affectueuses démonstrations, hérissant, une fois de plus, le poil d'Hortense.

Séduite, une vieille dame avait cédé à la curiosité et s'était assise devant Henri ; quand Léon s'approcha, il ne put réprimer un sifflet admiratif. La ressemblance était étonnante ; Henri avait parfaitement croqué les chairs flasques, le double menton et les rides profondes du front, tout en privilégiant le regard clair et droit de son modèle.

Appliqué, tout à son travail minutieux, Henri leva à peine la tête. Quelques instants plus tard, il annonça :

— Voilà, madame, j'ai fini.

Il retourna le dessin vers la femme qui farfouilla dans son réticule de tissu bariolé pour en extraire des lunettes qu'elle chaussa.

— Je suis aussi décrépite ? demanda-t-elle en levant un sourcil.

Gêné, Henri regarda son oncle qui vola à son secours.

— Mais non, vous êtes belle, madame, je vous l'assure. Evidemment, vous avez votre âge, mais ce visage ne reflète-t-il pas toute votre vie ? Le dessinateur l'a si bien traduit !

Ravie, la femme replongea la main dans son réticule et en sortit cinq sous qu'elle tendit à Henri.

— Merci, merci, monsieur l'artiste, grâce à vous je regarde voler les coquecigrues…

Intrigué, Henri lui fit répéter ce mot aussi étrange que comique.

— Eh oui ! une façon de dire qu'on se fait des illusions, répliqua la femme dans un grand éclat de rire. C'est feu mon mari qui avait l'habitude de dire cela. Après tout, je ne vois pas pourquoi je n'aurais pas pu m'offrir ce petit plaisir, ajouta-t-elle en se levant avec difficulté et en récupérant sa canne posée contre la petite chaise de toile.

— Et nous, nous voulons notre portrait ! criaient maintenant autour d'eux Thomas et Hippolyte déjà lassés du colin-maillard.

— Et moi, j'achète celui-ci, dit Charles en désignant celui d'Hortense.

— Ah ! non, c'est ma réclame, répondit Henri.

Il avait vu, avant de quitter Paris, les toutes nouvelles colonnes dites Rambuteau, du nom du préfet qui les avait mises en place pour servir de supports à l'information, tout en offrant un dispositif d'urinoir.

Une invention que les Parisiens avaient accueillie avec enthousiasme.

— Par qui je commence ? interrogea Henri soudain entouré d'une clientèle potentielle importante. Procule, viens !

— Oui, dit Jeannot avec enthousiasme, et c'est moi qui paie, comme cela je le garderai.

— Ah ! non, je le fais pour Procule, rétorqua Henri dont les sourcils noirs s'étaient froncés plus que la normale, et je le lui offrirai.

— Votre frère sait-il dire autre chose que non ? demanda alors Charles qui s'était rapproché d'Hortense.

— Quel sale caractère vous avez ! répliqua Hortense qui éprouvait cependant un certain malaise devant l'attitude d'Henri.

Etait-il amoureux de Procule, qu'il avait installée sur la chaise en face de lui avec mille attentions ? N'y avait-il pas urgence à lui dire qu'elle était sa cousine ?

— Mon Dieu ! Mon Dieu !

La voix plaintive arracha Hortense à ses réflexions. Elle se retourna et n'eut que le temps de voir la mère de Procule qui s'affaissait dans les bras de Magloire de Fleury. Abandonnant Henri qui avait déjà largement ébauché son portrait, Procule se précipita.

— Maman !

— Allongez-la sur l'herbe, dit un homme avec autorité.

C'était le docteur Paul Boispré. Il portait beau avec un habit bien coupé et une belle cravate brodée de boutons de rose ; son gilet montrait comme une treille de fines tiges de rosiers.

— Madame Joséphine, vous m'entendez ? Son cœur bat. Madame Joséphine ! Poussez-vous, laissez-la respirer.

Un attroupement s'était formé et chacun tentait de voir, avec cette âme de voyeur qui sommeille en tout homme et toute femme, à l'affût d'un événement à raconter à ceux qui n'auraient pas eu la chance d'y participer.

— Maman, tu m'entends ?

Une main bien attentionnée avait glissé sous sa tête un petit coussin de velours vert, jouant les harmonies avec l'herbe et les vilains pissenlits qui faisaient damner les jardiniers de la princesse.

— Où suis-je ? demanda Joséphine en ouvrant les yeux.

— Vous sentez-vous mieux ? interrogea le médecin qui avait sorti d'une petite boîte une pastille de Vichy. Ce n'est rien. Nous allons vous remettre debout, appuyez-vous sur monsieur.

— Je vais la ramener, dit Magloire qui aurait voulu se hâter vers sa voiture dont le cheval paissait avec ses congénères sous les arbres.

Joséphine le retint par la manche et souffla d'une voix faible :

— Peut-être auriez-vous dû me dire que ce jeune homme était le portrait de son oncle.

— Quel jeune homme ?

— Nous en reparlerons, éluda-t-elle.

Beaucoup avaient déserté peu à peu les attractions à l'heure du déjeuner, composé de belles cochonnailles fournies par le charcutier de la Grand-Rue de Randan. Le vin, dispensé généreusement par les valets de madame Adélaïde qui avait tenu à partager le repas de tous, avait quelque peu embrumé les esprits. Fatiguée, madame de Bellemaison était rentrée avant le déjeuner ; Hortense l'avait regardée repartir dans sa voiture conduite par Augustin, avec tous ses châles et son grand chapeau où elle avait piqué fièrement une épingle à tête de nacre. La veille, Henri avait fait son portrait qu'il avait affiché dans le vestibule, sur la grande glace. Hortense avait trouvé son frère très indulgent avec leur grand-mère qu'il avait idéalisée. Il avait gommé sa moue dédaigneuse et la dureté de son regard.

Autour de madame Adélaïde, la conversation avait été captée par la nouvelle, répandue comme une traînée de poudre par le journal *Le Siècle*[1], de la mort de Léopoldine, la fille de Victor Hugo, noyée à Villequier, cinq jours plus tôt. On disait que le poète avait sombré dans une terrible désolation. La princesse le connaissait bien ; après une période d'opposition, il s'était rapproché de Louis-Philippe et venait parfois dîner à la cour où le roi aimait sa conversation. Abandonnant le poète, mais toujours bavarde, la princesse avait ensuite expliqué qu'elle n'était pas près de rentrer à Paris, car elle lisait des horreurs sur la ville dans le dernier roman publié par Honoré de Balzac, *Splendeurs et misères des courtisanes*, qui plongeait le lecteur dans le monde nocturne des truands et des demi-mondaines.

« Monsieur de Balzac a dit qu'il fallait faire un Paris vrai ! Je vous assure que je n'ai aucune envie de rencontrer ce Vautrin et cette Esther Gobseck », avait déclaré madame Adélaïde en dégustant une tarte aux mirabelles qui avait déclenché un concert de louanges et vite éclipsé la littérature.

Si on revient toujours, en France, à la nourriture, cela n'empêcha pas la princesse de raconter encore quelques anecdotes parisiennes dont tous étaient friands. C'était un peu de l'air de la cour et de la capitale. Chacun savait que, chaque jour, elle recevait une lettre du roi, de sa grosse écriture connue de tous. S'y ajoutait souvent une missive de la reine. Ainsi, lorsqu'elle était à Randan, elle savait par le menu les

1. Daté du 9 septembre 1843.

événements qui touchaient sa famille. Que ce soit les séances des Chambres, les troubles dans une région, les détails concernant les enfants, sans oublier des nouvelles de son perroquet rouge qu'elle avait laissé pour une fois à Paris ou de la récolte de pommes de terre « jaunes et douces et excellentes ». Et au moment où chacun allait retourner s'amuser et dépenser ainsi quelque argent pour ses œuvres de bienfaisance, madame Adélaïde avait encore fait allusion au terrible tremblement de terre de la Guadeloupe. Elle avait tenu, avec la reine et les princesses de la famille, une petite boutique au bazar du Palais-Royal pour venir en aide aux victimes.

— J'enverrai là-bas une part de ce que nous recueillerons aujourd'hui, conclut-elle.

Une femme de l'assemblée, une belle brune qui s'était montrée assez babillarde pendant le repas, rétorqua, le verbe haut :

— Nous aussi, nous avons de quoi faire ici pour aider des malheureux.

Mais la princesse balaya la remarque ; elle n'entendait pas développer la polémique. Pour elle, l'affaire était close.

L'après-midi commençait calmement avant que les musiciens ne s'installent pour le bal qui devait clore la journée. Un montreur d'ours, venu des lointaines Pyrénées, avait tenté de réveiller l'intérêt de gens repus occupés par leur digestion. Avec son grand bâton, il conduisait au bout d'une longue chaîne l'animal énorme qui regardait les spectateurs de ses petits yeux vifs et dansait à volonté debout sur ses pattes arrière en dodelinant de la tête. Mais bien vite, l'attraction fut délaissée, surtout quand le maître, toujours plus exigeant, devint presque brutal, compromettant une partie de sa recette.

N'en ayant cure, Thomas et Hippolyte couraient déjà plus loin ; ils avaient repéré, près d'une roulotte peinte en rouge et jaune, un couple de singes costumés qui saluaient en enlevant leurs chapeaux et dansaient au rythme du petit orgue de Barbarie, dont un garçonnet actionnait avec ardeur la manivelle. Il savait qu'il ne pourrait pas rivaliser longtemps avec l'orchestre en place pour le bal. Déjà les musiciens, installés sur une scène montée sur des tréteaux, accordaient leurs instruments dans une cacophonie redoutable, et l'enfant tout rouge redoublait d'efforts pour la couvrir.

Un parquet avait été monté par Paulo, le menuisier de madame Adélaïde ; autour, des bancs permettraient au public d'observer les danseurs. Hortense reconnut la laveuse Pélagie campant déjà sur l'un d'eux avec son grand parapluie noir qui lui servait d'ombrelle. Nul doute que, de cet observatoire privilégié, elle pourrait glaner des ragots dont elle ferait des gorges chaudes lors d'une prochaine lessive.

Assis à l'écart, deux vielleux tiraient déjà de leurs instruments des notes guillerettes. Hortense observa le jeu des mains, la droite crispée sur la petite manivelle, la gauche aux doigts agiles sur le clavier.

— A nous ! cria un homme entraînant une femme sur le parquet. Une belle bourrée ne peut pas faire de mal, tout au plus faire digérer.

— Me réserverez-vous la première danse ? N'est-ce pas un honneur de danser avec le roi de l'oiseau ?

— Mais pour qui vous prenez-vous, à la fin ? Je ne sais pas danser la bourrée !

— Va pour la première polka ! Bravo, Procule.

Procule et Jeannot étaient aussi entrés dans la danse, offrant avec l'autre couple un vrai spectacle, en virevoltant, en tapant du pied et en échangeant les cavalières selon un rythme très précis. Des figures improvisées, mais agréables à regarder pour les spectateurs qui s'agglutinaient autour de la scène.

— Regardez la demoiselle Hortense avec le vétérinaire, c'est qu'il est beau garçon !

— Et il a un métier auquel il est bien dévoué.

Pélagie et ses comparses entraient en action. Hortense croisa son regard peu amène et, comme par provocation, prit le bras de Charles et l'entraîna vers la piste de danse. Surpris, il se laissa faire.

— On tape du pied, on tourne, on échange, cria l'un des deux vielleux qui avait la voix plus chevrotante que les doigts, mais c'est bientôt la fin.

L'ensemble des musiciens avaient enfin achevé leurs accords. Les archets des violons étaient prêts et très vite, ils entamèrent une polka endiablée. Hortense mit les deux mains sur les épaules de Charles qui lui tenait la taille. Pourquoi oubliait-elle soudain rancœurs et agacements ? Si Delphine avait été près d'elle, elle lui aurait dit que c'était l'amour, mais Hortense aurait éclaté de rire. Où était le coup de foudre espéré ? Mais ces mains autour de sa taille, celles-là même qui avaient fait naître le petit veau des Raconnet, la rendaient folle, et elle ne vit même pas la scène entre Henri et Jeannot qui se disputaient Procule, pendant qu'un troisième larron plus malin, un conscrit, l'entraînait dans la danse, légère et insouciante.

Ivre de fureur, Henri, qui avait saisi le commis cuisinier par le col de sa chemise, le secouait en serrant toujours davantage sa prise. Jeannot avait viré au rouge et haletait quand, dans un sursaut, il parvint à allonger le bras et à décocher un coup de poing. Déséquilibré, Henri alla choir sur les bâtons de guimauve sagement alignés d'un petit étal qui s'écroula, entraînant toute la précieuse marchandise dans l'herbe, au grand dam du propriétaire.

— Tudieu ! Vous ne pouvez pas aller vous battre ailleurs ?

Léon avait accouru. Henri s'était relevé en frottant sa joue tuméfiée au niveau de la pommette et reprenait ses esprits.

— Est-ce à la Roquette que vous avez appris ces manières ? interrogea son oncle hors de lui.

— Ce n'est pas moi qui ai lancé un coup de poing.

— Mais vous l'aviez bien cherché !

— Et qui me dédommagera ? demandait près d'eux le pauvre marchand.

— Moi, monsieur, sachez que les Bellemaison font toujours face à leurs obligations. Ce jeune monsieur ira faire les vendanges, cela lui évitera de se battre pour faire le joli cœur.

Léon avait tendu à l'homme deux belles pièces qui scintillèrent dans sa main avant d'en rejoindre d'autres dans le petit gousset attaché à sa ceinture.

— Merci, monsieur, dit avec obséquiosité le camelot qui tirait de l'aventure tous les avantages, car il n'aurait certainement pas recueilli autant en vendant toute sa marchandise ; de plus, il était libre.

— Et vous, retournez à vos portraits ! Votre sœur se donne assez en spectacle.

— Laissez-les s'amuser, dit une voix douce près de lui.

Madame Adélaïde alla s'asseoir sur l'un des bancs, non loin de Pélagie qui n'avait pas perdu une miette de l'altercation entre Jeannot et Henri. Près d'elle vint s'installer une femme qui devait avoir l'âge de la princesse, sa dame de compagnie, aussi mal habillée qu'elle, mais bien assortie avec sa taille courtaude et son allure légèrement hommasse. Léon les regarda toutes les deux pérorer avec complicité. Comme beaucoup, il avait de la tendresse pour la sœur du roi dont le voisinage avait tant apporté alentour en bienfaisance et en distractions. Il sourit en pensant aux rumeurs d'un mariage secret avec un général dont il avait oublié le nom. L'homme avait bien du courage ! Mais les femmes pouvaient parfois cacher des talents qu'il ne fallait pas craindre de découvrir. Léon en avait parfois fait l'expérience.

25

— Mon oncle, je dois vous parler !

Hortense avait retenu Léon par la manche à l'instant où ils rentraient.

— Cela tombe bien, moi aussi. Venez dans mon bureau, répliqua-t-il d'un ton sec en poussant la porte.

Cela sentait bon la cire. Célestin avait astiqué la veille les étagères de la bibliothèque où quelques reliures récentes tranchaient car elles n'avaient pas encore acquis la patine parfois séculaire de leurs voisines. Quand Léon alluma une bougie sur son bureau, elle éclaira avec bonheur le tableau qu'il préférait : un Corot montrant un pont de Paris et les tours pataudes de Notre-Dame. Il l'avait acheté sur un coup de cœur dans la boutique de la mère du peintre, où l'avait entraîné une de ses belles amies parisiennes qui ne cessait de vanter les chapeaux chiffonnés par les mains de cette modiste réputée. Il était de bon ton de se montrer dans la plaisante boutique, installée à l'angle de la rue du Bac et du quai Voltaire, face au Pont-Royal, et drainant les plus élégantes des Parisiennes. Le peintre, dont l'atelier se situait tout près, exposait souvent là ses œuvres qui trouvaient ainsi facilement preneur.

— Que voulez-vous me dire ? questionna Léon en s'asseyant, le front barré de rides soucieuses.

— Procule est votre nièce, avança tout de go Hortense sans hésiter.

— Que me chantez-vous là ?

— C'est la fille de notre oncle Joseph. Alors, je ne voudrais pas qu'Henri en soit amoureux.

— D'où tenez-vous cette information ? interrogea Léon en s'appuyant sur le dossier de son fauteuil comme s'il pensait s'y installer pour un bon moment.

— De Procule.

— Qu'est-ce que c'est que cette fable ?

— C'est avec sa mère que l'oncle Joseph avait projeté de partir.

Abasourdi, Léon avait saisi un coupe-papier dont il triturait le manche en ivoire, un objet sur lequel son père avait déjà l'habitude de passer ses nerfs. Le quadragénaire se rappelait avoir essuyé ses reproches pour sa conduite et observé les doigts noueux jouant avec le fragile objet qui s'était, un jour, fendu, déchaînant la fureur d'André de Bellemaison. Fureur contre lui-même, certes, mais surtout dirigée contre le garçon condamné à une lourde punition dont il se souvenait encore : traduire *L'Enéide*, lui qui détestait le latin !

— Voilà une nouvelle dont je me serais bien passé, et vous allez la garder pour vous, finit-il par dire en posant sagement l'objet sur son sous-main de cuir. Quant à Henri...

Il parut hésiter et lâcha d'un ton sans appel :

— Quant à Henri, il peut comprendre qu'un

petit-fils Bellemaison ne peut s'intéresser à une fille de ce milieu.

— Mais pour qui vous prenez-vous ? explosa aussitôt Hortense. Procule est faite comme moi, ce n'est pas parce qu'elle vit dans une masure et que sa mère travaille pour gagner sa vie qu'elle a moins de mérite. Montaigne n'a-t-il pas dit que quelle que soit sa naissance, on n'est jamais assis que sur son cul ?

— Eh ! ma nièce, calmez-vous ! Vous allez réveiller toute la maison.

Si Léon avait parlé à voix basse, Hortense au contraire haussait le ton.

— Comme cela, nous pourrons claironner la nouvelle qui vous dérange tant.

— Elle ne me dérange pas. A qui allez-vous faire croire cette histoire ? Ce pauvre Magloire s'est laissé prendre dans les filets de cette Joséphine qui lui fait gober ce qu'elle veut. C'est une imposture !

Léon avait observé le couple déambulant dans les allées du parc du château, une partie de la journée, avec une complicité évidente. Un autre argument, qui lui semblait de poids, lui vint à l'esprit.

— Et si c'était vrai, croyez-vous qu'elle se pavanerait avec Magloire, l'assassin de Joseph, le père de sa fille ? Réfléchissez.

— C'est tout réfléchi !

Butée, Hortense s'était levée et dirigée vers la porte du bureau qu'elle aurait claquée si elle ne s'était trouvée face à Henri.

— Que fais-tu là ? Tu écoutes aux portes ?

— J'étais allé boire un verre d'eau à la cuisine, répliqua le jeune homme penaud.

— Tu as entendu, c'est bien : comme cela, tu sais, dit Hortense.

— Oui, Procule est notre cousine et il n'est pas bien d'être amoureux de sa cousine. L'Eglise le réprouve autant que notre société, que je m'abstiendrai de qualifier !

— Ne persiflez pas. Il n'est pas bien d'être amoureux d'une fille qui n'est pas de son milieu, gronda Léon qui avait quitté son fauteuil. Vous avez vu où cela mène, les histoires de votre oncle devraient vous rendre prudent.

— Mais ce n'est pas parce qu'il était amoureux de cette Joséphine qu'il est mort, cela n'a rien à voir ! C'est à cause de vos codes ridicules qu'il a voulu laver l'honneur de sa famille.

— Mais qui m'a donné des ergoteurs comme neveux ? interrogea Léon qui semblait soudain las. Et qui vous a appris à mépriser ces codes, comme vous dites, qui font toute notre vie ?

— Vous y croyez, vous ? Vous qui êtes tout de même autrement ouvert sur le monde, vous qui aimez les inventions d'aujourd'hui, vous qui lisez des journaux où vous trouvez la preuve que le monde change ! Et demain, ce ne sont pas vos amis terrés dans leurs châteaux qui tiendront le haut du pavé.

— Quelle mouche vous a piqué, petit morveux ? N'êtes-vous pas content de promener votre paresse à faire des dessins dans ce château qui vous nourrit grâce au travail des autres ?

Toujours à la porte, Henri n'avait pas moufté quand son oncle l'avait traité de morveux. Il avait, comme Léon, défait le nœud de sa cravate et ouvert le col de sa chemise ainsi que son gilet en peau de chamois jaune. Sa redingote bleue était fripée.

— Nous nous éloignons du sujet, dit-il dans le dos

de Léon qui avait ouvert une petite porte située dans un angle bas de la bibliothèque.

Il y prit un flacon de cristal qui scintilla à la lumière de la bougie, et un petit verre à pied qu'il posa sur son bureau.

— J'ai besoin d'un remontant, justifia-t-il en remplissant à moitié le verre.

Henri connaissait bien la réserve personnelle de son oncle. Il avait déjà bénéficié de cette poire exceptionnelle.

— Je ne vous en sers pas, pour ne pas vous brouiller encore davantage les idées, dit Léon en posant doucement le cabochon qui fermait le flacon. C'est votre père qui vous a mis tout cela dans la tête ?

— Je n'ai pas les idées brouillées du tout et mon père n'y est pour rien. Mon séjour à la Petite Roquette m'a peut-être ouvert les yeux, comme la vie que nous avons eue, avec ma sœur, qui n'était pas toujours facile.

— Laissez notre père en dehors de tout cela, dit Hortense qui s'était laissée tomber dans un des fauteuils dont les accotoirs dessinaient une belle volute.

Elle avait abandonné ses chaussures et agitait ses orteils soudain libérés avec une certaine volupté.

— Soit, admit Léon en buvant une première gorgée de la liqueur.

Il laissa s'écouler quelques secondes et ajouta calmement, dans un esprit de conciliation, comme s'il regrettait de s'être échauffé :

— Je vous demande de la discrétion, nous n'allons tout de même pas répandre cette nouvelle qui ne repose sur rien.

— Sur rien ? Mais vous mettez en doute la parole de Joséphine ?

— Je cherche quel intérêt elle aurait à parler aujourd'hui. A moins que, pour Magloire, ce ne soit une ultime vengeance. Il a dû la payer.

— Vous me décevez, mon oncle, dit Hortense, votre mauvaise foi est insolente. Expliquez-moi ce qui vous gêne dans cette nouvelle. Le récit de madame Beaumont, abandonnée par votre frère si parfait, au-dessus de tout soupçon, le héros de la famille depuis tant d'années, ne vous avait-il pas ouvert les yeux ?

Léon but une nouvelle gorgée. Il semblait réduit à quia par sa nièce qui, ne le quittant pas des yeux, exerçait sur lui une pression intolérable. Dire qu'il avait projeté d'emmener ce soir Delphine à Vichy et qu'elle avait refusé ! Il savait bien que la discussion déplaisante de cette soirée manquée l'aurait forcément rattrapé, mais son tempérament le conduisait souvent à reporter à plus tard ce qui le dérangeait.

— Alors, que proposez-vous ? finit-il par dire en se servant une nouvelle dose de poire.

Ce n'était pas raisonnable car il avait soudain très mal à la tête, mais il savait qu'il trouverait de quoi se soigner, avant de se coucher, dans la petite armoire de la buanderie où Apolline rangeait tous les remèdes que sa mère entamait et n'achevait jamais.

C'est Henri qui répondit. Il était debout, négligemment appuyé à la bibliothèque devant la collection de dictionnaires accumulés par un aïeul, latiniste et helléniste distingué, féru de vocabulaire.

— Je crois avoir la preuve de notre parenté avec Procule.

— La preuve ? interrogea Hortense avant même que son oncle ne réagisse.

Elle avouait sa surprise. Que pouvait bien avoir comme preuve son frère singulièrement apaisé ?

— Oui, la voilà. Le jour de mon arrivée ici, Procule est venue m'aider à me décrasser – et Dieu sait que j'en avais besoin. Elle avait des produits pour tuer les poux et la teigne. Et elle m'a vu torse nu.

— Et alors ?

— Elle a vu mon grain de beauté sur l'épaule.

— Et alors ? répéta Léon de plus en plus fébrile.

— Elle m'a dit avoir le même. N'est-ce pas une preuve ?

— La belle affaire ! J'en connais, moi, des femmes qui ont des grains de beauté et qui ne sont pas toutes de la famille Bellemaison, heureusement.

Hortense s'était levée. Elle se souvenait que madame Beaumont lui avait parlé de ce grain de beauté que Joseph avait aussi.

— Mon oncle, je vous en prie, rendez les armes et acceptez la vérité.

— Soit, finit par dire Léon, après un silence qui avait paru une éternité. Mais je vous propose d'en reparler demain, l'esprit reposé !

— Quant à ma paresse, sachez, mon oncle, que je vais aller suivre les cours de médecine à Clermont, précisa alors Henri dont la décision avait été prise la veille. J'ai hésité entre vétérinaire et médecin, mais j'ai choisi. Je vais accompagner monsieur Boispré ces prochains jours, je lui en ai parlé lors de sa dernière visite à grand-mère.

— Vous savez quand même qu'un Bellemaison n'a pas besoin de travailler, répliqua Léon dans un sursaut surhumain. Vous me faites damner.

— D'abord, je ne suis pas un Bellemaison, mais un Préaumont. Là aussi, nous en reparlerons, je crois que je ne peux plus vivre comme mes lointains aïeux ! Ni même comme vous.

Refusant un nouveau débat à l'insolent, Léon s'était levé, abandonnant sur son bureau et la carafe de liqueur et le cendrier où était posé le mégot de l'ultime cigare de la journée. Il se sentait las, très las et soudain presque vieux. Toutes ces histoires l'ennuyaient et il en aurait presque voulu à ses neveux, qu'il aimait pourtant profondément, et dont il avait assez de lucidité pour savoir qu'ils représentaient l'avenir de Bellemaison. N'était-il pas naturel qu'ils aient envie de vivre avec leur temps ?

Les jours qui suivirent furent calmes. Personne n'aborda le sujet qui fâchait. Henri quittait la maison le matin, rentrait tard le soir, heureux de son apprentissage auprès de l'humaniste qu'était Paul Boispré, qui avait toujours une anecdote intéressante à lui raconter. Le contact avec le malade ne lui déplaisait pas. Léon disparaissait à son habitude, Hortense vaquait à ses occupations, montant avec ardeur Jeune Fou pour des chevauchées au cours desquelles elle espérait toujours croiser le chemin de Charles Hetty. Mais en vain !

Aussi, quand, ce matin-là, dès potron-minet, elle avait ouvert un œil, elle avait su qu'elle avait l'esprit déjà trop éveillé pour se rendormir. C'était sans doute l'excitation de la journée à venir, sa première chasse à courre en forêt de Randan avec les princes de Joinville et de Montpensier, conviés à cette intention par leur tante, madame Adélaïde. Une perspective qui ne lui laissait pas le loisir de traîner au lit.

Elle s'étira avec volupté, tira à elle l'oreiller posé sur la carpette au pied du lit et le glissa sous sa tête. Elle était bien et se remémora doucement les événements de la veille.

Après avoir ruminé la nouvelle de la filiation de Procule avec son frère, Léon s'était décidé à aller voir Joséphine. Accompagné d'Henri et d'Hortense, il avait franchi le seuil de la petite maison dont le jardin avait des senteurs de fin d'été. Joséphine, seule, n'avait pas caché sa surprise, même si Procule lui avait expliqué qu'Hortense lui avait demandé de dénuder son épaule, tout en lui offrant la sienne. Elles avaient pu comparer les fameux grains de beauté presque identiques et, interrogée, Joséphine avait bien confirmé à sa fille que Joseph avait le même. Il faut avouer que, dans la maison, rien n'était plus pareil depuis l'arrivée de monsieur Magloire, comme disait madame Fariboles. Celle-ci avait d'abord regardé d'un œil méfiant les attentions qu'il prodiguait à Joséphine, puis elle s'était familiarisée avec cet homme écorché vif. Après en avoir beaucoup douté, elle le croyait maintenant animé de véritables bonnes intentions à leur égard.

Léon n'avait pas barguigné. Ce n'était pas son tempérament. Face à cette femme qu'il n'avait jamais vraiment regardée et qu'il découvrait soudain belle dans sa simplicité et sa timidité, il avait trouvé les mots pour dire que désormais, il considérerait Procule comme sa nièce, même s'il n'entrevoyait pas encore vraiment ce que cela sous-entendait. Il n'avait pas résolu la question de sa mère. Lui dirait-il la vérité ? Il n'avait pas pris de décision et quand Joséphine avait expliqué, après les avoir invités à s'asseoir autour de la petite table de bois patiné par le temps, que Magloire souhaitait exercer sur la petite une tutelle officieuse, Léon avait acquiescé volontiers. C'était une solution qui donnait un statut à sa nouvelle nièce, sans bouleverser la vie des Bellemaison. Et si cela convenait à Magloire...

Le frère de Joseph avait alors ressenti comme un soulagement. La révélation de Delphine, quelques mois plus tôt, avait été un choc, qu'il s'était efforcé avec sa légèreté habituelle de minimiser et même d'effacer, même s'il en ressentait toujours les effets.

Hortense repoussa à regret les draps. Elle frissonna, la moiteur du lit lui manquait déjà. Elle avait fait ajouter une courtepointe car les nuits avaient fraîchi. La dernière belle journée de chaleur avait été celle de la fête de bienfaisance de la princesse ; depuis, le temps avait tourné ; la rosée était impressionnante le matin et Hortense avait dû se couvrir davantage pour ses chevauchées matinales avec Jeune Fou.

Assise sur son lit, elle décela un fin rayon de soleil à travers les rideaux. Elle entendit Henri qui fermait la porte de sa chambre et faisait craquer le parquet du couloir. Sans doute allait-il rejoindre Paul Boispré dont il suivait maintenant la tournée matinale. Il était rentré deux jours plus tôt, bouleversé. Madame Raconnet avait perdu son bébé que le médecin n'avait pas pu ranimer. Il était né trop tôt et trop petit. Hortense se promit de lui faire une visite le lendemain.

Aujourd'hui, elle suivrait la chasse à courre qui les conduirait jusqu'au relais de Maulmont construit par la princesse ; celle-ci avait fait une visite à madame de

Bellemaison trois jours plus tôt. Elle attendait l'arrivée de ses neveux et avait raconté en riant que maintenant ils étaient trop grands pour que leur mère lui adresse les comiques recommandations faites autrefois. En effet, sa belle-sœur, la reine, la priait à l'époque de mettre sous clé certains livres, comme ceux de Rabelais ou Brantôme, Juvénal ou Boccace, qui excitaient la curiosité des garçons. D'où l'exaspération de la princesse qui s'empressait de répondre sans détour que si la reine s'offusquait de ces lectures « malsaines », c'est qu'elle-même avait bien dû les lire un jour. La princesse était ravie de raconter l'histoire en dégustant une tasse de thé servie dans cette belle porcelaine anglaise dite de Minton, qu'Apolline devait ensuite laver avec précaution, tant elle était fine et fragile. Une occasion pour la cuisinière d'exprimer sa mauvaise humeur !

Pieds nus, Hortense alla tirer les rideaux et ouvrir les volets. La fraîcheur entra dans la chambre. Sur le fauteuil était préparée la tenue d'amazone que Léon avait offerte pour l'occasion à sa nièce dans la belle boutique d'une marchande de modes de Vichy. Une jupe très longue dans un drap de qualité gris foncé sous lequel elle cacherait un pantalon et une veste très ajustée dans un ton plus clair. Le chapeau haut de forme qui complétait la tenue avec un voile gris perle était posé sur le guéridon voisin. Elle avait essayé l'ensemble la veille et s'était admirée dans la psyché où elle pouvait se voir en pied. Avec une seule idée en tête : comment Charles Hetty la trouverait-il ? Elle était déjà inquiète de ses commentaires ironiques.

En effet, il participerait à cette chasse. Il le lui avait dit lors de la fête de madame Adélaïde. Elle n'avait pourtant pas beaucoup pensé à lui ces derniers jours, tout occupée qu'elle était avec l'histoire de Procule. Et ce matin, elle ressentait le bien-être de l'avoir menée à bien. Elle aurait parié que son oncle avait même pris du plaisir au moment passé dans la maison des Fariboles. L'atmosphère n'y était comparable à aucune autre maison de paysans. Aucune odeur aigrelette, ni moisie et souvent désagréable comme il en avait déjà respiré avec écœurement, mais un fumet émanant de la marmite suspendue à la potence de la cheminée, dont il aurait volontiers soulevé le couvercle, comme il le faisait dans la cuisine d'Apolline. Aucun désordre non plus, mais une impression de vie bien rangée où tout avait sa place. Il avait été impressionné par les étagères regorgeant de bocaux et de corbeilles où les Fariboles puisaient les ingrédients destinés à soigner leurs malades. Et quand Joséphine avait servi un nectar de fruits rouges à leur façon, Léon, soudain très à l'aise, s'était répandu en compliments. Enfin, lorsque Procule était rentrée avec sa grand-mère, Léon lui avait annoncé presque naturellement que désormais, il la considérerait comme sa nièce, au même titre qu'Hortense. Il avait simplement ajouté qu'il ne savait encore comment il avouerait la nouvelle à sa mère. Mais madame Fariboles, qui connaissait bien le caractère de la vieille dame, s'était récriée que cela n'avait guère d'importance et qu'il ne convenait pas de mettre la révolution à Bellemaison, ce qui avait beaucoup fait rire Léon. La « révolution à Bellemaison », décidément, madame Fariboles avait des expressions plaisantes !

« Elle vous fera une apoplexie, se couchera pendant une semaine, fera venir monsieur Boispré, se bourrera de remèdes et mènera une vie impossible à toute la maisonnée… »

Ne se faisant guère d'illusions sur la vieille dame, elle la connaissait bien ; tous avaient éclaté de rire avec complicité.

Ce matin-là, soulagé et heureux d'avoir presque résolu cette affaire qui aurait pu gâcher la vie de la famille, Léon était de fort bonne humeur. Ils rejoignaient allégrement le carrefour d'allées cavalières où se tenait le rendez-vous matinal de la chasse à courre. Leur galop rapide ne les avait pas empêchés d'entendre au loin la rumeur des matins de chasse ; au-delà de la courbe des vallons et des chemins sableux, l'excitation gagnait le chenil, et une clameur montait lentement, emplissant peu à peu la forêt où l'automne naissant apportait déjà les tons de sa palette dorée. Les brumes matinales cédaient lentement aux avances insistantes du soleil.

Le premier cavalier repéré par Hortense fut Charles Hetty, qui vint les saluer avec un large geste de son chapeau de chasse en feutre sombre, et la complimenta sur sa tenue avant de s'adresser à Léon :

— Permettez-vous que j'accompagne mademoiselle Hortense ?

— A votre gré. Hortense est bonne cavalière, comme vous le savez, et vous suivra sans hésiter, mais si je vous la confie, ne lui faites pas courir de risque. C'est sa première chasse.

— Cela va de soi, répondit Charles avec cette voix un peu sèche qu'il semblait cultiver pour se donner de l'autorité. Jeune Fou est robuste et endurant, mais il faudra le ménager et lui laisser trouver son rythme.

Léon observa ce garçon singulier qui semblait se soucier davantage du cheval que de la cavalière. Son état de vétérinaire, sans doute.

Tout autour, piqueux, chiens et chevaux piaffaient. Retenue par des valets, habillés de rouge et ceinturés d'or, la meute des chiens arrivait, impatiente malgré les appels au calme. Les deux princes étaient là aussi, entourés de nombreux cavaliers, tous fringants dans leurs tuniques rouges galonnées d'or. Ils se ressemblaient beaucoup de traits ; séduisants, ils se distinguaient cependant, l'un, Joinville, par un collier de barbe sombre, l'autre, Montpensier, par une fine barbe frisée, d'un joli blond vénitien. Côte à côte, montés sur des chevaux racés à la robe sombre mais nerveux, qu'ils tenaient avec assurance, ils écoutèrent les rapports de la quête du matin par les valets des limiers tenus en laisse, qui avaient déterminé l'endroit où l'animal avait passé la nuit. Droits dans leurs bottes, imbus de leurs responsabilités, ils forçaient la voix pour que leurs précieuses indications soient entendues du plus grand nombre.

— Princes, j'ai connaissance d'un beau dix-cors, accompagné de quatre ou cinq biches au rond des Prugnes, je les crois bien rembuchés.

— Princes, nous avons connaissance d'un beau cerf, mais en mauvaise voie. Il sera difficile à attaquer.

— Princes, nous avons connaissance d'un très beau cerf aux bois puissants et noirs sous la voûte de feuillages en direction du nord.

Se concertant à peine, les maîtres d'équipage conjoints selon la volonté de leur tante, qui tenait beaucoup à ce que chacun participe au même niveau, Joinville et Montpensier optèrent pour la première annonce, celle qui leur semblait la plus séduisante. Tout le monde parut, un instant, retenir son souffle, même les chiens qui sentaient pourtant l'imminence du défi bientôt lancé. Le soleil avait vraiment percé et venait jusqu'à la clairière où ses rayons jouaient avec le rouge des tuniques, le bai des chevaux ou le noir, feu et blanc des chiens. Une foule de curieux à cheval et à pied attendait maintenant impatiemment le départ qui ne tarda guère.

Maîtres et piqueux rangés de chaque côté, celui dont la proposition avait été retenue lança soudain, en tournant son cheval, la toque à la main :

— A la voie, mes beaux !

Galvanisés, les chiens s'élancèrent en un flot continu, hurlant à pleine voix. Les valets criaient aussi, accompagnés par les sonneries des trompes ponctuant les mouvements.

— En reconnaissance, mes beaux ! Fripon, Courtaud, Bel-Œil, en reconnaissance, là, mes beaux !

Les valets encourageaient leurs chiens en les appelant par leur nom, leur insufflant la volonté farouche de débusquer, même si l'animal convoité semblait avoir pris une grande avance. Les trompes sonnaient le bien-aller, qui confirmait les chiens dans la bonne voie.

A l'affût comme tous, sans trop savoir à quoi correspondaient les mouvements parfois contradictoires de la meute, Hortense avançait avec Charles au milieu des frondaisons qui avaient grignoté le clair des bois – le printemps chaud et pluvieux y avait contribué – et rendaient presque délicate la progression parmi les grandes futaies. Suivre la meute était tout un art au milieu des fougères et des bruyères qui rosissaient le sol et quand un veneur annonça triomphalement « Tayaut, tayaut ! » et donc la vue de l'animal, la meute parut redoubler d'ardeur et d'aboiements. Hortense et Charles virent tout à coup devant eux l'animal franchir le sentier d'un seul bond, et derrière lui le flot des chiens criant à pleine gorge. Rapide comme une flèche, le cerf repassa juste devant les chevaux d'Hortense et de Charles ; Jeune Fou surpris fit un écart qui faillit jeter à terre la jeune fille ; attentif, Charles avait saisi la rêne et ramenait l'animal au calme.

— Merci, chuchota Hortense qui avait eu peur mais ne l'aurait jamais avoué. Que se passe-t-il : les chiens vont dans le sens contraire du cerf ?

— La sonnerie annonce l'abandon, ce n'était pas le bon cerf.

— Tant mieux, il était si beau, murmura Hortense.

— Si vous ne pensez qu'à sauver le cerf, vous ne pouvez chasser. N'oubliez tout de même pas que l'idée même de la chasse, c'est de rattraper l'animal et de le tuer, répliqua Charles dont les yeux brillaient d'une ardeur inconnue.

— Je n'aime pas le sang !

— Soit, alors rentrez chez vous !

— Bien, je m'en vais.

— Non, je n'ai pas voulu dire cela.

— Mais vous l'avez dit !

Pourquoi fallait-il qu'ils ne puissent passer un moment ensemble sans se chipoter ? Hortense soupira. Charles l'observait de ce regard qui la glaçait et l'excitait à la fois. Puis il dit d'un ton autoritaire :

— Regardez plutôt !

Les chiens avaient été regroupés à quelques pas dans l'allée cavalière. Les valets de limiers les calmaient en criant : « Arrête, arrête ! » Puis, tout à coup, nerveuse et fière, la meute se lança de nouveau à la poursuite du cerf primitivement choisi et sans doute localisé.

— Au coûte, au coûte ! criaient les valets. Il a tapé ses bois là, ici, plus loin !

— Il est par là, dans le layon près de l'étang, signala un cavalier qui s'enfonça à son tour à la suite des chiens toujours bien ameutés.

— Il met tout en œuvre pour ruser et emmêler ses voies, dit Charles. Avec de la chance et de l'intelligence, un animal pourra toujours avoir raison des hommes et des chiens. Chacun rivalise de ruse et d'endurance.

— Tant mieux, lança Hortense avec un sourire enjôleur que ne vit pas Charles, dont le cheval paraissait impatient. Allons-y !

— Ils sonnent le débucher, la meute en plaine va vers un autre massif forestier.

Hortense était soudain impatiente d'en voir davantage et encouragea d'un coup d'éperons Jeune Fou qui suivit avec plaisir la jument de Charles. Même au galop, il serait délicat de rejoindre les chiens en nage lancés dans une course éperdue ; ils avançaient au bruit des sonneries qui retentissaient çà et là et relançaient la course. Cela pouvait durer des heures, comme un jeu dont chaque acteur tenait son rôle, respectant celui de l'autre, mais n'ayant en tête qu'une issue. Les chasseurs, amener l'animal à sa reddition, l'animal, amener les chasseurs à renoncer.

Depuis le layon où ils s'étaient arrêtés quelques instants pour reposer leurs montures, Hortense et Charles, qui n'avaient plus échangé une parole, virent passer les princes et leur équipage.

— Ils vont en direction de Maulmont, dit Charles, suivons-les. Vous devez avoir faim.

Hortense n'aurait jamais avoué qu'elle regrettait les tartines qu'Apolline lui avait préparées le matin et qu'elle avait dédaignées. Le grand air l'avait creusée. L'allée cavalière les menait vers le nord ; ils débouchèrent soudain sur un attroupement de voitures. Leurs propriétaires avaient attendu les chasseurs à l'entrée d'un parc qui entourait un vaste corps de logis flanqué d'ailes en retour, le relais de Maulmont, que madame Adélaïde avait fait construire par l'architecte du château de Randan, aucune propriété ne pouvant se concevoir dans une région aussi giboyeuse sans relais dédié à la chasse.

La princesse était d'ailleurs là pour accueillir ses invités, auxquels se joignirent ses deux neveux dont les joues avaient rosi depuis le matin. Des valets présentaient des plateaux de verres et des tables offraient des victuailles appétissantes. Mais l'équipage ne ferait qu'une courte halte, le cerf n'attendrait pas. Un valet de chiens vint parler aux princes qui se concertèrent un instant puis coururent à leurs chevaux, entraînant avec eux les plus courageux.

— Je prendrai le temps de fumer un cigare, dit Léon qui avait retrouvé Delphine, et en avait vu d'autres. Comment ma nièce s'est-elle comportée ?

Charles répondit que tout allait bien et qu'ils repartaient sans tarder, sauf si Hortense ne voulait plus suivre. C'était mal la connaître ; elle ne renoncerait pas, ne souhaitant pas donner au jeune homme l'occasion de déceler ses faiblesses.

— Alors, allons-y.

Galamment, il l'aida à prendre place sur la fameuse selle qui avait, autrefois, appartenu à sa mère. Ses mains s'attardèrent autour de sa taille plus que nécessaire et leurs regards se croisèrent, telles deux lames d'épée, prêts à créer des étincelles.

— Soyez prudents, cria Delphine dans leur dos.

— Vous croyez que Charles est amoureux d'Hortense ? interrogea Léon en soufflant des volutes de fumée que Delphine chassa.

— Lui, je ne sais pas, mais elle l'aime, j'en suis sûre.

— Comment pouvez-vous en être sûre ? Vous m'amuserez toujours, répondit Léon en offrant son bras à Delphine.

— Et vous, abandonnez-vous la chasse ? minauda-t-elle.

— Moi, vous savez, un daguet et de jeunes biches... j'ai peut-être mieux à faire. M'emmènerez-vous dans votre voiture ? Je vous trouve très belle, me direz-vous votre secret ?

— Si je vous dis : le baume de la Mecque, dilué avec de l'amande douce, cela vous va ? Et vous, me raconterez-vous votre visite chez les Fariboles ?

Léon resta le cigare en suspens. D'où Delphine tenait-elle ses informations ? Hortense avait-elle déjà fait un rapport ? A moins que ce ne soit ce maudit Magloire...

— Soit, vous saurez tout !

Pendant ce temps, Hortense et Charles avaient rejoint la chasse. Après les hurlements des chiens et les sonneries des trompes qui avaient relancé la chasse, un silence étrange semblait soudain s'être installé. Seuls, haut perchés dans ces ramures qui n'en finissaient pas, les oiseaux paraissaient encore avoir voix au chapitre et n'auraient interrompu leur conversation sous aucun prétexte. En tout cas, celui du mauvais pas dans lequel pouvait s'être mis un cerf ne les émouvait pas. Il y avait bien d'autres nouvelles dans le ciel plus urgentes à transmettre, comme ces nuages qui s'amoncelaient à l'horizon.

Deux valets qui retenaient des chiens firent signe aux cavaliers de ralentir.

Le spectacle valait la quiétude soudaine qui succédait à toute l'agitation du matin. Il fallait presque prêter l'oreille pour entendre le brame du cerf, superbe et majestueux, offrant son cri de guerre ou d'épuisement, les oreilles basses, le poil où perlait la sueur, le mufle au vent, les bois couchés sur les épaules.

Entre deux chênes qui avaient le bon goût de dresser leurs branches vers le ciel, Hortense vit l'animal las plier soudain les genoux et se mettre à la reposée sur un tapis de mousse, tout en redressant sa large empaumure. Autour de lui, en cercle, les biches suivies de leurs faons folâtres, indifférents au drame qui allait se nouer devant eux, puis, sortant de l'ombre, une vieille daine reniflant le vent, les oreilles aux aguets. Une image comme Hortense en avait vu dans le traité de cynégétique qu'elle avait feuilleté la veille dans son lit. Elle y avait appris que « courre » voulait dire « à cor et à cri », et le vacarme de la matinée l'avait confirmé.

Puis, tout à coup, un vent de folie souffla.

— Morbleu, tayaut, tayaut, il a bondi !

Les chiens carillonnaient à pleine gorge.

— Rêveur, Gabelou !

Le soleil dominait encore la cime des grands chênes, mais l'heure du déclin allait sonner, inéluctable, comme la fin du cerf qui poursuivait sa folle course en claquant ses bois contre les branches et revint soudain comme une flèche, les oreilles couchées, prêt à charger.

— Il va à l'étang ! hurla un piqueux depuis la vaste clairière qui ouvrait sur la pièce d'eau dont la berge était dissimulée par des joncs gigantesques.

— La sonnerie du bat-l'eau ! Allons à l'étang, cria Charles, la cravache brandie.

L'animal suivi de grappes de chiens, souillé, mouillé de sueur, haletant, que ses jarrets ne semblaient plus porter, s'y jeta. Derrière lui, deux piqueux sautèrent dans une barque ; l'un d'eux avait la dague à la main, l'autre actionnait les rames avec énergie, pendant que les trompes sonnaient déjà l'hallali. Désormais, aux abois, la bête allait mourir. Quand le piqueux lui planta sa dague dans la gorge, une traînée rouge colora immédiatement l'eau. Une autre barque avait été mise en branle et deux piqueux rallièrent les premiers pour les aider à sortir la bête de l'eau avant de la traîner dans la clairière.

Retenus par les valets, les chiens piaffaient, enchevêtrés sur plusieurs rangs ; combien pouvaient-ils être, songea Hortense, cinquante ? une centaine ? Les uns, plus patients, étaient couchés, résignés, voire presque indifférents, d'autres pointaient le nez au vent, d'autres encore nerveux fouissaient la terre de leur truffe à l'affût d'une ultime odeur ; tous attendaient avec impatience le meilleur moment de la journée, la récompense. Rangés en cercle autour des princes, les joueurs de trompe sonnèrent les imposantes fanfares de la curée. Le premier piqueux accompagné des princes, maîtres d'équipage, leva d'un coup de dague habile le pied droit, le posa sur sa toque et se retourna vers l'assistance, parut hésiter un instant, puis avança vers Hortense à qui il offrit la chose.

Retentissait, solennelle, la fanfare des honneurs pendant que, presque aussi surprise qu'écœurée, la jeune fille masquait difficilement son dégoût face au présent dont Charles se saisit. Au milieu du cercle, d'une adresse diabolique, le piqueux enlevait, en un tournemain maintenant, cuissots, épaules et filets, puis, abandonnant la carcasse fumante recouverte par la nappe, la peau à laquelle la tête restait attachée, il fit signe aux valets qui lâchèrent la meute. C'était la curée, saluée par une nouvelle sonnerie. Enfin gratifiés après tous ces efforts, les chiens se partageaient l'animal.

Une dernière fanfare sonna les adieux des maîtres. C'était fini. Les princes saluèrent l'assistance et remontèrent au trot l'allée cavalière en direction de Maulmont. La journée avait été belle, les chasseurs avaient été récompensés avec cet animal vaillant dont ils avaient eu finalement raison. Madame Adélaïde serait satisfaite. Toutes les chasses ne se terminaient pas de façon aussi favorable.

Soulagée, Hortense flatta de la main l'encolure de Jeune Fou et, d'une fine pression, l'invita à partir. Derrière elle, Charles lança à son tour Châtaigne en gesticulant ; l'ignorant, elle guida le cheval vers un sentier. Il la rejoignit et la dépassa, parut s'envoler soudain pour franchir un petit talweg, mais la jument manqua le sommet et, soudain déséquilibrée, heurta le talus qui céda sous son poids. Jeune Fou hennit de terreur ; Hortense cria. Devant elle, la jument gisait les quatre fers en l'air au fond du fossé ; à côté d'elle, désarticulé, les mains encore crispées sur les rênes qui avaient cassé, Charles reposait sur le dos.

Affolée, Hortense avait sauté à terre ; malgré ses bottes légères qui s'enfonçaient dans le lit de feuilles, elle parvint jusqu'à Charles et se pencha sur lui. Elle le crut mort un instant, mais il gémit et bougea une main dont elle défit les lanières de cuir.

— Charles, je vous en supplie, répondez-moi, Charles...

26

Les valets de chiens, alertés par Hortense revenue comme une furie à l'endroit de la curée, avaient confectionné à la hâte une civière de fortune pour y installer le blessé qui râlait faiblement. Cela faisait maintenant combien de jours que Charles avait été ramené dans cette chambre ?

Hortense ne savait plus. Elle ne savait plus rien depuis l'instant du drame où sa vie avait basculé. Elle avait suivi, comme un automate, la charrette, amenée d'urgence de Maulmont, sur laquelle avait été posé Charles, inerte, sans vie. Un cauchemar qu'elle revivait quand enfin elle trouvait un sommeil qui la fuyait depuis cet instant funeste.

Désormais, chaque jour, elle veillait le malade qui n'avait pas repris connaissance ; elle bassinait ses tempes d'un linge trempé dans une eau fraîche et lui parlait tout doucement pour le ramener à la vie, cette vie qu'elle voulait passionnément partager avec lui. Elle le lui avait dit la première fois où elle s'était retrouvée seule près du lit dressé dans une chambre de Bellemaison où elle avait obtenu de l'installer, prétextant qu'il ne pouvait être abandonné seul dans la petite maison qu'il habitait dans la Grand-Rue de

Randan. Léon avait accédé à sa demande comme à toutes les exigences formulées depuis le jour tragique. Attentive et délicate, Delphine y avait veillé avant de reprendre la route pour Clermont où Thomas et Hippolyte devaient retrouver l'école.

« Je l'aime, avait sangloté Hortense dans les bras de son amie venue faire ses adieux avant de rentrer.

— On aime souvent ce qui est inaccessible, avait répondu la mystérieuse Delphine.

— Je ne pourrai vivre sans lui », avait murmuré Hortense.

Son amie l'avait regardée avec tendresse avant de lui dire à son tour :

« On croit cela, puis le temps passe et la vie reprend le dessus, vous verrez. Charles est toujours là, la médecine fait parfois des miracles.

— Tout est de ma faute.

— Que me chantez-vous là ?

— C'est moi qui l'ai entraîné dans ce sentier. »

Delphine l'avait apaisée et à présent, chaque jour, une lettre arrivait de Clermont, pleine de réconfort et de conseils. De plus, elle avait tenu sa promesse d'envoyer un médecin clermontois.

D'emblée, Paul Boispré n'avait pas laissé beaucoup d'espoir. Il avait examiné le jeune homme en commentant la situation pour Henri, projeté de façon dramatique dans le vif du sujet. Charles avait subi un choc à la tête dont il ne voyait pas l'issue, sinon la pire. Ses membres ne répondaient guère aux sollicitations, laissant supposer des lésions internes qu'il ne pouvait identifier. Appelé en renfort par son confrère sur les instances de Léon, un médecin de Vichy avait confirmé le diagnostic, en insistant sur la nécessité de n'être ni optimiste ni pessimiste. Tant qu'il y avait souffle, il y avait espoir. Il avait parlé du pouls intermittent et faible, des suées qui attestaient une fièvre également intermittente, et avait mis en place un traitement un peu différent, à base de morphine.

« Aussi soporifique que calmante », avait-il expliqué en lissant sa barbiche blanche.

Cela n'avait rien changé et c'était lui qui avait adressé les infirmiers qui se relayaient au chevet du malade la nuit. Il aurait souhaité transporter le blessé à l'hôpital de Vichy, mais Hortense s'y était opposée et le vieux médecin s'était incliné. Quand, répondant aux sollicitations de Delphine, deux praticiens clermontois s'étaient présentés, un bel après-midi où, après une tempête qui avait secoué la maison et le parc toute une nuit, le soleil avait fait une apparition, ils avaient, eux aussi, émis des avis réservés. La réputation de Jean-Baptiste Lavort lui avait valu d'être appelé quinze ans plus tôt justement à Maulmont pour soigner le jeune prince d'Aumale ; connu pour son caractère aussi généreux que rude, il ne cacha guère son impuissance. Son cadet, Victor Fleury, ne fut pas plus encourageant, surtout quand, hochant une tête au front déjà dégarni, il fit comprendre que même si le malade se réveillait, il serait sans doute dans un triste état. Leur déplacement avait au moins permis à Léon de présenter son neveu à Lavort, directeur de l'école de médecine, qui avait vivement encouragé le jeune homme dans ses intentions.

« Nous rentrons le 3 novembre, vous avez le cœur bien accroché ? Alors rendez-vous dans notre amphithéâtre pour l'anatomie et, à côté, la dissection. N'oubliez pas votre sarrau noir et votre tablier blanc pour les visites, si vous voulez vous faire bien voir de notre infirmière toute-puissante, celle qui vous apprendra à confectionner aussi bien les cataplasmes que les chandelles. »

Henri avait été impressionné et avait raccompagné les deux médecins jusqu'à leur voiture que le cocher avait activée en fouettant doucement le cheval gris pommelé. Léon était venu le rejoindre et lui avait posé affectueusement la main sur l'épaule en murmurant :

« C'est un beau métier que vous avez choisi.

— Si je pouvais sauver Charles... avait répliqué Henri, la fièvre dans les yeux.

— Ne soyez pas trop présomptueux. La médecine va faire des progrès, j'en suis sûr, mais il faut être patient. »

Au fond, Léon était fier de son neveu. Il avait oublié ses réticences du fameux soir de la révélation d'Hortense. La vie avait changé et Henri avait raison de ne pas rester à la traîne.

Hortense passait ses journées dans la pénombre, pieusement entretenue pour ne pas fatiguer le malade, les rideaux presque fermés, devant une fenêtre entrouverte les jours de soleil. Charles y reposait sur un lit à crosse en noyer, couvert d'un drap et d'une fine courtepointe de coton blanc piqué, sur laquelle était ajouté la nuit un édredon de plumes légères.

Cette chambre d'angle du premier étage, d'habitude inoccupée, où elle n'avait à peu près jamais pénétré auparavant, avait un plan carré. Un chiffonnier, trois chaises cannées, une commode, une table de nuit en composaient le mobilier habituel, avec un petit bureau plat et une chaise longue que Léon avait fait installer pour sa nièce. Il l'avait récupérée dans une autre chambre et l'avait appelée « petite duchesse », comme la nommait autrefois une de ses grands-mères qui y avait passé beaucoup d'heures à la fin de sa vie. Le gros fauteuil associé à un long tabouret mobile permettait en effet de se reposer vraiment.

Hortense regarda sur la cheminée la pendule Louis XVI qui n'avait plus été remontée depuis longtemps et qu'elle avait remise en marche pour rompre la monotonie et apporter un peu de vie, mais la machine était capricieuse ; entre deux candélabres de même époque, elle sonna quatre heures.

— Déjà ou seulement ? murmura-t-elle.

Le temps n'avait plus d'importance. La jeune fille s'aperçut qu'elle s'était assoupie. Le livre qu'elle avait pris dans la petite bibliothèque ménagée dans le mur opposé à la commode avait glissé sur les lattes en chevrons du parquet. Elle le ramassa ; son oncle avait plaisanté sur son choix, *Lettres à Lucilius* de Sénèque ; il lui avait dit que son père le lisait en latin et qu'il exigeait que ses enfants apprennent des passages par cœur quand il jugeait leur conduite indigne. Depuis, il n'avait jamais rouvert cet ouvrage dont l'introduction vantait l'apprentissage de la vie.

« Je me souviens seulement, avait ajouté Léon, non sans une pointe d'émotion, que mon père m'a dit le jour de la mort de Joseph que grâce à Sénèque, il avait compris la nécessité d'accepter son destin autant que la maîtrise de soi. »

Hortense soupira. Elle n'en était pas encore là. Elle quitta le fauteuil et ses coussins moelleux, s'approcha de Charles, lui saisit la main qu'elle baisa avec passion en murmurant :

— Réveille-toi, je t'en supplie.

Combien de fois lui avait-elle intimé cet ordre depuis deux semaines ? Elle avait tout essayé, la douceur, la brusquerie... Il reposait dans une quiétude absolue, comme s'il avait décidé de laisser aller le monde sans lui pour toujours. Il était très pâle, et ses pommettes faisaient chaque jour davantage saillie sous la peau parcheminée de ses joues. Sur le front, il avait encore la marque de la croix d'huile bénite qu'y avait tracée le curé venu le matin apporter le sacrement des malades, encadré de deux enfants de chœur. Bourru, il avait sévèrement toisé Hortense, une paroissienne capricieuse, qu'il ne voyait pas souvent, puis était sorti, escorté par ses enfants de chœur dont l'un avait fait, malgré lui, tinter la clochette, une bévue qui avait mis le feu à ses joues rouge coquelicot.

Hortense avait accepté la venue du prêtre malgré son scepticisme. Une concession à sa grand-mère qui pestait à longueur de journée sur la manière dont elle avait transformé sa maison en hôpital sans lui avoir demandé son avis. Mais Hortense n'avait plus la force de s'opposer aux perfidies de la vieille dame qui avait fait passer à Léon un interrogatoire pour comprendre les raisons pour lesquelles elle accueillait sous son toit ce jeune homme dont elle n'avait seulement jamais entendu parler. Il avait fallu décliner ses âge et qualités et quand il avait bien dû avouer qu'il n'appartenait pas à une famille amie ou fréquentée depuis des décennies, Léon avait été contraint de se fâcher pour que sa mère cesse un harcèlement insupportable. Elle avait lâché avec dédain, apprenant que le père de Charles était magistrat à Lyon : « Un robin ! »

Le seul vrai moment attendu par Hortense chaque jour, c'était la venue de Procule, qui passait toujours.

Parfois, la pittoresque madame Fariboles l'accompagnait. Montant désormais tout droit à la chambre du premier étage avec son panier et ses potions qui n'avaient malheureusement rien de magique, elle faisait respirer au blessé une herbe, lui massait les mains et les bras avec un onguent, tout en lui parlant avec cette tendre brusquerie qui faisait si souvent merveille avec ses malades. Procule restait et elles chuchotaient, comme attentives à ne pas réveiller Charles, qui ne bronchait évidemment pas. Hortense ne le quittait pourtant pas de l'œil, au cas où.

La jeune fille but quelques gorgées d'eau et saisit une pomme posée sur l'assiette du plateau que Célestin avait apporté pour le déjeuner. Elle la mordit à pleine bouche, comme si cette démonstration d'énergie soudaine pouvait être bénéfique, puis elle en coupa un quartier avec le couteau à manche d'ébène et vint le presser sur les lèvres de Charles. Il grogna, tourna la tête vers elle, mais ses yeux restaient désespérément clos. Elle se sentait Eve tentant Adam... mais en vain. Elle ne réécrirait pas l'histoire.

Elle tendit l'oreille. En bas, elle distingua des bruits de voix. Par la fenêtre, elle vit une voiture arrêtée devant le perron où Léon accueillait un homme et une femme inconnus. Intriguée, elle aurait aimé comprendre les mots échangés sur le seuil de la maison. Elle entendit des pas dans le vestibule, puis la porte heurtée légèrement et Célestin qui l'ouvrait en annonçant cérémonieusement :

— Monsieur et madame Hetty, les parents de monsieur Charles.

Le vieux serviteur avait opté pour « monsieur Charles » quand il s'enquérait de son état avec délicatesse auprès de mademoiselle Hortense. C'est qu'on parlait à la cuisine où Augustine racontait, la larme à l'œil, comment Mademoiselle s'occupait de « son » blessé. Toute la maison était désormais suspendue à son improbable guérison.

Hortense se précipita vivement au-devant des visiteurs que suivait Léon. C'était ce dernier qui avait écrit aux parents de Charles pour les avertir de l'accident. Président de tribunal à Lyon, monsieur Hetty était aussi gras que son fils était sec et quand il arriva au premier étage, il soufflait comme un bœuf. Sa femme le suivait, fluette et effacée.

— Voilà Hortense, ma nièce, qui a assisté à ce maudit accident.

— Ah ! c'est vous. Mon Dieu, dit la mère, où est-il ?

— Ici.

Hortense avait désigné la porte entrouverte. Elle s'effaça pour les laisser passer.

— Charles, mon petit, tu ne peux pas nous faire cela, dit madame Hetty en s'approchant du lit.

Deux jours après la visite de ses parents, qui avaient décidé de séjourner dans une auberge de Randan, Charles s'éteignit doucement en leur présence. Quand elle comprit que c'était fini, Hortense courut à l'écurie, sella Jeune Fou avec une frénésie qui fit peur à Augustin. Le palefrenier tenta en vain de vérifier la bonne installation des sangles ; elle était déjà partie au galop.

— Elle était si pâle, si maigre, vint-il dire à Apolline. Il va encore arriver un malheur.

— Laisse, si elle fait cela, c'est qu'elle en a besoin. A quoi bon rester prostrée au pied de ce lit à pleurer ?

— Oui, mais s'il lui arrive quelque chose ? insistait Augustin. Et dire que monsieur Léon n'est pas là, et monsieur Henri qui est avec le docteur pour accoucher la petite du Champ Colombier !

— Ne te fais pas de souci.

Apolline terminait sa vaisselle. Célestin essuyait avec un grand torchon un compotier qu'il posa sur une pile d'assiettes à côté d'une saucière et de raviers.

— Monsieur a demandé que je fasse l'inventaire de la cave, dit-il, tu viendras m'aider ?

— Cela m'évitera de me ronger les sangs, et je préfère t'aider plutôt qu'Isidore, qui ne s'en sort pas avec les feuilles. Tu te souviens quand notre petite demandait si on les raccrocherait un jour ?

Apolline leva les yeux au ciel et ne répondit pas. C'est que la petite, elle était loin – enfin, pas tant que cela, mais les nouvelles étaient rares. Elle avait trois enfants dont le dernier avait à peine un an. La cuisinière soupira. C'était l'époque où son gendre arrachait les betteraves et sa fille, qui travaillait dans une sucrerie, avait bien de l'ouvrage. L'année précédente, ils avaient dit qu'ils voulaient se construire une petite maison. Evidemment, ce n'était pas comme elle et Augustin qui auraient toujours vécu chez les autres. Les enfants voyaient les choses différemment. C'était leur vie.

— Tu rangeras tes tire-bouchons, dit-elle à Célestin en oubliant déjà ces considérations qu'Augustin prétendait oiseuses.

— Fais excuse, je les avais laissés là pour les

descendre à la cave, répondit Célestin avec un petit sourire dont il avait le secret.

— Tu vas boire ou compter les bouteilles ? demanda Augustine qui venait de rapporter le plateau destiné aux parents de Charles. Il faudrait aller prévenir monsieur le curé.

— J'y vais, répondit Augustin, et ensuite je descendrai à la cave !

— Et moi, je vais me mettre à mes couteaux, murmura Apolline.

Assise sur le banc longeant la table, elle s'était saisie d'un bouchon qu'elle tamponna dans une petite poudre noire avant de frotter la lame oxydée des couteaux. Tout un art, car il fallait éviter de maculer les manches d'ivoire.

Le silence était revenu dans la pièce, royaume de cette femme dont la taille s'était épaissie au cours des dernières années et le visage légèrement empâté. Pour être plus à son aise, elle posa ses pieds sur la traverse de la table. Ses cors la faisaient souffrir depuis quelques jours et elle ne supportait plus les souliers de cuir acquis à la foire du printemps. Dieu merci, elle avait abandonné depuis longtemps les maudits sabots qui lui avaient abîmé les pieds. Heureusement, madame de Bellemaison avait décrété qu'elle n'en souffrait pas le bruit.

— Il ne faut pas qu'Isidore oublie d'aller poser un voile sur les ruches, sinon les abeilles, gare ! songea-t-elle. Ensuite, je mettrai de l'ordre dans le placard des remèdes.

— Tu parles toute seule ?

Augustine avait passé la porte avec cette rapidité qui la caractérisait. Furieuse, Apolline bougonna qu'elle était chez elle et libre de faire ce qu'elle voulait.

— Madame a faim, dit la femme de chambre.

— Elle, rien ne lui coupe l'appétit ! répliqua la cuisinière. Il faudrait savoir si elle jeûne ou pas. Tu veux que je lui donne du bouillon ?

Madame de Bellemaison avait décidé la veille de purger sa bile. Cela la prenait au moins deux fois par an et Apolline avait aussitôt fait un bouillon aux herbes dont l'odeur, au demeurant fort agréable, s'était répandue dans la cuisine et au-delà. Au lieu de l'huile de ricin habituelle, Madame avait réclamé d'y mettre dix grammes de séné et cinq de bois de réglisse qu'elle avait fait bouillir ensemble.

— Je crois qu'un fruit serait bien, avec un peu de thé, fit Augustine en préparant un plateau.

— Après, elle dira qu'elle ne dort pas ! maugréa Apolline. Et si on lui mettait un peu d'onguent de mouches ?

— Apolline, tu plaisantes !

— Mais oui, madame la femme de chambre !

L'onguent de mouches avait fait les frais de nombreuses conversations à la cuisine depuis qu'un colporteur avait vendu la chose dans un lot comme les bons vendeurs en avaient le secret et que madame Fariboles, interrogée, avait éclaté de rire en disant : « Cela te collera des cloques, ou peut-être te fera repousser les cheveux, mais si tu veux que ton Augustin s'occupe de toi, alors je te le conseille ! »

Depuis, l'onguent de mouches avait été rangé sur l'étagère du haut dans le placard des remèdes !

Hortense avait dormi chez les Faribolės. Après avoir rêvé et pleuré au bord de l'étang où avait eu lieu la curée le jour du drame, elle s'était réfugiée dans la petite masure où Henri et Léon, partis à sa recherche, avaient eu l'idée de venir la chercher. Mais elle avait tenu bon et elle n'était rentrée que le lendemain, au moment où le curé de Randan, accompagné d'un enfant de chœur, était venu bénir le corps. Le garçon avait déposé la croix dans le vestibule pendant que le prêtre mettait au point avec Léon et les parents de Charles les détails des funérailles qui auraient lieu le samedi. La grande glace du vestibule avait été voilée de noir et la pendule du bahut avait été arrêtée. Madame de Bellemaison, terrée dans sa chambre, n'avait pas daigné se montrer. Léon la sentait de plus en plus hors de la vie de la maison, mais quand le cortège se mit en marche derrière le corbillard tiré par deux chevaux de la commune, il la vit derrière sa fenêtre épier un spectacle qu'elle commenterait sans doute en termes peu amènes. Décidément, elle vieillissait mal.

Encadrée par Henri et son oncle, Hortense faisait bonne figure. Quelques heures plus tôt, les parents de Charles lui avaient révélé que leur fils avait écrit, avant le drame, pour solliciter la permission de demander Hortense en mariage. Il n'avait jamais reçu la réponse de son père qui approuvait le choix de son fils, tout en le mettant en garde contre les dangers d'une telle alliance. Une lettre qu'ils avaient récupérée dans la petite maison louée par Charles et dont les termes auraient sans doute fait sourire Hortense.

« Vous n'êtes pas sa fiancée, avait seulement dit Léon, ne vous donnez pas en spectacle ! »

Mais elle ne craquait pas. Elle avait seulement sangloté dans les bras de Delphine, qui avait fait le déplacement depuis Clermont. Le glas n'en finissait pas d'annoncer la nouvelle alentour. La sonneuse de cloches ne ménageait pas sa peine. Léon serait généreux. Il avait l'impression de l'avoir toujours connue, cette petite femme frêle dont le travail consistait surtout à remplir avec une extraordinaire constance ses trois obligations quotidiennes de l'angélus. La moindre défaillance pouvait avoir mille conséquences sur la vie des habitants du village. Un jour où elle était tombée, chez elle, certains avaient trouvé leur journée de travail bien longue avant de se rendre compte que le crépuscule arrivait sans que l'angélus ait sonné.

Après la cérémonie, la dépouille de Charles avait été chargée sur une voiture qui l'emmènerait jusque dans le bourg du Beaujolais où sa famille avait une sépulture. Madame Hetty avait serré Hortense dans ses bras, lui avait murmuré que sa douleur d'avoir perdu un fils était doublée par la peine de ne pas l'avoir eue pour belle-fille.

« Au revoir ! » avait-elle dit en embrassant une dernière fois Hortense qui avait respiré dans le grand voile de crêpe entourant son chapeau toutes les odeurs des cierges que le curé avait installés en grand nombre autour du cercueil et qui avaient coulé sur le drap mortuaire lamé d'argent.

Hortense avait regardé la voiture rouler jusqu'au bout de la Grand-Rue et disparaître enfin à jamais. Léon et Delphine avaient passé de chaque côté un bras sous le sien ; elle avait pu imaginer être encadrée par son père et sa mère. Delphine lui avait tendu un mouchoir et murmuré quelques mots qu'elle avait à peine compris, sinon qu'ils étaient une invitation ferme à revenir à Clermont et à retrouver la chambre aux pipistrelles.

Procule était montée avec elle en voiture et, quand elles étaient arrivées à Bellemaison, Hortense avait souhaité qu'elle restât pour déjeuner avec eux. Sa grand-mère avait paru surprise, mais n'avait pas osé récriminer devant le curé ramené aussi puisque c'était son jour de déjeuner à Bellemaison. Intimidée, Procule avait pris place entre Henri et Hortense aux petits soins pour elle et quand Célestin eut apporté la crème anglaise et le quatre-quarts aux pommes fait spécialement à son intention, Hortense prit la parole. Inquiet, Léon voulut l'interrompre, mais il comprit aussitôt l'inutilité de sa démarche.

— Grand-mère, dit solennellement Hortense.

Etonnée, la vieille dame regarda sa petite-fille qui s'était levée pour appuyer une déclaration qu'elle souhaitait brève.

— Qui vous a donné la parole, ma fille ? interrogea madame de Bellemaison.

— Moi, intervint Léon en se penchant vers sa mère d'un air suppliant. Je vous en prie, écoutez votre petite-fille.

— Ne croyez-vous pas qu'elle a suffisamment fait la loi ici ? Ramener ce garçon et défrayer la chronique de notre village, n'était-ce pas assez ?

— Madame, votre petite-fille a fait ce qu'elle pensait être son devoir, intercéda le curé avec prudence mais fermeté.

Les caprices de son hôtesse l'excédaient depuis longtemps.

— Et elle a sans doute une bonne raison de vous parler ainsi, elle agit avec respect pour vous et nous tous.

— Bien, tout le monde se ligue contre moi. Et vous, mon cher Henri ? Ne m'abandonnez pas.

— Non, grand-mère, mais ce qu'Hortense doit vous dire est très important.

— Elle a été touchée par la grâce et rentre chez les carmélites ?

— Taisez-vous, ma mère !

Le ton autoritaire de Léon fit sursauter madame de Bellemaison qui se saisit du flacon de sels posé près de son porte-couteau, toujours à portée de main, par l'attentionné Célestin.

— Voilà : Procule est notre cousine, la fille de notre oncle Joseph !

— Monsieur le curé, vous n'allez pas laisser faire cette mascarade, ce mensonge ! Mais cette enfant délire ! Henri, dites à votre sœur de sortir avec son amie.

Curieusement, madame de Bellemaison avait lâché le flacon de sels. Elle avait mieux à faire que de s'évanouir. Si sa famille perdait la tête, elle devait rester à son poste de chef de maison. A ses côtés, le curé s'était presque étranglé. Imaginer que la petite-fille Fariboles avait le même sang que madame de Bellemaison le laissait sans voix. Le bon Dieu avait tout de même plus d'un tour dans son sac et il en jouait à sa paroissienne un bien étrange.

— Grand-mère, tout cela est très sérieux. Voulez-vous que Procule vous montre le grain de beauté qu'elle a sur l'épaule ?

— Mais quelle inconvenance ! Monsieur le curé, permettez que je me retire et remettez un peu d'ordre dans ma maison, avant que nous ne soyons tous damnés !

— Vous héritez d'une nouvelle petite-fille, madame, réjouissez-vous plutôt !

— Et le scandale ? Le scandale ! Qu'en faites-vous ?

— Qui trouverait à redire à ce que vous répariez un préjudice ancien causé par l'un des vôtres ?

Madame de Bellemaison avait saisi la sonnette en argent dont le bouton était orné d'un adorable petit lapin assis sur le derrière, les oreilles dressées. Attribut évident de son autorité, elle en usait et abusait pour appeler des serviteurs prompts à répondre au premier drelin. En un instant, Célestin fut près d'elle.

— Ma canne !

Henri s'était aussi précipité.

— Ah ! non, je ne vous aurais jamais cru capable de cela. Vous serez tous déshérités. Et toi, tu diras à ta grand-mère que je ne veux plus la voir ici, ni ta mère. Elles auraient peut-être l'idée de me faire passer plus vite. Votre bras, Célestin, et faites venir Augustine !

L'affaire fit beaucoup de bruit dans la maison. A la cuisine, on en parlait encore à l'heure du goûter. Décidément, après toutes ces années si calmes, depuis l'arrivée de mademoiselle Hortense, il s'en passait tous les jours. Apolline aimait cela et en redemandait.

Et encore, elle ne savait pas tout, car lorsque Hortense rentra après avoir raccompagné Procule, Léon la fit venir dans son bureau où attendait Henri.

— Cette lettre est arrivée, il y a quelques jours, pour vous. Elle vient de votre père. Je n'ai pas jugé opportun de vous en parler plus tôt, mais je ne veux plus tarder.

Hortense s'était saisie du papier jauni qui portait son nom ; elle fit sauter la cire qui l'avait cacheté et le déplia. Puis, sous le regard interrogatif de son oncle et de son frère, tous deux silencieux, elle le parcourut. Les lignes étaient irrégulières, montant et descendant, à la limite de l'enchevêtrement, sans alinéa mais avec une majuscule un peu compliquée au début de chacune. L'écriture était petite mais lisible, avec quelques ratures, et les lettres des débuts de mots étaient enjolivées de déliés exagérés. Tout à coup, abandonnant la missive, les yeux clairs et brillants fixèrent Henri.

— Ah ! il est beau, notre père ! Il vit à Venise, chez une comtesse ! Moi qui croyais qu'au moins, il se battait en Algérie !

— Montre !

Henri s'était emparé de la lettre et lut à mi-voix :

— « Ma petite fille, voilà enfin de mes nouvelles, je ne vous en ai guère donné... » C'est le moins qu'on puisse dire. Ah ! si, il raconte qu'il a écrit une fois depuis Alger.

— Cela doit encore être un mensonge, je n'ai jamais rien reçu.

— « Je ne sais rien d'Henri... » Quel culot ! « En Algérie, j'ai été malade et madame la comtesse di Torano m'a soigné et finalement ramené ici à Venise où je vis chez elle. Elle est prête à t'accueillir quand tu voudras... Voici mon adresse, Palazzo Bianchi... » Attends, en bas, il a ajouté : « Je vais peut-être... » Il y a un mot que je ne lis pas bien, si : épouser, « épouser la comtesse, si bonne pour moi ».

— Je préférais encore ne pas avoir de nouvelles, laissa tomber Hortense en se levant du fauteuil à crosses d'acajou.

— Nous ferons désormais comme si nous n'avions plus de père, répondit Henri laconiquement.

Lui aussi était furieux, même s'il ne le montrait pas.

— Paule Raconnet nous a invités à leur fête du cochon, dit Léon pour faire digression en servant trois verres de porto. Nous l'avons bien mérité.

Sur un coin du bureau, un journal ouvert montrait une image de George Sand, en redingote comme un homme, et entourée de feuillets avec « Chambre des députées » ou encore « chambre des mères ». Hortense décrypta la légende écrite en caractères minuscules :

— « Si de George Sand ce portrait,
« Laisse l'esprit un peu perplexe
« C'est que le génie est abstrait
« Et comme on sait n'a pas de sexe. »

— Cela vous plaît ? interrogea Léon, l'air moqueur.

— Peut-être, répondit prudemment Hortense en souriant.

Son premier sourire depuis l'accident de Charles, qu'elle dédia à son oncle tout heureux. Ses neveux étaient aujourd'hui toute sa famille et Hortense l'avait impressionné par son comportement dans l'épreuve. Quant à Henri, cette manière de savoir ce qu'il voulait lui plaisait et il avait la faiblesse de croire que le sang Bellemaison prévalait sur celui de ce maudit Préaumont.

— Pas un mot à votre grand-mère, vous n'avez rien reçu de votre père ! lança-t-il quand ils se levèrent pour se rendre à la salle à manger.

— Comme si on n'avait pas assez de chagrin pour aller déclencher encore ses sarcasmes, répondit Hortense, les larmes aux yeux.

27

Quand elle arriva à la ferme des Raconnet, les enfants se précipitèrent vers la voiture d'Hortense. C'était un rite joyeux depuis sa première visite, où elle avait pris la défense de la famille. Elle était seule, Léon était retenu dans la ferme de Théophile qui avait un souci avec les expériences menées par le savant Lecoq, et Henri, en tournée avec Paul Boispré, viendrait plus tard. Pour une fois, abandonnant à regret Jeune Fou, elle avait pris une voiture où Célestin et Augustin avaient chargé des poulets rôtis, des pompes aux pommes et un petit tonneau de vin pour les Raconnet et leurs invités, venus aider la famille au cours de cette journée destinée à approvisionner le garde-manger de la famille.

Le jeune Gustave et son frère Jules déchargèrent les précieuses victuailles sous l'œil de leur mère qui remerciait chaleureusement leur bonne fée. Hortense frémit. Les garçons portaient sur leurs chemises élimées des gilets qui avaient appartenu à Charles, dont la garde-robe avait été donnée alentour à des nécessiteux, selon le vœu de ses parents. Léon en avait envoyé une partie aux Raconnet dont les deux aînés étaient le plus souvent en haillons. Ils arboraient ainsi ces nouveautés pour la fête du cochon ; le gilet de Gustave, Hortense se souvenait que Charles le portait le jour où la Marquise n'en finissait pas de vêler. Une ombre passa devant son regard. Elle soupira.

Mais, autour d'elle, les plus jeunes toujours aussi braillards tendaient déjà leurs bras à la visiteuse et même si leur mère avait voulu y mettre bon ordre, Hortense aurait insisté, heureuse de serrer contre elle l'un des enfants, une bouffée d'affection qui lui faisait du bien.

La cour avait été rangée ; échelles, tombereau, outils semblaient avoir trouvé leur place sous les appentis et si la volaille picorait allégrement partout comme à l'accoutumée, la fine clôture autour de la mare y cantonnait étroitement les canards comme en pénitence ; Hortense découvrit aussi que les piquets du grillage le long du chemin avaient été consolidés. Peu à peu, les voisins arrivaient pour participer à ce jour de travail exceptionnel mais aussi de fête, accueillis par Paule Raconnet qui paraissait remise de la mort de son nouveau-né. Hortense nota cependant ses traits tirés et sa maigreur encore accrue.

Entraînée par les enfants, elle se dirigea vers l'étable où se trouvaient Marquise et son veau, qui avait beaucoup grandi et s'était dégourdi. Les autres vaches avaient été sorties dans un pré attenant et Gilbert finissait avec Jules, son deuxième fils, de balayer l'endroit où on coucherait le supplicié. L'homme salua Hortense, marmonna qu'il avait été triste de la mort de Charles dont il avait apprécié le savoir-faire. Il soupira, cracha dans ses mains et reprit son balai avec ardeur, une manière de se préparer à la journée qui serait rude.

En effet, le grand-père Raconnet avait décrété l'avant-veille qu'il ne saignerait pas la bête. Il y renonçait ; c'était à son fils de reprendre le flambeau ou plutôt le couteau. Gilbert avait reçu la nouvelle avec un plaisir mêlé d'anxiété ; c'était une promotion, mais il connaissait la sévérité du père qui ne lui pardonnerait aucune faiblesse. Or l'heure de vérité allait bientôt sonner devant le voisinage qui affluait pour l'événement.

Depuis une semaine, on avait fixé le jour du cochon que les soins attentifs des femmes – car c'était une affaire de femmes que les hommes observaient de loin – avaient amené à bonne maturité. Deux fois par jour, le goret avait bénéficié d'une pâtée de son et de pommes de terre additionnées d'eaux grasses et parfois de petit-lait, ou encore d'orties. Il était à point !

— Papa, je veux pas qu'on le tue, Pataud ! dit la plus grande des filles quand son père passa le seuil de l'étable et affronta les voisins.

Marie disait tout haut ce que d'autres pensaient tout bas. Au fil des mois, des liens affectifs s'étaient créés avec l'animal et son sacrifice était toujours un crève-cœur, même si la grand-mère pérorait déjà que l'on n'avait pas les moyens de faire du sentiment.

— Pleure pas ton cochon, il fera du bon saucisson ! lança-t-elle à sa petite-fille pleurnicheuse qui avait toujours peur de tout.

Elle n'était pas née au bon endroit, prétendait la vieille femme, car elle ne pouvait se permettre de faire des caprices !

Occupée ailleurs, Hortense ne vit pas le regard de madame Raconnet mère jeté vers elle avec peu d'aménité. Pour elle, mademoiselle Hortense, toute généreuse qu'elle était, était justement une de ces capricieuses oisives qu'elle méprisait. Chez Raconnet, on avait d'autres chats à fouetter et après un dernier coup d'œil vers la morveuse, la femme, qui boitait assez bas de la jambe gauche, retourna aux instruments du supplice préparés avec soin. Le drame était maintenant imminent ; il convenait que tout le dispositif soit fin prêt.

D'un pas lent mais résolu, le grand-père Matthias se dirigea vers la soue où l'animal n'avait sans doute pas idée de ce qui l'attendait. L'homme avait à la main une cordelette destinée à entraver ses pattes arrière ; passée habilement et tirée brusquement, la corde déséquilibrerait l'arrière-train. Par la porte entrebâillée, l'animal pointa son groin ; Matthias et Gilbert lui saisirent, en un tournemain, chacun une oreille, provoquant des cris stridents. Marie plaqua ses mains sur ses oreilles, imitée par les petits ; tentée d'en faire autant, Hortense n'osa pas, pour ne pas prêter le flanc aux critiques si elle avouait la moindre faiblesse. Autour d'elles, indifférents, les gens étaient habitués et observaient le spectacle avec avidité, comme n'importe quelle distraction. La cordelette avait maintenant fait son effet et les deux hommes transportaient déjà le cochon jusqu'à l'aire de l'étable préparée dans l'axe de la porte double, dont les battants avaient été immobilisés par des piquets de bois afin que l'on voie clair.

Prestement couché par ses deux bourreaux, hurlant de plus belle, l'animal avait sans doute deviné sa fin prochaine ; les pattes avant immobilisées à leur tour, il était désormais à la merci de Gilbert à qui sa mère avait tendu avec cérémonie le couteau dûment aiguisé le matin même. Pâle, le métayer fit un signe de croix, comme il avait si souvent vu son père le faire, puis se mit à raser soigneusement les soies du cou à l'endroit où il allait planter la lame brillante.

— Où en est-on ? murmura Henri près d'Hortense.

Il venait d'arriver et avait les joues rouges.

Très concentré, Gilbert Raconnet tâtait maintenant la gorge des doigts de la main gauche pour y déterminer l'endroit précis où il devait trancher puis, soudain décidé, il plongea la lame d'un geste bref. Elle s'enfonça dans la chair rose et les cris redoublèrent. Stridents, insupportables.

— C'est horrible, dit Hortense qui avait fermé quelques instants les yeux quand Gilbert, retirant son couteau, libéra un jet de sang qui jaillit dans le grand poêlon tendu par Paule.

L'ustensile vite rempli fut remplacé par un autre, puis encore un autre, toujours offert par des mains attentives. Toutes furent en quelques instants maculées de sang, mais nul n'en avait cure ; fataliste, chacun était venu pour aider et répétait souvent une scène qui serait offerte le lendemain chez soi, l'entraide allant de ferme en ferme pendant plusieurs jours. Jours de fête, de sang et de travail !

— Quel carnage ! murmura Henri qui découvrait ces usages inédits pour lui.

Les cris faiblissaient ; l'animal ne souffrait plus, la fin était proche et après le silence qui avait respecté l'opération, chacun commençait à se détendre. Marie avait enlevé ses mains de ses oreilles ; une larme coulait sur sa joue et elle moucha son nez dans sa manche. Hortense la regarda et lui prit la main. Cette enfant l'émouvait. Sa grand-mère la brusquait parfois car elle ne semblait pas à sa place dans cet univers impitoyable de pauvreté et de dureté.

— J'aime pas ça, murmura Marie en serrant la main d'Hortense. Moi, je serai jamais fermière.

— Tu voudrais faire quoi ?

— Je voudrais aller à la ville !

Que pouvait représenter la ville pour cette enfant qui n'avait franchi la clôture de la ferme que pour aller à Randan, chez le coquetier ? Hortense se promit de s'occuper de Marie. Peut-être pourrait-elle la faire embaucher à Bellemaison. Elle y apprendrait à servir ou à faire la cuisine. Apolline et Augustine la prendraient bien en apprentissage – quoique... leur caractère affirmé s'accommoderait-il de cette enfant ?

— Va voir si ta mère n'a pas besoin de toi ! vint crier près d'elles la grand-mère qui voyait peut-être d'un mauvais œil le rapprochement entre Marie et Hortense.

— Je cours, répondit la petite-fille en soupirant, habituée à obéir.

A l'intérieur de la masure, Paule Raconnet vérifiait les réserves d'eau chaude nécessaires aux différentes opérations de la journée.

— Ne te brûle pas, dit-elle à Marie venue la rejoindre.

Hortense avait suivi.

— Que puis-je faire ?

— Rien, mademoiselle Hortense ! jeta Paule rougissante. Ce n'est pas à vous avec votre belle robe, laissez... sauf, si c'est pas vous commander, retenir mes braillards.

Un enfant à chaque main, Hortense regarda depuis le seuil Théophile qui aidait Gilbert à porter l'animal à l'extérieur ; il venait d'arriver avec Léon. Grand et musclé, il avait retroussé les manches de sa chemise de chanvre largement ouverte sur son torse. Hortense le trouva beau quand il déposa l'animal pour prélever les soies qui seraient vendues au chiffonnier. Rien n'était perdu dans le cochon ! Ensuite, Matthias Raconnet montra à Gustave comment répandre une fine couche de cendres sur la peau du cochon avant de le recouvrir de paille de seigle pour procéder au brûlage des résidus de soies. Pour chaque phase, tout avait été bien préparé et, rapidement, une odeur de cochon grillé monta dans la cour. Satisfait, les poings sur les hanches, Matthias Raconnet surveillait l'opération.

— Venez, les enfants ! ordonna la grand-mère. C'est le moment des onglons, ne manquez pas ce délice !

Chacun eut droit à un onglon grillé, sauf Marie, qui avait couru se réfugier vers la mare aux canards sous un nouveau regard désapprobateur de sa grand-mère que sa fragilité agaçait décidément.

— Au travail ! dit le grand-père, comme si rien ne s'était passé jusque-là. A toi, Pierre !

Promu, le voisin désigné, réputé pour son habileté, brandissait déjà un grand couteau avec lequel il trancha la tête avant de lancer à Gustave :

— A toi ! Tu la scies de haut en bas ; garde la cervelle à part et jette le reste dans le meulard, sauf la langue, les oreilles et le museau. Allez, mon gars, courage !

— Et moi ?

Jaloux, le cadet revendiquait sa part.

— Il y en aura pour tous. Toi, tu vas t'occuper des pattes ; il faut les scier. Tu aimes les pieds de cochon ? Les jambons seront beaux, félicitations à Paule, juste assez de gras, pas trop !

— Hortense, tu n'es pas dégoûtée ?

Arrivée à son tour, le sourire aux lèvres, Procule avait pris le bras de son amie d'un geste familier.

Paule Raconnet recueillait maintenant dans une terrine le foie que sa belle-mère allait hacher avec des morceaux de gras, pendant que les bas morceaux étaient vivement détachés de la pointe habile du couteau avant d'attaquer filets et intestins. Tous les ingrédients destinés aux saucissons et andouilles étaient mis de côté. On les préparerait le lendemain.

Le public, encore immobile et attentif quelques instants plus tôt, allait et venait, portant un ustensile, tendant une main secourable à l'un, puis à l'autre. Les enfants lassés étaient partis jouer. Le Pierre détacha avec maestria les côtes de la colonne vertébrale à l'aide d'un couperet, puis s'attaqua au lard. La plus grande part serait salée, puis séchée comme les jambons, les petits morceaux servant à graisser pendant l'année les lames de la maison.

— Au saindoux ! cria la grand-mère toujours alerte en ramassant les parties grasses restantes.

Vivement, elle les découpait déjà en petits dés au-dessus d'une grande bassine où elles allaient fondre au coin du feu. Conservé dans un pot de grès, ce serait la matière grasse pour les cuissons pendant une grande partie de l'année. Les résidus grillés seraient ces grattons à la pensée desquels les enfants salivaient déjà.

— Tout le monde boirait bien un coup, dit alors le père Matthias en essuyant la sueur sous son chapeau.

Henri s'était précipité vers le tonneau posé sur un X en bois qui servait d'habitude à scier les bûches. Retrouvant des couleurs, Marie l'avait rejoint avec un panier rempli de verres dépareillés. A côté, les poulets avaient été découpés et dressés sur des plats de faïence souvent ébréchés ou maculés par la chaleur du four. Affamés, les enfants réclamèrent une aile ou une cuisse qu'ils entamèrent joyeusement, bientôt imités par les grands.

Procule avait passé son bras sous celui d'Hortense pour l'entraîner loin du groupe agglutiné autour de la table improvisée.

— Je vais me marier avec Jeannot, annonça-t-elle soudain.

Surprise, Hortense la regarda, éclata de rire et l'embrassa :

— Et dire que tu me faisais croire que tu ne savais pas ce que c'était qu'un amoureux ! Quelle cachottière !

Procule rit à son tour.

— Nous, nous ne sommes pas aussi compliqués.

— Que veux-tu dire ? Je te rappelle que tu es du même sang que moi, répliqua Hortense vaguement offusquée.

— Oui, mais nous ne serons jamais pareilles ; toi, tu vis dans un château, tu as de belles robes, et moi, j'habite dans une petite maison, avec des hardes. Jeannot m'a demandé un soir si je voudrais bien me marier avec lui, je lui ai dit oui parce que je me sens bien avec lui et qu'il est gentil ; il est venu voir ma mère et ma grand-mère, il m'a emmenée chez lui un dimanche où il ne travaillait pas.

— Que complotez-vous ?

Léon les avait rejointes, un verre dans une main et un pilon de poulet dans l'autre.

— Procule va se fiancer avec le Jeannot de chez Rablin.

— Celui qui travaille pour madame Adélaïde ?

— Oui. Il voudrait ouvrir une auberge à Vichy. Monsieur de Fleury a dit qu'il l'aiderait.

— De quoi se mêle-t-il ? répondit Léon dont le front s'était rembruni.

Il avait fini son pilon et jeta l'os en direction de la mare.

Quelle légitimité avait Magloire de Fleury à se mêler des affaires du fils d'un métayer des Bellemaison, de plus fiancé à sa nièce ?

— Vous savez que monsieur de Fleury va être mon tuteur officieux ? dit timidement Procule, ennuyée de voir Léon contrarié.

— Oui, tu me l'as déjà dit. Hum, vous me l'avez déjà dit.

Il mesurait soudain l'incongruité de la situation. Il vouvoyait ses neveux, mais tutoyait cette fille comme il l'avait toujours fait quand elle venait à la maison.

— Pourquoi empêcher le cavalier noir d'aider Jeannot ? interrogea Hortense.

— Parce que s'il épouse Procule, il entre dans notre famille.

Procule soupira. Comment pouvait-on vivre de manière aussi compliquée ? Devait-elle expliquer que Jeannot, qui avait cru bien faire en révélant à ses parents la vraie identité de Procule, s'était attiré des reproches ? Tout cela parce que sa mère avait dit qu'on ne savait pas d'où sortait Procule qui n'avait pas de père. Il avait fallu expliquer. Son père lui avait reproché de mélanger des mondes différents, et Jeannot avait répondu béatement : « Mais on est du même monde, avec Procule. »

Il aurait pu ajouter que madame Fariboles n'était pas davantage satisfaite que Jeannot ait une petite sœur un peu particulière. Elle savait trop de choses pour ignorer que cela pouvait se reproduire ! « Mais chacun a ses tares, avait-elle conclu avec son solide bon sens, et il y en a dans toutes les familles. »

Quant à l'histoire de l'auberge qui faisait aussi peur aux parents angoissés par un avenir incertain, c'était le chef cuisinier de madame Adélaïde qui lui avait mis l'idée dans la tête, tant il était émerveillé par l'inventivité de son commis et la réussite de plats qui ravissaient la table de madame Adélaïde. La princesse avait même songé à emmener le garçon aux Tuileries dans ses bagages.

« Chez le roi ! »

Les Rablin en étaient restés bouche bée.

Alors, finalement, une auberge était moins l'aventure que Paris et le palais royal. Au moins, c'était à proximité, même si les parents Rablin n'avaient jamais mis les pieds à Vichy. Cela les rassurait quand même et madame Rablin n'en finissait pas de s'étonner de l'étrange talent de ce fils singulier qui leur avait appris à aimer des mets délicats. Des plats qui n'avaient rien à voir avec ce qu'ils mangeaient dans la famille depuis des lustres. De toute façon, ce fils était perdu pour la ferme qui devrait déjà faire vivre les trois autres enfants. Il avait trouvé sa voie et cette Procule, peut-être qu'elle ne se serait pas habituée à demeurer avec eux : il était préférable qu'ils aillent vivre leur vie ailleurs.

Jeannot, justement, venait d'arriver. Il s'était offert spontanément à participer à l'opération délicate du boudin. Si certaines préparations pouvaient être remises au lendemain – Paule Raconnet et sa belle-mère y pourvoiraient plus tard – celle du boudin devait être faite dans la journée. Depuis que le sang avait été recueilli, des femmes l'avaient malaxé sans s'interrompre. Madame Raconnet mère y avait jeté de petits morceaux de noix dont la famille était friande et Jeannot l'assaisonna à sa façon pendant qu'une voisine y ajoutait du lait. Puis, aidé des femmes, il prit un long boyau fin fermé à une extrémité par une petite ficelle ; il y installa un entonnoir et commença à verser le sang avec adresse.

— L'eau est chaude ? interrogea-t-il sans quitter de l'œil son travail minutieux. Procule, va voir et prépare le linge où on le roulera.

Il faudrait ensuite cuire le boudin qui serait consommable dès qu'il aurait refroidi, et bon pendant une semaine.

La petite Marie s'approcha de Jeannot et fit la grimace.

— Pouah, j'aime pas ça ! dit-elle.

— Tu as tort : si tu n'aimes pas, c'est que tu n'es pas de chez nous.

— Cette bachelette me fera damner ! dit madame Raconnet en lui jetant un œil sévère.

Ce n'était pas avec des filles comme elle que la ferme s'en sortirait.

— Elle fera une soubrette au château, dit Jeannot en souriant.

Il en avait vu chez madame Adélaïde, des filles arrivées de leur ferme qui trouvaient du plaisir avec leur tablier blanc à vider les pots de chambre des princes. Elles n'avaient plus les sabots dans la boue !

La vieille paysanne ne pouvait imaginer qu'on puisse être plus heureux ailleurs. Le mauvais temps allait arriver et son homme confectionnerait des objets en osier, des cordes, rempaillerait des chaises, casserait des noix ou scierait du bois. Son fils réparerait les outils, moudrait du grain pour les bêtes, curerait les clapiers, réparerait les bâtiments, ou encore trouverait des pierres à mettre dans les bourbiers des chemins. Elle et sa belle-fille ravauderaient les hardes des enfants, tricoteraient, trieraient les châtaignes ou s'occuperaient des laitages en écrémant à la louche la traite de la veille, sans oublier la cuisine de chaque jour avec le minimum, sans peser sur le maigre budget. Le nouveau cochon grognerait, tournerait en rond dans sa soue, secouerait de son groin la porte rafistolée par Matthias ; comme Pataud, il serait impatient de voir arriver les eaux grasses et leur cortège d'épluchures, de pommes de terre ou de topinambours. Ce n'était pas cette morveuse chétive qui changerait le cours des choses.

Marie avait rejoint Hortense et Procule. Sa grand-mère soupira. Jeannot allait bientôt finir sa délicate opération. Il faisait presque chaud pour un début de novembre.

Le soir, Hortense eut le plaisir de voir monsieur Lecoq qui avait passé deux jours à Vichy et s'arrêtait à l'invitation de Léon. Il passerait la nuit et repartirait le lendemain tôt car, en homme pressé et occupé, il avait toujours mille choses à faire. Il avait apporté une pile de paquets jaunes de gland doux et des pastilles de Vichy. Il avait réglé ses affaires vichyssoises et était détendu.

Au cours du dîner, il donna avec plaisir des nouvelles de Clermont où la tension montait autour du chemin de fer puisque, si le prolongement de la ligne d'Orléans vers Clermont était acquis, il fallait chercher un lieu pour la gare ; les idées fusaient depuis l'espace de Jaude jusqu'à Montferrand, la ville voisine unie depuis deux siècles à sa consœur, mais qui n'en restait pas moins indépendante d'esprit ; ses habitants prétendaient volontiers qu'elle avait été un lieu de passage renommé depuis des temps immémoriaux et se trouvait ainsi toute désignée pour accueillir le chemin de fer. De belles bagarres en perspective !

— Se pose aussi le problème des lignes transversales. Le relief, que vous connaissez alentour, augmente exagérément les coûts de construction. Le comte de Morny s'active sur ces questions où il va de l'intérêt de notre ville et de notre région ! Vous verrez, ma chère Hortense, si vous revenez à Clermont, que les discussions sont passionnées et passionnantes. Comme nous en avions parlé un jour, je vous ai apporté mon article sur la mnémotechnie appliquée à la description des lieux que j'avais publié il y a dix ans dans les *Annales*, je suis sûr que cela vous amusera. Appliquez-le...

— La mnémotechnie ? questionna Henri qui découvrait pour la première fois le savant.

— Monsieur Lecoq est curieux de tout, vous savez, mon neveu, et je serais heureux que vous puissiez suivre certains de ses cours quand vous serez à Clermont. Henri va commencer ses études de médecine.

— Voilà un beau projet ! Vous pourrez soigner votre grand-mère.

Il regarda d'un œil malicieux et pétillant madame de Bellemaison. La vieille dame ne releva pas l'allusion insolente à ses maux, mais opina avec un sourire inhabituel ; elle avait daigné descendre pour dîner parce que monsieur Lecoq fournissait des remèdes qui la soulageaient. Sous le charme, malgré elle, elle répondit avec une amabilité presque inédite pour son entourage :

— Il faut de bons médecins, mais aussi des remèdes efficaces.

— Nous nous y employons, madame. Mais il y a à faire dans ce domaine. J'ai visité avec un collègue pharmacien, monsieur Aubergier, et le docteur Peghoux, bon nombre d'officines ; le résultat est affligeant. Beaucoup sont mal tenues, les médicaments sont périmés ou stockés avec des poisons comme l'arsenic.

— Mon Dieu ! dit la vieille dame qui retrouvait ses mines offusquées. Cela fait peur.

Des mines qui purent encore s'exprimer avec bonheur quand le savant poursuivit avec ardeur sur les pharmacies mal dotées en produits modernes, mais regorgeant de remèdes secrets non autorisés. Il avait le regret d'être sévère avec les sœurs qui faisaient commerce des matières illicites dans les établissements de charité.

— Il faut une instruction plus poussée pour les vrais pharmaciens et empêcher les charlatans de vendre n'importe quoi, par exemple dans les herboristeries !

— Oui, mais n'allez-vous pas empêcher l'invention, si vous mettez en place une réglementation trop rigoureuse ? demanda Léon qui ne cachait pas son admiration pour l'homme dont la réussite scientifique était doublée d'un savoir-faire commercial qui faisait rêver l'aristocrate prisonnier des préjugés.

— Vous avez raison, répondit Henri Lecoq en lissant ses favoris, grisonnants comme ses cheveux, finement taillés jusqu'au menton. Vous avez de la chance, madame, en tout cas, d'avoir un petit-fils qui se destine à la médecine : c'est un des plus nobles métiers.

— Cet enfant serait délicieux s'il n'était sous l'influence de sa sœur, dit madame de Bellemaison d'un ton lugubre comme Célestin servait les fromages.

— Je vous en prie, ma mère, intervint précipitamment Léon, nos histoires de famille ne concernent pas monsieur Lecoq.

Esquivant avec finesse la difficulté, celui-ci poursuivit en s'adressant à Henri :

— Je suis prêt à vous accueillir comme je l'ai fait avec le jeune Eugène Brosson, le fils de l'un de mes amis de Vichy.

Léon hocha la tête ; il connaissait les frères Brosson dont l'activité défrayait parfois la chronique depuis qu'ils avaient ouvert un magasin à Paris, à l'angle des rues des Pyramides et du Faubourg-Saint-Honoré, pour commercialiser aussi bien des pastilles que de l'eau gazeuse. Outre Vichy, ils exploitaient les eaux de Châtelguyon et la source Saint-Mart à Royat. Le bicarbonate de soude était utilisé pour produire du sulfate de chaux, très recherché comme engrais ; Léon l'expérimentait sur le terrain avec le jeune Théophile. Des réussites qui suscitaient parfois la polémique dont Lecoq, leur associé, n'était pas exempt. Léon se souvenait des remous provoqués cinq ans plus tôt lors d'un congrès d'histoire naturelle par les naturalistes, très critiques.

— Et je vous donnerai, mon garçon, poursuivait Lecoq, qui avait oublié la vieille dame sur sa gauche, un autre texte que j'ai commis avec mon ami Boisduval, mais qui a davantage surpris qu'emporté l'adhésion...

— De quoi s'agit-il ?

— De la tachologographie.

Devant les mines interrogatives, le savant s'anima. Hortense remarqua son élégance ; pour dîner, il avait changé de redingote et mis une chemise dont le col haut, légèrement empesé, disparaissait derrière le nœud de satin épais couleur bronze assorti au gilet de soie brodée d'abeilles ; les accords avec le gris taupe de la redingote étaient de bon aloi. Les yeux vifs et mobiles du savant allaient de l'un à l'autre tandis qu'il expliquait avec des mots simples la méthode qui consistait à écrire aussi vite que la parole.

— Amédée la pratique et il en vante les bienfaits, conclut-il. A propos, vous ne me demandez pas de nouvelles des trois A de madame Beaumont ?

Henri Lecoq s'était retourné vers Hortense qui était à sa droite. La jeune fille se sentit rougir sous le regard de cet homme doté à la fois d'autorité et de gentillesse.

— Si, bien sûr, bafouilla-t-elle.

— Qui sont ces trois A ? interrogea Henri.

— Il y a ce grand Anatole qui ne rêve que de progrès, mais qui est en train de gâcher sa vie avec une péronnelle socialiste ouvrière chez Barbier et Daubrée...

— Le projet de garde pour enfants avance-t-il ? Pardonnez-moi de vous avoir interrompu.

— Je ne crains jamais d'être interrompu par de bonnes questions.

Henri Lecoq s'était tourné vers madame de Bellemaison qui n'osa pas protester ; son illustre voisin ne vit pas sa grimace significative, car il s'adressait déjà à sa jeune voisine.

— Cette Alice a remué ciel et terre et elle va arriver à ses fins. Le maire a installé une équipe dans le local, chacun a mis la main au portefeuille. On murmure d'ailleurs que l'un des premiers clients du lieu serait l'enfant de cette blonde et sans doute d'Anatole. Mais ce ne sont que des bruits et Amédée, mon assistant, est très discret sur les affaires de son ami !

Hortense avait reçu la nouvelle de plein fouet et elle qui n'avait guère pensé à Anatole depuis le fameux bal masqué la ressentit comme un coup de poignard. Elle se reprit vite cependant, car Henri Lecoq donnait encore des nouvelles d'Amédée. Il avait organisé au cours de l'été une excursion naturaliste qui avait remporté un vif succès, car elle avait été suivie par de nombreux amateurs partis herboriser jusqu'à Murol et Saint-Nectaire.

— Notre ami Armand Dupin s'était joint au groupe de passionnés et il nous a fait une visite de l'église de Saint-Nectaire que personne n'oubliera, tant il nous a montré les charmes de cette architecture dont les tours vont être restaurées et aussi de ces chapiteaux peuplés de personnages étranges. Je sais que, la nuit suivante, dans une charmante auberge de Murol, tout le monde a rêvé de l'extraordinaire Baudime – je crois que c'est ce nom – tout en or ou plutôt en cuivre doré, avec des cabochons de pierres précieuses et des yeux dans un visage d'un autre monde, qui vous incite à vous agenouiller en tremblant. Je ne suis pas près d'oublier le regard terrible de ces pupilles noires qui vous font froid dans le dos. Quant à Murol, ce château dressé sur son cône basaltique a aussi fait forte impression. Les couleurs de l'été étaient si belles que j'aurais aimé être peintre ! Mon ami Jean-Baptiste Bouillet a raison d'en vanter les mérites. Reviendrez-vous chez madame Beaumont ?

— Ma petite-fille ira où on lui dira d'aller, répondit

d'une voix sentencieuse madame de Bellemaison avant même qu'Hortense n'ait pris la parole. Vous savez, ici, les enfants ne parlent pas à table.

— Ce sont tout de même de grands enfants ! protesta Lecoq en se servant de tarte aux pommes.

— J'ai eu de grands enfants qui ont fait de grosses bêtises, monsieur, répliqua l'hôtesse que son fils fustigea du regard.

Elle baissa la tête vers les fruits dorés à point et appétissants de la part généreuse que Célestin lui avait servie. Très cérémonieux, effectuant comme toujours un service parfait, celui-ci versa dans le dernier petit verre à pied, qui n'avait pas été utilisé, un vin sucré découvert lors de l'inventaire de la cave. Léon l'avait oublié ; ensemble, ils l'avaient goûté et avaient été surpris de sa qualité. C'était la première fois que Célestin en proposait à table. Henri Lecoq le huma avec délectation, puis en but une première gorgée qu'il garda en bouche et avala enfin.

— Voilà un vin dont je voudrais bien acquérir quelques bouteilles ! dit-il, tout heureux d'avoir un sujet de diversion.

— Je vous en mettrai deux dans votre voiture, ce sont des rescapées oubliées dans la cave. Je crois que c'est mon père qui les avait fait venir d'Anjou. Demain, n'aurez-vous pas quelques instants ? Je voudrais vous montrer une curiosité chez l'un de mes fermiers, le jeune Théophile, que vous connaissez.

— De quoi s'agit-il ? interrogea aussitôt le savant dont l'esprit était toujours en éveil.

— D'un coq qui pond !

— Un coq qui pond ? répéta Henri Lecoq, c'est une plaisanterie.

— Mais non, je l'ai vu de mes yeux, dit Léon en

riant. Il fait cocorico, se comporte comme un coq dans la basse-cour et pond des œufs !

— Je n'ai guère de temps, mais je ne résiste pas à la joie d'aller voir cette surprise de la nature, si nous pouvons y aller tôt.

— Nous irons tôt, ce n'est pas Théophile qui fait la grasse matinée.

28

La chambre aux pipistrelles n'avait pas changé. Le livre laissé sur la table de nuit quelques mois plus tôt était toujours là ; Paulin avait seulement veillé à remplacer la bougie usée dans le petit chandelier de cuivre ; il en avait même laissé une d'avance, il connaissait Mademoiselle et ses lectures nocturnes.

C'était lui qui les avait accueillis, avec Henri, le jour de leur arrivée, conduits par Augustin qui avait pesté pendant le voyage contre les ralentissements dus aux travaux rencontrés sur la route. A cette époque, les cantonniers y effectuaient leur tâche avec ardeur. En effet, depuis qu'en 1816 avait été instauré un service de cantonniers salariés, ils disposaient de congés sans solde pour les moissons et autres activités agricoles. Leur profession avait été réglementée puisqu'ils étaient tenus d'être sur les chantiers de six heures du matin à six heures du soir pendant les périodes d'équinoxe du printemps et de l'automne, du lever au coucher du soleil, été comme hiver. Et quand les travaux promettaient de durer, ils construisaient des abris fixes ou portables qui, tous sur le même modèle, florissaient au bord des routes, surtout à la mauvaise saison.

Agacé, regardant ostensiblement sa montre, Augustin en avait interpellé deux qui barraient la route pour permettre le déchargement d'un tombereau de pierres à un endroit où la terre avait été ravinée ; le ton était monté et le cantonnier avait eu beau jeu de rappeler au cocher qu'il était aussi là pour porter assistance aux voyageurs, pas seulement pour les embêter, comme avait l'air de le suggérer Augustin.

« Nous, on obéit aux ordres.

— Et moi, j'ai besoin de rouler. »

Il avait bien fallu attendre. Hortense s'était souvenue de Léon commentant avec des amis une phrase de Louis-Philippe à son ministre Guizot qui les avait beaucoup amusés : « Les routes sont la mort-aux-rats de la guerre civile. » Une façon de juguler un danger toujours imminent pour les souverains depuis la Révolution. Louis-Philippe, qu'on appelait le « roi des travaux publics », avait largement repris à son compte la politique des routes instaurée par Napoléon et poursuivie sous la Restauration malgré un manque patent de financements. D'où les péages destinés à rembourser les emprunts, autres sources de retard !

Elle avait fait le voyage avec Henri, Léon ayant été retenu par la venue d'un agent pour la fameuse moissonneuse destinée à Théophile. Une déception pour Delphine, dissimulée pour faire bonne figure à Hortense qui avait repris un peu de couleur depuis l'enterrement de Charles, mais paraissait bien triste. Le jeune Henri, provisoirement logé chez Delphine, avant de trouver une autre solution, avait fait diversion. Encore fallait-il que la maîtresse de maison prît sur elle, car sa ressemblance avec Joseph l'émouvait davantage qu'elle aurait voulu l'admettre. Aurait-elle eu un fils aussi similaire à son père ? Ce n'était pas seulement une question de physique, mais aussi de manière d'être ou de parler. C'était saisissant ; elle ne s'y habituait pas. L'avoir à demeure chez elle constituait une épreuve, même s'il avait affiché dès le premier jour une véritable indépendance avec des heures de cours et de présence à l'hôpital qui gênaient surtout Pauline. La cuisinière était obligée de faire réchauffer, sans rechigner pourtant, on pouvait même dire avec amour, des petits plats, pour le neveu de monsieur Léon qu'elle affectionnait ; elle n'avait guère résisté au charme du jeune homme. Et qui se destinait à « un si beau métier » ! « Et un si beau garçon qui fera tourner la tête à ses clientes ! »

« Il pourra soigner sa sœur, car mademoiselle Hortense nous est revenue de la campagne bien pâlichonne, avait-elle dit le premier soir à Paulin, en faisant la vaisselle.

— Pourvu qu'elle ne soit pas phtisique ! » avait répondu Paulin en posant sur une étagère le grand faitout où avait mijoté un pot-au-feu qui avait fait la joie des nouveaux arrivants.

Régnait encore dans la grande salle tout en longueur une odeur de poireaux que la fenêtre entrouverte n'était pas parvenue à dissiper.

« Parle pas de malheur ! » avait rétorqué Pauline en se signant, un geste qu'elle retrouvait parfois quand l'urgence s'en faisait sentir.

Tous deux savaient bien que cette maladie, qui frappait au hasard, était le plus souvent mortelle. Elle avait emporté la mère de Thomas et ils connaissaient plus d'un cas pour lesquels la médecine avait été impuissante.

Le premier soir, alors qu'elle se réhabituait doucement aux bruits de la maison et de la rue, la jeune fille avait relu les dernières pages écrites au printemps dans son journal, où elle espérait avec ferveur un coup de foudre. En fait de coup de foudre, c'était Charles qui avait écrit à ses parents une lettre que madame Hetty lui avait remise, où il racontait comment il avait compris que c'était elle et nulle autre quand il l'avait découverte un matin devant l'écurie avec un jeune homme qu'il avait pris pour son amoureux, et décrivait le soulagement ressenti à la nouvelle qu'il ne s'agissait que de son frère.

Mais alors, pourquoi ne lui avait-il jamais fait de vraie déclaration ? Pourquoi, fier et insolent, l'avait-il entraînée dans une relation si incertaine, s'il était sûr de ses sentiments ? Elle ne le saurait jamais et s'en voulait d'avoir joué, elle aussi, la coquette ou la distante. Mais n'avait-elle pas compris qu'elle l'aimait à l'instant même où elle l'avait perdu ?

Elle trempa une plume dans le petit encrier en faïence de Strasbourg, sur le coin du bureau plat, et écrivit en s'appliquant : « Un seul être vous manque et tout est dépeuplé », qu'elle souligna, puis ajouta au-dessous en majuscules le mot « FIN ». La plume accrocha le papier et fit un petit pâté. Elle attendit qu'il séchât pour refermer le cahier et le replacer discrètement entre deux livres sur l'étagère. Elle posa à côté le mince volume rapporté de Bellemaison et trouvé dans la chambre de sa mère ; relié de cuir rouge, il annonçait en lettres d'or : *Poèmes* de monsieur de Lamartine.

— Regarde mon herbier. Toutes ces plantes

trouvées cet été ! Amédée m'aide à les identifier, mais nous avons encore beaucoup de travail. Il faut rechercher le genre, la famille de chaque plante et la classer. Amédée a trouvé que j'avais bien travaillé car mes plantes s'étaient conservées sans difficulté dans le cahier que Madel m'avait offert avant que nous partions pour Bel-Air. Le cordon est presque usé, je l'ai serré si souvent, mais le résultat est satisfaisant.

Thomas avait profité de la porte entrouverte pour entrer. Le retour d'Hortense avait été un vrai bonheur pour lui et il regrettait qu'Henri soit si souvent absent, car il en aurait bien volontiers fait son meilleur ami, à l'exception d'Hippolyte pour qui il nourrissait une affection qui avait décuplé pendant leur été de vacances. Il avait beaucoup grandi et finissait d'user le fameux costume acheté pour le portrait ; le pantalon ne couvrait plus tout à fait ses chevilles et dégageait ses bottines de cuir qui, elles, étaient neuves. Il n'avait pas pu enfiler celles de l'hiver dernier.

— Regarde : à la première page, j'ai mis un delphinium. C'est normal, pour Madel. Mais j'avais cueilli aussi cette boule d'hortensia ; pour la sécher, j'ai dû prendre chaque fleur. Je la mettrai au début de l'herbier, cela me fera toujours penser à toi !

Les larmes aux yeux, Hortense sourit. Pouvait-elle rêver d'une aussi authentique déclaration d'amour ? Elle qui rêvait qu'un homme plante un jour pour elle un champ d'hortensias ! C'était finalement un bouquet des fleurs portant le même nom qu'elle qui avait accompagné celui qu'elle nommait maintenant l'« homme de sa vie ».

— Viendras-tu à la foire de la Saint-Martin ? interrogea Thomas avec ce regard suppliant dont il savait user à merveille. Il paraît qu'il y a une femme géante ! Et aussi un veau à deux têtes et un coq à trois pattes.

— Et un garçon qui a trois jambes et qui est aussi bavard que toi !

Hortense avait éclaté de rire. Surprise, car il y avait longtemps que cela ne lui était pas arrivé, elle se reprit comme si elle regrettait ce laisser-aller.

— Tu n'es pas en classe ?

Elle n'avait pas encore pris le rythme de la maison. Pourtant, quel soulagement d'être là ! La dernière semaine à Bellemaison avait passé très vite. Il avait fallu trouver un nouveau cavalier pour s'occuper de Jeune Fou que Léon se refusait à monter. Henri aurait aimé l'emmener à Clermont où les cours de médecine, il l'espérait, lui laisseraient quelques loisirs. Mais le jeune homme était moins bon cavalier que sa sœur et le cheval trop peu urbain pour une écurie clermontoise. Une belle occasion pour Hortense de mesurer combien l'animal avait créé un lien entre Charles et elle.

Rencontré au hasard d'une allée cavalière, Magloire de Fleury avait offert ses services, au grand dam de madame Fariboles, qui s'évertuait toujours à lui remettre le dos en ordre. Cavaler sur ce cheval nerveux et imprévisible lui paraissait une grosse bêtise. Magloire avait rétorqué que le jeune palefrenier recruté récemment pourrait aussi faire l'affaire. Jeune Fou n'en pâtirait-il pas ? Une fois encore, sa jeune maîtresse l'avait abandonné avec tristesse. L'une de leurs dernières promenades les avait conduits au bord de l'étang. Le cheval avait ralenti sa course et henni en passant près du fameux sentier où sa congénère, Châtaigne, tombée les quatre fers en l'air, avait dû être abattue. Retenu par sa maîtresse, il avait respecté sa rêverie, le regard perdu au-delà des joncs vers cette eau verdâtre qui avait absorbé le sang du cerf. Depuis, les princes avaient participé à d'autres chasses avant de rentrer à Paris.

Un piqueux était venu quelques jours après l'accident rapporter le fameux pied du cerf retrouvé sur les lieux. Hortense avait vaincu son dégoût, n'y voyant plus qu'une relique touchée par Charles, qu'elle avait mise dans ses bagages pour Clermont et installée sur une étagère face à son lit. Y trônait aussi le portrait du jeune vétérinaire, esquissé par Henri le jour de la fête de bienfaisance de madame Adélaïde. Reflétant l'essentiel du visage, le dessin effaçait lentement l'image obsédante du masque mortuaire au-dessus du drap blanc.

— Aurez-vous une tenue pour la fête du comte de Morny ?

Delphine avait à son tour poussé la porte de la chambre aux pipistrelles où Hortense passait trop de temps depuis son retour.

— Je n'irai pas, répondit Hortense avec un pauvre sourire.

— Comment, vous n'irez pas ? Vous savez que Léon y est convié ? Il m'a confirmé hier qu'il avait accepté l'invitation.

— Je suis en deuil.

— En deuil ? Oui, certes, dans votre cœur, mais vous n'avez aucune obligation de deuil, que je sache !

— Je suis en deuil, répéta Hortense dont l'air buté faisait pitié.

— Il y aura peut-être les trois A. Ils vous escorteront.

— N'insistez pas !

— J'insisterai, ne vous en déplaise ! Il est hors de

question de vous laisser aller à une mélancolie préjudiciable à votre santé. Regardez ces cernes sous vos yeux, et cette mine pâle. Il faudrait vous passer les joues au rouge crépon ! Je sais bien que la morbidité est à la mode, mais n'en faites pas trop. Regardez-moi, non, ne soyez pas languide, la paupière mi-close, il ne manque plus que les quintes de toux.

Delphine faisait allusion à cette mode des beautés languissantes qu'un autre modèle, celui de George Sand, avait combattues : celui des lionnes, cavalières, chasseresses, cravache levée, bottes éperonnées, verre en main et cigare en bouche. Un extrême que Delphine ne prônait pas mais qui la faisait rêver. Comme bien des femmes !

— Eh bien ! c'est parfait, je ne veux plaire à personne, laissa tomber Hortense devenue indifférente à tout.

— Vous en reviendrez, croyez-moi ! Nous en reparlerons. En attendant, je ne vous laisserai pas enfermée à rêvasser ou même à jouer au trictrac avec Thomas !

Le garçon avait découvert ce jeu pendant l'été avec les neveux de Delphine et avait déjà entraîné Hortense dans des parties déchaînées. Le peintre Degeorge, venu pour montrer à un futur client le portrait de Thomas, lui avait même donné des conseils de stratégie qui lui avaient permis de battre Hortense, peu aguerrie. La maison retentissait le soir des cris du garçon, plutôt mauvais joueur, qui acceptait mal les tours du hasard. Delphine et Hortense gagnaient parfois, bien malgré elles, et les parties se succédaient allégrement car chacune ne durait pas plus d'un quart d'heure. Thomas avait même appris le jeu à Paulin, qui y trouvait un certain plaisir, sur un coin de la table de la cuisine.

— Nous accompagnerez-vous à la foire ? J'y vais avec Thomas, cela l'amuse. Il m'extorquera sûrement une babiole, mais si vous saviez comme je remercie le ciel de m'avoir envoyé cet enfant...

La bonne humeur de Delphine était contagieuse. Hortense sourit enfin.

— Oui, je viendrai. Je dois prendre l'air, n'est-ce pas ?

— Ce serait bien. La vie est aussi faite de mille et une petites choses sans importance. Vous découvrirez dans le passage Genest, au bout de la rue Neuve, une boutique où l'on ne sait plus où donner de la tête, des cachemires des Indes, des châles, des bijoux et toutes sortes de frivolités propres à ramener un sourire sur votre visage. J'y connais aussi un monsieur Simon qui vend des améthystes pas chères qui font beaucoup d'effet ! Ne mettez pas de souliers fragiles car les travaux au bout de la rue Neuve, pour la faire communiquer avec Jaude, ont commencé.

La foire de novembre, une tradition qui remontait à des temps immémoriaux, durait cinq jours. Au troisième, elle battait son plein avec un éventail de bonnes affaires en tout genre qui attiraient des chalands parfois venus de loin. Textiles, cuirs, poteries, quincaillerie, bois, fers, mais aussi bestiaux, céréales, houilles, huiles, les étals regorgeaient de marchandises et une foule en quête d'aubaines déambulait, nonchalante ou affairée, dans les rues du centre de la ville.

Quand Delphine et Hortense, escortées de Thomas, arrivèrent sur la place du Terrail, un attroupement attira leur attention au pied d'une façade en loggias à l'italienne. Delphine reconnut le médecin, habitant deux maisons plus haut, qui entrait précipitamment dans le logis ; quelques instants plus tard, une femme passa la tête au deuxième étage, au-dessus des balustres.

— Je suis sûre que c'est cet herboriste qui l'a empoisonnée.

A l'affût de tout, les badauds se transmirent la nouvelle avec appétit, jetant en un instant l'opprobre sur tout un métier. Chacun y allait de son anecdote : la ciguë ressemblait au cerfeuil, on pouvait facilement confondre la gratiole avec la mercuriale, certains herboristes donnaient des consultations comme des médecins... Hortense et Delphine avaient passé leur chemin, débouchant déjà sur la place Derrière-Clermont.

— Ce n'est pas notre Fariboles qui commettrait de telles erreurs, dit Delphine en prenant le bras d'Hortense qui opina.

La conversation avec monsieur Lecoq, lors du dîner à Bellemaison, lui revenait. Peut-être n'avait-il pas noirci la situation.

Elles avaient repris leur balade et, près de la cathédrale, des étals de ferrailles ou d'outils de toutes sortes attiraient le chaland. Peu intéressées par ce genre de marchandises, elles avancèrent vers l'ouest et croisèrent un concert de mirlitons nasillards, des flots d'hommes, de femmes et d'enfants avec des pains d'épices à l'angélique, au citron ou à l'orange, suspendus aux cannes ou aux ombrelles. Soudain, certains se retournèrent, alertés par des cris.

— Vaurien, dépuceleur de nourrices !

Le ton monta soudain entre un homme et une femme à proximité du théâtre.

— Monsieur est un fanfaron qui se vante de ses succès, mais tu t'es regardé, quelle femme voudrait de toi ? poursuivait une petite grosse dont la robe largement échancrée laissait deviner une poitrine opulente.

— Et toi, la matrone, occupe-toi plutôt de tes marionnettes.

— Du calme, plaidait un homme en uniforme qui percevait les droits de place, ce qui n'allait pas toujours sans d'âpres discussions.

La foire, c'était une surprise à chaque coin de rue ; Thomas courait devant elles à l'affût, avec des allers-retours dans la foule pour indiquer les attractions à ne pas manquer.

— Regarde, il a son chapeau, cria Thomas en désignant le puy le plus haut de la chaîne.

Quelques nuages s'y accrochaient en effet.

— J'y suis monté avec Amédée ; nous t'emmènerons si tu veux !

Depuis la place de l'Echaudé, la vue était belle au-delà des toits rouges assez plats, de Jaude et de la percée vers Chamalières jusqu'à Royat étagé entre deux mamelons sous la protection du fier puy de Dôme.

— Et ces cochons qui puent !

— Taisez-vous un peu, dit Delphine à Thomas dont les joues rouges trahissaient l'excitation.

Il désignait le marché de porcs frais installé sur la place des Cordeliers, en forte déclivité.

— Vous ne m'aimez plus, Madel ! marmonna le garçon.

— Mais si, mais si, mais nous avons d'autres choses à regarder que le puy de Dôme ou les cochons !

Thomas soupira avant de s'intéresser à un choix de parapluies et d'ombrelles.

— L'objet de nécessité pour tous les temps, vanta

la femme qui faisait négligemment tourner un parapluie sur son épaule.

Le garçon s'en détourna vite pour s'approcher de l'étal du pâtissier qui confectionnait depuis longtemps des petits gâteaux en forme de cœurs.

— Vous en mangerez ? interrogea Delphine qui s'en voulait d'avoir un peu rabroué Thomas dont le visage s'éclaira.

On entendait plus loin les contrats conclus au marché au chanvre, qui se chiffraient par milliers de kilos ; tout près, des gamins facétieux arrosaient les passants devant la fontaine dite « royale » à deux vasques. Derrière Hortense, la dame aux parapluies cria :

— Vous voyez bien qu'on peut avoir besoin de ma marchandise même quand il ne pleut pas !

La ville était envahie par des marchands, des colporteurs et des paysans ; des bœufs, des charrettes avec des conducteurs en blouses encombraient les carrefours et les objets les plus hétéroclites déballés partout créaient d'inévitables conflits entre commerçants ayant pignon sur rue et ambulants. Querelles que les préposés aux droits de place, prélevés par la municipalité, tentaient de résoudre, mais des incidents nécessitaient parfois l'intervention musclée de policiers.

Un peu plus loin, rue Saint-Genès, la marchande de nouveautés, que fréquentait assidûment Delphine, la héla. Elle avait reçu de la marchandise bien différente de celle déballée dans la rue, qu'elle réservait à ses meilleures clientes : une camisole de cachemire, une guimpe de tulle, un paletot de percaline, des robes de crêpe ou de flanelle pour l'hiver, sans oublier les mousselines, le tulle ou le coton qui se taillait une belle part.

— Regardez ces jarretières, la meilleure qualité ; ces gants, ces bas et ces culottes, ces foulards de soie...

— Futaine, coutil, calicot, reps, belles soieries...

D'une voix forte, la voisine faisait l'article, en vantant ses tissus dont les métrages vendus étaient impressionnants depuis que la mode avait misé sur l'ampleur des robes. Tout était à l'avenant, jupons, robes, manteaux.

— Venez !

Thomas n'avait pas les mêmes centres d'intérêt que Delphine et Hortense, et continuait à gambader avec ardeur.

— Ici ce produit pour enlever les taches, mesdames... à moins que vous ne préfériez cette poudre pour tuer les mites.

Un peu plus loin, un étal de chaussures offrait un échantillonnage extraordinaire de brodequins, de bottines, de sabots répartis sur plusieurs plans. Un choix impressionnant pour chausser tous les Clermontois !

— Là-bas, je vois Anatole et Armand.

Hortense aurait voulu fuir mais il était trop tard.

— Hortense, vous êtes revenue ?

La jeune fille se retourna et dit :

— Non, je suis son fantôme.

Anatole et Armand s'esclaffèrent devant Delphine que la plaisanterie d'Hortense avait prise de court. Elle lui trouvait si grise mine quelques instants plus tôt, ne s'intéressant ni aux jarretières ni aux gants et encore moins aux tissus, affichant une telle froideur que tous les vendeurs reportaient leurs espoirs vers des clientes plus gaies. Elle paraissait avoir soudain retrouvé quelques couleurs.

Anatole et Armand, c'était un peu de la vie d'avant qui reprenait son cours. Ils n'étaient pas censés connaître son malheur, ce malheur où elle souhaitait tant se complaire. Armand la dévorait des yeux sous le regard amusé d'Anatole.

— Alors, ce chemin de fer ? A-t-il fait des progrès ? Et votre caoutchouc ? interrogea Hortense décidément enjouée.

— Irez-vous chez monsieur le comte de Morny ?

— Peut-être. Vous y serez, Anatole ?

— Je ne crois pas, répondit le jeune homme, ambigu.

Hortense n'eut pas le temps de demander des explications car Armand souhaitait les entraîner au bout de la rue pour solliciter leur avis. Un marchand de meubles avait installé dehors, le temps sec le permettait heureusement, tout ce qui pouvait faire rêver des jeunes gens en train d'emménager.

— Ne croyez-vous pas que pour de tels choix, il faudrait attendre de prendre femme ? interrogea Delphine, consciente d'une certaine provocation.

— Vous savez, si vous me permettez, dit derrière elle un garçon dont la redingote très ajustée renforçait le côté efféminé, si vous me permettez…

— Oui, dites.

Hortense s'impatientait déjà.

— Certains célibataires aiment se faire un petit chez-eux qui leur plaît avant l'arrivée d'une femme qui ajoute des meubles à son goût.

Anatole sourit. Tout lui rappelait des souvenirs dont il ne savait s'ils étaient bons ou mauvais. Alice avait semblé tellement heureuse de s'installer avec lui et de choisir certains meubles ! Et maintenant, il se trouvait à la tête de tout un matériel dont il ne savait que faire. Quelle dérision d'avoir un vaisselier avec des compotiers et des saladiers et personne pour s'en servir ! Perdu dans ses pensées, il entendit à peine son ami pérorer avec autorité comme il savait le faire. Armand était amoureux d'Hortense, mais lui, Anatole, se rappelait les avances de la jeune fille dont il conservait un délicieux souvenir. Regrettait-il son aventure avec Alice ? Tout son être répondait par la négative, mais quel gâchis !

— C'est bien pour cela que je souhaite votre avis ; j'allais me contenter de celui d'Anatole, mais le vôtre m'importe davantage.

Un regard appuyé vers Hortense l'aurait fait rougir quelques mois plus tôt. Mais elle se sentait si loin, rêvant plutôt de meubles qu'elle aurait tant aimé choisir avec un autre qu'Armand dont elle convenait en son for intérieur qu'elle ne l'avait jamais embrassé que par dépit. Pour Anatole dont l'image avait pâli aussi, puis pour Charles, le soir du bal masqué...

— Venez voir !

Thomas avait surgi du boulevard Desaix, les joues rouges.

— Je te suis ! dit Hortense, heureuse de sauter sur l'occasion.

— Viendrez-vous à l'Académie écouter notre propos sur les végétaux de la cathédrale ? interrogea précipitamment Armand.

— Peut-être ! lança Hortense avec un petit sourire adressé au jeune homme qui resta planté au milieu des guéridons, tables de toilette, commodes, chaises et tabourets.

Thomas lui avait saisi la main et la tirait.

— Alors, que voulez-vous choisir ? demanda Delphine pour faire diversion.

— Euh, je ne sais plus, avoua Armand soudain abattu.

— Monsieur a besoin de quoi ? interrogea à son tour le vendeur. Ce bois de lit pour soixante francs auquel on pourrait ajouter sa couronne pour cinq francs et une petite table de nuit pour quatorze, c'est très raisonnable. A moins que cette table à coulisse ne vous intéresse : c'est une affaire que la maison peut laisser à quarante-cinq francs.

Mais Armand avait la tête ailleurs. Il sortit sa montre de la poche de son gilet de flanelle rayée, la regarda, parut indécis et dit :

— Il faut que j'aille revoir mon texte pour l'Académie.

Anatole soupira. Armand lui avait fait perdre son temps. Mais depuis qu'Alice était partie, il en avait de reste. Deux filles le bousculèrent pour le dépasser ; elles avaient les cheveux courts. Anatole regarda leur nuque au-dessus du col de leur robe. Certaines vendaient leurs cheveux les jours de foire pour quelques pièces blanches.

— Des ciseaux qui coupent ! criait un peu plus loin un repasseur de couteaux.

— Des assiettes comme neuves ! répliquait en écho un raccommodeur de vaisselle.

Anatole retrouva le sourire. Il avait cassé la veille deux assiettes de porcelaine d'un joli service fabriqué dans une manufacture du département de l'Allier. Près de lui, une femme en châle et bonnet à ruban tendit les deux morceaux d'un plat en disant :

— Faut pas croire que je l'ai cassé sur la tête de mon homme. C'est pas que l'envie m'en manque parfois !

Goguenard, son homme se dandinait d'un pied sur l'autre ; en blouse bleue et feutre à large bord, il portait l'uniforme des campagnards descendus de leurs montagnes pour la foire en ville afin de dépenser un peu de l'argent durement acquis. Un relent de soupe aux poireaux fit frémir ses moustaches ; un homme en tablier blanc annonça un salmis aux oignons ou un bouilli gourmandé de persil Au Cochon Qui Rit, à deux pas de là, dans la montée des Cordeliers ; vivement, le mari abandonna sa femme pour s'y attabler.

Alice leva la tête. Elle feuilletait un petit cahier où elle avait pris des notes depuis le début de l'aventure de la garderie d'enfants. Derrière elle, debout, Pasquine soufflait dans ses mains. Il faisait froid ; heureusement, deux cheminées avaient été installées pour y brancher des poêles sur chacun des petits côtés de la salle. De longues palabres à propos de la sécurité des enfants avaient précédé leur installation ; un forgeron de la rue des Jacobins avait accepté de confectionner deux pare-feu sur un modèle inspiré des appuis de fenêtre qui conviendrait parfaitement ; il les livrerait dans la semaine. Il faudrait trouver du bois, mais Pasquine avait eu une aventure avec un marchand de fagots et de bûches au bout de la rue Haute-Fontgiève ; elle avait renoué pour obtenir un peu de marchandise gratuite. Sous le charme, il avait promis de l'aider.

Un des multiples problèmes à régler, mais qui n'était rien à côté des femmes à embaucher pour s'occuper des bambins. Comment juger de leur sérieux et de leur efficacité ? Beaucoup s'étaient déjà présentées ; Alice et Pasquine disposaient donc d'une longue liste de candidates parmi lesquelles il faudrait effectuer un choix judicieux. Des femmes peu exigeantes, qui avaient souvent des enfants et offraient de s'occuper des autres en même temps.

— Bonjour ! lança Alice à Hortense qui avait poussé la porte un instant plus tôt et se tenait devant le bureau improvisé sur des tréteaux et deux planches.

— Bonjour ! répéta Pasquine en soufflant toujours sur ses doigts. Vous ne pouvez savoir comme il fait froid ici.

— Tenez, prenez.

Spontanément, Hortense lui tendit le manchon de fourrure offert l'hiver précédent par Léon.

— Essayez, vous verrez, il y fait une chaleur délicieuse.

Pasquine y enfila aussitôt ses mains et fit une mimique de satisfaction en hochant la tête.

— Il n'y a que les bourgeoises pour inventer des moyens pareils !

— Oui. Comment vous dites ? Des navets pourris ? Mais je vous le donne, si cela peut vous être utile.

— C'est que moi, j'ai besoin de mes deux mains, contrairement à vous, avec votre cocher et votre femme de chambre ! Alors...

— Tais-toi, Pasquine, dit Alice en quittant la caisse de bois qui lui servait de siège.

Hortense la dévisagea. Elle avait grossi. Ce que monsieur Lecoq avait raconté était donc vrai.

— Bon, je suis enceinte, dit Alice d'un ton brusque en surprenant le regard d'Hortense. Ce n'est pas une affaire, le petit sera ici, et moi, je travaillerai comme avant.

— Et le père ? s'entendit demander timidement Hortense.

— Le père, le père ! Vous, vous êtes comme ma mère ; pourquoi il lui faut un père à cet enfant ? Vous, la bourgeoise, il vous faudrait un père si vous vous étiez envoyée en l'air, de peur du scandale, mais moi, un père, je n'ai rien à en faire. Il voudrait que je reste chez moi avec mon grincheux, merci, il y a tant à faire dehors.

— Cela n'empêche pas, avança encore Hortense en regardant Alice droit dans ces yeux noirs et brillants d'une ardeur qu'elle ne connaissait à personne d'autre.

— C'est que l'Anatole, il ne l'entend pas ainsi, murmura Pasquine dans son dos.

— Tais-toi ! répliqua Alice, hors d'elle. Dites-nous plutôt ce que vous voulez, inspecter les travaux finis ? Enfin, quand je dis finis, il y a encore à faire. Mais, la bourgeoise, vous n'avez pas très bonne mine, le grand air de la campagne ne vous aurait pas convenu ?

Cet accueil peu chaleureux fit regretter à Hortense sa venue ; elle hésita un instant, puis prit le parti de s'en moquer en disant d'un ton enjoué :

— C'est beau, ces murs blanchis à la chaux. Il faudrait des dessins, si vous voulez, je pourrais vous envoyer mon frère.

— Votre frère ? Pourquoi pas, s'il fait cela gratuitement, dit Pasquine.

— Faut voir ! marmonna Alice. Ma pauvre Pasquine, dès que tu as un bourgeois à te mettre sous la dent...

— J'ai apporté quelques jouets pour vos marmots, mais je peux les garder s'ils ne vous intéressent pas.

Hortense avait interrompu Alice dont les commentaires ne l'amusaient plus.

— On n'a jamais dit cela, répondit aussitôt Pasquine qui gardait toujours ses mains au chaud avec bonheur.

— Bon. Thomas, Hippolyte, vous pouvez venir.

Les deux garçons, à peu près de la même taille, l'un très blond, l'autre châtain, l'un aux yeux noirs de charbon, l'autre au regard noisette, s'encadrèrent dans la large porte de l'ancien atelier. Thomas avait dans les bras un petit poney à roulettes, Hippolyte un ours et un cheval à bascule.

— Alors, mon frère vous sert de commis ? interrogea Alice, la mine critique.

— Ils ont voulu m'aider. Vous allez voir ce bric-à-brac. Allez vite chercher le reste !

— Un cerceau, une poupée, un ballon, des balles, un petit crocodile en bois ouvrant la mâchoire – il va peut-être faire peur aux enfants – et un pantin, annonça Thomas.

— Une marionnette, un croquemitaine à grandes dents...

— Vous allez terroriser nos petits, dit Pasquine en riant de bon cœur cette fois.

— Un moulin avec des ailes jaunes et rouges, un polichinelle, une crécelle, un tambour, continua Hippolyte imperturbable.

Le petit frère d'Alice fit résonner les baguettes sur la peau légèrement distendue, tout en serrant contre lui une dernière marionnette dont Thomas se saisit en actionnant le fil qui lui fit lever les bras, puis les pieds : une fée Carabosse bossue, dont la tête taillée dans le bois était l'illustration parfaite de la méchante rabat-joie. Hortense éclata de rire. Quand elle l'avait découverte dans le grenier de Bellemaison, Henri avait joué avec et la petite-fille n'avait pu s'empêcher de lui trouver une ressemblance frappante avec sa grand-mère.

— Voilà pour amuser vos enfants, conclut Hortense en embrassant du regard le joyeux tas de jouets hétéroclites.

— Hippolyte n'en a jamais eu autant, moi non plus, merci.

Alice semblait avoir enfin chassé sa mauvaise humeur, comme si ces jouets symbolisaient la réussite de son entreprise. Une caisse dans un coin en contenait déjà quelques-uns offerts par monsieur Garnier, marchand à l'angle de la rue des Gras et de la rue Neuve, tout près de chez Anatole.

— On voulait vous demander, interrogea soudain Pasquine elle aussi subitement détendue. Vous croyez que les enfants doivent être emmaillotés ou non ?

— Oui, faut-il les emmailloter comme des ballots ? reprit Alice qui avait regagné sa place sur la caisse.

— Il paraît qu'à trop les serrer, on fait des cagneux, des bossus et des noués.

Flattée par la confiance que semblaient lui manifester Alice et Pasquine, Hortense avoua pourtant son embarras. Elle ne s'était jamais posé de telles questions.

— Moi, je suis sûre que les jambes à l'air avec une chemisette et une brassière, cela doit être mieux, trancha Pasquine. Nous interrogerons nos nourrices, puisque nous aurons ici le bureau des registres des nourrices et des enfants qui leur sont confiés. Monsieur le maire en a décidé ainsi.

— Peut-être, dit Hortense perplexe.

Mais à qui demander ? Delphine n'avait aucune expérience en la matière. Elle songea à madame Raconnet, qui ne se posait sûrement pas ce genre de questions.

Profitant de l'espace vide, Hippolyte et Thomas faisaient la course avec les poneys à roulettes qu'Henri et Hortense avaient imaginé être ceux de Julie et de Joseph.

— Quand pensez-vous être prêtes ? interrogea Hortense.

— Bientôt, répondit Alice, mais nous attendrons le retour de Flora Tristan pour faire une petite fête. Elle sera contente, nous avons bien travaillé !

— J'offrirai de quoi faire cette fête, vous pouvez y compter, répondit Hortense.

— Si mademoiselle le dit, alors nous acceptons, n'est-ce pas, Alice ?

— Oui, et j'ajouterai que si vous voulez Anatole que vous dévoriez des yeux au printemps, il est à vous !

Hortense sentit le rouge monter à ses joues, mais se reprit vite.

— Je ne crois pas que les hommes soient des marchandises dont nous pourrions disposer, répliqua-t-elle. Je ne voudrais pas priver votre enfant d'un père !

Les talons de ses bottines de cuir brun claquèrent sur le sol qu'un artisan avait carrelé de tommettes rouges. Pasquine lui courut derrière pour lui rendre son manchon mais Thomas l'arrêta en disant avec cette petite voix haut perchée dont Delphine redoutait déjà qu'elle ne mue un jour en un timbre masculin et grave.

— Donner c'est donner, reprendre c'est voler !

Le frère des Ecoles chrétiennes qui lui servait de maître distillait proverbes et maximes à caractère moralisant. Thomas, dont la mémoire ressemblait à une véritable éponge, retenait chacune de ces leçons et les resservait toujours à bon escient.

— Regarde-moi ces petits bourgeois que l'on nous fait. Mon frère aussi sera bientôt un de ces navets que je déteste, c'est un comble.

Déjà loin, les deux garçons n'avaient pas entendu. Ils avaient grimpé dans la voiture que Paulin manœuvra habilement pour retourner vers la place Delille et remonter la rue du Port.

Il avait plu ; la boue, repoussée par le trafic des charrettes et voitures, toujours dense rue des Jacobins, s'était accumulée sur les côtés, improvisant des trottoirs où le piéton s'enlisait. Il y avait bien des balayeurs municipaux, mais leur impuissance face à ces inconvénients était notoire, faute de matériel adapté.

Un peu plus haut, un joli petit âne gris cendré avait enfoncé ses pattes dans la gadoue et refusait obstinément d'en sortir, au grand dam de son maître dont la charrette peinte en vert regorgeait de paniers et corbeilles destinés à approvisionner un magasin de la rue du Port.

Thomas et Hippolyte sautèrent vivement de la voiture avec Paulin et, les uns tirant, les autres poussant, tous encouragèrent la pauvre bête qui se mit à braire, attirant aux fenêtres les riverains affolés.

— Hue ! Grison, on est presque arrivés, disait son maître que l'effort rendait cramoisi.

— Grison, Grison !

Depuis les fenêtres, tous criaient le nom de l'animal paralysé quand la situation fut enfin débloquée par une femme qui lança une carotte. Le légume tomba aux pieds d'Hippolyte qui le tendit en direction de Grison.

— Ne la lui donne pas, malheureux ! s'écria son propriétaire. Il aurait vite fait de la manger et d'en attendre une autre. Montre-la-lui, fais-la-lui sentir et recule lentement. Moi, je lui donne quelques coups de bâton.

— La carotte et le bâton, murmura un homme en redingote visiblement amusé par la scène, somme toute banale, mais qui faisait le charme des villes.

Sensible peut-être aux deux, carotte et bâton, Grison avança enfin une patte puis l'autre, provoquant les hourras des riverains. Il dut redoubler d'effort quand la charrette franchit le terre-plein de gadoue, mais, enhardi, ne fléchit pas. Hippolyte lui abandonna la carotte que ses dents broyèrent en un instant. Son propriétaire soulagé l'encouragea et Paulin remonta en voiture avec les deux garçons, tout heureux. Thomas pensa qu'il raconterait l'affaire à son maître pour se faire mousser. Certains élèves prétendaient qu'il était son chouchou, cela l'agaçait mais il en profitait volontiers !

29

C'étaient sans doute ces problèmes de voirie qui avaient conduit le maire à envisager des solutions modernes. La grande affaire, qui agitait son conseil municipal et les Clermontois, était la mise en asphalte du cours Sablon dont l'état, poussiéreux ou boueux selon le temps, désolait passants et résidents, une indignité alors que l'avenue était destinée depuis sa création aux parades militaires.

Au cours des vingt dernières années, les Auvergnats avaient suivi avec attention les péripéties de la lave d'Auvergne puisque en 1822 un préfet de la Seine, le comte de Chabrol-Volvic, avait décidé d'équiper la voirie parisienne en pierre de Volvic. Un projet auquel avaient répondu six carrières pour les dallages et les bordures de trottoirs. Malheureusement, quelques années plus tard, le matériau avait été déclaré trop fragile et les entrepreneurs déçus, les Brosson, s'étaient tournés vers l'exploitation du bitume et de l'asphalte. L'invention, par un ingénieur britannique, McAdam, d'un nouveau revêtement pour les chaussées à base de pierres concassées avait excité les imaginations. Et comme les Brosson étaient en affaires avec le savant Lecoq, un lien s'était facilement noué avec la municipalité clermontoise qui venait de prendre la décision d'innover sur le cours Sablon.

— Vous verrez comme cela sera doux aux pieds, dit Verdier-Latour, le maire, au comte de Morny qui l'accueillait quelques heures après que la décision avait été prise au conseil municipal. Nous ferons les travaux au printemps.

— Il est temps de vous mettre à ces nouvelles techniques, observa Morny toujours très critique à l'égard d'édiles peu enclins à adopter la modernité soit par manque de goût, soit surtout par difficultés financières.

Conscient de sa réflexion défavorable et cherchant toujours à ménager le premier magistrat de la cité, il ajouta vivement :

— Et il paraît que vous avez de bonnes nouvelles du général Desaix ?

Le député voulait évidemment parler de la statue du héros auvergnat.

— Le sculpteur Nanteuil assure qu'il finira dans des délais raisonnables. Ce qui m'inquiète, c'est le voyage depuis Paris. On annonce trois mille kilos, quinze jours pour l'acheminer jusqu'ici, une affaire qui coûtera avec le déchargement près de mille francs[1] !

— Allez, mon cher, nous n'allons pas causer de nos affaires toute la soirée, dit Morny en faisant signe au maire de monter l'escalier qui le mènerait aux pièces de réception de son hôtel particulier. Je vous parlerai plus tard du chemin de fer.

— Certains voudraient mettre la gare à l'extérieur,

1. La statue sera inaugurée en 1848 place de Jaude.

soupira le maire, dans ce marécage que l'on appelle « la Grenouillère ». Ce n'est pas simple !

— Pour moi, ce serait proche, répondit l'hôte d'un soir avec un sourire énigmatique.

En effet, après avoir habité dans un appartement cossu, rue de l'Eclache, où il avait mené joyeuse vie, il avait émigré dans un superbe hôtel particulier rue Bansac.

Laissant le maire, Morny accueillit avec courtoisie Edouard et Elisabeth Daubrée. Il fit le baisemain avec élégance à cette femme qu'il admirait pour son activité et qui n'en affichait pas moins une certaine fragilité. Son admiration était sincère pour sa capacité à passer sa journée dans l'atelier de Chantoing, puis à se transformer le soir en femme du monde. Une modernité qui lui semblait contenir tout l'avenir de la femme, même s'il était bien conscient que beaucoup de destins féminins n'avaient rien à voir avec une telle réussite. Il avait encore reçu le matin même ces deux filles au projet un peu fou de lieu pour garder les enfants de mères qui travaillaient. Il avait pris du temps pour aller visiter à Paris l'institution de monsieur Firmin Marbeau, à Chaillot, où il avait été séduit par l'entreprise et ses résultats. L'idée de Pasquine et d'Alice méritant vraiment de l'intérêt, il avait décidé d'organiser une loterie pour apporter un peu d'argent à l'affaire. Un sourire anima son visage, car il avait réservé à ses amis une surprise qui ne manquerait pas de les mettre en émoi, ce qui le réjouissait d'avance.

Il salua Henri Lecoq, qui avait été sollicité pour les lots. Il avait prélevé sur sa collection de coquilles et de productions marines un bel objet, fait préparer un herbier et offert des paquets de gland doux. La maison Gaillet avait donné des chocolats, les maisons Annat et Chabassière avaient offert des pâtes de fruits, les cordonniers de la ville des sabots dont les invités de la soirée n'auraient certes pas l'usage, mais qui les amuseraient, et une fabrique de la rue du Petit-Séminaire avait cédé un ensemble de chandelles. Les gros lots étaient une draisienne, un tableau de monsieur Degeorge et un dessin d'Eugène Delacroix.

— Ma chère Delphine, me voilà très heureux de vous accueillir chez moi.

Morny était un charmeur et la Clermontoise ne lui était pas indifférente. Mince, élégant, le crâne légèrement dégarni entouré de belles boucles de cheveux châtains, il n'était pas vraiment beau mais les femmes aimaient son audace, son goût du plaisir et du luxe.

Delphine Beaumont était arrivée avec la voiture de Léon menée par Paulin, parti rejoindre la longue file d'attelages qui attendraient la fin des festivités près de ces terrains marécageux dont avait parlé le maire.

Hortense avait cédé ; elle avait accompagné à contrecœur Léon et Delphine à une fête qui l'aurait réjouie quelques mois plus tôt en raison de la réputation des dîners organisés par Morny. Elle n'avait pas voulu contrarier Léon et encore moins Delphine qui la couvait de mille attentions pour son bien, comme elle disait.

Leur hôte d'un soir aimait le faste et son hôtel particulier au goût du jour regorgeait de trésors ; les pièces étaient rythmées par des colonnes surmontées de bustes en albâtre ou en plâtre, de petites draperies pendaient comme des écharpes taillées dans des soieries précieuses et les meubles de qualité exposaient bronzes, vases et autres bibelots choisis avec soin.

Parmi ces merveilles, celle qui faisait office de maîtresse de maison, Fanny Le Hon, n'était pas moins remarquable avec ses yeux magnifiques, ses cheveux blonds et son élégance suprême faite de toilettes qui servaient partout de référence. Elle était précédée d'une réputation sulfureuse ; on lui prêtait beaucoup d'amants dont un ambassadeur qui s'était suicidé pour elle, et le jeune duc d'Orléans, héritier du trône.

Sous le charme, Léon s'empressa volontiers auprès d'elle ; il n'était pas le seul, tandis que Delphine entraînait Hortense vers les jeunes gens de la soirée. Amédée et Armand conversaient avec des amis qui ouvrirent leur cercle pour Hortense. Le hasard voulut qu'Armand soit juste en face. Leurs yeux se croisèrent ; elle baissa la tête. Il la trouva belle. Il n'avait pas vu, le jour de la foire, combien elle semblait fragile et si différente de la jeune fille qui grimpait au printemps, avec bonne humeur, dans le triforium de la cathédrale et se laissait embrasser. Il revit ce jeune homme insolent qui l'avait fait danser au bal masqué et s'interrogea. Qu'était-il devenu ?

Il allait lui poser la question quand arriva le comte de Morny, le sourire aux lèvres, encadré d'Alice et de Pasquine. Les conversations s'étaient arrêtées brusquement et tout le monde regardait les deux filles inconnues de la plupart. Le maire écarquilla les yeux, Lecoq aussi ; Fanny Le Hon fronça les sourcils. Charles l'avait habituée à des surprises mais là, il dépassait les bornes. Qui étaient ces filles qui ne ressemblaient pas à grand-chose, ou plutôt qui semblaient déguisées dans des vêtements leur donnant un air emprunté ?

— Je voudrais vous présenter deux jeunes femmes

méritantes de notre ville. Certains d'entre vous les connaissent, n'est-ce pas, monsieur le maire ?

Verdier-Latour acquiesça mollement en lissant sa barbiche, stupéfait que Morny les ait conviées. Il n'y avait que le député pour avoir de telles idées ! Quand, en pleine campagne électorale, certains dénonçaient une profession de foi élastique, ils savaient que l'homme était capable du meilleur comme du pire. Le terme « élastique », mis à la mode dans son sens figuré en 1814 par Bernardin de Saint-Pierre, avait été choisi à dessein au sens de « souple » ou « flexible » ; comme trente ans plus tôt, quand il qualifiait des hommes et des femmes qui avaient soutenu Napoléon et s'apprêtaient à rejoindre les Bourbons ! D'aucuns avaient judicieusement fait un rapprochement parfait avec Morny.

Face à ce nouveau pied de nez à la bonne société clermontoise, chacun observait la scène en méditant sur la comédie humaine et ses acteurs. Très à l'aise – après tout, c'était lui qui menait le bal –, Morny poursuivait de cette voix claire dont il modulait volontiers autorité et charme à la Chambre des députés :

— Elles sont méritantes et j'ai décidé de les inviter ce soir à dîner. Auparavant, vous aurez acheté ces billets.

Il brandit une liasse de papiers.

— Je vous demande d'être généreux, nous tirerons au sort les gagnants de la loterie. Ce sera le jeune Agénor Bardoux, dont les parents étaient mes voisins rue de l'Eclache, qui aura la lourde tâche de choisir les billets dans ce grand vase de Chine. L'argent ainsi collecté ira à leur projet pour garder les enfants des ouvrières, que certains d'entre vous connaissent déjà.

— Oui, et nous avons déjà donné ! murmura le

voisin de Delphine, un médecin qui avait été sollicité pour passer une fois par semaine rue des Jacobins afin de soigner les bambins.

— Donner, toujours donner !

— Ces filles sont socialistes !

— Et alors ? interrogea soudain Alice de cette voix forte qu'elle savait utiliser pour parler en public ou tenter de convaincre ses interlocuteurs.

— Et alors ? répéta Hortense qui avait spontanément rejoint les deux invitées surprises.

Les commentaires cessèrent aussitôt.

Nettement plus intimidée, Pasquine retenait le bras d'Alice.

— Et alors ? reprit Alice, farouche et belle avec ses nattes blondes réunies en chignon, dégageant ainsi la nuque fragile au-dessus du décolleté léger de la robe de coton rayé que Morny avait fait quérir chez le fripier du carrefour de l'Echaudé.

— Inutile de nous dire que nous sommes des navets bouillis ! intervint Morny qui avait rejoint les deux filles. Nous le savons, n'est-ce pas, mes amis ?

Un sourire poli passa sur les visages figés. Dubitatifs et grognons, beaucoup s'interrogeaient sur la mascarade à laquelle leur hôte les conviait. N'exagérait-il pas ? S'il continuait, il ne retrouverait pas son mandat de député.

— Je ne le dirai pas, répondit Alice, goguenarde. Socialistes, nous le sommes, n'en déplaise à tout votre beau monde ! Mais je comprends que, quand on habite dans des endroits pareils, on ne le soit pas et qu'on ne puisse même pas comprendre que certains le soient. Regarde, Pasquine, tout ce qu'ils s'achètent avec notre travail.

Légèrement désarçonné par l'aplomb de la jeune femme, Morny était trop subtil pour ne pas comprendre que sa soirée allait tourner au désastre s'il ne reprenait pas la main. Il se mit entre les deux femmes qu'il prit par le bras et se lança dans un plaidoyer pour « la belle entreprise de deux jeunes personnes méritantes ». Il sentit Alice moins tendue quand il rappela la difficulté de travailler pour les femmes qui étaient dans le besoin, tout en élevant leurs enfants.

— Et vous voyez la nièce de notre ami de Bellemaison, venue spontanément apporter sa contribution. Ne me dites pas qu'elle est socialiste !

— Voire ! ricana Alice. Elle, elle est capable de nous comprendre. Un peu comme madame Daubrée.

Les joues rouges, Hortense chercha des yeux Elisabeth Daubrée qui, au premier rang, lui rendit un sourire approbateur.

— Je lui dirai deux mots, murmura Léon à l'oreille de Delphine qui lui fit signe de se taire.

Il n'allait pas gâcher l'affaire !

— Mes amis, je fais appel à votre générosité.

Les mots de Morny avaient touché l'assistance et quand Hortense, qui s'était saisie d'une liasse de billets, commença à tendre la main, sous l'œil furieux de Léon, nul ne contesta plus. Avec Alice et Pasquine qui l'avaient rejointe, elles constituaient maintenant un bataillon de charme auquel bien peu de messieurs résistaient sous l'œil agacé de leurs femmes.

Le comte de Morny avait fait signe au petit orchestre qui accompagnerait le dîner. La musique couvrirait les remarques ou les mots des uns et des autres dont il connaissait la critique facile. Son oreille saisit « élastique ». Le sourire aux lèvres, un cigare au bout des doigts, Léon vint le rejoindre. Morny appréciait cet aristocrate « terreux » – lui aussi usait de mots ciblés –, aristocrate certes mais avec un réel appétit pour le progrès. Ses entreprises avec Lecoq ou l'achat de machines perfectionnées le démontraient. De plus, il était généreux et sa nièce était un bel ornement pour cette soirée.

— Ce trio renouvelle notre société ! dit Morny à Léon. C'est avec des filles comme elles que notre pays avancera, croyez-moi ! Les deux ouvrières dîneront avec nous, ces jeunes gens leur feront une place à leur table, j'y veillerai.

Léon approuva mollement en lissant sa moustache qui était devenue franchement poivre et sel au cours des derniers mois. Il n'avait toujours pas digéré le comportement de sa nièce. Autour d'eux, les conversations avaient pourtant repris en attendant l'annonce du dîner, comme si l'incident était clos. Les portefeuilles étaient extraits de bonne grâce des poches intérieures des habits de soirée sombres qui contrastaient avec les plastrons blancs immaculés. Quand les trois vendeuses brandirent les talons des billets qui avaient tous été placés, le comte de Morny monta sur l'estrade de l'orchestre qu'il arrêta d'un geste impérieux avant d'appeler à lui le jeune Agénor Bardoux. Les petits papiers furent jetés dans le grand vase de Chine où l'hôte des lieux plongea la main avec volupté pour remuer l'ensemble, invitant les trois jeunes femmes à l'imiter.

Des serviteurs s'étaient déjà empressés pour apporter à proximité deux tables où étaient exposés les lots numérotés.

— Nous irons à rebours en commençant par les plus modestes, annonça Charles de Morny dont la voix forte couvrait sans difficulté les conversations de quelques bavards invétérés.

Appliqué, le jeune Agénor plongea la main et retira un premier numéro qu'il brandit avec un grand sourire en lançant avec entrain :

— Le quarante-neuf !

— Un livre, dit Morny en se saisissant d'un petit ouvrage relié de rouge.

— Le trente-trois !

L'atmosphère s'était détendue et quand Delphine gagna les sabots, elle décida d'abandonner sur-le-champ ses escarpins pour les enfiler. Les messieurs observèrent avec intérêt les chevilles qu'elle dégagea en relevant le bas de sa robe de soie écrue, dont le décolleté plongeant avait déjà provoqué des commentaires. Le fabricant avait joliment orné les sabots d'un petit bouquet de bleuets gravés à la pointe d'un stylet et la belle madame Beaumont, esquissant quelques pas sonores sur le parquet de chêne marqueté, fut, un instant, l'attraction. Des applaudissements fusèrent et le pianiste joua quelques accords de polka pour le plus grand bonheur de l'assistance.

— Quand madame Beaumont ne volera plus l'attention, nous pourrons continuer, dit Morny en riant, ravi de la tournure que prenait la soirée.

On était loin du climat un peu lourd du début.

Les lots trouvèrent preneur, les uns après les autres, et Charles de Morny, qui n'était pas avare de mots, accompagnait chaque gagnant d'un compliment aimable. La draisienne fut gagnée par Amédée, qui n'avait pas non plus la langue dans sa poche et regretta aussitôt avec humour que le comte n'ait pas mis en jeu l'un de ses chevaux de course. Sommé d'étrenner l'engin que beaucoup n'auraient pas l'audace de chevaucher, le botaniste s'exécuta dans la cour pavée, qu'il parcourut en cahotant, salué par les applaudissements nourris des invités depuis le large perron de l'hôtel particulier. Il faisait froid et humide ; le ciel laiteux annonçait la neige. Depuis quelques jours, le puy de Dôme avait son chapeau blanc, comme disaient les Clermontois, et le vent du nord-ouest avait considérablement refroidi l'atmosphère.

Le généreux Morny avait donné deux billets à Alice et Pasquine. La première gagna le gros coquillage offert par Lecoq. Elle l'appliqua aussitôt contre son oreille en proclamant joyeusement :

— Il paraît qu'on peut entendre la mer !

Qui diable a bien pu lui dire cela ? songea Léon. Il eut la réponse sans attendre.

— Enfin, c'est ce que racontent ces navets bouillis qui vont aux bains de mer !

— Vous allez voir que c'est vrai ! répliqua Morny, décidément d'excellente humeur.

— Comme il est beau, confirma Pasquine qui serrait sur son cœur un lot de paquets de gland doux.

Ses yeux brillants et rieurs disaient le plaisir qu'elle avait d'être là. Presque grisée. Les barrières imaginaires entre elle et ces bourgeois étaient tombées et il ne restait que le plaisir.

Amédée et Armand encadraient la jeune fille qui ne semblait plus insolite dans ce cadre luxueux. Sa robe, pourtant toute simple, de fine toile jaune citron, avec un caraco vert tendre, dont le décolleté était paré d'un joli mouchoir de cou, mettait en valeur sa silhouette mince ; son visage aux traits fins avait l'attrait du naturel dont beaucoup de femmes apprêtées et fardées ne pouvaient se prévaloir. Un observateur non initié aurait difficilement décelé qu'elle n'appartenait pas au milieu qui l'accueillait pour un soir. Radieuse et ravie, elle n'était plus insolite et se fondait désormais dans l'assistance. Et cela d'autant plus que Pasquine, plus timide, était incapable des écarts de langage provocateurs d'Alice. Celle-ci, moins grande, portait un joli caraco bleu vif brodé de fleurs ton sur ton et une jupe rayée bleu et blanc qui cachait mal son état. Toutes deux avaient des bottines à boutons de cuir noir.

— Et voici le lot que je préfère, annonça le comte de Morny, le dernier ! Agénor, choisissez bien !

— Le dix-huit ! cria le garçon tout au bonheur de s'être bien acquitté de la tâche qui lui avait été confiée et d'en avoir fini.

Hortense leva la main.

— Je suis heureux que ce dessin soit pour vous, dit le comte en s'approchant d'elle, un petit cadre à la main.

C'était un dessin préparatoire de Delacroix pour *Femmes d'Alger dans leur appartement* ; une date indiquait 1834 et on y voyait une femme en train d'égrener du jasmin, une autre qui confectionnait une guirlande, une troisième tenant une darbouka qu'elle frappait de ses doigts effilés et une quatrième qui dansait.

— Celle que je préfère, c'est celle-ci, dit Morny.

Il désignait la femme en pantalon à ceinture basse et chemise de mousseline transparente qui dissimulait à peine son buste, et dont les manches largement fendues laissaient entrevoir les bras.

— Elle agite un foulard au-dessus de sa tête et se contorsionne, chevelure au vent, en un mouvement presque lascif.

— Lascif, répéta Léon qui s'était approché. Il est dommage que le gagnant ne soit pas un homme !

— Cher ami, restons à la qualité artistique de ce dessin, voulez-vous ?

— Certes ! répliqua Léon en regardant Hortense qui traversait le salon pour montrer son lot à Delphine.

L'orchestre entamait vivement la *Petite Musique de nuit* de Mozart, guillerette et légère, bien accordée à l'ambiance. Le champagne, qui avait coulé à flots depuis le début de la soirée, contribuait à hausser le niveau sonore des conversations. Un valet annonça d'une voix forte :

— Monsieur le comte est servi.

Morny offrit son bras à madame Daubrée et franchit la large porte de la salle à manger qui ouvrait sur un autre salon où avait été installée une deuxième table pour les plus jeunes. Les invités formèrent vivement une escorte à leur hôte et, dépitée, Hortense constata qu'Amédée chaperonnait Pasquine, et Armand, Alice. Tous deux échangeaient déjà des coups d'œil complices. Hortense se sentit soudain exclue et quand Henri Lecoq lui prit affectueusement le bras, elle en fut soulagée.

Tous s'installèrent autour d'une belle table nappée de blanc où brillaient verres et couverts. Des serviettes damassées, pliées avec art, étaient posées sur les assiettes de porcelaine de Limoges blanche au listel vert timbrées des armes du comte. Dépliées en un instant, les serviettes blanches tranchaient sur les pantalons sombres ou les robes colorées. Alice se pencha vers Amédée et lui murmura quelques mots qui le firent sourire. Béate, Pasquine écoutait Armand et semblait sous le charme. Hortense soupira.

Serait-elle toujours en décalage ? Le visage de Charles Hetty parut flotter un instant au-dessus de la table ; elle frissonna et son voisin, un jeune banquier, dont les cheveux apprêtés rappelaient la coiffure du roi, lui demanda si elle avait froid. Elle secoua la tête, balbutia quelques mots au moment où les serviteurs entamaient le ballet parfaitement organisé des plats et des carafes.

Alice rayonnait. Morny lui avait déjà fait part de la somme recueillie grâce à la loterie. Une manne qui permettait de subvenir aux derniers besoins de la garderie avant l'ouverture maintenant imminente. L'avenir immédiat était sauvé et ces « navets pourris » semblaient soudain fréquentables. Alice sentit son enfant bouger. Il avait la fâcheuse habitude de donner des coups de pied dès qu'elle était assise. Elle grimaça et regretta qu'Anatole ne soit pas là pour partager ce moment.

Anatole, elle ne l'avait guère vu en dehors de l'atelier et évitait soigneusement tout échange. Sa mère lui avait vertement fait remarquer qu'elle ne serait pas la risée du quartier d'avoir une fille qui avait fauté et qu'elle la jetterait dehors avec son enfant si elle ne se décidait pas à épouser le père. Anatole rendait souvent visite à l'épicière et il n'était pas rare de le voir trier des pommes ou charrier des ballots destinés au magasin. Il arrivait à Alice de le découvrir, un vieux sac de chanvre autour de la taille pour protéger son pantalon ; elle montait dans sa chambre au-dessus sans un regard et quand Anatole venait frapper à la porte avec le fol espoir qu'elle lui tombe enfin dans les bras et accepte de courir à la mairie, elle faisait la sourde oreille et il repartait encore une fois découragé.

Et pourtant, elle l'avait cherché, ce soir, pensant le trouver chez cet hôte aussi charmeur que bienveillant. Celui-ci faisait le tour des tables et quand il se pencha vers elle, Alice vit leurs doubles dans l'un des grands miroirs qui paraient les murs de la salle au-dessus des bahuts en acajou aux ferrures de bronze. Ces miroirs renvoyaient à l'infini des images qui donnaient presque le tournis.

— Je vous enlève, dit une voix mélodieuse.

C'était Fanny Le Hon. Il ne résista pas et suivit cette belle maîtresse à qui il devait tant après un petit clin d'œil à Hortense. Elle sut qu'il n'avait pas été indifférent aux quelques mots échangés juste avant qu'ils passent à table. Et sans doute avait-il tenu sa promesse.

Elle en eut la preuve quand, la porte de la voiture à peine refermée, Léon laissa éclater sa colère. « Comportement inadmissible » rimait, mal certes, mais rimait quand même avec « provocation intolérable ». Tassée sur la banquette capitonnée, face à Léon et Delphine qui avait passé négligemment son bras sous celui de son amant, Hortense écoutait le réquisitoire de son oncle. Il n'avait pas davantage digéré la nouvelle annoncée par Morny ; c'en était trop ; cette péronnelle avait trouvé le moyen de charmer le député qui soutenait volontiers l'idée qu'Hortense puisse être la directrice de la garderie ! Il ne manquait plus que cela. Léon était loin d'avoir fini sa diatribe quand Paulin fit virer avec adresse la voiture sous le porche de la rue Pascal ; sa voix forte grondait toujours dans le petit habitacle où s'engouffrait la lueur de la pleine lune.

Fuyant, Hortense en jaillit vivement avant même que le cocher n'ait ouvert la porte et elle se précipita dans l'escalier dont la rampe de stuc prenait une patine ocre à la lueur des bougies qui faisaient aussi scintiller les volutes de ferronnerie ajoutées par monsieur Beaumont. Elle serrait contre elle le dessin d'Eugène Delacroix. Léon gravit à grands pas, à son tour, la courte volée de marches en pierre de Volvic. Sur son bras se balançait la cape de drap sombre qui accompagnait avec élégance son habit de soirée. Hortense lui fit face.

— Mon oncle, je suis déçue, dit-elle, mes amies ont raison de déclarer que vous êtes des navets pourris.

Les premiers mots prononcés depuis le départ de l'hôtel de Morny étaient cinglants. Touché un instant, Léon se reprit vite.

— Je note que ce sont vos amies ! dit-il en jetant sa cape sur le petit fauteuil Directoire et sa canne à pommeau d'argent ciselé qui parut un instant se stabiliser, puis roula sur le tapis.

— Oui, ce sont mes amies ! proclama Hortense en enlevant à son tour le manteau de drap vert pâle assorti à sa robe.

— N'oubliez jamais qui vous êtes ! fulminait Léon campé sur ses hautes jambes. Une petite-fille Bellemaison.

— Comme ma cousine Procule.

Léon ne cilla pas devant cette nouvelle provocation. N'avait-il pas dû endurer les fiançailles de cette fille avec le fils de l'un de ses fermiers, dont elle tiendrait bientôt l'auberge ? Il voulait bien être tolérant, mais sa patience avait des limites.

— Vous êtes comme ma grand-mère, méprisant pour ceux qui ne sont pas de votre monde. Mais qu'avez-vous de plus ? N'êtes-vous pas fait de la même chair, du même sang ? Ne vous asseyez-vous pas sur votre derrière comme eux ? Ne mourrez-vous pas comme les autres et n'irez-vous pas pourrir comme tout un chacun sous trois pieds de terre ?

— Taisez-vous !

— Que vous le vouliez ou non, j'ai proposé à Pasquine et à Alice de travailler à la garderie !

— Sans m'en parler ? C'est notre affaire, tout de même, et jamais, jamais, je vous le dis, nous n'avons vu une Bellemaison travailler.

— Rassurez-vous, je ne suis qu'une Préaumont ! Et il faut un début à tout. J'aurai davantage de plaisir à m'occuper ainsi qu'à passer mes journées à réfléchir à la façon de m'habiller pour le soir !

— Merci, vous ne m'épargnez pas non plus, dit une voix derrière elle.

— Pardon, Delphine. Sans vous, je ne serais sans doute pas ce que je suis, répondit Hortense. Vous avez votre part dans ma décision.

— Dois-je m'en réjouir ou m'en vanter ?

Léon s'était laissé tomber dans l'un des fauteuils du salon où Paulin avait hâtivement allumé quelques chandeliers et lancé une grosse bûche dans la cheminée où vivotait toujours un feu. Tout un monde s'écroulait autour de lui. Il se sentait soudain si vieux ! Il ne suffisait pas de commander des machines pour battre le blé ou de critiquer la religion pour être moderne. Il fallait aussi admettre que sa nièce mène une vie différente des usages en cours à Bellemaison. Il avait reçu comme une injure la comparaison avec sa mère, qui lui semblait quand même d'un autre âge que lui-même. Et que penser de Magloire de Fleury qui s'apprêtait, disait-on, à épouser Joséphine, la mère de Procule ? Et cette nièce apparue miraculeusement qui allait se marier avec le fils de l'un des fermiers de Bellemaison ? De quoi faire se retourner dans leurs tombes tous les ancêtres

Bellemaison ! Et ce Préaumont qui lui tenait lieu de beau-frère entretenu par une comtesse italienne... Ses enfants avaient de qui tenir ! Mais étaient-ils les seuls aujourd'hui à ne plus vivre comme leurs aïeux ? Sa conversation de l'après-midi même avec Anatole avait été édifiante ! Il allait avoir un enfant de cette maudite Alice qui ne voulait pas l'épouser.

Léon soupira. Il se souvint de cette phrase lue quelques jours plus tôt de cet historien à la mode, « un même esprit fluide court de génération en génération[1] »... Il l'avait méditée sans la comprendre vraiment ; elle lui revenait et le rassurait presque. Même si des gens comme lui n'étaient pas au bout de leurs peines. Le chemin de fer n'était pas encore arrivé jusqu'ici. Ne racontait-on pas qu'avec les locomotives c'était un vent de folie qui déferlait dans les provinces ? Morny s'enflammait dès qu'il abordait le sujet, comme Henri Lecoq, qui n'ouvrait pas les yeux sans avoir une nouvelle idée !

Delphine l'avait rejoint avec un plateau, trois tasses et une cafetière fumante de gland doux. Elle servit avec grâce une première tasse, la sucra et la tendit à Léon sur sa soucoupe de fine porcelaine de Paris. Il parut sur-le-champ se détendre ; il avait allongé devant lui ses longues jambes que gainait le pantalon noir tendu par un élastique dans les bottines de cuir verni.

— Pourquoi vous faites-vous tant de souci ? interrogea Delphine en posant délicatement une fesse sur l'accotoir de son fauteuil.

— Peut-être parce que le monde change sans moi.

— N'empêchez pas ceux qui veulent vivre autrement d'évoluer ! Regardez comme Hortense est belle, comme

1. Michelet.

la colère lui va bien ! Je ne lui ai pas vu de telles couleurs depuis la mort de Charles Hetty. Laissez-la faire.

— Vous avez sans doute raison, convint Léon qui avait bu d'un trait le gland doux et lissait ses favoris poivre et sel d'une main où brillait sa chevalière.

Il fixa Hortense qui lui parut à la fois fragile et forte, très mince dans cette jolie robe vert d'eau qui accentuait sa pâleur quelques heures plus tôt et s'accordait si bien maintenant à ses couleurs retrouvées, telle une rose délicate dans un écrin de verdure. Comme elle avait changé depuis qu'elle avait débarqué de la diligence de Paris, il y aurait bientôt deux ans ! Comme elle avait changé même depuis le jour où elle avait exigé de savoir la vérité sur ses parents et les secrets de la famille ! Comme elle avait changé depuis ses rêves de coup de foudre !

Il entendit, un peu comme dans un songe, Delphine dire à Hortense de cette voix ferme dont elle savait user avec bonheur :

— J'approuve votre idée, ma chère enfant. Allez jusqu'au bout, mais ne vous engagez pas de façon irréversible. Vous avez vingt ans et je vous souhaite de vivre autant que votre grand-mère, c'est dire que vous avez le temps. La vie, j'en suis sûre, vous réserve des surprises. Le début de votre existence ressemble à la mienne mais moi, j'avais mes parents. Vous, vous avez perdu votre mère, et votre père ne donne plus signe de vie, si j'ai bien compris. Faites à votre idée, occupez votre esprit ainsi ; sans doute changerez-vous d'avis quand vous serez amoureuse, le jour où vous n'y penserez pas. Ne faites pas comme moi, ne prenez pas le premier venu – paix aux cendres de feu mon mari. Soyez patiente, vivez votre vie !

— Qu'est-ce qu'il se passe ?

Sur le pas de la porte, Thomas en chemise de nuit se frottait les yeux.

— Il est quelle heure ? Madel, qu'est-ce que vous faites ?

— Allez vous coucher, la nuit est encore longue.

— Pourquoi êtes-vous là ? Vous ne dormez pas ?

— Nous allons dormir, venez m'embrasser.

— Delphine, si on se mariait ? murmura derrière elle Léon.

— Oh ! oui, alors, l'oncle Léon pourrait être mon père ?

— Thomas, vous n'allez tout de même pas répondre pour moi ! protesta Delphine dont le cœur battait plus qu'elle ne l'aurait imaginé. N'oubliez jamais l'essentiel, tous les deux, chuchota-t-elle comme si elle craignait que d'autres l'entendent.

Elle avait posé une main sur l'épaule de Thomas, l'autre sur celle d'Hortense.

— N'oubliez pas quoi ? demanda le garçon, une lueur dans ses yeux noisette où semblaient se refléter les flammes de la cheminée.

— « L'amour meut le soleil et les autres étoiles ! »

— Qui a dit cela ? demanda Hortense soudain apaisée.

— Un poète italien que feu mon mari aimait citer. J'ai oublié son nom.

— « L'amour meut le soleil et les autres étoiles [1] », répéta Thomas en embrassant Delphine.

---

1. Dernier vers du *Paradis* de Dante.

PRODUCTION JEANNINE BALLAND
Romans « Terres de France »

Jean Anglade
Un parrain de cendre
Le Jardin de Mercure
Y a pas d'bon Dieu
La Soupe à la fourchette
Un lit d'aubépine
La Maîtresse au piquet
Le Saintier
Le Grillon vert
La Fille aux orages
Un souper de neige
Les Puysatiers
Dans le secret des roseaux
La Rose et le Lilas
Avec le temps…
L'Ecureuil des vignes
Une étrange entreprise
Le Temps et la Paille
Les Ventres jaunes
Le Semeur d'alphabets
La Bonne Rosée
Un cœur étranger
Sylvie Anne
Mélie de Sept-Vents
Le Secret des chênes
La Couze
Ciel d'orage sur Donzenac
La Maîtresse du corroyeur
Un horloger bien tranquille
Un été à Vignols
La Lavandière de Saint-Léger
Jean-Jacques Antier
Tempête sur Armen
Marie-Paul Armand
Le Vent de la haine
La Courée
  tome I *La Courée*
  tome II *Louise*
  tome III *Benoît*
La Maîtresse d'école
La Cense aux alouettes
L'Enfance perdue
Un bouquet de dentelle
Au bonheur du matin
Le Cri du héron
Le Pain rouge
La Poussière des corons
Victor Bastien
Retour au Letsing
Henriette Bernier
L'Enfant de l'autre
L'Or blanc des pâturages
L'Enfant de la dernière chance
Le Choix de Pauline
La Petite Louison
Françoise Bourdon
La Forge au Loup
La Cour aux paons
Le Bois de lune
Le Maître ardoisier
Les Tisserands de la Licorne
Le Vent de l'aube
Les Chemins de garance
La Figuière en héritage
Patrick Breuzé
Le Silence des glaces
La Grande Avalanche
La Malpeur
Nathalie de Broc
Le Patriarche du Bélon
La Dame des Forges
La Tresse de Jeanne
Loin de la rivière
Annie Bruel
Le Mas des oliviers
Les Géants de pierre
Marie-Marseille
Michel Caffier
Le Hameau des mirabelliers
La Péniche Saint-Nicolas
Les Enfants du Flot
La Berline du roi Stanislas
La Plume d'or du drapier
L'Héritage du mirabellier
Marghareta la huguenote
Jean-Pierre Chabrol
La Banquise

Claire Chazal
L'Institutrice
Didier Cornaille
Les Labours d'hiver
Les Terres abandonnées
Etrangers à la terre
L'Héritage de Ludovic Grollier
L'Alambic
Georges Coulonges
Les Terres gelées
La Fête des écoles
La Madelon de l'an 40
L'Enfant sous les étoiles
Les Flammes de la Liberté
Ma communale avait raison
Les blés deviennent paille
L'Eté du grand bonheur
Des amants de porcelaine
Le Pays des tomates plates
La Terre et le Moulin
Les Sabots de Paris
Les Sabots d'Angèle
La Liberté sur la montagne
Les Boulets rouges de la Commune
Anne Courtillé
Les Dames de Clermont
Florine
Dieu le veult
Les Messieurs de Clermont
L'Arbre des dames
Le Secret du chat-huant
L'Orfèvre de Saint-Séverin
Paul Couturiau
En passant par la Lorraine
Annie Degroote
La Kermesse du diable
Le Cœur en Flandre
L'Oubliée de Salperwick
Les Filles du Houtland
Le Moulin de la Dérobade
Les Silences du maître drapier
Le Colporteur d'étoiles
La Splendeur des Vaneyck
Les Amants de la petite reine
Un palais dans les dunes
Alain Dubos
Les Seigneurs de la haute lande
La Palombe noire
La Sève et la Cendre
Le Secret du docteur Lescat
Constance et la Ville d'Hiver
Marie-Bernadette Dupuy
L'Orpheline du bois des Loups
Les Enfants du Pas du Loup
La Demoiselle des Bories
Le Chant de l'Océan
Le Moulin du loup
Elise Fischer
Trois Reines pour une couronne
Les Alliances de cristal
Mystérieuse Manon
Le Soleil des mineurs
Les cigognes savaient
Confession d'Adrien le colporteur
Laurence Fritsch
La Faïencière de Saint-Jean
Alain Gandy
Adieu capitaine
Un sombre été à Chaluzac
L'Enigme de Ravejouls
Les Frères Delgayroux
Les Corneilles de Toulonjac
L'Affaire Combes
Les Polonaises de Cransac
Le Nœud d'anguilles
L'Agence Combes et Cie
Suicide sans préméditation
Fatale Randonnée
Une famille assassinée
Le piège se referme
Gérard Georges
La Promesse d'un jour d'été
Les Bœufs de la Saint-Jean
L'Ecole en héritage
Le Piocheur des terres gelées
Les Amants du chanvre
La Demoiselle aux fleurs sauvages
Denis Humbert
La Malvialle
Un si joli village
La Rouvraie
L'Arbre à poules
Les Demi-Frères
La Dernière Vague
Yves Jacob
Marie sans terre
Les Anges maudits de Tourlaville
Les blés seront coupés
Une mère en partage
Un homme bien tranquille

Hervé Jaouen
Que ma terre demeure
Au-dessous du calvaire
Les Ciels de la baie d'Audierne
Les Filles de Roz-Kelenn
Michel Jeury
Au cabaret des oiseaux
Marie Kuhlmann
Le Puits Amélie
Guillemette de La Borie
Les Dames de Tarnhac
Le Marchand de Bergerac
La Cousette de Commagnac
Jean-Pierre Leclerc
Les Années de pierre
La Rouge Batelière
L'Eau et les Jours
Les Sentinelles du printemps
Un amour naguère
Julien ou l'Impossible Rêve
A l'heure de la première étoile
Hélène Legrais
Le Destin des jumeaux Fabrègues
La Transbordeuse d'oranges
Les Herbes de la Saint-Jean
Les Enfants d'Elisabeth
Les Deux Vies d'Anna
Louis-Jacques Liandier
Les Gens de Bois-sur-Lyre
Les Racines de l'espérance
Jean-Paul Malaval
Le Domaine de Rocheveyre
Les Vignerons de Chantegrêle
Jours de colère à Malpertuis
Quai des Chartrons
Les Compagnons de Maletaverne
Le Carnaval des loups
Les Césarines
Grand-mère Antonia
Une maison dans les arbres
Une reine de trop
Une famille française
Le Crépuscule des patriarches
La Rosée blanche
L'Homme qui rêvait d'un village
Dominique Marny
A l'ombre des amandiers
La Rose des Vents
Et tout me parle de vous
Jouez cœur et gagnez
Pascal Martin
Le Trésor du Magounia
Le Bonsaï de Brocéliande
Les Fantômes du mur païen
La Malédiction de Tévennec
L'Archange du Médoc
Louis Muron
Le Chant des canuts
Henry Noullet
La Falourde
La Destalounade
Bonencontre
Le Destin de Bérengère Fayol
Le Mensonge d'Adeline
L'Evadé de Salvetat
Les Sortilèges d'Agnès d'Ayrac
Le Dernier Train de Salignac
Michel Peyramaure
Un château rose en Corrèze
Les Grandes Falaises
Frédéric Pons
Les Troupeaux du diable
Les Soleils de l'Adour
Passeurs de nuit
Jean Siccardi
Le Bois des Malines
Les Roses rouges de décembre
Le Bâtisseur de chapelles
Le Moulin de Siagne
Un parfum de rose
La Symphonie des loups
La Cour de récré
Les Hauts de Cabrières
Bernard Simonay
La Fille de la pierre
La Louve de Cornouaille
Jean-Michel Thibaux
La Bastide blanche
La Fille de la garrigue
La Colère du mistral
L'Homme qui habillait les mariées
La Gasparine
L'Or des collines
Le Chanteur de sérénades
La Pénitente
L'Enfant du mistral
Jean-Max Tixier
Le Crime des Hautes Terres
La Fiancée du santonnier
Le Maître des roseaux

Marion des salins
Le Mas des terres rouges
L'Aîné des Gallian
L'Ombre de la Sainte-Victoire

Brigitte Varel

Un village pourtant si tranquille
Les Yeux de Manon
Emma
L'Enfant traqué
Le Chemin de Jean
L'Enfant du Trièves
Le Déshonneur d'un père
Blessure d'enfance
Mémoire enfouie

Louis-Olivier Vitté

La Rivière engloutie
L'Enfant des terres sauvages

Colette Vlérick

La Fille du goémonier
Le Brodeur de Pont-l'Abbé
La Marée du soir
Le Blé noir

Polars de France

Pascal Martin
La Traque des maîtres flamands

Romans

Sylvie Anne
L'Appel de la pampa
Jean-Jacques Antier
Marie-Galante, La Liberté ou la Mort
La Dame du Grand-Mât
Le Sixième Condamné de l'Espérance
Erwan Bergot
Les Marches vers la gloire
Sud lointain
tome I *Le Courrier de Saïgon*
tome II *La Rivière des parfums*
tome III *Le Maître de Bao-Tan*
Rendez-vous à Vera-Cruz
Mourir au Laos
Jean Bertolino
Chaman
Fura-Tena
Jean-Baptiste Bester
Bois d'ébène
Michel Caffier
Le Découvreur du Mississippi
Anne Courtillé
Le Mosaïste de Constantinople
Paul Couturiau
Le Paravent de soie rouge
Le Paravent déchiré
L'Inconnue de Saigon
Les Amants du fleuve Rouge
Le Pianiste de La Nouvelle-Orléans
Les Brumes de San Francisco
Paradis perdu
Cent Ans avant de nous séparer
Annie Degroote
L'Etrangère de Saint-Pétersbourg
Alain Dubos
Acadie, terre promise
Retour en Acadie
La Plantation de Bois-Joli
La Baie des maudits
Elise Fischer
L'Enfant perdu des Philippines
Hubert Huertas
Nous jouerons quand même ensemble
La Passagère de la « Struma »
L'Orque de Magellan
Terminus Pondichéry
Denis Humbert
Un été d'illusions
Gérard A. Jaeger
Pour l'amour de Blanche
Hervé Jaouen
L'Adieu au Connemara
Le Testament des McGovern
Suite irlandaise
Diane Lacombe
L'Hermine de Mallaig
La Châtelaine de Mallaig
Eric Le Nabour
Orages sur Calcutta
Les Démons de Shanghai
Les Jardins d'Istanbul
Sonia Marmen
La Vallée des larmes
La Saison des corbeaux
La Terre des conquêtes
La Rivière des promesses
Dominique Marny
Du côté de Pondichéry
Les Nuits du Caire
Cap Malabata
Mes nuits ne sont pas les vôtres
Du côté de Bombay
Juliette Morillot
Les Orchidées rouges de Shanghai
Michel Peyramaure
Le Roman de Catherine de Médicis
Le Pays du Bel Espoir

Les Fleuves de Babylone
Les Tambours sauvages
Le Temps des moussons
Les Roses noires de Saint-Domingue
La Porte du non-retour
Bernard Simonay
Les Tigres de Tasmanie
La Dame d'Australie
Princesse maorie
Jean-Michel Thibaux
Le Roman de Cléopâtre
La Fille de Panamá
Tempête sur Panamá
La Pyramide perdue
La Cinquième Courtisane
La Danseuse sacrée
Colette Vlérick
Le Domaine du belvédère